2.

전장을 앞두고 도망칠 수는 없어요.
이 물건에는 나와 내 가족의 목숨보다 중요한
생사의 약속이 달렸죠.
그 목숨은 당신에게 맡길게요.
그리고 이 목숨으로는 무모하게 덤벼 보려 해요.
나름 아주 치밀한 계획 아닌가요.

목차

[제3부]
영웅은 쇠진하여 먼지가 되었네

제1장 삼춘객잔 · 11

제2장 산천검 · 111

제3장 집으로 · 205

제4장 도전 · 233

제5장 산을 바라보며 눈을 노래하네 · 303

목차

[제4부]
고독한 불빛 스스로 빛나니, 용맹은 모두 얼어붙었네

제6장 산 밖으로 범 유인하기 · 329

제7장 무상(無常) · 383

제8장 투골청(透骨靑) · 415

제9장 살아 돌아오겠다는 약속 · 453

제3부

영웅은 쇠진하여 먼지가 되었네

제1장

삼춘객잔

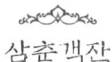
삼춘객잔

　세월이 꽤 느껴지는 조그마한 객잔이다. 나무 계단을 밟고 오르면 삐걱삐걱 소리가 따라 울린다. 객잔 한쪽은 거리를 마주 보고 있고, 다른 한쪽에는 백 년 넘은 고목들을 줄지어 심어 놓았다.
　객잔 2층의 창밖에는 울창한 나무 그늘이 천지를 뒤덮을 기세로 드리워져 있다. 매일 아침 이슬이 맺히기도 전에 산과 강에는 운무가 자욱이 피어오른다. 길게 뻗은 거리엔 인가가 드물고, 서리가 깔린 돌바닥은 한눈에 저쪽 끝까지 보인다.
　형산 자락 사방 수십 리 안에서 사람들이 잠시 쉬어 갈 수 있는 곳은 오직 이 객잔뿐이다. 그래서인지 요즘같이 활기를 잃은 세상에서도 이곳은 제법 떠들썩한 편이다. 들자 하니 예전에는 이 지역도 꽤 번화해서 크고 작은 가게들로 왁자지껄했는데, 이제는 다 망하고 '삼춘=春'이라 불리는 이 객잔만이 홀로 자리를 지키고 있다.
　수많은 뜨내기손님이 이곳에 잠시 머물며 요기를 한다. 그러다 보면 자연히 별의별 사람이 다 모인다. 행패 부리는 사람, 막무가내인 사람, 까탈스러운 사람, 괴벽이 끝도 없는 사람……. 주인장은 어떤 손님이든 싹싹하게 잘 응대해 편히 왔다가 편히 떠나게 해 주었다. 사람을 봐 가며 맞출 줄 아는 진정한 내공 덕분이었다.

투실투실한 주인장은 손에 든 행주로 하품하고 있는 심부름꾼 아이의 등을 후려치며 소리를 버럭 질렀다.

"또 농땡이냐! 할 일이 없어서 아직도 예서 꿈지럭거리는 게야?"

아이는 투덜대며 조심스럽게 2층의 거리 쪽 창문을 흘끗 쳐다봤다. 거기에는 열예닐곱 살 정도 돼 보이는 소녀가 앉아 있었다. 수수한 옷차림에 붉은 명주 끈으로 묶은 머리, 원래부터 예쁜 얼굴이라 화려한 옷이나 반짝이는 장신구가 필요 없었다. 그 붉은 머리끈 하나로도 충분히 화룡점정이라 할 수 있었다.

소녀가 이곳에 머문 지도 사흘이 지났다. 소녀는 날이 밝자마자 일어나서 창가에 앉아 있었다. 마치 누군가를 기다리는 것 같았다.

밖에 나가 봤자 순 먼지투성이 얼굴밖에 안 보이는 요즘 세상에 이렇게 청초한 아가씨를 볼 수 있다는 건 그야말로 드문 일이어서 주인장은 자신도 모르게 자꾸 소녀에게로 시선이 향했다. 그는 목소리를 낮추어 심부름꾼 아이를 야단쳤는데, 소녀는 귀가 어찌나 밝은지 소리가 나는 쪽으로 고개를 돌려 그를 흘끗 바라보았다.

주인장이 얼른 다가가 미소 띤 얼굴로 말했다.

"주 낭자, 오늘도 일찍 나오셨네요. 아침으로 뭘 좀 드시겠어요? 어제 음식은 손도 안 대셨던데, 너무 짜서 그런가, 싱거워서 그런가? 아니면 싫어하는 음식이었나요?"

창가에 앉아 있던 소녀는 다름 아닌 주비였다. 형산 일대는 남북 접경 지역이어서 전쟁이 나면 양쪽에서 서로 차지하려 들었다. 하지만 지금은 잠시 평화 상태라 아무도 신경 쓰지 않는 땅이 되었고, 온갖 사람들이 섞여 들어와 어지럽기 그지없었다.

주비와 사윤은 화용에서 줄곧 남쪽으로 달려왔다. 차마 북조 경내에 머물지는 못하고 단숨에 북조 관할 지역 밖으로 벗어나 아무도 관할하지 않는 이곳에서 단구낭을 기다리고 있었다.

그런데 약속했던 사흘의 기한이 지났는데도 단구낭은 아무런 소식이 없었다.

주비는 입맛이 없었지만 주인장의 성의도 있고 또 미안하기도 해서 억지로 웃으며 말했다.

"아니에요. 그냥 입맛이 없어서요. 아무거나 주세요."

주인장은 주비의 표정을 슬쩍 살피고는 상냥하게 웃어 보였다.

"아가씨, 하늘이 무너져도 밥은 든든히 먹어야죠. 안 그렇습니까? 꼭두새벽이라 다른 손님들은 아무도 안 일어났으니 이 노인네가 몇 마디 올리겠습니다. 아가씨도 이 나이까지 살아 보면 아실 겁니다. 도저히 지나갈 수 없을 것 같은 일도 언젠가는 다 지나갑디다. 집이 그리우면 언젠가는 집에 돌아갈 수 있을 테고, 사람이 그리우면 언젠가는 그 사람을 만날 수 있게 되지요. 그러니 조급해하지 마세요. 하루라도 더 살면 또 어떤 신기한 일을 맞닥뜨릴지 누가 알겠습니까? 날마다 희망이 있다는 게 정말 근사하지 않나요?"

주인장의 얼굴은 하얗고 통통했다. 웃으면 치아만 보이고 눈은 보이지 않았다. 그를 종이 위에 평평하게 눌러서 펴면 아마 정자체로 또박또박 쓴 '부자 되세요'라는 글씨가 나올 것만 같았다. 보고만 있어도 마음이 너그러워지는 주인장의 푸근한 얼굴을 보며 주비도 따라 웃을 수밖에 없었다.
 주인장이 말했다.
 "그럼 이제 다 해결이지요? 아가씨, 잠깐만 기다리세요. 소인이 저 게을러빠진 원숭이 녀석한테 뜨끈한 것 좀 내오라고 하겠습니다. 배가 든든해야 마음도 차분해지는 법이지요."
 뚱보 주인장은 목소리에 힘이 넘쳤다. 귀밑머리가 희끗희끗한데도 여전히 기운이 좋은 듯했다. 그는 행주를 어깨에 휙 두르더니 노랫가락을 흥얼거리며 아래층으로 내려갔다. 곧이어 주인장의 목소리가 커다란 종소리처럼 울려 퍼졌다.
 "사 공자님, 이렇게 일찍 어딜 다녀오셨어요? 정말 부지런하시네요!"
 주비가 곁눈질로 보니 사윤이 계단을 성큼성큼 뛰어 올라오고 있었다.
 "백 선생님은 오 낭자를 호송하면서 주로 샛길로 다니실 거야. 오 낭자가 지치면 도중에 며칠 쉬었다 가야 할 테니 분명 우리보다는 늦겠지. 계산해 봤는데, 아마도 오늘내일 전갈이 올 것 같아."
 주비는 그제야 정신이 좀 들었다.
 "서신이 온다고요? 어떻게 보내는데요?"
 "백 선생님은 '행각방行脚幇' 출신이라 수하에 이런저런 연줄이 많거든……."
 사윤이 말하는 중에 심부름꾼 아이가 아침상을 들고 왔다. 사윤이 벌떡 일어나 달려가서는 금방이라도 떨어질 것처럼 흔들거리는 주전자를 받았다.
 "조심조심, 내가 받으마. 혹시 안주인이 담근 장이 더 있니? 오늘 좀 담아 줄래? 떠날 때가 돼서 그러는데 아무래도 한 통 가져가야겠어. 안 그러면 앞으로 반년은 밥맛이 통 없을 것 같아서 말야."

이곳저곳을 떠돌며 바삐 길을 재촉하는 사람들은 대부분 심사가 뒤틀려 있었는데, 모처럼 이렇게 말 잘하는 손님을 만난 심부름꾼 아이는 신이 나서 들쑥날쑥한 뻐드렁니를 드러내며 활짝 웃었다.

"큰 그릇에 듬뿍 담아 드릴게요."

사윤은 자리에 앉아 먼저 뜨거운 물로 젓가락을 데우더니, 주비의 국수 그릇에서 면을 반 정도 덜어 자기 쪽에 담고, 자신의 국수 그릇에서 고기 몇 점을 집어 주비 쪽에 덜어 주었다.

주비가 재빨리 말했다.

"앗, 괜찮은데……."

"나 대신 얼른 먹어."

사윤이 고개를 들어 주비를 향해 웃으며 자세히 보지 않으면 눈에 잘 띄지도 않는 보조개를 내보였다. 그는 아주 그럴싸하게 말했다.

"이런 좋은 장은 말이지, 그 자체로도 맛이 충분해서 고기에 바르면 안 돼. 그건 장에 대한 모욕이자 고기에게도 모욕이야. '당돌한 미인'처럼 아주 극악무도한 짓이라고."

주비는 요 며칠 목숨 걸고 길을 재촉하면서 이 사람의 성격을 대강 파악할 수 있었다. 사 공자는 몸에서 다리만 빼면 나머지는 전부 생억지와 터무니없는 말로 가득 차 있었다.

그가 만약 '해는 서쪽에서 뜬다'라고 논쟁하기로 마음먹는다면, 종일 끊임없이 쓸데없는 말을 지껄여서 결국 사람들이 해는 서쪽에서 뜬다고 가슴으로부터 믿게끔 할 것이나.

주비는 그와 입씨름하지 않고 물었다.

"행각방이 뭐예요?"

사윤은 안주인이 담근 된장을 휘저으며 말했다.
"개방勾幇이라고 알아?"
주비는 고개를 끄덕였다.
"개방은 천하의 거지들을 망라한 무리야. 내부에 방주도 있고 장로도 있지. 지역별로 구획을 나눠서 각자 제멋대로 활동하는데, 도의를 아주 중시하고 내부 규율도 엄격해서 몇 대 장로인지 몇 대 제자인지 척 보면 알 수 있어. 나름 '백도白道'인 셈이지. 행각방도 개방이랑 비슷하게 강호를 떠도는 궁핍하고 초라한 무리야. 하지만 '차선점각아車船店脚牙는 죄가 없어도 죽어 마땅하다'라는 말이 있지. 행각방은 '흑도黑道'거든."
주비는 잘 이해가 되지 않아 반문했다.
"그게…… 다 무슨 소리예요?"
"얼른 밥이나 먹어. 다 식는다고. 얘기 듣느라 하나도 안 먹었잖아."
사윤은 손가락을 구부려 가볍게 탁자를 톡톡 두드렸다. 주비가 고개를 숙이고 국수를 몇 젓가락 먹는 걸 보고는 차분하게 말을 이었다.
"그러니까, '차선점각아'란 다섯 가지 직업을 가리키는 말이야. 마부, 뱃사공, 장사꾼, 짐꾼, 투기꾼. 이들은 각지를 떠돌아다니지. 그렇다고 꼭 나쁘다고 할 수는 없지만, 무리에 사람이 워낙 많고 복잡하고 규율도 엄격해. 그러니 순진한 양 같은 사람들이 멋모르고 맞닥뜨렸다가 목숨을 잃고 약탈을 당해도 그저 재수가 없었던 거라고 여길 수밖에."
주비는 가슴이 쿵 하고 내려앉았다. 양갓집 규수인 오초초가 사람을 죽이고 재물을 약탈하는 놈들의 손안에 들어가는 상상을 하니 입 안의 음식이 목구멍으로 넘어가지 않았다.

사윤이 말을 이었다.

"이 다섯 직업의 사람들을 통칭해서 '행각방'이라고 부르지. 전체를 통솔하는 우두머리는 없어도 서로 사정을 잘 알아. 여러 연줄로 이어진 형제들 같달까. 이들은 '하얀 장사'와 '검은 장사'를 해. 만약 네가 그쪽 사정에 정통하고 서로 한편인 데다 돈도 좀 있다면 걱정 안 해도 돼. 행각방의 규율은 하늘이 무너져도 변하지 않거든. 물건이나 서신을 보내는 일이든, 소식을 알아보는 일이든 아주 기막히게 잘 처리해서 믿을 수 있어. 바로 이런 게 '하얀 장사'야. '검은 장사'는 굳이 설명 안 해도 알겠지? 백 선생님은 걱정할 것 없어. 내 사촌 동생의 사람이라 믿을 수 있고, 행각방 연줄도 일고여덟 개 정도 알고 있으니까. 백 선생님을 따라가면 돼. 북조의 앞잡이와 정면으로 마주치지 않고 수비水匪, 섬이나 배에서 웅거하며 인근의 재물을 빼앗거나 부두를 장악하는 도적 떼 마을에 들어가기만 하면 거기 사람들은 우리한테 생선도 구워 줄 거야."

주비는 속으로 흠칫했다. 자신이 '흑도' 출신인 줄 알았는데, 산에서 내려와 비로소 알게 된 사실은 사십팔채가 순전히 북조 황제의 속을 뒤집어 놓기 위해 비적의 깃발을 달았다는 것이다. 세상을 한 바퀴 둘러보니 놀랍게도 사람들은 주비를 명문 정파 출신의 한 떨기 꽃 같은 소녀, 또는 속세를 벗어난 무릉도원에서 자란 사람이라고 여겼다.

주비는 잠시 생각하다가 다시 물었다.

"그럼 저도 그 사람들한테 서신을 보내 달라고 부탁할 수 있어요?"

사윤이 눈썹을 치켜세우며 말했다.

"음?"

주비는 손으로 숫자를 꼽아 보았다.

"우선 왕 부인을 찾아야 해요. 어떻게 되셨는지 모르잖아요. 사촌 오빠가 말없이 떠나 버렸는데 이제는 저도 찾을 수 없게 되었으니, 산채로 돌아간들 어머니 앞에서 무슨 말씀을 하실 수 있겠어요. 어쩌면 불벼락이 떨어질 수도 있다고요. 게다가 신비 사형 일도 말씀드려야 하고…… 그 배신자 염탐꾼도요. 몇 명이나 연루되어 있는지는 모르겠지만 아무튼 어른들께 알려야 해요……."

사윤은 놀랍다는 듯 주비를 훑어보았다.

"머리도 조그만 것이 참 많은 걸 생각하는구나."

사윤 때문에 생각의 흐름이 끊긴 주비는 사납게 사윤을 흘겨보았다. 근심 걱정에 잠겼더니 집이 그리워졌다. 사십팔채에 있을 때는 이성과 경쟁하는 것도 귀찮아서 매일 무공 연마가 아니면 가끔 이연을 상대해 주는 게 다였다. 마음에 담아 둘 일도 없었다. 산을 막 내려왔을 때만 해도 주비는 그저 왕 부인을 보필하는 시녀 구실만 잘하자는 생각뿐이었지, 산채의 염탐꾼이 어디 있는지는 관심도 없었다.

그러나 세상사가 이리 무상할 줄이야. 그녀는 눈 깜짝할 새 고립무원이 되어 근심이 한가득했다.

사윤은 잠시 생각하더니 갑자기 품 안에서 작은 종이 꾸러미를 꺼내 주비에게 건넸다.

"이거 받아."

주비가 어리둥절해서 받아 열어 보니 사탕이 가득 들어 있었다. 어디서 사 왔는지, 마치 농가에서 직접 만든 것처럼 크고 투박하게 잘려져 있어 어린아이가 잘못 삼켰다가는 목구멍이 막혀 죽을 수 있을 정도였다. 주비는 의심 가득한 눈초리로 사윤을 바라보았다.

"아침 일찍 나가길래 할 일이 있는 줄 알았더니, 고작 사탕 사려고 그 부산을 떤 거예요?"

사윤은 의기양양하게 말했다.

"할 일이란 게 뭔데? 사람은 누구나 눈썹 밑에 눈이 달렸어. 누구에게는 원대한 패업이 해야 할 일이겠지만, 나한테는 예쁜 아가씨를 기쁘게 해 주는 게 해야 할 일이야. 우열을 따질 게 뭐 있어? 난 내가 훨씬 고상한 것 같은데."

주비는 헛웃음을 쳤다.

"사 형님은 아무래도 경공을 더 연마하셔야야겠네요. 적어도 그 나불대는 주둥이만큼은 부지런해야지, 안 그랬다간 피비린내 나는 재앙에 휩쓸릴 거예요."

말하는 도중, 아래층에서 쾅쾅 문 두드리는 소리가 들렸다.

객잔은 영업시간이 끝났을 때를 빼곤 항상 대문이 활짝 열려 있었기 때문에 구태여 문을 두드리며 자신이 왔다고 알릴 필요가 없었다.

깜짝 놀란 주비가 고개를 내밀어 살펴보니, 들어온 이는 삐쩍 마른 몸에 움푹 들어간 볼, 뾰족한 턱과 뾰족하게 튀어나온 윗입술을 가진, 마치 털만 붙여 놓으면 원숭이처럼 재주를 부릴 것만 같은 사람이었다.

머리부터 발끝까지 흰옷 차림인 그의 뒤로는 상복을 입은 한 무리의 사람들이 서 있었다. 이제 막 무덤 앞에서 곡을 하고 온 듯 보였다. 우두머리인 말라깽이 원숭이가 한쪽 다리를 문턱 안에 들여 놓은 채 이 조그마한 삼춘객잔을 위아래로 훑어보더니, 옅은 미소를 지으며 주인장을 향해 공수했다.

"어르신들, 형제님들, '관이 올라가면 재물이 들어온다'고 하더이다승관발재升官發財, 관직이 오르면 재물이 들어온다는 말과 발음이 같다. 방금 상여를 장지까지 들어 옮기고 곡을 하느라 힘을 많이 썼는데, 길운을 비는 의미에서 저희에게 차를 좀 내려 주시지요."

그 시각, 객잔에 묵는 손님들도 삼삼오오 나와서 아침을 먹고 있었는데 이른 아침부터 상복을 입은 무리를 만나니 하나같이 표정이 밝지 않았다.

그러나 주인장도 인물은 인물이었다. 이런 상황에서도 웃는 얼굴을 장착하고는 상복 무리를 겹겹이 돌며 인사를 올리곤 상냥하게 말했다.

"그럼요, 문제없습니다. 얘, 노자야, 찻값을 가져와서 여기 '백공방白孔方' 형님들 갈증 좀 풀어 드려라!"

문턱을 들어선 그 원숭이는 주인장이 자신이 온 연유를 단번에 알아채자, 차가운 미소를 짓더니 엄지손가락을 치켜들었다.

"주인장이 역시 장사꾼답구려. 눈치가 아주 빠르시군. 뭘 좀 아는구먼."

주비가 조그맣게 물었다.

"'백공방'은 또 뭐예요?"

사윤이 대답했다.

"지전紙錢, 종이돈을 말하는 거야. 부잣집에서는 발인하고 장사를 지낼 때 격식 차리는 걸 좋아하는데, 집안에 효도할 후손이 많지 않으면 전문적으로 곡소리 하고 일 처리해 줄 사람들에게 부탁을 하곤 해. 그런데 지금은 세상이 어지러워 장사가 잘 안되니까 자기 직책을 이용해서 뇌물을 요구하는 거야. 걱정할 거 없어, 장사치들한테는 토박이 건달패 상대하는 게 흔한 일이니까."

사윤의 말이 채 떨어지기도 전에, 심부름꾼 아이가 돈주머니를 들고나와서는 부들부들 떨며 몇몇 상복 입은 자들에게 건넸다.

주인장이 굽신거리며 말했다.

"찻값이 약소합니다만 받아 주십시오. 형님들, 안으로 드셔서 잠시 쉬면서 배도 좀 채우시는 게 어떠신지요?"

원숭이가 손안의 돈주머니를 어림잡아 보더니, 충분했는지 한결 너그러워진 표정으로 웃으며 고개를 끄덕였다.

"그럴 필요 없습니다. 시간도 늦었으니 장사를 더 방해할 수야 없지요. 가자."

그가 명령하자 '효자 후손' 무리는 장지에 갈 때 썼던 태평소와 징을 꺼내 들더니 노래하고 두들기며 떠났다. 땅에는 온통 지전이 흩뿌려져 있었다. 그들이 떠난 걸 본 심부름꾼 아이가 침을 퉤 뱉자, 객잔 주인장이 부채로 뒤통수를 때리며 소리쳤다.

"뭘 보고 있느냐, 어서 가서 청소하지 않고!"

자기 사람을 혼내고 난 후 또다시 황급히 웃는 얼굴을 장착한 주인장은 손님 하나하나에 사과를 했다. 상대하기 쉬운 손님들에게는 원망 한마디 들으면 끝이었지만, 까다로운 손님들에게는 거듭 읍하며 온갖 좋은 말을 입이 닳도록 해야만 했다.

위층에서 그 모습을 내려다보던 수비는 주인장의 뚱뚱한 뒷모습이 마치 시장에서 파는 '절하는 오뚝이 인형'과 닮은 것 같아 너무나 측은했다. 자신은 가게 운영하는 일은 죽었다 깨나도 못 할 것 같았다.
 전에는 세묵강만 건너면 드넓은 세상이 펼쳐져 있을 테니 그녀를 곤혹스럽게 할 일은 없을 거라고 생각했는데 이제야 깨달았다. 자신의 보잘것없는 재주로는 남의 집 문지기나 정원사 정도면 족하다는 것을, 대업은 고사하고 '소업'을 이루는 것도 엉망진창이라는 것을.
 사윤이 사 온 사탕 하나를 집어 입 안에 넣자 볼이 불룩해졌다. 한참 있으니 약간 쓴맛이 도는 달콤함이 느껴졌다. 주비는 생각했다.
 '이번에 돌아가면 두문불출하며 삼사 년간 무공을 연마해야지. 그 전에 맘대로 나와서 웃음거리가 되는 일은 하지 않을 거야.'
 바로 그때, 별안간 객잔 밖에서 몇 마디 비명이 들리더니 태평소와 징 소리가 뚝 그쳤다. 객잔에 순간 정적이 감돌았고 입구에서 바닥 청소를 하던 심부름꾼 아이는 눈이 똥그래졌다. 주비가 2층 창문으로 바깥을 내다보니 준마 두 필이 기세등등하게 거리를 달리고 있었다.
 말에 탄 사람은 머리에 삿갓을 쓰고 있어 얼굴이 잘 보이지 않았는데, 곧장 '백공방' 무리 쪽으로 돌진했다. 말에 탄 사람이 손에 든 채찍을 휘두르자 악기를 연주하며 노래하던 '효자 후손' 무리가 우수수 쓰러졌다. 채찍에 달린 뾰족한 가시에 피와 살점이 붙어 있는 걸 보니, 채찍만으로도 사람 가죽을 한 겹 벗길 수도 있을 것 같았다.
 말을 탄 두 사람은 순식간에 객잔 문 앞에 당도했다. 심부름꾼 아이는 바보처럼 빗자루를 쥔 채 피할 생각도 못 하고 있었다. 잘게 찢긴 살점이 붙은 채찍이 다짜고짜 심부름꾼 아이를 향해 날아왔다. 아이의 머리통이 썩은 수박처럼 너덜너덜해질 찰나, 2층에서 별안간 나무젓가락 두 개가 날아오더니 하나는 채찍 끝을 쳐서 방향을 바꿨고, 다른 하나는 채찍을 휘두른 자의 손목을 정확히 찔렀다.

무시무시한 채찍 가시와 운 없는 심부름꾼 아이의 인연은 가까스로 스쳐 지나갔다. 하마터면 머리가 떨어질 뻔한 심부름꾼 아이는 바닥에 털썩 주저앉아 사시나무 떨듯 바들바들 떨었다.

말에 탄 사람이 삿갓을 벗으며 2층 창문을 매섭게 노려봤다. 채찍으로 살인을 저지른 악당은 놀랍게도 이제 갓 스무 살 정도 된 젊은 청년이었다.

주비는 피하지 않고 청년과 시선을 맞받아치며 무표정하게 입 안의 사탕을 깨물었다.

말 위의 청년은 준수하다고 할 만한 용모였으나 다만 눈이 과하게 가늘고 길었다. 눈썹꼬리는 귀밑머리에 닿을 정도로 가느다란 선으로 길게 이어져 유순해 보였지만 뾰족한 턱과 얇은 입술, 그리고 독이 서린 것 같은 두 눈은 마치 세상 모두에게 피 맺힌 원한이 있는 듯 보였다. 이마가 좁고 하관이 복스럽지 않은 전형적인 '나쁜 관상'이었다. 민간 관상서에 나오는 '냉혹하고 매정한 상'의 현화 같았다.

청년은 주비가 고작 어린 아가씨인 것을 보고 대수롭지 않게 여기며 기고만장하게 소리쳤다.

"어디서 굴러온 개가 쓸데없이 남의 쥐를 잡느냐?"

주비는 원래 '난 또 무슨 요괴인 줄 알았네, 알고 보니 쥐도 요괴로 둔갑할 수 있구나!'리고 받아칠 생각이었는데, 입까지 올라온 말을 뱉을 수가 없었다. 사윤 이 자식이 어디서 저질 사탕을 사 왔는지 사탕이 이에 착 달라붙어 떨어지지 않았기 때문이다.

방금 거리에서 일어난 불의를 보고 젓가락을 뽑았던 주 대협은 많은 사람이 지켜보는 가운데 차마 손가락으로 이를 쑤실 수 없었다. 그래서 하는 수 없이 모호한 눈빛으로 사윤을 쳐다보고는 의미심장하게 옆에 있던 찻잔을 들어 입 안을 헹궜다. 주비의 깊은 뜻을 알아차리지 못한 사윤은 그저 그녀가 생사의 고비를 넘더니 꽤 신중해졌다고 여기며 속으로 감탄했다.

'나이가 칠팔십이 되어도 자기 입 하나 단속 못 하는 사람들이 많은데, 아직 어린 나이에 대들고 싶은 욕구를 참아 내다니, 확실히 쉬운 일은 아니지.'

주비를 심각하게 오해한 사윤은 싱글벙글 웃으며 아래층을 향해 공수하며 말했다.

"기개가 비범하고 '사명편四冥鞭' 기술도 가히 입신의 경지에 이르신 분이, 어찌 잠시 눈이 멀어 길을 막은 아이와 똑같이 구시는지요?"

그 말에 객잔에 있던 사람들은 낯빛이 굳어지더니 구경은 고사하고 쥐 죽은 듯 조용히 옆으로 물러났다.

주비가 영문을 모르는 사이, 사윤은 눈으로는 아래층을 내려다보며 손가락에 물을 묻혀 탁자 위에 '청룡靑龍'이라는 두 글자를 적었다. 주비는 순간 머릿속이 멍해졌다. 산골짜기에서 우연히 심천추를 만났을 때 그에게서 들은 적 있었다. 활인사인산에는 '사상四象'이라고 스스로를 치켜세우는 네 명의 두목이 있는데 그중에서 목소교는 바로 '주작'이라고.

'주작'이 있다면 응당 '청룡', '백호', '현무' 따위도 있을 것이다.

아래층에 있는 자는 '청룡주'가 아닐 것이다. 그러지 않고서야 어찌 젓가락 하나로 채찍을 맞혀 떨어뜨릴 수 있었겠는가. 하지만 그의 표정을 보아 하니 청룡 휘하에 있는 인물임이 틀림없었다.

말 위의 청년이 미간을 찌푸리며 입을 열려고 하자 옆에 있던 그의 동료가 천천히 손을 뻗어 그를 막았다.

청년을 말린 사람이 느릿느릿 삿갓을 벗자 노쇠한 얼굴이 드러났다. 그는 혼탁한 눈빛으로 주비를 훑어보더니 다시 눈을 돌려 사윤을 쳐다보며 쉰 목소리로 말했다.

"우리 도련님은 성미가 고약하신데 가는 길이 급해서 실례가 많았습니다. 여러분께 사죄드립니다."

사람을 죽인 청년은 그 말을 듣고 꽤 불만이었는지 찡그린 얼굴로 노인을 째려보며 냉소를 지었다.

삼춘객잔 주인장이 성큼성큼 객잔에서 달려 나와 바닥에 주저앉은 심부름꾼 아이를 부축해 일으킨 후 읍하며 말했다.

"천만의 말씀이십니다. 준마의 길을 막아서 참으로 송구스러울 따름입니다."

늙은 하인과 뚱보 주인장은 제각기 정중히 예의를 차리며 한 명은 말 위에서, 한 명은 길 위에서 서로 한참 '죄송합니다'를 연발했다. 청년이 탄 말이 짜증 난다는 듯 투레질을 하자 청년이 차갑게 말했다.

"두 분 인사는 아직인가?"

주인장은 재빨리 심부름꾼 아이를 들어 길을 비키며 말했다.

"안으로 드시지요."

청년은 그를 거들떠보지도 않고 말에서 훌쩍 내리며 말고삐를 아무렇게나 던졌다. 뒤에 있던 노인이 두 손으로 고삐를 받는 모양새가 본분에 충실한 가복이었다. 청년은 거리낌 없이 객잔으로 들어

가며 2층의 주비를 손가락으로 가리켰다.

"난 원래 여자는 봐준다. 네가 운이 좋구나. 내려와서 내게 머리를 조아리면 이번 일은 더 따지지 않겠다."

주비의 얼굴에 놀라움이 떠올랐다. 이 상황이 이해가 되지 않은 그녀는 입 안에 들러붙은 사탕을 힘겹게 헹궈 내고 사윤에게 급히 물었다.

"아까 똑똑히 봤죠? 방금 내가 저자를 공격한 거예요, 아니면 저자가 날 공격한 거예요?"

사윤이 탁자에 적은 '청룡' 두 글자는 아직 완전히 지워지지 않아, 남아 있는 획들이 '월우月尤' 두 글자를 이루고 있었다. 주비의 말을 들어 보니 싸우려고 작심한 듯해, 사윤은 몰래 고개를 절레절레 흔들며 생각했다.

'아까 꽤 신중해졌다고 생각했는데, 거참, 도무지 칭찬할 수가 없다니까.'

사윤은 묵묵히 서둘러 남아 있던 국수를 입에 넣으며 언제라도 죽을 준비를 하고는, 주비 군자를 열심히 응원했다.

하얀 얼굴의 청년은 화가 나서 눈썹을 치켜세우며 기고만장해서는 곁에 있는 노인에게 지시했다.

"저년을 잡아 와!"

노인은 잠깐 망설였다. 청년이 발을 구르며 소리쳤다.

"안 데려와?"

노인은 한숨을 내쉬며 소매에서 단검 한 자루를 꺼냈다. 일반적으로 단검은 가볍고 민첩해서 자객이 선호하는 무기다. 그런데 노인의 손에 들린 단검은 검자루가 아주 두껍고 묵직해서 손이 작은 사람은 한 손에 움켜쥐지도 못할 정도였다. 위에는 금방이라도 살아 움직일 것 같은 반룡 몇 마리가 새겨져 있었는데, 용 꼬리를 검자루에 고정한 채 입을 벌려 사람을 삼켜 버릴 것만 같았다.

사윤이 한번 훑어보더니 갑자기 입을 열었다.

"구룡수의 솜씨는 천하무쌍인데 언제부터 후배 말에 두말없이 복종하는 신세가 되셨습니까?"

노인은 고개를 저으며 말했다.

"주상의 명을 거스를 수는 없지요. 공자, 아가씨, 실례하겠소이다."

말이 떨어지기 무섭게 곱사등이 노인은 평지에서 솟구쳐 눈 깜짝할 새 2층으로 뛰어올랐다. 단검이 칼집에서 뽑히며 용의 울음소리가 나더니 검끝이 곧장 주비를 겨누었다.

이 노인도 분명 착한 놈은 아니다. 앞에서는 공손한 말을 내뱉고는 다음 순간 마치 독사가 굴에서 나오듯 단검을 뽑아 들이대다니, 당최 대응할 여지도 주지 않는 자였다. 만약 주비가 몇 개월 전에 이 노인을 만났더라면 아마 보자마자 넋을 잃었을 것이다.

그러나 주비는 이미 주작주와 북두, 심지어 고영수까지 만나며 견문을 넓힌 상태였다. 수많은 절대 고수들이 얼른 자라라고 잡아당긴 새싹과도 같다고나 할까. 더는 사십팔채에 살던 세상 물정 모르는 촌뜨기 소녀가 아니었다.

주비는 검을 피하지도 않고 여전히 긴 의자에 앉은 채 칼을 비껴 들어 단검을 막고는, 다리를 쭉 뻗어 맞은편의 사윤을 의자와 함께 두 장 밖으로 걷어차 날려 보냈다. 혹시라도 사윤이 방해할까 봐서였다. 주비가 손목을 뒤집자 장도가 '챙' 하고 모습을 드러내더니 노인의 팔뚝에 딱 붙어 밑에서부터 위로 치고 올라갔다.

사윤은 이런 상황에서도 여유롭게 수 장 바깥에서 아예 다리까지 꼬고 앉아 입으로는 쉴 새 없이 떠들어 댔다.
"그자의 검자루 안에 숨겨진 걸 조심해."
그의 말이 떨어지기 무섭게, 구룡수의 손목에서 '뚜둑' 소리가 나더니 제법 무서운 각도로 손목이 비틀렸다. 검자루의 크게 벌려진 용의 입에서 '슉슉' 소리가 나는가 싶더니 용의 입에서 갑자기 손바닥 두 개 정도 길이의 작은 화살이 발사됐다. 하나는 주비 쪽으로, 하나는 사씨 성을 가진 저 입만 나불거리는 당나귀 쪽으로.
사윤이 보아 하니 이 망할 영감탱이는 포악무도하기 그지없었다. 어떻게 구경하는 사람까지 공격할 수 있지? 그는 잽싸게 반 자 옆으로 몸을 옮겨 가까스로 그 짧은 화살을 피했지만, 의자가 균형을 잃는 바람에 곧장 바닥에 주저앉고 말았다.
사윤은 그래도 화를 내지 않고, 뻗을 곳을 잃은 두 다리를 모아 아예 책상다리를 하고 앉아 의미심장하게 말했다.
"어르신, 모든 일은 너무 과하면 연이 금방 다한다 했습니다. 집안사람을 타이르지는 못할망정 저렇게 내버려 두고 졸개 노릇까지 하시다니요. 달인의 풍모가 아깝습니다."
주비는 발끝으로 땅을 짚고 탁자 위로 뛰어 올라갔다. 작은 화살은 주비의 신발 바닥을 스치며 탁자를 뚫고 들어갔다. 화살 하나는 아무것도 아니었다. 갑자기 '슉슉' 하는 소리와 함께 짧은 화살이 연달아 발사되었다.
부유진은 천지로 뻗어 나갈 수도, 한 치의 공간에서도 이리저리 방향을 바꿔 이동할 수도 있었다. 주비의 몸놀림은 보고만 있어도 어질어질했다. 2층에 있던 다른 사람들은 순식간에 싹 사라졌다.

이때 누군가 갑자기 소리쳤다.

"멈춰라!"

구룡수는 그 소리를 듣자 얼굴색이 급변하더니, 주비를 신경 쓸 겨를도 없이 계단을 내려가는 것도 생략하고 곧장 두 발을 굴러 극강의 파괴력을 지닌 '천근추千斤墜'를 시전했다. 그러자 2층 바닥이 부서지면서 1층의 기생오라비 같은 청년 앞으로 떨어졌다.

주비는 속으로 생각했다.

'멈추라면 내가 멈춰야 하는 거야? 지가 뭔데?'

주비는 곧장 쫓아가려 했으나 언제 기어 왔는지 모를 사윤에게 붙잡혔다. 사윤이 조그맣게 속삭였다.

"영웅 아가씨, 일단 기다려 봐. 저들한테 잠깐 얘기할 틈 좀 주자고."

그들이 속삭이는 사이에 주방에서 서른 후반쯤 돼 보이는 사내가 느릿느릿 걸어 나왔다. 그는 몸매가 호리호리했고 앞치마를 둘렀으며, 양쪽 팔뚝에는 기름 얼룩이 묻은 토시를 끼고 있었다. 주방장의 차림새였다. 겉으로 드러난 얼굴과 손은 아주 깨끗해 보였으나, 전체적으로는 아주 추레하고 기운 없어 보였다.

사윤이 작게 속삭였다.

"인제 보니 이곳 된장은 안주인이 담근 게 아니었네."

주비는 사윤의 입 앞에서 장도를 칼집에 집어넣으며 입 좀 다물라는 눈치를 주었다.

주방장은 주인장에게 허리를 굽혀 예를 갖추며 말했다.

"주인 이르신, 죄송합니다. 제기 또 말썽을 일으켰네요."

주인장은 하얗고 포동포동한 손을 내저으며 한숨을 쉬었다.

주방장은 천천히 양팔에 낀 토시를 벗어 한쪽에 두고는, 눈을 들어 구룡수가 몸 뒤로 숨긴 기생오라비 같은 청년을 흘끗 쳐다보았다.

"패야, 복수를 하려면 원수를 찾고, 빚을 받으려면 빚쟁이를 찾아야지. 상관없는 사람들은 끌어들이지 말아라."

'패야'라고 불린 젊은 청년이 그 말을 듣고 음험하게 웃으며 말했다.

"좋아. 그렇게 말하는 걸 보니 빚을 갚으러 나온 거겠지?"

주방장은 청년을 그윽하게 바라보더니 말했다.

"내가 어떻게 하면 좋겠니. 네가 말해 보거라."

청년이 웃었다.

"그거야 아주 쉽지. 난 당신 목숨 따위 필요 없어. 내가 보는 앞에서 스스로 오른손을 칼로 쳐 내고 꿇어앉아서 백팔십 배를 올리고, 당신 몸에 칼로 여섯 구멍을 내게 해 주면, 그걸로 우리 과거의 원한은 정리되는 거야!"

청년이 여기까지 말했을 때 삼춘객잔 밖에서 갑자기 한 무리의 사람들이 몰려왔다. 그들의 소매에는 하나같이 입을 크게 벌리고 사람을 삼키려고 하는 악룡이 수놓여 있었다. 객잔의 사람들은 상대하기 쉽지 않은 자들만 들이닥치는 걸 보고 하나둘 구석으로 물러섰고, 덕분에 객잔 한가운데는 뻥 뚫린 공터가 되었다.

주비는 목소교가 하는 짓을 본 후로 활인사인산에 대한 인상이 좋지 않았다. 그런데 이 기생오라비 같은 청년은 길에서 사람을 해한 데다, 보면 볼수록 정말 너무 싫어서 숨 쉬는 모습만 봐도 때려 주고 싶을 정도였다.

사십팔채의 이 두령님은 이렇게 말씀하셨다. 칼을 들어도 뽑을 용기가 없다면 차라리 남의 집 수박이나 잘라 주는 게 낫다고. 더군다나 방금 구룡수도 다짜고짜 칼을 뽑은 마당에, 그녀와 아무 원한이 없다고 할 수도 없지 않는가.

요즘 계속 울적하던 차에 차라리 잘됐다. 주비는 아래층으로 몸을 휙 날려 장도로 바닥을 찔렀다.

주방장이 시선을 내리깔고 앞으로 한 걸음 나아가자 청년은 즉시 뒤로 한 걸음 후퇴했다. 그 모습을 본 주방장은 웃는가 싶더니 걸음을 멈추고 나지막하게 말했다.

"상관없다. 내가 너와 함께 돌아갈 테니 날 죽이든 능지처참을 하든 알아서 하거라. 다른 사람들한테 폐 끼치지 말고."

이때, 객잔 주인장이 불쑥 입을 열었다.

"잠시만, 잠시만요. 여러 나리들, 죄송합니다. 그렇지만 말입니다, 이 작은 객잔에 주방장이라고는 딱 하나뿐인데, 이 사람을 데려가시면 저는 어디 가서 사람을 구한단 말입니까?"

주인장은 그렇게 말하며 청년 앞으로 다가가 공손히 읍했다. 기생오라비 같은 청년은 코웃음을 치더니 주방장의 명치로 손을 뻗었다.

"그게 나랑 무슨 상관……."

주비는 손가락 하나를 칼집에 끼운 채 바로 칼을 뽑을 준비를 하고 있었는데, 갑자기 밀가루 반죽처럼 생긴 주인장이 손을 뻗더니 청년의 팔을 비틀었다. 청년은 마치 무언가에 빨려 들어가는 것처럼 비틀거리며 앞으로 몇 걸음 가다가 순식간에 제압당하고 말았다.

주인장이 청년의 팔 반쪽을 틀어쥐고 무슨 수법을 시전했는지, 그 기생오라비 같은 청년의 얼굴에는 식은땀이 비 오듯 흘렀다. 하지만 청년은 나름 강단이 있어서 한 번 '끙' 하더니 이를 악물고 찍소리도 내지 않았다.

이런 사고가 벌어지리라곤 예상치 못한 주비가 손을 거두어 치켜들었던 칼집을 툭 하고 제자리로 내려놓았다.
사윤이 주비의 귀에 대고 느릿느릿 속삭였다.
"형산 기슭의 이 아무도 신경 안 쓰는 괴상한 곳에는 온갖 잡배들이 모여들지. 말만 번지르르하게 한다고 여기서 버틸 수 있을 줄 알았어? 아까 주인장 손 봤지?"
주비는 눈을 끔뻑거렸다.
사윤은 주비가 눈을 휘둥그렇게 뜨면서 눈꼬리 쪽의 속눈썹도 미세하게 치켜 올라가는 걸 보았다. 그 모습이 참으로 귀여워 못된 심보가 또다시 꿈틀거렸다. 그는 일부러 주비의 궁금증을 유발하고는 허세를 부리며 말했다.
"자, 어디 나한테 아부 좀 해 봐. 그럼 알려 주지."
주비는 칼집을 들어 사윤의 옆구리를 찔렀다.
"말 안 할 거예요?"
사윤은 갑작스러운 공격에 허리를 푹 숙였고 하마터면 혀까지 깨물 뻔했다. 주비가 웃는 듯 마는 듯 한 표정으로 흘겨보는 것을 보고 사윤은 얼른 입을 열었다.
"할게, 한다고. 영웅 아가씨, 힘을 좀 아끼시지요……. 이 객잔은 크진 않지만 손님이 많아서 평소에는 주인장이 심부름꾼처럼 일하고, 심부름꾼은 당나귀처럼 일한단 말이야. 영업이 끝나면 주인장이 직접 청소하고 탁자 닦는 허드렛일을 하는 걸 많이 보기도 했고. 그런데 일하는 사람은 손바닥에 굳은살이 박여 있어야 정상일 텐데, 저 사람 손은 너무 고운 것 같지 않아?"
주비는 한 번도 주의를 기울인 적 없었는데 그 말을 듣고 순간 아차 싶었다. 자세히 보니 기생오라비 같은 청년의 목을 조르는 주인장의 백옥같이 하얀 손은 손등에 푸른 핏줄 하나도 튀어나와 있지 않았다.

주인장이 점잖게 웃으며 말했다.

"아이고, 죄송합니다, 죄송합니다. 여러분께서 이렇게 문을 막고 있으면 제가 아침 장사를 할 수가 없습니다요. 나리들께서 소인을 좀 봐주시지요. 부탁드리겠습니다."

주인장이 말하면서 허리를 굽히자 청년의 얼굴도 따라서 비틀리며 검붉은색으로 부풀었다. 주방장은 불편한 기색으로 앞으로 한 걸음 나아가 뭔가를 말하려다가, 주인장이 자신을 위해 직접 나섰다는 걸 떠올리곤 꾹 참고 돌아섰다.

구룡수가 순간 눈빛을 반짝이더니 품에서 작은 깃발을 꺼내 들어 객잔 입구에 꽂았다.

사윤이 중얼거렸다.

"큰일 났군."

주비가 왜냐고 물을 새도 없이 구룡수가 갑자기 구석으로 손을 뻗더니 객잔에 묵고 있던 행상 한 명을 붙잡았다. 행상 옆에는 그를 따라다니는 호위병이 몇 명 있었지만 미처 반응하지 못했고, 구룡수가 병아리를 낚아채듯 자기 주인을 잡아가는 걸 그저 속수무책으로 바라볼 수밖에 없었다. 하나둘 무기를 꺼내 들었지만 누구도 감히 먼저 움직이지 못했다.

주방장은 낯빛이 변하며 무겁게 말했다.

"당신들, 뭐 하는 거요?"

구룡수는 어쩔 수 없다는 표정으로 탄식했다.

"진정한 고수는 자기를 드러내지 않는다더니, 주인장이 바로 숨은 고수였군요. 우리 집 도련님을 일거에 붙잡은 마당에 이 늙은이는 속수무책이외다. 설령 풀어 달라고 애원한다 해도 주인장은 필경 이 늙은이가 마음대로 할 수 없는 일을 요구할 테지요. 도련님을 보호하지 못하거나, 요구하는 일을 하지 못하거나 둘 중 하나를 선택해야 할 테니 이 늙은이의 죄명은 이미 정해진 것이나 다름없습니다. 우리 주인 어르신 성격에 이 몸은 목숨조차 부지하기 힘들겠지요. 그러면 주인장은 이 늙은이의 원수가 될 것이고, 이 늙은 퇴물은 딱히 할 수 있는 일이 없으니 복수라도 먼저 할 수밖에요. 돈을 내고 이 객잔에 묵는 여러분은 제 원수와 거래를 한 셈이니, 그렇게 따지면 연좌제를 적용하는 것도 무리는 아닐 겁니다."

말을 마치기도 전에 구룡수는 갑자기 두 손에 힘을 주었다. 운 나쁘게 걸린 행상은 찍소리도 못 하고 목이 비틀려 숨을 거뒀다.

구룡수가 시체를 던지며 외쳤다.

"청룡기가 문 앞에 섰으니 이곳은 이제 들어올 수는 있어도 나갈 수는 없다. 죽은 자만 남기고, 산 자는 남기지 마라. 뭣들 하느냐?"

객잔 밖을 포위하고 있던 무리가 이 말을 듣고 즉시 객잔 안으로 뛰어 들어와 주인장과 다른 손님들 모두를 포위했다.

"……."

객잔에 묵는다는 이유로 좌죄시키겠다니, 이 망할 놈이 지금 누굴 건드리는 거야?

구룡수는 명령을 내린 후 마치 될 대로 되라는 듯, 아홉 개의 이빨이 반짝이는 단검을 뽑아 곧장 기생오라비 같은 청년의 명치를 찔렀다.

주인장은 청년이 죽는 건 원치 않았는지 청년을 붙잡고 뒤로 후퇴했다. 객잔의 분위기가 순식간에 역전됐다. 구룡수는 자기 사람을 죽이려 하고 주인장은 필사적으로 지키려 하니, 그야말로 속수무책이었다.

기생오라비 같은 청년은 불운의 기운을 타고났는지, 그와 한패가 되는 사람마다 곤란에 빠뜨렸다. 뚱뚱한 주인장이 숨겨진 무림 고수라 해도 이런 혹을 달고 다니며 상대하기에는 역부족이어서 여간 낭패가 아니었다.

활인사인산 청룡 휘하의 수하들은 객잔에 난입해 사람들을 마구잡이로 베기 시작했다.

사윤은 주위를 둘러보더니 자기 주제를 정확히 아는 듯이 말했다.

"이런 상황은 내가 대응하기가 좀 힘든데……."

주비는 코웃음을 치며 대꾸했다.

"알면 걸리적거리지나 말아요."

주비는 말을 마치기도 전에 구룡수에게로 몸을 날렸다. 장도가 폭풍우 소리를 빨아들인 듯 쉬익 소리가 났다. 주비는 아까 1층에서 구룡수와 겨뤄 보긴 했지만, 그때는 상대의 실력도 몰랐고 이들의 두목이 이 멀리까지 와서 시비를 거는 자초지종도 몰랐기에 다짜고짜 대판 싸움을 벌일 수도 없었다. 그래서 공격에 여지를 남겨 두며 기본적으로 방어만 했다.

그런데 이제 보니 청룡이니 주작이니 하며 야단법석을 떠는 것들은 죄다 그놈이 그놈이었다. 까닭 없이 좌죄할 처지에 놓이자 억울함에 울화가 치민 주비는 목소교에게 품은 원한까지 이 패거리에게 실어 다시 공격을 시작했다. 그 기세만 보아도 아까와는 사뭇

달랐다.
　흠칫 놀란 구룡수는 낮게 기합을 넣으며 단검으로 주비의 칼을 쳐 냈다. 두 사람의 무기는 눈 깜짝할 새 격렬하게 서너 번 맞부딪쳤다.
　구룡수는 예부터 악명 높은 고수였으니 당연히 풋내기 소녀와 비교할 내공이 아니었다. 주비의 파설도가 제아무리 천하제일이라 해도 회가 거듭될수록 손목이 얼얼해지는 건 어쩔 수 없었다.
　한편 구룡수도 속으로 깜짝 놀랐다. 주비가 손목이 저린지 어떤지는 몰랐지만, 이 소녀의 도법은 지극히 매서운 데다 꽤나 능숙하기까지 했다. 게다가 한 발짝 한 발짝 바짝 압박해 오는 것이, 어린 사람이 대결할 때 흔히 보이는 주저함이나 망설임이라곤 조금도 없었다.
　구룡수는 기합을 지르며 힘을 두 배로 끌어올리고는 자신의 깊은 내력으로 인정사정없이 주비의 칼등을 내리눌렀다. 두 사람은 한동안 대치했다. 이때, 옆에 있던 주방장이 불쑥 입을 열었다.
　"아가씨, 그거 설마…… 파설도인가요?"
　'파설도'라는 세 글자가 나오자마자 구룡수는 안색이 확 변했다. 그가 손에 쥔 단검이 탁 소리와 함께 각도를 바꾸더니, 검자루의 작은 화살이 보이지 않는 각도로 사운을 향해 날아갔다. 주비가 칼을 거두고 그를 구하러 가게 할 목적이었다. 주비는 어쩔 수 없이 한발 늦게 화살을 쫓아가 칼끝으로 화살을 쳐 냈다. 구룡수는 이 틈을 타 손바닥에 힘을 실어 주비의 등을 내리쳤다.
　그러나 부유진은 변화무쌍하여 만물로 가리고 만물을 막을 수 있었다. 주비는 화살을 쫓을 때 본능적으로 먼저 발을 뻗어 옆에 있던 긴 의자를 찼고, 의자는 튀어 오르며 주비 대신 공격을 막느라 산산조각 났다.

주비는 음산한 장력이 어깨와 목의 대혈을 통해 몸 안으로 밀려 드는 것을 느꼈다. 의자가 중간에서 장력을 막긴 했어도 그 위력은 여전히 만만치 않았다. 주비의 오장육부가 격렬하게 떨리며 목구멍에서 순간 피비린내가 올라왔다. 그런데 이와 동시에 주비의 몸속에서 또 다른 내식이 저절로 돌기 시작했다.

주비는 이를 깊이 생각할 겨를도 없이 노기등등하게 칼을 휘둘러 반격했다. 그것은 '파설도'의 '산山'이었다. 한가운데를 공략하는 묵직한 식으로, 전에는 이 기술을 쓸 때 한 치의 오차도 없었는데 이번엔 어찌 된 일인지 뭐라 설명하기 힘든 스산한 기운이 실려서 평소보다 조금 빨라졌다.

구룡수는 주비가 어리고 진기도 약해서 내심 얕보고 있었다. 그런데 자신의 장법에 주비가 다치기는커녕 오히려 장도의 흉포함을 일깨울 줄이야. 구룡수는 무리해서 계속 대적할 수는 없다는 생각에 황급히 뒤로 두 보 물러났다. 그리고 단검을 가슴 앞으로 가져와 몸을 보호하며 마치 강적이라도 만난 것처럼 주비를 쳐다봤다.

주비는 단구낭으로부터 우연히 고영진기를 받았으나 이를 자유자재로 사용하는 법은 미처 배우지 못했다. 몸속에서 두 진기가 별 탈 없이 화목하게 지내고는 있었지만 그렇다고 하나로 합쳐진 것도 아니어서 각자 멋대로 돌고 있다는 게 맞았다. 이런 요상한 상황은 설령 단구낭이 옆에 있다고 한들 속수무책이었을 것이 뻔했다. 주비의 목숨을 앗아갈 뻔한 고영진기가 줄곧 경맥에 가라앉아 있다가 뜻밖에도 방금 구룡수의 일 장에 분출된 것이다.

골격이 가느다란 주비가 파설도를 연마하면 들인 공력에 비해 효과가 적을 거라고 많은 사람이 단언했는데, 워낙에 포악한 고영진기가 마침 주비의 단점을 보완해 주었다.

한때 고영진기와 파설도는 서로 맞붙었지만, 삶과 죽음으로 헤어져 이십 년이 흐른 지금 뜻밖에도 주비의 몸에서 하나로 합쳐지게 되었다.

주비는 잠시 마음이 복잡해졌다.

구룡수는 순간 눈을 반짝이더니 단검을 거두고 주비를 향해 공수하며 정중하게 말했다.

"아가씨가 남도南刀의 후손인 것을 이 늙은이가 몰라보고 실례를 범했군요. 제 원수는 아가씨와 무관한데 너무 많은 폐를 끼친 것 같습니다. 이렇게 사람도 많은 곳에서 큰 소란을 벌이면 칼과 검에 눈이 달린 것도 아니라 엉뚱한 사람이 다치기도 합니다. 아가씨는 저쪽의…… 허허, 저 친구분을 데리고 먼저 가셔도 좋습니다. 인연이 있으면 또 만나겠지요. 이 늙은이가 다시 한번 사죄드립니다."

"……."

방금까지만 해도 객잔에 묵는다는 이유로 좌죄 운운하던 구룡수가 지금은 또 자기 원수와 주비는 무관하다며 말을 바꿨다. 사실 그는 '파설도' 세 글자를 듣자마자 주비를 죽여 입을 막아야겠다고 생각했지만, 보아하니 금방 죽일 수도 없을 것 같아 '아가씨가 남도의 후손인 것을 몰라봤다'며 말을 바꾼 것이다.

거기다 뒤에 붙은 '허허'는 또 얼마나 옹졸하기 그지없는지, '친구'라는 단어가 그의 입에서 나왔다는 건 'ㅊ'부터 'ㅜ'까지를 더럽힌 것이자, 글자를 창제한 사람에 대한 모독이었다.

주비는 말 한마디에 이렇게까지 많은 알랑방귀가 들어 있는 걸 들어 본 적이 없어 잠시 '감탄'하기까지 했다. 정말이지 뭐라 대답해야 할지 알 수 없었다.

옆에서 한참 침묵을 지키던 주방장이 입을 열었다.

"기왕 구룡수가 그리 말하니, 아가씨, 떠날 수 있으면 친구와 떠나십시오. 애초부터 상관도 없는 일에 휘말리게 해서 정말 미안할 따름입니다."

사윤은 팔짱을 끼고 조용히 있다가 갑자기 웃음을 터뜨렸다. 주비가 가차 없이 말했다.

"내 다리로 어딜 가든 말든 지렁이가 지휘할 필요는 없죠."

사윤은 공감한다는 듯 고개를 끄덕였다.

"제 여동생이 버르장머리가 없어 형님들을 종종 때리긴 합니다만, 저 말은 참 마음에 드는군요."

구룡수는 굳은 얼굴로 헛웃음을 치며 말했다.

"좋습니다. 천당으로 가는 길을 마다하시고, 굳이 돌아올 수 없는 저승길로 가시겠다니. 체면이라도 세워 드리려 했는데 원치 않으시니 할 수 없군요. 오늘 남북의 쌍도가 여기서 만났으니, 청룡파의 이 몸이 한 수 가르쳐 드리겠습니다. 오시죠"

구룡수의 말이 떨어지자마자 뒤에 있던 활인사인산 무리가 일제히 객잔 문을 막고 서서 신속하게 전투 대형을 펼쳤다.

수하들을 양처럼 풀어놓는 주작주 목소교와는 달리, 청룡주는 본인이 움직이는 것을 별로 좋아히 않았고 대신 패싸움에 능했다. 그는 인산인해로 밀어붙이는 '번산도해翻山倒海' 대진을 만들었는데, 싸움이 붙으면 그게 꼭 통하는 건 아니었지만 혈혈단신의 고수와 맞설 때는 아주 효과적이었다.

하지만 주비는 그것이 얼마나 대단한지도 모른 채, 오직 '남북의 쌍도'라는 말에 온통 정신을 빼앗겨서 놀란 눈으로 뚱뚱한 주인장과 초췌한 주방장을 번갈아 바라보았다. '북도'가 여기서 누굴 가리키는 건지 당최 알 수 없었다. 옛날 남북의 쌍도는 '쌍절'이라고도 불리며 남도 이징은 촉 땅에, 북도 관봉은 관외 지역에 있었다.

이징은 발이 아주 넓었고 훗날 사십팔채의 깃발을 어깨에 짊어지는 인물이 되어 더욱 유명해졌다. 이에 비해 대선배인 관봉은 세상사에 그다지 관심이 없었다. 관봉은 이징보다 열 살쯤 많았다. 옛 도읍에서 반란이 일어난 후로 관봉은 다시는 국경 안으로 들어오지 않았다는 말이 돌다가, 점차 전설로 굳어졌다. 지금은 아마 평범한 양치기 노인이 되어 황야에서 여생을 보내고 있을 것이다.

촉 땅에서는 일 년 내내 눈 쪼가리도 볼 수 없었지만 남도는 얼음같이 차갑고 살을 에듯 매서웠으며 눈보라를 일으키는 북풍의 기세가 있었다. 한편, 국경 밖은 모래바람을 빼면 소와 양이 다였는데도 북도의 도법은 의외로 아주 부드러웠다. 그래서 사람들은 이를 '단수전사_{斷水纏絲, 물을 자르는 가느다란 실}'라 불렀다.

사윤은 정색하며 주방장에게 공수하며 말했다.

"외람되지만 선배님께서는 혹시 북도의 계승자인 기운침, 기 대협이 아니신지요?"

주방장은 나이도 어린 젊은이가 단번에 자신의 이름을 댈 줄은 생각지도 못해 순간 살짝 놀랐으나 곧 쓴웃음을 지으며 대답했다.

"부끄럽군요. 제가 기 아무개는 맞으나 지금은 그저 폐인일 뿐입니다. 돌아가신 스승님의 명성을 더럽힐 수 없으니 '북도의 계승자'

라는 말은 거둬 주시지요."

풍보 주인장에게 잡혀 있던 청년이 갑자기 옆에서 냉소를 지으며 끼어들었다.

"면목 없는 얼굴이 아닌데? 어서 저자에게 물어봐, 칼을 들 용기가 있는지 없는지."

기운침이 고개를 숙이고 말했다.

"맞습니다. 전 맹세를 했지요. 스스로 무공을 버리고 평생 다시는 칼을 들지 않겠다고, 누구와도 무공을 겨루지 않겠다고 말입니다."

주비가 깜짝 놀라 물었다.

"어떤 경우에도 겨루지 않겠다고요? 누군가 당신을 죽이려 덤벼도 말이에요?"

기운침의 눈썹이 살짝 움찔하더니, 얼굴에 흰 천만 두르면 당장이라도 곡소리를 할 것 같은 근심 어린 얼굴로 조용히 주비에게 말했다.

"날 죽이게 두면 됩니다."

기운침의 말이 떨어지기도 전에 기생오라비 같은 청년이 악랄하게 외쳤다.

"그럼 왜 아직도 안 죽은 건데? 객잔 사람들이 오늘 이 자리에서 죽는 건 다 네놈과 연루됐기 때문이라고. 왜 안 죽고 있느냐 말야!"

그의 말에 기운침의 안색이 더 어두워졌다. 그는 천천히 허리를 굽혀 주비가 쳐서 떨어뜨린 작은 화살을 주웠다.

사윤은 어쩐지 기운침의 얼굴에서 '살 만큼 살았다'는 느낌을 받았다. 혹시나 그가 갑자기 화살을 목구멍에 찔러 넣기라도 할까 봐 다급히 말했다.

"선배님이 죽더라도 구룡수는 우릴 놓아주지 않을 겁니다. 활인사인산이 언제 도리를 지킨 적 있습니까?"

그 말에 청년이 피식 웃음을 터뜨렸다.

"당연하지. 무공을 논하자면 구룡수는 손에 꼽힐 만한 사람은 아니지만, 독하고 악랄함으로 따지자면 저 노인은 좀처럼 만나기 힘든 적수야. 한번 죽으면 그걸로 끝날 거라 생각하지 마. 천 번 만 번을 죽는다 해도 저 노인네는 매번 자기 하고 싶은 대로 갈기갈기 찢어 죽이고 말 테니까."

주비는 얼떨떨하게 그의 쓸데없는 개소리를 듣다가 대체 이 기생오라비는 기운침을 죽이고 싶은 건지 살리고 싶은 건지 아리송해졌다. 활인사인산 사람들은 다 머리에 문제가 있는 게 아닐까? 저렇게 말이 앞뒤가 안 맞아서야. 심심하면 자기가 말한 다음 자기 뺨 한 번 때리면서 놀면 되겠네.

구룡수가 청년을 차갑게 쳐다보더니 갑자기 입으로 날카로운 소리를 냈다. 그러자 뒤에 있던 진열이 돌연 객잔의 사람들을 향해 달려들었다.

이들은 확실히 훈련이 잘되어 있어 전진과 후퇴가 적절했고, 마치 사람을 휘감는 큰 그물처럼 움직였다.

진을 무너뜨릴 때는 보통 하나하나 격파해야 하는데 이들에게는 먹혀들지 않았다. 일단 한 점에 깊숙이 진입하면 그 힘으로 '그물'은 저절로 오므라들었고, 한 명을 죽이면 또 다른 사람이 즉시 그 자리를 메우며 질서 정연하게 움직였다.

객잔 밖에는 아직도 많은 사람이 언제든지 진에 투입될 수 있도록 대기하고 있었다. 그들 하나하나의 무공은 평범했지만, 하나로 뭉쳐지면 '거인'이 되었다. 각 사람이 거인의 몸에 난 머리카락에 불과했으므로, 아무리 많이 죽어도 치명타를 입지는 않았다.

크다면 크고 작다면 작은 객잔에 꼭 맞는 이 '인간 그물'은 물샐 틈도 없었다.

주비가 잠시 망설이는 사이, 무기 일고여덟 개가 주비의 칼을 내리눌렀다. 뒤에 있던 두 명이 즉시 달려와 동료의 자리를 메우더니, 각기 네 방향에서 주비를 향해 덮쳐 왔다.

사윤이 큰 소리로 외쳤다.

"위쪽!"

주비는 그 소리를 듣자마자 손목을 비틀어 고영진기의 흐름을 역전시키며 재빨리 장도를 앞으로 밀어 청룡교도 한 명을 찔러 죽였다. 그런 다음 파설도의 '풍風'에 따라 눈 깜짝할 사이에 연속으로 열네 번의 칼을 휘두르며 인간 그물을 순간 뒤쪽으로 밀어냈다.

주비는 그 틈에 재빨리 위로 뛰어올라 발끝으로 청룡교도의 어깨를 딛고 2층 계단으로 뛰어 올라가 끈질기게 조여 오던 '변산도해' 대진에서 벗어났다.

주비가 고개를 숙여 아래쪽의 수많은 청룡 무리를 보니, 머리가 지끈거리고 미간이 저절로 찌푸려졌다. 뒤를 돌아보니 사윤은 진즉 '명당자리'를 찾아 숨어 있었다. 공중의 틈새에 걸려 있는 사다리 계단이었는데, 앞뒤로 나무 기둥이 가리고 있어 숨을 수 있고 주변의 방해도 받지 않는 곳이었다. 주비는 자기도 모르게 사윤을 째려보았다. 사윤은 고개를 내밀고 주비를 향해 활짝 웃으며 말했다.

"진을 격파하는 건 어렵지 않아. 잘 들어. 우선 문과 창문을 다 막아서 저들이 사람을 보충하지 못하게 해. 그런 다음 이것만 기억하라고. '유쾌불파有快不破. 빠른 무공은 지지 않는다'. 아무리 촘촘한 그물이라도 불에 타는 건 두려워할 거야. 겁낼 거 없어."
이 사람의 말은 순전히 헛소리였다. 우선 문과 창을 막으려면 누군가 진 깊숙이 침투해서 기다란 틈을 내야 했다. 그런 다음 안팎으로 두 조가 협공하면서 문을 강제로 닫아 청룡 무리를 안팎으로 격리한 후, 다시 객잔 안의 손님들과도 합을 맞춰야 했다. 주비는 열불이 나서 소리쳤다.
"완전 엉터리잖아요. 본인 생각이니 직접 해 보시죠!"
사윤이 조금 전 주비에게 맞장구치며 함께 남겠다고 했을 때 보여 주었던 영웅의 기개는 다 사라지고 없었다. 그는 곧장 목을 움츠리며 말했다.
"난 못하는데."
"……."
사윤이란 작자는 정말 적응력이 대단한 인물이었다.
주비가 내려다보니 뚱보 주인장은 그 기생오라비 같은 청년의 혈도를 눌러 기운침에게 맡겨 두고는 혼신의 힘을 다해 구룡수와 싸우고 있었다. 다른 사람들도 간신히 버티고 있었지만 전혀 가망이 없었다.
주비는 이를 악물고 속으로 말했다.
'좋아. 까짓것 될 대로 되라지.'
주비는 아래층으로 몸을 날리며 '풍' 일 식을 최대치로 끌어올려 가까스로 청룡 무리의 그물에 구멍을 만들었다. 하지만 몇 번이나 문 근처까지 가는 데 성공했지만 그때마다 청룡교도들이 몰려와 계속해서 구멍을 메웠다.

인간 그물은 주비의 뒤에서도 끊임없이 좁혀 들어왔다. 주비는 마음이 조급해졌다. 손에 든 칼은 이미 잔상만 보일 정도로 빠르게 움직이고 있었는데 반격을 하면 할수록 무력해지는 기분이었다.

이때, 기운침이 갑자기 입을 열었다.

"아가씨, 도법은 죽은 체계지만 사람은 살아 있는 존재입니다. 남도는 이징 선배의 칼이고 아가씨는 아가씨인데, 선대에 너무 구애받아서 배우기를 그만두었나 보군요."

안 그래도 초조해서 화가 머리끝까지 난 주비는 이런 속 빈 강정 같은 말을 듣고 속으로 중얼거렸다.

'갑자기 무슨 생소리래?'

기운침의 말에 담긴 힘은 부족했지만 말투는 굉장히 차분했다. 옆에서 대협과 마귀가 아무리 박 터지게 싸워도 그의 타고 남은 재와 같은 이 차분함은 흔들 수 없을 것 같았다.

전설 속의 북도 계승자는 빠르지도 느리지도 않게 말했다.

"파설도는 총 아홉 식이지요. 앞에서부터 순서대로 '산山', '해海', '풍風', '파破', '단斷', '참斬', '무필無匹', '무상無常', '무봉無鋒'입니다. 전 어릴 때 운이 닿아 이징 선배님을 한 번 뵌 적이 있는데, 그때 본 선배님 칼의 정수는 '무봉'에 있었습니다. 그러다 나중에 파설도가 이 두령님께 전수된 후로 또 운 좋게 보게 되었는데, 그때 본 이 두령님의 정수는 '무필'이었지요. 아가씨, 아가씨는 이 선배님도 아니고, 이 두령도 아닙니다. 그럼 아가씨는 어느 식에 정수를 두겠습니까?"

주비는 이 사람이 이렇게 많은 사람을 연루시키고도 아무런 말이 없자 보기만 해도 화가 나서 잔소리도 듣기 싫었다. 그런데 어찌 된 이유에선지 이상하게도 그의 말에 빨려 들어가서 '무봉', '무필'

부분까지 이르렀을 땐, 마치 쐐기 하나가 머리를 활짝 열어 준 것처럼 정신이 맑아졌다. 머리를 맑게 해 준다는 제호탕을 정수리에 들이부은 정도는 아니었지만, 적어도 참기름을 정수리에 들이부은 정도는 되었다.

주비는 자기도 모르게 손을 잠시 멈추는 바람에 하마터면 청룡 무리에게 포위될 뻔했다.

주비는 생각했다.

'그래, 외할아버지께서 돌아가셨을 때 어머니 나이가 지금의 나보다 그리 많지 않았으니, 파설도를 배웠다고 해서 대단한 수준이었다고는 장담할 순 없어. 어머니는 파설도가 무견불최라고 했는데, 그것도 선대로부터 전해 내려온 것인지 아니면 어머니가 만든 것인지도 확실치 않아. 그렇다면 내가 왜 이걸 기준으로 삼아야 하지?'

주비가 산에서 내려온 후로 성장한 것은 안목만이 아니었다. 한때 주비는 이근용을 꿈에서라도 뛰어넘고 싶은 목표로 삼았다. 한편으로는 두령님도 그렇게 대단하지 않으니 조만간 전혀 힘들이지 않고 두령님의 손에 든 채찍을 빼앗을 날이 올 거라고 생각하면서, 다른 한편으로는 자기도 모르게 이근용에게 의지하고 있었다.

주비는 무의식적으로 하늘이 무너져도 이 두령님만 있으면 사십팔채가 무너지는 날은 없을 거라고 믿었다. 그래서 두령님의 말은 절대로 반박할 수도, 논쟁할 수도 없는 것이었고 두령님이 가르쳐 준 무술은 가장 권위 있고, 가장 정확한 것이라고 여겼다.

그런데 지금은 모든 것이 다 뒤집힌 듯했다.

주비는 속세에 내려와 상상도 못 했던 무수한 고생을 경험하고, 당시의 이근용과 비교하면 보잘것없는 작은 책임과 압박을 직접 겪은 후, 비로소 이 두령님이 정말 대단하다는 걸 알게 됐다. 또한 활인사인산의 대마두, 북두의 탐랑, 그리고 고영수 같은 절정의 고수까지 만난 이후로, 주비는 이근용의 실력이 일류이긴 하지만 그렇다고 홀로 독보적인 고수는 아니라고 생각했다.

순식간에, 아홉 식 파설도의 기존 틀이 주비의 마음속에서 사분오열되었다. 주비는 아무 생각 없이 제멋대로 칼등을 휘둘러 한 청룡교도의 손에 들린 무기를 내리눌렀다. 상대방이 본능적으로 위쪽으로 힘을 주자 주비는 칼날을 댄 채 그 힘을 타고 쭉 미끄러져 나갔다. 예전에 버들가지 하나로 무수히 견기를 통과할 때처럼 말이다!

주비는 끝까지 미끄러져 나간 후 돌연 칼날을 세워 '파' 일 식을 쓸 준비를 마쳤다. 앞에 있던 사람은 미처 대응하기도 전에 독사가 내뿜는 독 같은 칼에 관통당했다. 주비는 칼끝에 꽂혀 있는 시체를 발로 걷어찬 다음, 손을 뻗어 시체의 목을 움켜잡아 인정사정없이 앞으로 던졌다. 마침 앞사람의 자리를 메꾸러 올라오던 사람이 삽시간에 시체에 맞고 날아갔다.

세상의 진법은 천차만별이지만 그 속에 담긴 이치의 일부는 고정적이었다. 주비는 비록 체계적으로 배운 적은 없었지만 싸움에 대해서라면, 특히 패싸움에 대해서라면 천부적인 재능이 있었다. 여기에 '부유진'까지 더해지니, 그야말로 범이 날개를 얻은 격이었다.

주비는 무너진 진을 채우러 온 사람을 밀쳐 내고는 전진하지 않고 오히려 뒤로 일 보 후퇴하여 팔꿈치를 들어 청룡교도의 턱을 찍었다. 그기 고개를 뒤로 젖힌 채 쓰러지자 옆에 있던 사람이 재빨리 앞으로 나와 검을 들고 찌르려 했다. 주비는 칼등으로 검을 받으며 그의 힘을 역이용해 몸을 살짝 옆으로 돌리며 스쳐 지나가 빽빽한 진법에 조그만 구멍을 활짝 열었다.

대여섯 명의 청룡교도가 이 상황을 목격하고 급히 앞으로 나와 가로막았다. 주비는 축골공縮骨功, 몸을 축소하는 기술이라도 연마한 것처럼 그들 틈새를 민첩하게 뚫고 지나갔다. 마치 흐르는 물처럼 손에 잡히지 않았다.

반쯤 흘러갔을까, 주비의 손에 쥔 칼의 표정이 갑자기 변하더니 방향을 돌려 아래로 갈랐다. 그 한 칼이 어찌나 과감하고 매서웠는지 기록할 만한 가치가 있었다. 청룡교도 한 명이 그 날카로움을 당하지 못하고 철수하려다 등에 칼을 맞았다. 그는 극심한 고통에 앞으로 달려들다가 마침 동료들의 무기로 뛰어들어 그 자리에서 바로 여러 개의 꼬챙이에 찔린 고깃덩어리 신세가 되었다.

번산도해 대진은 주비의 돌파로 구멍이 뻥 뚫렸다. 주비는 눈 깜짝할 새 이미 입구에 당도해 있었다.

이때, 사윤이 큰 소리로 외쳤다.

"소골산銷骨散, 뼈를 녹이는 가루은 챙겼어?"

사윤의 말이 떨어지기도 전에 주비는 알겠다는 듯 소매를 흔들어 보였다. 입구를 막고 있던 청룡 무리가 이런 공갈을 듣고는, 그게 뭔지는 몰라도 접촉하면 즉사하는 사악한 물건이란 예감에 단체로 뒷걸음을 쳤다.

주비의 칼이 그중 움직임이 굼뜬 자를 베어 쓰러뜨리자 객잔 문이 덜커덩 흔들렸다. 주비는 장도를 휘두르며 문 쪽으로 가려는 청룡 무리를 뒤쪽으로 물리치곤 객잔 문을 열었다.

문밖에는 방금 공갈에 속은 얼간이들이 간신히 정신을 차리고 문 안으로 부딪쳐 돌진하려다가, 도중에 발걸음을 멈추지 못하고 안으로 밀려들어 와 정면으로 '불주풍'을 맞이했다. 피가 입구에 튀었고, 단숨에 늘어난 시체 여러 구가 자연스럽게 문을 가로막았다.
　사윤이 소리쳤다.
　"다들 멍하니 뭐 하고 거야! 진이 무너졌으니 겁낼 거 없다고. 다들 왜 반격을 안 해?"
　사실 번산도해 대진이 무너진 것은 아니었다. 그저 주비의 공격 속도가 너무나 빨라 대진 전체에 제동이 걸렸을 뿐이었다. 얼핏 봐도 많은 청룡교도가 자기 자리를 못 찾고 엉뚱한 곳에 서 있었는데, 누군가 제대로 지휘하기만 하면 금세 원래 대형으로 정비될 수도 있었다.
　그러나 안타깝게도 구룡수는 지금 풍보 주인장과의 대결에서 벗어날 수 없어 다른 일을 신경 쓸 겨를이 없었다. 그사이, 사윤이 방금 던진 '현혹하는 말'은 청룡교도들의 마음에 뿌리를 내려 즉시 효과가 나타났다. 이들이 정말로 '놀라서' 겁을 먹는 바람에 청룡의 번산도해 대진이 혼란에 빠진 것이다.
　저항할 힘도 없었던 객잔 안의 사람들이 그 말을 듣자마자 원수를 갚으려 달려들었다. 이들은 입구를 막고 있는 주비와 양쪽에서 협공하기 시작했고, 진법은 이제 정말로 무너지지 않을 수 없었다.
　사윤은 그 와중에 주비에게 눈짓을 하며 엄지손가락을 치켜들었다. 너에게는 삼척검의 힘이, 나에게는 세 치 혀의 힘이 있으니 우리는 완벽한 짝패라는 의미가 담겨 있었다.
　주비는 속으로 콧방귀를 꼈다. 쳇!
　주비는 고개를 돌렸다. 그 뻔뻔한 작자가 양손과 무릎을 다 써서 계단 틈새로 기어가는 창피한 꼬락서니가 보기 싫어서였다.

객잔의 분위기가 잠깐 사이에 역전됐다. 뚱보 주인장이 우렁찬 기합 소리와 함께 두 손을 모으니 구룡수의 단검은 희고 부드러운 두 손바닥 안에 갇혀 한 치도 들어가지 않았다. 주인장은 그 상태로 한 발을 들어 돌려차기로 구룡수의 허리 옆을 가격했다.

여자는 배 맞는 걸 무서워하고, 남자는 허리 맞는 걸 무서워한다고 했던가. 구룡수는 허리를 정통으로 맞고는 옆으로 날아가서 계단 옆 기둥에 머리를 부딪쳤다. 그가 만약 도자기 인형이었다면 당장에 머리 반쪽이 산산조각이 났을 것이다.

구룡수는 숨을 헐떡이며 무의식적으로 머리를 들었다가 공중에 매달린 사다리 틈새에 숨어 있던 사윤과 눈이 마주쳤다. 사윤이 목을 움츠리며 말했다.

"아이고, 큰일 났다, 집이 무너지겠네!"

구룡수는 아직 피도 안 마른 사윤의 얼굴을 보자 심장과 간의 힘줄을 다 뽑아 버리고 싶은 심정이었다. 당장이라도 갈기갈기 찢어서 고기소로 다져 개에게 던져 주고 싶었다. 구룡수는 곧장 사윤을 향해 검을 찔렀지만, 사윤은 마치 종잇장처럼 나풀나풀 공중에서 아래로 떨어지다가 발끝으로 땅을 찍고는 반동을 이용해 옆으로 미끄러져 피했다.

밀폐된 객잔 안에 어디선가 가을바람이 불어온 것 같았다. 사 공자는 바로 그 바람에 나부끼는 낙엽이었다. '낙엽'은 나풀나풀 춤을 추며 쉬지 않고 조잘댔다.

"아저씨, 만만한 놈만 고르면 평생 쌓아 온 명성이 뭐가 되겠어요?"

말하는 동안 사윤은 이미 2층으로 날아 올라가 구룡수를 돌아보며 이를 드러내고 활짝 웃었다. 그러고는 또다시 풀쩍 뛰어 구룡수가 방금 밟고 올라왔던 구멍으로 뛰어내렸다. 구룡수는 잔뜩 성이 나서 생각할 틈도 없이 곧장 뒤를 쫓았다. 그런데 똥보 주인장이 떡하니 구멍 앞에서 기다리고 있다가 흉악하게 웃는 것 아닌가.

"어서 내려오시지!"

구룡수가 급히 피하려 했지만 이미 늦었다. 주인장은 구룡수의 종아리를 잡아 힘껏 바닥으로 내팽개쳤다.

그 시각, 청룡 무리의 번산도해진은 이미 사라져 우왕좌왕하는 오합지졸이 되었다. 입구는 주비가 물샐틈없이 막고 있고, 안에 있던 자들은 분노의 반격을 시작한 객잔 손님들에게 엉망진창으로 죽어 나갔다.

똥보 주인장이 나지막이 웃으며 구룡수에게 말했다.

"형님, 나쁜 짓을 많이 하면 자멸하는 법이지요."

말을 마치고 주인장은 손을 크게 틀어 구룡수의 발목을 비틀려 했다.

그런데 이때, '탁' 하는 희미한 소리가 울렸다. 객잔이 너무 시끄러워 주인장도 그 소리를 듣지 못했는데, 기운침과 사윤은 동시에 고개를 들어 이구동성으로 외쳤다.

"조심해요!"

구룡수의 복사뼈에 용수철이 달려 있었는데, 외부의 힘으로 당겨 비틀자 손바닥 하나 길이의 작은 쇠화살이 곧바로 주인장의 얼굴을 향해 발사되었다. 주인장은 피할 겨를이 없자, 다급한 외침과 함께 구룡수의 다리를 확 분지르고는 손으로 얼굴 앞을 막았다. 쇠화살은 주인장의 손바닥에 박혔다.

그 어떤 날카로운 무기로도 뚫을 수 없을 것 같던 주인장의 손에 마치 사나운 불길이라도 쥔 것처럼 타는 듯한 아픔이 밀려왔다. 그리고 그 통증은 순식간에 온몸을 휘감았다. 손에서 흘러나온 피는 검은색이었다. 화살에 독이 묻어 있었던 것이다.

기운침은 순간 안색이 변해 벌떡 일어났다. 주인장은 식은땀 범벅이 된 채 누군가 떨어뜨린 도끼를 주워서는 기합 소리와 함께 화살에 맞은 오른손 손목을 잘라 버렸다. 기운침이 놀라 외쳤다.

"화 형!"

구룡수의 흉계에서부터 주인장이 화살에 맞아 손목을 절단하기까지, 순식간에 벌어진 상황에 사윤은 눈도 깜빡하지 못하다가, 한참 후에야 나지막이 말했다.

"화? 혹시 '부용신장芙蓉神掌' 화정륭?"

주인장은 창백해진 얼굴로 자기도 모르게 덜덜 떨며 부들거리는 잇새로 간신히 한마디를 뱉었다.

"아직도 이 늙다리를 기억하는 사람이 있다니, 영…… 영광스럽소이다."

구룡수는 다리가 기형적으로 돌아간 채 한쪽에 늘어져 있었다. 너무 아파 기절할 지경이었다. 죽은 개처럼 숨을 헐떡이던 그때, 초점 없던 그의 두 눈이 '화정륭'이라는 이름 석 자를 듣고 별안간 반짝였다.

그가 한 손을 품 안 깊숙이 넣으려는 순간, 눈앞에 도광이 눈처럼 하얗게 빛났다. 구룡수의 동공은 순간 수축했지만 다시 제자리로 돌아올 시간은 없었다. '아홉 마리의 용을 가진 노인' 구룡수는 이미 '머리 없는 노인'이 되어 있었던 것이다. 떨어진 그의 머리가 데굴데굴 굴러갔다.

언제 도착했는지 주비는 살짝살짝 몸을 돌려 높이 튀어 오르는 핏물을 피했다. 만약 주비가 제때 칼을 쓰지 않았다면 저 늙은이가 또 무슨 간교한 흉계를 썼을지 모를 일이었다. 주비는 눈썹을 찌푸리며 사윤과 기운침을 훑어보았다. 입만 살아서 큰소리만 치는 저 물건들은 대체 왜 있는 건지 참.

조금 전까지 주비 한 사람에 막혀 못 들어오고 있던 청룡 무리가 드디어 문을 부수고 뒤늦게 안으로 돌진하려다 굴러온 구룡수의 머리와 마주쳤다. 맨 앞에서 달려오던 사람이 놀라 문턱에 발이 걸려 고꾸라지더니, 곧장 전광석화처럼 튀어 올라 아무 말 없이 곧장 뒤돌아 꽁지가 빠지게 내뺐다.

선두에 섰던 자가 이러니 문밖에 있던 청룡 무리도 허둥지둥 뿔뿔이 흩어져 순식간에 싹 사라졌다. 오직 핏자국만이 삼춘객잔 입구에서부터 큰길까지 죽 이어져 있었다.

싸움 소리에 놀라 문과 창문을 모두 닫고 숨어 있던 상인들과 사람들이 다시금 창문을 열기 시작했다. 오가던 나그네들도 무슨 일이 있었냐는 듯 다시 걷기 시작했다. 모두가 이런 장면에 이미 익숙한 듯 보였다. 땅바닥에 흩뿌려져 있는 것을 사람 피가 아니라 개똥 정도로 보는지, 그저 밟지 않으려고 조심할 뿐 딱히 신경 쓰지 않았다.

풍보 주인장 화정륭이 비틀거리며 옆에 앉자 기운침이 얼른 다가와 상처를 싸매며 지혈을 도와주었다.

아까 혈을 찔려 쓰러졌던 기생오라비 같은 청년은 모두 분주히 움직이며 아무도 자기를 신경 쓰지 않자 코웃음을 치며 말했다.

"부용신장, 남도…… 하하, 역시 북도의 계승자답군. 나중에 퇴물이 돼도 이렇게 수족 노릇 해 줄 졸개들이 달려와 보호해 주다니…….."
 청년이 말을 끝내기도 전에 주비가 어느새 청년 앞으로 다가와 그의 뺨을 후려갈겼다.
 청년의 목이 조금만 더 가늘었다면 아마 주비의 그 한 방에 머리가 뽑혔을 것이다. 그의 희멀건 얼굴은 순식간에 퉁퉁 부어올라 갸름했던 얼굴이 뒤집어진 도토리가 되었다.
 주비는 가볍지도 무겁지도 않게 말했다.
 "또 함부로 지껄이면 그땐 혀를 잘라 주겠어."
 사윤이 얼른 말했다.
 "맞아요, 형씨. 어서 입 다무는 게 좋을걸? 얜 진짜 그렇게 하고도 남을 사람이거든!"
 청년은 무섭게 주비를 노려봤다. 눈에서 불이라도 뿜어져 나올 것 같았다.
 기운침은 주인장을 지혈하다가 한숨을 내쉬고는 주비를 돌아보고 공손히 읍했다. 그러고는 다시 고개를 들어 객잔을 한 바퀴 둘러보더니 사람들에게 말했다.
 "이 기가 놈이 여러분을 끌어들였으니, 백번 죽어도 빚을 다 갚을 수가 없어 정말 죄송합니다."
 청년이 또 코웃음을 치려 했지만, 도토리로 변한 얼굴이 방해되어 웃을 때 입술이 좀 찌그러졌다. 그럼에도 천성이 고약한 놈인지라 혀가 잘리는 형벌이 걸려 있는데도 기어코 미움받을 말을 하고야 말았다.
 "나를 죽이든 말든 상관없어. 난 그저 청룡주 밑에서 꼬리나 흔드는 개에 불과하니까. 그렇지만 너희는 청룡의 구룡수를 죽이고,

청룡의 번산도해진을 파괴했다. 거기다 공개적으로 그 노인의 얼굴을 때렸지. 이 일은 절대 그냥 넘어갈 수 없을 거야. 오늘 여기 있었던 사람 전부, 아무도 도망칠 수 없어!"

기운침이 고개를 돌려 청년을 보며 탄식했다.

"폐야, 지금 이런 모습을 너희 부모님께서 보시면 얼마나 가슴이 아프시겠느냐. 더는 자신을 욕되게 하지 말아라."

'부모님'이란 말에 청년은 그 자리에서 발작을 일으키려 했다. 얼굴은 순식간에 빨갛게 달아올랐고 목의 핏대가 손가락 한 마디 정도는 더 부푼 듯했다. 혈도가 제압된 상태가 아니었다면 아마 당장이라도 뛰어올라 사람을 물었을 것이다. 그는 버럭 소리를 질렀다.

"감히 우리 부모님을 입에 담아! 네놈이……!"

말이 끝나기도 전에, 갑자기 땅이 진동하기 시작했다.

온 거리에 열려 있던 문과 창문이 잘 훈련된 것처럼 일제히 닫혔다. 조금 전까지 거리를 오가던 사람들도 순식간에 모두 사라졌다.

주비가 손을 꼽아 가며 따져 본 결과, 사윤과 같이 다녀서 운이 좋았던 적이 한 번도 없었다는 결론에 도달했다. 그녀는 더 이상 참을 수 없어 칼자루를 사윤에게 들이댔다.

"말해 봐요, 혹시 불운의 신이 환생이라도 한 거예요?"

사윤이 얼른 튀어 오르며 비켜섰다.

"확실히 일리 있는 말이지만, 그렇다고 또 몽땅 내 탓만 할 수도 없잖아!"

객잔에서 구사일생으로 목숨을 건진 사람들은 또다시 긴장하기 시작했다. 특히 그 기생오라비의 으름장을 들은 후 그들의 불안은 극에 달했다.

"설마 진짜로 청룡주가 온 거야?"

질서 정연한 발소리가 점점 가까워지자, 주비는 칼자루로 사운의 목덜미를 낚아채 옆으로 밀쳤다.

"좀 비켜요."

지금 이 객잔에서, 기운침은 닭 잡을 힘도 없는 주방장이었고 주인장 화 씨는 방금 심각한 중상을 입었다. 주비는 사람들을 쭉 둘러보았다. 하나같이 안색이 참담했고 죽음을 앞둔 두려움이 서려 있어 그들에게 기대하는 건 무리였다. 주비는 하는 수 없이 몰래 한숨을 내쉬며 칼을 뽑아 들고 나갔다.

객잔의 문은 방금 허겁지겁 도망친 청룡 무리에 의해 닫혀 있었다. 주비는 문을 냅다 걷어찼다. 사람에게 지더라도 진법으로는 질 수 없다고 단단히 마음먹고 자신만만한 얼굴로 밖으로 나갔다. 그리고 곧장 얼어붙었다.

주비의 발걸음을 따라오던, 조금 전까지만 해도 구룡수의 면전에서 쓸데없는 말을 늘어놓던 사운조차 문밖의 광경을 보자마자 온몸이 굳어 버렸다.

질서 정연하고 엄숙하고 쥐 죽은 듯 고요한 군마 대오는 절대로 그 골치 아픈 활인사인산의 사악한 강호 문파일 리가 없었다. 우두머리로 보이는 중년 남자가 말 위에 앉아 있었다.

주비는 그를 보고는 자신이 아직 그를 기억하고 있다는 것에 살짝 놀랐다.

그는 바로 예전에 사람들을 거느리고 사십팔채에 와 주이당을 만났던 '비경 장군' 문욱이었다!

문욱의 옆에는 삿갓을 쓴 자가 있었다. 그가 앞으로 나와 삿갓을 들어 올리며 주비와 사윤을 향해 웃어 보였다. 백 선생이었다.

주비는 어찌 된 영문인지 몰라 사윤에게 물었다.

"백 선생님이 행각방의 비밀 연락책을 통해 서신을 보낼 거라면서요? 행각방 사람들이 전부 관병이라도 되었나 보죠?"

사윤은 들릴 듯 말 듯 한 목소리로 재빨리 대답했다.

"누이, 청산이 남아 있고 강물이 계속 흐른다면 우린 언젠가 다시 만날 수 있을 거야."

그는 말을 마치자마자 달아나려 했으나, 문욱이 어느새 다가와 있었다. 문욱은 말에서 훌쩍 뛰어내리더니 타고 있던 말을 사윤 앞으로 끌고 와 앞길을 막은 후, 단 한마디 말로 사윤을 얼어붙게 했다.

"소신, 단왕 전하를 뵈옵니다."

주비는 순간 어리둥절해졌다.

단…… 단 뭐라고?

주비는 별안간 맑은 하늘에 수천 개의 혜성이 길게 꼬리를 긋고 지나가며 수천 개의 구멍을 내는 듯한 기분이 들었다. 그녀는 고개를 휙 돌려 사 공자를 노려보았다.

문욱은 다시 고개를 돌려 그녀를 향해 웃어 보였다.

"주 낭자 아니십니까. 눈 깜짝할 사이에 훌쩍 크셨군요. 저번에 봤을 땐 아직 꼬마 아가씨였는데 말입니다."

그랬다. 그는 꼬마 아가씨의 칼집을 멀리서 날려 버렸었다. 주비는 방금 기선 제압을 위해 지었던 절대 고수의 표정을 미처 거두지 못한 채 그 자리에서 굳어 버려, 막연하게 숨은 괴짜 고수와 같은 인상을 풍겼다. 하지만 그녀는 이내 싸늘한 표정으로 고개를 끄덕였다.

사윤은 고개를 들어 백 선생을 바라보았다.

백 선생이 하얀 이를 드러내며 웃었다.

"소인, 명령을 받들어 오 낭자를 호송하며 먼저 길을 나섰습니다. 하나 삼 공자님의 안위가 최우선인 것을 생각하면 절로 마음이 초조해지니, 어찌 그저 보고만 있겠습니까? 다만 소인의 능력이 부족하여 어쩔 수 없이 오 낭자를 가장 가까운 문 장군님의 주둔지로 신속하게 모신 후 도움을 요청했습니다. 조금 전 이곳에 도착해서야 활인사인산의 대마두가 출몰했다는 얘기를 듣고 너무 놀라 급히 달려왔는데, 이렇게 무사하시니 정말 다행입니다."

백 선생은 잠시 말을 멈추고 사윤의 어두운 낯빛을 살피며 조심스럽게 공수했다.

"삼 공자님, '고귀한 집 자제는 마루 끝에 앉지 않는다' 했습니다. 강호에는 곳곳에 위험이 도사리고 있어 혼자 다니시면 소인, 도저히 마음이 놓이지 않습니다. 댁으로 돌아가시지요."

사윤이 쓴웃음을 지으며 대답했다.

"진작부터 알고 있었습니다. 명침이 백 선생님을 제게 붙여 준 건 절대 좋은 의도가 아니었어요."

백 선생은 학문과 세상 이치를 통달한 건달인지라, 그 말을 듣고도 유쾌한 모양이었다. 자신을 비꼬는 말이라고는 전혀 생각하지 않은 채, 도리어 바로 좌우의 굳게 닫힌 방문을 향해 예의 바르게 공수했다.

"여러분께 많은 폐를 끼쳐 죄송합니다."

청룡주와 목숨을 내건 사투를 벌일 작정이었던 객잔 안 강호인들은 뜻밖의 일에 놀라 어리둥절해졌다. 곧이어 문욱이 질서 정연하게 부하들을 배치하며 호위병들은 그와 함께 객잔에, 나머지 군병들은 바깥의 임시 막사에 머물도록 하면서 백성에게 피해 주지 말 것을 당부했다. 이어 오초초를 뒤따라오던 가마에서 내리게 한 후, 사윤에게 품위 있게 손을 내밀며 말했다.

"전하, 이쪽으로 오시지요."

사윤은 '전하'라는 두 글자에 말문이 막혔는지, 좀 전까지만 해도 쉴 새 없이 떠들던 사람이 갑자기 입이 없는 조롱박처럼 한마디도 하지 않고 위층으로 올라갔다.

문욱이 주비에게 말했다.

"자당께서 인편으로 주 선생님께 서신을 보내셨는데, 주 선생님께서 주 낭자가 여기 있다는 소식을 들으시곤 가는 김에 이걸 가져다주라고 하셨습니다."

그는 품에서 서신을 꺼내 주비에게 주며 웃었다.

"못 본 지 몇 년은 되셨지요? 아버님께서는 항상 낭자를 걱정하시며 종종 낭자에 대해 얘기를 하십니다. 그때 이 문 아무개가 명령을 받들어 낭자의 칼집을 떨어뜨렸으니, 저를 얼마나 미워하셨을지. 아직도 저를 미워하진 않으시겠지요?"

사실 주비는 몇 년 동안이나 이를 갈았지만 말하기도 뭣해서 그저 억지웃음을 지으며 고개를 끄덕였다. 문욱은 자상한 눈빛으로 그녀를 바라보다가 다시 객잔의 강호인들에게 깍듯하게 인사를 한 후에야 위층으로 올라갔다. 그가 사윤에게 무슨 말을 하려는 건지 도통 감이 오지 않았다.

오초초는 주비를 보자 가족을 만난 것처럼 좋아했다. 그녀는 이제 객잔에 우글거리는 거친 남자들을 무서워하지도 않았고, 주비

옆에 딱 붙어 떨어지려 하지 않았다. 그러고는 몇 번이나 같은 말을 반복했다.

"무사해서 너무 다행이야."

주비는 고개를 숙이고 문욱이 건넨 서신을 살펴보았다. 서신은 열어 본 흔적이 있었고, 그녀의 아버지에게 보내는 것이었으며, 글씨체는 이근용의 것이 틀림없었다. 주비는 서신에 대한 생각을 떨치지 못한 채 무심하게 오초초에게 대꾸했다.

"내가 무사하지 않을 리 있겠어?"

원래는 그 뒤에 '그래 봤자 북두의 개 몇 마리일 뿐인걸'이라는 말을 덧붙이고 싶었지만, 사람들이 많은 곳에서 이런 말은 하는 것은 좀 아닌 것 같아 얼른 입을 다물었다.

그러나 그것도 잠시, '신중한' 주비는 참지 못하고 고개를 쭉 내밀며 오초초에게 속삭였다.

"단왕은 무슨 왕이야?"

오초초가 대답했다.

"나도 전혀 몰랐어. 처음에 백 선생님이 문 장군님 주둔지에 갔을 때 얼마나 놀랐는지. 그분들이 조정에서 나온 분들일 줄 누가 알았겠어. 그리고 그 사…… 아, 단왕 전하…… 가 의덕 태자의 아들일 줄이야. 옛 도읍에서 반란이 일어났을 때 동궁이 포위되고 불이 났었대. 아무도 살아 나오지 못했다고 들었는데, 나중에 알고 보니 어떤 늙은 태감이 위험을 무릅쓰고 어린 황자를 구해 나왔다나. 남쪽의 건원 황제께서 그 황자를 데려와 '단왕'으로 책봉했는데, 나중에는 또 어쩌다가…… 음……."

이렇게 못 미더운 강호의 사기꾼이 되어 온 사방을 돌아다니게 되었는지, 외부인은 알 길이 없었다.

오초초는 뒤에 하려던 말을 속으로 삼키며, 주비의 낯빛이 좋지 않은 것 같아 다른 말을 덧붙였다.

"단왕께서 호사를 누릴 수 있는 금릉에 가지 않고 홀로 노숙을 한 데에는 다 말 못 할 이유가 있을 거야. 신분을 밝히지 않는 것도 당연하지……. 비야, 화난 건 아니지?"

주비는 마음이 심란했다. 이 기분을 뭐라 말로 표현할 수가 없었다. 화가 난 건 아니고, 다만 너무 놀랐다. 조금 전까지도 그녀는 활인사인산의 청룡주인가 뭔가 하는 놈이 정말 온 거라면 이 쓸모없는 오합지졸들을 어떻게 하면 아무도 다치지 않게 할 수 있을지 고심하고 있었다. 그런데 갑자기 생각지도 못하게 선대 왕조의 이야기를 듣게 되었으니, 그녀는 멍하니 손에 든 장도를 내려다보며 말했다.

"그런 건 아닌데……."

다만 하마터면 그 고아 황자를 칼로 쑤셔 벌집을 만들 뻔했을 뿐.

잠시 생각에 잠겨 있던 주비는 여전히 속이 불편해 아예 한쪽에 드러누워 이근용이 주이당에게 쓴 서신을 꺼내 읽기 시작했다. 이근용의 서신에는 쓸데없는 말이 거의 없었고, 인사말도 몇 마디 없었다. 주비는 이근용과 주이당이 종종 서신으로 소식을 전했을 거라 확신했다. 그렇지 않고서야 이렇게 간단한 몇 마디로 하려는 말을 다 전할 수 없을 테니 말이다.

서신을 쓸 당시 이 두령은 오씨 집안에 남은 사람이라고는 오초초 하나임을 알지 못했다. 그녀는 서신에 아무리 생각해 봐도 사십팔채는 산간벽지의 강호 문파라 사람들이 거칠고 우악스럽다며,

이들이 부인이나 아가씨에게 함부로 굴 수 있으니 사십팔채는 적합하지 않다고, 이미 왕 부인에게 서신을 보냈으니 오씨 일가와 만나면 그들을 남쪽의 문욱 장군 주둔지로 호송해 자기 대신 잘 보살펴 달라고 썼다.

그 뒤에는 주비와 이성도 오씨 일가 수행단에 있어야 한다는 내용도 있었다. 또, 사십팔채에 주이당이 쓰던 오래된 물건들이 남아 있었다며, 값이 나가는 것은 아니나 없으면 불편할 수 있으니 인편을 통해 함께 보낸다고도 썼다. 그리고 이번에 산채에서 내려가는 후배들은 본래 짓궂고 장난이 심해 그들끼리 죽이 맞아 밖으로만 나돌 수 있으니, 주이당에게 엄히 다스리고 예전처럼 감싸 주지 말라는 내용도 있었다.

주비는 빠르게 서신을 다 읽은 후 살짝 미간을 찌푸렸다. 오초초가 물었다.

"왜?"

"아무것도 아냐."

주비가 대답했다.

"어머니가 나보고 널 남쪽으로 호송하라고 하시네."

"아."

오초초의 두 눈은 막막하고 두려워 보였다.

주비는 오초초를 바라보았다. 이근용의 계획에는 일리가 있었다. 이 금지옥엽 아가씨는 으리으리한 집에 살며 화려한 가마를 타고 외출을 하고, 하녀의 보살핌이 있어야 마땅했다. 그런데 사십팔채에는 사형과 사제들이 바글바글하고 종일 하는 거라곤 대련과 싸움뿐이니, 이렇게 여리고 고귀한 꽃이 머무르기에는 확실히 어울리지 않았다.

그러나 주비가 궁금한 것은 따로 있었다. 이 두령님은 대체 뭘 하시는 걸까? 그들이 집을 나설 때는 왜 남쪽으로 가는 것에 대해 아무 말도 하지 않았던 걸까? 그리고 사람을 보내 아버지께 물건을 전하다니……. 아버지가 집을 떠난 지 벌써 몇 년인가. 팔다리가 부러졌대도 이미 의수와 의족에 익숙해졌을 만큼의 시간이 지났는데 이제야 물건을 보낸다고? 아무리 현모양처가 아니래도 이 정도로 일 처리를 대충하진 않을 텐데?

주비는 칼자루를 잡고 빙빙 돌리며 생각했다.

'안 되겠어. 집에 돌아가 확인해 봐야겠다.'

그녀는 마음을 굳힌 후, 오초초가 길에서 보고 들은 이야기를 하는 걸 무료하게 들어 주었다.

문욱의 호위병들은 신속하게 객잔을 청소했다. 얼핏 보기에는 이미 원래의 모습을 완전히 되찾은 것 같았다. 원래 묵고 있던 손님들이 모두 떠났다는 것만 빼면.

이 소란은 아침부터 정오까지 계속되었다. 사윤은 여전히 어딘가에 틀어박혀 있었고, 2층 전체가 문욱의 호위병으로 가득했다. 시중을 들 필요도 없었다. 객잔에는 이미 인사할 손님도 없었고, 어린 점원들은 이미 뒤채로 갔다.

주인장의 안색은 아까보다 나아졌고, 기운침도 이제 제대로 된 주방장처럼 부엌에서 간단한 요리를 몇 가지 만들어 걱정이 태산인 몇몇 사람들에게 가져다주었다. 그리고 차를 새로 끓였고, 앞치마에 손을 닦았다. 그는 고개를 돌려 기생오라비 같은 청년에게 말했다.

"패야, 화 형님께 부탁해서 네 막힌 혈을 풀어 달라고 할 테니,

와서 뭐라도 좀 먹거라."

주인장 화 씨가 남아 있는 손가락을 가볍게 튕겨 청년의 혈을 풀어 주었다.

청년이 냉소를 지으며 말했다.

"내 그릇에 쥐약은 잊지 않고 잘 챙겨 넣었나?"

기운침은 말없이 청년 앞에 놓인 그릇을 들어 먼저 한 입 먹고는, 다시 청년 앞에 그릇을 내려놓았다. 청년은 콧방귀를 뀌더니 능청스럽게 그릇에 코를 박고 먹기 시작했다.

주비는 저도 모르게 그를 쳐다보며 생각했다.

'이놈은 아까 두들겨 패고 혀를 벤다고 해도 꿈쩍도 안 하더니, 먹을 것 앞에서는 또 얌전해지네? 배가 고파서 맛이 갔던 거야, 아니면 또 무슨 꿍꿍이가 있나?'

그녀는 다시금 한숨을 내쉬었다. 생각해야 할 것들이 너무 많아졌다. 이제는 조그만 단서라도 있으면 일단 생각을 하고 봤다. 자신이 너무나 '빈틈없어'진 건지, 아니면 그저 '호들갑'을 떠는 건지 알 수 없었다.

정신없이 싸우는 날과 태평한 날의 반복이었다. 이런 세상에서는 삶의 길고 짧음이 큰 의미가 없었다. 어둠이 깔리자 주비는 일찌감치 오초초를 쉬게 하고, 자신의 방으로 돌아와 방 안을 맴돌다가 다시 이근용의 서신을 꺼내 보았다.

'어머니는 왕 부인께 오씨 집안 사람들을 문욱 장군에게 데려가 달라고 부탁했어. 문 장군은 이미 여기 있으니까, 나도 어머니가 시킨 임무를 완성한 거나 다름없지 뭐.'

이렇게 생각하니 마음이 좀 편해졌다. 그녀는 후다닥 서간 한 통을 써 찻잔 밑에 넣어 놓고는 자신이 말없이 떠나는 건 아니라고 생각했다. 그녀는 소지품을 챙겨 들고 장도를 멘 다음 살금살금 밖으로 나갔다.

그러나 주비는 밖을 한 번 훑어보자마자 도로 들어왔다. 문욱이 이 야심한 밤에도 자지 않고 적을 감시하듯 평소 그녀가 자주 앉던 창가에 앉아 혼자 술을 마시고 있었던 것이다. 객잔 안은 이 시간에도 등불로 인해 온통 환했고, 위층 아래층 할 것 없이 몇 명의 호위병들이 교대로 돌아다니고 있었다.

그녀는 다시 창문을 열어 보았다. 평소에는 이른 저녁부터 조용하던 거리가 유난히 소란스러웠다. 등불을 든 병사들이 삼삼오오 짝을 지어 순찰을 돌며 작은 객잔을 빈틈없이 포위하고 있었다. 정말 도망을 치려야 칠 수가 없는 상황이었다.

주비는 턱을 괸 채 깊은 생각에 잠겼다. 굳이 자신이 제 발 저릴 필요는 없는 것 같았다. 문 장군이 지키는 것은 분명 어렵게 잡아 놓은 저 망나니 왕일 테니, 자신이 떠나는 걸 문 장군이 꼭 막으리란 법은 없었다. 이렇게 도둑처럼 몰래 나갈 필요가 없었다. 그냥 당당하게 문을 열고 나가면 그만이었다.

"만약 쓸데없이 나가지 못 가게 막는다면······."

주비는 지난날 문욱이 자신의 칼집을 날렸을 때를 떠올렸다. 그때는 확실히 문욱의 실력이 자신보다 월등히 높긴 했다. 하지만 지금은 어떨까······.

주비는 장도를 한 바퀴 돌리며 생각했다.

'한번 겨뤄 보면 되지 뭐.'

일단 오늘 밤은 자고 내일 당당하게 작별을 고해야겠다고 생각한 순간, 옆에 있던 창문에 별안간 기다란 틈이 생겼다.
 나무로 된 객잔의 창문틀은 오랫동안 수리가 되지 않아 가느다랗게 삐걱거리는 소리가 났다. 주비가 그쪽을 주시하며 한참을 기다렸지만 아무런 인기척도 들리지 않았다. 바람인가 싶어 가려던 찰나, 창문 틈으로 조그만 무언가가 날아들었다.
 주비가 황급히 피하며 살펴보니 그것은 암살 무기가 아니라 옆방에서 날린 쪽지였다. 쪽지는 마침 그녀의 창문 근처에 떨어졌다.
 옆방에는 사윤이 묵고 있었는데, 주비는 그가 또 무슨 짓을 하려는지 당최 알 수가 없어 의심스러운 눈으로 쪽지를 펴 보았다. 거기에는 해서체, 행서체, 예서체로 똑같은 말이 쓰여 있었다. '살려줘.' 흰 종이와 검은 글자 사이에 그의 엉엉 울부짖는 소리가 들리는 듯했다.
 낮 동안 내내 정신이 없었던 주비는 인기척이 없는 조용한 밤이 되자 비로소 아까 있었던 일을 찬찬히 생각해 볼 수 있었다.
 '단왕'이라는 봉호는 듣기만 해도 정말 대단하다는 느낌이 들었다. 그의 가명은 '사윤'이고, 여기저기 떠돌아다니며 사기를 치면서 집에는 돌아가지 않는다. ─이 시점에서 주비는 자연스럽게 사윤을 이성과 똑같은 부류로 생각하게 되었다.─ 그를 집으로 돌려보내는 건 그를 괴롭히려는 게 아니었다.
 사윤처럼 자신의 무술이 '꽤 쓸모 있다'고 생각하는 돌팔이가 전쟁으로 어수선한 세상에서 이리저리 도망치며 지금까지 살아남은 것만으로도 조상님께 참으로 감사할 일이니 말이다.
 주비는 냉담하게 속삭였다.
 "돕고 싶어도 그럴 힘이 없네요. 꺼지세요."

그녀는 손을 들어 창문을 닫으려고 했다. 반쯤 창문을 닫으니 다급해졌는지, 옆방에서 갑자기 목을 쥐어짜는 고양이 울음소리가 들렸다. 끝소리가 바들바들 떨리는 것이, 진짜 고양이라고 해도 믿을 정도였다.

"……."

주비는 어이가 없었다. 뻔뻔스러워서 정말!

그녀는 고개를 내밀어 주위를 둘러보았다. 사람이 많지 않은 것을 확인한 후, 옆방을 향해 목소리를 낮추어 말했다.

"저기…… 단왕 전하, 지금 무슨 짓을 꾸미고 계신 거죠?"

사윤은 몇 번이나 '야옹야옹' 하더니, 창문의 틈을 크게 벌려 두 손을 내밀었다. 그러고는 아주 공손하게 구걸하는 모양새로 주비를 향해 읍했다. 주비는 눈을 부라리며 창문을 확 닫았다.

그 순간, 갑자기 길 끝에서 징 소리가 들려왔다. '징—' 하는 소리는 저 멀리 산에 부딪쳐 메아리치면서 심장을 덜컥하게 했다. 주비는 재빨리 창문을 다시 열어 밖을 내다보았다.

안개가 자욱한 길 위에는 야간 순찰을 돌고 있는 문욱의 호위병들 외에도 일고여덟 명이 더 있었는데, 처음에는 분명 어렴풋이 보이던 사람들이 눈을 한 번 깜빡이자 순식간에 가까이 와 있었다.

주비가 한 번 더 눈을 깜빡이자 그들은 귀신이 조화를 부린 것처럼 어느새 객잔 앞에 서 있었다. 위에서 보니 그들은 하나같이 몸을 칭칭 싸매고 있었는데, 모자부터 옷까지 모두 하얀색이었다.

맨 앞에서 걷는 사람은 손에 징을 들고 있었다. 그는 경계 태세를 갖춘 주위의 관병들을 무시하고 객잔 입구에서 채를 휘둘러 징을 쳤다. '징— 징—' 하는 소리가 두 번 울렸다. 주비는 귀가 따가워 순간 살짝 어지럽기까지 했다.
 옆방에서 나지막한 소리가 들렸다.
 "삼경의 징?"
 주비가 흠칫하여 고개를 돌려 보니, 사윤이 멀끔한 차림으로 옆방의 창가에 기대어 있었다. 사윤이 손가락으로 그녀를 가리켰다.
 "네가 어떤 사람인지 잘 알겠어."
 주비는 그를 뭐라고 불러야 할지 몰라 머뭇거리다, 아예 호칭을 생략하고 바로 물었다.
 "삼경의 징이 뭐예요?"
 "그건……."
 사윤은 말을 하다 말고 주비를 흘끗 보았다.
 "안 알려 줘."
 주비는 화를 억누르느라 심호흡을 했다. 칼자루가 좀이 쑤시는 것 같았다.
 그때, 객잔에서 호위병 두 명이 나와 밖에 서 있는 무리에게 정중히 공수하며 말했다.
 "저희 장군님께서 청룡주께 문안드립니다. 이렇게 야심한 시간에 오실 줄은 몰랐는데, 어쩐 일이신지요?"
 이 유령 같은 사람들이 하나둘 옆으로 비켜서자 제일 뒤에 서 있던 사람이 모습을 드러냈다. 그는 기골이 장대해 보통 사람보다 머리 하나는 더 컸다. 뒷짐을 지고 서서 삼춘객잔을 한번 훑어본 그가 고개를 살짝 숙이자, 옆에 있던 사람이 즉시 그 뜻을 이해한 듯 무릎을 굽히고 그의 앞으로 다가갔다.
 청룡주는 부하의 턱을 가볍게 잡더니 그의 귀에 대고 뭐라고 말했다.

주비는 속으로 생각했다.

'왜 저렇게 작게 말하는 거야, 뭐 하는 거지?'

그렇지만 바로 답이 떠올랐다. 그렇다, 문욱 쪽에서 호위병이 나왔으니, 청룡주도 있는 척을 좀 하려면 똑같이 부하를 시켜 답을 전해야 했던 것이다. 청룡주의 부하가 앞으로 두 발짝 나와 말했다.

"청룡주께서 말하시길, 이곳은 남북이 서로 건드리지 않는 곳인데 어느 장군이 여기서 묵고 계시는지 궁금하다 하시오."

호위병이 손에 쥔 영패를 들어 보였다. 청룡주의 부하가 다시 말했다.

"아, 비경 장군이시구면. 야심한 밤에 불청객이 찾아와 장군께 폐를 끼치게 되었소. 다만 우리 주인님의 개 한 마리가 없어졌지 뭐요. 워낙 똑똑해 주인님께서 아끼시던 개였는데 그만 도망을 쳐서 말이오. 누가 이 객잔에 그 개를 가두어 놨다 하여 이렇게 오게 되었으니 장군께서 양해해 주시길 바라오."

그는 잠시 말을 멈추고 누군가의 말을 경청하는 자세를 취했다. 분명 청룡주가 '전음입밀傳音入密, 멀리 떨어진 상대에게 몰래 목소리를 전달하는 기술'을 통해 전하는 말을 듣고 있는 것이리라. 잠시 후, 청룡주의 말이 끝나자 그는 다시 말을 이었다.

"그리고 또 다른 부하가 혼비백산하여 돌아와서는 이 객잔에 악당들이 있다고 하더이다. 그들은 앞뒤 사정을 헤아리지도 않고 주인님의 개를 가두어 놓았을 뿐 이니라 청룡주 수하의 사환을 죽이고 청룡기까지 짓밟았소. 우리는 이 일에 연루된 자들을 끝까지 추적해 책임을 물을 생각이오. 비경 장군도 이치를 아는 분이시니,

우리를 책망하지는 않으실 거라 생각하오."

'악당'에 속한 주비와 사윤은 서로를 쳐다보았다.

천천히 나무 계단에서 내려온 문욱은 고개를 들고 청룡주를 향해 웃어 보였다.

"문 아무개가 이치를 몰라서가 아닙니다. 그저 지금 삼춘객잔에 귀한 분이 묵고 계셔서 여러분들을 오래 머물게 할 수 없군요. 저희는 내일 아침 날이 밝자마자 떠날 예정이니 청룡주께서는 하루만 더 기다리셨다가, 내일 원한을 갚을 게 있으면 갚으시고 복수를 할 게 있으면 하십시오. 저희는 방해하지 않겠습니다."

청룡주는 더는 거드름 피우지 않고 낮은 목소리로 웃으며 고개를 저었다.

징 치는 사람이 이 모습을 보고 손에 든 징을 세게 치자, 주변에 있던 사람들이 재빨리 흩어지며 공격을 개시했다. 곧바로 여기저기서 비명이 들렸다.

그들이 제대로 된 인사도 없이 다짜고짜 공격하기 시작한 것이다.

주비의 낯빛이 어두워졌다. 청룡주를 따르는 무리는 하나같이 구룡수보다 무공이 뛰어난 자들이었다.

이때, 청룡주 본존이 갑자기 고개를 들었다. 주비는 엉겁결에 그와 눈이 마주쳤다가 동공이 순식간에 쪼그라들었다. 청룡주의 얼굴은 너무나 창백했고, 입은 또 유난히 컸다. 마치 얼굴의 아랫부분이 모두 입인 것처럼 커다랗게 벌어져 있었다. 그는 주비와 사윤을 향해 음흉하게 웃으며 그 자리에 우뚝 서 있었다.

주비의 앞에 있던 창문이 마치 청룡주의 장력에 빨려 들어가려는 듯 세차게 떨렸다.

청룡주는 겉모습은 물론 무공도 무시무시했다. 하지만 주비는 전혀 무서워하지 않고 손에 들고 있던 칼집을 다짜고짜 청룡주의 손을 향해 날렸다. 칼집은 창문을 깨고 튀어 나갔고, 청룡주는 칼집을 한 손으로 가볍게 잡더니 쇠로 만든 칼집을 끝에서부터 찌그러뜨려 쇳덩어리로 만들었다.

눈 깜짝할 사이에 청룡주는 2층으로 올라와 있었다. 그가 손바닥으로 벽을 치자 벽에 반 치 깊이로 파인 흔적이 남았다. 사윤은 농담할 틈도 없이 외쳤다.

"비야, 피해!"

주비는 사윤을 외면한 채, 청룡주가 창밖에 있어 힘을 쓰지 않는 틈을 타서 파설도의 '파' 일 식을 시전했다.

주비의 칼은 탐랑과 구룡수, 그리고 청룡교의 번산도해진을 모두 겪었고, 단련될수록 더 빛이 났다. 청룡주는 살짝 놀랐는지 '어라' 하더니, 주비의 도광을 스치며 공중에서 한 바퀴 돌아 주비의 칼등을 잡으려 손을 뻗었다.

주비는 창문 위로 훌쩍 몸을 날려 순식간에 초식을 변형했다. 그녀의 칼은 마치 세 개의 날로 나뉜 것처럼 청룡주를 에워쌌다.

청룡주는 계속 피하다가 '쾅' 하는 소리와 함께 주비의 칼등을 잡았다. 그 순간, 주비는 저항할 수 없는 엄청난 힘이 도신을 통해 전해지는 것을 느꼈다.

주비는 재빨리 몸을 날리며 발을 뻗어 사윤이 열어 놓은 창문을 사뿐히 디뎠다. 그리고 사윤을 비롯해 창가에 있던 사람들을 다 방으로 물러나게 한 후, 발돋움한 힘으로 몸에 있는 고영진기를 최대치로 끌어올리며 재빨리 양손을 내리눌러 청룡주를 공중에서부터 짓눌렀다.
 문욱이 검을 뽑아 들고 청룡주의 뒤에서 일격을 날렸다. 청룡주는 주비의 장도를 잡아 몸을 돌리며 가볍게 쳤다. 휘어진 칼날은 곧바로 문욱 장군의 검에 부딪쳤다. 문욱은 가볍게 옆으로 피하며 한 손으로 주비를 부축하며 웃었다.
 "참으로 놀라운 경지로군요. 주 선생님께서 보셨다면 분명 기뻐하셨을 겁니다."
 주비는 팔꿈치로 그의 손을 떨쳐 낸 후 칼을 들고 한쪽에 서서 얼얼해진 손목을 가볍게 풀었다.
 문욱은 더 이상 그녀에게 싸울 기회를 주지 않았다. 그가 길게 휘파람을 불자, 호위병들이 바로 달려 나와 청룡주의 무리를 포위했다.
 주비가 미간을 찌푸리며 다시 싸움에 뛰어들려는데, 갑자기 뒤에서 바람 소리가 덮쳐 오는 것 같았다. 그녀는 본능적으로 손을 뻗어 잡히는 대로 움켜쥐고 비틀었다. '윽' 하는 비명과 함께 주비는 아연실색했다. 언제부터 와 있었는지 그녀의 뒤에는 사윤이 있었던 것이다. 주비는 황급히 그를 놓아주었다.
 사윤은 고통스러움에 이를 악물며 손을 뿌리쳤다.
 "영웅 놀이는 그만하고, 지금 빨리 나랑 도망가자. 어서!"
 사윤이 말하다 말고 갑자기 목을 움츠렸다.
 주비는 사윤이 몰고 온 불운을 겪을 만큼 겪은 터라 그가 움츠리는 걸 보자마자 뒤도 돌아보지 않고 칼을 옆으로 휘둘렀다. 알고 보니 아까 그 귀신처럼 보이던 징 치는 사람이 어느새 이쪽으로 날아와 있었다.

칼날이 징에 부딪쳤다. 주비의 칼은 너무나 빨라서 한 번 휙 휘두르자 징 소리가 꽝 하고 일대를 울렸다. 새색시를 맞이할 때 북 치고 꽹과리 치는 소리만큼 컸다. 징 치는 사람이 손을 거두자 징 둘레에 날카로운 이빨이 가득 돋아났다. 징이 방패처럼 그자의 팔뚝을 덮고 있으니, 마치 창검으로도 뚫을 수 없는 거북이 등딱지를 받쳐 든 것처럼 보였다.

그자는 경공이 매우 뛰어난 데다 온몸에 흰옷을 걸치고 있어 볼수록 귀신처럼 괴이하고 오싹한 기분이 들었다. 게다가 주비는 부유진을 쓸수록 더욱더 능숙해져 두 사람은 눈 깜짝할 새 제자리에서 일고여덟 바퀴를 돌았다. 보는 사람이 어질어질할 지경이었다.

주비의 도법은 일품이었는데 부유진까지 더해지자 그야말로 환상의 조합이었다. 그러나 징 치는 사람이 마치 껍질 속에 몸을 웅크린 거북이처럼 공격과 수비가 모두 가능한 징 방패를 들고 있으니, 한 수 가르쳐 주려 해도 여의찮았다. 게다가 그는 변화무쌍한 부유진 앞에서도 늘 한발 앞서 수를 간파하는 듯했다.

공격만 하는 자는 오래가지 못하는 법. 하물며 주비는 아직 어린데다 경험도 적어 이렇게 계속 대치하는 건 좋은 방법이 아니었다. 줄곧 눈살을 찌푸리며 지켜보던 사윤은 주위를 휘 둘러보더니 갑자기 몸을 돌려 객잔으로 달려갔다. 그러곤 어디서 찾았는지 놋대야 하나를 들고나와 큰 소리로 외쳤다.

"주비, 여기 법보法寶. 도교 신화에 나오는, 요괴를 제압할 수 있는 신비로운 보물! 속전속결로 해치워!"

"뭔……."

주비가 말을 마치기도 전에 뒤에서 '웅' 하는 소리가 들려왔다.

삼춘객잔 | 75

깜짝 놀라 발이 땅에 닿지도 않을 만큼 재빨리 피하고 보니, 커다란 놋대야가 허공을 가르며 날아와 징에 정통으로 부딪치며 천지가 찢어지는 듯한 엄청난 굉음이 울려 퍼졌다.

놋대야는 이빨 난 징에 부딪쳐 구멍이 난 채 데굴데굴 튕겨 나갔다. 주비는 급히 손을 뻗어 구멍 뚫린 그 '법보'를 손으로 받았다. 그 물건의 정체를 확인한 주비는 하마터면 뒤돌아 단왕에게 무릎을 꿇고 절을 할 뻔했다.

한창 잘 싸우고 있는데 다 부서진 놋대야로 웬 방해야?

안타깝게도 징 치는 사람은 주비가 단왕에게 오체투지를 할 틈을 주지 않았다. 그는 날아온 놋대야에 놀라 한 발짝 물러섰다가 이내 정신을 가다듬고 다시 공격을 재개했다. 주비는 손에 든 대야가 걸리적거렸지만, 딱히 버릴 데도 없어 되는 대로 방패 삼아 몇 차례 막아 냈다. 징과 놋대야가 맞부딪치며 나는 소리가 어찌나 요란한지 귀가 먹먹할 지경이었다. 자신이 우레와 번개를 다스리는 신이라도 된 것 같았다.

하지만 주비는 곧 그 물건의 장점을 발견할 수 있었다. 징 치는 사람은 시력에 문제가 있는지 한밤중에 울리는 징 소리를 듣고 방향을 가늠했는데, 지금 쨍쨍 울리는 놋대야 소리가 시끄럽게 더해지니 순간 머리 없는 박쥐처럼 우왕좌왕했던 것이다. 조금 전까지 귀신처럼 움직이던 그의 몸놀림이 흐트러졌다!

주비는 속으로 기뻐하면서도 한편으로는 의문스러웠다.

'사윤은 어떻게 모르는 게 없지? 빠른 발 하나 믿고 오랫동안 여기저기 떠돌아다니며 귀동냥으로 주워들은 걸까?'

목매달아 죽은 귀신처럼 보이던 징 치는 사람도 금세 허점이 드러났다. 주비가 놋대야를 한쪽으로 휙 던졌다. 쨍그랑하는 소리와 함께 징 치는 사람은 무의식적으로 소리가 난 쪽을 돌아보았고, 잠깐 한눈을 판 결과는 치명적이었다. 주비가 장도를 휘둘러 깔끔하게 그의 목을 베어 버린 것이다.

주비가 다시 고개를 돌리자 사윤은 이미 보이지 않았다. 주위를 훑어봐도 모습을 찾을 수 없었다. 갑자기 돌멩이 하나가 앞에 떨어졌다. 고개를 들어 보니, 거긴 또 언제 올라갔는지 사윤이 지붕 위에서 그녀를 향해 손을 흔들고 있었다.

주비는 혼란을 틈타 큰 나무 위로 훌쩍 뛰어올라 발끝으로 나무 꼭대기를 딛고 단숨에 지붕 위로 올라갔다. 사윤은 주비의 소매를 잡아당기며 신이 나서 헛소리를 지껄였다.

"예쁜 아가씨를 보쌈해서 사랑의 도피를 해 볼까나!"

그러고는 자신이 얻어맞을 것을 예감하고 두 손으로 머리를 감쌌다. 그런데 어찌 된 영문인지 한참이 지나도 주비는 아무 반응이 없었다. 사윤이 의아해하며 돌아보자 주비는 피 묻은 칼자루를 어루만지며 말했다.

"왕야를 때리면 죄가 되나요?"

사윤이 대답했다.

"누구든 때리면 안 되지. 백성을 때리든 왕야를 때리든 똑같은 죄니까……."

본디 비적을 타일러 바른길로 인도하려고 한 말이었는데, 비적은 뜻밖에도 '똑같은 죄'라는 말에 완전히 안심한 듯 다리를 들어 사윤을 냅다 걷어차 지붕 위에서 떨어뜨렸다.

사윤은 마치 목숨이 아홉 개 달린 고양이라도 된 듯 아주 유연하게 굴러떨어지더니, 땅에 닿을 때쯤에는 자세까지 가다듬고 마구간 옆에 사뿐히 착지했다. 그는 한 손으로 마구간의 말뚝을 짚은 채 놀란 가슴이 아직 가라앉지 않았는지 가슴께를 쓸며 말했다.
"장난도 정도껏 해야지! 남자는 허리가 생명이라고!"
주비는 지붕 위에 쪼그리고 앉아 눈을 동그랗게 뜨고 물었다.
"있잖아요, 그쪽이 정말 단왕야예요? 혹시······."
'저들이 사람 잘못 본 건 아니겠죠?'라고 말하려다 주비는 다시 생각을 바꿨다. 문욱 장군과는 어쩌다 알게 된 인연이었지만 믿을 만한 사람인 것 같으니 그렇게까지 눈이 삐었을 것 같지는 않았다. 주비는 말을 바꿔 물었다.
"혹시······ 잘못 태어난 거 아니에요?"
사윤의 입이 열리는 듯하다가 다시 닫혔다. 순간 그 말을 어떻게 받아야 할지 떠오르지 않았던 것이다. 그는 잠시 아연실색했다가 결국엔 배를 잡고 웃음을 터뜨리며 손뼉까지 쳤다.
"맞아, 날 낳아 주신 분은 부모님이지만, 날 알아주는 사람은 비야라니까. 어떻게 알았어? 정말 갈수록 마음에 드네!"
사윤은 쉴 새 없이 떠들면서도 손으로 슬쩍할 기회를 놓치지 않았다. 그는 재빨리 마구간에서 말 두 마리를 끌고 나와 지붕에서 뛰어내린 주비에게 고삐 하나를 건넸다.
"걱정 마, 문 장군은 너희 아버지 수하 중에서도 최고니까. 청룡주도 문 장군 손에서 재미를 보진 못할 거야······ 어? 오 낭자?"
주비가 돌아보니 오초초가 언제 왔는지 두 손으로 작은 짐 보따리를 안은 채 가쁜 숨을 몰아쉬고 있었다.
주비가 미간을 찌푸렸다.

"위험한데 왜 나왔어? 얼른 돌아가!"
오초초는 머뭇거리다가 더듬더듬 말했다.
"두…… 두 사람 지금 떠나려는 거예요? 짐은 다 챙기셨어요?"
사윤이 생글거리며 대답했다.
"이 두 다리만 있으면 되죠. 다른 건 필요 없어요. 돈이 없으면……."
주비가 무표정하게 말을 이었다.
"동냥하면 되니까."
사윤이 경이롭다는 듯 말했다.
"내가 그런 일도 했다는 걸 어떻게 알았어? 설마 젊고 잘생긴 날 보고 몰래 쫓아다닌 거 아냐?"
"……."
주비는 사실 오초초가 혼자 문 장군을 따라가길 원치 않는다는 걸 알고 있었다. 남조에는 친척도 친구도 없는데 의지할 곳 없는 여자아이 혼자 모르는 사람에게 의탁해야 했으니 말이다. 비록 명성은 익히 들었어도 그의 인품이 어떤지, 성격이 어떤지 전혀 모르니 두려워지는 것도 당연했다.
하지만 주비도 험난한 가시밭길을 가면서 언제 칼을 뽑아야 할지 모르는 신세니 오초초까지 데리고 다니기에는 역부족이었다. 일부러 겁을 줘서라도 오초초가 스스로 돌아가게 하고 싶었다. 주비는 생각했다.
'그래, 탓하려면 그저 내 능력이 부족한 걸 탓해야지.'
주비도 외할아버지 같았다면 참 좋았을 것이다. 발을 한 번 구르면 무림 전체가 흔들리고 가고 싶은 곳이라면 어디든 갈 수 있으니, 지금처럼 망설일 게 뭐 있겠는가?

오초초가 받은 가정교육에 따르면 하기 힘든 일을 절대로 남에게 강요할 수 없었기에, 그녀는 '나도 데려가면 안 돼?'라는 말을 차마 입 밖으로 내지도 못하고 눈물만 글썽거렸다.

오초초가 진퇴양난에 빠져 있을 때, 갑자기 뒤에서 누군가 손을 뻗어 오초초의 목을 쥐었다. 오초초가 놀라 비명을 질렀고 이어 누군가의 힘에 눌려 억지로 고개를 들었다.

놀랍게도, 분명 주인장 화 씨에게 혈도가 막혔던 기생오라비 같은 청년이 어찌 된 일인지 혼자 일어나 있었다. 그의 어둠에 가려진 반쪽 얼굴, 오뚝하고 날렵한 코와 뾰족한 턱, 약간 웃음기를 머금은 입, 보면 볼수록 전설 속 흡혈 요괴 같았다.

청년은 오초초의 정수리 너머로 주비를 응시하며 조용히 말했다.

"움직이지 마. 비록 내 실력이 미천해 남북의 쌍도 같은 대단한 인물과는 견줄 수 없지만, 계집아이 하나 목 졸라 죽이는 건 일도 아니니까."

주비는 청년을 보자 독기가 올라 살벌하게 말했다.

"어디 한번 해 보시지. 머리카락 한 올이라도 건드리면 내가 널 산 채로 회를 떠 주겠어."

청년은 웃는 듯 마는 듯 한 표정으로 주비를 보다가 고개를 돌려 오초초의 머리 냄새를 한 번 맡더니 생뚱맞게 품평을 해 댔다.

"이 아가씨가 너보다 좀 더 예쁜 것 같네. 여자는 좀 여리여리한 맛이 있어야지. 종일 싸우고 죽이고, 그러다 주름살 생길라……. 아, 맞다, 깜빡했네. 너희 같은 애들은 보통 주름살 생길 나이까지 살지도 못한다는 걸."

주비는 살의가 치밀어 올라 손에 쥔 칼자루에 온 신경을 쏟은 채, 그 뛰어난 말재간도 잠시 접어 두고 조용히 청년을 뚫어져라 응시했다.

청년은 눈을 깜빡이며 주비를 보다가 웃음을 터뜨렸다.

"왜, 내가 죽는 걸 두려워하는 사람처럼 보여?"

그때, 옆에 있던 사윤이 느닷없이 청년을 불렀다.

"패야."

청년은 자신의 이름을 듣자 눈빛이 흔들렸다.

"무례를 범했습니다. 기 대협이 이렇게 귀하를 부르시더군요."

사윤은 예의를 갖춰 청년을 향해 미소 짓더니 이어 놀라운 말을 꺼냈다.

"이것이 귀하의 존함이겠지요. 외람되지만 혹시 성이 무언지 여쭤 봐도 되겠습니까? 혹시 '은'이 아니신지요?"

주비는 무슨 말인지 이해가 되지 않아 속으로 중얼거렸다.

'저놈 성이 '은'이든 '양'이든 뭔 상관이야?'

그러나 청년은 안색이 확 변하더니 마치 미친개에게라도 물린 것처럼 갈라진 목소리로 소리쳤다.

"뭐라고?! 당신이 뭘 알아!"

청년이 저도 모르게 손에 힘을 주는 바람에 오초초는 곧 숨이 끊어질 듯 가랑잎처럼 부들부들 떨었다.

그 순간, 주인장 화 씨가 언제 왔는지 청년의 뒤에 슬그머니 나타났다. 격노에 휩싸여 그가 다가오는 것도 눈치채지 못한 청년은 주인장의 하나 남은 손바닥이 날아오는 걸 제대로 맞은 후 비틀거리며 저도 모르게 앞으로 달려 나갔다.

주비는 망설임 없이 한 걸음 앞으로 나와 그의 팔뚝을 잡고 마치 분근착골 하듯 당기고 눌렀다. 청년의 팔뚝 관절이 '뚝' 하고 부러졌다. 주비는 냉큼 청년의 손에 잡혔던 오초초를 받아 뒤에 있던 사윤에게 던지고는 칼을 들어 그 기생오라비를 죽이려 했다.

그러자 두 사람의 목소리가 거의 동시에 튀어나왔다.

"멈춰!"

"기다려!"

주비의 칼날은 바닥에 쓰러진 기생오라비와 불과 실 한 가닥 정도 떨어져 있었다. 칼날은 그의 살갗을 스치며 겨우겨우 멈췄다. 음산한 도광이 혈조 속으로 번쩍하며 칼 아래 있던 자의 새파랗게 질린 얼굴을 비췄다.

소리를 지른 사람은 사윤과 기운침이었다. 기운침이 기어들어 가는 목소리로 말했다.

"이 녀석이 청룡주의 이혈지법移血之法, 혈도를 옮기는 무공을 익혔을 줄은 몰랐습니다. 제 불찰이니 정말 미안합니다."

'은패'라는 이름의 기생오라비 같은 청년은 칼이 코앞에 있는데도 꾸준하게 죽음을 자초하며 크게 웃었다.

"그럼 내가 청룡교에 들어간 게 뻥인 줄 알았나?"

어쩐지 이 기생오라비가 주는 대로 잘 먹더라니. 힘을 아껴 놨다가 무방비 상태의 조용한 밤이 되면 또 사람을 죽이고 도망칠 생각이었던 것이다.

기운침은 청년을 무시한 채 주비에게 간곡히 말했다.

"아가씨, 저 아이의 목숨을 한 번만 살려 주십시오. 부디······."

주비는 냉랭한 눈빛으로 기운침을 흘끗 보며 만약 그가 '제발 내 얼굴을 봐서라도'라는 말을 꺼내기만 하면 당장 이 기생오라비의 목에 구멍을 낼 준비를 했다. 이 기운침이란 사람은 우물쭈물했고, 누구에게 보여 주려는지 항상 사는 게 지긋지긋한 계모 같은 얼굴을 하고 있었다. 그에게 휘말리지만 않았더라면 주인장 화 씨도 자기 손목을 자를 일은 없었을 것이다.

그런데 그런 친구를 대신해 화를 내기는커녕 오히려 이 기생오라비를 위해 사정하다니. 그렇다고 주인장 화 씨도 가만히 있는데 외부인인 주비가 이런 불의를 강제로 바로잡기도 어려운 일이었다. 하지만 이런 상황이 주비가 기운침을 못마땅하게 여기는 걸 막진 못했다.

다행히 기운침은 그렇게까지 뻔뻔하지는 않았다.

"부디 선대 채주의 얼굴을 봐서라도."

"……."

주비는 목구멍까지 올라왔던 '당신이 뭔데'라는 말을 꿀꺽 삼켰다. 말문이 막혀 위까지 아플 지경이었다.

사윤이 주비 뒤에서 조용히 말했다.

"비야, 내 추측이 맞는다면 저 청년은 은문람의 후손이야."

주비는 깜짝 놀랐다.

"……산천검?"

'산천검'은 '쌍도 일검' 중의 일검이었다. 검은 곧 군자였고, 예부터 무공을 한다는 자 열 명이 있으면 최소한 예닐곱 명은 검을 다루었다. 그러니 검으로 강호에 이름을 날린 자라면 대개 보통내기가 아니었다.

산천검 은문람은 고영수가 어려서부터 유명해진 것과 달리, 제대로 된 명문 출신으로서 평생 차근차근 무공을 쌓으며 대기만성해

중년이 넘어서야 일대 종사가 되었다. 은문람이 한창일 때는 강호에 그를 따라올 자가 없었다. 그는 무공이 뛰어나고 대범했으며 덕망과 명성도 높았다.

수백 년 동안 강호에는 천하의 영웅을 호령할 맹주가 없었으나 산천검 생전에는 그의 한마디에 모두가 따랐다. 비록 별도의 칭호는 없었지만, 그는 뭇 영웅들의 우두머리로 통했다.

그러나 안타깝게도 은문람은 중원에 있었다. 사십팔채처럼 산과 강이 병풍처럼 막아 주는 곳에 안거한 것이 아니었다. 남북이 대치하자 은문람은 첫 번째 공격 대상이 되어 더는 홀로 멀쩡할 수 없는 신세가 되었다.

당시 '북두의 일곱 별'이 모두 은가장殷家庄, 은씨 집성촌에 모여 은문람에게 북조에 투항하라고 강요했었다. 정통인 대소의 조씨마저도 따르지 않은 산천검이 어찌 말년에 그동안 쌓아 온 명예를 버리면서까지 가짜 왕조에 빌붙겠는가? 은문람은 당연히 거절했고, 나이가 많다는 핑계로 그저 소란을 피해 조용히 은거하고자 했다.

하지만 가지 많은 나무에 바람 잘 날이 없었다. 은문람은 거듭 피하려 했지만, 이 험악한 세상 바람을 끝까지 피할 수는 없었다.

은문람이 어떻게 죽었는지는 아직도 의견이 분분했다. 주비 세대가 아는 거라곤 은문람이 횡사한 후로 은가장은 뿔뿔이 흩어져, 먼지처럼 사라진 수많은 다른 문파들처럼 계승이 끊겼다는 것뿐이었다.

주비의 눈빛이 천천히 칼 밑의 기생오라비 같은 청년에게로 향했다.

"이자가 산천검의 후손이라고요?"

주비는 무척이나 의아한 표정을 지었다. 그런데 그것이 어떻게 은패를 자극했는지 은패가 갑자기 이를 악물고 주비의 칼날로 돌진했다. 주비는 황급히 팔을 움츠려 칼을 거둔 다음 발끝으로 은패를 밟고 불같이 화를 냈다.

"다 큰 사람이 다른 사람한테 한 소리 듣는 건 싫은가 보지? 그렇게 체면이 중요한 놈이 왜 이제 와서 난리야?"

주비가 너무 세게 밟아서인지 아니면 은패의 성격이 고약해서인지, 그 말을 듣자 은패는 순간 멍해지더니 얼굴이 종잇장처럼 하얘져서는 갑자기 피를 토했다.

기운침의 표정이 살짝 변하는가 싶더니, 차마 두고 볼 수 없다는 듯 탄식했다.

"사실 은패는……."

사윤은 기운침이 또 뭔가 산더미 같은 속사정을 털어놓을 것 같아 황급히 그의 말을 끊었다.

"기 대협, 옛날이야기는 그만하시고, 이곳은 오래 머물 수 없으니 일단……."

사윤의 말이 채 끝나기도 전에 객잔 위층에서 누군가 말했다.

"삼 공자님, 여기 계셨습니까? 깜짝 놀랐습니다, 또 잃어버린 줄 알고."

백 선생이 찾으러 온 것이다.

사윤은 마치 발밑에 순수한 돼지기름을 열여덟 겹 정도 바른 것처럼 쌩하니 미끄러져 주비의 뒤쪽으로 파고들어 가더니 속사포처럼 말했다.

"영웅 아가씨, 살려 줘. 어서 저 사람 좀 막아 달라고!"

"……."

주비보다 키가 머리 반 통이 더 큰 사윤은 주비와 한참 눈을 마주

치고 있다가, 갑자기 뭔가 생각난 듯 어깨와 목을 움츠리고 다리를 구부리는 축두대법을 시전해 주비의 결코 장대하지 않은 등 뒤로 자신을 억지로 밀어 넣었다. 사윤은 눈을 굴리며 계속해서 속삭였다.

"넌 저 늙은 깡패를 아마 못 이길 거야. 머리를 써야 할 텐데……. 흐음, 일단 몇 마디 하면서 시간을 끌어 봐. 내가 생각 좀 해 보게."

주비는 창검으로도 뚫을 수 없을 정도로 두꺼운 단왕야의 낯가죽에 완전히 탄복하고 말았다. 그녀는 일단 발을 들어 은패를 주인장 화 씨 쪽으로 걷어차면서 입으로는 이렇게 말했다.

"백 선생님, 조심하세요."

백 선생은 주비가 뭘 조심하란 건지 몰라 어리둥절해하다가 혹시 뒤에 적이 있다는 경고인가 싶어 급히 사방을 둘러봤다. 이렇게 잠시 한눈판 것까지는 괜찮았는데, 갑자기 쉭 하는 바람 소리가 들려 고개를 돌리니 웬 이불이 정면으로 날아와 얼굴을 덮치는 게 아닌가.

객잔 뒤뜰에서 말리려고 널어놓은 이불과 침상 휘장을 본 주비가 잽싸게 그중에서도 제일 두꺼운 걸 골라 위로 던져 백 선생의 얼굴을 덮은 것이다. 백 선생은 이불 뒤편에 뭐가 있는지 알 수 없었기에 급히 검을 뽑아 마구잡이로 베기 시작했다.

그런데 주비가 이불 뒤에서 힘을 싣고 있을 줄이야. 백 선생이 검을 휘두르자 주비도 강력한 일 장으로 검을 밀어냈다. 양쪽의 힘이 부딪치자 솜이불은 순식간에 갈가리 찢겨 마치 '온 나무에 배꽃이 핀 듯' 하얀 이불솜 꽃이 온 하늘에 흩날렸다. 백 선생이 그 광경에 잠시 눈이 먼 순간, 이불 솜뭉치 사이로 칼이 뻗어 나오더니 번개처럼 백 선생의 검을 비틀어 날렸다. 그리고 피할 틈도 주지 않고 곧장 백 선생의 목을 겨누었다.

백 선생이 이런 수모를 당한 건 참으로 오랜만이었다. 잠깐의 방심으로 어린 계집에게 당하다니. 그것도 자신이 줄곧 진술하고 거침없으며 단순 무식하다고 여겼던 계집아이에게 말이다.

주비가 조그만 소리로 말했다.

"죄송합니다."

백 선생은 주비가 목에 겨눈 칼 때문에 온몸이 경직되고 위산이 역류할 것만 같았다. 하지만 그가 청산유수 언변술을 시전하기도 전에, 주비는 다짜고짜 그의 혈도를 막더니 부끄러운 듯 백 선생에게 포권하며 말했다.

"그래서 제가 조심하라고 말씀드렸잖아요."

"……"

근묵자흑이라, 그 삼 공자와 종일 붙어 있으니 어찌 물들지 않을 수 있겠는가!

사윤이 통쾌하게 웃으며 말했다.

"잘했어, 내가 어렸을 때랑 똑 닮았네!"

기운침은 드디어 눈치라는 게 생겼는지 손을 저으며 말했다.

"청룡주가 직접 오지는 않을 겁니다. 말을 타고 가는 건 너무 위험하니 우선 절 따라오시죠."

주비가 머뭇거리자 사윤이 주비에게 손짓을 했다.

"저 사람을 따라가자."

주비가 눈을 치켜뜨며 뭐라 하기도 전에, 사윤은 마치 주비가 뭘 물어볼지 안다는 듯 나지막이 말했다.

"내가 세상 이치를 하나 가르쳐 줄게. 세상엔 너랑 정말 안 맞는 거 같고 아주 밉살스러운 사람이 있을 수 있어. 하지만 한 시대의 명협이라면 음흉함도 좀 섞여 있어야 인품이 괜찮다고 할 수 있는 거야."

주비는 기운침을 믿지는 않았지만 사윤은 어느 정도 믿었기에 바로 그 뒤를 따랐다. 그러고는 하나를 보면 열을 아는 것처럼 콕 집어 물었다.

"그렇다면 단왕 전하에게 강호 사기꾼의 꼬락서니가 보이는 것도 인품이 좋아서 그런 거예요?"

사윤은 주비가 비꼬는 걸 전혀 알아채지 못한 듯 천하 태평하게 그 '칭찬'을 받아들이며 감탄했다.

"아주 똑똑하네, 통찰력이 대단해!"

주비는 순간 할 말을 잃었다.

이리하여 주인장 화 씨, 오초초, 그리고 다시금 제압된 기생오라비 은패까지 모두 함께 가게 됐다.

기운침은 그들을 뒤뜰에 있는 술 저장실 밑으로 데려가더니 커다란 술독 뚜껑을 열었다. 놀랍게도 그 안에는 통로가 이어져 있었는데 어두컴컴해서 얼마나 깊은지 가늠할 수 없었다. 기운침이 어디선가 등불을 찾아와 앞장서서 내려갔다.

은패는 주인장 화 씨 손에 붙잡혀 소란을 부릴 수는 없었지만 입은 여전히 살아서 이 상황을 보고는 웃으며 말했다.

"천하의 북도가 이름도 없는 객잔에서 주방장이나 하고 있질 않나, 그것도 불안해서 도망갈 지하도까지 만들었네. 어째서 인간이 될 생각은 안 하고 쥐가 되려고 하는지, 거참 이상하단 말야."

주인장 화 씨는 빠르지도 느리지도 않게 말했다.

"그러는 네놈은? 인간이 될 생각은 안 하고 개가 되려고 하는 건

안 이상한가?"

은패는 순간 숨이 턱 막혔다. 주인장 화 씨는 표정을 살짝 누그러뜨리는가 싶더니, 천천히 설명했다.

"이 비밀 통로는 내가 남겨 놓은 것이네. 운침 아우와는 상관없는 일이야."

주비와 사윤도 가만히 있는데 오초초만 주인장의 말을 이해하지 못하고 이상하다는 듯 물었다.

"왜 이런 비밀 통로를 남겨 두신 건데요?"

주인장 화 씨는 오초초에게 깐깐하게 굴지 않고 부드럽게 웃으며 말했다.

"낭자, 우리 같은 사람들은 대부분 언젠가는 자신의 이름을 감추고 강호의 원한으로부터 숨어 지내야 할 날이 옵니다. 다른 이유는 없어요."

이때, 앞서가던 기운침이 비밀 통로 양쪽의 조그만 기름등에 불을 붙였다. 캄캄한 통로 안이 순간 밝아지면서 사람들의 길어진 그림자가 미약한 불빛 속에서 흔들거렸다. 오초초는 깜짝 놀랐다. 어렴풋하게 축축하고 썩은 냄새도 났다. 오랫동안 아무도 찾지 않은 지하 통로에 자라난 불청객 이끼가 원인이었다.

기운침의 등은 살짝 굽어 있었다. 매일 손님을 맞이하며 재료를 썰고 요리한 세월이 오래 지나다 보니 굽은 허리가 그대로 굳어져 이제는 어떻게 해도 펴지지 않았다.

주비는 주인장 회 씨와 오초초의 대화를 들으며 다른 생각이 들었다. 주비가 본 주인장 화 씨는 자기 손목을 자를 만큼 과감하고 인정사정없는 데다, 상황에 따라 굽힐 줄도 펼 줄도 아는 사람이었다. 그런 사람이 자신에게 원한 품은 자를 피하고자 직접 지하도를 파다니 도저히 믿어지지 않았다. 아무래도 기운침을 가려 주기 위해 둘러댄 것 같았다. 주비가 물었다.

"이 길은 어디로 연결돼요?"

주인장 화 씨가 대답했다.

"형산 자락까지 쭉 이어집니다."

주비는 '아' 하고는 잠시 후 다시 물었다.

"형산 바로 밑까지 땅굴을 팠는데도 형산파가 가만있었어요?"

일찍이 각 문파는 산과 강이 인접한 곳에 터를 잡았기에 명산에는 수행자가 많았다. '태산은 장掌이요, 화산은 검劍이며, 형산 길은 아득하고, 아미산은 미인의 가지刺'라는 말도 있는 걸 보면 형산은 분명 유명한 대문파였을 터였다. 주비는 그냥 아무 생각 없이 뱉은 말이었는데, 순간 주위가 조용해졌다.

주비가 아주 민감하게 물었다.

"왜 그래요?"

사윤이 나지막이 대답했다.

"넌 아마 모를 거야. 전에 여기서 남북이 교전을 벌였는데…… 한 육칠 년 전쯤이었지. 엄청난 전투였어. 형산파는 줄곧 백성들의 존경을 받고 있었고 많은 제자가 산 아랫마을 출신이었어. 그래서 손 놓고 있을 수 없어 끼어들었다가, 화를 자초하고 말았지."

주인장 화 씨가 말을 이었다.

"맞습니다. 그 전투로 장문인은 물론, 몇몇 항렬 높은 노인들까지 모두 쓰러졌지요. 몇몇 남은 어린 제자들이 그런 상황을 수습할 수 있었겠습니까? 집이 있는 제자들은 각자 집으로 돌아갔고, 갈

곳 없이 남은 자들은 새로운 장문인을 따라 떠났지요. 새 장문인은 선대 장문인의 마지막 제자였다고 하더이다. 떠날 때 나이가 열예닐곱은 되었으려나……. 휴, 어디로 갔는지도 모릅니다."

주비는 그 말에 놀라 자신도 모르게 뒤를 돌아보았다. 그녀의 시선은 주인장 화 씨의 비곗살 꽉 찬 얼굴을 지나 다시 은패에게로 옮겨 갔다. 문득 막막한 기분이었다.

이십 년 전 최고의 고수들이 지금은 다 어디로 갔는지 소식도 알 수 없다. 남도는 죽었고, 북도는 관외에 있다가 은거한 후로 무공을 폐한 계승자만 남았는데 그 계승자는 작은 객잔의 주방장이 되었다. 산천검 은문람은 혈통이 끊겼고 가문이 쇠락한 후 그의 피를 이어받은 비뚤어진 계승자 하나만 남았다.

고영수 중 하나는 미쳤고, 다른 하나는 십 년 전에 자취를 감췄다. 거기다 동해 봉래의 '산선'은 속세에는 내려온 적도 없는 듯 묘연하다. 그런 사람이 정말 있기는 한 건지도 지금은 알 수 없다.

천하를 주무르던 여러 대문파는 잇따라 와해되었는데 활인사인 산은 마치 오늘만 사는 것처럼 여기저기서 활개를 치고 다닌다. 곽가보는 우두머리가 죽은 후 뿔뿔이 흩어져 사 대 도관이 각자 틀어박혀 자기 앞가림에만 급급하다.

소림은 속세를 멀리 떠나 끊임없이 아미타불만 외고 있고, 오악五嶽의 무리는 몇몇 남지 않아 장문인이라 부를 만한 자도 없다…….

당시 위풍당당하게 천하를 풍미했던 자들이 어쩌다 이렇게 떠나고, 흩어지고, 타향에서 늙어 죽는 신세가 된 것일까?

중원 무림 하늘에 설명할 수 없는 크나큰 어두움이 드리웠는지, 별들은 하나같이 미약하고 침침했다. 생기라곤 찾아볼 수 없는 그 모습은 난세를 살아가는 사람들처럼 스스로를 가련하다 자조하는 것 같았다. 그런데 살아남은 북두 몇몇은 그 위세가 하늘을 찌르며 간담을 서늘하게 만들고 있었다.

오랜 세월 면면히 이어온 도刀, 창槍, 검劍, 극戟, 부斧, 월鉞, 구鉤, 차叉 등 십팔반병기와 그 많던 무술은 이 세대에 와서 명맥이 다 끊긴 듯했다.

그리하여 영웅이 없는 시대는 풋내기도 이름을 떨치게 했다.

주비는 생각에 너무 몰입했던 나머지 앞사람이 갑자기 발걸음을 멈춘 것도 모르고 사윤의 등에 머리를 박고 말았다. 사윤이 얼른 주비를 부축하며 농을 던졌다.

"네가 앞에서 부딪쳤으면 얼마나 좋아. 코가 부딪친 거야?"

주비가 사윤의 손을 쳐 내고 앞을 보니 공간이 갑자기 넓어져 있었다. 석벽에 걸린 등잔불 덕분에 앞쪽에 허름하고 작은 집이 있는 것이 보였다. 안에는 쉴 수 있을 만한 긴 의자와 탁자 등이 있었고 구석에는 먹을 것도 좀 있었다.

기운침이 돌아보고 말했다.

"다들 우선 여기서 하룻밤 묵으십시오. 내일 관병과 청룡의 개들이 떠날 때쯤 다시 안내하겠습니다. 그럼 빠져나가기 쉬울 겁니다."

은패가 차갑게 말했다.

"빠져나가? 꿈 깨시지. 청룡주가 누군데? 청룡주의 노여움을 샀으니 지구 끝까지 쫓아와서 당신들을 죽일 거야. 이렇게 조잡한 비밀 통로로 피할 수 있을 것 같아?"

주비가 말했다.

"아직도 네 주인이 와서 구해 주길 기대하나 본데, 꿈 깨시지. 그

자가 우릴 쫓아오려 하면 내가 먼저 널 죽여 줄 테니까. 너처럼 쪽 팔린 후손은 차라리 없는 게 나아. 널 땅에 묻는 걸 더 미뤘다간 밑에서 누군가 날 원망할지도 모르니 말이야."

발끈하며 성을 낼 법도 한데, 은패는 오히려 괴이한 미소를 지었다.

"날 구해? 청룡주가 쫓아와서 가장 먼저 죽일 사람은 바로 나라고."

오초초는 아무도 그 기생오라비를 상대해 주지 않는 걸 보고 어쩐지 불쌍하다는 생각이 들어 물었다.

"당신들…… 원래 한패 아니었어요? 왜 당신을 죽이려 해요?"

은패는 오초초를 깔보듯 흰 눈으로 쳐다봤다.

"네가 뭘 알아?"

"다른 사람들은 다 제자를 받는다던데…….”

사윤이 불쑥 끼어들었다.

"청룡주는 열여덟 명의 수양아들과 수양딸을 들였다죠. 근데 아까 구룡수가 당신을 '도련님'이라고 부르더군요……."

주인장 화 씨가 흥 콧방귀를 뀌더니 말했다.

"원수를 아비로 섬겼군."

"황송하군. 난 그저 스스로 쌍놈이 되길 원했을 뿐이다."

은패가 말했다.

"일부 시골 사람들은 집에서 기르는 개를 '아들'이라고 부른다는 것도 못 들어 봤나? 우리는 청룡주를 보면 팔다리로 기고 무릎으로 걸어가서 주인이 일어나라고 해야만 일어날 수 있어. 그가 밥을 먹을 땐 그의 무릎에 앉아서 그가 손으로 음식을 먹여 주길 기쁘게 기다렸다. 먹고도 안 죽으면, 주인은 음식에 독이 없다는 걸 확인하고는 우릴 내쫓아 버리지. 어쩌다 기분이 좋을 때는 가끔 고깃덩

어리를 덤으로 먹을 때도 있고."

은패는 말하는 내내 기운침의 뒷모습을 지켜보았다. 기운침의 굽은 등이 어쩐지 더 가라앉은 듯, 말할 수 없을 만큼 수척하고 불쌍해 보였다.

"그리고 난, 그중에서도 제일 똑똑하고 순종적이었고 제일 귀여움을 받았다. 그래서 청룡주가 항상 날 곁에 두었지. 구룡수는 정말 재주가 형편없었어. 무릎을 꿇어도 주인의 발가락 하나 핥을 수 없었으니 어쩔 수 없이 내 비위나 맞추며 살았던 거다. 원래는 나랑 나와서 폐인 하나 해결할 참이었지. 늙은이 힘 낭비할 것도 없고, 운 좋으면 이걸 명분 삼아 당당하게 물건도 빼앗을 수 있고, 얼마나 좋아? 다만 북도 옆에 이렇게 인재가 많을 줄 몰랐고, 남조의 졸개까지 달려와 보호한답시고 껴들었고, 그 하늘 높은 줄 모르고 날뛰던 구룡수마저 그 와중에 죽어 버릴 줄은 생각지도 못했지."

은패가 웃으며 말을 이었다.

"난 주인을 믿고 몰래 설치긴 했지만 그건 별일도 아니야. 돌아가서 채찍질 한 대 맞으면 그만이니까. 근데 밖에 나와서 사고를 치고, 유능한 일꾼을 잃었을 뿐 아니라 번산도해 대진까지 박살 나게 만들었으니 이번엔 도저히 채찍 한 대로 넘어갈 일이 아니게 되었어."

기운침은 못 들은 척 혼자 중얼중얼하며 탁자와 의자를 놓고는 작은 주전자를 불 위에 올려 곡주 한 통을 데웠다. 그런데 어찌 된 일인지 술독을 제대로 붙들지 않아서 손에서 미끄러졌다. 사윤이 잽싸게 손을 뻗어 술독을 받았다.

"조심하세요."

기운침은 잠시 멍하니 서 있다가 손을 저으며 말했다.

"고맙습니다……. 패야, 내가 미안하다."
주인장 화 씨가 화를 내며 말했다.
"자네가 저 아이에게 잘못을 했다 해도 요 몇 년간 빚도 다 갚은 셈이야. 저 아이가 남의 집 개가 된 건 자기가 원해서이지 않은가? 그러니 당해도 싸지 않느냐?"
은패가 그를 쳐다보며 표독스럽게 웃었다.
기운침은 아무 말 없이 품에서 깨끗한 손수건을 꺼내 오랫동안 쌓여 있던 그릇을 하나하나 깨끗이 닦은 후, 뜨거운 김이 모락모락 나는 곡주를 담아 사람들에게 나눠 줬다. 곡주는 도수가 높지 않아 취할 정도는 아니었다. 맛이 아주 거칠면서도 약간 달았다. 반 잔쯤 마시니 몸이 따뜻해지기 시작했고 주위를 감싸고 있던 습기도 더불어 옅어진 것 같았다.
기운침은 돌 탁자를 바라보며 나지막이 말했다.
"전 어릴 때 어느 정도 도법을 익히고 나자 하늘 높은 줄 몰랐습니다. 스승님을 떠나 관내로 들어가겠다고 고집을 부렸지요. 스승님이 말렸지만 전 스승님이 늙어서 겁이 많다고만 여기고 듣지 않았습니다. 결국 절 설득하지 못한 스승님은 제가 떠나기 전 모든 일을 신중히 생각하고 행동하라고 간곡히 타이르셨어요. '네 손에 든 칼은 농부가 손에 쥔 든 호미나 돈 관리하는 자가 쥔 주판 같은 것이다. 호미와 주판은 일하려고 쓰는 것이지, 사람이 되려고 쓰는 게 아니다. 본말이 전도되지 않아야 하느니라'라고 말이죠."
기운침은 여기까지 말하고 지기도 모르게 주비를 쳐다봤다. 주비에게서 이십 년 전 자신의 모습을 보아서였을까. 주비는 곡주를 한 모금 마시고 대꾸하지 않았다. 속으로 북도 관봉의 말을 다시 되뇌어 보았지만 잘 이해가 가지 않았다.

"하나 그 말이 귀에 들어올 리 없었지요."

기운침이 말했다.

"칼은 날카로운 무기였고, 만약 도법에 영혼이 있다면 '단수전사'는 제 손이자, 발이자, 혼이요, 넋이었습니다. 어찌 호미나 주판 같은 하찮은 것에 견줄 수 있었겠습니까? 관내로 들어왔더니 과연 제 칼로 천하를 호령할 수 있었습니다. 금세 헛된 명성이 쌓였고 한 무리의 친구들이 생겼지요. 득의양양해진 전 속으로 생각했습니다. 중원에 새로운 문파를 세워 '북도'를 속세에 재현한 후, 반년 안에 일곱 개의 도전장을 연달아 보내 유명한 고수들을 차례로 쓰러뜨려야겠다고. 그런데…… 그때 어떤 소문을 들었습니다."

이야기를 듣던 주비는 왠지 답답해졌다. 이근용은 열일곱 살에 북조의 수도에 가서 황제를 암살하려 했고, 단구낭은 갓 스무 살이 넘은 나이에 '고영수'라는 이름으로 천하를 주름잡았다. 심지어 줄곧 마음에 들지 않았던 눈앞의 기운침도 풋내기 시절부터 칼 한 자루로 세상을 놀라게 하며 새로운 문파를 세우겠다는 포부를 품었다는데 주비는 어떠한가?

집안 대대로 전해 내려오는 도법도 아직은 평범한 수준인 데다 마치 아직 준비도 안 된 상태로 둥지를 박차고 나온 어린 새처럼 온종일 적에게 쫓기고 있었다. 그러니 사윤 같은 사람 앞에서나 성취감이나 찾을 수밖에 없었다.

주비는 처음으로 자신이 실망스러웠다. 남들을 보고 다시 자신을 보니, 자신은 딱히 큰 성과를 이루지 못할 것 같다는 생각이 들었다. 자질도 그저 그랬고, 손에 든 칼은 호미나 주판과도 별 차이 없어 보였다.

주비가 이런저런 잡생각에 빠져 있을 때 오초초가 궁금하다는 듯 물었다.

"어떤 소문이요?"

"누군가 그러더군요. 북도 관봉이 관외에 틀어박혀 수십 년간 중원 땅을 밟지 않은 건 산천검 은문람에게 졌기 때문이라고. '단수전사'는 이류에 불과할진대 어떻게 뻔뻔하게 파설도와 나란히 '남북쌍도'라고 불리느냐는 거였죠."

기운침이 말을 이었다.

"은가장에 가까워질수록 소문은 더 파다했습니다. 전 몹시 화가 나서 은문람에게 도전장을 던졌습니다. 헛소문을 반박하고 치욕을 씻으려고 말이죠. 그런데 거절당했습니다."

"비록 달갑진 않았지만, 은 선배님은 워낙 인품이 겸허하고 예의 바른 분이셨습니다. 그 봄바람처럼 따스한 말과 행동에 내 분노도 사그라졌지요. 그런데 그곳을 떠날 때 마침 은가장에서 몰래 도망 나온 한 소년과 마주쳤습니다. 아주 영리하고 낯가림도 없는 아이였어요······."

은패의 차가운 코웃음에 모두가 즉시 눈치챘다. 그 소년은 아마 은패였을 것이다.

"전 그 소년이 어른들 몰래 놀려고 도망쳐 나온 은가의 아이일 거라 짐작하고 곧장 돌려보내려 했지만 소년이 울고불고 난리였습니다. 한참 달래도 소용이 없었지요. 어차피 별다른 일도 없어서 전 아이를 데리고 근처 시장을 한 바퀴 돌았습니다. 애들은 싫증을 잘 내니까 좀 이따 지루해하면 집으로 돌려보내면 된다고만 생각했지요. 그런데 주루에 들어가 잠시 쉬고 있을 때 한 설창(說唱) 예인이 산천검이 어떻게 북도를 격파했는지 떠드는 부분을 듣게 되었습니다."

"그걸 들으니 화가 머리끝까지 치솟더군요. 은가가 어떤 세력인데, 그들이 묵인해 준 게 아니라면 은가장 근처에서 누가 감히 그런 말을 떠들어 대겠습니까?"

기운침은 깊게 한숨을 내쉬더니, 점점 창백해지는 얼굴로 말을 이었다.

"순간 충동적으로……."

"순간 충동적으로 날 볼모로 잡아 아버지에게 도전장을 받아들이라고 협박했지."

은패가 냉소하며 말했다.

"기 대협, 정말 명협다운 풍모라니까."

모두가 일순 조용해졌다. 다들 무슨 말을 해야 할지 알지 못했다. 주비는 조금 전 기운침이 자신을 보던 눈빛이 떠올라 속으로 자문해 보았다.

'만약 나였다면 그런 충동적인 짓을 했을까?'

생각해 보니 못 할 것 같았다. 어차피 주비는 이기지도 못할 테니 도전장을 내는 것 자체가 웃음거리가 될 뿐이었다. 이런 생각을 하니 자기도 모르게 처량해져서 스스로 위안을 할 수밖에 없었다.

'어차피 남도의 계승자는 내가 아니라 어머니잖아. 어머니는 저자보다 훨씬 제멋대로야.'

이근용이 만약 주비의 이런 생각을 알았다면 아마 채찍으로 갈비뼈를 결딴냈을지도 모른다.

기운침이 아무 대꾸도 하지 않자 은패는 기가 살아서 큰소리를 쳤다.

"정말 우습군. 우리 아버지가 상처 입은 몸으로 싸움에 응했어도 네 놈은 아마 뼈도 못 추리고 온 천지를 기어 다녔을 거다!"

그 말에 모두가 뭐라 말할 수 없는 복잡한 표정을 지었다. 오초 초마저도 더는 듣고 있기 거북한 듯했다. 일어서면 대들보에 머리가 닿을 정도로 큰 총각이 입만 열면 '우리 아버지가 어쩌고저쩌고' 떠들며 자기 자신을 깎아내리는데, 괴이하게도 그게 자기 망신이라는 것도 모르고 있었다.

오직 주비만이 방금 자신이 했던 생각과 그 기생오라비의 말이 비슷하다는 걸 깨닫고는 소름이 돋을 지경이었다. 주비는 얼른 그를 반면교사 삼아 묵묵히 고개를 숙이고 반성했다.

기운침은 화를 내지도 않고 담담하게 말했다.

"맞습니다. 전 은 선배님의 적수가 아니었습니다……. 그리고 어찌 모자란 게 감히 무공뿐이겠습니까."

사운은 따뜻하게 데운 곡주 잔을 들고 손을 녹이며 천천히 말했다.

"기 대협, 말은 물방울과 같습니다. 좋은 약 같은 충언도 있고, 독해서 영혼을 옭아매고 파괴하는 말도 있지요. 사람의 입에서 나와 귀로 들어가는데, 그게 일단 마음속으로 들어가면 무의식중에 우리를 지배하게 됩니다. 사람의 마음속에는 지옥의 골짜기 같은 사악한 부분이 있지요. 그래도 갖은 꾀를 부리는 다른 사람들보다 내협은 진심을 다하셨습니다. 당시에는 이린 나이에 잠시의 충동에 빠진 것이니 그렇게 자책하실 필요는 없습니다."

기운침은 조용히 사운을 향해 공수하며 감사의 뜻을 표했다. 하지만 은패는 펄쩍 뛰며 욕을 퍼부었다.

"네가 뭘 알아? 온 집안이 파멸하는 기분을 알기나 해?"

주비는 별안간 오초초가 말해 주었던 '단왕'의 내력이 생각나 무의식적으로 사윤을 바라보았다.

그러나 사윤의 얼굴에는 여전히 성격 좋은 자의 평온함이 떠 있었고 눈빛 하나 흔들리지 않았다. 그는 심지어 은패를 달래려는 듯 웃음기까지 머금고 온화하게 말했다.

"은 소협, 복수를 하려면 원수를 찾아야 하고, 빚을 받으려면 빚쟁이를 찾아야 합니다. 지금 엉뚱한 사람에게 빚 독촉을 하고 있어요. 다른 사람이 당신을 불쌍하게 본다고, 당신을 책망하지 않는다고 해서 자신이 이겼다고 생각하는 건가요? 그럼 애초에 이런 일을 벌인 자가 당신을 보고 바보라고 비웃지 않겠습니까?"

은패는 얼굴이 붉으락푸르락하면서도 사윤의 말에 순간 말문이 막혀 버렸다.

"죄를 벗겨 주셔서 감사합니다, 공자님."

기운침이 말했다. 그는 문욱이 객잔 밖에서 사윤을 '단왕'이라 부른 걸 듣지 못했으나 백 선생이 '삼 공자님' 어쩌고 외친 소리만 듣고 자신도 따라서 사윤을 '공자님'이라고 칭하며 이어서 말했다.

"하지만 저는 정말로 잘못을 저질렀고 빚을 졌으니 발뺌할 것도 없습니다."

주비는 그제야 사윤이 아까 말한 '인품이 괜찮다'가 무슨 뜻인지 알 수 있었다.

자신의 부끄러움을 알고 담담히 죄를 인정할 수 있는 사람이라면, 그가 아무리 소심하고 우유부단해 보여도, 영웅은 못 될지언정

적어도 겁쟁이는 아닐 것이다.

"나중에야 알았습니다. 제가 멋대로 도발하기 전에 은 선배님은 막 북조의 개를 내쫓느라 부상을 입은 상태였는데, 저 때문에 억지로 상처 입은 몸으로 대결에 응했다는 것을요. 설사 그렇다 치더라도 저는 여전히 상대가 되지 못했습니다. 대결하는 도중 선배님은 저를 죽일 수도 있었지만, 자신의 검이 부서져 상처 위에 또 상처가 생기는 한이 있더라도 저를 어찌지 않으셨지요. 그때 선배님께서 하셨던 말이 아직도 기억납니다······."

주비가 물었다.

"뭐라고 하셨는데요?"

"'아무리 대대로 뛰어난 자가 나온다 해도 앞으로 수십 년은 분명 만만찮은 세월이 될 걸세. 자네 같은 젊은이들은 앞으로 칼산과 불바다에 뛰어들어야 할 텐데, 어찌 내 손에서 공연한 죽음을 맞이할 수 있겠는가?'"

주비는 술잔을 코끝까지 받쳐 올렸다가 마시는 걸 깜빡 잊고 말았다.

기운침은 손안에 든 곡주를 무겁게 쳐다봤다.

젊었을 적 그는 쉽게 자만하며 충동적으로 행동했을 것이다. 어쩌면 조금은 경솔하면서, 끓는 피로 의리를 다지기도 했을 것이다. 젊은이라면 말 한마디에 의기투합해 자빠질 때까지 함께 술을 마시기도 하고, 말 두 마디에 사이가 틀어져 칼을 뽑아 결투를 벌이기도 하니까.

하지만 이십 년의 풍파는 돌을 모래알로 만들고, 사람을 전혀 다른 사람으로 만들기에 충분했다.

"저는 은 선배님께 졌지만 진심으로 승복했습니다. 당연히 선배님의 아이도 돌려보내려 했죠."

기운침이 이어 말했다.

"그런데 제가 패야를 데리고 은가장으로 돌아갈 때……."

은패의 얼굴이 갑자기 무섭게 변했다.

주비가 잠시 생각하다 말했다.

"그러니까 그때 누군가 당신을 이용해 산천검의 힘을 소모시키고, 당신이 떠나자 곧장 은가장을 습격했군요. 그게 누구죠?"

기운침은 방금 은문람이 자신과 일전을 벌이기 전에 이미 북두의 사람과 대결을 벌였다고 했다. 산천검 은문람은 절대 고수였고, 어쩌면 남도 이징보다 한 수 위일 수도 있었다. 은문람이 상처를 입었다면 그와 맞붙은 자도 당연히 멀쩡하지 않았을 테니, 북두가 함정을 파 놓으면서 굳이 손해를 입으면서까지 선발대까지 보냈을 것 같지는 않았다.

기운침은 곡주를 한 모금 마실 뿐, 묵묵부답이었다.

그러자 주인장 화 씨가 별안간 소리쳤다.

"아우, 이런 상황에서도 저놈을 감싸는 겐가! 말 못 할 게 뭐 있나? 주 낭자, 그렇습니다. 수풀보다 높이 자란 나무는 바람이 어김없이 부러뜨린다는 말처럼 당시 은 대협을 해한 자가 적지 않았습니다. 요 몇 년간 우리가 이름을 감추고 지낸 것도 그때의 진상을 캐내기 위해서였지요. 은가장에 몰려와 가짜 왕조를 따르라고 다그친 북조의 개떼를 하나로 친다면, 그 와중에 북조를 등에 지고 한몫 챙겨 보려던 하찮은 사람들도 참 많았는데 그건 일일이 다 말하지 않겠습니다. 중요한 건 그놈들 말고도 주모자가 또 있다는 겁니다……. 은패, 잘 들어라. 그가 바로 네가 모시는 그 잘난 양아비다!"

주비는 은패가 또 꼬리를 밟힌 똥개처럼 펄쩍 뛰어오르며 한바탕 짖어 댈 줄 알았는데, 은패는 그저 주인장 화 씨를 음산하게 흘끗 보고는 입을 꾹 다물고 아무 말도 하지 않았다. 그의 표정을 보니 그다지 놀란 것 같지도 않아 보였다.

주인장 화 씨가 코웃음을 치며 하나 남은 손으로 기운침의 어깨를 툭툭 치며 말했다.

"봤나? 자네가 어떤 놈을 키웠는지 이제 똑똑히 알았겠지?"

기운침은 곡주 한 사발을 두 모금 만에 입 안에 모두 털어 넣었다. 너무 빨리 마셔서인지 눈가부터 이마까지 전부 붉어졌다. 관자놀이 핏대가 금방이라도 피부를 뚫고 나올 것처럼 사납게 뛰었다.

주인장 화 씨가 말했다.

"이 바보는 늘 마음속에 죄책감을 느끼고 살았습니다. 이십 년 넘게 한 번도 편히 잠을 잔 적이 없어요. 그리고 원수를 죽일 때 말고는 다시는 무공을 겨루지 않겠다고 맹세했지요……. 그리고 저 배은망덕한 놈도 지극정성으로 키웠습니다."

은패가 코웃음을 치며 말했다.

"원망하고 싶으면 세상에 영원한 비밀은 없는 걸 원망해야지……. 외람되지만 화 대협께 여쭙지요. 만약 양아버지가 대협의 일가족을 죽였다는 걸 알고도 계속 효자인 척하실 수 있겠습니까?"

주인장 화 씨는 은패를 하루 이틀 싫어한 게 아니었는지, 자상하기만 하던 통통한 얼굴에 노여움이 묻어 나왔다.

"나에게 그런 인내심이 어디 있겠나? 네놈이야말로 아주 능숙하게 잘하던데, 역시 영웅은 소년에서 나온다더니 말이야."

기운침이 외쳤다.
"그만하십시오!"
주인장 화 씨가 갑자기 손에 쥔 술잔을 내던지더니 기운침을 가리키며 은패에게 말했다.
"네놈이 말도 없이 떠났을 때 이 녀석이 널 얼마나 찾은 줄 알아? 온 산과 강의 돌 틈까지 이 잡듯이 샅샅이 뒤졌다고! 나중에 돌아온 넌 음험해진 표정에 눈빛도 심상치 않았지. 아우, 내가 몇 번이고 조심하라고 일렀는데도 끝내 말을 안 듣더니, 어떤가? 호랑이 새끼를 키워서 물려 보니 아픈가? 스스로 경맥을 끊어서 이제 속이 시원한가?"
지난날의 파란만장했던 세월을 추억해 보려 하던 것이 갑자기 말싸움으로 번지기 시작했다.
주비, 사윤, 오초초 세 사람은 도저히 끼어들 수가 없어 그들이 떠드는 말 속에서 대강 진실을 짜 맞춰 볼 뿐이었다.
은패는 은씨 집안의 몰락이 기운침과 연관 있다는 사실을 우연히 알게 된 후 분노에 차 도망쳤고, 밖에서 무슨 일을 겪었는지 모르겠지만 청룡주에게 거둬져 어떻게 하면 최고의 '대마두'가 될 수 있을지를 매일같이 연구했다.
노력은 배신하지 않는다더니. 은패는 '삐뚤어지고 뒤틀린 마음'에 있어서 과연 남다른 재능이 있었는지 어린 나이에 기운침을 상대로 음모를 꾸미는 데 성공했고, 결국 기운침은 스스로 경맥을 잘랐다.
기운침이 벌떡 일어났다.
"다들 충분히 쉬셨으면 제가 나가는 길로 안내해 드리지요."

주인장 화 씨는 심지가 곧은 사람이었기에 잠시 추태를 부리긴 했어도 눈을 질끈 감고 다시 정상으로 돌아왔다. 그는 손을 뻗어 은패의 목을 그러쥐어 억지로 입을 다물게 한 다음, 다른 사람들과 함께 밖으로 나갔다.

다시 바깥세상으로 나왔을 때는 이미 정오 무렵이었다.

지하에서 방금 기어 올라온 터라 강렬한 햇살이 눈을 찔렀다. 주비가 머리를 내밀어 밖을 보니 과연 끝없이 이어지는 높은 산이 눈앞에 펼쳐져 있었다. 고개를 드니 어슴푸레하게 운무에 쌓인 산꼭대기가 보였고 산등성이를 덮은 짙은 청록색은 바람이 불어도 끄떡하지 않았다.

멀리 사방으로 드넓게 우거진 소상 죽림이 보였다. 참으로 장엄하며 수려한 강산인데, 이렇게 아름다운 강산 주변에 사람이 없다는 것이 아쉬울 따름이었다.

무너진 집터와 깨진 기왓장이 남아 있는 걸 보니 예전에는 이 부근에 마을이 있었음을 짐작할 수 있었다. 하지만 지금은 자취만 남았을 뿐 살아 있는 것들은 모조리 도망가고 없었다. 인적 없는 빈 산에 새들만 남아 있어 더욱더 스산해 보였다.

다들 노숙이 습관이 되어서인지 밤새 걸었어도 그다지 피곤함을 느끼지 않았다. 오직 주비만이 오초초의 안색을 유심히 살펴보고는 모두에게 제안했다.

"우선 좀 쉬죠. 날이 아직 밝으니 오후에 서둘러도 늦지 않을 거예요."

힘든 걸 꾹 참으며 아무 내색도 못 하고 있던 오초초는 그 말을 듣자 죄를 사면받은 것처럼 너무나 기뻐 바닥에 털썩 주저앉아 이

대로 그냥 누워 버리고 싶다고 생각했다.
사윤이 기운침에게 공수하며 말했다.
"기 대협, 안내해 주셔서 감사합니다."
기운침이 고개를 저으며 물었다.
"공자님, 어디로 가실 생각입니까?"
사윤이 웃으며 대답했다.
"저 같은 한량이 어디든 못 가겠습니까? 다만 두 분은 소란을 일으키고 나와서 삼촌객잔으로 다시 돌아갈 수는 없을 듯한데, 어디로 가실 계획이신지요?"
그 말에 주비는 갑자기 좋은 생각이 떠올라 이 기회를 놓치지 않고 사십팔채 이 두령 대신 인맥을 끌어들이려 했다.
"혹시 괜찮으시다면 저와 함께 촉 땅으로 가실래요?"
하지만 은패가 문제였다. 데려가자니 성가시고, 죽이자니 그것도 안 되겠고. 그냥 여기서 풀어 줘? 그러자니 지금 상황이 별로 좋지 않은 듯했다.
주인장 화 씨가 웃으며 대답하려는 찰나, 갑자기 고요한 산속에 느닷없이 징 소리가 울려 퍼졌다. 새 떼가 그 소리에 놀라 짹짹거리며 하늘로 날아갔다. 솜털이 곤두선 주비가 사윤에게 말했다.
"문욱 장군은 믿어도 된다면서요? 징 치고 북 치는 저 악단 패거리가 어떻게 벌써 쫓아온 거예요?"
사윤이 속으로 말했다.
'당연히 헛소리였지. 문 장군은 반쯤 싸우다가 망신당한 걸 깨달았을 텐데, 그 사악한 패거리를 상대할 정신이나 있었겠어? 허둥지둥 흩어졌겠지.'

하지만 이 말을 입 밖에 내면 또 얻어맞을 게 분명했다. 사윤은 얼른 울적한 표정을 지으며 주비에게 말했다.

"휴, 난들 알겠어. 인생의 열에 아홉은 뜻대로 안 되는 일들이잖아."

주비는 사윤을 째려보며 무표정하게 그를 한 대 걷어찼다. 주비가 말했다.

"이유는 모르겠지만 당신이 눈 찡긋하는 것만 보면 화가 나네요."

말을 마친 주비는 칼을 들고 사방을 경계했다. 징 소리는 온 산과 계곡에 가득 울려 퍼지고 있어서 소리의 근원지를 분간할 수 없었다. 주인장 화 씨가 은패의 목을 쥔 채 말했다.

"따라오십시오!"

하늘에 진동하는 요란한 징 소리와 북 소리 속에서 모두가 쏜살같이 내달렸다.

주인장 화 씨는 이곳에서 오랫동안 장사를 하다 보니 토박이가 다 되어서, 빽빽한 숲속을 이리저리 잘도 뚫으며 지나갔다.

주비는 처음엔 길을 기억할 수 있었지만, 두 바퀴쯤 돌고 난 후부터는 어디가 어딘지 분간이 되지 않아 묵묵히 따라갈 수밖에 없었다. 징 소리가 점점 멀어지는가 싶더니, 주인장 화 씨와 사람들은 이미 산허리에 도착해 있었다.

이곳은 길이 아주 좁고, 뒤에는 동굴이 있어 쉴 수도 있었다. 안으로 숨으면 완전히 은폐되었고, 위에서 아래를 내려다볼 수 있는 그야말로 완벽한 난공불락의 요새였다.

주비가 주위를 둘러보며 한숨 돌리려는데, 갑자기 오초초의 소리만 비명 소리가 들렸다. 하얀 그림자 무리가 언제 날아왔는지, 몇 번의 호흡 만에 산 쪽으로 난 좁은 길의 끝에 당도해 있었다. 그중

맨 앞에 있던 자가 길가에 청룡기를 꽂자 무리가 둘로 갈라졌다.

메기같이 생긴 청룡주가 무리를 건너 앞으로 나오더니, 아주 여유롭게 고개를 들어 노약자와 부상자가 모인 주비 무리를 향해 허공으로 손을 뻗었다. 그러자 커다란 쥐처럼 생긴 동물이 갑자기 은패 곁의 나무 위에서 툭 튀어나오더니 몇 걸음 만에 청룡주의 손안으로 껑충 뛰어올랐다.

청룡주는 아주 사랑스럽다는 듯 그 동물을 안아 들더니 손가락으로 털을 쓰다듬고는, 더럽지도 않은지 입까지 맞추고는 웃으며 말했다.

"목줄도 안 채운 개를 딴 놈이 데려가게 놔둘 순 없지."

주인장 화 씨는 은패의 목을 계속 쥐고 있었다. 다행히 아직 숨이 끊어지진 않았다. 주인장이 손에서 힘을 살짝 풀자 은패는 드디어 말할 기회를 잡았다.

"우리는 매일 단약을 먹어서 몸에서 특수한 냄새가 난다. 사람은 맡을 수 없고 오직 저 족제비만 맡을 수 있는 냄새지. 그러니 하늘 끝까지 도망쳐도 붙잡힐 수밖에 없어. 그러게 누가 날 같이 끌고 오래?"

방귀를 뀌려거든 진즉에 뀔 것이지, 이제야 말하다니 정말 괘씸한 놈이었다. 주비는 산천검도 이제 더는 면목이 없으리라 생각하고는 당장 저 기생오라비를 죽여 한을 풀려 했다.

청룡주가 손을 풀자 족제비는 잘 훈련된 듯 그의 팔을 타고 어깨로 올라가 반듯하게 앉더니 작은 두 눈알을 이리저리 데굴데굴 굴렸다. 청룡주가 말했다.

"좋아. 어서 우리 집 개를 반납해라. 본좌가 너희 시체는 온전히 남겨 줄 테니."

주비가 곧장 입을 열어 쏘아붙이려는데 사윤이 손을 들어 주비를 막았다. 그는 아주 살짝 앞으로 한 걸음 나아가 어디선가 부채를 하나 꺼내서는 거꾸로 들고 이리저리 돌렸다.

주비의 다리에 매달려 살려 달라고 벌벌 떨던 모양새는 어디 가고, 지금은 행동 하나하나에 점잖은 귀티가 흐르고 있었다. 사윤이 소매에서 뭔가를 꺼내 위로 던지자 갑자기 '쉬익' 하는 소리와 함께 불꽃 한 토막이 혜성처럼 꼬리를 끌며 하늘로 올라가 터졌다. 맑은 하늘이었는데도 불빛이 무척 눈이 부셨다.

청룡주는 일그러진 표정으로 곧장 주위를 둘러보았다. 매서운 산바람에 나뭇가지가 이리저리 흔들려 마치 누군가 매복하고 있는 것처럼 보였다.

사윤이 청룡주를 보며 웃는 듯 마는 듯 말했다.

"그래? 본 왕이 이 나이까지 살면서 누가 내 시체를 온전히 남겨 주겠다고 하는 말은 처음이군. 흥, 조중곤도 그렇게는 안 해 준다고 했는데, 청룡주는 그보다 훨씬 너그러우신가 보오."

주비는 사윤의 정색한 모습에 놀란 채 바라보았다. 말만 번지르르하게 지껄이던 사기꾼이 어느새 '단왕야'로 변해 있었다. 너무나 급작스러운 변화에 주비는 잠시 이런 전개를 따라가기 버거웠다. 그때 사윤이 몸을 돌려 청룡주를 등진 채 심오한 표정을 거두고 주비를 향해 이를 드러내며 익살맞은 표정을 지어 보였다.

"······."

사윤은 다시금 천천히 은패 앞으로 다가갔다. 은패와 주인장 화씨의 질겁한 눈빛 앞에서, 사윤은 부채로 은패의 턱을 쳐들고 잠시 살펴보더니 은패의 얼굴을 가볍게 툭툭 쳤다.

"본 왕은 처음엔 믿지 않았는데, 청룡주가 저렇게 스스로 자백하는 걸 보니 그 일이 사실인가 보군?"

무슨 일을 말하는 거지?

주변에 있던 사람들은 사윤이 무슨 말을 하는 건지 몰라 그저 굳은 얼굴로 바보 같은 표정이 드러나지 않도록 최대한 노력할 뿐이었다.

사윤은 주위 사람은 아랑곳없다는 듯 은패에게 느릿느릿 말했다.

"산천검을 내놓으면 본 왕이 네 목숨은 살려 주마."

제 2 장

산천검

산천검

 기운침과 주인장 화 씨는 충격에 빠진 표정으로 서로를 쳐다보았다. 주비는 자기 혼자 머리를 삼춘객잔에 두고 왔는지 잘 이해가 되지 않아 의문을 품었다.
 '산천검은 이미 죽었다면서? 어떻게 내놓으라는 거야?'
 은패는 여전히 주인장 화 씨에게 목이 졸린 채 눈을 부라렸다. 어찌나 눈을 크게 떴는지 눈알이 금방이라도 튀어나올 것 같았고, 송곳처럼 날카로운 눈빛으로 사윤을 원망스럽게 쏘아보았다. 사윤이 웃으며 말했다.
 "넌 처음에, 구룡수는 재주가 형편없어서 네 비위나 맞추며 살았다고 했고, 그가 데려온 부하들도 조무래기일 뿐이라고도 했다. 그러더니 나중에는 네가 구룡수를 속여서 데리고 나왔는데 실수로 그를 죽게 만들어서 청룡주가 널 죽이러 쫓아올 거라고 했지. 이놈아, 네가 듣기에 이게 앞뒤가 맞는 말인 것 같으냐? 거짓말을 꾸미려면 생각이라는 걸 좀 해야지. 아무렇게나 지껄이지 말고."

거짓말을 들을 때도 생각이라는 걸 하지 않는 주비는 재빨리 눈을 깜박였다. 좀 전에 뭔가 이상하다고 느끼긴 했어도 자세히 생각해 보지 않았는데, 지금 사윤의 말을 듣고 나니 미심쩍었던 부분이 뭔지 알게 되었다.

'아, 그러니까 저 기생오라비가 청룡주의 물건을 훔치고 바보 같은 구룡수를 속여 방패막이로 끌고 왔구나. 그래서 청룡주가 죽이려고 쫓아온 거야.'

은패는 순간 당황했다.

사윤이 또 입을 열었다.

"내가 산천검이 네 손에 있다는 걸 눈치챘기에 망정이지, 넌 정녕 몇 마디 감언이설로 본 왕을 구워삶으면 본 왕이 널 구해 줄 줄 알았느냐? 본 왕을 바보라고 생각한 거냐, 아니면 남색이라도 하는 줄 알았느냐?"

은패는 화가 나 얼굴이 시뻘겋게 달아올랐다. 그는 사윤의 얼굴에 대고 무슨 말이든 쏘아붙이고 싶었으나 갑자기 아무 말도 생각나지 않았다. 청룡주 앞에서는 늘 조심했던 그였다. 대로에서 욕지기할 때도 글자 하나하나 신중하게 내뱉으면서, 혹시라도 입을 잘못 놀릴까 조심하느라 시원하게 말 한번 하지 못했다.

청룡주가 엄숙하게 물었다.

"남조의 대장군이 어째서 이곳에 나타났나 했더니, 귀하는 누구신가?"

사윤은 웃으며 아무 말도 하지 않았다. 보통 이런 상황에서 그가 신선처럼 모호한 웃음을 지으면 눈치 빠른 부하가 나서서 그를 대신해 '저희 왕야가 바로 누구십니다'라고 소개를 해야 하는 법인데, 사운이 웃음을 그치고 주변을 둘러보았을 때는 곁에 그런 역할을 맡아 줄 사람이 아무도 없었다.

기운침과 주인장 화 씨는 둘 다 어디로 갔는지 보이지 않았다. 사운은 어쩔 수 없이 주비에게 몰래 눈짓을 했다. 주비는 영문을 몰라 그를 멀뚱멀뚱 쳐다만 보았고, 결국 단왕 전하의 허세는 아무도 받아 주지 않았다.

사운은 정말 답답했다. 적이 갑자기 나타나질 않나, 우방 진영에 누구 하나 그와 손발이 잘 맞는 사람이 있길 하나!

사운이 자신의 체면을 어떻게 회복하면 좋을지 머리에 쥐가 나도록 고민하고 있을 때, 드디어 구원자가 나섰다. 오초초가 귀밑머리를 곱게 넘기며 앞으로 나오더니, 청룡주 앞으로 사뿐사뿐 걸어가 다소곳하게 인사하고는 작고 가녀린 목소리로 말했다.

"저희 왕야의 봉호는 '단'이옵니다."

사운은 부채를 '촥' 하고 펼치며 괜스레 고개를 끄덕였다. 사실 그 우아한 부채질은 식은땀을 식히려는 목적이었다.

오초초는 대갓집 출신답게, 일거수일투족에 담긴 품위가 강호의 촌놈들과는 천지 차이였다. 그녀의 말은 마치 신선하고 맑은 바람과도 같았고, 그녀는 마치 지저분한 무덤 가운데 자라난 아름다운 화초 같았다. 물론, 이곳과는 맞지 않는 너무나 아름다운 외모가 다른 사람들에게 두려움을 안겨 주기도 했다. 특히 청룡주처럼 의심이 많은 사람에게는 더욱 그랬다.

오초초는 말을 마치고 고개를 숙이며 가벼운 미소를 지었다. 그러고는 얼른 사운의 뒤에 가서 섰다. 심장이 너무 빨리 뛰어서 목구멍으로 튀어나올 것만 같았다. 주비를 따라 북두의 두 명에게 포위된 화용성에서 온갖 풍파를 겪지 않았더라면, 방금 그 상황에서 그녀는 아마 다리가 후들거려 제대로 서 있지도 못했을 것이다.

청룡주는 아마 꿈에도 생각지 못했을 것이다. 온갖 악행을 저지르는 사 대 대마두의 우두머리인 그가, 물통 하나도 제대로 못 드는 어린 계집에게 농락당할 줄은.

바로 그때, 마침 산에서부터 바람이 불어왔다. 휘익, 휘이익 불어오는 바람 소리는 마치 누군가가 속삭이는 음성 같았다. 청룡주는 마음에 찔리는 것이 있어 어디를 가든 수상쩍게 여기며 바람 소리나 새소리, 초목 소리에도 깜짝깜짝 놀라고 두려워했다.

사윤이 말했다.

"물건이 정말로 네 것인지 아닌지는 스스로 잘 알 것이다. 오직 그 물건을 잃은 당사자만이 자신의 것을 되찾을 수 있고, 다른 사람들은 그걸 소유할 명분이 없지. 자, 그 물건의 주인이 이미 오래 전에 세상을 떠나 뼛가루도 남아 있지 않은 지금, 서로 산천검을 갖고자 하는 우리는 모두 도둑이라 할 수 있겠지요. 청룡주와 같은 대선배께서, 이렇게 적반하장으로 도적이 도적을 잡으려는 비열한 짓을 하진 않으시겠지요?"

청룡주의 낯빛이 어두워졌다.

사윤은 말을 마치자 청룡주와 그의 졸개들을 못 본 척 무시하고 몸을 돌려 산으로 향했다. 이때 그에게서는 말로 표현하기 힘든 분위기가 뿜어져 나왔다. 주비가 보기에 어기적어기적 걷는 허세 가득한 뒷모습은 금방이라도 황궁에 뛰어 들어가 반역을 일으키기에 충분해 보였다.

이곳으로 오기 전 청룡주는 문욱에게 크게 당했으나, 다행히 무슨 일이 생겼는지 문욱이 도중에 급히 떠났다. 남쪽으로 갈수록 남조 후소의 세력은 점점 커졌고, 문욱 무리 같은 '조정 앞잡이'들의 세력 또한 점점 위세를 떨쳤다. 청룡주는 자신이 급히 데리고 나온 부하 몇 명을 돌아보곤 자신감이 사라져, 감히 추적할 엄두를 내지 못하고 주저하고 있었다.

청룡주 자신도 스스로 '단왕'이라 칭하는 저 젊은 놈이 교활한 술수를 부리며 허튼소리를 하는 게 아닌지 의심을 안 해 본 건 아니었다. 그러나 자신은 문욱을 직접 보았고 패하기까지 했다.

그때 비경 장군 문욱이 분명 삼춘객잔에 '귀인'이 묵고 있다고 했는데, 그럼 그 귀인은 분명 단왕이리라. 당시 상황에 비추어 보면, 청룡주는 조정 대군을 격퇴한 게 아니라 문욱이 청룡주를 봐준 것이 맞았다. 그렇다면 문욱은 왜 그의 주군 곁에 있지 않은 걸까?

사윤이 너무 그럴듯하게 말하고 앞뒤 인과관계도 딱딱 들어맞다 보니 청룡주는 자기도 모르게 그의 말을 어느 정도 믿게 되었다.

사윤은 오초초에게 가장 앞에서 걷도록 했다. 중간에는 상처를 입은 기운침과, 은패가 허튼소리를 하지 못하도록 그의 목을 조르고 있는 주인장 화 씨가 있었다. 주비는 부상자와 부상자보다 못한 사람을 제외한, 유일하게 싸울 수 있는 사람이었으므로 어쩔 수 없이 칼을 들고 맨 뒤에서 후방을 엄호했다.

사윤은 아까 청룡주가 서 있는 자세를 보고 그가 다쳤음을 알아챘나. 문욱이 이 악명 높은 대마누를 이길 수 있을 것 같지는 않았지만, 그에게는 실력이 출중하고 명령에 따라 일사불란하게 움직이는 군병이 많았다. 만약 청룡주가 다치지 않았다면, 사윤이 오늘

허장성세를 부린 게 아니라 실제로 원군을 뒤에 엎고 있다 한들 청룡주에게 위협이 통했을지는 알 수 없는 일이었다.
얼핏 보면 아주 고요한 산속이었다. 사윤이 두려움 없이 당당한 자세를 취할수록 청룡주는 더욱 자세히 살펴야 했다.
사윤은 이 메기 같은 청룡주가 죽음을 두려워하지 않을 거라고는 믿지 않았다. 아무리 지독한 무뢰한이라도 수십 년을 하루같이 나쁜 일만 하면서 승승장구하기란 정말 힘들 테니 말이다.
그들은 한 발 한 발 앞으로 나아갔다. 청룡주는 알 수 없는 표정으로 그 자리에 우뚝 서 있었다. 그의 눈빛이 어찌나 매서운지 주비도 뒤통수가 따가울 지경이었다. 그들의 목숨은 모두 청룡주의 생각에 달려 있었다. 주비는 뒤쪽의 동태를 파악하려고 필사적으로 귀를 쫑긋 세웠다. 멀리까지 걸어갔는데도 안심할 수 없었다. 뒤에서 미세하게 바스락거리는 소리가 들렸다.
주비는 몇 번이나 칼자루를 꽉 쥐었지만, 막상 뒤를 돌아보기가 겁이 났다. 그녀는 조용히 자신의 심장 뛰는 소리를 세며 생각했다.
'갔나?'
서서히 멀어지는 은패의 뒷모습을 음침한 눈빛으로 주시하고 있던 청룡주는 마침내 결단을 내렸다. 오늘은 머릿수에서 밀리니 일단 포기하기로. 그가 소매를 휘두르자 옆에 있는 백의인 무리가 일사불란하게 철수 준비를 했다.
바로 그때, 족제비 한 마리가 청룡주의 어깨에서 쪼르르 내려왔다. 그 조그만 동물은 두 세력 간의 팽팽한 긴장과 의심은 아랑곳하지 않은 채, 쫓아가야 할 냄새가 서서히 퍼져 나가는 것을 눈으로 좇았다. 자신이 해야 할 일이 남았다는 듯, 민첩하게 제자리에서 몇 번 튀어 오르더니 오솔길을 따라 부리나케 쫓아갔다.

청룡주의 곁에 있던 시종이 얼른 손을 뻗어 잡으려 하자 청룡주는 손을 들어 그를 제지했다.

족제비는 가늘고 긴 꼬리를 흔들며 가벼운 몸놀림으로 산길을 따라 빠르게 올라갔다.

청룡주는 생각에 잠겨 그 회색 족제비를 잠시 쳐다보다가, 별안간 그 커다란 입을 벌려 말했다.

"그래, 내가 저 어린 잡놈들에게 속아 넘어갈 뻔했군."

재주가 많은 족제비는 본디 쥣과 동물이어서 천성이 예민했고, 이에 사람이 많은 곳에 가면 반드시 몸을 숨겼다. 그러나 지금 이렇게 마음 놓고 산길을 따라 올라가는 걸 보면, 이 산길에는 분명 사람이 한 명도 없다는 뜻이리라!

주비는 문득 손바닥이 차가워지는 것을 느꼈다. 바로 그때, 조금 전 그들이 따돌리고 온 청룡주가 포효하는 소리가 들렸다. 산 전체가 그의 포효에 놀라 떨었다. 짐승들이 날뛰고 새들이 어지럽게 날아오르는 사이, 초목은 그대로였다. 매복한 군대는 어디에도 보이지 않았다.

들통났구나!

주비는 생각할 틈도 없이 소리쳤다.

"뛰어!"

사윤은 주비의 말이 끝나기도 전에 이미 오초초의 뒷덜미를 잡고 활시위를 떠난 활처럼 먼저 날아올랐다.

기운침과 주인장 화 씨는 아까 사윤의 '본 왕' 칭호에 이어, 그의 경이로운 경공에 또 한 번 충격을 받았다. 그러나 놀란 것은 놀란 것일 뿐, 노련한 강호의 무사들은 역시나 믿음직스러웠다. 희로애락이 아무리 복받쳐도 그들은 마땅히 해야 할 일을 늦추지 않았다.

화 씨는 일격을 날려 은패를 기절시킨 후, 그의 겨드랑이 밑에 한쪽 손을 끼워 자루처럼 둘러멨다. 그런 다음 손이 없는 손목을 기운침의 허리춤에 끼우고 날아가듯 쫓아갔다.

주비는 한 발 뒤처졌다. 뒤를 돌아보니 청룡주의 졸개들이 빠르게 쫓아오고 있었고, 길쭉한 회색의 무언가가 휙 지나갔다.

아, 그 망할 놈의 족제비를 잊고 있었네!

주비는 걸음을 멈추고 족제비를 눈으로 쫓았다. 그녀가 장도를 휘두르자 '찍' 하는 소리와 함께 족제비가 두 동강 났다. 주비는 곧바로 한쪽 다리를 축으로 삼아 빠르게 회전하며 옆에 있던 바위를 향해 칼을 휘둘렀다.

주비는 이번에 모든 힘을 쏟았다. 아직은 활용이 익숙지 않은 고영진기가 주비의 경맥을 최대치까지 끌어올렸다. 불과 이 척 길이의 칼날은 인정사정없이 남악의 큰 산을 향해 돌진했다.

칼날과 큰 바위가 맞닿는 그 순간, 주비는 어렴풋이 파설도 '산' 일 식의 핵심을 깨달았다. 궁극의 부드러움으로 궁극의 견고함을 비틀고, 궁극의 미약함으로 궁극의 육중함을 끊어 버린다!

고영진기가 흘러들어 간 칼끝이 바위틈으로 미끄러져 들어가자 주비는 다시 한번 기합을 넣으며 손목에 힘을 주었다. 손목은 진동으로 얼얼해졌다. 거대한 바위는 그 일격에 비틀려 몇 번 흔들흔들 하더니 쿵 하고 아래로 떨어졌다.

청룡주의 몇몇 졸개들은 주비 일행을 거의 따라잡았다가 갑자기 하늘에서 떨어진 '바위 장군'을 맞닥뜨리게 될 줄은 상상도 못 했다. 가장 앞서 달려온 사람이 가장 운이 나빴다. 그는 목숨이 위급한 상황이 되자 손을 뻗어 동료를 붙잡는 바람에 하마터면 다른 사람들까지 다 위험해질 뻔했다. 백의인 무리는 잠시 혼란에 빠졌다.

청룡주는 크게 욕을 내뱉었다.

"저 망할 년이!"

그는 손을 들어 그들의 앞길을 막은 장애물을 내리쳤다. 하늘에서 떨어진 바위는 굉음과 함께 그의 손에 산산이 조각나면서 부스러기들이 사방으로 튀었다.

지극히 위급한 상황이었다. 그런데 이런 일촉즉발의 상황에서도 파설도에 대한 주비의 깨달음은 한층 더 깊어졌다.

'사십팔채 최고의 담력'을 자랑하던 주비에게 솟은 하찮은 두려움은 이미 깨달음의 기쁨으로 완전히 옅어졌다. 심지어 기발한 생각도 떠올랐다.

'평소에는 아홉 식 파설도를 순서대로 펼쳤는데, 두 개의 식을 한꺼번에 써도 될까?'

간단히 말해, 칼 하나로 왼쪽을 베면서 동시에 오른쪽을 공격할 수는 없다. 따라서 두 개의 식을 하나의 식처럼 쓰는 것은 기본적으로 불가능하고, 모든 것을 깨우쳐 통달한 대가만이 초식을 개량할 수 있었다.

그러나 주비의 생각은 더욱 기상천외한 방향으로 흘러갔다. 고영진기는 제멋대로이기도 하고 미묘하기도 했다. 어떨 때는 산과 바다를 뒤흔드는 독보적인 무공인 것 같으면서도, 이떨 때는 도법에 따라 미묘하게 변화하며 그녀에게 칼에 담긴 진정한 뜻을 일깨워 주는 것 같기도 했다.

주비는 산길을 따라 빽빽하게 우거진 숲속 깊은 곳으로 빠르게 달려갔다. 방금 깨달은 '산' 일 식의 고영진기를 강제로 '불주풍'의 동작에 사용하니, 본래도 구름처럼 빠른 도법이 무시무시한 힘을 발산하며 세찬 소리와 함께 돌풍을 일으켰다.

순식간에 주비는 칼을 일곱 번이나 휘둘렀다. 빛과 그림자가 구분이 되지 않을 정도로 빨랐다. 그녀는 서슴없이 청룡주 바로 앞까지 돌진했다.

청룡주는 주비와 겨뤄 본 적이 있었다. 그때는 몇 합 겨뤄 보기도 전에 문욱에게 제지당해서 이 계집의 무공이 대단하다는 걸 느껴 볼 새도 없었다.

그런데 지금 난데없이 이십 년 전 강호에서 이름을 떨쳤던 파설도를 직접 맞닥뜨리니 그는 엄청난 충격에 빠졌다. 내상을 입은 가슴 쪽이 밀려들어 오는 칼날에 갑자기 발작을 일으켰다.

청룡주는 재빨리 뒤로 물러났다. 그의 부하들도 우두머리와 마찬가지로 무척이나 죽음을 두려워했는데, 막상 우두머리마저 후퇴하자 그들은 엄청난 대적을 만난 듯 말없이 그 자리에 얼어붙고 말았다.

'엄청난 대적'이 된 주비는 이번에는 순조롭지 못했다. 방금 칼을 일곱 번 휘두르느라 단전기해丹田氣海의 힘을 모두 써 버린 탓에 누군가 그녀에게 덤벼들어도 칼조차 들 수 없을 지경이었다. 아직 살갗도 까지지 않은 청룡주가 왜 후퇴하는지 알 수 없었지만, 어쨌든 그녀에겐 숨 돌릴 여유가 생겨 다행이었다.

주비는 사윤처럼 허세를 부리며 칼을 집어넣고 가볍게 고개를 기울이며 큰소리를 쳤다.

"활인사인산? 고작 이 정도였네. 목소교보다도 못한데?"

청룡주는 목소교라는 말을 듣자마자 더 신중해진 표정으로 나지막하게 물었다.
"넌 도대체 누구냐?"
주비는 미처 가명을 지어 내지 못한 상태에서 사윤처럼 뻔뻔스럽게 자신을 '본 머시기'라고 할 수도 없는 노릇이었다. 결국 그녀는 숱이 많고 까만 속눈썹을 깜박거리며 알쏭달쏭한 표정으로 말했다.
"맞혀 보시지."
"……."
청룡주는 어이가 없었다. 이때, 산에서 긴 휘파람 소리가 들렸다. 세묵강을 맨손으로 내려왔던 사윤의 경공은 그야말로 장난 아닌 수준으로, 주비도 그가 이렇게나 높이 올라갈 수 있을 줄은 예상치도 못했다.
곧이어 어디서 찾아왔는지 긴 등나무 덩굴이 드리워졌다. 주비는 덩굴을 손목에 감고 훌쩍 날아올랐다. 덩굴에 매달려 흔들리는 사이, 그녀는 방금 말하면서 비축해 놓은 약간의 힘을 끌어모아 청룡주를 향해 칼을 빼 들었다.
파설도의 '참' 일 식은 은하수를 가를 만큼의 위력이 있다고 알려져 있었다.
청룡주도 그 위력을 알았지만, 칼은 위에 있고 그는 밑에 있었다. 산길은 좁았고 주위에는 방해가 될 만한 것들이 많았다. 청룡주는 하는 수 없이 크게 기합을 지르며 맨손으로 막으려 했다.
순간, 그의 양손에서 금속광택이 일렁였다. 그가 양 손바닥을 모아 주비의 칼날을 꽉 잡은 것이다.
주비는 진작 힘을 다 쓴 상태여서 '은하수'는커녕 작은 시냇물도

가를 수 없었다. 방금 그 일격은 기세등등하긴 했어도 근본적으로는 눈속임이었다.

주비는 상대방의 대응을 보고 과감하게 손을 풀어 장도를 청룡주에게 넘겨주곤, 청룡주가 날린 일 장의 힘을 이용해 수 척 높이로 날아올랐다. 위에 있던 사윤이 그녀를 한 번 더 잡아당기니, 그녀의 모습은 순식간에 보이지 않았다.

주비는 청룡주와 덩굴의 힘 덕택에 울창한 숲속으로 빠르게 들어갔다. 사방을 둘러보며 발 디딜 곳을 찾던 중, 어떤 손에 끌려 올라갔다.

거드름을 피우던 사윤의 '왕야다운 면모'는 이미 온데간데없었다. 그는 주비의 팔을 붙잡고 있었는데, 금방이라도 대성통곡을 할 것처럼 표정이 일그러져 있었다. 애석하게도 사윤은 허튼소리나 할 줄 알지 욕은 할 줄 몰라서 꾹 참고 있다가 한참이 지난 후에야 비로소 주비에게 입을 열었다.

"너 혼자 청룡주랑 붙었어? 그냥 죽지 그랬니?"

주비는 생각했다.

'그쪽의 하찮은 힘으로는 감 한 바구니도 겨우 끌어 올렸을 텐데, 청룡주가 일 장을 안 날렸으면 날 어떻게 끌어 올릴 생각이었어요?'

하지만 그녀는 마침 기분이 꽤 좋아서 사윤에게 허튼소리로 맞받아치지 않고 그저 억울하다는 듯 그를 향해 눈을 깜빡거렸다.

무공을 익힌다는 건 참으로 긴 여정이다. 주변을 쓸어버리는 그런 경험은 전설 속에나 있다. 반드시 혼자 경험을 쌓는 고되고 지루한 과정을 겪어야 하고, 기회와 운도 적절히 따라 줘야 비로소 조그마한 깨달음을 얻을 수 있다. 매일 앞으로 한 걸음씩 나아가다

보면, 어느새 큰 산을 넘어 있었다.

처음에 파설도는 주비에겐 그저 모방에 불과했다. 매일 꿈속에서도 이근용의 그 성의 없는 가르침을 반복해서 연구했지만, 항상 뭔가가 빠진 것 같았고 뿌연 창호지가 앞을 가로막고 있는 느낌이었다.

그런데 아까 청룡주와 싸우다 궁지에 몰렸을 때, 그 창호지에 갑자기 작은 구멍이 나더니 그 사이로 햇빛이 쫙 들어와 그녀를 찬란하게 비춰 주는 것 같았다.

주비는 목소교의 산골짜기에서 '풍' 일 식의 문턱까지 갔었고, 북두 세력에 포위당했을 때는 우연히 '파' 일 식의 진가를 깨우쳤다. 제1식인 '산'은 예전에 이미 배운 것이었지만, 분노한 청룡 메기가 그녀를 죽이려고 뒤쫓아 왔던 그때 비로소 제대로 깨우친 셈이었다.

다른 사람들은 무엇을 위해 무공을 수련할까. 어떤 이는 개종입파開宗立派를 위해, 또 어떤 이는 '천하제일'이 되기 위해 굳은 의지로 평생 무공을 수련한다.

주비는 승부욕이 강했지만 승부에 그다지 집착하진 않았다. 말하자면 그 옛날 '오류 선생五柳先生' 도연명이 남긴 '깨달음이 있을 때마다 기뻐서 밥 먹는 것조차 잊는다'는 말과 비슷하달까.

사윤은 아직도 머리가 띵했다. 아까 도망칠 때, 그는 주비가 나이는 어려도 무슨 일이 생길 때마다 믿음직하고 일의 경중과 우선순위를 잘 분별하니 그다지 걱정 않고 있었는데, 한참 뛰다 돌아보니 주비가 보이지 않았다!

그가 얼른 다른 사람들을 남겨 두고 왔던 길을 다시 돌아가 보니, 주비는 정말 진지하게 적의 퇴로를 끊으려 하고 있었다.

사윤은 너무 놀라 혼비백산했다. 청룡주와 제대로 맞붙는다면 자신이 도와줄 수 있는 것은 아무것도 없었다. 하지만 주비 혼자 내 버려 둘 수도 없었다. 정 안 되면 차라리 주비와 함께 거기서 죽을 수밖에.

한데 주비는 반성의 기미가 전혀 없었다. 득의양양하게 웃는 그녀의 표정을 보니, 사윤은 화가 나서 이를 꽉 깨물었다.

이런 느낌은 참 신선했다. 이제까지는 늘 그가 다른 사람을 화나게 했기 때문이다.

여자아이에게 차마 욕을 할 수도 때릴 수도 없어 사윤은 참다못해 손가락을 구부려 주비의 이마에 꿀밤을 먹였다.

"웃긴 뭘 웃어!"

"……"

이 자식이 지금 아군을 공격하는 건가?

사윤은 주비에게 말할 틈도 주지 않고 곧장 그녀의 손목을 잡은 채 축복받은 긴 다리를 뻗어 숲속을 나는 듯이 빠르게 통과했다. 그가 최대 속도로 달릴 때는 주비도 따라가기가 벅차서 사윤이 앞에서 끌어 줘야 했다.

주비는 문득 이상하다는 생각이 들었다. 무공 수련은 다른 것과는 달랐다. 보통은 글씨 쓰는 법을 배웠다고 해서 거문고를 바로 탈 수는 없으므로 거문고를 타고 싶으면 처음부터 배워야 한다. 글씨를 잘 쓰는 것이 거문고를 잘 타는 것과는 아무 관계가 없으니 말이다.

하지만 무공에서는, 경공이 어느 정도 경지에 오른 사람이라면 다른 무공도 기교가 특출하지는 않더라도 아예 못하지는 않는다.

이제껏 무공을 겨뤄 본 경험이 없고 상대방의 공격을 예측하지 못해 그저 사방으로 도망치며 목숨을 부지할 수밖에 없다면, 아무리 바람같이 빠르게 달린다 해도 사윤처럼 여유를 부리진 못할 것이다.

그런데 이상한 건, 사윤이 도망치는 것만 할 줄 알았다는 것이다.

사윤은 기괴한 면이 꽤 많았다. 아마 직접 물어봐도 대답해 주지 않겠지만, 아무리 그에게 태산 같은 비밀이 있다 해도 주비는 변함없이 무조건 그를 믿을 것이다. 여기엔 어쩌면 그의 외모가 한몫하고 있는지도 모른다.

사윤이 주비를 외진 곳으로 끌고 갔다. 주비가 딴생각에 빠져 있는데, 바위 사이에서 난데없이 머리 하나가 튀어나오더니 주비와 사윤을 향해 외쳤다.

"이쪽이에요!"

주비는 소스라치게 놀랐다. 이건 또 무슨 조화람?

자세히 보니 그 머리의 주인공은 오초초였다. 바위 사이에는 눈에 띄지 않는 작은 굴이 있었는데, 자연적으로 생겨난 건지 사람이 파낸 건지는 알 수 없었다. 굴 주위에는 잡초가 무성하게 자라나 있어서, 전부터 이곳을 알았던 게 아니라면 무조건 지나칠 수밖에 없는 곳이었다.

굴은 매우 좁았다. 안을 둘러본 주비는 주인장 화 씨를 생각하자 절로 손에 땀이 났다. 그는 숨을 들이마셔 배를 홀쭉하게 집어넣어야 겨우 들어갈 수 있을 것 같았다.

사윤은 주비를 안쪽으로 들여보낸 후, 조심스럽게 밖을 바라보았다. 그러고는 굴 안쪽에서 바윗돌로 입구를 꼼꼼히 막았다.

주비가 말했다.

"걱정 마요, 그 족제비는 이미 내 손에 죽었으니까."
사윤은 그녀를 흘끗 쳐다보며 언짢은 듯이 말했다.
"역시 호걸이야. 대단하네. 잠깐, 네 칼은?"
주비는 할 말이 없었다.
사윤은 아연실색했다. 정말이지 상상도 할 수 없었다. 얘는 어떻게 무기라고는 하나 없는 맨손으로 느긋하게 청룡주와 싸울 생각을 한 걸까.
그는 깊은 한숨을 내쉬며 허리춤을 더듬어 패검을 꺼냈다. 공자들은 외출할 때 부채 하나와 검 한 자루가 기본 행장이었다. 부유한 집안 처녀들이 보석 팔찌를 차고 다니는 것처럼, 이런 것 모두 일종의 유행이었다.
사윤이 말했다.
"칼은 아니지만, 지금은 나도 이것 말고는 다른 게 없어. 아쉬운 대로 우선 이걸 쓰도록 해."
주비는 검을 손에 쥐고 무게를 가늠해 보았다. 그녀는 고마워하지도 않고 되물었다.
"항상 이걸 차고 다녔단 말이죠. 가지고 다니면 저절로 용기가 나나 봐요?"
"……."
결정적인 순간마다 '주먹'으로 모든 걸 해결하려는 이 위인은 같은 편을 업신여길 땐 머리가 빠르게 돌아갔다.
"방금 그 말을 아까도 이렇게 빨리했으면 얼마나 좋아?"
사윤은 미간을 문지르며 손으로 시늉했다.
"내가 돌아가면 너한테 특별히 등에 멜 수 있는 칼집을 만들어 줄게. 칼 일고여덟 개를 빙 둘러 꽂을 수 있는 걸로. 밖에 나갈 때 대도를 가득 꽂아서 등에 메면 병풍처럼 보일 거야. 멋있고, 편리하고, 칼이 부족할 일도 없을걸."

오초초는 사윤이 또 주비를 도발하자 혹시라도 둘이 이 좁은 공간에서 싸우기라도 할까 봐 얼른 주비의 팔짱을 꼈다.

"자자, 그만 싸우고 얼른 들어가자. 안은 그래도 넓거든. 기 대협님 일행이 안에서 기다리고 계셔."

사십팔채에 있을 때부터 지금까지 주비에게 팔짱을 낀 사람은 없었다. 이연이 이렇게 끈적끈적하게 굴었다면 진작 저 멀리 밀쳐 냈을 것이다.

한쪽 팔을 오초초에게 빼앗긴 주비는 다른 쪽 팔을 어떻게 흔들어야 할지 몰라 사람 모양 막대기처럼 변해서는 오초초에게 이끌려 안으로 들어갔다. 사윤과 결판을 내야 한다는 것도 순간 잊고 말았다.

안으로 조금 더 들어가자, 누군가가 벽에 써 놓은 글씨가 보였다.

양쪽의 점토벽이 점점 평평해지더니, 자세히 보니 도끼와 끌로 깎아 낸 흔적도 보였다. 이렇게 은밀한 곳을 찾아낸 것도 분명 우연은 아닐 것이다.

주비는 주변을 둘러보며 물었다.

"형산파?"

"맞아. 예전에 관병들이 산을 에워쌌을 때 바로 이 비밀 통로를 통해서 아이들이 도망칠 수 있었던 거야."

사윤이 설명했다.

"그때 주변에 있던 강호의 친구들이 소식을 듣고 급히 달려와 도왔는데, 부용신장도 그중 하나였어. 지금은 형산파 자체가 맥이 끊겼고, 우리도 불청객은 아니니까 여기서 잠시 몸을 피해도 괜찮을 거야. 청룡주도 아마 상처가 깊어 이곳에 오래 머물지는 못할 테니까."

말하는 사이에 저 멀리서 불빛이 보였다. 비좁은 길을 한참 걷다 보니 시야가 갑자기 넓어졌고, 동굴 벽의 메아리 때문에 발소리가 더욱 또렷하게 들렸다. 주비는 꼬불꼬불한 길 너머에서 기운침과 주인장 화 씨가 티격태격하는 것을 들을 수 있었다.

화 씨가 말했다.

"예전에 내가 그 아이를 못 봤을 때는 그저 어려서 충동적인 줄만 알았네. 다른 사람한테 선동되기 쉬웠을 테니 그때는 용서해 줄 법도 했지. 그러나 인제 보니 알겠네. 어찌 이런 놈을 아직도 감싼단 말인가?"

기운침은 낮은 목소리로 말했다.

"화 형, 어찌 되었든……."

"싫은 소리 한다고 날 원망하지는 말게."

화 씨가 기운침의 말을 잘랐다.

"은 대협이 살아 있다면 분명 스스로 문파를 깨끗이 정리했을 것이야."

기운침은 대답하지 않았다. 그는 발소리를 들었는지 횃불을 들어 그들을 맞이했다.

"주 낭자, 오 낭자, 그리고 단……."

기운침은 사윤을 어떻게 불러야 할지 몰라 머뭇거렸다. 사윤은 손을 내저으며 태연하게 말했다.

"단 뭐요? 어차피 다 그들을 속이려던 거였는걸요. 기 대협께선 그냥 '사윤아' 하시면 됩니다."
 기운침처럼 관외에서 온 남자들은 어릴 때부터 무공 수련 말고는 한 게 없기 때문에 태생적으로 식견이 좁았다. 그래서 중원에 갓 나왔을 때는 남들한테 이용만 당하며 쩔쩔맸었다. 그의 머리가 아무리 좋아진다 해도 사윤처럼 '구 할이 허풍'인 바람 같은 사내를 따라갈 수는 없었다.
 기운침이 잠시 망설이다 물었다.
 "사 공자님, 그럼 질문 하나 하지요. 좀 전에 청룡주에게 말한 '산천검'은 어찌 된 일입니까?"
 주비는 이때를 틈타 뻣뻣해진 팔을 오초초의 품에서 빼내며 대수롭지 않게 생각했다.
 '거의 다 사윤 저자가 꾸며 낸 거겠지 뭐.'
 역시나, 사윤의 대답은 이러했다.
 "죄송합니다. 그건 제가 꾸며 낸 거였어요."
 "……"
 '허풍쟁이 사 씨'는 앞으로 걸어 나가며 말을 이었다.
 "제가 아주 오래전에 들은 얘기가 있는데, 진짜인지 가짜인지는 모르겠습니다. 옛날 남도가 북두의 흉계에 빠져 싸우면서 퇴각을 하던 중, 자신은 더 이상 가망이 없다고 생각하고 아주 기이한 행동을 했다지요. 바로 자신의 칼을 부숴 버린 겁니다. 하지만 전 아무리 생각해도 이해가 가지 않았습니다. 누가 나를 죽이려고 쫓아오는데, 이째시 어떻게든 벗어날 생각은 하지 않고 자신의 무기를 부숴 버릴 수 있을까요?"
 주비의 눈썹꼬리가 움찔했다.

사윤이 계속 말했다.

"훗날 민간의 호사가들이 허무맹랑한 전설을 지어냈습니다. 어떤 사공邪功이 있는데, 전설 속의 무림 명숙이 지닌 무기를 차지하기만 하면 그가 생전에 이름을 날렸던 일생일대의 기술을 얻을 수 있다는 거였죠……. 기 대협, 절 쳐다보지 마세요. 저도 그냥 들은 얘기입니다. 그 일을 연구해 보려고 특별히 검을 주조하는 법까지 배웠지요."

주비는 얕은 한숨을 내쉬며 고개를 돌렸다.

'저놈의 헛소리가 또 시작이군.'

기운침은 순진한 사람이었기에 사윤이 그럴듯하게 늘어놓는 헛소리를 사실로 받아들이곤 진지하게 물었다.

"어떻게 그런 일이 있을 수 있답니까? 참으로 밑도 끝도 없는 얘기군요. 사 공자께서는 설마 당시 청룡주가 은가장殷家庄을 음해한 것이 이런 말도 안 되는 얘기를 믿었기 때문이라는 걸 알려 주고 싶으신 겁니까?"

사윤이 웃으며 말했다.

"그것은 은 공자에게 직접 물어보셔야 할 것 같군요. 청룡주는 도대체 왜 그렇게 은 공자를 끝까지 잡아가려고 했을까요?"

은패는 아직 정신을 잃은 채였다. 주인장 화 씨가 은패의 뺨을 찰싹 때려 억지로 눈을 뜨게 했다. 은패는 초점 없는 눈으로 주위를 둘러보다가 사윤을 보자마자 표정이 싹 바뀌었다.

"넌……."

사윤이 미소를 지으며 팔짱을 꼈다.

"은 공자, 청룡주가 왜 당신을 필사적으로 잡으려 했는지 이제 말해 줄 수 있겠습니까?"

은패는 반사적으로 입을 굳게 다물었다.

사윤이 말했다.

"주인장 어른은 당신이 예전부터 은가장이 전멸한 일의 진실을 알게 된 후로 홧김에 양아버지와 사이가 틀어졌다고 했죠. 그건 사실일 것입니다. 하지만 당신이 오랫동안 청룡주 밑에서 그 치욕을 참아 가며 버틴 것이, 먼 길을 달려와 이미 무공을 폐한 사람을 없애는 쓸데없는 일을 하기 위해서였다는 건 믿기 어렵군요."

은패는 아무 말 없이 차가운 미소를 지으며 그를 노려보았다.

이 기생오라비 같은 청년은 쓸모없고 돼먹지 않은 사람처럼 보였고 경박함으로 똘똘 뭉쳐 있어 사람들에게 미움을 샀다.

그런데 지금은 여전히 돼먹지 않은 것처럼 보였지만 그에게서 흘러나오던 경박함과 악의가 거의 사라지고, 대신 알 수 없는 우울함이 감돌고 있었다. 심지어 약간의 편집증적인 모습까지 보였다.

주비가 물었다.

"그래서 저 사람이 겉으로는 기세등등하게 구룡수를 데리고 와 소란을 일으키는 척했지만, 사실은 남의 칼을 빌려 사람을 죽이기 위해서였다고요? 구룡수를 죽이려고?"

곰곰이 생각해 보면, 은패는 어딜 가도 사람들에게 미움을 받았다. 그는 앞뒤를 따지지도 않고 다짜고짜 백공방과 싸웠다. 물론, 백공방 건달들은 기세등등한 은패를 보고 기가 죽어 맞대응하지는 못했다.

그리고 주비가 젓가락 하나로 그의 사명편을 망가뜨리자, 그녀를 피하기는커녕 삼춘객잔에 들어와 가장 먼저 그녀를 도발했다. 급기야 주인장 화 씨를 밀쳐 넘어뜨렸고, 너무나 당연하게 사람들에게 붙잡혔다. 그러면서도 계속해서 불손한 말을 지껄여 갈등을 악화시켰고, 결국에는 주인장 화 씨가 구룡수를 죽이게끔 했다.

그는 이혈지법을 할 줄 알았음에도 도망치지 않았다. 청룡주가 찾아와 뜻밖에 문욱과 충돌하자 그는 혼란스러운 틈을 타 오초초를 납치하려고 했다. 이렇게 되니 문욱의 세력을 이용해서 또 한 번…… 비록 성공하진 못했지만, 운이 좋게도 그들과 함께 도망쳐 나왔다.

어쨌든 기운침이 있는 한 은패는 목숨을 부지할 수 있었다. 낭패스럽긴 했어도 은패는 청룡주를 벗어났고, 여기 있는 사람들은 은패를 어찌해야 할지 모르는 상태였다.

주비는 자신이 그를 대신해 위험을 무릅쓰고 끝까지 쫓아가 족제비를 죽인 게 떠올랐다. 이것 또한 그에게 이용당한 거라는 생각이 들자, 독기 어린 눈빛으로 은패의 곱상한 얼굴을 쏘아보았다.

은패는 인정하지도 부인하지도 않았다. 그는 보는 사람의 심기를 불편하게 만드는 미소를 지으며 말했다.

"단왕야께서는 대단히 총명하시니 모르는 것이 없지 않나? 굳이 나에게 물을 필요가 없으실 텐데?"

사윤은 탄식하며 말했다.

"은 공자의 용의주도함과 비교하면 저는 그야말로 멍청이지요."

주비는 아까 날아온 돌에 맞아 손에 긁힌 상처가 났다. 아까는 극도로 흥분한 데다 죽기 살기로 도망치느라 몰랐는데, 지금은 얇고 길게 난 작은 상처 부위가 조금 간지러운 게 느껴졌다. 그녀는 고개를 숙여 상처를 핥았다. 녹슨 냄새가 섞인 비릿한 피 맛이 났다. 그녀가 물었다.

"기 선배님은 칼을 들지 않는다고 하셨는데, 만약에 객잔에서 아무도 구룡수를 못 죽였으면 어떻게 됐을지 생각해 본 적은 있어요?"

은패의 묵직한 시선이 서서히 주비에게로 향했다. 그 잠깐 동안, 은패의 얼굴에는 불만스러운 표정이 떠올랐다. 어디서 굴러온 계집이길래 운이 좋아도 이렇게 좋은지 의심스러웠다. 집안 대대로 내려오는 무공 기초가 탄탄하고 칼날이 예리한데, 사리를 모르고 함부로 덤벼드는 것이 몸에 배어 있었다.

"어떻게 됐을 거 같냐고?"

은패가 낮은 목소리로 반문했다.

"어떻긴 뭐가 어떻게 돼?"

주비는 순간 어안이 벙벙했지만 곧 이해가 되었다. 그래, 어떻게 돼도 똑같았을 것이다. 그래 봤자 기운침과 객잔에 있는 운도 지지리도 없는 사람이 구룡수의 손에 죽었을 테니까.

은패는 그저 아무렇게나 이유를 둘러대며 자신이 기운침에게 원한이 있다는 것만 밝히면 되었다. 사파로서, 북도의 계승자에게 원한이 있는 건 당연했으니 구룡수도 의심하지 않을 것이다. 기운침이 거기서 죽었다면 구룡수는 그저 득의양양했을 것이다.

그 늙은이는 죽을 때까지 은패의 성이 '은'인 것도, 은패가 몰래 빠져나와 다시는 돌아가지 않으리라는 것도 몰랐을 테니까. 은패는 아랑곳하지 않고 자신의 손가락을 쳐다보며 냉담하게 말했다.

"북도가 속세를 등신 시도 한참이 되었는데 아직도 날뛰는 걸 보면, 아마 무슨 방법을 써도 그렇게 쉽게 죽었을 것 같진 않은데. 안 그런가, 기 대협?"

기운침이 죽어도 상관없었다. 이미 다른 방법을 생각해 놓았으니. 어쨌거나 구룡수가 어리석었다.

기운침은 말없이 그저 화를 삭이지 못하는 주인장 화 씨를 한 손으로 필사적으로 막고 있었다. 수척하고 거친 그의 손등 위로 시퍼런 핏대가 튀어나왔다. 전혀 명협의 손 같지 않았다. 손등에는 작은 상처와 주름이 가득했고 손톱은 단정하게 손질되어 있었지만, 손가락 끝은 미세하게 갈라져 있었고 드문드문 동상과 화상 흉터도 보였다. 이미 영락없는 주방장의 손이었다.

사윤은 고개를 흔들며 말했다.

"신의를 저버리는 일은 많이 보았는데, 은 공자도 보아하니 배은망덕한 사람이로군요."

은패는 아무 반응이 없었다. 아버지를 죽인 원수 앞에서도 무릎 꿇은 개가 될 수 있는 사람이었으니, 다른 사람이 자신에 대해 왈가왈부해도 눈 하나 깜빡하지 않는 것 같았다.

"단왕야께서 방금 맞는 말씀을 하셨네."

은패가 말했다.

"그 늙은 대마두는 당시 수단과 방법을 가리지 않고 물건을 훔쳤으니 도둑이야. 산천검이든 뭐든, 다 '은'씨 집안 물건이니, 내가 도로 갖는 것이 당연한 이치 아닌가? 내가 왜 아무 관련도 없는 당신들한테 그런 얘기를 해야 하지? 도둑이 더 많아지라고?"

그 말에 세상에서 가장 마음씨 좋은 사윤마저도 표정이 일그러졌다.

은패의 말이 끝나기도 전에 주인장 화 씨는 기운침을 밀쳐 냈다.

"운침 아우는 내 생명의 은인인데, 그가 어떻게든 널 보호하려고 하니 나도 차마 널 어쩌진 못했다. 그런데 은패 네놈이 그렇게 대단하다면 혼자서도 잘 살 수 있을 터. 애꿎은 사람을 이용해 목숨을 부지하지 말고 당장 나가. 너는 네 갈 길 가고, 나는 내 갈 길을 가는 거다. 다음번에 널 다시 만나는 날엔……."

그는 여기까지 말한 후 음산하게 웃었다. 그러곤 고개를 돌려 기운침을 바라보며 말했다.

"자네에게 진 빚은 요 몇 년 동안 내가 다 갚았네. 난 이놈에게 원한이 있으니 아무리 해도 잘 지낼 수는 없어. 어떻게 생각하나?"

기운침은 갈라진 목소리로 말했다.

"죄송합니다."

주인장 화 씨는 웃고 싶었지만 웃음이 나오지 않는 듯했다. 그는 망설임 없이 주비 쪽으로 가서 앉았다. 보지 않는 것이 가장 좋은 방법이라는 듯이.

사윤은 은패를 향해 공수하며 예의 바르면서도 차갑게 말했다.

"은 공자가 알아서 잘하시겠지요."

동굴에 딸린 조그만 이실耳室에 여섯 사람이 세 곳에 나눠 앉아 있었다. 은패는 냉소를 지으며 한쪽 구석을 차지하고 앉아 눈을 감고 정신 수양을 했다. 기운침은 다른 쪽 구석에 앉아 역시 아무 말도 하지 않았다.

주비는 여기저기 둘러봐도 분위기가 나아질 기미가 보이지 않자, 딱히 할 말도 없어 흙벽에 기대앉아 눈을 감고 파설도의 세계에 푹 빠졌다.

곧 청룡주니 주작이니 하는 것들은 그녀의 머릿속에서 지워졌고, 오롯이 파설도에만 집중하며 꿈속에서도 끊임없이 연습했던 파설도를 마음속에서 수없이 분해했다. 아까 칼의 진정한 뜻을 어렴풋이나마 느껴서인지, 문득 아홉 식 도법 전체가 예전과 달라진 것 같았다.
서서히, 주비가 집중하는 동안 몸속의 고영진기가 천천히 돌기 시작했다. 마치 파설도의 모든 초식에 조금씩 스며드는 것만 같았다.
어느새 하루가 꼬박 지나갔다.
주비는 너무 배가 고픈 나머지 정신이 번쩍 들었다. 재빨리 고영진기를 기해로 회수하자 코끝으로 고깃국물의 냄새가 전해졌다.
눈을 뜨자 사윤을 비롯한 사람들이 어디서 가져왔는지 모를 냄비를 작은 불 위에 걸어 놓고 국을 끓이는 모습이 보였다. 주비는 고개를 들자마자 주인장 화 씨의 생각에 잠긴 듯한 시선과 마주쳤다. 아직 날카로운 칼날을 거두지 못한 주비의 눈빛에 화 씨의 동공이 순간 쪼그라들었다. 그는 그 날카로움을 감당할 수 없어 천천히 시선을 피하지 않을 수 없었다.
주비가 눈을 뜬 것을 본 오초초가 웃으며 말했다.
"주비, 배고프지 않아? 주인장님 덕분에 토끼도 한 마리 잡았고, 비밀 통로에서 예전에 그들이 쓰던 냄비도 찾았어. 한 그릇 줄게!"
"응."
주비가 대답하며 푹 끓인 고깃국을 받았다. 기름도 소금도 없으니 고기가 너무 비려 차마 맛있다는 말을 할 수가 없었다. 하지만 냄새를 맡으니 배가 좀 부른 것 같았다.
사윤은 주비가 억지로 먹는 걸 보고 고깃국 한 그릇을 들고 팔을 길게 뻗어 주비의 그릇에 자기 그릇을 부딪치며 말했다.
"옛말에 '대나무 없는 곳에 살지언정 고기를 안 먹고는 못 산다'는 말이 있지. 토끼 형님께서 스스로 몸 바쳐 주셨으니 얼마나 다행이야! 자, 건배!"

이제 막 냄비에서 떠낸 고깃국은 엄청 뜨거웠다. 사윤의 호탕한 '짠'에 주비는 하마터면 국물을 쏟을 뻔했다. 그녀는 얼굴로 모락모락 올라오는 김을 쐬며 사윤을 쳐다보았다.

"건배는 혼자 하세요, 전 제 맘대로 할 테니까."

"……."

옆에서 보고 있던 오초초가 웃었다. 주비가 쳐다보자, 오초초는 얼른 입을 가리며 조그맣게 말했다.

"주비는 단…… 사 공자님과 사이가 정말 좋구나."

주비는 고개를 들었다가 마침 사윤과 눈이 마주쳤다. 그러나 사윤은 도둑이 제 발 저린 건지 어쩐 건지 바로 눈을 피하며 구시렁거렸다.

"요절할 일 있나요? 누가 쟤랑 사이가 좋대요? 전 좀 더 오래 살고 싶은데."

이 치사한 놈은 말을 마치자마자 즉시 그릇을 들고 멀리 이동하면서 무슨 일이 일어날지 정확히 예측한 듯 주비의 공격을 피했다.

그때, 주인장 화 씨가 갑자기 주비에게 말을 걸었다.

"제가 듣기로 파설도는 다른 무공과 비교도 안 될 만큼 어려워서 몸에 익히려면 아주 오래 걸린다고 하던데, 주 낭자의 도법은 이미 상당한 수준이군요. 어렸을 때부터 배우셨나요? 얼마나 수련하셨는지요?"

맛없는 고깃국을 힘겹게 삼키던 주비는 하마터면 자기도 모르게 '집을 떠나기 전 어머니가 알려 주셨어요'라고 대답하려다가 도로 입을 닫았다. 왠지 타지에서는 자신의 이런저런 사정을 알려서 좋을 게 없을 것 같아 대충 둘러대고 말았다.
"잠깐 배웠어요……. 어렸을 때부터는 아니고, 아, 한 이삼 년?"
주인장 화 씨는 깜짝 놀랐다.
"이삼 년이요?"
너무 길었나?
주비는 마음에 찔려 말을 바꿨다.
"아, 일이 년이었나? 암튼 그 정도요."
사실 그녀도 알지 못했다. 지름길로 가거나 마공 수련이 아니고서야 이 세상의 모든 학문은 수년의 노력을 기울이지 않으면 안 된다는 것을.
주비는 자신이 단구낭, 기운침과 같은 사람들과는 달리 집안 대대로 내려오는 무공에 먹칠을 하고 있다고 생각했다. 하지만 자신이 파설도를 배운 기간은 아무리 길게 계산해도 반년이 채 안 된다는 사실은 까맣게 잊고 있었다.
주비는 파설도를 생각하기만 하면 평소에도 금방 몰두했다. 여기까지 오면서 몇 번이나 생사를 넘나들었던가. 여러 고수들을 만나 단련되고 우연히 단구낭을 만나 고영진기까지 전수받으며 그녀의 실력은 이미 상상을 초월할 정도로 빠르게 향상되었다.
주인장 화 씨는 더는 묻지 않고 그저 고개를 저으며 '후배가 대단하군' 하고 감탄하면서 멍하니 그릇 가장자리를 문질렀다.
갑자기, 어두침침하고 좁은 비밀 통로에서 엄청난 징 소리가 폭발했다. 천지가 찢어지는 것 같기도 하고, 저승사자가 혼령을 부르는 것 같기도 한 그 소리는 사람들의 애간장을 녹아내리게 할 정도였다.

주비는 잽싸게 한 손으로 오초초의 입을 막아 가까스로 그녀의 비명을 가라앉혔다. 곧이어 발을 쭉 뻗어 오초초가 떨어뜨린 쇠국자를 공중으로 날렸다. 사윤이 손을 내밀어 쇠국자를 받았다.

사윤과 주인장 화 씨 모두 말없이 빠르게 불을 끈 후, 고깃국을 바닥에 엎고 옆에 널려 있는 흙모래와 풀로 잔해를 덮었다.

화 씨는 침착한 표정으로 사람들에게 손을 흔들며 거의 들리지 않는 목소리로 말했다.

"옛날에 형산파는 도망치면서도 비밀 통로의 입구를 막지 않았습니다. 일부러 추격 부대를 지연시키기 위함이었지요. 그들이 당장 여기까지 쫓아오지는 못할 겁니다. 징을 친 것은 그저 우리를 혼란스럽게 만들려는 목적이니 겁낼 것 없습니다."

본래 이 비밀 통로는 어디로든 다 연결이 되어 있었고 마치 거대한 미궁처럼 출입구가 셀 수 없이 많았다. 그렇지 않고서야 그 운 없는 토끼가 어떻게 들어왔을까.

심지어 겹겹이 함정 기관이 설치된 통로도 적지 않았다. 땅속에서는 동서남북을 제대로 파악할 수 없는 데다 지도도 없으니 침입자는 금방 비밀 통로와 함정에 꼼짝없이 갇힐 터였다.

주인장 화 씨는 일행을 이끌고 은밀한 출입구를 통해 들어왔는데 그리 깊지 않아서 언제든 도망갈 수 있었다. 청룡주는 아마 부하들을 풀어 형산 전체를 뒤졌으나 사람은 찾지 못하고, 다만 형산파의 옛터에서 우연히 비밀 통로의 입구를 발견했을 것이다.

화 씨는 귓속말하듯 삭은 소리로 말했다.

"걱정할 것 없습니다. 이곳은 들어오기는 쉬워도 나가기는 어려우니 저들도 두려운 겁니다. 안 그럼 몰래 들어와 우리를 급습하면 되지, 징은 뭐 하러 치겠습니까?"

사윤은 고개를 돌려 주위를 경계하기 시작한 은패를 바라보았다.

"보아하니 청룡주는 은 공자를 찾기 전까지는 포기하지 않을 모양이군요?"

이십 년 전, 청룡주는 은문람이 가진 어떤 물건을 위해 수많은 사람을 위험에 빠뜨렸다. 그런데 지금 그 물건을 자신이 기르던 개가 훔쳐 갔으니, 어떤 기분일지 가히 상상이 되고도 남았다. 사윤의 곁에 정말로 남조의 대군이 있다 해도, 청룡주는 잠시 철수할지언정 끝까지 쫓아올 것이다.

바로 그때, 비밀 통로에서 목소리가 전해져 왔다. 겹겹이 막힌 수많은 좁다란 길과 방을 지나오다 보니 약간의 왜곡이 있긴 했지만, 한 마디 한 마디가 또렷하게 들렸다.

그 목소리의 주인은 청룡주였다. 징 소리의 효과가 별로 없자 직접 입을 연 것이다.

"나는 너를 후하게 대접해 주었다. 금은보화든, 능라주단이든, 내가 언제 인색한 적이 있었더냐? 재물이든, 여자든, 네가 갖고 싶다고 해서 안 준 적이 있느냐 말이다! 빈 칼집을 물고 가서 어디에 쓰려고? 산천검은 이미 산산조각 나서 아무 쓸모없으니, 지금이라도 순순히 돌아온다면 잘못을 묻지 않겠다. 알겠느냐?"

은패의 표정에는 변함이 없었다.

청룡주는 잠시 기다렸는데도 아무런 기척이 없자, 탄식하며 다시 말했다.

"설마 네놈이 은가장과 무슨 관련이 있는 건 아니겠지?"

은패의 입꼬리가 살짝 올라가며 얼굴에 악랄한 미소가 떠올랐다.

곧바로 청룡주의 목소리가 멀리서부터 들려왔다. 놀랍게도 희미한 비웃음이 섞여 있었다.
"그렇다면 더더욱 숨을 필요가 없지. 그때 은씨 집안 계집들이랑 아주 재미가 좋았는지, 내 수하들은 아직도 그 맛을 잊지 못한다니까. 네놈이 누구의 자식인지는 몰라도, 망한 가문의 자식이 이렇게 난리를 피우면 비웃음만 살 뿐이야!"
은패의 눈이 붉어졌다. 그러나 그것은 보통 사람들이 모욕을 당했을 때처럼 눈동자 주변부터 눈가까지 붉어지는 그런 종류가 아니었다. 그의 얇은 눈꺼풀은 마치 쇠로 주조된 것처럼 맹렬한 감정과 욕망도 다 가려 버렸고, 눈 밖으로 나오려 하는 핏빛도 눈 안에 완벽히 가두었다.
사람의 피는 살아 움직인다. 움직임을 멈추면 바로 식어 버린다. 차갑게 식은 피는 뱀의 피가 되고 전갈의 피가 된다.
주인장 화 씨는 입으로는 이제 신경 쓰지 않겠다고 해 놓고는 계속 은패를 주시했다. 그에게 조금이라도 이상한 낌새가 있으면 바로 기절시킬 작정이었다. 그러나 그는 자신이 쓸데없는 걱정을 했다는 걸 깨달았다.
청룡주의 목소리는 갈수록 날카로워졌다. 그의 목소리에는 힘이 실려 있어 마치 예리한 칼처럼 듣는 사람의 귀를 찔러 댔다. 그는 아무도 반응하지 않자 오히려 말을 할수록 흥미를 느끼는 것 같았다. 그의 말은 상스럽고 저속하면서도 자꾸 자신이 재치 있다고 느끼는 묘사를 집어넣었다. 다른 사람들은 몰라도 오초조는 도저히 가만히 듣고 있을 수가 없었다.
청룡 메기의 말은 들어 주기 힘들었을 뿐 아니라, 이 상황이 화용에서의 일을 생각나게 했기 때문이다.

그때 그녀는 구석에 숨은 채, 구천기가 밖에서 가족들의 시신을 짓밟고 그녀의 부모를 조롱하며 떠드는 말을 그저 듣고 있을 수밖에 없었다. 그녀의 부모님은 죽어서도 편히 쉴 수가 없었다. 그런데 이 입 큰 청룡 메기는 쉴 새 없이 떠들뿐더러, 그의 목소리에 맞춰 불길한 징 소리가 다시 울려 퍼지기 시작했다.

'꽝' 하는 소리에 폐인이 된 기운침과 몸이 약한 오초초는 소스라치게 놀라 비틀거렸고, 주비조차 너무 놀라 속이 울렁거릴 정도였다.

징 소리가 아까보다 가까워졌다!

사윤이 낮은 목소리로 말했다.

"상황이 좋지 않군요. 화 대협, 제가 들은 바로는 청룡주 수하에는 '징 치는 사람'들이 있습니다. 칠흑 같은 어둠 속에서도 징의 메아리를 따라 앞에 뭐가 있는지 알 수 있는 자들이지요. 막다른 골목이나 함정 같은 건 직접 들어가 보지 않아도 바로 알 수 있을 테니, 이 비밀 통로는 그들의 발을 오래 붙잡아 두지 못할 겁니다."

주인장 화 씨는 무슨 의미인지 깨닫고 안색이 어두워졌다. 사윤이 다급하게 물었다.

"이렇게 되면, 그들이 우리를 찾아내는 데 얼마나 걸릴까요?"

화 씨는 대답이 없었지만 표정이 모든 것을 말해 주고 있었다. 발각되는 건 시간문제였다. 사윤은 미간을 찌푸리며 잠시 생각하다가, 홀로 밖으로 나갔다.

주비가 그 뒤를 곧장 뒤쫓았다.

"어디 가는 거예요?"

"가서 알아봐야겠어. 바깥이 잠시나마 안전하다면, 우리는 이 비밀 통로를 따라 밖으로 나가자."

사윤이 그녀의 어깨를 붙잡고 말했다.

"걱정 마, 사십팔채도 휘젓고 다녔으니 형산은 아무것도 아냐. 여기서 기다려, 활인사인산의 졸개들이 들이닥치면 화 씨 아저씨 혼자서는 감당 못 할 테니까."

사윤은 말을 마치자마자 바람같이 밖으로 달려 나갔다. 사람의 형상이 깜박이는 듯하더니 이내 사라졌다. 눈이 어두운 사람은 아마 그가 도망간다고 생각했을 것이다!

주비는 그를 잡지 않았다. 주위에는 전부 늙거나 병든 사람들뿐이라 맘대로 가 버릴 수도 없었다. 그녀는 잠시 생각한 후 주인장 화 씨에게 물었다.

"선배님, 어차피 저들이 징을 쳐서 길을 찾는 거라면 저에게 좋은 생각이 있어요. 우리가 여기 들어올 때 좁고 꼬불꼬불한 길이 엄청 많았잖아요. 돌도 꽤 있고요. 그럼 이렇게 하면 어떨까요? 밖이 안전하든 아니든, 일단 저 작은 공간으로 나가서 좁은 길에 몸을 숨기는 거예요. 그리고 돌로 몇 겹을 쌓아 올려서 막다른 길처럼 보이게 하는 거죠."

주인장 화 씨는 징에 대해 자세히 아는 것이 없었다. 징 소리가 진짜 막다른 길과 임시로 만들어 놓은 가짜 막다른 길을 구분해 낼 수 있는지도 알 수 없었지만, 다른 방법이 없어 지푸라기라도 잡을 수밖에 없었다. 그는 고개를 끄덕이며 말했다.

"한번 해 보시요."

주인장 화 씨는 재빠른 사람이었다. 그는 우선 은패를 잡아 단단하게 묶어서는 한쪽에 두고, 좁은 통로로 다가가 자세히 살펴보았다. 주비가 그를 따라가려는데, 이제껏 옆에서 죽은 척하고 있던 기운침이 갑자기 손을 뻗어 그녀의 손에 들려 있던 검을 가볍게 잡았다. 보기만 좋지 쓸모도 없는 패검. 그는 들릴 듯 말 듯 한 목소리로 말했다.

"주 낭자, 저 좀 도와주시면 안 될까요?"

주비는 답답하고 굼뜬 그를 보고 있자니 기운이 빠져서 인내심을 잃고 눈썹을 치켜세우며 말했다.

"뭔데요?"

기운침은 조용히 자신의 발등을 응시했다. 어디로든 통하는 이 길고도 긴 지하 비밀 통로에서, 청룡주는 이제 말하기도 지친 듯, 쉴 새 없이 떠드는 중요한 임무를 부하에게 넘겨준 것 같았다. 한 마디 한 마디가 그를 지나쳐 가면서 형산 전체가 파렴치함의 늪에 깊숙이 빠져들었다.

기운침은 눈을 감고 주비에게 말했다.

"저 사람을 죽여야 합니다."

웬일로 주비와 생각이 일치했다.

기운침은 살짝 눈을 들어 앞에 서 있는 소녀를 바라보았다. 커다란 눈, 날렵한 턱, 참 반듯한 얼굴이었다. 지금은 아직 활짝 피진 않았으나, 한 삼사 년이 더 지나면 분명 누가 봐도 인정할 만한 미인이 될 것 같았다.

이 소녀는 몸이 가녀리고 왜소했으며, 손바닥도 얇았다. 다른 사람 같으면 아마 소녀를 아미파로 보내 첨자尖刺, 가시나 장편長鞭, 채찍 같은 힘이 덜 들면서도 정교한 무기를 들게 했을 것이다. 아니면 아예 암살 무기를 다루는 기술을 입신의 경지에 이르도록 수련시키거나. 경공만 그럭저럭할 줄 알아도 자신의 몸은 지킬 수 있으니 말이다.

그런데 저 소녀의 집안 어른들은 대체 무슨 생각이었는지 하필이면 칼을 잡게 했고, 하필이면 파설도를 전수했다.

기운침은 별안간 탄식했다.

"이런 얘기를 한 사람이 없었습니까? 낭자 정도의 집안과 외모라면, 아무것도 할 줄 모르고 콧대만 높아도 한평생 사는 데 아무 지장 없을 겁니다. 애초부터 칼날에 피를 묻히며 사방을 떠돌 필요가 없다 이 말입니다."

주비는 그가 뭔가에 감탄이라도 하는 줄 알았는데 뜻밖에도 그런 얘기를 듣게 되니 불쑥 화가 치밀었다.

"선배님, 지금이 어느 땐데 그런 쓸데없는 말을 하세요?"

기운침은 실소했다. 자신의 아름다움을 아는 소녀라면 어떻게든 행동거지에서 드러나게 마련이어서, 무의식중에 미모를 뽐내거나 숨기려고 한다.

그런데 주비에게는 그런 자각이 전혀 없었다. 이는 그녀가 어려서부터 비범해 사물의 속성을 간파할 수 있어서도 아니고, 다 큰 아가씨가 되도록 아름다움과 추함을 몰라서도 아니었다. 아마도 어려서부터 쭉, 아무도 그녀를 칭찬하거나 편애해 준 적이 없어서일 것이다.

절대적인 재능과 빼어난 미모, 두 가지 모두 세상에서 보기 드문 보물이지만 일단 그것에 의존하기 시작하면 보물은 어느새 빠져나오기 힘든 덫이 되어 버린다. 기운침은 생각했다. 그때 자신이 너무 자만하여 남을 깔보지 않았더라면, 너무 자기만 생각하지 않았더라면 그런 망할 사태가…… 벌어졌을까?

기운침의 안색이 순간 어두워졌다. 그는 고개를 끄덕이며 입을 열었다.

"좋습니다. 그렇다면 이건 꼭 기억하세요. 앞으로 누구를 막론하고 낭자에게 방금 제가 했던 얘기를 하는 자가 있다면 무조건 낭자에게 해로우니 그자의 말은 단 한 마디도 믿지 마십시오. 제 얘기를 잘 들으세요. 옛날에 '남북의 쌍도'라 불리는 도법이 있었습니다. 남도는 지극히 강직했고, 북도는 너무도 교활했지요. 북도의 '단수전사'는 사람을 죽이는 칼이고, '파설'은 '종사의 칼'이라는 말도 있었지요. 파설도를 연마하는 건 마치 눈보라 치는 밤길을 혼자 걷는 것과 같아서, 강한 의지와 끈기가 있어야만 그나마 맥락을 파악할 수 있다고 합니다. 특히 '무필無匹', '무상無常', '무봉無鋒' 이 세 가지 식은 언뜻 보면 평범하고 기이한 것이 없지만, 평생 깨닫지 못하는 자들도 있지요. 이 관문을 통과하지 못하면 도법이 아무리 훌륭하고 내력이 아무리 깊어도, 혼이 없는 칼에 불과합니다. 그러니 낭자가 오랫동안 연마한다고 해도 아무것도 이루지 못할 수도 있어요."

이번에 그는 돌려 말하지 않았다. 만약 이근용이 이런 식으로 얘기했다면 주비는 화가 나지 않았을 것이다. 주이당이 이렇게 말했다면 주비는 아예 마음에 두지도 않았을 것이다. 그런데 우연히 알게 된 낯선 사람이 이렇게 거들먹거리며 가차 없이 말하는 걸 듣자니 정말 기분이 언짢았다. 더군다나 그는 칼을 들지도 못하는 폐인 아니던가.

주비는 기운침의 횡설수설하는 이야기를 제대로 따라가지 못하고 그저 '아무것도 이루지 못할 수도 있다'는 저주만 알아들었다.

바로 그때, 사윤이 비밀 통로로 허둥지둥 들어오더니 숨 가쁘게 말했다.

"청룡주가 사람들을 풀어 산을 순찰하고 있어. 그래도 청룡주가 데리고 온 사람은 많지 않은데 곧 비밀 통로로 내려올 것 같아. 이제 날도 어두워질 테니 밖으로 나가는 게 안에 있는 것보다 안전할 것 같으니 지금 당장 가야 해. 이 구멍을 막아서 시간을 좀 벌어야······ 어? 다들 왜 그래요?"

기운침은 사윤을 본체만체하며 주비를 향해 말했다.

"제가 이렇게 많은 얘기를 한 것은 주 낭자에게 묻고 싶어서입니다. 저들과 도망가실 건가요, 아니면 저와 한 번 더 목숨을 걸고 여기 남아 청룡주를 무찌르실 건가요? 낭자가 원하신다면, 제가 '단수전사'를 전수해 드리겠습니다. 낭자의 이해력이 어떤지는 제가 알지 못하나, 낭자의 근골과 소질로 보아 파설도를 계속 밀고 나가는 건 좋은 선택이 아닙니다. 저의 북도를 새로 배우는 것이 차라리 낫겠지요. 안심하십시오. 목숨 바쳐 싸우라는 게 아니라, 절 도와 청룡주를 잠시 붙들어 주기만 하면 됩니다. 나머지는 제가 알아서 하겠습니다."

주비가 미처 대답하기도 전에, 사윤은 미간을 있는 대로 찌푸리며 말했다.

"안 됩니다!"

기운침은 입술을 깨물며 아무 말도 하지 않았다.

"지금 이렇게 어린 아가씨한테 당신 대신 활인사인산의 대마두 중 하나와 싸우라는 겁니까? 당신 정말······."

사윤의 온화한 얼굴이 순식간에 어두워졌다. 마치 백옥이 청옥으로 변한 것만 같았다. 그는 입 밖으로 나오려는 '후안무치' 네 글자를 혀를 깨물어 간신히 삼켰다.
"태상노군의 선단을 주비에게 먹이지 않는 한 그건 안 됩니다. 기 대협, 후배가 무례한 게 아닙니다. '청산이 남아 있고 강물이 계속 흐른다면 언젠가 다시 만날 수 있다'는 말도 있습니다. 시비와 영욕은 금방 사라져 버릴 것이니 일단 좀 참는 게 어떠신지요? 이십 년 전에도 사소한 일을 끝까지 붙잡고 늘어지더니, 이번에도 또 그러시면……."
주비가 손을 들어 그의 말을 잘랐다.
사윤은 나지막이 말했다.
"비야!"
주비는 잠시 생각하더니 사윤에게 말했다.
"화 선배님은 신경 쓸 필요 없을 것 같고, 저 기생오라비도 죽든 말든 신경 쓸 필요는 없으니, 일단 저 대신 잠시 오 낭자를 보살펴 주세요. 먼저 가요."
말을 마친 주비는 화가 나서 어쩔 줄 모르는 사윤을 외면한 채 기운침에게 말했다.
"생각해 놓은 방법이 있다고 하시니, 제가 남아 도와드릴게요. 하지만 저도 할 말이 있어요. 제가 남은 이유는 청룡 메기를 죽이기 위해서이지 다른 게 아니니까요. 다른 무공을 가르쳐 줄 필요도 없고, 저도 다른 문파에 붙을 생각 없어요. 제 외조부님을 봐서라도 남북쌍도로 칭해지는 기운침 선배님을 공경해 드려야 하겠지만, 기 선배님 같은 사람을 알고 나니 이 말은 꼭 해야겠네요. 단수전사도 별거 아니라고요."

 기운침은 주비의 버릇없는 말에 화를 내지도 않고, 그저 잠시 멍하니 있다가 침울한 목소리로 말했다.

 "제 단수전사는 확실히 별거 아니지요. 어찌 되었든 정말 감사합니다."

 사윤은 불쾌한 얼굴로 석벽에 조용히 기대 있었다.

 오초초가 먼저 입을 열었다.

 "주비가 안 간다면 저도 가지 않겠어요."

 언제 왔는지 주인장 화 씨가 기운침에게 말했다.

 "자네 미쳤나?"

 기운침은 고개를 저었다.

 이때, 징 소리가 바싹 조여 오며 죽음을 재촉하듯 '꽝' 하고 울렸다. 차가운 징 소리의 여운이 비밀 통로 안에서 계속 메아리쳤다. 소리가 멈추자 주인장 화 씨는 고개를 살짝 숙이고는 어쩔 수 없다는 표정으로 말했다.

 "그럼 나도 하는 수 없지……."

 그는 말을 마치기도 전에 한 손으로 기운침의 어깨를 움켜쥐고 강제로 데려가려 했다. 기운침은 뿌리치지 않고 주인장 화 씨의 백옥처럼 하얀 부들부채 같은 큰 손에 이끌려 비틀거렸지만, 표정은 그대로였다.

 일반적으로 무공을 할 줄 모르는 사람이라면 무의식적으로 손을 뿌리치려 버둥대겠지만, 기운침 같은 사람은 그러는 것이 헛수고라는 걸 잘 알았다. 기운침은 목소리를 낮추어 또박또박 주인장 화 씨에게 말했다.

"숨어 다니며 사는 인생은 이제 살 만큼 살았습니다. 방금 제가 무슨 생각을 했는지 아십니까?"
주인장 화 씨의 얼굴이 굳어지기 시작했다.
기운침은 나지막이 말했다.
"그렇게 오래 찾아 헤매다 이제야 겨우 실마리를 찾아서 원수의 이름을 알아냈는데, 그자가 제 발로 문 앞까지 찾아온 마당에 난 왜 객잔에 남지 않았을까? 왜 도망쳤지? 어째서 산속으로 그자들을 피해 다녀야 할까? 그건 바로 제가 이길 수 없기 때문이었습니다. 위험이 닥치면 도망가는 게 인지상정이라지만, 형님, 저는 비겁하게 죽음을 겁내는 사람이 돼 버린 겁니다. 꿈에서도 청룡주를 죽일 생각만 하던 제가, 그자가 나타나니 이렇게 숨어 있습니다. 정말 우스운 일 아닙니까?"
기운침은 주인장 화 씨의 손을 토닥이며 말을 이었다.
"화 형, 오늘을 위한 게 아니었다면 저 같은 폐인이 뭐 하러 목숨을 부지했겠습니까? 이 일을 끝내려고 목숨을 부지한 거라면 그나마 쓸모 있는 셈입니다. 나중에 이런 용기도 사라지면 그저 남은 목숨만 연명할 텐데 그게 무슨 의미가 있겠습니까?"
주인장 화 씨는 잠시 멍하니 있다가 천천히 손을 풀었다. 기운침이 말했다.
"어서 가십시오."
주인장 화 씨는 기운침을 보며 고개를 저었다.
"내가 오늘 가면 언제 다시 돌아와서 자네 시체를 수습하겠나?"
그 말에 기운침의 생기라곤 찾아볼 수 없었던 얼굴이 살짝 움직였다. 마치 누군가로부터 한 가닥 활기가 전염된 듯했다. 그의 평생에 남은 건 이 정도의 정과 의리뿐이었다.

화 씨가 물었다.

"시간이 얼마나 필요하지?"

기운침이 대답했다.

"여섯 시진입니다."

주인장 화 씨는 고개를 끄덕이며 말했다.

"이 비밀 통로를 잘 아는 건 아니지만, 그래도 한두 바퀴는 돌아본 셈이네. 내가 한동안 놈들 주의를 끌어 보겠지만, 여섯 시진은 힘들 수도 있으니 나머지는 자네가 알아서 하게나."

둘의 대화는 아리송했다. '시체 수습', '여섯 시진'처럼 수수께끼 같은 말이 오가니 다른 사람들은 알아들을 수 없었다.

부용신장 주인장 화 씨는 슬쩍 소매를 뿌리치며 기운침의 손을 가볍게 털고는 몸을 돌려 빠져나갔다. 이번에는 기운침의 안색이 확 변하더니 그의 뒤를 성큼성큼 뒤따라갔다. 하지만 모퉁이를 돌자 네다섯 개의 갈림길이 나왔고, 화 씨의 다부진 몸은 캄캄한 갈림길로 숨어들더니 종적도 없이 사라졌다. 기운침의 눈가가 문득 붉게 달아올랐다.

그때 구석에 묶여 있던 은패가 불쑥 차갑게 콧방귀를 뀌었다.

"그렇게 감동할 필요는 없을 것 같은데? 설마 저 뚱보가 몇 년 동안이나 아무 이유 없이 당신을 보살펴 줬다고 생각하는 거야?"

기운침이 고개를 홱 돌려 바라보았다.

은패는 힘겹게 고개를 들어 기운침을 보며 웃었다.

"당신들 진짜 재미있네. 유유상종이라더니. 양심에 걸리는 일을 해 놓고 막상 얼굴 보고는 인정할 용기가 없으니까, 괜한 일을 하면서 혼자 보상하는 거라고 여기질 않나. 그래 놓고 자기 의협심에 몰래 감동하는 꼴이라니."
기운침은 두 주먹을 불끈 쥐고 은패를 상대하지 않았다. 은패는 기운침의 표정을 느긋하게 살피더니 말했다.
"그럼 내가 선심 쓰는 셈 치고 가르쳐 주지. 부용신장 화정륭은 늘 당신이 생명의 은인이라는 말을 입에 달고 살았지. 들자 하니 화정륭도 젊고 철없던 시절엔 뚱뚱하지도, 못생기지도 않아서 꽤 봐 줄 만한 남자였다던데. 그때 길에서 영웅 노릇이랍시고 미인을 구하다가 어리석게도 위험에 빠져 중상을 입고 목숨이 위태롭던 차에, 당신이 나타나 그를 구해 줬다지. 대충 이런 일이 있었지?"
기운침은 은패 혼자 떠들어 댄다고 생각하며 못 들은 척 주비에게 말했다.
"우선 이 앞 통로를 좀 막아 주시면 어느 정도 시간을 끌 수 있을 겁니다."
주비는 사실 뒷얘기가 너무나 궁금했지만, 방금 기운침에게 너무 거침없이 말을 쏟아 낸 상황에서 얼굴에 철판을 깔고 물어볼 수도 없는 노릇이었다. 그녀는 할 수 없이 무표정한 얼굴로 소매를 걷고 입구의 좁은 통로에 돌을 쌓기 시작했다.
사윤은 어차피 혼자서는 도망가지 않을 거였고, 그냥 있자니 심심하기도 해서 주비를 도우며, 한편으론 심각한 표정으로 주비에게 자신의 분노를 표출하고 있었다.
은패는 사람들의 무시 속에 한쪽에 내버려져 있었지만, 따돌림도 그의 세 치 혀를 막지 못해 여전히 제멋대로 떠들어 댔다.
"그 여인의 원수는 아주 무시무시한 상대였지. 화정륭은 심맥을 크게 다쳐서 숨이 간당간당했어. 예전에 화정륭의 말을 들으니 당신과 그 여인은 원래 친분이 있었다지. 그때 그 여인은 화정륭을 살리기 위해 당신에게 달려와 '구환단九還丹, 도교에서 말하길 아홉 차례 추출하여 만든 단약으로, 먹으면 신선이 된다 함'을 얻고자 했고. 당신은 구환단을 한 알 가지고 있었지만 주지 않았어. 대신 당신의 내력을 이용해 깨어나지 못하는 화정륭의 목숨을 날마다 연명해 주었지. 그 여인은 아주 영리해서 약을 얻지 못했는데도 당신에게 무척 고마워했던 거야. 정말 순수하고 착해 보였겠지, 안 그래? 근데 그 순수하고 착한 아름다운 여인이 누군 줄 아나?"

기운침은 은패와 좀 떨어진 곳에 앉아 품에서 작은 꾸러미를 꺼냈다. 가장 바깥을 싸고 있던 것은 방수가 되는 기름종이였고, 그 안쪽은 재질이 서로 다른 천으로 겹겹이 싸여 있었다. 한 겹 한 겹 벗기자 아주 가느다란 은침 한 줌이 나타났다.

기운침이 자신의 말에 들은 체도 안 하자 은패는 결국 자문자답했다.

"예전에 '명풍루鳴風樓'라는 악명 높은 자객단이 있었는데, 그 여인이 바로 명풍루 주인의 마지막 제자였지."

귀를 쫑긋 세우고 엿듣고 있던 주비는 갑자기 손이 미끄러지는 바람에 들고 있던 돌로 자기 발등을 찍을 뻔했다. 다행히도 옆에 있던 사윤이 재빨리 손을 뻗어 돌을 받았다.

"명풍루? 게다가 자객이라고요!"

주비는 놀라우면서도 미심쩍었다.

"설마 우리 사십팔채의 '명풍파'와 관련 있는 건 아니겠죠?"

이번엔 기운침이 드디어 반응을 보이며 담담히 말했다.

"그러면 또 어떻단 말이냐?"

어차피 우연히 알게 된 여인일 뿐이었고 나중에 주인장 화 씨도 그녀와 함께하지 않았다. 그녀가 좋은 낭자였든 자객 옷을 입은 낭자였든, 그와는 아무 상관 없었다. 기운침은 마음에 담아 두지 않고, 가느다란 은침을 집어 손에 올려두고 자세히 살펴보고는 천천히 자신의 정수리에 은침을 찔러 넣었다.

그의 동작은 지극히 느렸다. 눈을 약간 내리깔고 아주 진지하게 행동하는 모습이 살짝 정상이 아닌 것처럼 보였다. 마치 금방이라도 신내림을 받을 것 같은 분위기였다. 기운침은 보통 침보다 훨씬 깊이 침을 찔러 넣으며 중간에 서너 번 정도 멈췄다. 관자놀이에서 식은땀이 송골송골 맺히는 것을 보니 무척 고통스러운 듯했다.

침 하나를 다 놓자 기운침은 아주 깊고 무거운 한숨을 내쉰 후 힘 빠진 목소리로 주비에게 말했다.

"낭자, 낭자도 어차피 북도를 맘에 들어 하지 않으시니, 제가 '단수전사'로 가르침을 좀 청해도 괜찮겠습니까?"

주비는 은패의 말 때문에 머릿속에 의혹이 꼬리를 물고 생겨나는 와중에, 기운침의 손의 들린 괴상한 은침을 숨죽인 채 지켜보고 있었다. 이렇게 온 정신이 분산된 상황에서 기운침이 갑자기 말을 걸자 주비는 미처 반응하지 못했다.

"······네?"

"제가 무기를 갖고 싸우지 못하는 점을 양해해 주십시오."

기운침은 손으로 자신의 맞은편을 가리키며 말했다.

"앉으시죠. 혹시 '문투'가 무언지 아십니까?"

'무투武鬪'는 몸으로 겨루는 것이고, '문투文鬪'는 말로 겨루는 것이다. 문투는 서로 자신의 초식을 말로 설명하거나, 서로 접촉하지 않으면서 대략 몇 합 겨루는 것으로 누가 누구를 해하지 않는 아주 평화로운 겨루기 방식이었다.

주비는 기운침이 또 무슨 이상한 짓을 할지 몰라 잠시 머뭇거렸다. 그때 옆에 있던 은패가 가만히 있지 못하고 또 입을 열었다.

"명풍루의 자객은 의뢰와 돈만 받으면 자기 어미 아비도 죽이는 자들이지. 그런데도 그 여인이 순수하고 착하다고 생각하다니. 기운침, 눈이 삔 거 아냐?"

은패는 표독스럽게 웃으며 말했다.

"당신은 결국 딱 하나 남은 구환단을 그 여인에게 주었다. 화정류의 목숨을 살린 셈이지. 기 대협, 어째서 처음에는 주지 않다가 나중에 준 거지?"

힘겹게 집중시킨 주의력이 또다시 흩어졌다. 주비는 속으로 말했다.

'그러게, 왜 그랬던 거지?'

기운침은 힘이 달리는 듯 느릿느릿 말했다.

"내가 관내로 들어갈 때 스승님께서 구환단 두 알을 주셨다. 숨이 붙어 있을 때 먹어야만 죽어 가는 육신을 되살릴 수 있다고 하더군. 보통 사람이 먹으면 경맥이 확장되고 오래된 상처가 낫는 효능이 있다고 했다. 두 알 중에서 한 알은 옛날에 친구를 살리느라 이미 써 버렸고, 나머지 한 알은 널 위해 남겨 둔 거였다. 넌 태중에서부터 병이 있어서 경맥이 통하지 않았지. 무공을 수련하기 힘든 건 어쩔 수 없지만, 몸이 허약하니 네가 좀 더 큰 다음에 그걸 먹이면 경맥을 뚫어 골수를 깨끗이 할 수 있을지 모른다고 생각했다."

은패가 냉소하며 말했다.

"그런데 갑자기 당신 죄가 들통나는 바람에, 내가 은씨 집안의 비밀을 알게 되어 떠날 줄은 몰랐겠지. 내가 어떻게 안 건지 궁금하지 않아?"

기운침이 말했다.

"내가 술에 취해서 그만 실언을······."

"당신이 술주정하는 걸 내가 마침 들었다?"

은패가 웃음을 터뜨렸다. 하지만 혹여 청룡주가 들을까 봐 급히 웃음소리를 억누르는 바람에 마치 풀무 구멍에서 바람이 새는 것처럼 소리가 가빠지며 얼마 안 가 숨을 헐떡거리기 시작했다.

"기운침, 정말 한심하군. 그때 누가 술을 먹이면서 그 일을 말하게끔 유도했지? 누가 일부러 내가 그 얘기를 듣도록 했을까? 난 왜 그 얘기를 듣고 당신에게 묻지도 않고 곧장 말도 없이 떠났을까? 내가 없어지자, 그 여자가 능청스럽게 당신을 도와 날 찾아다니지 않았나?"

어떤 일은 당사자일 땐 구름 속에 있는 듯 잘 보이지 않다가도, 몇 년이 지난 후 누군가의 간단한 언급에 수많은 속사정이 드러나며 또렷해지기도 한다.

외부인인 주비가 들어도 단번에 알 수 있었다. 그때 그 자객 여인이 주인장 화 씨를 구하려고 음모를 꾸민 것이다. 그녀는 은패에게 양아버지 기운침의 비밀을 알게 해서 둘 사이를 원수로 만들었다. 은패는 스스로 떠났거나 그 여자의 계략에 의해 어쩔 수 없이 떠났을 것이다.

당사자가 아니면 모르는 일이었다. 그렇게 구환단은 무사히 주인장 화 씨의 배 속으로 들어가 그의 목숨을 구했으리라. 그렇다면 주인장 화 씨는 나중에라도 이 사실을 알았을까?

보아하니 분명 알았을 것이다.

옆에 있는 가장 고마운 사람이 자신을 끝장나게 만든 장본인이었다. 은패에게는 기운침이, 기운침에게는 주인장 화 씨가 그러했다. 은패는 기운침의 표정을 엿보곤 참지 못하고 소리 없이 웃기 시작했다.

비밀 통로 안에 또 한 번 징 소리가 울렸다. 하지만 바싹 접근해 오던 소리가 이번엔 아까보다 멀어진 걸 보니 지하에서 떠돌던 귀신 무리가 살짝 엇갈려 다른 길로 빠진 것 같았다. 지금 귓전에 울리는 저 징 소리는 마치 이죽거리는 대답처럼 들렸다.

컴컴한 이실 안에 있던 나머지 세 사람은 이 이야기에 어안이 벙벙하여 뭐라고 반응해야 할지 알 수 없었다.

기운침은 눈을 질끈 감고 더 이상 은패를 보지 않았다. 그는 마치 쇠털牛毛 같은 은침 대여섯 개를 손에 모아 쥐고 정수리의 '풍부風府'혈에서부터 독맥을 거슬러 기해 사이로 찔러 넣었다. 그러자 그의 창백하고 누르스름하던 안색이 갑자기 붉어지더니 몸이 아픈 것처럼 새빨갛게 변했다.

그는 갑작스레 헐떡거리며 땀을 비 오듯 흘리면서 한동안 부들부들 떨더니, 한참 후 갑자기 눈을 뜨고 마치 무기를 품은 듯한 날카로운 눈빛으로 주비를 쳐다봤다. 그리고 손가락 두 개를 펴 아래서부터 위쪽으로 가볍게 찔렀는데, 그 각도가 유달리 괴이했다.

주비는 무의식적으로 몸을 곤추세웠다. 문외한이 보기에는 그저 구경거리였지만, 전문가의 눈에는 전혀 그렇지 않았다.

남북의 쌍도는 둘 다 절정의 도법이었다. 주비의 눈에 지금 단정히 앉아 있는 기운침의 거친 손가락은 기괴한 장도로 변해 있었다. 그 장도는 주비가 생각지도 못한 각도로 비스듬히 기울어지더니, 차가운 빛을 번쩍이는 칼끝이 아래에서부터 위로 그녀의 턱을 겨누었다.

목구멍은 급소다. 주비는 이제 방금 들은 비화 따위에 신경 쓸 겨를이 없어 재빨리 뒤로 한 걸음 후퇴해 팔을 들어 막았다. 하지만 팔뚝을 들자마자 바로 잘못됐다는 걸 깨달았다. 이 자세는 부자연스러워서 힘을 견뎌 낼 수 없었던 것이다.

기운침은 고개를 젓더니 바로 손동작을 바꿔 갑자기 내려찍는 모양을 취했다.

주비는 손의 힘이 풀려 하마터면 사운이 준 패검을 떨어뜨릴 뻔했다. 동공도 순식간에 쪼그라들었다.

옆에서 지켜보던 오초초는 무슨 영문인지 알 수 없었다. 오초초가 보기엔 기운침이 주비에게 이상한 손짓을 몇 번 한 것뿐이었는데 주비의 안색이 확 변한 것이다. 오초초는 몰랐지만, 주비는 방금 단수전사에 한차례 '일도양단'된 참이었다.

사운이 서서히 허리를 폈다.

기운침이 느릿느릿 말했다.

"저는 여섯 시진이 필요하지만, 화 형님이 그렇게 오랫동안 놈들을 붙잡아 두진 못할 겁니다. 밖에 가려 놓은 것도 잠시 속일 순 있겠지만, 결국은 낭자가 도와주셔야 합니다. 이곳은 길이 좁아서 저들이 우르르 몰려와도 소용없으니 우리에게 유리합니다. 청룡주는 약자를 짓밟는 걸 가장 좋아하니 낭자 같은 어린 여인을 보면 분명 직접 공격할 겁니다. 청룡주의 내공은 낭자보다 훨씬 높으니 낭자가 의지할 수 있는 건 오직 절세 도법밖에 없습니다. 제가 최고의 살인 기술을 보여 드리지요. 낭자가 이십 초까지 버틸 수만 있다면 오늘 밤 청룡주도 잠깐은 낭자를 어쩌지 못할 겁니다."

주비는 아무 말 없이 겉만 번지르르한 패검을 다른 손으로 바꿔 잡았다.

주비는 몸을 모로 살짝 돌린 채, 얼굴에 걸려 있던 짜증과 관심 없다는 표정을 싹 거두고 깊은 늪에 빠져도 동요하지 않을 만한 진지함을 드러내 보였다.

그리고 검을 칼로 삼아 두 손을 검자루에 걸치고 검을 당기며 눌렀다. 동작이 빠르지도 과장되지도 않아서 다른 사람이 보기에는 힘을 주는지도 알 수 없을 정도였다.

하지만 그것은 영락없이 파설의 문을 여는 제일도第一刀였다.

주비는 검을 검집에서 뽑지 않은 채로 평평하게 허공을 한 번 쓸었다. 그 동작에는 소녀와는 전혀 어울리지 않는 무게와 엄중함이 실려 있었고, 그 한 칼이 단번에 기운침의 괴상한 손 초식을 압도해 버렸다.

기운침은 얼굴을 옆으로 돌리며 손가락으로 비스듬하게 허공에 일 획을 그었다.

그 짧은 순간 주비는 칼날이 서로 부딪칠 때 나는 날카로운 마찰음을 들은 것 같았다.

기운침의 안색은 탈진한 중병 환자 같았지만, 표정만은 전혀 그렇지 않았다. 아예 주비가 휘두른 칼을 제대로 보지도 않은 것 같았다. 기운침은 주비와 대여섯 보 정도 떨어진 곳에 있었지만, 그가 팔뚝을 들자 주비의 무기와 딱 붙어 있는 것처럼 보였다.

산천검 | 161

주비의 칼은 마치 물속에 빠진 듯 뭘 어떻게 해도 상대의 편안하기만 한 손가락을 벗어날 수 없었다. 주비는 미간을 찌푸리며 곧장 손목을 휙 돌려 손에 있던 검을 옆으로 휘둘러 '불주풍'을 시전했다. 그러자 기운침이 또 고개를 젓더니 손을 거두었다.

주비는 어리둥절했다.

그때 옆에 있던 사윤이 불쑥 끼어들었다.

"너보다 공력이 한참 뒤처지는 자와 겨룰 때가 아니고서야 초식은 바꿀 수 없어. 무기를 손에서 놓치거나 자신이 다치고 말 거야."

"······."

그걸 사윤은 어떻게 안 거지?

"기 대협, 대협이 말한 '잠깐'은 대체 어느 정도입니까?"

사윤은 주비를 휙 건너뛰고 기운침에게 말했다.

"향 한 대 태울 시간? 차 한 잔 마실 시간? 아니면 한 시진인가요? 만약 진짜 한 시진이라면 저는 지금 나가서 여러분의 관을 좀 사 와야겠습니다. 좀 싸게 살 수 있을 거예요."

하늘에 달린 일이라 기운침도 뭐라 말할 수 없었다.

사윤은 다시 주비를 향해 돌아섰다. 설득을 해 보자니 자신이 너무 쉴 새 없이 지껄이는 것 같았고, 주비 이 아이의 참을성은 고작 종이 두 장 두께 정도였으니, 괜히 잘못 건드렸다가 그 발에 맞아 이 리 밖으로 날아가 버릴 수도 있었다.

좋은 말로 설명해도 안 통하는데 강한 태도로 밀어붙이는 건 더 말할 필요도 없었다. 그렇게 했다가는 그녀의 마음속에서 이 리 밖으로 날아가 버릴 터였다.

사윤은 눈 깜빡할 사이에 좋은 구실을 하나 생각해 냈다. 그는 매우 걱정스러운 표정으로 주비를 바라보며 말했다.

"오 낭자를 계속 여기 있게 할 순 없잖아. 내가 데려가려 해도 오 낭자가 듣질 않으니 네가 좀 말해 봐."

주비는 사윤에게 입 다물고 구석에서 기다리라고 할 작정이었는데, 사윤은 주비에게 그럴 여지를 주지 않았다. 주비는 잠시 말문이 막혀 사윤과 오초초를 번갈아 쳐다봤다.

하지만 오초초가 보통 똑똑한가. '거문고 소리만 들어도 그 사람의 마음을 알아차리는' 오초초는 사윤의 말을 듣자 그가 뭘 하려는지 대번에 눈치챘다. 주비의 시선이 자신에게로 오자 오초초는 구석으로 가서 벽에 기댄 채 무릎을 감싸 안고 쭈그리고 앉았다. 입을 꾹 다문 채였지만 그녀의 눈빛은 분명히 말하고 있었다.

'난 주비와 함께 있을 거예요. 다른 사람은 못 믿어요.'

사윤이 부드럽게 말했다.

"오 낭자, 목소교가 어땠죠? 직접 봤잖아요. 설사 청룡주가 목소교보다 강하지 않더라도, 절대 약한 자는 아닐 겁니다. 게다가 청룡주는 수많은 악당을 누른 대마두 중의 최고 악당이에요. 즉, 무공 말고도 낭자가 상상도 못 하는 갖가지 수단도 부린다는 뜻이지요. 그자가 이 통로를 찾는다면 여기에 그를 막을 수 있는 사람은 아무도 없습니다. 그자 손에 잡히면 어떻게 될까요? 저는 낭자를 겁주고 싶지 않으니 스스로 잘 생각해 보시지요."

주비는 사윤의 말에 자기도 따라서 고개를 끄덕이다가 나중에는 갈수록 이상하다는 생각이 들었다. 사윤이 지금 나 들으라고 하는 말인가?

사윤이 계속 말했다.

"저는 사람이 꼭 뛰어난 재능을 가져야 하는 건 아니라고 생각해요. 우선 일의 경중과 완급을 따질 줄 알아야지요. 언제 용감하게 나서야 하는지, 언제 죽음을 두려워하지 말아야 하는지, 언제 사소한 것에도 신중해야 하는지, 언제 칼끝을 피해야 하는지를 알아야 합니다. 대체 어느 물색없는 군자가 용감해야 할 때 머뭇거리고, 물러나야 할 때 날뛰는 게 옳다고 생각하는지 모르겠네요."

"……."

사씨 성을 가진 저놈이 정말 나 들으라고 하는 말이 맞았군!

하지만 사윤의 말이 주비의 귓속으로 이미 들어와 버린 바람에 다시 파내기엔 늦어 버렸다.

주비는 사윤의 말이 맞는다고 인정했다. 이미 직접 청룡주와 무공을 겨뤄 보지 않았던가. 매번 이런 상황에 놓일 때마다 움츠리지 않는 주비였지만, 종종 '만약 집에 돌아가서 몇 년만 더 수련하고 나오면 너희 같은 놈들은 다 죽었어' 같은 망상을 하곤 했다. 주비와 청룡주의 격차는 주비와 오초초의 격차만큼이나 컸다. 하지만…….

기운침은 얼굴색 하나 변하지 않고 쇠털 같은 은침 하나를 자신의 가슴 중앙 단중혈에 눌러 넣으며 힘없이 입을 열었다.

"사 공자님은 안목이 노련하시군요. 적지 않은 무기에 정통하신 것 같은데, 도법을 전문적으로 연마한 적이 있으신지요?"

"부끄럽습니다."

사윤은 약간 싱겁게 대답했다.

"제가 정통한 것은 오직 하나, 어떻게 하면 줄행랑을 잘 치느냐입니다."

기운침은 사윤의 말에 따져 들지 않고 아주 깊이 숨을 들이마셨다. 미간이 미세하게 떨릴 정도였다. 얼마나 지났을까, 드디어 들이마셨던 숨을 내쉬었다. 그는 가느다란 거미줄 같은 숨을 내쉬며 말했다.

"사 공자님, 외날은 칼이고, 양날은 검입니다. 칼은…… 싸우는 자의 담력이라 할 수 있습니다. 날이 있는 쪽이 항상 앞에 있기 때문이지요."

"맞습니다."

사윤은 냉랭하게 말했다.

"자기 목을 스스로 베지 않는다면 그렇겠죠."

기운침은 그 말에 신경 쓰지 않고 말했다.

"그런 정신력이 없다면 파설이든 단수전사이든, 다 어리석은 물건이 되고 맙니다. 제가 바로 그 어리석은 물건입니다. 파설도에는 산을 허물고 바다를 뒤흔들며 은하수를 가르는 힘이 있습니다. 베야 할 자가 지척에 당도해 낭자의 살의가 끓어오른 지금, 공자께서 피하라 하시면 낭자는 지금 이 순간의 무능함과 비겁함을 평생 잊지 못할 겁니다. 그렇게 칠팔십까지 목숨을 부지한다 해도, 낭자의 도법은 아마 지금 수준에서 멈추고 말 것입니다."

주비는 별안간 패검을 들더니 잠시 고민하다 결심하고 사윤의 말을 끊었다.

"이제 그만해요. 걱정 마요. 내가 당신을 죽게 두지 않을 테니까."

사윤은 그 말에 조금도 기쁘지 않았다. 그는 주비를 뚫어지게 보며 말했다.

"내가 겨우 죽음이 두려운 거였다면 너한테서 진작 멀리 도망갔을 거야."

사윤은 웃지 않을 때는 안색이 초췌했지만, 말은 여전히 평온하고 절제되어 있어 얼마나 화가 난 건지 가늠할 수 없었다. 다만 눈빛만은 온 천지를 뒤덮는 실망에 통째로 삼켜진 듯 서서히 어두워졌다. 그 눈빛을 보니 주비는 자신이 말실수를 한 것 같아 입을 열었지만, 어떻게 그를 달래야 할지 알 수 없었다.

사윤은 고개를 살짝 숙이고 입가를 들썩여 씁쓸한 미소를 지으며 말했다.

"난 널 평생의 지기로 여겼는데, 넌 날 죽음이나 겁내는 사람으로 여기는구나."

사윤은 주비를 쳐다보지도 않고 바로 구석에 가서 앉더니 담담한 표정으로 말했다.

"기 대협의 '수혼침搜魂針'은 아주 위험하니까 내가 지키고 있을게."

사윤은 선천적으로 화를 내지 않는 사람 같아서 이야기하기도 쉽고 만만했는데, 지금 갑자기 이렇게 쌀쌀맞게 구니 주비는 어찌할 바를 몰랐다. 어려서부터 잘못을 인정하는 법 따위는 배운 적 없는 주비는 무슨 말부터 해야 할지 몰라 한참을 머뭇거렸다. 주비가 머뭇거리는 동안, 한참 만에 한 번씩 울리던 징 소리가 갑자기 자주 울리기 시작했다.

기운침이 움찔하며 손에 쥐고 있던 쇠털 같은 은침이 하마터면 기울어질 뻔했다. 옆에서 대기하고 있던 사윤이 재빨리 그의 손목을 잡았다.

지금 소리는 방금 전보다 좀 더 멀어진 것 같았다. 징 소리가 사라지자 무기 부딪치는 소리가 희미하게 들려왔다. 청룡주가 비밀 기관을 건드렸거나 아니면 주인장 화 씨와 맞닥뜨렸을 것이다.

폐쇄된 공간 안에 있던 모든 사람의 심장이 빠르게 뛰기 시작했다. 이때 갑자기 커다란 웃음소리가 형산 사방에 연결된 비밀 통로 안에 울려 퍼졌다. 목소리에 내력이 가득 실린 탓에 멀리 떨어져 있었어도 한 글자 한 글자 또렷하게 들을 수 있었다.

"정라생, 인과응보를 믿느냐?"

말하는 사람은 다름 아닌 주인장 화 씨였다. '정라생'은 분명 청룡주의 본명일 것이다.

징 소리와 사람 소리가 시끄럽게 뒤섞여 모두가 필사적으로 집중해서 귀를 기울였다. 징 소리가 울린 후 얼마나 지났을까. 별안간 '꽝' 하고 크게 부딪힌 듯한 징 소리가 울렸다. 마치 단번에 심장을 짓이긴 것처럼, 떨림이 동반된 엄청난 굉음이 되풀이되더니 돌연 아무 기척도 없어졌다.

좋은 징조는 아니었다. 주인장 화 씨는 방금 청룡주를 만나자마자 큰소리로 경고를 보낸 것인데, 만약 청룡주가 정말 갇힌 거라면 그가 또 소리를 질렀어야 정상이었다. 주비는 숨을 죽이고 비밀 통로 벽에 귀를 대고 착잡한 마음으로 듣고 또 들었지만, 사방은 암흑과 적막뿐이었다.

은패가 냉소하며 말했다.

"그 뚱보가 제 발로 도망가지 않고 정말로 청룡주의 주의를 돌리러 갔네. 쳇, 운도 없지. 보아하니 이미 숨이 끊어졌을 것 같은데."

주비는 패검을 꽉 움켜쥐었다. 기운침은 쉰 목소리로 말을 이었다.

"다시. 정신을 분산시키지 마십시오."

일이 이렇게 된 이상 주비는 다른 선택의 여지가 없었다. 사윤마저도 입을 다물었다. 주비는 억지로 정신을 집중해 기운침의 맞은

편으로 돌아가 숨을 깊이 들이마셨다.
"좋아요. 다시."
하지만 방금 징 소리의 영향 탓인지 주비는 정신을 집중할 수 없었다. 파설도는 무슨 장벽이라도 맞닥뜨렸는지 스스로 생각해도 너무 엉성했다. 기운침이 두 번째 수를 쓸 필요도 없이 주비는 이미 여러 번 패하고 말았다.
사실 기운침이 무공을 폐하지 않았다면 주비가 이렇게 반격도 못할 처지까지 되지는 않았을 것이다. 주비의 무공은 잡다하지만 깊이가 없었다. 사실 그녀 나이에 깊이가 생기기도 쉽지 않지만 말이다.
하지만 주비에게는 임기응변의 기지가 있어 무공을 겨룰 때 항상 예기치 못한 공격을 하곤 했다. 앞에서 장엄하고 거센 공격이었다고 해서 그다음 수에 꼭 '제자리에서 열여덟 바퀴 구르기' 같은 고도의 기술을 펼치는 건 아니고, 근거리에서 약삭빠르게 공격하는 자객의 기술을 쓰는 식이었다.
특히 늙은 도사에게서 부유진을 배운 후로 주비의 변화무쌍한 도법은 범이 날개를 얻은 격이 되었으니, 설사 정말 청룡주와 붙는다고 해도 그와 몇 차례 상대하는 건 문제가 아니었다.
하지만 중요한 건, 지금 주비는 기운침과 진짜 무기로 싸우고 있는 게 아니라는 거였다.
'문투'는 외부인이 봤을 땐 그저 평화롭고 지루할 뿐, 무엇을 겨루고 있는지 봐도 알 수 없다. 그러나 '문투'를 하려면 훨씬 높은 수준의 도법과 검술이 요구된다. 무투를 할 때는 감각, 힘, 내공, 외공, 심지어 심리 상태까지 영향을 미치는데, 문투는 그렇지 않기 때문이다.

지금 기운침이 바닥에 앉아 있는 상태이니 주비는 그의 주변을 이리 뛰고 저리 뛰며 겨룰 수도 없어 부유진법은 쓸 수 없었다. 단수전사에 맞서 조잡한 초식을 쓰자니 그 역시 고수의 비웃음을 피하기 어려울 것이다. 주비가 체면을 깎이지 않으려면 오직 파설도만 이용해 한 수 한 수 그와 주거니 받거니 하는 수밖에 없었다.

기운침은 북도를 집대성한 자였다. 무공을 이미 폐했다지만 한 동작 한 동작은 여전히 경이로웠고, 보는 이를 그의 보이지 않는 칼날로 데려갔다. 주비는 자신의 파설도가 아직 미천한 수준이라 해도, 최근 깨달은 '산', '풍', '파'로 기운침과 열에서 스무 초를 버티는 건 문제가 없다고 생각했다.

그런데 이렇게 손발이 묶인 상황에 처하자 금세 격차가 드러나고 말았다. 주비는 그래도 자신의 파설도가 문턱까지는 넘어가는 수준이라고 생각했는데, 기운침 앞에서는 일격도 버티지 못하고 속수무책이었다.

이제껏 이렇게 큰 좌절을 맛본 적은 없었다. 좌절감이 그녀를 갈수록 초조하게 만들었다. 아까 내뱉었던 큰소리가 전부 되돌아와 그녀의 몸을 묵직하게 내리눌렀다. 초조하면 초조할수록 손에 쥔 낡은 검이 말을 듣지 않는 것 같았다. 특히 가물가물하던 징 소리가 다시 규칙적으로 들리기 시작한 후부터는.

주인장 화 씨는 죽었을까?

청룡주 무리는 언제쯤 이곳을 찾아낼까?

나에게는 시간이 얼마나 남았을까?

주비는 이제껏 자기 손에 들린 칼을 의심해 본 적 없었다. 그런데 느닷없이 한 가지 생각이 주비의 마음속을 불쑥 뚫고 나왔다.

'혹시 내가 정말 파설도에 맞지 않는 건가?'
이런 생각은 마음속을 나오자마자 마치 봄바람을 맞은 잡초처럼 눈 깜짝할 새 천지를 덮을 듯 무성하게 자라나기 시작했고, 금세 주비의 온 정신을 사로잡고 말았다.
기운침은 곧장 주비가 이상해진 걸 눈치채고 물었다.
"낭자, 왜 그러십니까?"
기운침의 말이 떨어지기도 전에 때마침 징 소리가 울렸다. 소리는 아까보다 훨씬 가까워졌다. 이곳에서 불과 수 장 정도밖에 떨어지지 않은 듯했다.
주비는 흠칫 놀라 몸을 떨었다.
오초초는 여전히 무릎을 감싼 채로 구석에 앉아 있었고, 사운은 눈을 떨군 채 기운침의 작은 꾸러미에 남아 있는 은침에 시선을 고정하고 있어 무슨 생각을 하는지 알 수 없었다.
'그래.'
주비는 생각했다.
'저 둘은 내가 허풍을 떨어서 이곳에 남았잖아. 아무리 소용없더라도 목숨 걸고 해 보는 수밖에. 안 그랬다간 저 사람들을 끌어들인 죄를 평생 갚지 못할 거야.'
잠깐 동안의 망연자실함은 이제 될 대로 되라지 하는 심정이 되었다.
'안 되면 그만이야. 내 실력대로 하는 거지 뭐. 어쨌거나 목숨은 하나뿐이니까.'
주비는 마음속에 자라난 두려움과 초조함을 모조리 밟아 버리고, 기운침과 뒤에서 바짝 조여 오는 징 소리도 모두 무시한 채 제자리에 검을 짚고 서서 눈을 감고 잠시 생각에 잠겼다.

머릿속으로 방금 기운침과 겨뤘던 수를 전부 실제 대결로 바꿔 보니, 한 수 한 수가 점점 희미해지면서 결국엔 반짝이는 두 개의 칼날만이 남았다. 주비는 퍼뜩 눈을 떠 검을 칼로 삼아 기운침을 겨누었다.

기운침의 눈빛이 반짝하더니 이번엔 이 어린 후배보다 먼저 손을 움직였다. 무서울 정도로 위험한 살인 초식이 그의 창백하고 갈라진 손가락에 실려 잔혹한 기운으로 변해 주비를 덮쳐 왔다.

주비는 '풍' 일 식으로 맞섰다. 사실 전에도 이런 시도를 해 본 적이 있었다. '풍'은 빠르고 괴이한 것으로 유명해 북도와 미묘하게 비슷했다. 그러나 기운침 앞에서 주비의 경험은 너무나도 미천했기에 눈 깜짝할 새 허점이 드러나고 말았다.

기운침은 미간을 살짝 찌푸렸다. 직감적으로 주비의 자질이 이 정도에 불과하지는 않을 것 같았다. 주비의 '쥐꼬리만 한 재주'가 바닥나자 기운침은 한 번 쓴 기술을 다시 쓰지 않고, 손목을 눌러 마치 무거운 것을 아주 가볍게 들 듯 '칼날'을 세우며 주비의 또 다른 허점을 찔렀다. 주비가 수를 거두고 스스로 흔들리게 할 셈이었다.

그런데 그 순간, 주비가 갑자기 어깨를 내리며 검을 들어 들어오는 칼날을 부질없이 막았다. 그러면서 미묘하게 자세를 조정하더니, 다음 순간 갑자기 손목을 세웠다. 파설도의 제2식, '분해分海'였다.

기운침은 깜짝 놀랐다. 보이지 않는 칼날이 주비에게 막혀 흩어져 버린 듯했다.

징 소리는 귀청이 터질 지경으로 점점 커졌다. 아무래도 그들이 이실 입구 앞 좁은 통로를 발견한 것 같았다.

오초초는 무의식적으로 등을 벽에 바짝 붙였다. 오초초의 몸에 털이 있다면 분명 지금 전부 곤두섰을 것이다. 그런데 징 치는 사람이 약간 긴가민가했는지 징 소리의 박자가 살짝 달라졌다.

잠시 후, 다시 연속으로 몇 번 징을 치는 소리가 들렸다. 사윤과 주비가 돌로 막아 놓은 좁은 통로가 원래는 뚫려 있는 길인지 아닌지 확인하려는 듯했다.

기운침과 주비는 이런 상황에서도 아무렇지도 않게 서로 공격을 주고받으며 일고여덟 초를 겨루었다. 주비의 경직되었던 검이 불현듯 행운유수처럼 자연스러워지기 시작하더니, 자신에게 맞는 박자를 찾은 듯 아홉 식 파설도를 차례로 이어 갔다.

한편, 비밀 통로 바깥에서 징 소리가 또 한 번 울렸다. 소리가 아까보다 더 멀어진 것이, 아마 돌로 막아 놓은 것에 속은 모양이었다.

오초초는 안도의 한숨을 크게 내쉬었다. 긴장으로 터질 뻔한 심장을 가라앉히며 손바닥에 맺힌 식은땀을 자신의 다리에 닦았다.

그런데 오초초가 한숨을 다 내쉬기도 전에 이실 뒤쪽 통로에서 갑자기 엄청난 징 소리가 울렸다. 사윤이 눈가림용으로 쌓아 놓은 돌벽이 순식간에 와르르 무너졌고, 오초초는 더 이상 참지 못하고 꺅 소리를 질렀다.

만약 이때 누군가 나가서 살펴봤다면 날이 이미 밝았음을 바로 알았을 것이다. 그러나 비밀 통로 안의 사람들은 팽팽하게 당겨진 활시위처럼 계속 긴장하고 있어서 어느 누구도 쏜살같이 흘러가는 시간을 알아차리지 못했다.

가짜 돌벽이 무너지는 순간에도 주비는 여전히 이 오묘한 상태에서 헤어 나오지 못하고 있었다. 주변의 모든 소리와 움직임이 하나씩 분명해지기 시작했다. 손에 쥔 검, 맞은편에 앉아 있는 기운침, 그리고 몸 뒤에서 터져 나오는 징 소리는 마치 보이지 않는 가느다란 실로 연결된 것 같았다. 주비는 힘들게 정신을 집중할 필요 없이, 검 끝으로 그 실을 따라갔다. 더없이 편안했다.

가장 위에 있던 돌이 땅에 떨어지기 전, 주비는 무너지는 돌 사이로 몸을 회전해 위로 솟구쳤다.

사윤의 패검은 아마 조명침에게 얻은 물건일 것이다. 사윤의 궁상맞은 행색 중 유일하게 값나가는 이 물건은 눈부시게 빛나는 장식품의 기능만 하는 것이 아니라, 검을 뽑을 때 나는 날카로운 소리와 양쪽 혈조에 번뜩이는 어두운 빛으로도 머리카락을 자를 수 있을 정도였다.

이실 입구 앞 통로는 한 사람만 겨우 통과할 정도로 좁아서 선두에서 돌을 밀치고 들어오는 사람이 희생양이 되었다. 그는 찍소리도 못 하고 주비의 검에 심장을 관통당해 즉사했다. 보검은 마치 양초를 가르는 얇은 날처럼 거침없이 쑥 들어갔다. 주비는 손을 거두고 시체를 앞으로 밀었다. 마침 좁은 통로에 딱 맞게 끼어서 인간 방패가 되었다.

좁은 통로에 횃불이 일렁이더니 사람 그림자가 어른거리기 시작했다. 주비는 적이 든 횃불을 바라보며 검 끝을 오래된 동굴 벽에 가볍게 두어 번 문질렀다.

"하룻밤이나 기다렸다."

흰옷을 입은 징 치는 사람과 주비는 시체를 사이에 두고 서로를 쳐다봤다. 징 치는 사람은 순간 자기와, 앞에 갑자기 나타난 소녀 중 누가 더 무시무시할지 잠시 헷갈렸는지 진격하지도 후퇴하지도 못한 채 그 자리에 잠시 굳어 버렸다.
그때, 그의 뒤에서 누군가 묵직한 목소리로 말했다.
"물러서라."
징 치는 사람이 고분고분 말했다.
"네."
그는 주비를 조심스럽게 경계하며 허리를 구부려 징으로 자신의 몸을 막은 후 좁은 통로를 뒷걸음질 쳤다. 모퉁이에 이르러서는 누군가에게 인사를 올렸다. 잠시 후, 메기 같은 얼굴의 청룡주가 뒷짐을 진 채 느릿느릿 좁은 통로로 걸어 들어왔다. 원래도 뜻대로 생기지 못한 얼굴이 일렁이는 불빛에 조금씩 그 '개성 있는 풍모'를 드러내자 한층 더 무시무시하게 느껴졌다.
청룡주의 그림자는 눈 깜짝할 새 이미 주비 앞에 다가와 있었다. 그가 지금의 경지에 이른 것은 어느 정도 고된 훈련과 노력, 천부적인 재능 덕분이었고, 어느 정도는 악랄하고 비열한 수단 덕분이겠지만, 그가 천하 일류 고수라는 것은 의심할 여지가 없었다.
거대한 체구에 '천부적으로' 못생긴 얼굴을 가진 청룡주가 좁은 통로에서 바람처럼 휙 날아오자 말로 형용하기 힘든 압박감이 밀려왔다. 대낮에 보는 것과는 비교도 안 될 만큼 강력했다. 만약 지금 주비에게 도망칠 길이 있었다면 더 겁이 났을 것이다.
하지만 밤새 북도의 인정사정없는 괴롭힘과 반복되는 자기반성을 거친 후 자포자기의 경지까지 이르렀더니 오히려 두려움 없이 덤벼들 수 있었다. 지금의 주비라면 청룡주는 물론이고 염라대왕이 와도 그 앞을 막아설 것이다.
"배짱 있군."

청룡주는 바로 공격하는 대신 무슨 꿍꿍이라도 있는 것처럼 주비를 보며 웃었다. 횃불 아래에서 못생긴 얼굴을 보면 마음 아플 정도로 더 못생겨 보이지만, 미인을 보면 색다른 아름다움이 덧입혀졌다.

청룡주는 주비를 자세히 뜯어보며 말했다.

"네 도법은 촉 땅의 것 같구나. 너무 육중해서 어여쁜 소녀에게는 어울리지 않아. 넌 어디 사람이지?"

주비는 청룡주를 처음 봤을 때부터 화가 치밀어 올랐는데, 저런 말까지 들으니 당장 저자의 눈을 파 버리고 싶은 심정이었다.

한편으로는 기운침의 뜻도 이해가 갔다. 이실 앞의 좁은 통로는 한 사람이 겨우 통과할 수 있을 정도였다. 만약 이 길을 막고 있는 자가 부용신장 화 씨였다면 청룡주처럼 여색을 좋아하고 죽음을 두려워하는 인물이 직접 들어올 리 없었다.

청룡주 수하의 징 치는 자들의 실력이 어느 정도인지는 몰라도 그들 역시 음험한 수법이 한두 가지는 아닐 터. 주인장 화 씨는 아마 그런 수법에 당했을 것이다.

주비 같은 소녀 혼자 이곳을 막고 있어야만 청룡주를 방심하게 할 수 있었다. 악인과 무공을 겨루며 시간을 끄는 게 비겁하긴 했지만, 그들에겐 이길 방법이 없었다.

주비는 손가락으로 검자루를 만지작거리며 끓어오르는 화를 겨우 억누르고 긴장한 표정으로 물었다.

"화 선배님은?"

"누구?"

청룡주는 눈을 깜빡이더니 상체를 뒤로 젖히며 가식적으로 웃었다.

"아, 그 야들야들한 풍보 말이냐? 하하, 알면서 뭘 또 묻느냐?"

주비는 순간 검자루에 헐겁게 끼워진 보석을 후벼 파 떨어뜨리고 말았다.
청룡주는 딴에는 좋은 사람인 척 말했다.
"고민을 좀 해 봤는데 널 죽이긴 너무 아깝구나. 이렇게 하자꾸나. 네가 날 따라온다면 네가 이전에 무슨 짓을 했건 전부 없던 일로 해 주마. 나한테 오면 호의호식할 수 있고, 시중드는 사람도 붙여 줄 것이다. 네가 좋아하는 건 뭐든 다 가질 수 있고, 금은보화로 한껏 꾸미고 다닐 수도 있지. 지금처럼 궁상스러운 꼴보다 훨씬 좋지 않으냐?"
주비의 눈빛이 길을 막고 있는 시체 위로 떨어졌다.
"이것도 없었던 일로 해 줄 수 있나?"
청룡주는 무심한 표정으로 시원시원하게 손을 저었다.
"이게 뭐 대수라고. 값어치도 없으니 죽이고 싶으면 네 마음대로 죽여도 좋다."
주비는 잠시 침묵하다가 곁눈질로 이실 안을 훑어보았다. 기운침은 남은 은침을 전부 찔러 넣은 듯했다. 사윤이 말한 '수혼침'이 뭔지는 몰라도 아무튼 지금의 북도는 마치 열반에 오르려는 고슴도치 같았다. 얼굴이 붉어졌다 파래졌다 하는 걸 보니 중요한 고비에 이른 듯한데, 무엇으로 변할지는 알 수 없었다.
사윤은 기운침 옆에서 주비를 향해 고개를 저었다.
만약 지금 여기에 나이도 많고 경험도 풍부한 여인이 있었다면 온갖 감언이설로 청룡주를 붙잡아 두었을 테지만, 가냘프고 부끄러움 많은 소녀가 할 수 있는 일은 없었다. 게다가 그다지 가냘픈 축에 속하지 않는 주비로서는 더더욱 할 수 없었다. 주비는 그런

과가 아니었으므로.

온 정신을 집중해야 정수리에서부터 뿜어 나오는 살기를 겨우 자제할 수 있었기에 주비는 잠시 할 말을 잃었다. 청룡주는 주비의 침묵을 부끄러워서 망설이는 것이라 착각하고 한술 더 떠 음흉하게 손을 내밀며 말했다.

"고민할 게 뭐 있느냐. 이리 오너라. 네 이름이 무엇이지?"

사윤의 안색이 급격히 안 좋아지기 시작했다.

청룡주가 뭐라 입을 놀리든 참을 수 있었지만, 방금 그 손동작은 주비의 머릿속에 팽팽하게 당겨져 있던 이성의 끈을 뚝 끊어 버렸다. 주비는 바닥의 시체를 몸 앞으로 끌어와 막았고, 그 바람에 청룡주의 손에 피가 묻었다. 주비는 검을 뽑아 아래에서 위로 휘둘렀다. 검은 갑작스레 튀어나온 독사처럼 청룡주의 목구멍으로 달려들었다.

청룡주는 "쳇." 하며 전혀 힘들이지 않고 뒤로 한 걸음 이동하더니 손으로 주비의 검 끝을 잡고 웃으며 말했다.

"난 이런 사나운 성미가 좋더라."

가볍게 잡은 듯 보였지만 실은 은밀한 힘이 실려 있었다. 청룡주는 칠팔 할의 내력을 일 장에 실어 주비의 예상치 못한 공격을 일거에 제압했다. 그런데 그의 손바닥이 주비의 검 끝에 닿는 순간, 주비의 손에 들린 패검은 교활하게 청룡주의 힘을 타고 순식간에 미끄러지며 빠져나갔다.

청룡주는 저도 모르게 살짝 놀랐다. 이 여자아이는 검을 장도처럼 쓰는 데다, 도법도 그의 예상을 뛰어넘는 수준이었다.

"단수전사라……. 하루 못 본 사이에 제 몸 하나 간수 못 하는 저

폐물이 몇 수 가르쳐 줬나 보군?"
청룡주가 중얼거렸다. 방금 주비가 쓴 찌르고 피하기 기술은 단수전사의 끈질기게 질척이는 특징과 딱 들어맞는 공격이었지만 아직 숙련이 덜 된 게 안타까울 뿐이었다. 눈썰미 있는 사람이라면 방금 몇 수에 급하게 배운 티가 난다는 걸 눈치챘을 것이다. 아무리 주비가 총명해서 한 번 본 것은 잊지 않는다지만, 처음 써 보는 기술이라 아무래도 서툴 수밖에 없었다.
청룡주가 웃으며 말했다.
"안타깝군."
말이 떨어지기도 전에 청룡주는 곧장 팔에 힘을 실어 주비의 검을 막았다. 팔뚝과 검이 부딪치며 챙그랑 소리가 났다. 주비는 자신이 검으로 찍은 것이 사람의 몸이 아닌 쇠막대기가 아닌가 생각했다. 어찌나 단단한지 주비의 보검이 두 치 정도 튕겨 나갔다. 주비가 엉겁결에 비틀거리자, 청룡주가 그 틈에 손을 뻗어 주비의 멱살을 움켜쥐려 했다.
그러나 주비는 몸을 돌려 손에 잡은 시체를 청룡주의 품 안으로 밀어 넣었다.
우람한 체격의 피투성이 시체가 전 주인의 몸을 덮치더니, 아주 다정하게 청룡주의 얼굴에 입을 맞췄다. 청룡주는 깜짝 놀란 건 둘째 치고 화가 머리끝까지 치밀어 올라 시체를 일 장으로 후려쳐서 좁은 통로의 흙벽으로 밀어 넣었다.
그러자 사방에 지진이라도 난 것처럼 먼지가 후두두 떨어졌다. 주비는 손에 쥔 장검을 유연하게 반 바퀴 돌렸다. 그러자 방금 전까지만 해도 끈적끈적하던 검 초식이 돌연 모습을 바꾸어 청룡주의 정면을 향해 돌진했다. 아까 주비가 쓴 초식은 전부 계획된 시늉이었던 것이다.

검은 마치 창룡이 바다로 들어가듯 쉬이익 하며 떨어지다가, 곧 검 끝이 어떤 강력한 힘에 튕겨져 나왔다. 단왕야의 이 보검은 사람이나 금은보화보다 훨씬 귀한 것이 틀림없었다. 이렇게 막무가내로 부딪쳤는데도 부러지기는커녕 그저 '쨍' 하는 소리와 함께 검 끝이 떨릴 뿐이었다.

그와 동시에 머리카락 한 올이 컴컴한 통로 안에 가볍게 날려 떨어졌다. 주비의 공격으로 이 무당 같은 청룡주의 외투에 달린 모자가 당겨 벗겨지면서 검풍이 그의 머리카락 한 올을 자른 것이다!

주비는 기운침의 칼에 수없이 무너질 때 자신의 초식에만 몰두한 게 아니었다. 비록 북도를 배우지는 못했어도, 기운침의 끊임없이 이어지는 살인 초식 속에 은연중에 서서히 감화되며 북도의 면면이 무엇인지 깨달았다.

산속 오솔길에서 청룡주를 맞닥뜨렸을 때 주비는 아홉 식 파설도 사이에 서로 이어지는 지점을 어렴풋이 발견했었다. 그리고 밤새 도법에 몰두하던 중 희미했던 윤곽이 별안간 분명해졌다.

각 도법은 여러 식으로 이루어져 있고, 각 수마다 무수한 변화가 있다. 이를 약간씩 변통하며 조절하기만 하면 즉시 하나의 완전체로 결합할 수 있었다. 이처럼 변화무쌍한 변통의 도道가 바로 파설도의 '무상無常'에 딱 들어맞았다.

한 번의 공격이 모두를 놀라게 한 건 운이 좋아서였을 수 있고, 두 번 연속 압박해 들어간 건 몸 상태가 좋아서였을 수 있다.

하지만 주비는 연이어 예상을 뛰어넘어 결국 청룡주의 머리카락까지 잘랐으니, 청룡주는 주비를 다시 보게 되었다. 먼젓번에 맞붙었을 때 주비는 속임수와 허수를 써서 도망칠 줄만 아는 풋내기에 불과했지만, 이번에는 확실히 괄목상대할 만했다.

청룡주는 좁은 통로에 서서 음침한 눈빛으로 주비를 바라보며 나지막이 말했다.

"생각이 바뀌었다. 너 같은 계집은 누구든 보면 없애 버리려 할 것이다. 너 같은 아이가 더 오래 무공을 연마하게 놔둘 순 없으니까 말이야."

청룡주가 여태 구시렁거렸던 말 중에서 마음에 드는 건 딱 이 한마디뿐이었다. 주비는 차갑게 웃으며 말했다.

"너 하나 죽이는 데는 무공을 더 연마할 필요도 없어."

"주제도 모르고 까부는구나!"

청룡주가 고함을 지르자 그의 양쪽 소매가 갑자기 부풀어 오르더니 산과 바다도 뒤엎을 기세의 일격이 주비를 향해 날아갔다. 주비는 망설임 없이 즉시 검을 뽑아 들었다.

처음에는 사윤과 오초초가 마음에 걸려 절대 질 수 없다, 절대 물러날 수 없다고 자신을 밀어붙였다면 지금은 이 좁은 통로에서 만난 청룡주가 주는 중압감이 강자에게 강한 주비의 본성을 끌어내고 있었다.

사윤이 주비의 뒤에서 말했다.

"조심해, 저자는 아마 몸에 꼭 붙는 갑옷을 입었을 거야."

주비는 청룡주의 부풀어 오른 소매 속에서 은광이 반짝이는 것을 흘끗 보고 생각했다.

'어쩐지 베이지가 않더라니. 몸이 쇳덩이인 줄 알았네.'

청룡주가 코웃음을 쳤다. 그의 손바닥은 이미 주비의 얼굴 앞에 당도해 있었다. 주비가 검집을 앞으로 찌르자 검집이 '탁' 소리와 함께 청룡주의 손바닥에 걸렸다. 주비의 표정이 싹 변했다.

'어, 이 소리가 아닌데!'

청룡주의 손가락이 갑자기 몇 치 정도 길어지더니, 열 손가락 사이에서 장도 몇 개가 뻗어 나와 주비가 쥔 검자루를 단번에 뛰어넘어 주비의 팔뚝을 걸어 잡았다! 주비는 재빨리 반응했지만 손을 거두기엔 이미 늦어 버렸다. 팔뚝에는 순식간에 뼈가 보일 만큼 깊은 상처가 생겼다.

사윤은 마치 자신이 저 거대한 메기에게 긁힌 것처럼 눈가에 경련이 이는 것을 통제할 수가 없었다.

청룡주가 우렁차게 웃으며 추격해 왔다. 그의 날카로운 칼날이 귓가를 스치는 소리에 온몸이 전율했다. 게다가 칼날은 길어졌다 짧아졌다 하여 막으려야 막을 수도 없었다. 좁은 통로에서는 몸을 피하기도 힘들었기에 주비의 몸에는 금세 상처가 늘어났다.

주비는 이제 당해 낼 도리가 없는지 계속해서 후퇴하다가 이실 입구까지 다다랐다. 뒤에는 사람이 있었으니 어쩔 수 없이 배수의 진을 치고 완강하게 버틸 수밖에 없었다.

사윤이 황급히 고개를 돌려 기운침을 쳐다봤다. 기운침은 흡사 외부 세계와 단절된 듯 호흡이 약하고 불러도 듣지 못했다. 붉으락푸르락하던 얼굴은 죽을 날이 곧 다가오는 사람처럼 잿빛으로 변하기 시작했다.

청룡주는 장난치듯 주비의 급소를 피해 가며 공격했다. 마치 고양이가 쥐를 데리고 노는 것처럼, 이리저리 피하려고 발버둥 치는 주비를 감상하며 조금씩 상처를 입히더니, 이어 주비의 명치를 잡으려 손을 뻗었다.

주비는 뒤로 물러났지만 이미 막다른 곳에 다다른 듯하자 다급하게 검집으로 청룡주의 손바닥을 찔렀다. 청룡주가 거리낌 없이 손을 뻗어 검집을 움켜잡으니 그의 손가락 사이에서 또다시 날카로운 칼날이 뻗어 나왔다. 그는 섬뜩하게 웃으며 검집을 밀쳐 내고 주비를 붙잡으려 했다.

지켜보던 사윤이 더는 참지 못하고 앞으로 튀어나왔다.

그런데 주비가 느닷없이 웃는 게 아닌가.

주비는 어느새 이실 입구까지 후퇴해, 등 뒤에는 폴짝폴짝 뛰어도 충분할 정도의 넓고 텅 빈 공간이 있었다. 반면, 청룡주가 지금 서 있는 곳은 마침 이 비밀 통로 모퉁이의 가장 좁은 곳이었다.

청룡주가 뭔가 잘못되었음을 눈치채고 뻗은 손을 다시 거두려 했지만 마음대로 되지 않았다. 금박 장식의 검집이 그의 손아귀에 비스듬히 끼어 바로 빼낼 수 없었던 것이다.

'반격할 힘이 없어서' 휘청이던 주비의 검이 갑자기 맹렬해지더니 순식간에 살기등등하게 세 번을 공격해 들어갔다. 거의 무에서 유가 창조된 듯, 주비의 검은 한 수 한 수가 아주 치명적이었다.

처음에 주비를 갖고 놀 때든, 나중에 주비를 죽이려 할 때든, 시종일관 주비를 얕보고 있던 청룡주는 이런 상황을 전혀 예상치 못했다. 청룡주의 손안에서 뻗었다 거뒀다 하는 날카로운 칼날 몇 개가 주비 때문에 두 동강 났고, 그의 손바닥에도 대문짝만한 상처가 났다.

청룡주는 몸을 모로 돌려 뒤로 몇 걸음 물러섰다. 어깨부터 손목까지 옷이 길게 찢어지면서 그 아래로 몸에 딱 붙는 연갑軟甲, 부드러운 갑옷이 드러났다.

주비는 조금 아쉬웠다. 저 은은하게 빛나는 은빛 갑옷만 아니었다면 방금 예상 밖의 일격으로 저 영감탱이의 팔을 쑤셔 버릴 수 있었을 텐데.

감언이설은 할 줄 몰라도 고기 미끼로 맹수를 낚는 기술을 스승 없이 스스로 터득한 주비였다. 후퇴하는 척, 심지어 자기 피를 보이면서까지 적의 기괴한 무기를 탐색하는 동시에, 상대의 경계심을 떨어뜨린 후 적절한 기회를 잡아 필살의 일격을 날렸다!

주비는 가볍게 손목을 흔들어 검에 묻은 핏방울을 털어 내며 옆을 곁눈질했다. 기운침은 여전히 미동도 없었고, 사윤은 자신을 향해 달려들고 있었다. 사윤의 얼굴에 약간의 망연자실한 표정이 걸려 있었다.

주비는 영문을 몰라 재빨리 조그맣게 물었다.

"뭐 하는 거예요?"

"……널 도와주려고."

주비가 이상하다는 듯 말했다.

"어떻게 도와주려고요?"

"……칼을 막아야지."

주비는 웃지 않으려고 했지만 한참을 참아도 결국엔 웃음이 터져 나오고 말았다. 아까 사윤한테 잘못한 일도 있었는데 이 웃음이 하필이면 불난 집에 기름을 붓는 꼴이 되고 말았다. 사윤은 무표정하게 눈길을 돌리곤 주비를 못 본 척하며 더는 상대하려 하지 않았다.

사윤은 컴컴한 이실 안에서 진지하게 팔짱을 낀 자세로 청룡주를 향해 말했다.

"옛날 동해의 봉래산에 솜씨가 뛰어난 직공이 한 명 있었습니다. 돌을 금으로 만들고 신비한 무기를 무수히 많이 만들었다고 하는데…… '모운사暮雲紗'란 것도 만들었다지요. 소문에 그것은 전체가 밝게 빛나고 불에 타지 않으며, 어두운 곳에 두면 마치 달빛이 일렁이는 것처럼 보이고, 손에 들면 극도로 가벼우며, 몸에 걸치면 칼도 뚫을 수 없다죠."

줄곧 찍소리 없던 은패가 주먹을 꽉 쥐었다. 사윤은 의도인 듯 아닌 듯 은패를 흘끗 보곤 이어서 말했다.

"제가 알기론 그 모운사는 산천검 은문람이 자신의 부인을 위해 특별히 제작한 것입니다. 귀하가 그걸 지금 몸에 두르고 있는데, 너무 조이지는 않으십니까?"

사윤의 신비하고도 아리송한 말은 진짜 같기도 하고 가짜 같기도 했다. 청룡주는 사윤의 속내를 파악하기 어려웠.

메기 같은 청룡주는 자신의 손바닥에 묻은 피를 혀로 핥고는 섬뜩한 작은 눈을 살짝 움직여 사윤에게 시선을 고정했다.

"무슨 말이 하고 싶은 게냐?"

주비는 사윤이 청룡주의 주의를 분산하려 또 엄청난 거짓말을 늘어놓으려는 모양새를 보고 살짝 숨을 돌리며 손목을 살살 풀었다. 크고 작은 상처가 그제야 존재감을 드러내며 극심한 고통을 선사했다. 만약 보는 사람이 없었다면 주비는 아마 잔뜩 일그러진 표정으로 이를 악물며 고통을 표현했을 것이다.

사윤이 느긋하게 웃으며 말했다.

"다만 한 가지가 좀 이상할 뿐이군요. 은가의 물건은 어쨌거나 전부 당신 손에 있는데, 당신은 왜 제2의 산천검이 되지 못했을까요?"

사윤은 말을 하며 무심코 앞으로 걸어가다가, 이실 입구에 다다랐을 때 주비가 검을 휘두르는 바람에 다시금 되돌아왔다.

하지만 청룡주는 그 말에 안색이 확 변했다. 그는 방금 전까지 음흉하게 희롱하던 괴이한 표정을 거두고, 딱딱하게 굳은 얼굴로 저도 모르게 목소리를 낮추어 물었다.

"또 뭘 알고 있지?"

"저는 아무것도 모릅니다."

사윤은 주비가 장검으로 막은 곳에 멈춰 섰다.

주비는 사윤이 또 헛소리를 지껄이고 있다는 걸 분명히 알면서도 그 뒷이야기를 계속 듣고 싶어 참을 수가 없었다. 하물며 사윤이 어떤 자인지도 모르는 청룡주야 오죽할까. 사윤은 살짝 몸을 앞으로 숙이더니 가볍게 네 글자를 뱉었다.

"해천일색海天一色. 바다와 하늘이 한 가지 빛깔이라는 의미의 시구."

주비는 어리둥절한 표정으로 사윤이 제대로 말한 건가 긴가민가 했다. 갑자기 바다 풍경 얘기는 왜 꺼내는 거야.

청룡주의 눈꼬리가 신경질적으로 실룩거리더니, 아무 예고도 없이 갑자기 사윤을 잡으려 손을 뻗었다. 주비는 사윤이 그 세 치 혀로 시간을 좀 끌어 주길 바랐을 뿐인데, 보아하니 도와주러 온 게 아니라 화를 자초하러 온 꼴이었다. 아무런 도움은 못 줄망정, 엎친 데 덮친 것 위에 한술 더 얹어 버렸다.

주비는 사윤의 작은 목숨으로 도박을 할 수 없어 어쩔 수 없이 두 눈 딱 감고 검을 들어 두 사람 사이를 가로막았다.

하지만 청룡주는 주비와 시간 끌 생각이 없었는지 자신의 모든 힘을 일격에 실어 정면으로 내리쳤다. 주비는 수산당에서 이근용의 일격을 맞고 나무 기둥에서 떨어졌을 때와 같은 느낌을 받았다. '힘센 한 명이 무공하는 자 열 명을 이긴다'더니, 깊은 내공 앞에서 깨달음과 임기응변은 때로 정말 무용지물이 되고 만다.

주비는 가슴이 답답했지만 다른 선택의 여지가 없어, 중압감을 짊어지고 청룡주와 계속 맞설 뿐이었다. 주비의 검은 기세가 꺾이지 않았지만 가슴에 날카로운 통증이 느껴졌다. 내상을 입은 것이 틀림없었다.

하지만 주비는 어렸을 때부터 이근용의 채찍을 맞으며 자랐다. 채찍질을 맞고 팽그르르 도는 팽이 수준까진 아니어도 최소한 보통 사람보다는 제법 잘 참을 수 있었다. 고통에 대한 내성이 남다른 데다 성격도 아주 거침없는 주비는 숨거나 피하지 않고 그대로 검으로 받아 눌렀다.

검 끝이 모운사 위로 튕겨 나오는 모습은 마치 밤하늘의 날벼락이 달빛을 층층이 깨뜨리는 것처럼 보였다.

파설도의 '파' 일 식이었다.

청룡주는 한 손으로 주비의 검을 막으며 연이어 십삼 장을 날렸다. 이것이 바로 청룡주의 절기絕技였다. 주비가 아무리 부유진으로 허초와 실초를 구사하며 공격과 후퇴를 반복해도 위기는 꼬리에 꼬리를 물고 닥쳐왔다. 결국, 주비는 청룡주의 장풍에 맞아 나가떨어지면서 한쪽 어깨가 빠져 맥없이 쓰러졌다.

주비는 경맥이 최대치까지 팽창하면서 금방이라도 끊어져 버릴 것 같은 시린 통증을 느꼈다. 비틀거리며 겨우 일어나 하마터면 넘어질 뻔하면서도 황급히 고개를 돌려 보니 기운침은 여전히 아무 움직임이 없었다.

주비는 무너질 것 같은 마음으로 생각했다.

'아직 여섯 시진이 안 됐나? 알아서 한다더니 대체 뭘 하려는 거지? 저 거대한 메기가 어서 승천하라고 옆에서 주문이라도 외우겠다는 거야?'

그런데 청룡주는 주비를 끝장내긴커녕, 다급히 사윤을 붙잡으려 했다. 사윤은 긴 다리를 뻗어 한걸음에 주비의 몸 뒤로 껑충 뛰었다.

"할 말 있으면 좋게 말로 하지 왜 흥분하고 그러십니까. '해천일색' 네 글자가 원수라도 됩니까? 다음에 미리 귀띔해 주시면 다시는 입도 뻥끗 안 하겠습니다."

사윤의 희롱에 청룡주는 마치 굶주린 사람이 고기만두를 보듯 눈에 불을 켜고 사윤을 노려보았다. 그런데 하필 주비가 끼어들더니 전력을 다해 장검을 휘두르며 훼방을 놓았다.

청룡주가 화난 목소리로 소리쳤다.

"네 이년!"

주비는 청룡주의 장법 공격이 연달아 들어오리라 예상하고 숨을 크게 들이마셨는데, 다음 수를 내기도 전에 청룡주가 손을 한번 흔드니 손에서 뭔가 번쩍이는 것이 보였다.

무공도 높은 자가 음흉한 술수까지 동원하다니 정말 뻔뻔스러웠다! 주비는 미처 피할 겨를이 없었다. 바로 그때, 누군가 그녀를 뒤로 잡아당기더니 주비의 눈앞이 순간 깜깜해졌다. 방금 전까지 주비의 뒤에서 거치적거리던 사람이 위험이 닥치자 순식간에 주비 앞으로 훌쩍 뛰어들어 주비를 안고 자신의 등으로 공격을 막은 것이다.

주비는 사윤에게 시선이 완전히 가려진 채 정신을 차리지 못하고 그저 숨만 쉬고 있었다. 마치 만 장쯤 되는 높이에서 발을 헛디뎌 떨어진 것처럼 가슴이 쿵쾅거렸고 잡고 있던 패검도 놓칠 뻔했다.

사윤이 말한 것을 지켰다. 진짜로 칼을 막아 준 것이다. 이런 생각이 스치자 주비는 문득 방금 무슨 일이 일어났는지 정신이 들었다. 머릿속에서 뭔가 뻥 하고 터지며 희뿌예졌다. 마치 누군가의 정신법定身法. 상대를 그대로 정지하여 전혀 움직이지 못하게 하는 술법에 걸린 듯한 느낌이었다.

사실 청룡주의 소매 안에는 흉계가 숨겨져 있었다. 구룡수도 그러더니, 역시 '개는 주인을 닮는다'는 말이 맞았다. 숨겨 둔 비밀 화살로 공격하는 걸 선호한다는 면에서 청룡주의 수하들은 전통을 잘 계승해 온 셈이었다.

청룡주는 자신의 탄탄한 장력을 이용해 소매에서 작은 갈고리 두 개를 내던졌다. 갈고리는 손톱만 한 크기였지만, 끝부분에 도깨비불 같은 빛이 반짝이는 걸 보니 독약을 발라 놓은 듯했다.

그런데 그 죽음의 갈고리에 주비가 걸리기도 전에 방해꾼 사윤이 튀어나올 줄이야.

주비는 놀란 토끼 눈이 되었다.

"사······."

사윤은 주비의 귓가에 히죽거리며 말했다.

"저놈은 날 죽이기 아까워하거든. 헤헤."

"······."

죽음의 갈고리가 사윤에게 걸리려는 걸 본 청룡주는 사윤의 입에서 '해천일색'에 대한 자세한 정보를 듣지 못했다는 걸 떠올렸다. 죽여 버리면 다시 살릴 수 없겠다는 생각에 급히 소매를 흔들어 자신의 암살 무기를 스스로 떨어뜨리느라 허둥지둥했다.

청룡주가 낭패를 겪는 동안, 주비는 그에게 한숨 돌릴 기회도 주지 않고 사윤을 가림막 삼아 그의 겨드랑이 사이로 검을 내밀어 아주 교활하게 청룡주의 목구멍을 겨누었다.

청룡주는 일 장을 날려 주비를 뭉개거나 다른 자잘한 수단으로 주비를 해치울 수도 있었다. 그런데 하필 중간에 사윤이…… 아니, '해천일색'이라는 모호한 말이 끼어드는 바람에 청룡주는 쥐를 때려잡고 싶어도 그릇을 깰까 봐 겁낼 수밖에 없는 형국이었다. 결국 주비와 검으로 초를 겨뤄야 하는 지경에까지 이르렀다.

주비를 처음 봤을 때는 서툴지만 굉장히 애쓴다는 느낌이 강했다. 그런데 생사의 고비에서 청룡주와 쉬지 않고 백 번 이상의 합을 겨루며 계속해서 보완하다 보니, 주비의 도법은 의도치 않게 점차 숙달되었고 지금은 심지어 교활함과 여유까지 더해졌다.

주비와 사윤 연합이 '뻔뻔함'에서 대마두를 한 수 능가하다니, 그야말로 전대미문의 기적이라 부를 만한 사건이었다.

늘 남을 모해하며 살아온 청룡주에게 이런 분통 터지는 대결은 실로 오랜만이었다. 젖비린내 나는 계집아이에게 이렇게까지 몰리자 가슴에서 끓어오르는 분노의 불길이 형산 전체를 솥에 넣고 삶아 버릴 기세였다!

두 사람은 계속해서 공격을 주고받았다. 청룡주가 모운사로 주비의 검을 튕기며 몸을 돌리자 마침 이실 안의 광경이 눈에 들어왔다. 한쪽에서 벌벌 떨며 대결을 지켜보던 오초초는 청룡 메기의 시선을 미처 피하지 못하고 그 눈에 담긴 악의에 놀라 몸을 부르르 떨었다.

청룡주가 갑자기 흉악한 눈빛을 번쩍이며 사윤의 목을 잡는 척하자 주비는 재빨리 사윤을 잡고 뒤로 피했다. 그 순간, 청룡주의 손가락 사이에 끼워져 있던 것이 곧장 오초초의 가슴을 향해 튀어 나갔다!

주비가 됐든 사윤이 됐든 누가 구원의 손길을 뻗어도 이미 늦은 상황이었다.

그런데 이때, 상처투성이 손이 하나 튀어나오더니 마치 모기라도 잡듯이 날아오는 물건을 가볍게 쓱 잡았다. 수상한 물건의 정체는 끝이 아주 뾰족하고 예리한 못이었다.

기운침은 두어 번 기침을 했다. 몸에 꽂은 은침을 다 뽑았는지 어쨌는지, 지금은 하나도 보이지 않았다. 그는 고개를 숙여 손안에 든 작은 못을 이리저리 살펴보더니 기혈이 허한 듯 다시 기침을 토하곤 오초초에게 말했다.

"낭자, 안쪽으로 더 들어가시지요. 여기 있다가 괜히 다칠 수 있습니다."

기운침은 여전히 혼이 나간 듯한 모습이었다. 쫙 펴지지 않는 등과 푸석푸석한 머리카락, 약간 번들거리는 얼굴. 잘생기지도 세련되지도 않았고 눈빛마저 뭐라 설명하기 힘든 우울함이 서려 있었다.

하지만 기운침이 '우울한' 눈빛으로 청룡주를 바라보았을 때, 주비는 대마두의 안색이 변하는 것을 포착했다. 청룡주가 뒷짐 진 채로 손을 살짝 흔들자 그의 졸개들이 재빨리 달려와 이실 입구를 막아섰다. 청룡주는 배짱 좋게 이실로 들어서는 것처럼 보였지만, 사실상 졸개들을 불러 모아 자신을 가운데 두고 포위하게 했다.

기운침이 그를 훑어보며 말했다.

"정라생, 네가 그동안 전혀 늘지 않은 것도 다 이유가 있는 거다."

청룡주가 기운침을 뚫어지게 쳐다보며 음산하게 말했다.
"내가 유언비어를 듣자 하니……."
"북도는 이미 폐물이 되었다지."
기운침이 말을 이었다.
"그렇지 않고서야 네가 그동안 어떻게 발 뻗고 잠을 잘 수 있었겠나?"
주비는 여전히 바닥에 펼쳐져 있는 작은 꾸러미를 훑어보고 있었다. 기운침이 아까 썼던 쇠털 같은 은침이 보이지 않았다. 기운침이 다른 곳에 버린 것도 아닐 텐데 감쪽같이 사라진 것이다. 주비가 조그맣게 물었다.
"어떻게……."
그러자 사윤이 '쉿' 하고 속삭였다.
"이따가 내가……."
원래 하려던 말은 '이따가 내가 가르쳐 줄게'였는데, 문득 주비가 아까 자신을 이가 갈릴 만큼 화나게 했던 게 생각나 사윤은 자신의 윗옷을 찢어 피범벅인 주비에게 던져 주며 주비를 흘겨보았다. 목소리도 바뀌었다.
"안 가르쳐 줄 거야."
"……."
청룡주는 손으로 얼굴을 받치며 코웃음 쳤다.
"관외 북도는 역시 대단하군그래. 폐인도 다시 일어설 수 있고 말이야. 좋아, 마침 잘됐네. '쌍도 일검'이 얼마나 대단한지 직접 볼 인연이 없어 안타까웠는데 오늘 좀 봐야겠군. 내 실력이 늘지 않았다면 북도는 어디 얼마나 늘었는지 볼까."

입으로는 큰소리치면서도 청룡주는 본인이 직접 싸울 생각은 조금도 없었다. 그가 손을 한번 흔들자 곁에 있던 징 치는 사람들이 질서 정연하게 각자의 자리에 서서 전보다 더 작고 정교해진 번산도 해진을 이루었다. 머릿수로 우르르 밀어붙일 준비를 하는 듯했다.

기운침이 가볍게 손가락을 튕기자 어찌 된 일인지 은패를 묶고 있던 밧줄이 끊어졌다. 이 기생오라비는 후다닥 밧줄을 풀고 복잡한 표정으로 자기 양아버지의 뒷모습을 바라봤다.

기운침이 말했다.

"어서 가거라. 알아서 잘 처신하고."

그러고는 가볍게 웃더니 갑자기 행동을 개시했다. 징 치는 자들 중 가장 바깥쪽에 있던 자는 미처 대응할 새도 없이 기운침의 첫 번째 희생양이 되었다. 그는 무기를 채 들기도 전에 마치 꼭두각시라도 된 것처럼 스스로 자기 칼끝으로 몸을 날려 목을 베었다.

기운침은 죽은 자를 밀치고 그의 장도를 뺏어 들어 냉담하게 청룡주를 바라봤다.

그가 일어나서 날아오는 못을 받고 사람을 죽이고 칼을 빼앗기까지 일련의 동작이 순식간에 이뤄졌다. 눈빛도 점점 평범하게 돌아오는 듯했다. 마치 지난 이십 년간 그를 떠났던 영혼이 다시 그의 육체로 돌아와 천천히 소생하기라도 하는 듯했다. 주비는 무의식적으로 패검을 꽉 움켜쥐었다. 바로 그 순간, 주비는 피 묻은 패검이 살짝 전율하는 것을 느꼈다.

산속 날씨는 변화무쌍했다. 느닷없이 바람이 불어오더니 낮의 빛을 불어서 꺼 버렸다. 그러면서 아까 사윤이 나갔다가 들어오면서 제대로 막지 않은 비밀 통로 출입구로 바람과 함께 축축한 습기가 밀려들어 왔다. 이실 안의 횃불이 세차게 흔들리더니 여러 개의 사람 그림자에 팽팽한 잔물결이 일기 시작했다.

청룡주가 소리쳤다.

"멍하니 뭐 하고 있어? 다 죽었느냐?"

북도 기운침은 전설적인 인물이었지만, 징 치는 사람들에게는 자신들의 목숨을 가지고 노는 '폭군' 청룡주가 훨씬 두려운 존재였다. 청룡주가 명령하자 징 치는 자 몇 명이 망설임 없이 기운침에게 달려들었다.

기운침은 손에 든 장도를 가볍게 흔들며 피곤한 듯한 표정으로 누구에게 하는 건지 모를 말을 되풀이했다.

"어서 가거라."

그러나 주위에 있던 누구도 떠나려 하지 않았다. 주비는 거의 눈도 한 번 깜빡이지 않고 전설의 '단수전사'를 바라보았다. '쌍도, 일검, 고영수'는 주비에게는 물론, 중원 무림 전체에 있어서도 마치 진흙탕 속에 시들어 버린 연꽃 뿌리 같은 것이다. 분명히 존재했고, 분명히 무성했던 시기가 있었지만, 이제 그 시절의 풍모는 사람들의 입에서만 전해지는 옛 모습으로만 남았다.

주방장이 된 북도와 검집 하나만 남은 산천검은 보는 사람이 민망할 정도였다.

그러나 누가 상상이나 했으랴, 단수전사가 어느 날 갑자기 죽었다 되살아나게 될 줄을.

주비는 괴이하고도 위험이 끊이지 않는 북도가 마치 전설 속 '자전청상紫電淸霜, 고대의 명검 이름'과 같을 거라고 생각했는데, 기운침이 손에 든 칼은 주비가 상상했던 것만큼 그렇게 눈부시지 않았다. 심지어 주비는 기운침의 딱딱 떨어지는 도법이 아까 칼 대신 손으로 하던 초식보다도 볼품없게 느껴졌다.

오래되고 소박하게만 보이는 그 살인 기술은 북도 계승자의 동작 하나하나에 어떤 강렬한 운율감을 실어 주었다. 상대가 옆에서 포위하며 가로막든 바짝 조여오든 그의 고유한 호흡을 무너뜨리지 못했다.

그 어두운 도광을 보자 주비는 괜스레 세묵강의 가느다란 '견기'가 떠올랐다. 넓적한 칼등과 가늘고 긴 도신은 그저 표상처럼 보였다. 기운침의 도술刀術에는 영혼이 깃들어 있는지도 모른다. 그 영혼은 아주 가느다란 선으로 되어 있어 움직일 때는 천 개의 거미줄 같고, 멈추면 거의 눈에 띄지 않는 조그만 핏방울 자국 하나…… 와 목숨 하나만 존재하는 듯했다.

기운침은 주비처럼 이리저리 파고드는 걸 좋아하지 않아 그의 걸음은 세 자 안을 떠나지 않았다. 주변에 마치 눈에 보이지 않는 동그라미가 그려져 있는지, 그는 게으르게도 그 동그라미 밖으로는 반보도 나가려 하지 않았다. 겁 없이 그에게 접근하는 사람은 모두 그의 칼에 목이 베였다.

이것이야말로 진정한 살인도였다.

주비는 이제껏 '살기'는 '기세등등'해야 한다고 생각했는데, 지금에야 비로소 진정한 살기를 보게 되었다. 진정한 살기란 지극히 은은하고 지극히 평범하며, 겉으로 드러나지 않으나 어디에나 존재하는 것이다.

초췌하고 어딘가 혼이 나간 듯한 주방장이 구부정하게 서 있을 때, 이실 전체가 그의 칼날 아래 덮인 듯 말로 표현할 수 없는 전율이 일었다.

전에 주비를 꼼짝달싹 못 하게 포위했던 진법이 기운침 앞에서는 우스꽝스러운 꼭두각시가 되었다. 번산도해는 자칭 강자에게 강한 진법이었다. 아무리 강한 고수라도 일단 걸려들면 늪에 빠진 것처럼 헤어 나오지 못했다.

그런데 지금은 이 큰 그물이 기운침에게 걸려 쩔쩔매고 있었다. 그날 객잔에서 위세 부릴 때의 여유로움은 도무지 찾아볼 수 없었다. 징 치는 사람은 포위를 한다기보다는 줄 서서 먹잇감이 되어 주는 것처럼 보였다.

주비가 그 광경에서 눈을 떼지 못하자 사윤이 살짝 한숨을 쉬었다.

주비가 물었다.

"왜요?"

사윤이 작은 소리로 말했다.

"조심해."

사윤의 말이 떨어지기도 전에 이실 안의 분위기가 바뀌었다. 무리 가운데 둘러싸여 있던 청룡주 정라생은 영락없는 소인배였다. 자기가 데려온 자들이 눈 깜짝할 새 기운침의 칼에 마구잡이로 죽어 나가자 정라생은 즉시 '대장부는 대책 없이 당하지 않는다'는 듯이 필살기를 사용했다.

청룡주는 잽싸게 한 걸음 나와 기운침의 정수리를 향해 맹렬한 일격을 날리며 필사의 일전을 치를 자세를 잡았다.

그 후 두 사람은 순식간에 십여 초를 겨루었다. 주비는 청룡주가 사생결단의 용기를 냈다고 생각한 순간, 정라생이 갑자기 아무 예고도 없이 수하 중 한 명을 강매라도 하듯 기운침에게 밀어 넣었다.

아까 주비가 청룡주의 손으로 검집을 찔러 넣던 동작과 똑같았다.
주비는 이제껏 남의 재주를 몰래 훔쳐 배워 왔는데, 강산이 바뀌어 이제는 누군가 주비의 초식을 배우는 날이 오고 말았다. 이런 뻔뻔스러운 초식을 보자 주비는 순간 어안이 벙벙해져서 뭐라 평가해야 할지 알 수 없었다.
청룡주 정라생은 이 기회를 틈타 이실 출구 쪽으로 잽싸게 달려갔다. 걸리적거리는 수하들을 이곳에 버려두고 포위를 뚫을 생각이었다.
몇 사람이 마음속으로 동시에 소리쳤다.
'안 돼!'
활인사인산 무뢰배들은 온종일 사람을 해하거나 말썽을 피우기만 했다. 만약 저자를 이대로 나가게 둔다면 영원히 그 뒷감당에 시달릴 것이 분명했다. 주비는 생각할 겨를도 없이 곧장 그의 뒤를 쫓았다.
사윤은 청룡주를 도망치게 놔두면 귀찮아진다는 걸 알았지만, 궁지에 몰린 적을 지나치게 압박하면 오히려 해를 입기 쉬울 수 있다는 이치도 잘 알고 있었다. 개도 급하면 담장을 뛰어넘는데 청룡주라고 오죽하겠는가?
사윤은 다급한 와중에 손은 또 빨라서, 예의를 차릴 겨를도 없이 다짜고짜 주비의 등 뒤로 길게 늘어뜨려진 땋은 머리채를 잡아당겼다.
단구낭의 머리채를 잡아당긴 적 있던 주비는 자신도 누군가에게 머리채를 잡히는 느낌을 경험할 날이 오리라고는 생각지도 못했다. 당겨지는 두피가 너무 아파서 제자리에서 발을 동동 굴렀다.

사윤은 마치 무고하다는 듯 못된 장난을 친 손을 등 뒤로 숨기며 떳떳하다는 얼굴로 주비를 쳐다봤다.

"……."

주비는 아까 저 자식이 대신 칼을 막아 줬던 정을 생각해 이번 한 번은 때리지 않기로 했다.

이렇게 잠시 틈 들이는 사이 청룡주가 도망가려는데, 산바람이 또다시 비밀 통로로 휘이잉 불어 닥쳤다. 바람은 구불구불한 회랑 같은 비밀 통로로 흘러들어와 수많은 통로를 거치며 가락이 바뀌어, 마치 산 귀신이 밤에 흐느끼는 듯한 소리를 냈다. 이때, 은패가 갑자기 몸을 움직여 입구를 막아섰다.

옆에서 죽은 척하던 것도 관두고 등장한 은패가 청룡주의 주의를 환기했다. 청룡주 정라생이 그 법석을 떨며 사람을 찾으러 다니고 위험한 상황을 겪게 된 건 다 이 기생오라비 때문이 아니었던가? 중간에 '단수전사'도 죽일 뻔하다가 마지막에 실패하긴 했지만, 이 기생오라비가 주제도 모르고 스스로 달려들 줄이야!

이렇게 되면 그야말로 손도 안 대고 코를 푸는 격이었다. 정라생이 은패를 봐줄 이유가 뭐 있겠는가? 그는 사나운 독수리가 토끼에게 달려들 듯 한 손으로 은패의 목을 잡아 들었다.

기운침은 방금 운 나쁘게 걸린 징 치는 자를 해결하자마자 은패가 청룡주의 손에 잡힌 걸 보고 분노의 고함을 지르며 몸을 돌려 청룡주의 등 쪽으로 칼을 찔렀다. 청룡주는 재빨리 속력을 내긴 했어도 크게 개의치 않았다. 기운침이 아직 두 보 정도 떨어져 있었기에 청룡주가 입은 모운사로도 막아 내기 충분했기 때문이다.

그런데 은패가 괴이하게 웃기 시작하더니, 청룡주가 등 뒤에 온 정신을 팔고 있는 사이에 전광석화처럼 그의 어깨를 연달아 수차례 가격했다. 은패의 무공은 그리 높은 수준이 아니어서 그런 솜씨가 나올 수 없었는데, 이번 동작만큼은 마치 단련에 단련을 거듭한 듯 놀랍도록 빠르고 능숙했다.

도망 중이라 공격을 피할 수 없었던 정라생은 모골이 송연해졌다. 은패의 주먹질은 거의 솜방망이 수준이었지만, 그 바람에 몸에 잘 맞지 않던 모운사가 벗겨진 것이다!

몸을 꽁꽁 싸매고 있던 부드러운 갑옷이 갑자기 흘러내리면서 정라생의 등은 순식간에 보호막을 잃었고, 그 순간 칼은 이미 그의 살을 찌르고 들어갔다. 정라생은 분노하며 은패를 내던졌다. 은패는 입에서 울컥 피를 쏟았다. 마치 깨진 홍탕 한 그릇을 보는 것 같았다. 바닥에 내동댕이쳐진 청년은 죽었는지 살았는지 알 수 없었다.

아무리 배은망덕한 놈이라 해도 제 손으로 직접 키운 정이 있어 기운침의 마음이 세차게 흔들렸다.

"패야!"

정라생은 걸치고 있던 모운사를 벗어젖혀 기운침의 얼굴을 향해 던졌다.

기운침은 은패를 걱정하면서도 산천검의 유품이 날아오는 것을 보자 본능적으로 손을 뻗어 모운사를 받았다. 그런데 모운사에 손이 닿자마자 손바닥이 갑자기 쿡쿡 쑤시는 게 아닌가. 알고 보니 모운사의 끝부분에 전갈 꼬리 같은 작은 갈고리 한 줄이 달려 있었는데, 갈고리가 손바닥을 뚫고 들어가 피가 나오고 있었다. 흘러나온 피는 검은색으로 변하며 마치 검은 독사처럼 그의 거친 손바닥을 타고 기어 올라갔다.

갈고리에 독이 묻어 있었던 것이다. 주인장 화 씨가 구룡수에게 당한 독보다 강하면 강했지 덜한 독은 결코 아니었다.

황급히 도망치던 정라생이 문득 걸음을 멈추더니 기운침을 돌아보며 차갑게 웃었다.

"말벌침이다. '미인의 은총'이라고도 불리지. 세상에서 가장 견디기 힘들다는 의미다. 기 대협, 느낌이 어떤가?"

기운침은 무심히 자신의 손을 슬쩍 쳐다보았다. 주비는 기운침이 주인장 화 씨처럼 자기 손목을 자르려는 줄 알고 깜짝 놀라 순간 심장이 목구멍까지 튀어 올랐다.

그런데 기운침이 웃음을 터뜨리는 게 아닌가.

기운침은 평생 자신의 심정을 드러낸 적이 없었다. 그런 세월이 오래 지나고 보니 남은 건 근심 가득한 얼굴뿐이었다. 지금은 웃고 있어도 찌푸린 미간 사이에는 말 못 할 근심과 울분과 고독이 서려 있었다.

"'미인의 은총'이라……."

기운침이 그 말을 나직이 되풀이하더니 갑자기 한 걸음 앞으로 내디뎠다.

주비처럼 날씬한 꼬마 아가씨도 움직이기 불편한 비좁은 통로가 '단수전사'에게는 그리 큰 장애가 되지 못했다. 기운침은 독이 퍼지는 것도 무릅쓰고 청룡주를 죽이려 했다.

청룡주 정라생은 이미 예상한 듯 기운침이 손을 쓰는 걸 보자마자 곧장 뒤로 스치듯 날아갔다. 기운침의 칼이 그 뒤를 바짝 쫓았다.

그의 손에서 시작된 검은 기운은 어느새 목까지 올라와 얼굴까지 전부 퍼졌다. 원래부터 초췌했던 북도 기운침의 얼굴이 이제는 거의 죽은 사람처럼 보였다.

정라생이 제 목숨을 아끼는 정도는 마치 죽을 때 돈을 싸 짊어지고 무덤에 들어가려는 구두쇠와도 같았다. 그런데 이 미친 북도가 중독에도 아랑곳없이 죽음을 자초하며 점점 기세등등해지는 걸 보자 정라생은 약이 올라 화를 내며 소리쳤다.

"좋다, 네놈이 죽는 게 두렵지 않다니 내가……."

정라생이 별안간 말을 멈췄다. 뭔가를 밟은 것 같은 느낌이었다. 믿기지 않는 표정으로 고개를 돌려 보니, 그가 날려 버린 은패가 아직 죽지 않고 있었다.

그 음울한 얼굴의 청년은 개처럼 구석에 몸을 동그랗게 웅크린 채 머리와 얼굴에 튄 핏자국을 닦으며 정라생을 향해 악독한 미소를 지으며 소리 없이 입술로 말했다.

"죽어라."

비밀 통로 바깥에서 폭발 소리가 들리더니 차가운 번갯불이 길고 좁은 이 통로 안까지 침투했다.

그와 동시에 정라생의 발밑에서도 굉음이 울리며 우르릉 쾅쾅 하는 천둥소리와 합쳐져, 비밀 통로 전체가 곧 무너질 듯 흔들리기 시작했다.

청룡주가 한눈을 판 사이 은패가 청룡주의 발밑으로 뇌화탄을 던진 것이다!

이번에는 청룡주도 피하지 못하고 자신도 모르게 비명을 질렀다. 그때, 기운침이 지체 없이 청룡주의 가슴에 칼을 찔러 넣고 손목을 휙 돌렸다. 정라생의 가슴이 쪼개지고 찢기며 돼지 멱따는 것 같던 비명이 뚝 하고 멈췄다. 그는 정말 죽고 싶지 않았는데 이 사실을 받아들일 수 없다는 듯 눈을 휘둥그렇게 떴다. 혼란스러운 표정이었다.

이어서 번개가 내리치며 새어 들어온 빛이 기운침의 얼굴을 비췄다. 통로에 모래와 자갈이 후두두 떨어지면서 강력한 진동이 비밀 통로 전체로 퍼져 나갔다.

정라생의 눈에서 최후의 발악을 하던 빛마저 사라졌다. 기운침은 정라생의 눈동자가 풀어지는 것을 눈도 깜박이지 않고 지켜보다가 칼을 쥐었던 손에서 힘을 풀었다. 그는 비틀거리며 뒤로 몇 걸음 가더니 몸을 제대로 지탱하려는 듯 점점 금이 가기 시작한 통로의 벽을 붙잡으려고 노력했다. 하지만 허둥거리기만 할 뿐, 결국 바닥에 철퍼덕 주저앉고 말았다.

기운침의 입가가 살짝 움직였다. 크게 한번 웃으려는 듯했으나 미소는 안타깝게도 중간에 요절하고 말았다. 그는 벽에 기대어 정라생의 시체를 잠시 노려보다가 완전히 지친 듯 눈을 살짝 감았다.

사윤은 귀를 기울여 보곤 비밀 통로 안의 소리가 점점 더 커지는 것 같자 있는 힘껏 주비를 밀며 말했다.

"무모한 아가씨, 통로가 무너질 것 같으니 우선 여길 나가자!"

주비는 아까 사윤이 머리채를 잡아당긴 원수를 갚을 새도 없이 앞으로 나아가 기운침을 부축하며 재빨리 말했다.

"선배님, 저 청룡 메기는 몸에 지닌 게 독 아니면 암살 무기뿐이니 어딘가 해독제도 분명 있을 거예요. 찾아볼 테니 잠시 기다리세요……."

기운침은 주비의 손목을 가볍게 붙잡아 다짜고짜 밀면서 미소 띤 얼굴로 나지막이 말했다.

"낭자, 수혼침이 뭔지 모르십니까?"

주비는 어리둥절했다.

사윤은 오초초에게 빨리 가자고 재촉하며 주비를 향해 조용히 속삭였다.

"'수혼搜魂', 즉 떠도는 혼을 찾아 몸에 빙의시키고 자신도 떠도는 혼이 되는 거야. 수혼침의 원래 이름은 '대환침大還針'인데 관외의 비법 중 하나이지. 수혼침을 쓰면 하루에 천 리를 달릴 수 있고, 거의 죽은 것도 다시 살아날 수 있어. 아무리 중한 병도, 아무리 치명적인 상처도 모조리 압도해 버려서…… 마치 잃어버린 지난 세월이 몸에 다시 빙의된 것처럼 느끼게 해 주지."

기운침이 이어 말했다.

"그리고 이런 회광반조回光返照, 죽기 직전에 잠깐 기운이 돌아오는 현상는 삼각刻, 1각은 15분이 지나면 끝나고 맙니다……."

그때, 비밀 통로 밖에서 '쏴아아' 하는 소리와 함께 폭우가 쏟아져 내렸다. 하늘에 구멍이라도 났는지 불어난 은하수가 무섭게 포효하며 인간 세상으로 떨어지는 것 같았다.

진흙 속에서 케케묵은 비린내가 나기 시작했다. 기운침은 눈을 내리깐 채 이 중요한 순간에 흐트러진 표정으로 멍하니 앉아 있었다. 잠시 후, 그의 눈빛이 살짝 움찔하는가 싶더니 은패에게로 쓰러졌다.

은패는 '회광반조'라는 네 글자를 듣고 온몸이 굳어져서 복잡한 표정으로 기운침을 바라봤다. 기운침은 할 말이 너무나 많지만 막상 마지막을 앞두니 쓸데없는 말은 그냥 안 하는 게 낫겠다 싶었다. 그는 미소를 지으며 세 번째로 말했다.

"가거라."
주비가 말했다.
"잠깐……."
'잠깐만요'라는 말을 끝맺기도 전에 갑자기 그들이 있던 곳의 출구가 무너져 내렸다. 좁은 통로는 원래부터 낡아 있어 아까 은패가 던진 뇌화탄이 최후의 일격이 된 것이다.

모래와 자갈이 억수처럼 쏟아지자 기운침이 황급히 주비를 밖으로 밀었다.

주비는 몇 걸음 비틀거리다 사윤에게 부축을 받았다. 방금 주비가 서 있던 자리는 순식간에 모래와 자갈로 막혔고, 북도는 벽 너머에 갇혀 버렸다. 좁은 통로는 계속해서 흔들리고 있었다.

기운침은 두 다리에 극심한 통증을 느꼈다. 커다란 바위가 다리를 짓누르고 있었다. 그러나 그는 피하지 않고 그저 신음만 낼 뿐이었다. 온몸이 탈진한 듯 몸에 전혀 힘을 줄 수 없었다.

수혼침의 회광반조는 원래 이렇게 짧지 않았다. 그러나 청룡주 정라생은 이미 죽었고, 기운침을 지탱해 주던 정기도 모두 사라져 버렸다. 비밀 통로 안에는 무너지는 소리와 천둥소리가 합쳐져 귀를 자세히 기울여야만 그 사이에 실린 폭풍우 소리를 들을 수 있었다.

폭풍우 소리는 점차 약해져 갔다. 그건 밖에 비가 그쳐서가 아니라 자신의 감각이 점점 쇠약해지고 있기 때문임을 기운침은 알았다.

기운침은 불현듯 자신이 처음 관중에 들어갔을 때 우연히 주루酒樓에서 본 그림이 떠올랐다.

주루 주인이 고상한 척하느라 어떤 민간 예술가에게서 사 온 듯한 조잡한 그림이었다. 자세히 볼만한 그림 솜씨는 아니었지만, 그림 구석에 옛사람의 시가 적혀 있었다. 기운침은 글공부를 거의 하지 않아서 전부 기억할 수는 없었지만, 대충 이런 내용이었다.

"젊어서 주루에 앉아 빗소리를 들을 땐 붉은 등불에 비단 휘장이 나부꼈는데…… 지금은 절간 처마 밑에서 빗소리를 들으니……."

귀밑머리가 어느새 희끗희끗하구나.

제3장
집으로

집으로

사윤이 주비를 끌고 밖을 향해 뛰었다. 모래자갈과 흙먼지가 자욱해 눈도 제대로 뜰 수 없을 지경이었다. 일행이 온통 먼지를 뒤집어쓴 채 비밀 통로의 입구를 부수고 나오자마자 억수같이 쏟아지는 비에 쫄딱 젖고 말았다. 흙먼지에 빗물이 더해져 모두가 걸쭉한 진흙탕 범벅이 되었다.

은패는 명줄이 어지간히 길기도 한지, 누구의 도움도 없이 용케 홀로 빠져나왔다. 똑바로 서기가 힘들어 보이는 것이 아마도 폐부에 중상을 입었거나 뼈가 부러진 듯했다. 그는 피에 얼룩진 손으로 바위를 짚고 서서 거친 숨을 내쉬며 무너져 내린 비밀 통로의 입구를 바라보았다. 그가 무슨 생각을 하고 있는지는 아무도 알지 못했다.

정라생을 죽였고, 기운침도 죽었다. 하나 사면 덤으로 하나를 더 주는 것처럼 두 사람에게 제대로 복수를 했으니, 이제 속이 후련할까?

그렇다면 십여 년을 키워 준 은혜는 어떻게 계산해야 할까?

주비는 은패가 삼춘객잔에서 거드름을 피우며 하던 말들을 떠올려 보았다. 어떤 말은 의미심장하게 이간질을 유도했지만, 또 어떤 말은 은연중에 기운침이 죽지 않았으면 하는 마음을 담고 있기도 했다. 그렇게 허풍을 떨던 모습이 꾸며 낸 거라면, 그중 얼마만큼이 그의 깊은 뜻이며 진심이었을까?

주비는 각양각색의 사람들을 봐 오면서 자신의 기준으로 남을 판단하는 것이 얼마나 큰 오류인지 깨달았다. 이런 생각들은 주비의 마음속에 떠오르자마자 깊이, 아주 깊이 가라앉아 다시는 떠오르지 않았다. 어쨌든 사람은 모두 죽으면 그만이었다. 하늘 같은 은혜와 원한도 결국은 흙먼지로 돌아가는데, 별거 아닌 조그만 생각이야 말해 무엇하겠는가.

사윤은 산 위에도 청룡주의 잔당이 남아 있을 거라는 생각에 은패에게 다가가 물었다.

"은 공자, 어디로 갈 겁니까?"

은패는 사윤의 말을 못 들은 척하며 비밀 통로 입구를 바라보던 냉담한 시선을 거두었다. 그는 엉망이 된 머리와 겉옷을 정리한 후, 오만한 표정으로 사윤의 어깨를 스쳐 지나갔다.

사윤이 갑자기 또 물었다.

"당신도 '해천일색'을 찾는 겁니까?"

마침내 은패가 눈을 흘기며 사윤을 돌아보았다. 올라간 입꼬리와 조롱의 웃음이 담긴 표정. 도대체 사윤이 무슨 헛소리를 하는지 모르겠다는 얼굴이었다. 그는 한마디도 하지 않은 채 천천히 빗속으로 걸어 들어갔다.

사윤은 미간을 찌푸리고 은패의 뒷모습을 지켜보며 잠시 생각에 잠겼지만, 그를 따라가지는 않았다.

주비 일행 셋은 형산을 떠났다. 가는 길에는 더 이상 청룡주의 졸개들과 마주치지 않았다. 요즘 세상에는 악인도 머리가 잘 돌아가야지, 안 그랬다가는 나쁜 짓을 하기도 전에 목숨이 끝나 버릴 수 있었다.

형산을 지나 남쪽으로 더 내려가니 남조의 경계가 나왔다. 이곳은 여전히 변방이었고 여러 해 동안 전쟁을 겪었다. 정통 대소大昭 왕조가 다스리는 이곳도 딱히 북쪽보다 평화로워 보이지는 않았다. 전체적인 분위기는 스산했고 쇠락해 가고 있었다.

무너진 길가의 작은 주점에서는 오초초가 기다란 절름발이 의자에 앉아 조심스럽게 잡곡 전병을 한 입 베어 물고 있었다. 그녀는 생선 가시를 발라내는 것처럼 입을 오물오물하더니, 돌이 들어 있지 않다는 것을 확인한 후에야 안심하고 씹어 먹기 시작했다.

잡곡 전병 안에는 온갖 것이 섞여 있었는데, 말이나 돼지에게 주는 먹이 같은 건 몽땅 들어 있으면서 오로지 '밀가루'만 들어 있지 않다. 이 전병은 퍽퍽하고 단단해서 먹으면 목구멍에 딱 걸려 아무리 해도 내려가지를 않았다.

오초초는 다른 사람들이 까탈스럽다고 구박할까 봐 아무 말 없이 전병을 한 입 먹고는 얼른 시원한 물을 마셔 전병을 배 속으로 내려보냈다. 그녀는 원래 위가 작은 터라 이렇게 먹으니 전병을 반쪽만 먹었는데도 물을 많이 마셔 배가 불렀다. 식비가 적게 들어 먹여 살리기에 나쁘지 않았다.

사운은 어디선가 마차를 새로 마련해 주비, 오초초와 함께 길을 나섰다. 인맥이 넓고 어떤 상황에든 맞춰 적응하는 그에게서 왕야의 면모는 전혀 찾아볼 수가 없었다.

사윤이 휘어진 젓가락으로 쟁반 위에 놓인 정체불명의 절인 채소를 찌르며 말했다.

"여긴 전방과 가까운 데다 땅도 뭘 심기가 마땅찮아서 가난한 편이에요. 동쪽으로 가면 이 정도로 궁상맞지는 않을 텐데. 금릉의 번화함은 옛 도읍과 비교해도 별 차이가 없다니까요. 정말 안 가 볼 거예요?"

오초초는 말없이 고개를 저으며 주비를 바라보았다.

주비도 줄곧 말이 없다가, 오초초가 자신을 바라보자 그제야 고개를 저으며 말했다.

"전 촉 땅으로 갈래요."

오초초는 약간 거북한 듯 사윤에게 말했다.

"비야가 촉 땅으로 간다니 저도 따라가겠어요."

사윤은 고개를 한 번 끄덕이고는 아무 반응도 하지 않았다. 주비가 물었다.

"그쪽은요?"

사윤은 주비의 말을 못 들은 듯 느릿느릿 절인 채소를 집어 들었다. 그가 쥔 젓가락은 안짱다리처럼 휘어졌는데도 여전히 안정적으로 채소를 집고 있었다. 정말이지 먹는 데에서는 조예가 깊은 인물이었다.

주비가 눈을 흘기며 팔꿈치로 오초초를 툭 쳤다.

"물어봐."

오초초는 너무 난처해져서 기다란 의자에 얼어붙은 채 앉아 모기처럼 왱왱거리는 목소리로 물었다.

"비야가 물어보네요……. 사 공자님은 어떻게 하실 거예요?"

사윤이 봄바람 같은 미소를 지으며 예의 바르게 대답했다.

"저야 뭐 어딜 가든 함께해야지요. 누군가는 마차를 끌어야 하지 않겠어요?"

세 사람은 석 자도 되지 않는 작은 탁자를 가운데 두고 옹기종기 모여 앉아 있었고 귀에 문제가 있는 사람도 없었다. 그러나 사윤과 주비는 서로를 상대하지 않았고, 기침 소리마저 오초초가 전달해야 했다. 오 낭자가 성격이 좋아 천만다행이었다.

주비가 비밀 통로의 이실에서 순간 충동적으로 내뱉은 말이 단왕 전하의 심기를 건드렸고, 거기다 웃기까지 했으니 미운털이 단단히 박힌 셈이었다. 그래서 위험에서 벗어난 후로 사윤은 줄곧 이런 태도를 고집하면서 뻔뻔스럽게 주비와 오초초를 따라왔으나, 주비와는 절대 말을 하지 않았다.

주비는 사람 목구멍을 막는 그 잡곡 전병과 이를 갈며 한참 실랑이를 하다 결국엔 항복하고 포기한 채 눈 딱 감고 전병을 꿀꺽 삼켰다. 제대로 안 씹힌 전병이 덩어리로 뭉쳐져 목구멍에서 위 속으로 넘어갈 때, 한참 후에야 '쿵' 하고 떨어지는 듯했다. 주비는 손으로 가슴을 누르며 좋은 생각을 하려고 애썼다.

'금을 삼키는 것보다는 돈이 덜 들면서 효과도 비슷하니, 돈을 번 셈이네.'

주비는 잠시 쉬었다가 다시 도전하고 싶었으나 자꾸만 마음속에 궁금증이 솟아났다. 눈을 내리깔고 잠시 생각에 잠겨 보았지만 더는 참을 수 없어 질문을 쏟아 냈다.

"도대체 '해천일색'이 뭐지? 그게 뭐길래 그 정…… '정 뭐시기 나생'인가 뭔가 하는 놈이 듣자마자 그렇게 신경 쓰는 건데?"
 오초초는 주비가 눈을 부라리며 자신에게 묻는 걸 보고 어안이 벙벙했다.
 "나도 모르겠는걸."
 대답한 후에야 비로소 자신에게 묻는 게 아님을 깨달은 오초초는 귀까지 빨개진 채 사윤에게 주비의 말을 전했다. 사윤은 냉수를 조금 마신 후 얄미운 표정을 살짝 거두고 가라앉은 목소리로 말했다.
 "저도 잘 모릅니다. 아주 오래전의 일이라서요. 어떤 사람은 그것이 신통력이 대단한 사람들의 연맹이라고도 하고, 어떤 사람은 그것이 막대한 재산이라고도 하고, 또 어떤 사람은 그것이 무기고라고도 합니다. 사병이나 신출귀몰하는 자객이라고 하는 사람도 있지만 가장 신빙성이 떨어지는 말이긴 하죠. 어쨌거나 '해천일색'의 선대 주인은 은문람이라고 알려져 있습니다. 당시 은문람이 무림 맹주가 아니면서도 무림 맹주처럼 굴 수 있었던 이유가 바로 그것 때문이라는 소문이 있죠……. 전 그다지 믿지 않습니다만."
 이번에는 오초초가 웬일로 자발적으로 질문을 했다.
 "왜죠?"
 사윤이 웃으며 말했다.
 "강호 사람들은 거칠고 포악한 데다 괴짜도 많아서 부모도 어쩌질 못하는데, 누가 그런 오합지졸을 호령할 수 있겠습니까? 정말 그럴 수 있는 비결이 있다면, 그건 '신의 성실'이나 '정의 호쾌' 따위일 것입니다. 그런데 이런 건 이미 다 있는 말인데, 뭐 하러 굳이 뭔지 모를 '해천일색' 같은 이름을 또 짓겠습니까?"
 오초초는 주비와 서로 눈빛을 마주친 후 물었다.

"그럼 은패는 알고 있을까요?"
"모르는 척하는 겁니다."
사윤이 말했다.
"하지만 전 그놈이 알고 있다고 확신합니다. 정라생이 하는 말 못 들었어요? 은패가 산천검의 칼집을 훔쳐 갔다고 했었죠. 은가장 전체가 청룡주의 손아귀에 넘어가서 모운사 같은 보물도 한둘이 아니었을 텐데, 다른 것들은 본체만체하면서 왜 하필 망가진 검의 칼집만 원했을까요? 거기에 대해서는 예전부터 이런 추측을 했습니다. 은문람은 생전에 본인 평생에 마음에 드는 것이 딱 두 가지 있다고 했는데, 하나는 산천검이고 다른 하나가 바로 '해천일색'이었습니다."
사윤은 냉수를 들이켠 후 말을 이었다.
"그러니 만약 해천일색에 어떤 비밀이 있다면 증표든 열쇠든, 은문람이 어딘가에 남겨 두지 않았을까요?"
여기까지 듣던 주비는 그게 어딘지 짐작이 갔다. 오초초는 여전히 아리송해서 캐물었다.
"그게 어딘데요?"
주비가 설명했다.
"당연히 산천검이겠지. 천하제일검은 어떻게 생각했을지 모르겠지만, 나 말고 주변에 믿을 만한 사람이 아무도 없다면 가장 믿을 수 있는 건 두말할 것도 없이 내 손에 들린 도검일 테니까."
큰 깨달음을 얻은 오초초는 다시금 주비를 쳐다보았다. 주비가 일부러 빈정거리며 사윤에게 트집 잡는 건 아닌지 의심스러웠다.
사윤은 아무것도 못 들었다는 듯 일어나 계산을 했다. 두 낭자에게 남은 잡곡 전병을 챙겨 가라고 당부하는 것도 잊지 않았다.

"갑시다. 이런 두메산골의 가난한 동네에서는 잘 곳을 찾기가 쉽지 않아요. 날이 어두워지기 전에 어떻게든 형양衡陽에 도착해야 합니다."

그는 말을 마치자마자 마차 쪽으로 향했다.

주비가 그의 뒷모습을 보며 부득부득 이를 갈자, 오초초가 그녀를 슬쩍 잡아당겼다. 주비는 작은 목소리로 오초초에게 말했다.

"뭐가 저렇게 신난대?"

오초초는 여섯 살 이후로 누가 이렇게 열심히 화내는 걸 본 적이 없었다. 웃음이 나올 것 같았지만 적절한 반응이 아닌 것 같아 꾹 참고 주비의 귀에 대고 속삭였다.

"사 공자는 형산에 있을 때도 널 걱정했었어."

다시 생각해 봐도 주비가 기운침에게 정라생을 붙잡아 놓기로 약속한 건 확실히 주제넘은 짓이었고 타당하지도 않았다. 자신의 실력으로는 어림도 없는, 말도 안 되는 거였다. 주비도 잘 알았기에 어쩔 수 없이 화를 누르며 무표정한 얼굴로 침묵했다. 오초초가 잠시 생각하더니 다시 물었다.

"그때 정말 기 대협을 믿었던 거야?"

주비는 살짝 뜨끔하여 고개를 저었다. 당시 주비는 기운침에게 무슨 꿍꿍이가 있는지 몰랐고, '수혼침'에 대해서도 알지 못했다.

오초초는 이상하다는 듯 물었다.

"그럼 왜 그랬어?"

대체 왜 그랬는지 주비도 딱히 뭐라 꼬집어 말할 수가 없었다. 별다른 계획도 없었고, 심지어 처음에는 속임수를 써서 겨우겨우 청룡주의 눈앞에서 도망쳤다. 자신은 청룡주를 물리칠 수 없으니 무슨 수를 써서라도 정면 승부는 피해야 한다는 걸 잘 알고 있었다.

하지만 굳이 이유를 꼽자면, 주비는 비밀 통로에서 정라생이 내뱉는 온갖 더러운 말을 들었을 때 그에 대한 살의를 느꼈다.

나쁜 짓을 벌인 거라면 사실 놀랄 것도 없었다. 주비는 여정 내내 악명 높은 '활인사인산'의 이름을 들어 왔기 때문에, 그들이 좋은 일을 한다면 그거야말로 신선한 일이라고 생각했다. 그런데 도대체 그들은 뭘 믿고 그렇게 떳떳하고 당당하게 못된 짓을 하는 걸까?

이 비열하고 뻔뻔한 인간들은 대체 뭘 믿고 큰소리를 치는 건지, 이십 년 치 죄목을 이마에 떡하니 붙인 채 여기저기 활보하며 다닌다. 하지만 그들 때문에 이미 백골이 되어 버린 선량한 사람들은 또 무슨 죄란 말인가.

이렇게 된 것은 결국 분노를 꾹 참고 감히 말하지 못한 수많은 일이 쌓여서가 아닐까?

난세에 왕법王法이란 존재하지 않는 법, 만약 도의마저 사라진다면 하루하루를 근근이 살아가는 백성들에게는 무슨 희망이 있을까?

주비는 기운침이 가엾지 않았다. 지금 생각해 봐도 기운침은 불쌍하긴 해도 괘씸한 부분이 분명 있었다. 다만, 그때 기운침의 부탁을 거절했더라면 자신이 스스로에게 무척 실망했을 거라는 건 확실했다.

닭 잡을 힘도 없는 오초초 이 아가씨도 마찬가지였다. 그녀는 주비와 주인장 화 씨가 힘을 합쳐도 정라생을 물리칠 수 없다는 걸 몰랐을까? 이렇게 가냘픈 아가씨도 친구를 위해 혼자 떠나지 않았는데, 칼을 든 사람은 말해 무엇하겠는가?

주비는 오초초에게 어디서부터 얘기를 해야 할지 고민하다 고개를 들자마자, 마침 사윤이 멀지 않은 곳에 마차를 세워 두고 마치 그녀의 답을 기다리는 듯 서 있는 모습을 보았다. 그녀의 시선이 가까워지자 사윤은 곧장 딴청을 부리며 '난 안 들리지롱'이라고 말하듯 얄미운 표정을 지어 보였다.

도의를 수호하려던 협객 주비는 저런 어이없는 유치함에 순식간에 마음이 식은 채, 언짢은 표정으로 자신의 마음속에 가득했던 생각을 세 마디로 요약했다.

"그냥 그러고 싶었어!"

"……."

이 황당한 싸움은 촉 땅에 도착하기 전에 끝나기나 하려나?!

형양에는 지방관이 있었고 근처에는 주둔군도 있어 아주 그럴듯한 곳처럼 보였다. 최소한 길에서 칼부림이 일어나지는 않았다.

저녁이 가까워질 무렵, 마부가 된 단왕이 두 낭자와 함께 형양성으로 안전하게 진입했다. 사윤은 누가 봐도 제대로 된 떠돌이처럼 보였고 마차를 모는 실력도 아주 뛰어났다. 서두르지 않고 침착하게, 덜컹거리지도 않게 마차를 몰았고 중간에 길을 잘못 들지도 않아 가는 길이 무척 편안했다.

이곳은 이제 막 큰비가 한바탕 내린 터라 길이 고르지 못했다. 길가를 따라 죽 늘어서 호객하는 장사치들과 가게들은 마치 산속 바위틈 사이에 피어난 잡초처럼 조그마한 틈만 있어도 살 수 있었다. 객잔은 주루를 겸하고 있었고, 손님을 끌어모으기 위해 광대를 고용했다.

객잔의 광대는 이야기도 하고 노래도 부르는 중년의 부부였다. 남편은 장님이었고 아내는 목소리가 매우 아름다웠는데, 마침 '천세우' 사 아무개의 〈이한루〉를 부르고 있었다. 노래를 다 부른 후, 아내는 쟁반을 들고 손님들 사이를 빙 돌았다. 그녀는 돈을 달라고 애걸복걸하지 않았고, 돈을 주는 사람이 있으면 가볍게 감사의 표시를 했다.

사윤이 그녀의 쟁반에 동전 한 줌을 내려놓았다. 주비는 그 여인의 얼굴을 정면으로 보고 깜짝 놀랐다. 여인은 너울을 써서 얼굴의 반을 가리고 있었지만, 살짝 속이 비치는 조악한 너울 밑으로 울퉁불퉁한 흉터가 보였다. 계속 보면 실례인 것 같아 주비는 얼른 시선을 돌렸지만 자신도 모르게 안타까운 마음이 들었다. 몸매가 예쁜 데다 선도 고우니, 분명 아름다운 여인이었을 텐데.

여인이 돌아가자 오초초는 그제야 작은 목소리로 말했다.

"저 여인……."

"화상입니다."

많이 봐서 익숙하다는 듯, 사윤이 무미건조하게 말했다.

"별거 아니에요. 대부분은 스스로 저렇게 만든 겁니다. 타지에서 생계를 이어 가기가 쉽지 않잖아요. 여자라면 더욱 그럴 테고요. 자신을 보호하는 일종의 방법이죠. 얼굴이야 아무짝에도 쓸모없으니까. 얼른 드세요. 먹고 일찍 쉬어야죠. 여기까지 오면서 제대로 잠을 자 본 게 며칠도 안 되는 거 같네요."

광대 부부는 객잔에서 밤늦도록 노래를 불렀다. 주비 일행이 쉬러 방으로 들어간 후에도 1층에서 들려오는 작은 노랫소리를 들을 수 있었다. 그러나 별 소득은 없는 것 같았다. 〈이한루〉가 인기를 끌었던 건 아주 옛날의 일이었다. 매일 똑같은 노래를 듣는 것이 지겨울 만도 했다. 사람들 대부분은 노래에 귀를 기울이지 않았고 여인의 쟁반도 못 본 척했다.

말끔히 씻고 나온 주비는 매우 피곤했지만 아무리 해도 잠이 오지 않았다. 그녀는 아예 책상다리하고 앉아 무공에 미친 사람처럼 명상을 하며 파설도를 연마하기 시작했다. 이제 막 총 아홉 식 파설도를 처음부터 끝까지 펼쳐 보고 어느 정도 실력이 향상되었을 때쯤, 갑자기 옆방에서 끼익 하는 소리가 나더니 사윤이 또 나타났다.

주비는 아무리 화가 머리끝까지 치밀어 올라도 일단 자신만의 세계에 몰두하면 서서히 화가 가라앉았다. 철천지원수만 아니라면, 그녀는 불같이 화를 내다가도 금방 잊어버리는 성향이었다.

파설도는 '종사宗師의 칼'답게, 주비를 아무것도 모르는 여섯 살 꼬마에서 분별력 있는 어른으로 만들어 놓았다.

'분별력 있는 어른'은 방 안을 어슬렁거리며 잠시 자기반성을 했다. 사윤이 화를 낸 건 확실히 웃기긴 했지만 그렇다고 자신마저 '이에는 이, 눈에는 눈'이라는 식으로 죽자고 덤벼들었으니, 잡곡 전병을 배부르게 먹고 할 일이 너무 없었나 싶었다.

주비는 고개를 내밀어 밖을 둘러보았다. 아래층에는 아직 손님 몇 명이 있었다. 심부름꾼 아이는 연신 하품을 하며 사윤에게 탁한 곡주 한 주전자를 가져다준 다음, 귀찮다는 듯 한쪽에서 식탁을 닦기 시작했다.

노래를 부르던 광대 부부는 쓸쓸히 1층 무대에 앉아 있었다. 아내의 목은 이미 쉬어 버렸고, 눈먼 남편은 습기를 머금은 칠현금을 튕겼다. 휑한 대당大堂 안을 울리는 칠현금 소리는 관능적인 곡조의 처연함이 있었다.

사윤이 어디서 구해 왔는지 모를 작은 등잔을 손 근처에 두고, 책상 위에 깔아 놓은 오래된 종이와 붓을 비추었다. 뭔가를 쓰다가, 또 잠깐 넋이 나가 있다가, 이따금 술잔을 들어 한 모금씩 마시는 모습이 쓸쓸하고도 실의에 빠진 것처럼 보였다.

주비는 그의 곁으로 살금살금 다가갔다. 사윤은 노래하는 부부의 끊어질 듯 이어지는 칠현금 소리에 맞춰 새로운 가사를 쓰고 있었다. 주비는 근처에 앉아 턱을 괴고 바라보았다. 가사의 앞부분은 문진에 가려 보이지 않았고, 한 구절만 겨우 보였다.

"……다리 밑 오래된 바위에는 서리가 겹겹이 쌓였는데, 떠나간 그 사람은 언제나 돌아오려나."

붓끝을 멈춘 사윤이 그녀를 흘끗 보곤 다시 냉담하게 눈을 내리깔았다.

주비는 빈 그릇을 가져와 다짜고짜 사윤의 술 주전자에 있는 곡주를 따라 몇 모금 마신 후 입맛을 다셨다. 술이 너무 밍밍해 아무 맛도 안 나는 것 같았다. 그러고는 손가락 두 개를 뻗어 사윤의 붓대를 집었다.

오래된 붓대는 허공에 멈춰 있었다. 붓끝에 먹이 진하게 묻어 있었는지, 곧바로 한 방울이 떨어졌다. 그러나 주비의 손이 더 빨랐다. 그녀는 순간적으로 들고 있던 빈 술잔을 내밀어 동그란 먹 한 방울을 재빨리 받아 냈다. 거침없는 동작이었다.

"……."

주비는 자신이 말을 많이 하는 만큼 실수도 잦다는 걸 알고 있었다. 그래서 사윤의 기분을 풀어 주려 그를 향해 웃어 보였다. 그녀의 얼굴에는 늘 독불장군 같은 표정이 걸려 있었지만, 자신이 어리고 예쁘다는 것을 등에 업고 가끔 다른 사람의 비위를 잘 맞춰 줄 때면 또 그렇게 무뚝뚝해 보이지도 않아서, 결국 화를 내고 싶어도 못 내게 했다.

주비가 물었다.

"뭘 쓰고 있는 거예요?"

사윤은 자신이 변변치 못함을 한탄하며 주비의 손에서 붓을 빼앗아 와 언짢은 말투로 대답했다.

"죽음을 두려워하는 노래."

주비는 사윤이 자신의 말에 대답하자마자 이때다 싶어 얼른 덧붙였다.

"사 오라버니, 제가 잘못했어요."

사윤이 그녀를 쳐다보았다.

주비는 몰래 심호흡을 했다. 어릴 때 이성은 그녀와 무공을 겨루다 지면, 돌아가서 혼자 한바탕 대성통곡을 하고는 이튿날 아무 일도 없었다는 듯 멀쩡하게 나타났으니 굳이 달랠 필요도 없었다.

그 생각을 하니 주비는 '너 정말 피곤하다'는 식의 원망스러운 표정을 하곤 한참을 궁리하다가 우물거리며 말했다.

"그…… 형산에서는 제가 말을 잘못했어요. 사실 그렇게 생각한 건 아니었거든요."

하지만 절대로 잘못한 건 아니었다.

사윤이 붓을 옆에 놓고 한숨을 내쉬었다.

"네 말에 진정성이 눈곱만큼도 없다는 건 눈 감고도 알겠다."

그럼 나보고 어떻게 하라고?

주비는 파설도의 가르침으로 사그라진 화가 다시 확 타오르는 듯한 기분을 느꼈다.
다행히 사윤은 한술 더 뜨는 대신, 그녀를 잠시 흘겨보더니 정색하며 말을 이었다.
"낭자, 명문의 후손이시니 저처럼 온화하고 순진하며 유약한 서생을 함부로 대하고 업신여겨서는 안 됩니다."
사윤이 또 뻔뻔스러운 헛소리를 하는 걸 보니 화가 풀린 모양이었다. 주비는 안도의 한숨을 쉬며 눈꼬리를 구부리며 자신의 뺨을 가볍게 쳤다.
"그러게 말이에요. 전 정말 못났지 뭐예요. 사 오라버니 대신 제가 절 때릴게요. 그런데 지금 뭘 쓰는 거예요?"
"새로운 창극."
사윤이 대답했다. 옆에 있던 등잔의 작은 불꽃이 깜박이자 그의 눈에도 희미한 불빛이 일렁거렸다.
"탈주병에 관한 이야기야."
주비는 창극이 무슨 재미가 있는지 도통 이해되지 않았다. 대사는 간혹 알아들을 수 있다지만 노랫가락은 들어도 뭔 말인지 알 수 없었다. 아무리 멋들어진 대사도 노래를 부르는 사람의 입에서 나오기만 하면 죄다 '아이야이야' 하며 가늘고 긴 소리로 늘어지니, 도대체 무슨 말인지 모르는 게 당연했다.
영웅이면 모를까 '탈주병'에 대한 얘기라니, 주비는 그만 따분해져서 신발 밑창으로 나무 식탁 한쪽 끝을 문지르며 물었다.
"탈주병 얘기가 뭐 재밌다고요?"
사윤은 머리도 들지 않고 빠르게 몇 줄을 적어 내려가며 무심히 대답했다.
"영웅도 뭐 별거 있어? 일단 세상에 이름을 떨치는 큰 영웅이 되면, 그는 이미 사람이 아니게 돼. 사람들은 다 눈을 가린 채 제대로 알지도 못하면서 영웅을 칭송하지. 하지만 아무도 그를 이해하지 못하는데, 외롭지 않겠어? 게다가 칭송하는 건 누구나 할 수 있어. 하는 말도 저 먼 옛날부터 그 말이 그 말이고 수천 번을 우려먹은 거야. 쓴다 해도 재미가 없다는 거지. 한가하게 노닥거릴 때나 입에 오르내릴 얘기를 쓰느니 죽기 무서워 안달 난 얘기를 쓰는 게 나아."
주비가 말했다.
"……지금 절 비꼬는 거예요?"
사윤이 소리 없이 웃자 주비가 식탁 밑으로 그를 걷어찼다.
"야야, 날 발로 차는 건 괜찮은데 식탁을 뒤집지는 마."
사윤은 어지럽게 쌓여 있는 원고를 조심스럽게 보호했다. 주비는 원고 한 장을 집어 들고 더듬더듬 읽었다.
"제비와 참새가 들어오니……."
사윤이 말했다.
"휴, '돌아오니'야. 눈이 어떻게 됐니?"
"아, 제비와 참새가 돌아오니 황자의 고향이로다. 사방을 찾아봐도 그…… 단아한 그 아가씨는 보이지 않네. 가슴에 만고토…… 에, 틀렸다, 만고도萬古刀를 품고 있다지만, 누가 파군의 옛…… 장대를 생각할까……?"
사윤은 주비가 두 줄을 겨우겨우 읽어 내려간 종이를 홱 낚아채더니 종이를 꾸깃꾸깃 뭉쳐 빈 잔에 넣었다.
"아이고, 아가씨, 절 용서해 주시죠? 네가 읽으니까 왠지 내가 다시 써야 할 것 같아."

원래부터 풍월을 읊는 데 재주가 없던 주비는 별생각 없이 또 물었다.

"그러니까 이 죽음을 두려워하는 탈주병이 만고도를 품고 있다는 거예요?"

"도망치기 전, 그는 자신이 세상에서 제일가는 영웅이라고 믿었어. 그래서 당연히 금의환향해서 사랑하는 여자와 멋지게 혼인할 거라 생각했지. 그런데 조정에서는 그를 어디에도 쓰지 않았어. 중요한 인물이라고 전혀 생각하지 않았던 거야. 그는 그저 적을 깊숙이 유인하는 살아 있는 미끼에 불과해서 죽어야만 임무가 완성되는 거였지. 그래서 그는 도망쳤어. 하지만 도망친 후에는 내내 험난한 길의 연속이었고, 고향으로 돌아갔을 때는 자신의 연인도 보이지 않았어."

주비가 물었다.

"어째서요?"

사윤은 눈동자를 굴리며 그녀를 잠시 주시하더니, 웃는 듯 마는 듯 한 표정으로 말했다.

"왜냐하면 그 여자는 수초 요괴였거든. 진작에 잉어를 타고 떠났지."

그는 마지막 말을 마치고 살짝 후회했다. 너무 뜬금없는 전개였기 때문이었다. 애석하게도 주비는 알아차리지 못한 채 순수하게 놀란 표정으로 진지하게 평가를 했다.

"아주 엉망진창이네요!"

실망한 건지 다행스러워하는 건지 알 수 없었지만 어쨌거나 사윤은 말없이 한숨을 내쉬며 시선을 거두고 나른하게 말했다.

집으로 | 223

"신경 쓰지 마, 어차피 수입은 짭짤할 거니까. 촉 땅으로 가려면 계속 남조의 변경을 따라가야 해. 형양에서부터 돌아가면 수천 리니까 금방 도착하지는 못할 거야. ……혹시 산채의 염탐꾼들이 어떻게 연락하는지 알아?"

주비는 전혀 몰랐다.

사윤이 눈썹을 치켜세우며 말했다.

"봐, 지금 우린 비바람을 피할 곳도 없어. 길을 가면서 노잣돈을 마련할 방법을 생각해야 한다고. 하얀 것은 종이요, 까만 것은 글씨가 아니라 이게 다 돈이야, 돈. 잘 봐, 이 오라버니가 할 줄 아는 거라곤 돈 버는 장사니까 너도 잘 배워 둬. 사람이 한평생 살면서 먹고 입는 게 가장 중요한데, 칼이나 창만 휘두를 줄 알면 무슨 소용이겠어?"

집안 살림을 해 본 적이 없어 쌀과 땔감이 얼마나 귀한지 알 턱이 없는 주비는 '먹고사는 법' 얘기에 깜짝 놀랐다.

"지금 그런 걸 걱정하는 거예요? 아니, 왕야 아니었어요? 녹봉 안 받아요?"

사윤이 웃으며 말했다.

"녹봉이 뭔지나 알고 하는 말이니?"

주비가 다리를 휙 들어 올렸다. 사윤은 마치 미리 알았다는 듯 재빨리 몸을 움츠려 발차기를 피했다. 그는 고개를 저으며 말했다.

"자고로 녹봉을 받으면 주는 쪽에 충성해야 하지. 내 작은 숙부의 밥을 먹으면 그를 위해 움직여야 하고, 얌전히 금릉으로 돌아가 허울뿐인 행운의 상징이 되어야 해."

주비가 물었다.

"왜 집에 돌아가지 않으려는 거예요?"

그녀는 '돌아가다' 또는 '금릉에 가다'가 아니라 '집에 돌아가다'라고 말했다. 따뜻하기도, 미묘하기도 한 말이었다. 주비의 머릿속에는 늘 그런 곳이 있었다. 그다지 편하지도, 번화하지도 않지만 그래도 모든 여행의 끝인 그런 곳.

사윤은 잠시 우두커니 있다가 가볍게 미소를 지었다.

"집에 돌아간다고? 금릉은 내 집이 아니야. 내 집은 옛 도읍에 있지."

주비처럼 무딘 사람조차 그의 미소에 여러 가지 복잡한 사연이 담겨 있음을 알아차릴 수 있었다. 하지만 사윤은 그녀에게 더 생각할 시간을 주지 않았다. 그는 억지로 화제를 돌렸다.

"그럼 너는 왜 집에…… 돌아가고 싶은데?"

주비는 그 질문에 살짝 부끄러워졌지만, 사실은 사실이니 솔직하게 대답했다.

"제 무공이 변변찮으니까 집에 가서 열심히 수련하려고요."

그 말에 사윤의 표정이 순간 이상하게 변했다.

주비가 물었다.

"왜요?"

사윤은 손가락에 술을 살짝 찍어 책상에 작은 산을 하나 그렸다. 그리고 산꼭대기 근처에 선을 하나 그은 후 말했다.

"고수를 아홉 등급으로 나눈다고 치자. 너는 정라생을 좁은 길에 가둬 놓고 그의 사람을 죽였어. 그의 손바닥을 베었고, 그에게서 도망쳤지……. 상대가 널 얕잡아 본 덕분이라고 할 수도 있겠지만, 어쨌든 네가 무기도 없이 여기까지 올 수 있었다는 건 지금 너의 무공이 이류=流에는 충분히 비집고 들어갈 수 있다는 뜻이야. 단, '이류'에 속한 너의 운이 좀 안 좋긴 해. 세상에 널린 부하와 잡졸들은 겪어 보지도 않고 전부 악명 높은 고수들만 상대했잖아. 좀 난처한 상황이라고 할 수 있지."

자신을 치켜세우는 말에도 주비는 별 감흥 없이 꼬아서 생각했다.

'노래 쓰는 서생이면 노래나 부르면 됐지, 뭘 또 비꼬고 있대.'

사윤은 붓을 거꾸로 든 뒤 약간 갈라진 붓대로, 술로 그린 그림 자국 위에 다시 그림을 그리며 말했다.

"그래도 너무 득의양양해하지는 마. 무공은 산을 넘는 것과 같아서, 한 고개 넘으면 한 고개가 또 나오지. 세상에는 적잖은 일류 고수들이 있어. 명문 선배들이라든지, 예를 들어 제문의 도장이나 곽가보의 보주 같은 선배님들 말이야. 일류의 위에는 최고의 고수들이 있어. 보기 드문 희대의 인물들. 명성이 어떻든 간에, 이름만 대도 남북 무림을 벌벌 떨게 만들지."

주비는 거기까지 듣고 나서야 어느 정도 정신을 차릴 수 있었다. 무공이 아닌 기이한 소문과 뒷이야기에 관해서는 그녀가 아는 사람 중 사윤을 능가하는 사람이 없었다. 그녀가 얼른 물었다.

"최고의 고수라 함은 북두나 활인사인산의 사상四象 같은 사람들이죠?"

사윤은 '응' 하고 대답하다가 눈썹을 치켜세우며 말했다.

"아니지. 목소교는 맞고 정라생은 아니야. 심천추도 맞지만, 구천기 같은 사람은 아마 부족하겠지. 정라생을 사상의 우두머리로 치는 건 그에게 실력이 대단한 졸개들이 있기 때문이었어. 게다가 갖은 흉계와 속임수를 끊임없이 사용했지. 이런 사람은 정말 위험해. 자칫 잘못하다간 목숨이 날아가거든. 그런데 만약 네가 정라생을 최고의 고수라고 친다면, 다른 사람은 몰라도 사상의 나머지 세 사람은 콧방귀를 뀔 거야."

주비는 자기도 모르게 이야기에 빠져들었다.

사윤이 말을 이었다.

"최고의 고수 위에는 종사宗師급의 인물이 있지. 이들 간의 다른 점이 뭔 줄 알아?"

주비가 재촉하듯 물었다.

"뭔데요?"

사윤은 그녀가 점점 앞으로 몸을 기울이는 것을 보자 장난기가 발동했다. 그는 일부러 느긋하게 자신의 잔에 술을 따르고는, 주비가 궁금증에 몸을 배배 꼬는 걸 보고서야 천천히 말을 이었다.

"그 다른 점이란 말이지, 최고의 고수는 모든 세대마다 있지만 종사급의 인물은 그렇지 않다는 거야."

"고영수, 그 사형과 사매 두 사람의 검은 약간 샛길로 빠져서 정파이기도 하고 사파이기도 했지. 게다가 두 사람은 절세 무공을 반반씩 나눠 가졌으니 종사급이 되기엔 약간 모자랐어. 북도 관봉은 일찍감치 속세를 떠났고, 제자는 이름을 날리기도 전에 세상을 떠났으니 역시 부족하지. 하지만 산천검은 무림에서 무관의 제왕이었고, 남도는 개종입파開宗立派한 데다 절세 무공을 다시 보완해 완성했으니 이 두 사람이야말로 초대 종사라고 할 수 있어. 이십 년 전, 중원 무림에서 인재가 한창 배출되던 그때가 바로 전성기였어. 명맥이 끊어진 무공들이 다시 재현되었고, 지금까지 전해 내려오는 흥미진진한 야사들은 또 얼마나 많았는지……."

사윤의 뛰어난 언변에 주비는 온몸에 닭살이 돋을 지경이었다. 그의 손에 들려 있던 붓대가 갑자기 식탁 위에서 움직이자 흔적이 거의 말라 버린 작은 산은 어느새 동그란 원이 되어 있었다. 그의 목소리가 갑자기 달라졌다.

"그러나 찬란한 별들의 시대는 너무 빨리 막을 내렸어. 바람 같은 시간이 지나가 버렸지. 산천검과 남도는 차례로 세상을 떠났고, 고영수는 실종되고 북도는 칼을 봉인해 버렸지. 이근용 두령 같은 후세가 있긴 하지만, 비바람에 흔들리는 사십팔채의 번잡한 일들을 처리하느라 요 몇 년간 수련에 진보가 없으셨고 앞으로도 무공이 발전하는 건 힘드실 거야. 심천추가 극악무도하게 곽가보를 습격하고 천하의 기이한 무공을 삼키려는 야망이 온 세상에 낱낱이 드러났잖아. 그건 다 강해지고 싶다는 욕망 때문이었어. 참 안타깝지. 그런 잔꾀나 치사한 수단을 쓸 바에는 그냥 관두는 게 나았을 텐데 말이야."

그가 손에 힘을 빼자, 틈새가 벌어진 낡은 붓대가 책상 위에 떨어지며 '탁' 하는 소리가 났다. 주비의 심장도 따라서 뛰었다.

사윤은 낮은 목소리로 덧붙였다.

"큰 도적 떼가 나라를 망치고, 금릉은 무너졌네. 큰 산이 무너지니 나라가 멸망하는 재앙이 닥쳤구나. 세월이 흐르면 필경 고향을 떠나는 슬픔이 있으리니…….[1] 이것은 하늘의 뜻일까, 아니면 사람이 한 일일까?"

이때, 마침 장님의 칠현금 소리가 멈추자 사윤의 말도 따라서 멈

---

[1] 유신庾信, 〈애강남부哀江南賦〉

추었다. 그는 마치 조금 전까지 얘기하던 과거와 현재의 꿈에서 순식간에 벗어난 듯 시선을 돌리더니, 품에서 돈을 몇 푼 꺼내 주비에게 주며 말했다.

"저 두 분이 이제 판을 접으실 듯하니, 나 대신 가서 좀 배웅해 드려."

간신히 정신이 돌아온 주비는 영문을 몰라 물었다.

"돈이 없어서 노래라도 만들어야 한다면서요? 어떻게 어딜 가든 도의랍시고 이렇게 돈을 막 뿌려요?"

사윤은 손을 내저었다.

"내 몸 이외의 것은 그저 일시적일 뿐이야. 없으면 안 되지만, 그렇다고 뭐 그렇게 중요한 것도 아니지. 이 번잡한 세상에서 만난 인연이 더 귀한 법이니 가져가."

슬픈 어조로 얘기하는 그의 얼굴에 마음이 약해진 주비는 사 공자가 확실히 제대로 된 극작가라는 걸 깨달았다. 그녀는 돈을 집어 들고 차를 한 잔 따라서 목이 다 쉬어 버린 여인에게 가져갔다.

"언니, 좀 쉬면서 하세요."

노래 부르던 여인은 얼른 몸을 일으켜 감사를 표한 후, 주비가 내민 돈을 조심스레 받으며 작은 소리로 말했다.

"아가씨, 이왕 돈을 주셨으니 듣고 싶은 노래를 말해 보세요."

돈만 주면 끝날 거라 생각한 주비는 딱히 떠오르는 노래가 없어 어찌할 바를 몰랐다.

노래는커녕 산에서 부르는 민요도 몇 수 들어 본 게 없었다. 얼굴이 화상으로 일그러진 그 여인은 표정에 근심 걱정이 가득해서 무슨 노래를 불러도 슬프고 비참하게 들렸기 때문에, 야심한 시각에 기분 전환도 되지 않을 것 같았다.

주비가 어떻게 하면 자신이 노래에 별로 관심이 없다는 걸 티 내지 않을 수 있을까 고민하는 사이, 사윤이 붓과 먹을 챙겨 와 끼어들었다.

"어린애는 어차피 들어도 뭐가 뭔지 모른답니다. 부인도 괜한 데에 목을 쓰지 마시고, 그저 재밌는 얘기로 어린애를 달래 일찍 잠들게 해 주시지요."

"……."

주비는 자신이 저도 모르게 사윤을 또 화나게 한 것 같았다. 사윤의 말에 뼈가 있는 것처럼 들렸기 때문이었다.

노래하는 여인은 그들이 이렇게 예의를 차리는 걸 보고 기분이 좋으면서도 불안했다. 그녀는 잠시 생각하다가 가볍게 목을 가다듬고 말했다.

"그러시다면 제가 두 분께 세상 돌아가는 얘기를 해 드리지요. 길에서 주워들은 거라 정말인지는 모르지만, 재미는 있을 겁니다. 얼마 전 남북의 접경 지역에서 몇 가지 큰 사건이 생겼다죠. 그리고 아주 대단한 인물도 등장했다고 합니다."

그들이 바로 남북의 접경 지역에서 왔으니 주비는 첫마디를 듣자마자 바로 감정이입이 되었다. 주비는 곡주 한 잔을 들고 천천히 마시며 자세히 들을 준비를 했다.

"듣기로는 여협이라더군요. 깊은 산에 은거하며 신묘한 무공을 익혀, 등장하자마자 아주 대단했다죠."

주비는 얘기를 들으면서 생각했다.

'여협이고, 무공이 아주 뛰어나고, 남북의 접경 부근이라……. 그

렇다면 단구낭인가?'

여인의 목소리는 작았지만 듣는 사람을 몰입하게 하는 힘이 있었다. 그녀는 계속해서 말을 이었다.

"……그녀는 세상에 모습을 드러내자마자 북두의 일곱 마리 개를 마주쳤다죠. 당시 북두가 곽가보를 공격하고 화용성을 포위해서 성안의 민심이 흉흉했습니다. 그런데 그 여협 홀로 북두와 싸우며 녹존을 죽였다네요. 그러고는 피가 낭자한 길을 뚫고 나와 머리카락 한 올도 다치지 않은 채 홀연히 사라졌대요. 그 후에는 천 리 길을 홀로 달려 형산을 넘어와서는 객잔에서 약자를 도와주고, 묘책을 써서 청룡주 대마두를 유인해 낸 다음 형산 밑에서 죽였다더군요. 사람들이 다 기뻐하던데…… 아가씨는 그분이 누구의 후학인지 아세요?"

주비는 곡주 한 모금이 기도로 넘어가 기침을 하느라 죽다 살아났다.

노래를 부르는 여인은 주비가 이야기에 너무 몰입해서 그런 줄 알고 웃으며 말했다.

"그 여협은 남도의 후예라더군요. 이십 년만이네요. 파설도가 다시 강호에 나타난 게."

제 4 장

도
전

도전

"그쪽의 말이 믿을 만하다면요……."

마차가 덜컹덜컹 굴러가고, 마차를 끄는 말은 엉덩이를 씰룩거리며 걸었다. 주비는 사윤이 독차지하고 있던 마부의 보좌를 절반 가까이 차지했고 손에는 어느새 무의식적으로 마편까지 들려 있었다. 주변의 아름다운 풍광에는 전혀 관심이 없다는 듯, 표정은 약간 엄숙했다.

사윤이 항의했다.

"내가 하는 말은 항상 다 믿을 만해. 온 천하의 대소사를 나만큼 속속들이 다 아는 사람 본 적 있어?"

온갖 소식을 다 알고 말이 많은 게 무슨 자랑거리람? 주비는 그와 입씨름을 할 생각이 없어 그저 손을 내저으며 간단명료하게 말했다.

"그쪽이 말하는 그 '등급'에 따르면, 저는 그래 봤자 이류거든요."

사윤은 콧방귀를 뀌었다.

"네 상태가 괜찮을 땐 가까스로 그렇게 쳐줄 수 있지."

주비가 눈을 부라렸다.

"그 이야기꾼이 날 뭐라고 말하는지 들었어요?"

사윤이 깐죽거리며 말했다.

"두 등급을 한 방에 올라가서 최고의 고수를 넘어 일대 종사가 되었지. 다른 종사들은 말할 필요도 없어. 전부 늙은이 아니면 애송이잖아. 나이와 미모에서는 아무도 널 못 따라간다니까. 그 얘기 듣다가 나도 너한테 무릎을 꿇을 뻔했다니까. 대협, 소인 앞으로는 다른 일은 하지 않고 대협을 위해 마차만 끌어도 되겠습니까? 대협께서는 언제쯤 하늘로 올라가 옥황상제 그 늙은이를 쳐부술 생각이십니까?"

오초초가 마차의 휘장을 열어젖히더니 고개를 내밀고 영문을 모르겠다는 표정으로 물었다.

"무슨 얘기를 하시는 거예요? 어…… 이상하네요. 두 사람이 다시 말하기로 한 거예요?"

사윤은 고개도 돌리지 않고 말했다.

"저흰 지금 일대 명협이신 '주단도斷刀'의 이야기를 하던 중이었습니다."

주비가 말했다.

"……제가 지금 그쪽을 걷어찰까요, 말까요?"

"설마."

사윤은 믿는 구석이 있어 전혀 두렵지 않다는 듯 말했다.

"지금 날 걷어차면, 주 대협은 아마 마차를 저 남쪽 끝까지 끌고 갈걸."

"……."

사윤은 여전히 지지 않겠다는 듯 계속 말을 이었다.

"너처럼 게으르고 세상 물정 모르는 '대협'은 말이야, 나중에 자칫 잘못하면 밥 빌어먹고 살아야 해. 아, 대협, 〈수래보數來寶〉부를 줄 알아? 내가 지금 몇 구절 가르쳐 줄까?"

주비는 도저히 참을 수 없어 한쪽 다리를 휘둘렀다. 사윤은 마치 민첩한 낙엽처럼 가볍게 날아올라 공중에서 아슬아슬하고도 멋진 동작을 선보였다. 그러고는 품위 있게 하늘하늘 마차의 지붕을 스쳐 여유롭게 바닥에 착지했다.

오초초는 무의식적으로 손을 뻗어 자신의 머리를 감쌌다. 사 어르신 때문에 지붕이 무너질까 봐 겁이 났던 것이다.

주비는 얼른 마편을 휘둘렀지만 자신이 말을 모는 법이 서툰 것인지, 아니면 마차를 끄는 말의 엉덩이에 두꺼운 굳은살이 박인 것인지 도대체 속력이 나질 않았다. 말은 채찍질에도 아무 반응 없이 그저 몸을 흔들며 빠르지도 느리지도 않게 앞을 향해 걸었다.

주비는 화가 나서 말했다.

"이 말 다리에 혹시 목봉 다리를 묶어 놓은 건 아니죠?"

주비는 노래하던 여인에게서 깜짝 놀랄 만한 '무림 야사'를 들은 후로 족히 며칠 밤을 제대로 자지 못했다. 어떤 날은 북두와 사상이 태극 팔괘를 이루어 그녀를 포위해 공격하는 꿈을 꾸었고, 어떤 날은 어머니가 허리띠만큼 굵은 채찍으로 자신을 마구 때려 마치 팽이가 된 듯 발끝으로 서서 수백 바퀴를 도는 꿈을 꾸었다. 그런 꿈을 꾼 다음 날은 눈을 떠도 계속 머리가 어지럽고 눈앞이 핑

핑 돌았다.

그런 근거 없는 소문은 대체 어떻게 퍼지는 걸까?

주비는 갑자기 미간을 찌푸렸다. 그녀는 한 가지 가능성이 생각나 마차 지붕 위에 앉은 사윤에게 물었다.

"설마 심천추가 뒤에서 나를 음해하는 건 아니겠죠?"

"어떻게 음해해?"

사윤의 목소리가 지붕에서부터 들려왔다.

"자기가 머리에 피도 안 마른 어린 계집한테 당했다고 만천하에 알린다고?"

"……."

그 말도 맞았다. 심천추 무리처럼 이름이 알려질 대로 알려진 나쁜 놈들이 이렇게 체면 구기는 일을 제 입으로 말할 수는 없을 것이다. 게다가 일개 무명에 불과한 주비를 야단법석을 떨며 상대할 필요도 전혀 없었다.

사윤이 다시 느릿느릿 말했다.

"넌 강호를 많이 돌아다녀 보지 않아서 잘 모를 수도 있어. 다들 북두에 오랫동안 원한이 쌓여서 열흘이나 보름에 한 번은 꼭 탐랑성이 어떤 막돼먹은 놈한테 맞아 엉망이 되었다는 소문이 돌거든. 심천추도 그런 소문을 일일이 신경 쓰지 못해. 보통 진짜로 믿는 사람도 없고."

주비가 이상하다는 듯 말했다.

"참 할 일도 없나 봐요. 그런 소문을 지어내는 게 재미있을까요?"

"재밌지."

사윤이 긴 두 다리를 한가로이 흔들며 말했다.

"수렁에 빠진 사람들은 불합리한 세상에 대해 비분강개하면서 영웅이 나타나 주길 바라니까. 하지만…… 네 경우는 좀 특이해. 어쨌든 공교롭게도 청룡주가 정말 죽었으니까."

삼춘객잔 주변에는 선인과 악인이 마구 뒤섞여 있어 얼마나 많은 사람이 창문 틈새로 소동을 지켜보았는지는 알 수 없었으나, 주비가 삼춘객잔에서 구룡수와 한바탕 싸운 건 확실히 큰 사건이었다.

그 후 형산에서는 주비 일행 셋과 은패를 제외한 모두가 비밀 통로 안에서 죽었다. 은패는 자신의 성이 은씨라는 것조차 인정하기 싫어했으니, 사람에게 소문을 퍼뜨리거나 해명 같은 걸 하지는 않았을 것이다.

어쨌거나 파설도는 정말로 삼춘객잔에 출몰했고, 얼마 후 청룡주는 알 수 없는 이유로 죽음을 맞이했다. 제삼자의 눈으로 보면 사실이라고 믿어질 법도 했다.

화용에서의 일은 대부분 길에서 주워들은 풍문이라 쳐도, 삼춘객잔 일은 헛소문이 꼬리를 물고 퍼져 나갔을 가능성이 높았다.

풋내기 소녀가 감히 홀로 청룡주에게 맞서 그를 무찌른 후 홀연히 사라졌다……. 그렇다면 그 소녀가 심천추를 박살 냈다는 얘기도 진짜인 것처럼 들렸다.

주비가 무미건조하게 말했다.

"어머니가 절 때려죽이려 하실 거예요."

사운이 지붕 위에서 고개를 내밀었다.

"어머니 생각할 여유가 있어? 아, 정말 세상 물정을 이리도 모르네. 비야, 충고하는데 지금부터는 몸을 사려야 해. 가능하면 최대한 다른 사람이랑 싸우지 말고, 촉 땅에 도착하기 전까지는 죽은 척하고 사람들이 그걸 또 퍼트리게 해야 해. 네가 나서지 않고 말썽만 부리지 않는다면 사람들은 얼마 안 가 다 잊을 거야."

주비의 생각은 사실 단순했다. 그녀가 진짜로 두려운 건 따로 있었다. 이근용 두령님조차 줄곧 자신이 파설도의 진수를 전수받지 못했다고 했는데, 수박 겉핥기식으로 배운 주비가 '후계자'니 '계승자'니 불리는 게 조상님 이름에 먹칠을 하는 것 같았기 때문이다. 그래서 겉으로는 콧방귀를 뀌긴 했어도 속으로는 사윤의 말에 동의했다.

한동안 조마조마하고 손에 땀을 쥐게 하는 일들이 너무 많아서였는지, 그 후 며칠은 평화로운 나날이 이어졌다.

사윤이 그 황당하기 짝이 없는 새 창극을 다 완성했을 때쯤, 주비도 드디어 마차를 능숙하게 몰 수 있게 되었다. 오초초는 갈수록 양갓집 규수의 조신함이 사라지고 있었다. 주비는 마치 발등에 불이 떨어진 학생처럼, 매일 누군가가 자신을 '시험'하려 들지 않을까 조마조마해하면서 밤낮을 가리지 않고 파설도를 수련했다.

심지어 밥을 먹을 때도 가만히 있지 않았다. 주비는 종종 밥을 먹다가 갑자기 시선을 멈추고 눈도 깜박이지 않은 채 젓가락의 끝을 응시하곤 했다.

사윤이 젓가락을 뻗어 주비의 눈앞에서 젓가락을 흔들어 댔다.

"어이……."

주비가 곧장 손목을 돌려 나무젓가락을 칼로 삼아 '분해' 일 식을 시전하자, 사윤의 젓가락은 뚝 하고 부러졌다.

"……."

오초초는 할 수 없이 중재에 나섰다.

"옛말에 밥 먹을 때와 잠자리에 들 때는 말을 하지 않는 법이라

했어. 싸우는 것도 당연히 안 돼!"

물론, 주비도 지나치게 숨으려고만 하지는 않았다. 어쨌거나 '남도의 계승자'가 평범한 아가씨라고 생각할 사람은 아무도 없을 테니 말이다. 길에서 들리는 온갖 괴상한 강호의 소문에 의하면, 주비는 '대도를 메고 다니는 기골이 장대한 여협'에서 '흉악한 얼굴에 한 손으로 곰을 때려죽이는 요괴'로 변해 있었다.

그들은 순조롭게 소양邵陽에 도착했다. 사윤이 〈한아성寒鴉聲〉 원고를 완성했고, 세 사람은 짐을 풀었다.

저녁이 되자 사윤은 변장을 했다. 작은 양 갈래의 수염을 붙인 후 이것저것 칠하고 발라 얼굴에 주름을 몇 개 그려 넣고 보니, 그는 순식간에 기품 있는 공자에서 '오호, 통재라!'를 입에 달고 사는 중년의 서생이 되었다. 흉내는 또 어찌나 잘 내는지, 정말 다른 사람처럼 보였다.

사윤은 처량한 얼굴로 자신의 옷깃을 정돈했다.

"바로 이 노인네가 바로 '천세우'야, 어때?"

주비가 솔직하게 평가했다.

"접시 위에 누워 있으면 만두 먹을 때 바로 찍어 먹기 딱 좋겠는데요."

사윤이 부채로 주비의 정수리를 '탁' 쳤다.

"예끼, 계집종이 무례하구나. 주인 어르신과 말을 섞으려 하다니."

주비가 손을 뻗어 그의 팔을 밀쳤다.

여종 역할을 맡은 게 처음은 아니었다. 왕 부인과 함께 있을 때도 그랬으니까. 노부인 곁에는 으레 어린 여종이 따라다니니 이상할 것이 없었지만, '이 어른의 문장이야말로 천하제일이네' 하는 거만함을 온몸에 휘감은 늙은이 옆에 어린 여종이라니…… 늦바람 난 것처럼 보이지 않을까?

사윤이 그녀가 뭘 걱정하는지 알아채고 아주 놀랍다는 듯 물었다.

"설마 천세우가 점잔 빼는 사람이라고 생각한 거야? 시험에 계속 낙방하는 서생들이 못해도 만팔천 명은 될 텐데, 내가 이렇게 야한 사랑 노래를 쓰지 않고서야 어떻게 눈에 띄겠어?"

"……."

사윤이 추파를 던지듯 주비에게 손을 흔들며 말했다.

"난 창극을 팔러 갈 생각인데, 오 낭자는 양갓집 규수라 곁에 데리고 다니기 많이 불편할 것 같아. 어때, 나랑 견문을 좀 넓히러 가 보지 않겠어?"

주비는 별로 내키지 않았다. 이미 자신이 든 칼에 피가 적잖이 묻은 마당에, 음탕한 사랑 노래나 쓰는 남자와 같이 다니는 건 체면을 구기는 일 같았다.

사윤이 말했다.

"어떻게 할 거야? 안 가겠다면 나 혼자 가도 돼."

주비는 잠시 주저하다가 말없이 따라나섰다.

사윤은 소양에 아주 익숙한 듯했다. 그는 어딜 가도 '제집에 온 것처럼' 극진한 대접을 받았고, 길을 걸을 때는 이곳저곳을 가리키며 차분하게 설명도 해 주었다.

주비는 다 지어낸 얘기일 거라 의심했지만, 그가 마치 아는 길을 가는 듯 척척 움직여 화려한 골목으로 들어서자, 주비는 더는 참지 못하고 물었다.

"어떻게 그렇게 잘 알아요?"

사윤이 정색하며 대답했다.

"나 여기서 구걸해 본 적이 있거든."

"어…… 뭐라고요?"

"어릴 때, 스승님은 내가 너무 연약하다며 무공도 제대로 가르쳐 주지 않았지. 나보고 빈털터리로 떠나 삼 년 동안 밥을 빌어먹으라고 하시더라고. 삼 년 후에도 굶어 죽지 않고 돌아오기만 하면, 목숨을 지킬 수 있는 무공을 알려 주겠다고 약속하셨어. 난 개방 무리에 끼어들었지만 그들과 잘 어울리지 못했어. 개방은 스스로 백도라고 칭하긴 해도, 그 거지 무리에는 진짜 구제 불능인 이상한 놈들이 많아. 나이 많은 거지들이 어린 거지들을 무시하는 건 당연했고 서로 사이도 좋지 않아. 난 분노에 차 나올 수밖에 없었지. 그리고 난 머리를 깎고 중이 되었어. 중에도 진짜와 가짜가 있는데 인품은 뭐 거지보다는 좀 낫더라. 어떤 중은 진짜로 경전을 몇 구절 외울 줄 알더라고. 경전을 외면 구걸도 훨씬 쉬워지거든. 거기다 나는 완전 잘생기고 멋있으니까……."

주비는 그의 허풍을 들으며 딱딱한 얼굴로 소리를 낮춰 물었다.

"혹시 스승님의 구족을 멸하진 않았죠?"

사윤은 중년 서생의 늙은 얼굴로 의기양양하게 웃어 보이고는 부채를 펼쳐 몇 번 흔들더니 탄식하며 말했다.

"묻지 않고는 못 배기면서 말을 해 주면 믿지를 않으니…… 아, 여인이군."

"여인이 뭐 어쨌는데요?"

좁은 골목 끝에서 갑자기 창문 하나가 열리더니 한 여인이 머리를 내밀었다. 그녀는 상체를 쭉 내밀어 턱을 괴고는 도도한 표정으로 사윤을 내려다보았다.

아주 예쁘다고 할 수는 없지만, 눈썹이 가늘었고 뜬 듯 만 듯 한 눈꼬리에 마치 조그마한 고리가 걸려 있는 것 같았다. 나른한 표정에는 알 수 없는 고혹스러움이 묻어났다. 그녀의 하얀 계란형 얼굴에 희미한 미소가 피어올랐다.

"천세우 선생님, 이게 몇 년 만인가요. 풍류는 여전하시네요."

사윤이 그녀를 향해 공수했다.

"주인마님, 몇 년 만에 인사드리는군요. 주인마님께 푹 빠졌던 중생들이 지금쯤이면 다 저세상으로 갔겠습니다그려."

'주인마님'은 그런 경박한 말을 듣고서도 화를 내기는커녕 득의 양양한 표정으로 사윤에게 손가락을 까딱거리며 말했다.

"물건은 가져왔나요? 가져왔으면 올라오고, 아니면 꺼지세요. 이 마님은 선생님 같은 궁상맞은 서생은 상대하지 않는답니다."

사윤은 껄껄 웃으며 주비에게 손짓을 한 후 조그맣게 속삭였다.

"저 사람이 바로 전주錢主야. 돈 벌어서 좋은 칼 하나 사 줄 테니까 이따 말 잘해야 해. 말썽 부리지 말고."

주비는 사십팔채의 선배들 외에도 악양 밖의 거친 촌부를 보았고 오씨 집안의 부인과 그 따님도 보았다. 정신이 나간 단구낭도 보았다. 그런데 이 '주인마님'은 이전에 봤던 그 모든 여자와는 달랐다. 하늘하늘한 그녀의 골격은 너무 부드러워서 어떻게 구부려도 부러지지 않을 것만 같았다.

세상 물정 모르는 촌뜨기 주비는 '도화살'이라는 게 뭔지도 몰랐다.

좁은 골목 끝에는 아주 좁은 문이 하나 있었는데 딱 봐도 정문은 아니었다. 위층에 있던 주인마님이 직접 내려와 그들에게 문을 열어 주었다.

"들어와요…… 어머?"

그녀는 사윤의 뒤에 있던 주비를 보더니 요염한 눈을 크게 뜨고 주비를 훑어보았다. 그러고는 입을 가리고 웃으며 말했다.

"이 예쁜 아가씨는 어디서 꾀어 오셨을까요?"

사윤은 표정 하나 변하지 않고 대꾸했다.

"제 여식, 사홍옥입니다."

"……."

이놈이 죽고 싶어 환장했나!

주인마님이 실눈을 뜨며 의미심장하게 웃었다. 분명 믿지 않는 눈치였지만 더는 묻지 않았다. 그녀는 천천히 걸음을 옮기며 두 사람을 데리고 들어갔다. 크지 않은 후원에는 사방에 꽃들이 잔뜩 피어 있었다.

벽 쪽에는 화분 선반이 가득 들어차 있었는데 얼핏 봐도 꽃의 종류가 다양하고 화려했다. 가운데에는 그네가, 그 옆 작은 책상 위에는 칠현금이 놓여 있었고 어디에서 흘러나오는지 모를 그윽한 향기가 후원에 가득했다. 주비는 조심스럽게 사방을 둘러보며 이곳은 뭔가 독특하고 신기하다고 생각했다.

주인마님이 손톱을 요란하게 물들인 손을 사윤에게 내밀었다.

"이리 줘 봐요."

사윤은 잘 제본한 〈한아성〉을 품속에서 꺼내 건넸다. 그리고 주비의 얼굴 앞에 손가락을 튕겨 그녀가 두리번거리며 안에 들어가려는 걸 저지했다.

주인마님은 그의 책을 받쳐 들고 천천히 그네 앞에 가서 앉더니,

돌로 된 책상과 의자를 가리키며 사윤과 주비에게 말했다.

"두 분 앉으세요."

그 와중에 어디선가 화려하게 차려입은 미모의 소녀들이 나타났다. 이들은 차를 따르며 차분하게 사윤과 이런저런 수다를 떨었다. 그중 하나는 심지어 주비의 볼을 꼬집기까지 했다.

"……."

이 아가씨들은 사윤과 이미 잘 아는 사이인 듯했는데, 이유는 모르겠지만 그들은 사윤을 막 대하지 않고 오히려 약간 조심스럽고 예의 바르게 대하는 느낌이었다.

얼마 지나지 않아 주인마님이 책을 덮었다. 그녀는 잠시 생각하더니 고개를 들어 사윤을 바라보았다.

사윤이 눈썹을 치켜세웠다.

"어떠신지요?"

"이거 정말로 제게 주실 건가요?"

주인마님이 물었다.

"늘 하는 생각이지만, 선생님은 남의 피눈물로 웃음을 파시는 것 같아요."

"노래를 파는 거지요. 에휴, 저는 예술을 파는 사람이지 몸을 파는 사람은 아닌데, 그렇게 말씀하시면 서운합니다."

사윤이 슬그머니 말을 바로잡으며 말했다.

"피눈물이란 원래 자신이 먹을 때도 구역질이 나고 다른 사람한테 얘기하기에도 적당치 않으니, 제가 좀 빌려서 노잣돈에 보탠다는데 이 얼마나 효율적입니까."

주인마님이 시선을 돌리며 피식 웃었다.

"좋아요, 받죠. 이전에 하던 대로."

그녀의 말이 끝나자마자 한 소녀가 비단 주머니가 올려진 쟁반을 들고 왔다.

사윤은 가까이 다가가 손으로 만져 보고는 안을 들여다보지도 않고 품 안에 집어넣었다.

"주인마님께서 좋아하실 줄 진작 알았습죠……. 사실 이번에는 하나 더 부탁드릴 일이 있습니다."

주인마님은 손가락 하나를 치켜세웠다. 사윤이 알겠다는 듯 비단 주머니에서 금엽자金葉子 하나를 꺼내 주인마님에게 도로 건넸다.

주비는 깨달았다. 사윤이 창극 대본을 판 건 노잣돈을 벌기 위함이 아니라 정보를 사기 위함이었다는 걸.

주인마님은 눈을 부라리더니 금엽자를 가져가며 차갑게 웃었다.

"내가 준 돈으로 날 부려먹다니, 재주도 좋으시다니까. 할 말 있으면 하시고 허풍 떠실 게 있으면 해 보세요!"

사윤이 말했다.

"주인마님께 오래된 이야기 하나를 묻고 싶습니다. 예전에 열두 명의 중신이 황제를 모시고 남하할 때, 목숨을 건 몇몇 문관으로는 부족해 무예가 뛰어난 분들이 호송을 했다고 들었습니다. 그때 수행단에 은문람 외에 제문이 있었는지, 그리고 혹시…… 정도正道를 걷지 않는 친구들이 포함되었는지가 궁금합니다만."

주인마님은 움찔하여 금엽자를 천천히 사윤에게 돌려주었다.

"모르겠네요. 안다고 해도 그런 정보는 금엽자 하나로 살 수 있는 게 아니에요."

사윤의 눈이 반짝였다.

"제가 좀 더 드릴 수……."

그의 말이 끝나기도 전에 한 소녀가 황급히 후원으로 들어오더니 주인마님의 귀에 대고 낮은 목소리로 속삭였다.

감각이 예민한 주비는 그 소녀가 하는 말을 들을 수 있었다.

"주인마님, 정체를 알 수 없는 행각방의 '오자五子'라는 사람들이 와서 앞뒷문에 버티고 있습니다."

주인마님이 의심스러운 눈초리로 사윤을 쳐다보았다.

사윤의 표정은 원래부터도 속을 알 수 없었지만, 변장을 하고 나니 산처럼 침착하고 일말의 동요도 없이 담담할 뿐이었다. 그가 말했다.

"주인마님께 빚을 독촉하러 온 사람일까요, 아니면 저에게?"

주인마님은 잠시 그를 응시하더니 긴 눈썹을 치켜세우며 일어섰다.

"누구한테든 마찬가지겠지요."

그녀가 냉소를 지었다.

"빚 독촉을 하려고 여기까지 온 것일 테니까요."

말을 마친 주인마님이 자리를 떴다. 느슨한 비단 옷자락이 그녀의 뒤에서 펄럭거리며 마치 채색 구름이 달을 쫓는 듯 그림자처럼 그녀를 따랐다. 〈예상우의霓裳羽衣, 신선의 가무를 보고 본떠서 만들었다는 악곡 이름〉 속 바람을 가르며 춤을 추는 선녀처럼 아름다움이 극에 달한 모습이었다.

사윤이 잠시 생각하더니, 주비를 향해 손을 흔들었다.

"우리도 가 보자."

주비가 작은 소리로 물었다.

"백 선생님이 그쪽을 잡아가려는 거 아니에요?"

"날 잡는다고?"

사윤의 미간이 슬며시 올라갔다. 가짜 주름 때문에 풀로 붙여 놓은 눈꼬리가 떨렸지만, 그의 얼굴에는 이제껏 본 적 없던 냉엄한 비웃음이 걸려 있었다.

"내가 왕법을 어긴 것도 아닌데 백 선생이 왜 날 잡아? 설령 황제가 여기 있다 해도 날 '잡겠다'고는 말 못 할걸."

후원을 지나니 작은 건물이 나오고, 그 앞에 뜰이 하나 있었다. 앞뜰에는 꽃이 잔뜩 피어 있지 않아 공간이 훨씬 넓어 보였다. 한 무리의 소녀가 뜰에서 발성 연습을 하거나, 몸을 풀거나, 양쪽 다리를 찢는 등 각양각색으로 수련하고 있었는데 그 모습이 보기 흉하긴커녕, 오히려 온갖 화려한 꽃이 피어 있는 후원보다 훨씬 아름답게 느껴졌다.

소녀들은 주인마님이 낯선 사람 둘을 데리고 오는 것을 보자 모두 멈춰 서서 호기심 어린 눈으로 그들을 쳐다보았다.

앞뜰의 으리으리한 대문이 '철컥' 하면서 양쪽으로 열렸다. 주비는 문 주변을 둘러싼 사람들을 훑어보았다.

그들은 하나같이 먼지투성이의 가벼운 옷차림이었고, 고생을 많이 한 듯 다들 얼굴이 말이 아니었다. 힘든 노동을 하느라 어깨가 굽고 허리가 휜 모습이었다. 신장과 체격은 제각각이었으나 어떻게 보면 비슷해 보이기도 했다. 자세히 살펴보지 않으면 누가 누구인지 알아보기 힘들었다.

너무나 아름다운 문 안쪽의 소녀들과 꼴이 엉망인 문 바깥의 남자들이 서로를 마주 보는 상황은 이상하기 짝이 없었다.

주인마님이 직접 문밖으로 나오는 걸 본 중년의 남자가 무리 앞으로 한 발 나왔다. 우두머리인 것 같았다. 그는 매우 공손하게 읍하며 낮은 목소리로 겸손하게 말했다.

"예상 부인, 폐를 끼쳐 죄송합니다."

예상 부인은 기다랗게 삐져나온 귀밑머리를 가볍게 귀 뒤로 넘기며 문틀에 기대어 웃었다.

"저는 칠현금을 타고 노래나 부르는 연약한 아녀자일 뿐, 대체 여러분께 무슨 잘못을 했길래 이렇게 노기등등하게 문을 막고 계십니까? 이곳에는 꽃봉오리 같은 아가씨들뿐이고, 다들 겁이 많아 난폭한 사람을 무서워합니다. 이렇게 놀라게 할 필요까지는 없으실 듯한데요."

예상 부인의 말이 끝나기도 전에 옆에 있던 소녀들이 키득거리며 웃기 시작했다. 마치 산들바람이 불어와 온 뜰에 가득 핀 꽃들이 파르르 떠는 것 같았다. 그러나 눈치 빠른 주비는 이런 봄날의 아름다운 풍경 속에 숨어 있는 옅은 살기를 느꼈다. 그녀를 향한 것은 아니었지만, 그녀는 무의식적으로 긴장하기 시작했다.

행각방의 우두머리가 한 발 더 앞으로 나오더니 더욱 공손하고 예의 바른 표정으로 무릎까지 꿇으며 말했다.

"부인께 폐를 끼칠 생각은 없었으나 소인들이 이렇게 불쑥 찾아온 건 누군가의 부탁 때문입니다……. 부인께서 오늘 맞이하신 귀한 손님의 행방이 묘연한데, 이번 기회를 놓치면 다시는 기회가 없으니 소인들도 어쩔 도리가 없었습니다."

예상 부인은 미간을 살짝 찌푸리며 주비와 함께 고개를 돌려 사윤을 바라보았다.

사윤은 살짝 놀랐다. 그는 행각방의 배후에 백 선생의 염탐꾼이 있을 거라고 확신했다. 사명감이 투철한 백 선생은 사윤이 이렇게 도망치도록 둘 리가 없었다. 게다가 그 늙은 건달은 눈과 귀가 영민해서 사윤이 '천세우'라는 걸 간파한 것이 뻔했다.

'천세우'라는 이름은 예상 부인의 '우의반羽衣班'이 노래를 불러 유명해졌는데, 우의반은 마침 소양에 있었다. 형산에서 남조의 변경을 따라 촉 땅으로 간다면 반드시 거쳐야 하는 곳이 소양이었다.

사윤은 소양에 온 김에 예상 부인에게 인사를 하려고 이곳에 들렀는데, 백 선생은 그가 올 줄 미리 예상하고 이곳에서 죽치고 기다린 것이다. 사윤은 이런 상황을 피하고자 특별히 변장까지 했지만, 보아하니 눈속임에는 실패한 것 같았다.

사윤은 행각방 무리가 어떻게 그를 알아보았는지 도통 이해가 가질 않았다. 게다가 백 선생은 또 왜 이렇게 용의주도한 것인지. 설령 그를 알아보았다 쳐도, 그가 객잔에 돌아갈 때까지 기다렸다가 사람을 보내면 될 것을 굳이 우의반까지 직접 찾으러 와 쓸데없이 예상 부인을 괴롭힐 건 또 뭔가.

말이 되지 않았다.

행각방의 꾀죄죄한 무리가 오자마자 사람을 내어 달라 하다니, 예상 부인도 엄연히 체면이 있는 일인자인데 어찌 그들의 요구를 순순히 들어줄 수 있겠는가?

그녀는 바로 눈을 치켜뜨더니 이내 고혹적인 미소를 지었다. 그러나 말에는 인정사정없었다.

"여기에는 곡을 쓰는 사람과 팔자 사나운 아가씨만 있을 뿐이네. 귀한 손님은 없고 천한 것들만 가득한데, 누굴 찾는 게냐?"

우두머리는 그녀의 가시 박힌 말을 못 들은 척하며 고분고분하게 말했다.

"그럴 리가요. 부인께는 폐를 끼치게 됐습니다만, 소인 파설도를 지닌 낭자를 찾고 있습니다요."

그 말에 모두가 일제히 깜짝 놀랐다. 곧이어 사람들의 시선이 주비에게 쏟아졌다.

주비는 이런 갑작스러운 관심을 받아들이기 힘들었다. 자신을 에워싸고 쳐다보는 시선에 적응이 되지 않아 놀란 나머지 자기도 모르게 허리춤을 만졌다. 물론, 아무것도 없었다. 그녀의 칼은 여전히 사윤이 약속한 미래에 있었고 아직 나타나지 않았으니 말이다.

예상 부인이 눈을 가늘게 뜨고 사윤을 매섭게 노려보며 작게 중얼거렸다.

"파설도?"

행각방의 우두머리가 고개를 숙이고 읍하자 무리의 시선이 주비에게 꽂혔다. 그가 주비에게 말했다.

"소인들은 부탁을 받고 낭자의 종적을 찾아 얼마나 많은 곳을 돌아다녔는지 모릅니다. 겨우겨우 실마리를 찾아 여기까지 왔습죠. 낭자께서는 수고스러우시겠지만, 저희를 불쌍히 여기시어 함께 가주시지요."

주비는 오랫동안 온순한 척 내숭을 떨고 말썽도 부리지 않았는데, 그 말을 듣고 순간 어이가 없었다. 이들은 대체 어떻게 자신을 찾았을까.

한편 사윤은 다시 생각해 보니 이해가 갔다. 분명 백 선생이 행각방 사람에게 자신을 주시하라고 했을 텐데, 누군가 몰래 주비를 찾는다는 걸 알게 되어 겸사겸사 인심을 쓴 것이다.

주비가 앞으로 나서려다가 예상 부인이 내민 손에 가로막혔다.

예상 부인은 주비를 자세히 뜯어보았다. 아무리 봐도 그저 평범한 소녀였다. 그다지 활발하지 않은 것 외에, 이곳에 있는 수많은 아가씨와 비교해도 별다를 게 없었다. 무공이 예리해 보이지도 않고, 그렇다고 학문이 높은 것 같지도 않았다.

예상 부인은 머리부터 발끝까지 주비를 훑어본 후에도 '파설도' 세 글자가 어디에 쓰여 있다는 건지 도통 알 수가 없었다. 예상 부인의 마음속에 황당한 의구심이 일었다.

'설마 어린 나이에 반박귀진返璞歸眞, 무공이 지극히 뛰어나 오히려 평범하게 보이는 경지의 수준에 도달한 천재가 정말로 있단 말인가?'

예상 부인이 눈빛을 반짝이더니 똑바로 서서 주비에게 물었다.

"정라생을 정말 네가 죽인 것이냐? 심천추도 네가 해치웠고?"

주비는 너무 창피해서 얼른 대답했다.

"아니요, 그건 모두……."

"하! 과연 귀한 손님이었군!"

예상 부인의 커다란 웃음소리가 그녀의 말을 끊었다. 주비의 의아한 눈빛 속에 예상 부인의 꾸며 낸 요염함이 순간 사라지더니 예상 부인은 연거푸 큰 소리로 웃어 댔다.

"좋아, 좋아, 아주 시원하군!"

"……."

억울했다. 정말로 주비가 한 게 아니었는데!

예상 부인은 성격이 불같아서 주비의 설명은 전혀 듣지 않은 채 문밖으로 한 발짝 나갔다. 문 주변을 둘러싸고 있던 행각방 무리 중 우두머리를 뺀 나머지가 모두 뒤로 한 발짝 물러섰다. 그녀를 두려워하는 것 같았다.

예상 부인이 큰 소리로 말했다.

"파설도가 내 손님인데, 네놈들은 감히 무슨 배짱으로 나에게 그런 요구를 하는 거지? 썩 꺼져라! 천한 것들, 누가 두려워할 것 같으냐?"

조금 전까지만 해도 아름답고 매혹적이던 이 여인은 순식간에 냉혹하고 악랄한 모습으로 변했다. 금방이라도 사람을 잡아먹으려는 요괴 같았다. 뜰 안에서 생글거리던 소녀들은 어느새 조용해져서 우의반 반주班主 예상 부인을 둘러싸고 있었다. 너풀거리는 소매 안에 은밀히 숨겨 놓은 무기의 차가운 빛이 번쩍였다. 주비는 입을 딱 벌리고 자기도 모르게 부르르 몸을 떨었다.

분위기가 갑자기 일촉즉발의 상황으로 돌변했다.

행각방의 우두머리는 손을 들어 뒤에서 공격 태세를 갖춘 부하들을 저지하며 말했다.

"좋게 좋게 말로 하시지요. 진정하시고."

그는 소매에서 팔찌 하나를 꺼내며 주비에게 말했다.

"소인의 고용주께서 이걸 낭자에게 전하라고 하셨습니다. 낭자는 이 물건을 알고 있으니 보자마자 돌아올 거라 하셨죠."

그 물건은 주비가 알 뿐 아니라 아주 익숙하기도 했다. 주비의 안색이 순식간에 굳었다. 팔찌의 재질은 알 수 없었지만, 겉에는 화려한 비단이 둘둘 감겨 있고 오색 방울이 달려 있어, 팔찌를 차면 어딜 가든 방울 소리가 나서 말도 못 하게 성가셨다. 그것은 이연의 팔찌였다.

이연은 집에서 온종일 딱히 하는 일이 없었다. 언니 오빠는 모두 그녀를 상대하길 귀찮아했다. 예쁘고 상냥한 이연은 사십팔채의 사형, 사제, 선배들의 귀여움을 받으며 점차 먹는 것만 좋아하고 일을 게을리하는 말괄량이가 되었다.
 이연은 무공에 전혀 소질이 없는 대신 먹고 마시고 노는 것에는 조예가 깊었다. 주비는 예전에 이연의 몸에서 어지럽게 울리는 방울 소리만 들으면 머리가 아팠기 때문에 그 팔찌를 생생하게 기억하고 있었다.
 그런데 이연은 어째서 사십팔채를 떠난 거지? 누가 데리고 나왔을까? 누가 감히 그녀를 꾀어낸 거지?
 이연은 아직 출사하지 못했으니 혼자 나올 리 만무하고, 분명 동행하는 선배가 있는 것이 틀림없었다. 이근용이 주이당에게 보낸 서신에 의하면 그들의 목적지는 금릉일 것이다. 그럴 필요도 없겠지만 그들은 북쪽의 경계로 가지 않았을 테고, 북두의 사람들도 마주치지 않았을 것이다.
 그렇다면 누가 감히 이연을 억류한 걸까?
 설마 이연이 이씨 집안 사람이라는 걸 모르나?
 이근용의 노여움을 사는 것이 두렵지 않다는 걸까?
 주비는 세상 물정 모르는 촌뜨기 계집에서 완전히 벗어나 처음으로 내면에 강호인의 침착함과 신중함이라는 것이 생겨났다. 머릿속에서 몇 가지 생각이 뱅뱅 돌았다. 주비는 팔찌를 소매 안에 집어넣고 굳은 얼굴로 말했다.
 "당신들 고용주는 누구죠? 이 팔찌의 주인이 누군지는 알아요? 지금 죽고 싶어 환장한 거죠?"
 그녀의 목소리에 살기가 점점 짙어지자, 행각방 우두머리의 얼굴에 경계하는 표정이 희미하게 떠올랐다.

주비는 몰래 사윤과 눈빛을 교환했다. 사윤은 조용히 그녀를 향해 고개를 한 번 끄덕였다.

평소에는 말썽을 일으키고 싶지 않았는데, 이연이 다른 사람의 손에 들어갔다고 하니 굳이 '겸손하고 착한' 태도를 유지할 필요가 없어 보였다.

주비는 자신이 허세를 부릴수록 상대가 더욱 신중해진다는 걸 알았기에 차라리 설명을 생략하고 고수의 자세로 거들먹거리기로 했다. 안하무인의 눈빛은 단구낭을, 냉정하고 오만한 태도는 다시 칼을 잡은 기운침을 따라 했다.

어쩔 수 없었다. 짧은 몇 개월 동안 뛰어난 두 고수의 솜씨를 모조리 배우기란 불가능했으나, 다행히 말투는 살짝 흉내 낼 수 있었다.

사윤이 적절한 틈을 타 옆에서 맞장구를 쳤다.

"행각방과 일이 년 교류한 것도 아닌데 이렇게 두 가지 일을 한꺼번에 처리한다는 얘기는 들어 본 적이 없군요. 백 선생님께서 이렇게 일하라고 하시던가요? 정말 요령이 느셨네요."

둘이 이렇게 죽이 잘 맞으니, 정말 그럴싸하게 보였다.

그러나 행각방의 우두머리도 만만하지 않았다. 그는 눈동자를 굴리더니 웃는 얼굴로 말했다.

"소인은 선생께서 하시는 말씀을 잘 못 알아듣겠습니다. 소인은 그저 심부름하고 서신 전하는 사람일 뿐입니다요. 여기 계신 나리들이 다 협객이신데, 저희 같은 놈들처럼 하실 필요가 뭐가 있겠습니까? 저희의 일은 그저 심부름하고 말을 전하는 것뿐입니다. 친구 많고 인맥 넓은 게 밑천이다 보니, 말을 아끼는 것이 가장 중요하지요. 목에 파설도의 칼이 들어와도 저희들은 고용주 대신 쓸데없는 말은 못 합니다요. 그렇지 않습니까?"

입으로는 자신의 경솔함을 사과하고 있었지만, 실제로는 은근한 시위라고 할 수 있었다. 무공이 아무리 뛰어나고 빈틈이 없다 해도 먹고 자고 싸는 시간까지 철저히 경계할 수 있겠는가?

천 일 내내 도둑질하는 사람은 있어도 천 일 내내 도둑을 막는 사람은 없는 법. 이징이 살아 있다 해도 굳이 도랑의 쥐새끼 같은 이 무리에게 원한을 살 필요는 없다고 할 것이다.

"그러나 고용주의 고결한 성함까지 기밀이라고는 안 하셨습죠."

우두머리는 돌려 말하며 뒤로 한 발짝 더 물러섰다. 사람을 궁금하게 하면서도 아주 성의 있는 모습이었다.

"낭자께서 '경운구擎雲邁'라는 이름을 들어 보셨을지 모르겠습니다만."

강호의 크고 작은 문파에 속한 수많은 제자 중 몇몇 할 일 없는 불량소년들이 '무적의 신교無敵神敎'를 만들었는데, 대부분 이름은 알려지지 않았다.

'경운구'라는 이름은 '무적의 신교'만큼이나 수준이 떨어져 보였다. 주비는 아무 생각 없이 말했다.

"그게 뭐 하는 물건이죠? 들어 본 적 없는데. 눈이 엄한 데에 달린 당신 고용주라는 분은 '사십팔채'를 들어는 보셨나 모르겠네요? 우리 집 여동생이 당신네를 귀찮게 했다면, 빚 독촉을 하든 공정한 처리를 요구하든 촉 땅의 이 두령님을 찾아가서 직접 얘기하시죠."

사운이 얼른 옆에서 가볍게 기침을 하며 주비에게 지나치다는 눈짓을 해 보였다.

주비는 움찔했다.

'뭐지, 경운구는 어디 깡촌에서 만들어진 야매 문파가 아닌가?'

바로 그때, 길모퉁이에서 차갑게 코웃음 치는 소리가 들렸다. 행각방 무리가 후다닥 흩어지자 길 끝에서 천천히 걸어오는 젊은이가 보였다. 기골이 장대하고 표정은 험상궂었지만 준수한 외모였다.

다만 전체적으로 시커멨다. 옷도 까맣고, 얼굴도 까맣고, 손에는 전체적으로 시커먼 안시도雁翅刀, 무기의 일종를 들고 있었다. 머리부터 발끝까지 똑같은 색이라 멀리서 보면 걸어 다니는 '흑탄黑炭' 같았다!

그러나 그가 한 걸음 한 걸음 다가오자 그의 얼굴은 더 이상 눈길을 끌지 않고 오히려 그의 몸짓이 눈에 들어왔다. 걸음걸이가 차분하고 걸을 때 양어깨가 미동도 하지 않았으며 위풍당당했다. 딱 봐도 모든 것을 두루 갖춘 고수 같았다.

젊은 남자는 주비 앞으로 뚜벅뚜벅 걸어오더니 그녀를 위아래로 훑어보았다.

"네가 남도인가?"

주비는 촉산만큼 커다란 모자가 머리 위로 떨어지는 것 같았지만 억지로 목을 더 꼿꼿이 세웠다.

젊은 남자의 어조에는 약간의 사투리가 배어 있었다. 그는 한 글자 한 글자를 힘주어 발음하며 주비를 뚫어져라 바라보았다.

"방금 경운구가 뭐 하는 '물건'이냐고 했겠다?"

주비는 눈썹을 치켜세웠다.

"당신이 저들의 고용주인가요?"

젊은 남자는 대답 없이 그녀를 향해 한 손을 내밀었다.

"나는 경운구의 주인 양근이다. 남도가 천하제일도라는 소문을 듣고 가르침을 청하고자 특별히 온 것이다."

"……."

이 사람 정녕 제정신일까?

자신을 양근이라고 소개한 사람의 얼굴에는 젊은 남자 특유의 수척함이 걸려 있었다. 살짝만 이를 악물어도 관자놀이의 핏줄이 튀어나올 것 같았다. 그는 입을 오므리며 독특한 어조로 말했다.

"네가 남도의 계승자라면 사십팔채 사람들과도 밀접한 관계가 있겠군. 안심해라. 나는 무고한 사람을 해치지 않는다. 내 칼은 '단안斷雁'이다. 이십 년을 갈고 닦았지. 나의 실력이 부족한 것 같아 특별히 '천하제일도'를 배우러 왔……."

행각방의 우두머리가 입을 열어 그의 말을 끊었다.

"근아, 예상 부인 댁 앞에서 이런 말을 하는 건 적절하지 않은 것 같다."

양근은 눈을 돌려 예상 부인을 쓱 보고는 흥미 없다는 듯 시선을 거두었다. 그는 여전히 주비만을 주시하고 있었다.

"서 사숙께 부탁해 네 행방을 수소문한 지도 벌써 수개월이 되었다. 너의 칼을 보여만 준다면, 승패에 상관없이 내가 사십팔채의 무사 안위를 보장하겠다."

주비는 매우 황당했다. 이십 년 전 기운침이 은패를 납치해 산천검에게 도전했던 일이 고스란히 그녀에게 재현되고 있지 않는가!

유일한 문제는, 산천검은 진정한 고수였고 그녀는 사람들의 허풍이 만들어 낸 고수라는 거였다!

양근이 들고 있던 장도를 앞으로 내밀었다.

"내 칼은 여기 있다. 네 칼은?"

"……."

돈이 없어서 못 샀거든요!

주비는 영웅이 되기도 전에, 찢어지게 가난한 자의 비애를 먼저 체득할 수 있었다. 그런데 당사자인 그녀가 뭐라고 입장을 표명하기도 전에 변덕이 죽 끓듯 하는 예상 부인의 입에서 갑자기 노성이 터져 나왔다.

"건방지구나, 감히 우의반에서 이리 방자하게 굴다니!"

그러자 행각방의 우두머리가 그 시커먼 '흑탄'에게 냅다 소리를 질렀다.

"근아, 대체 무슨 소리를 하는 거냐!"

양근이라는 자는 겉으로는 '고용주'였지만 그가 행각방의 우두머리와 말하는 모양새를 보니 서로 잘 아는 선후배처럼 보였다. 우두머리의 말에 양근은 미간을 찌푸리더니 '뭔 상관인데'라는 눈빛으로 예상 부인을 쏘아보고는 아무런 반박도 하지 못하고 입을 다물었다. 꽤나 억울해 보였다.

행각방의 우두머리가 머리를 조아리며 예상 부인을 향해 입을 열었다.

"아직 철이 들지 않아서 그러니 부인께서 용서하십시오. 저희가 어찌 우의반에 외람되게 행동하겠습니까? 저 아가씨가 남도를 지녔으니 필경 보통 사람은 아닐 터, 약속이 꼭 천금보다 중한 것은 아니라 해도 함부로 약조를 어기는 일은 하지 않겠지요. 따로 시간과 장소를 정하는 것이 좋을 듯한데…… 사흘 뒤가 어떻겠습니까?"

무척이나 교활한 화법이었다. 은근슬쩍 상황을 수습하는 듯하면서도 마치 주비가 양근과의 무예 대결을 이미 허락했다는 투였다. 행각방의 싸구려 술책에 주비가 말려들까 봐 사윤이 대화에 끼어들려고 할 때, 주비가 먼저 입을 열었다.

주비는 구천기와 청룡주를 만난 뒤로 낯선 자들이라면 일단 경계하거나 색안경을 끼고 대해 왔다. 그녀에게는 산천검처럼 바다와 같은 넓은 아량이 없었기 때문이었다. 주비는 속으로 재빨리 계산을 마치고 무예 대결에 대해서는 직접적인 언급을 피한 채 조용히 입을 열었다.

"사십팔채가 갈 곳 없는 수많은 사람을 거둬들이는 동안 이씨 집안의 부자가 2대에 걸쳐 목숨을 잃었습니다. 그들의 아이는 부모를 모두 잃고 졸지에 천애 고아가 됐고요. 바로 당신들이 인질로 잡고 있는 사람입니다. 당신들은 자칭……."

주비는 이 대목에서 잠시 말을 멈추고 턱을 들어 양근과 행각방 무리를 쏘아보았다. 주비는 원래 사십팔채를 앞세워 허세를 부릴 생각이었는데, 말을 하다 보니 자신도 모르게 진심이 튀어나오고 말았다.

십여 년 전, 피로 물든 뒷모습이 눈앞에 스쳐 지나가면서 주비는 어쩔 수 없이 허세를 부리는 지금의 난처한 상황에 대한 갑작스러운 울분이 터져 나왔다.

"자칭 무공이 뛰어나고 천하에 연줄을 두고 있다는 영웅호걸이라는 분들이, 아무런 원한도 없이 그저 명분을 다투기 위해 천애 고아를 인질로 잡다니요! 좋습니다, 뻔뻔스럽기로 천하무적이네요. 오늘 일은 절대 잊지 않겠습니다!"

사윤은 자신이 괜한 걱정을 했다며 속으로 슬쩍 웃음을 터뜨렸다. 주비와 함께한 시간이 오래되다 보니, 그는 그녀가 화용성에서 혈혈단신으로 두 북두와 대마두 사이를 오가며 혁혁한 공을 세웠다는 사실을 종종 잊곤 했다. 그저 주비가 천진난만하다고만 생각하면서, 천진난만한 것이 꼭 어리석은 것이 아닌 것도 깜빡했다.

'천진난만'하다는 건 좁고 어두운 지하 감옥에서 사면초가에 빠졌으면서도, '이곳은 위험하다'는 말을 들었으면서도 지나가는 동굴 감옥 입구마다 고집스럽게 해독 고약을 바르는 것에 불과했다.

사윤이 고개를 끄덕이며 주비를 거들었다.

"그렇고말고요. 우의반과 이 늙은이가 있으니 이 이야기를 노래로도 부를 수 있겠군요. 오늘 일을 낭자가 기억하겠다고 했으니 내일은 온 천하가 이 일을 알게 될 겁니다. 주인마님, 여기 있는 아가씨들이 설마 '천하가 곧 벗'이라고 외치는 행각방에 쥐도 새도 모르게 죽임을 당할까 무서워서 입을 열지 못하는 건 아니겠지요?"

예상 부인이 그 말에 크게 웃음을 터뜨렸다.

"내 노래를 알아듣던 사내들이 이십 년 전에 죽어 버린 후로 남은 것이라고는 옹졸한 멍청이들뿐이었다. 말해 봤자 내 혀만 더러워지지. 이 마님은 이제 사는 것도 지겨우니 능력이 있거들랑 내 목을 가지고 북쪽으로 가거라. 가짜 황제 발밑에 개 밥그릇이 아직 두 개 남았다던데!"

양근은 말주변이 없는 듯 당황하여 어쩔 줄 몰라 했다. 행각방의 사람들조차 꽤나 놀란 듯했다. 남도가 대체 누구던가? 어린 나이에 명성을 떨친 명문가 출신 아니던가? 그들은 이 전설의 '남도 계승자'를 그저 양근과 비슷할 거라고만 생각했다.

누군가가 대결을 청하고 옆에서 슬쩍 부추기면 바로 불타올라 대결에 응할 거라고 말이다. 그리고 그 이씨 가문의 꼬마 아가씨는 며칠 동안 잘 먹이며 데리고 있다가 다시 보내 주면 그만이었다.

그런데 상대방에게 대결에 응할 생각이 추호도 없을 줄이야. 게

다가 몇 마디 말 때문에 이 지경이 될 줄은 꿈에도 생각지 못했다.

양근과 행각방의 우두머리는 이러지도 저러지도 못하는 난처한 상황에 놓이고 말았다. 그간 행각방의 정보력은 개방 못지않다고 자부했었는데, 그들이 수개월 동안 추적해 온 불가사의한 '신예'가 순전히 '오해'였다는 걸 도저히 납득할 수 없는 게 분명했다.

주비는 살짝 감정이 격해져 있었지만, 예상 부인의 피비린내 나는 한마디를 듣는 순간 마음속 울분이 눈 녹듯 사라지면서 마음이 한결 가벼워졌다.

주비는 의아했다.

'뭐지? 이십 년 전에 죽었다니…… 예상 부인의 나이가 그렇게 많다고? 전혀 그렇게 보이지 않는데!'

다행히 옆에는 믿을 만한 사윤이 있었다. 사윤은 양근을 무시한 채 행각방의 우두머리에게 말했다.

"귀하의 성씨가 어찌 되십니까?"

우두머리는 의기소침한 표정으로 대답했다.

"소인, 그저 서徐가라 합니다요."

"서 타주."

사윤이 고개를 끄덕였다.

"사흘 후에 보자고 했으니, 그럼 사흘 안에 이 낭자를 얌전히 여기로 데려와야 할 것입니다. 그렇지 않으면…… 서 타주는 현명한 분이니 어떻게 해야 할지 잘 아시리라 생각합니다."

다급해진 양근이 주비를 향해 외쳤다.

"대결에 응하겠나?"

딴생각에 빠져 있던 주비가 그 말에 퍼뜩 정신을 차리고 한마디

도전 | 263

내뱉었다.
"당신이 저지른 일 때문에 다들 죽게 생겼는데 대결에 응하겠냐고요? 흥, 혼자서 잘해 봐요!"
예상 부인이 소매를 휘둘렀다.
"말 한번 잘했다. 손님 배웅해 드려라!"
말을 마친 예상 부인이 주비의 손을 잡고 나서자, 소녀들이 나서더니 변명할 틈도 주지 않은 채 서 타주 무리를 문밖으로 쫓아냈다.
문밖으로 밀려난 자들이라고 모를 리 없었다. 어쨌거나 이번 혼란을 겪으며 후원에서 궁상맞게 굴던 주비 일행이 지금은 상석에 오른 귀빈이라는 것을 말이다.
예상 부인에게는 셀 수 없이 많은 얼굴이 있는 것 같았다. 처음에는 아리따운 외모로 사람의 마음을 흔들더니, 외부의 적을 상대할 때는 갑자기 태도를 바꾸어 불쾌한 내색을 드러냈다.
사람들을 문밖으로 쫓아낸 예상 부인은 주비를 찬찬히 살펴보았다. 그녀의 요염한 눈매는 차분히 가라앉았고 섬섬옥수는 매혹적인 손짓을 거두었으며, 심지어 부드럽기만 할 것 같은 몸에도 뼈가 생겨났는지 아까보다 훨씬 꼿꼿해졌다. 이제까지 변덕이 죽 끓듯 하던 모습은 간데없고 갑자기 현숙하고 믿음직스러운 선배로 변신한 것이다.
예상 부인은 자애로우면서도 다정한 말투로 주비에게 말했다.
"넌 이씨 가문의 후손인가? 아니면 제자?"
주비가 고개를 끄덕이며 모호하게 대답했다.
"그런 셈이지요."
"이징 오라버니를 닮진 않았구나."
예상 부인은 더 이상 묻지 않고 그녀를 보며 다시 입을 열었다.

"이 두령이 사내아이를 선택할 줄 알았는데……. 최소한 보기엔 튼튼해 보이는 계승자로 말이야."

주비는 잠깐 생각하다가 나지막하게 말했다.

"모든 걸 '타고난 자질'을 기준으로 삼아서 겉모습만 보고 판단한다면, 이 세상 사람들은 아마 말을 배우고 걸음마를 배우는 것에만 그칠 거예요. 이제 막 세상에 태어난 아기는 아무것도 할 줄 모르는 바보 같잖아요……. 그리고 전 남도의 계승자가 아니에요. 엉뚱한 소문이 자꾸 꼬리에 꼬리를 물고 퍼진 것뿐입니다. 전 그저 겉핥기식으로 조금 배웠을 뿐인데……."

주비의 해명이 끝나기도 전에 예상 부인이 입을 가리며 웃기 시작했다. 주비는 자기가 한 말이 뭐가 웃긴지 영문을 몰라 두 눈만 끔벅거렸다.

"방금 안 닮았다고 했지만 내가 식언을 했구나. 이런 태도는 정말 오라버니를 빼다 박았어."

예상 부인이 웃으며 말을 이었다.

"이징 오라버니를 처음 만났을 때, 오라버니도 지금 너처럼 무척이나 어렸었지. 우리 무리와 기회와 인연이 맞아 동행하게 되었는데, 오라버니께 어느 스승께 배웠냐고 물으니 그저 별거 아니라는 듯 담담하게 대답하셨단다. '스승은 딱히 없다, 집안 어른들로부터 내려오는 도법을 전수받았는데 아직 능숙하진 않다'라고 말이야. 난 가문에서 내려오는 도법도 제대로 익히지 못한 주제에 강호를 활보하는 촌뜨기라며 얕잡아 봤지. 그런데…… 호호, 그러다 나중에 보니까 솜씨가 어찌나 뛰어난지, 우리 모두 깜짝 놀랐다니까."

주비는 억지로 웃음을 지어 보였다.

이징은 온화하고 겸허한 사람이니 '능숙하진 않다'라는 말은 겸손하게 에둘러 말한 것일 텐데 옛날 사람들은 그 말을 진짜로 믿어 버렸다. 반면 주비가 파설도에 능숙하지 못하다는 건 한 치의 거짓도 섞이지 않은 진실이었지만 아무도 믿지 않았다.

하늘의 도리는 대체 어디 있단 말인가?

사윤이 주비에게 눈짓을 하자 주비는 어쩔 수 없다는 듯 그를 흘겨보았다. 사윤은 차마 말할 수 없다는 주비의 표정을 보고 옛 추억을 음미하던 예상 부인의 말을 과감히 끊으며 입을 열었다.

"주인마님께서 옛날에 여러 고수들과 친분이 두터웠다는 소문이 사실인가 보군요."

그 말이 나오자마자 예상 부인은 마치 무슨 경고등이라도 켜진 것처럼 갑자기 입을 다물었다.

살짝 위로 올라간 입꼬리는 여전히 미소를 담고 있었지만 눈빛은 경계심으로 가득했다. 그녀가 사윤에게 부드럽게 말했다.

"금엽자 하나로는 부족하다고 했을 텐데요. 그 비단 주머니를 도로 준대도 부족해요. 천세우 선생님, 던질 패가 없으면 그만 찔러 보시죠. 우리가 서로 안 지도 오래되었으니, 세상에 내 입을 열게 할 사람은 없다는 걸 그대도 잘 알 텐데요……."

사윤은 아무렇지도 않다는 듯 빙그레 웃으며 차를 한 모금 마시곤 입을 다물었다.

사윤의 참견으로 흥이 깨졌는지, 예상 부인은 싸늘한 표정으로 머리를 가다듬었다.

"며칠 동안 이곳에 머물도록 하세요. 쥐새끼들한테 시달리지 않으려면 말이에요."

주비가 재빨리 입을 열었다.

"부인, 객잔에 저희 친구가 한 명 더 있어요."

"그렇다면 사람을 보내 이곳으로 데려오렴."

예상 부인은 귀찮다는 듯 손을 휘휘 내젓고는 빠르지도 느리지도 않게 발걸음을 옮겼다. 그런데 분명 말을 시작할 때 일어났었는데, 말이 끝날 때쯤에는 이미 옷자락을 휘날리며 대청을 벗어나 그림자도 보이지 않았다.

"봄바람이 난간을 스치네."

사윤이 감탄하며 말했다.

"정해진 춤의 보법에서 탈피하는 건 세상에서 가장 빠른 신법은 아니더라도 가장 아름답다는 건 확실해. 아른거리면서 때로는 멀어졌다가 때로는 가까워지는 것이 마치……."

사윤은 말을 마치기도 전에 고개를 돌렸다가, 주비가 무슨 소리인지 모르겠다는 듯 미간을 찌푸리고 있는 걸 보고 웃으며 물었다.

"왜 그래?"

사실 주비도 어떻게 된 일인지는 모르겠지만, 서 타주 무리를 향해 대놓고 적대적으로 분노를 표시한 예상 부인이 사윤에게는 무척 예의를 차린 건 분명했다. 그런데 방금 두 사람이 짧은 대화를 나누는 동안, 예상 부인의 부드럽고 나긋나긋한 목소리에서…… 행각방에 포위됐을 때보다 더 짙은 살기를 느낄 수 있었다.

주비가 미심쩍은 듯 물었다.

"예상 부인이 화가 난 거예요?"

"아니."

사윤이 웃으며 대답했다.

"내가 물어봐선 안 될 것을 물어봐서 날 죽이려고 했던 것뿐이야."

"…….."

"왜? 너만 그런 느낌을 받은 것 같아?"

사윤이 또다시 찻잔을 들어 한 모금 마시더니, 아무 일도 없었다는 듯 입가를 훔치며 만족스러운 탄식을 내뱉었다.

"후원에서 마신 건 오래된 차였는데 이제야 비 내린 후에 갓 딴 신선한 차를 내주셨군. 하여간 속이 좁다니까……. 내가 얘기했었지? '천세우'라는 이름은 우의반이 불러서 유명해졌다고. 예상 부인과는 꽤 오래전부터 알고 지냈어. 만약 내가 정보에 대한 대가로 줄 수 있는 돈이 적었던 거라면 진작에 탁자를 내리치며 욕설을 퍼부었을 거야. 저렇게 담담할 리 없다고."

주비는 무슨 말인지 알아듣지 못하고 두 눈만 깜빡거렸다. 사윤이 자세히 설명하기 시작했다.

"누가 너한테 죽어도 말할 수 없는 일을 묻는다면 어떻게 할 거 같아? 불같이 화를 내면서 쓸데없는 거 묻지 말라고 경고했을까? 아마 그러지는 못할 거야. 처음에는 그랬다가도 상대의 호기심을 자극하지 않으면서 최대한 빨리 평정을 되찾는 편이 현명하거든. 심지어 놀란 티를 전혀 내지 않거나, 졸렬해 보이는 방법으로 끊임없이 사람을 감질나게 만들 수도 있어. 스스로 포기하도록 말이야. 어때, 일리가 있지?"

"그럼……."

"별거 아냐."

사윤이 목소리를 낮추었다.

"난 그저 예상 부인을 떠본 것뿐이니까. '세상에 말하지 못할 일이란 없다'고 외치는 선배님들 말에 절대로 넘어가지 마. 강호에 떠도는 수많은 이야기 중에는 사람들한테 물어봐도 답을 듣지 못하는 경우가 수두룩하거든. 그러니 그들의 희로애락은 물론, 속임수와 계략을 이용해서라도 원하는 것을 찾아낼 수 있어야 해. 자, 잔소리는 여기까지. 넌 지금 경운구에 관한 일이 가장 궁금할 것 같은데…….."

주비는 잠시 머뭇거리다가 무거운 표정으로 고개를 끄덕였다. 큰소리치긴 했지만 내심 자신이 없었다. 이제야 생각이 제대로 돌아갔다. 입 한 번 잘못 놀려 상황이 이렇게 됐으니 그자들이 될 대로 되라는 심정으로 이연을 힘들게 만들지는 않을까…….

"행각방이 감히 그러진 못할 거야."

주비의 고민을 눈치챈 사운이 느긋하게 입을 열었다.

"백 선생이 그쪽을 따르고 있으니 행각방은 남조의 흑도에 속한다는 걸 너도 알 거야. 사방에 그들의 입김이 닿지 않는 곳이 없고 수단과 방법을 가리지 않는다는 해도, 시비를 가릴 때는 결코 잘못된 길에 들어서지 않아. 그게 규율이거든. 인품 따위와는 아무 상관 없어. 규율을 어기면 앞으로 그들이 의지해야 하는 인맥 또한 막히게 될 테니까. 서 타주도 바보는 아니니 고작 이런 일로 제 무덤을 파지는 않을 거야. 하물며 경운구 역시 사악한 무리는 아닌 것 같으니 말이야."

주비가 눈을 반짝였다.

"경운구가 대체 뭐죠?"

"삼류 문파야. 양근의 생김새나 말투에서 이미 알아챘겠지만, 그는 중원 사람이 아니야. 경운구는 남쪽 변방에 위치해 있는데 그곳은 축축하고 독한 기운이 퍼져 있고 초목이 무성한 곳이야. 그곳

사람들은 무공에는 약해도 신의神醫를 여럿 배출해서 '소약곡小藥谷'이라고도 불리지."
　주비가 신기하다는 듯 물었다.
　"그럼 대약곡大藥谷도 있어요?"
　"한때는 있었지."
　사윤이 대답했다.
　"지금은 없어졌지만, 멸문했거든. 뭐, 그런 건 중요하지 않으니 끼어들지 말고. 대대손손 이어지다 보면 괴짜가 나오는 법이야. 예를 들면 병든 사람을 치료하기보다는 독을 써서 사람 목숨 빼앗는 걸 더 좋아하는 자가 등장한다든가. 어찌 보면 독과 약은 같은 한 뿌리에서 비롯된 것이니 딱히 분야에서 벗어났다고는 할 수 없지. 그런데 이번 세대에 정말로 분야를 벗어난 괴짜가 나타난 거야. 내가 보기에 양근이란 자는 약에 관련해서는 인삼과 무를 겨우 구분할 정도일 텐데, 유독 도법에 심취해 있고 타고난 자질도 좀 있는 것 같아. 가주 자리에 오르게 된 건 아마도 먼저 저와 비슷한 또래를 차례로 때려눕혀서일 거야."
　그 흑탄의 팔자가 이렇게 우여곡절이 많을 줄이야. 주비는 꽤나 놀랐다.
　"그자는 일찍부터 사방을 돌아다니며 도전을 해 왔어. 나름 최근 중원 무림에서 보기 드문 '신예'로 떠올랐겠지."
　사윤이 이야기를 계속했다.
　"이건 내 추측인데, 양근은 남조의 '무림제일도'가 되기 위해 달려가던 중에, 네가 느닷없이 혜성처럼 등장하니 약이 올랐을 거야. 그의 눈에는 오직 칼뿐인 거지. 다른 악명을 떨친 적도, 지금까지 무고한 자들의 목숨을 빼앗은 적도 없었어."

주비의 낯빛이 어두워졌다.

"일부러 '혜성처럼 등장'하려던 건 아니라고요."

그 말에 사윤이 한숨을 내뱉었다.

"휴, 누가 아니래? 아이를 낳을 때 배 속의 자식과 먼저 상의하는 어머니도 없잖아……. 걱정 붙들어 둬. 사십팔채 사람들은 무사할 테니까. 너도 그자와 실력을 겨루려던 것도 아니고……. 그자가 명성을 원하니까 네가 져 주면 아무 일 없을 거야."

주비는 아무 말 없었다. 잠시 반응을 지켜보던 사윤이 갑자기 고개를 들었다.

"잠깐, 너 설마 그자의 도전에 응할 생각이야?"

주비는 머뭇거리면서도 눈을 반짝였다.

"하면 안 되겠죠?"

사윤은 주비를 진지하게 바라보았다.

"날 때리지 않겠다고 약속하면 솔직히 말해 줄게."

"……."

주비는 이미 답을 알고 있었다.

"양근의 '단안십삼도斷雁十三刀'가 천하무적이라고는 할 수 없지만 적어도 그자의 실력은 일류야. 작년에 공동崆峒파의 장문인도 그에게 졌다던데, 네 실력으로는 최소 삼 년은 무공을 더 연마해야 양근과 겨룰 수 있을 거야. 내 말 들어. 형산에서 위험을 무릅쓰고 청룡주를 상대한 건 도의 때문이라고 쳐. 하지만 이번에는 상황이 달라. 그깟 허울도 없는 이름 때문에 위험을 무릅쓸 필요는 없어. 나중에 이 일 때문에 다른 복잡한 일에 연루될 수도 있는데 굳이 나설 필요 없잖아."

주비도 자신 없는 듯 고개를 끄덕였다. 확실히 자신이 굳이 나설 이유가 없었다. 무의미한 명분 싸움 때문에 나섰다가 상대에게 패하기라도 한다면 세상에 이보다 어리석은 일도 없을 것이다.

열일고여덟 살 소녀는 이미 다 큰 아가씨라고 할 수 있었다. 제 아무리 피 끓는 열혈 청춘에 욱하는 성격이라고 해도, 합당한 이유를 들려주면 고집부리지 않고 충고를 따를 것이다.

사윤은 주비의 표정을 자세히 살폈다. 자신의 말이 먹힌 것 같았지만 왠지 모르게 여전히 납득한 것 같지는 않았다.

"대체 왜 그러는데?"

주비는 살짝 난처한 표정을 지었다. 자신의 명성이라면 그다지 신경 쓰지 않았다. 나이도 어린데 체면 따위야 무슨 상관이랴? 밖에서 아무리 대단하다고 해 봤자 헛소문이요, 오히려 그 소문의 진실을 밝힐 기회가 주어진다면 그 또한 나쁠 것 없었다.

하지만 방금 주비는 한 가지 사실을 깨달았다. 서 타주, 양근, 심지어 예상 부인에 이르기까지 모두 그녀를 '남도'라고 불렀다. 심지어 주비의 성이 이李가 아니라 주周라는 걸 아는 사람도 없었다.

주비는 더 이상 앞뒤 모르고 달려드는 무명소졸이 아니라, 소문에 휩쓸려 일종의 상징이자 이름표가 되어 버렸다. '주비'가 아니라 '남도 이징'이라는 이름을 걸고 다니게 된 것이다.

"음…… 아무것도 아니에요. 이따가 오 낭자에게 그간의 사정을 자세히 적은 쪽지를 써야겠어요. 우의반에서 사람을 보낼 텐데 아무것도 모른 채 따라나서게 할 수는 없으니까요."

칼도 없이 텅 빈 손으로 '남도를 위해 도전을 받아들이겠다'고 하면, 제대로 웃음거리가 되겠지?

※

 이연은 연금된 상태였지만 주비가 걱정하는 것만큼 힘들진 않았다. 이연은 다리를 꼬고 의자에 앉아 있었다. 의자 다리는 네 개였지만 이연이 건들건들 다리를 흔들고 있어서 두 개는 허공에 들린 상태로 앞뒤로 흔들렸다. 옆에 있는 탁자에는 차와 땅콩, 해바라기 씨, 군밤이 놓여 있었다. 이연은 군밤을 하나씩 집어 깨문 다음 달콤한 것은 먹고, 그러지 않은 것은 옆으로 던졌다.
 이렇게 이연은 먹고 던지며 아주 여유로운 시간을 보냈다. 인질로 잡혀 온 것이 아니라 자발적으로 와서 뒷방 할머니 노릇을 하는 것만 같았다.
 그녀를 가둔 사람은 그녀가 갇혀 있는 동안 심심할까 봐 고상하다고 볼 수 없는 소설책도 가져다 두었다. 사십팔채에서 소설책이라곤 구경도 못 한 이연에게는 무척이나 흥미로운 물건이었다.
 저급한 내용이었지만 이연은 흥미진진하게 푹 빠져들었다. 기승전결이 어찌나 뛰어난지, 한 단락이 끝나고 책장을 넘길 때야 이연은 문득 자신이 인질로 잡혀 왔다는 사실을 깨닫곤 했다.
 그럴 때면 이연은 버럭 화를 내며 소리를 질렀다.
 "날 내보내 줘, 너넨 법도도 없어? 우리 집안사람들이 알면 너희들을 끝장내 줄 거야!"
 하지만 아무도 그녀를 상대해 주지 않자, 이연 역시 괜히 핏대를 세우지 않고 다시금 소설 속 이야기에 푹 빠져들었다. 인질치고는 꽤나 즐겁게 지내는 셈이었다.

밤이 되자, 온종일 해바라기 씨를 까먹느라 혀에 물집이 잡혔다. 앞니가 깔깔한 느낌이 들어 슬쩍 혀를 대어 보니, 앞니가 평소보다 훨씬 벌어진 것이 느껴졌다. 혀로 윗니 쪽 잇몸을 쓸자 물집이 터지며 피가 났다. 따끔한 아픔에 이연은 얼굴을 찌푸리며 자신을 여기에 처박아 둔 자에게 짜증이 나기 시작했다.

이연은 자리에서 일어나 몸을 풀고 숨을 깊이 들이마시며 한바탕 욕설을 퍼부을 준비를 했다. 그런데 욕설을 내뱉기도 전에 굳게 닫혀 있던 방문이 끼익 하고 열리더니, 시커먼 안시도를 든 양근과 눈이 마주쳤다.

양근이 차갑게 물었다.

"뭘 하려는 거냐?"

이연은 칼날처럼 싸늘한 상대의 기세에 눌려 목구멍까지 올라온 욕설을 그대로 꿀꺽 삼켰다. 한편으로는 자신이 이렇게 참아야 하는 처지에 화가 나 문 앞에 있는 사람을 향해 신경질을 냈다.

"여기에 갇혀 있으니 속에서 열이 나잖아! 난 복숭아를 먹어야겠어!"

양근은 '이건 뭐야'라는 표정으로 이연을 빤히 쳐다보았다. 그에 이연은 아까보다 누그러진 태도로 계속 쏘아붙였다.

"우리 고모가 누군지 알아? 우리 고모부가 누군지는 알고? 무법천지로 다니는 개자식들이 지금 감히 누굴……."

양근이 갑자기 그녀의 말을 끊었다.

"네가 정말로 남도 이징의 손녀인가?"

순간 이연은 '이징'이 누군지 생각이 나지 않아 잠시 멍해 있었다. 평소 집에서 선대 채주의 존함을 부르는 자가 없어 낯설었기 때문이다. 한참 후에야 비로소 이미 돌아가신 할아버지를 떠올린 이연은 도도한 표정으로 상대를 째려봤다.

"그래, 그래서 뭐? 무섭지? 흥, 십년감수했을 거다!"

양근은 모욕을 당한 표정이었다.

"남도에게 어떻게 너 같은 후손이 있을 수 있지?"

양근에게 한 방 먹은 이연은 곧장 분노에 휩싸여 평소 집에서 사형, 사제들과 치고받으며 행패를 부리던 습관대로 허리에 손을 짚고 양근에게 손가락질하며 버럭 소리쳤다.

"나 같은 손녀가 없으면 설마 네가 손자라도 되겠다는 거야? 흥, 우리 할머니는 너 따윈 필요 없다고! 우리 집은 돈이 많아서 너 같은 싸구려 흑탄은 필요 없어!"

양근은 이마에 핏줄까지 곤두섰다. 더 이상 못 참겠는지 갑자기 한 발자국 앞으로 나왔다.

이연은 긴장한 표정으로 자세를 낮추고 두 손을 가슴 앞에 올려 공격을 받아칠 준비를 했지만, 아무래도 자신이 이길 리 없다고 생각했는지 방금 자신이 앉아 있었던 의자를 낚아채 방패처럼 몸 앞을 막았다.

의자 다리 한쪽에는 반질반질한 밤껍질이 매달려 있었다. 이연은 자신의 '흉기'를 흔들며 슬금슬금 뒤로 물러나면서 소리쳤다.

"가까이 오기만 해 봐! 내가 얼마나 무서운 사람인지 알아? 특별히 말해 주는데, 이 몸은 어릴 때부터 십팔반병기에 정통했다고. 단검술은 입신의 경지에 올랐고 장도로 널 꼬챙이처럼 꿸 수도 있어! 그, 그러니까…… 날 건드리지 않는 게 좋을 거야!"

양근이 코웃음을 쳤다.

"오호라? 그럼 내가 먼저 가르침을 청해야겠군……."
"근아!"
때마침 서 타주가 나타나 미간을 찌푸리며 이연을 흘끗 바라보곤 나지막이 입을 열었다.
"다 큰 어른이 어린애와 다퉈 무얼 하느냐?"
이연은 서 타주를 보자마자 묵은 원한까지 떠올라 더욱 화가 났다. 주비 일행이 떠나고 몇 개월 후, 이근용도 난데없이 어떤 일을 처리해야 한다며 사십팔채를 떠나기로 결정했다. 그 이유가 무엇인지는 물론 이연에겐 알려 주지 않았다.
흔치 않은 사건이었다. 이연이 태어난 이후로 두령님, 즉 이근용은 사십팔채를 떠받치는 기둥으로서 한 번도 자리를 비운 적이 없었다.
이연은 왕 부인이 주비와 이성을 데려간 후로 무료하기 짝이 없었는데, 고모 이근용도 떠난다는 소식을 듣고는 기분이 무척 나빠졌다. 그리하여 언니, 오빠 그 누구도 할 수 없는 일을 저질렀다. 이근용 앞으로 달려가 한바탕 애교를 떨었던 것이다.
이연의 애교에 이근용은 꽤나 골치가 아팠다. 아무리 혼내도 뻔뻔스러운 이연은 꿈쩍도 하지 않았다. 그렇다고 차마 매를 들 수도 없는 노릇이었다. 이연의 하찮은 무공으로는 자칫 잘못하다가 큰 사고를 칠 수 있었기에 이근용은 이연을 금릉의 주이당에게 보내 당분간 함께 지내도록 하겠다고 약조할 수밖에 없었다.
이근용의 시야에서 벗어난 후로 이연은 고삐 풀린 망아지가 되었다. 주비가 갓 하산했을 때 세상을 신기해했으면서도 나름 자제했던 것에 비하면 천둥벌거숭이가 따로 없었다.
촉 땅을 벗어나자마자 이연은 주루에서 주비가 큰 공을 세웠다는 이야기를 듣고는 주변 선배님들의 눈치를 보지도 않고 마냥 기뻐했다. 사실 다른 사람들은 몰라도, 사십팔채 사람들은 다들 주비의 실력을 아는데 말이다.

아무것도 모르는 이연을 제외한 나머지 선배들은 주비의 소문을 듣고 걱정되는 마음에 서둘러 숙소로 돌아가 이근용에게 어떻게 보고할지를 상의했다. 당연히 이연도 선배들을 따라 숙소로 돌아가야 했지만, 더 자세한 이야기를 듣고 싶었던 이연은 늦은 밤 아무도 그녀를 신경 쓰지 않는 틈을 타 몰래 숙소를 빠져나왔다.

주비가 사람들의 주목을 받기 시작할 때부터 서 타주는 줄곧 촉 땅을 주시하는 한편, 이연 일행의 소재도 일찍감치 파악해 두었다. 평소에는 고수들이 포진하고 있어서 기회가 없었는데, 이연이 제 발로 숙소를 빠져나오자 서 타주는 기회라고 생각하고 일단 손에 넣고 봐야겠다고 생각했다.

행각방의 사기 행각이야 원체 명성이 자자했으니, 세상 물정 모르는 이연을 꾀어내는 건 누워서 떡 먹기나 다름없었다. 이연이 상황을 파악했을 때는 이미 자루에 넣어진 채 소양으로 옮겨진 뒤였다.

이연이 의자를 바닥으로 내리치며 서 타주를 향해 일갈했다.

"이 사기꾼!"

서 타주가 몸을 돌려 장난기 가득한 얼굴로 이연을 바라보았다. 그가 웃는 얼굴로 읍했다.

"소인이 보는 눈이 없어 이가 댁의 아가씨인지 미처 알아보지 못했습니다요. 진즉 알았다면 이리 무례한 짓을 벌이진 않았을 텐데……. 낭자, 부디 넓은 아량으로 눈뜬장님 같은 소인의 어리석음을 용서해 주시렵니까?"

서 타주의 행동에 이연은 어안이 벙벙했다. 그녀로서는 행각방 사람들이 겉은 물러도 속은 시커멓다는 걸 알 리가 없었다. 다만 서 타주의 희끗희끗한 귀밑머리를 보니 평소 보던 백부님들보다 나이가 많아 할아버지에 가까워 보였다. 억지 부리고 떼쓰는 게 일상인 이연도 마음씨는 착해서, 제 비위를 맞춰 주는 늙수그레한 사내의 미소에 마음이 누그러졌다.

그의 말을 믿든 안 믿든 계속 소란을 피우기 미안해진 이연은 무안한 표정으로 의자를 내려놓고 미간을 찌푸리며 말했다.

"제가 이씨 가문 사람이 아니라고 해도 이렇게 함부로 잡아 오면 안 되죠. 법에 어긋난다고요."

서 타주의 미소가 순간 굳었다. 천하제일 비적 무리 중에 이렇게 법을 잘 지키는 선량한 자가 있을 줄이야. 하지만 그는 이내 마음을 바로잡고 진심 어린 미소를 지어 보였다.

"당연하지요. 낭자는 잘 모르시겠지만 소인은 주인의 명으로 원수를 추적 중이랍니다. 그 사람의 나이며 외모가 낭자와 비슷해서 실수로 엉뚱한 사람을 잡아 왔지 뭡니까. 아이고, 하여간 늙으면 죽어야지……."

서 타주의 사탕발림을 듣고 있던 양근은 그냥 나가기도 뭐해서 옆에서 냉랭한 표정으로 서 있었다.

귀신도 속아 넘어가지 않을 서 타주의 말을 이연은 안타깝게도 믿고 있었다. 서 타주의 설명을 들으며 바닥에 잔뜩 떨어진 해바라기 씨의 껍질을 보던 이연은 비록 엉뚱한 사람을 끌고 오긴 했어도 예우는 갖춰 주었다는 생각에 이미 반쯤은 용서한 상태였다. 그래서 식구들이 자신을 찾느라 정신없을 테니 빨리 집으로 돌려보내 달라는 말만 짤막하게 내뱉었다.
　서 타주가 환하게 웃으며 대답했다.
　"암요, 암요! 마침 낭자와 같은 가문 출신의 높으신 분이 소양에 있다고 하니, 바로 연락해서 그쪽으로 모셔다드리겠습니다."
　"높으신 분? 누군데요?"
　"파설도의 계승자 말입니다. 저희 행각방을 깊이 오해하시는 것 같은데, 어쩌면…… 휴, 나중에 낭자께서 저희 대신 말 좀 잘해 주시지요."
　서 타주의 몇 마디 말에 진실이 거짓으로 변한 순간, 이연이 눈을 반짝이며 입을 열었다.
　"설마 주비? 우리 언니가 왜 여기에 있는 거죠?"
　강호에 떠도는 수많은 소문 중에서 누구나 궁금해했으나 전혀 알 수 없었던 이름이 이연의 입에서 튀어나왔다. 양근과 서 타주가 서로 은밀히 눈빛을 주고받았다.
　"주비……."
　양근이 나지막하게 이름을 되뇌었다.
　이연이 즉시 눈을 흘겼다.
　"뭐야? 왜 남의 언니 이름을 부르는 건데? 우리 언니가 그 뭐냐…… 파…… 파 뭐시기를 써서 너한테 따끔한 맛을 보여 줄 거야. 그때도 잘난 척할 수 있는지 보자고!"
　양근은 묵묵부답이었다. 눈앞의 소녀가 이씨 가문이라는 것을 여전히 믿을 수가 없었다.
　이연이 도도하게 턱을 치켜올리자 양근은 이를 악물고 음산하게 웃었다.

"그래, 얼마나 대단한 자인지 자못 기대되는군."

그 시각, '파…… 뭐시기'의 당사자인 주비는 이연이 자신에게 얼마나 어려운 임무를 던졌는지 전혀 알지 못했다. 주비는 심란한 마음으로 오초초를 안심시킨 뒤, 넋이 나간 표정으로 대충 허기를 때우고 억지로 휴식을 청했다.

그러나 억지로 잠을 청하려니 쉽게 잠이 오지 않았고, 어렵사리 잠이 든 후에도 계속해서 어수선한 꿈만 꾸었다.

꿈속에서 주비는 한 사내를 만났는데, 커다란 체구의 뒷모습만 보일 뿐 얼굴은 볼 수 없었다. 주비는 어린 소녀로 돌아간 듯 사내의 손을 잡고 있었고, 눈을 들어 봐도 사내의 허리춤에 걸린 착배도—그녀가 처음 세묵강에서 두 동강 낸 것과 같은 거였다—만 보일 뿐이었다.

사내는 주비의 손을 놓고 따뜻한 손으로 머리를 쓰다듬으며 말했다.

- 잘 보거라. 딱 한 번만 가르쳐 줄 테니까.

주비는 기이한 느낌이었다.

'이 사내는 누구지? 어떻게 어머니가 했던 말과 똑같은 말을 하는 거야?'

말하는 내용은 같아도 말투는 아주 달랐다. 사내가 이근용보다 훨씬 다정한 목소리로 '딱 한 번만 가르쳐 줄 테니까'라고 말할 때 주비는 말로 표현하기 힘든 아쉬움을 느꼈다.

사내가 몇 걸음 앞으로 나아가 주비 앞에 섰다. '챙' 하는 소리와 함께 눈부시게 환한 도광이 하늘을 가르자 주비의 가슴이 세차게 뛰기 시작했다. 이때, 사내가 갑자기 움직이기 시작했다.
'산', '해', '풍', '파', '단', '참'…… 사내의 초식 하나하나에는 예전엔 미처 느끼지 못한 연결성이 담겨 있는 듯했다. 희미하면서도 확연히 다른 그런…….
아홉 식 파설도를 눈앞에서 똑똑히 지켜본 주비는 그동안 목구멍에 걸려 있던 무언가가 쑥 빠져나가는 기분이 들었다. 마치 이미 천하를 활보하고 온 느낌이었다.
사내의 파설도는 이근용을 연상시켰다. 아니, 이근용의 칼처럼 화려하지는 않았지만 훨씬 함축적이고 묵직하면서도 자연스러웠다!
칼날을 빠르게 거두자, 차가운 빛도 옅어졌다.
주비는 순간 얼굴이 보이지 않는 사내가 누군지 깨달았다. 그와 동시에 기운침의 목소리가 귓가에 울렸다.

- 이징 선배님 칼의 정수는 '무봉'에 있었습니다…….

주비의 눈길이 칼로 바닥을 짚은 채 서 있는 사내에게로 향했다. 사방에는 언제부터인지 눈이 펑펑 내리기 시작했다.
하늘 가득 눈꽃이 흩날리는 가운데, 백의를 걸친 사내는 천지와 하나인 듯 보였다. 사내와 주비 사이에 짙은 안개라도 낀 것처럼 사내의 얼굴은 희미했다. 그러나 그의 눈빛은 짙은 안개와 이십 년의 시간을 뛰어넘어 한 번도 만난 적 없는 소녀에게로 떨어졌고, 사내는 무척이나 부드러운 목소리로 소녀의 이름을 불렀다.

― 비야.

그 순간, 주비가 침상에서 벌떡 몸을 일으켰다. 주비는 멍하니 이불을 바라보다가 갑자기 벌떡 일어나 재빠르게 옷을 걸쳤다. 굴러다니는 노끈으로 머리를 대강 묶은 채 정신없이 밖으로 달려 나갔다.

깊은 밤, 문을 박살 내려고 작정한 듯 요란하게 두드리는 소리에 사윤이 눈을 떴다. 사윤은 짜증을 내기는커녕 느긋하게 문을 열고는, 주비를 안으로 들이지 않고 야릇한 표정으로 그녀를 훑어보았다.

"미녀 아가씨, 새벽에 사내가 자고 있는 방문을 두드리는 게 무슨 뜻인지는 알아?"

주비가 외쳤다.

"양근의 도전을 받아들이겠어요!"

황당한 말에 사윤은 하마터면 사레가 들릴 뻔했다.

"……고작 그거 말하려고 온 거야?"

주비는 아직 꿈에서 덜 깬 듯 머릿속이 복잡했지만, 자신이 욕을 먹는 건 괜찮아도 '남도'의 이름에 먹칠하는 건 참을 수 없다는 생각만은 또렷했다. 주비는 크게 심호흡을 하고 힘껏 고개를 끄덕였다.

"저기 봐."

무표정하게 주비의 뒤쪽을 가리키는 사윤의 손가락을 따라 주비가 고개를 돌리는 순간, 사윤이 냅다 방문을 걸어 잠갔다.

'남도의 계승자'라는 명성이 뜬소문이라고는 해도, 호락호락 당할 주비가 아니었다. 사윤이 문을 닫으려는 순간, 주비가 잽싸게 문 사이로 자신의 발을 들이밀었다.

"오라버니, 좀 도와주세요!"

그러나 사운은 꿋꿋이 자신의 뜻을 굽히지 않았다.

"나는 바람, 꽃, 눈, 달 이 네 신선을 모시는 것만 해도 벅찬 사람이야. 다른 일은 도저히 할 여력이⋯⋯ 무, 무슨 짓이야? 날 희롱하려는 거야?"

주비는 다짜고짜 사운을 방 안으로 밀어 넣었다. 사운이 아무렇게나 벗어 둔 겉옷을 주섬주섬 걸치며 주비를 째려보았다.

"예술은 팔아도 몸은 팔지 않는다고!"

"닥쳐요. 누가 그쪽을 돈 주고 사겠어요?"

주비가 눈을 치켜떴다.

"잘 들어요, 난 양근을 이기고 싶어요."

사운은 혀를 쯧쯧 차며 천천히 어깨를 풀고 창가에 기대어 팔짱을 꼈다.

"그럼 난 옥황상제가 되고 싶어."

목마른 사람이 우물을 파는 법, 주비는 사운이 비꼬는 걸 무시한 채 곧장 본론으로 들어갔다.

"예전에 제문 도장의 부유진을 보고 한눈에 파악했잖아요. 그러니 단안십삼도에 대해서도 잘 알 것 같은데⋯⋯. 그렇지 않고야 공동파의 장문인이 한 수 졌다는 걸 어떻게 안 거죠?"

사운은 콧방귀를 뀌며 철벽을 쳤다.

"그냥 짐작한 거야. 길에서 우연히 이야기꾼이 하는 말을 들었거든."

주비가 사운을 뚫어져라 바라봤다. 너무 맑아서 푸른빛이 돌 정도로 맑은 눈동자였다. 비아냥대거나 싸우지 않을 때의 주비는 연약하고 귀엽기까지 했다. 그런 주비의 눈동자를 마주할 자신이 없어진 사운은 묵묵히 시선을 피했다.

"부탁해요, 오라버니."

"흥! 나한테 부탁해 봤자 무슨 소용이야? 하룻밤 사이에 네 무공을 끌어올려 줄 비법 같은 건 없다고. 나한테 그런 능력이 있다면 왜 음탕한 사랑 노래나 지으며 살겠어? 무공 높여 주는 환약이나 팔며 호의호식할 것을!"

사윤의 기세가 누그러지자 주비가 눈웃음을 치며 말했다.

"제게 방법이 있어요, 단안십삼도에 대해 자세히 알려 주시기만 하면 돼요."

"단안십삼도에는 대단한 비결 따윈 없어. 그런 점에서 보면 딱히 두려워할 필요는 없지."

사윤은 대충 걸쳤던 겉옷을 단단히 여몄다. 주전자가 비어 있자 어디선가 작은 술 주전자를 꺼냈다. 뚜껑을 열어 놔도 술 향기가 거의 나지 않을 정도로 물처럼 약한 술이었다.

주비가 술 주전자를 받아 들고 물 대신 벌컥벌컥 들이켰다. 다 마신 후 주비는 입가를 훔치며 불만스러운 듯 빈 주전자를 흔들었다.

"대체 이딴 건 왜 마셔요? 물에 살짝 맛을 넣고 싶은 거라면 차라리 소금을 넣는 게 어때요?"

"몸을 데워 주거든."

사윤이 손을 가볍게 비볐다. 이제 곧 늦가을이었지만 소양은 좀처럼 계절을 보내려 하지 않았다. 창문을 열면 울창한 정원이 보였다. 꽃이 질 기미도 보이지 않았지만 사윤은 창백하다 못해 파랗게 질려 있었다. 정말로 추위를 느끼는 듯했다.

사윤이 가볍게 투덜거렸다.

"나같이 연약한 서생은 대협객들처럼 더위와 추위에도 쌩쌩한 재주 따윈 없어. 특히 깊은 밤 이슬이 내릴 때 누구 때문에 억지로 이불 밖으로 나올 땐…… 어이, 대체 뭐 하는 거야? 내 말 듣고 있어?"

주비는 얼른 입을 다물고 큰 눈으로 주변을 흘끗 살피더니 눈치 빠르게 술 주전자를 들고 다가와 사윤에게 술을 따랐다.

걸핏하면 주먹부터 휘둘렀던 주비도 이번에는 정말 간절했는지 평소와는 달리 고분고분했다. 사윤은 씁쓸한 눈빛으로 주비를 훑어보고는 담담하게 입을 열었다.

"단안십삼도는 명문가에서 전해지는 도법과 큰 차이가 있어. 검술을 익힌 적은 있지?"

사윤이 세묵강에서 주비를 처음 봤을 때, 주비는 묘도苗刀처럼 생긴 좁고 긴 칼을 쥐고 있었다. 당시 주비가 어리고 체구가 작아서 그랬는지, 그 칼은 도신과 손잡이가 일반적인 묘도보다 짧고 날렵했다. 멀리서 봤을 땐 외날 장검과 더 비슷해 보였다.

"정직한 남도의 파설도와 변화무쌍한 북도의 단수전사, 서로 성격은 달라도 공통점은 있어. 바로 이 절정의 도법이 실제로는 순수한 도법이 아니라는 거야. 남도와 북도를 완성한 두 선배님 모두 가문 대대로 내려온 무공에 다른 무공의 장점을 모아 자신의 것으로 승화시켰어. 이를테면 파설도의 '파'에는 창술의 흔적이 남아 있지. '풍'은 검술에서 많은 부분을 차용한 듯하고, '산'은 더욱 묘해서 당시 산천검과 서로를 검증했을 때의 깨달음이 은근히 들어 있거든. 어때, 내 말이 맞지?"

주비는 난생처음 듣는 이야기였지만 듣고 보니 정말 그런 것 같았다. 그와 동시에 그녀의 머릿속에 또다시 의심의 싹이 고개를 들기 시작했다.

무공을 할 줄 모르는 사람이 어떻게 주비 자신도 파악하지 못하는 무공의 체계를 단번에 꿰뚫어 봤을까? 아무리 천재라고 해도 초보자의 어설픈 초식을 보고 파설도의 맥을 짚어 내다니……. 설마 정말로 산천검을 본 적 있는 걸까? 은가장이 멸망할 때 단왕 전하께선 갓 이갈이를 시작할 나이였을 텐데…….

"이씨 가문은 도법의 명문가니까 너도 잘 알겠지. 검보다는 도를 배우는 게 더 쉬운 편이야. '도법은 익히는 데 삼 년, 검술은 닦는 데 십 년'이라는 말도 있잖아. 하지만 사십팔채의 '파설도'는 예외야."

사윤은 술잔을 들고 천천히 말했다.

"그게 바로 '파설도'가 종사의 도법이라고 불리는 이유야. 기본기가 충분하지 않으면 겉모습도 흉내 내기 어렵거든. 내 추측이 맞는다면 넌 어렸을 때 어머님께 무공을 배울 때 도법 말고도 각 문파의 초식도 조금씩 배웠을 거야. 맞지? 하지만 양근은 그렇지 않아. 수년 동안 도법을 연마하면서 딱 한 가지에만 매달렸지. 자신의 칼을 더욱 빠르게 만드는 것에 말이야."

주비는 웬일로 끼어들지 않고 조용히 양근이 쥐고 있던 단안도斷雁刀의 모습을 떠올려 보았다. 칼등이 넓고 손잡이가 길었다. 칼등에는 기러기 깃털 같은 황금 고리가 있어 베기에 아주 적합해 보였다.

"너희 명문가의 후예들은 보고 들은 것도 많고 시야도 넓어서 머리만 받쳐 주면 누구든 선대 채주의 경지에 오를 수 있어. 십 년 뒤에는 '단안도'는 물론, 다른 어떤 칼도 상대가 되지 않을 거야. 하지만 상대적으로 그 전의 이십 년 동안은 양근처럼 죽기 살기로 수련에 매달리지 않았을 테고, 양근보다 무공 기초가 탄탄하지도 않고, 그의 칼처럼 빠르지도 않을 테지. 지금 네 손에 들린 남도는 그저 허울 좋은 껍데기일 뿐, 이제 막 배운 거라 들은 게 별로 없지. 겉으로는 화려하게 보여도 실제로는 단칼에 무너질 수 있단 말이야."

사윤은 손가락으로 탁자를 가볍게 두드렸다.

"자, 그럼 이제 말해 봐. 양근을 어떻게 물리칠 생각이지?"

천둥벌거숭이처럼 뛰어 들어왔던 주비는 사윤의 냉정한 분석을 들은 후에도 흥분하기는커녕 오히려 냉정하게 질문을 던졌다.

"'빠르다'면 얼마나 빠른 거죠? '강하다'면 또 얼마나 강한 거고요?"

"네가 반응하지 못할 정도로 빠른 건 아냐. 그 정도 경지에 이르렀다면 진작 새로운 '남도'라고 불렸을 테니까."

사윤은 잠시 생각에 잠겼다가 손을 뻗어 비스듬히 내리치는 동작을 취했다. 그의 동작은 그다지 빠르지 않았고, 손가락은 여전히 차갑고 창백해 연약하게만 보였다. 경맥이 끊긴 후에도 여전히 살기가 매서웠던 기운침 같은 기세는 결코 아니었지만 그의 동작은 무척이나 정확했다. 한 치의 과함도, 모자람도 없이 주비가 꼼짝달싹할 수 없는 위치에서 정확히 멈춰 섰다.

"칼은 내 손가락보다 수백, 수천 배는 더 빨라. 평범한 사람이라면 갑작스러운 공격에 허둥지둥 막아 내겠지."

사윤은 옆에 놓여 있던 부채를 들어 손바닥을 가볍게 툭툭 쳤다.

"봐서 알겠지만 양근의 검은 무척 무거워. 그걸 그자가 자유자재로 다룬다면 네 공력으로는 공격을 받아 내지 못할 수도 있어. 물론 너도 평범한 사람은 아냐. 안 그랬다면 진작 청룡주의 손에 죽었을 테니까. 넌 아마 자연스럽게 한 발 내디디며 몸을 틀어 피한 다음……."

"베어 버릴 거예요."

주비 역시 한 손을 뻗어 공중에 떠 있던 사윤의 손바닥을 치며 순식간에 허공을 갈랐다.

"'무공'을 '초식'이 아니라 '무공'이라고 부르는 이유가 바로 여기에 있어. 넌 양근처럼 기본기가 착실하지 않으니 네 몸놀림은 결코 그자보다 결코 빠를 수 없어. 제대로 베지 않으면 도중에 놈에게 주도권을 빼앗기고 말 거야."

사윤이 고개를 저으며 주비의 손등을 가볍게 쳤다.

"물론 내가 보기에 넌 그자의 초식을 받아 내느라 정신없을 거고, 그럴 때마다 양근은 널 조금씩 밀어붙일 거야. 네가 더 이상 피할 수 없을 때까지 말이야. 그럼 제법 볼만하겠지."

주비는 침묵했다.

"네가 누구의 명예를 지키려고 하는지 알아."

사윤이 차분하게 말을 계속했다.

"그러니까 되도록이면 대결하지 않고 피하는 게 좋아. 겨우 구실을 잡아서 대결의 주도권이 네게 왔으니까. 네가 대결에 응하지 않았다는 소식이 퍼져도 양근이 비열한 수단을 써서 대결할 가치가 없었다고 하면 되니까. 네가 엉망으로 지는 것보다는 보기 좋지 않겠어?"

약조한 사흘의 시간이 쏜살같이 지나갔다. 주비는 사흘 동안 방 밖으로 한 걸음도 나가지 않았다. 우의반의 아가씨는 밥을 가져다주러 갈 때마다 엉덩이에 뿌리라도 내렸는지 창가에 앉아 꿈쩍도 하지 않는 주비를 볼 수 있었다. 대체 무슨 기이한 무공을 수련 중인지 알 수 없었다.

사흘째 되는 날 아침, 서 타주와 양근 일행이 커다란 '선물'이 실린 대나무 가마를 멘 제자 둘과 함께 모습을 드러냈다. 이연은 오는 길에 걸을 필요도 없이 좋아하는 복숭아를 실컷 먹을 수 있었다. 신통방통한 서 타주가 지금 같은 계절에 어디서 복숭아를 구해 왔는지는 모르겠지만.

주비는 혹시라도 이연이 놀랐을까 봐 무척 걱정했는데, 이연이 아주 멀쩡한 모습으로 가마에서 내려서는 손에 온통 찐득거리는 복숭아즙을 묻힌 채로 그녀에게로 달려들자 짜증이 왈칵 솟구쳤다.

"주비 언니……!"

"거기 그대로 서 있어!"

주비의 말을 들었는지 못 들었는지, 이연은 와아앙 하며 냅다 달려와서는 복숭아씨를 옆에 버리며 엄청 힘들었다는 표정을 지었다.

"언니, 여기까지 오느라 내가 얼마나 고생했는지 알아? 하마터면 언니도 못 만날 뻔했다고……."

서 타주는 할 말이 많았지만 '감동의 재회'가 펼쳐지는 바람에 꾹 참을 수밖에 없었다.

오초초와 우의반 아가씨들이 호기심 어린 눈빛으로 이연을 바라보자, 이연도 그 시선을 의식한 듯 발걸음을 멈추고 화제를 전환했다.

"그런데 여기 왜 이렇게 사람이 많아? 참, 오라버니는?"

주비의 시선이 이연을 건너뛴 채 양근에게로 향했다.

"누군가한테 유괴되어서 데릴사위가 되었지 뭐. 저리 가 있어. 혼내는 건 이따가 할 테니까."

열 보 밖에 서 있던 양근은 예리한 칼처럼 전의를 불태우며 주비를 주시했다.

이연이 주비의 시선을 따라 눈길을 돌려 보니 거기에는 양근이 있었다. 이연은 그동안 당했던 걸 생각하니 화가 치밀어 올라 주비에게 말했다.

"저 시커먼 흑탄 같은 놈, 저놈이 가장 악질이야. 야, 지금도 안 늦었어. 지금이라도 용서를 빌면……."

양근의 칼등에 달려 있던 작은 고리들이 가볍게 떨리더니 마치 기러기가 우는 것처럼 '카랑' 하는 소리가 울렸다.

놀란 이연이 입을 다물고 저도 모르게 뒤로 슬금슬금 물러났다. 좀 늦긴 했지만 그제야 주비와 양근 사이가 심상치 않다는 것을 눈치챈 거였다.

눈가가 퀭한 채로 등장한 사윤이 피곤한 듯 콧대를 누르며 이연을 향해 탄식했다.

"꼬마 아가씨, 성가시게 굴면 안 돼요."

주비가 예상 부인을 돌아보며 말했다.

"제가 부인의 칼을 빌려도 될까요?"

그 말에 양근의 낯빛이 더욱 어두워졌다. 강호에서 무릇 이름이 좀 알려진 인물이라면 그들이 지닌 무기도 주인만큼 천하에 명성이 자자했다. 그는 주비가 제대로 된 칼 하나 갖고 있지 않다는 사실을 도저히 믿을 수 없었다. 이건 분명 상대에 대한 모욕이었다.

예상 부인 역시 주비의 예상치 못한 요청에 황당한 표정을 지었다. 주비처럼 속 깊은 '착한 아이'에게 경운구와 같은 면이 있을 줄이야……. 그녀는 잠시 생각하다가 옆에 있던 소녀에게 '망춘산望春山'을 내주라고 일렀다.

소녀는 잽싸게 대답하고는 쪼르르 달려가서 장도를 내왔다.

예상 부인은 장도를 받아 들고 가볍게 도신을 쓰다듬었다. 손가락 끝으로 살짝 튕기자 칼날은 마치 탄식이라도 내뱉듯 '챙' 하는 소리와 함께 진면목을 드러냈다. 기다란 칼날 위로 도광이 번쩍이더니 이내 도신 속으로 사라졌다. 도신에는 '산山'이라는 글자가 새겨져 있었다.

"남북이 아직 갈라지기 전, 유독 추운 해가 있었지."

예상 부인이 차분히 입을 열었다.

"몇 년 동안 북풍이 불지 않던 곳에 갑자기 눈이 내리더니, 급기야 형산 자락이 폭설에 의해 길이 끊기고 말았다. 산 북쪽에 작은 객잔이 하나 있었는데 이름이 아마 삼춘객잔이었지. 오래전 일이라 지금은 없어졌을지도 모르겠군. 나, 이징, 그리고 한 친구가 그곳에 갇혀 있었는데 재수가 없게도…… 거기서 전설의 산천검을 만나게 될 줄 누가 알았겠어?"

부인은 곧 말을 이었다.

"은 대협과 이 오라버니는 오래전부터 알고 지낸 사람들처럼 금방 친해졌다. 삼춘객잔에서 사흘 내내 술을 마시며 형산의 공터에서 제대로 한판 붙자고 약조했는데 결국 도검이 모두 부러지고 말았지. 두 사람이 즐거운 일이라도 있는 것처럼 박장대소하던 게 생각나는구나. 당시 난 어려서 '호적수'라는 말을 알아듣지 못하고 그저 승부를 내지 못한 것이 무척 아쉬웠다. 그래서 두 사람을 위해 최고의 재료를 찾아 새 무기를 만들어 주겠노라 큰소리쳤지."

예상 부인은 긴 속눈썹을 깜박이며 슬며시 미소를 지었다.

"훗날 난 약조한 대로 두 사람을 위해 검과 칼을 만들었다. 칼에는 '산山', 검에는 '설雪'이라고 새겼는데…… 안타깝게도 줄곧 전해 줄 기회가 없었어. 하긴 지금 같은 세상에 제 코가 석 자인데 누가 누구를 챙기겠니."

예상 부인은 말을 마치고 '망춘산'을 주비에게 건넸다.
"이것도 인연이니 망춘산은 네가 가져가거라. 돌려줄 필요 없어. 내가 옛 친구와의 약조를 지키는 셈 치면 되니……."
주비는 감사 인사를 올리고 칼을 받으려 손을 뻗었다. 예상 부인은 마치 떠나보내기 아쉬운 듯 칼을 쥔 손가락에 힘이 들어가 있었지만, 잠시 후 힘을 풀고 쓸쓸한 표정을 지었다. 영원히 요염할 것만 같은 그 얼굴에서 문득 고된 세월의 흔적이 느껴졌다.
옆에 있던 사윤이 나지막이 입을 열었다.
"비야."
주비는 사윤을 흘끗 바라보았다. 아무래도 뭔가 방해를 하려는 것 같아 재빨리 시선을 돌리고 양근 앞으로 걸어갔다. 그리고 장도를 거꾸로 든 채 '대결을 시작하자'는 손짓을 취했다.
사윤은 소리 없이 탄식하며 그날 밤의 대화를 떠올렸다.

─ 이번 위기를 피한다 해도 난 계속해서 소문의 주인공으로 남은 채 남도의 이름을 걸고 다녀야 할 거예요. 제2, 제3의 양근이 끊임없이 내게 도전하겠죠.

주비는 고개를 저었다.

─ 그러면 안 되죠. 아무리 요령을 써도 이기지 못할 거예요. 하지만 정정당당하게 싸워서 지는 것이 꼬리 감추고 도망치는 쪽보다는 낫다고 생각해요.

양근이 기합을 지르며 먼저 공격을 시작했다.

'도전자'의 입장이 된 양근은 무척 신중하게 움직였다. 손에 쥔 단안도의 칼등에 달린 고리가 요란하게 울렸다. 자신의 칼도 꺼내지 않은 주비의 태도에 기분이 상했는지 사윤이 묘사한 것보다 몸놀림이 훨씬 빨랐다!

그런데 주비는 파설도를 쓰지 않았다.

주비는 발로 부유진을 밟으며 마치 세묵강에서 버들가지를 쥐듯이 망춘산을 쥔 채로 양근의 칼끝을 가볍게 쓸었다.

예상 부인이 몸을 똑바로 세웠다.

"제문? 어떻게 제문이……."

그 순간, 예상 부인은 자신의 실수를 깨닫곤 본능적으로 사윤의 눈치를 살폈다. 하지만 중원에서 오래 구른 강호인답게 재빨리 뻣뻣한 목을 원래대로 돌리고 자연스럽지 못한 표정도 숨겼다.

그러나 마음만은 좀처럼 가라앉지 않았다. 정체불명의 '천세우'가 방금 자신의 외침에서 뭘 알아냈을지 모를 일이었다. 제아무리 정보 수집에 능통한 우의반이라도 해도 '천세우'에 대한 정보는 좀처럼 캐내기 힘들었다.

유약하기 짝이 없는 백면서생이 변화무쌍하고 위험천만한 강호에서 어떻게 유유자적하게 살아남을 수 있었던 걸까? 수많은 이야기와 전설을 듣고 노래한 예상 부인이었지만 엉터리 이야기를 믿을 나이는 이미 지났다.

사윤은 예상 부인의 이상한 반응에도 전혀 아랑곳하지 않고 양근과 주비의 대결을 묵묵히 지켜보고 있었다.

주비는 또 한 번 사윤의 예상을 벗어났다. 과연 세묵강에서 삼

년 동안 묵묵히 무공을 연마하는 미친 짓은 아무나 할 수 있는 게 아니었을 것이다.

양근의 첫 공격이 시작된 후로 주비는 공격을 받아치지 않았다. 사윤이 들려준 분석은 상당히 정확했다. 두 사람이 제아무리 심오한 도법을 지녔다고 해도 실력에서 차이가 날 수밖에 없었다. 주비가 반격하면 격차는 더욱 확연히 드러나게 될 것이 뻔했다. 강한 쪽보다는 약한 쪽이 자신의 흐름을 잃은 채 상대의 호흡에 말려들어 가기 십상이기 때문이다.

그래서 주비는 반격하지 않고 양근의 공격을 피하며 간혹 교묘하게 상대의 힘을 빌려 멀지도, 가깝지도 않게 칼끝 위에서 걸을 수 있는 정도로 침착함과 여유로움을 시종일관 유지했다. 공격을 이리저리 피하는 게 얼마나 힘든 일인지는 모르겠지만 다른 사람이 보기에 주비는 무척이나 여유롭게 보였다.

양근은 정라생, 주인장 화 씨 같은 고수는 아니었다. 주비를 일격에 쓰러뜨릴 수 없는 상황에서 양근의 칼은 아무리 빨라도 세묵강의 가느다란 덫줄보다는 빠르지 않았고, 아무리 힘이 세도 수천 근에 달하는 바위를 움직이는 견기보다는 못했다. 게다가 시간이 지날수록 주비는 자유자재로 능숙하게 부유진을 펼치고 있었다.

사윤이 주비의 무공을 처음으로 본 것이 아니었으니 망정이지, 안 그랬으면 그조차 주비가 실력을 숨기고 있었던 것이 아닐까 의심할 정도였다.

얼핏 보면 지금 상황은 주비가 속수무책으로 당하고 있기는커녕 오히려 양근보다 한 수, 아니 몇 수는 위인 것처럼 보였다. 다만 '단안십삼도'의 위력을 파악하기 위해 시간을 끌고 있는 것 같달까.

하지만…….
 모두가 가녀린 소녀의 재빠른 몸놀림에 경탄하고 있을 때, 유일하게 사윤만이 그녀의 상황을 파악하고 긴장하기 시작했다. 꽃나무 사이로 훨훨 날아다니는 나비도 언젠가는 꽃 위에 내려앉는데, 주비도 팽이가 아니고서야 쉬지 않고 몸을 빠르게 회전하기란 불가능했다.
 '어쩌면…… 어쩌면 저자가 약점을 드러낸다면 몰라도…….'
 사윤의 눈빛이 점점 양근에게로 향했다.
 그랬다. 양근은 성급하고 충동적인 데다 무공에 미쳐 있었다. 그런 점에서는 기은침과 비슷했으니, 순간의 흥분으로 평정심을 잃을 가능성이 높았다. 설마 주비는 처음부터 그걸 노린 걸까?
 흠, 하산하더니 제법 머리가 트였군.
 그러나 사윤이 보기에 양근이 주비 때문에 약이 올라 진짜로 약점을 노출한다 해도, 주비가 양근을 단번에 제압할 기회를 잡을 가능성은 여전히 크지 않았다. 강호의 걸출한 선배들을 겪어 본 주비는 상대의 약점을 충분히 꿰뚫어 볼 안목이 있을 테지만, 주비의 기술은 그 안목을 따라가지 못할 것이 분명했다.
 과연, 사윤의 예상대로 삼십 초를 겨루기도 전에 양근이 차근차근 주비를 몰아붙이기 시작했다. 그의 칼은 갈수록 빠르게 움직이며 잔영이 되었고, 칼등에 달린 금고리는 시끄럽게 울어 댔다.
 주비는 방향을 크게 틀어 한 손으로 망춘산을 등 뒤로 보내 양근의 칼끝을 가볍게 막아 냈다. 그런 다음 마치 바람에 밀려드는 파도처럼 고개도 돌리지 않고 한 보 앞으로 나아가 우의반 입구에 놓인 하마석下馬石. 말을 타거나 내릴 때 발돋움으로 쓰려고 대문 앞에 놓는 큰 돌을 순식간에 돌아 나왔다.

양근의 칼이 주비를 바짝 쫓다가 아슬아슬하게 주비의 어깨를 스치고 '챙' 하는 소리와 함께 하마석에 부딪치며 순간 불꽃이 튀었다. 양근의 눈동자에도 분노의 불꽃이 활활 타올랐다. 자신을 간보는 듯한 주비의 태도에 정말로 불쾌감을 드러낸 것이다.

때마침 주비가 고개를 돌리며 알 듯 말 듯 한 미소를 지었다. 그야말로 불 난 집에 기름을 부은 격이었다. 양근은 거칠게 앞으로 나와 순식간에 칼을 세 번 휘둘렀다. 가르고, 베고, 자르고. 군더더기 없이 깔끔한 동작이었다.

서 타주는 살짝 손가락을 까딱거리며 하마터면 '훌륭하구나'라고 외칠 뻔했다.

그러나 '훌륭한 도법'도 미꾸라지처럼 요리조리 피하는 주비를 막지 못했다. 단안도는 매번 아슬아슬하게 주비의 옷자락을 스쳤고, 딱 그 아슬아슬한 거리만큼이 부족했다.

한편, 양근은 무척 조급해졌다. 평소와 같은 대결이었다면 이렇게까지 감정적으로 행동하지는 않았을 텐데, 거의 전설처럼 전해지는 '남도의 계승자'를 상대하려니 자신도 모르게 마음이 앞서기 시작했다.

주비가 공격을 미루고 피할수록 그의 마음속에서 주비는 점점 요괴가 되어 갔고, 다급해진 마음에 급기야 똑같은 초식을 또 쓰고 말았다. 그 바람에 왼쪽 허리에 빈틈이 생겼다.

주비가 기다리던 게 이거였나?

사윤은 자신도 모르게 숨을 죽였다. 설령 다른 사람이 자신에게 검을 들이대도 지금처럼 이렇게 온 정신을 집중할 정도로 조마조마하지는 않을 것이다.

일단 주비가 공격에 나서면 상황을 역전할 여지는 더 이상 없었다.

그러나 모든 사람의 예상과 달리 주비는 공격하지 않았다. 그녀는 여전히 아슬아슬하게 양근의 칼날을 피하면서 왼손으로 줄곧 들고 있던 칼집을 밀어 양근의 빈틈을 살짝 찌른 후 웃으며 가볍게 몸을 돌렸다.

양근의 이마에 식은땀이 맺혔다.

약점을 봤는데도 왜 공격하지 않았을까? 도대체 왜?

양근이 보기에 이번 대결은 주비에게는 장난에 불과한 듯했다. 그녀가 대결을 계속하는 건 아직 자신의 필살기를 보지 못해서라는 생각이 들자, 양근은 분노와 수치를 넘어 두렵기까지 했다.

처음 주비를 직접 봤을 땐 머리로는 그녀가 평생의 대적이라고 생각하면서도 속으로는 살짝 의심했었다. 아직 솜털 보송보송한 소녀가 어떻게 파설도의 계승자가 되었을까? 그 짧은 몇 개월 만에 명성을 떨친 것이 정말일까? 다들 두려워하는 북두를 도발한 것도 모자라 사상의 우두머리까지 맨손으로 해치운 게 정말일까? 어떻게 그런 능력이 있을 수 있지? 타고난 건가?

그런데 방금 주비의 칼집이 스친 순간, 그의 의심은 와르르 무너지고 말았다. 양근이 처음 칼을 뽑은 순간에는 자신이 이길 거라는 확신이 있었지만, 이제는 자신이 질 수도 있다는 불안감이 엄습했다.

고수 간의 대결은 때로 그 약간의 정신력만으로도 승부가 갈렸다. 흐르는 물처럼 자연스럽던 양근의 단안도가 눈에 띄게 느려지더니 곧 두 번째 실수를 저지르고 말았다. 하지만 이번에도 주비는 그를 봐주었고, 아예 칼집도 건드리지 않은 채 그를 흘끗 보며 아쉽다는 듯 고개까지 저었다.

예상 부인이 답답하다는 듯 입을 열었다.

"대체 뭘 하려는 거지?"

여태 미간을 찌푸린 채 상황을 지켜보던 사윤이 갑자기 인상을 펴더니 여유로운 미소를 보였다.

예상 부인이 물었다.

"왜 웃는 거죠?"

사윤은 번쩍거리는 도광으로부터 시선을 돌리곤 뒷짐을 진 채 잠시 뭔가를 생각하다가, 난데없이 질문을 던졌다.

"부인께선 아직 모르시나 봅니다. 지난번 제문 내부에서 갑작스런 변고가 벌어진 후로 제문은 아직까지 소재가 묘연하지요. 제 친구들이 그러는데 옛 도읍 쪽에서 그들의 기문둔갑술을 노리고 북두를 보내어 죽이라고 했다는군요……."

예상 부인의 표정이 순간 무시무시하게 변했다.

"제법 믿을 만한 소문 같습니다만……."

사윤은 입술을 거의 움직이지 않은 채 무미건조한 목소리로 말했다.

"아마 이 소식도 모르시겠지요. 충무 장군께서 돌아가신 후로 그의 식솔들이 남쪽으로 달아나다가 죽임을 당했다고 합니다. 이런 이야기야 대수롭지 않지만, 그 식솔을 해친 자가 글쎄, 북두의 녹존이랍니다. 정말 이상하지 않습니까? 아비 없는 고아와 남편 잃은 과부를 죽이자고 북두의 녹존까지 동원하다니……."

예상 부인이 주먹을 살짝 쥐었다. 엄지손가락에 끼고 있던 온통 새카만 빛의 반지가 유난히 반짝거렸다. 예상 부인이 나지막한 소리로 입을 열었다.

"대체 말하고 싶은 게 뭐죠?"

사윤이 고개를 돌려 눈웃음을 쳤다. 눈가에 잡힌 주름 때문에 눈꺼풀은 평소보다 절반밖에 뜨지 못했고 눈동자 역시 훨씬 작아져 있었지만 그렇다고 해서 날카로운 눈빛은 가려지지 않았다. 차분하면서도 담담한, 심지어 약간의 연민까지 담긴 눈빛이었다.

예상 부인은 그의 눈빛에 잠시 머뭇거리더니 말아 쥔 주먹을 자신도 모르게 펼쳤다.

"아무것도 아닙니다."

사윤이 잠시 말을 멈추었다가 다시 이었다.

"제가 부인과 알고 지낸 지도 꽤 오래되었군요. 제가 적인지 아군인지는 부인께서 아시겠죠. 다만, 어떤 일은 이미 외부에 알려졌으니 부인께선 보중하시라고 특별히 말씀드리는 것뿐입니다."

예상 부인이 다급하게 말했다.

"선생님은 어느 쪽 사람이죠? 양소…… 아니, 주존周存?"

사윤은 예상 부인을 스윽 쳐다보며 미소를 지었다. 목소리는 가벼웠다.

"전 그저 대소大紹의 옛 친구일 뿐입죠."

예상 부인이 추궁하려고 할 때 갑자기 이연의 놀란 외침 소리가 들렸다. 그녀는 자신도 모르게 양근의 손에 들린 안시도로 시선이 향했다. 양근이 처음 약점을 보인 것이 분노 때문이었다면, 두 번째는 당황했기 때문이었다. 주비가 계속 자극한다면 양근이 세 번째 실수를 저지를 것은 분명했다. 이번에도 실수하면 치명적일 거라는 생각에 양근은 머뭇거렸다.

빠른 칼은 머뭇거릴 수 없었다. 자신의 손에 들린 칼을 믿지 못한다면, 이 차갑기 그지없는 쇳덩이 역시 주인을 배반할 수 있다는 뜻이리라.

주비의 손에 들린 망춘산이 세묵강의 가녀린 버들가지에서 갑자기 예리하기 그지없는 파설도가 되었다. 모든 것이 제자리로 돌아온 듯 주비도 진짜 모습을 회복했다.

몸속에서 아까부터 꿈틀거리던 고영진기가 순식간에 최대치로 폭발하더니, 칼끝이 동그란 호를 그리며 떨어졌다. 형산을 가르는 '산' 일 식이 벼락처럼 양근을 향해 내리 떨어지고 있었다.

양근은 깜짝 놀라 황급히 칼을 들어 막았다. 방금 잠깐이라도 망설였다면 하마터면 목숨이 날아갈 뻔했다.

망춘산이 산이 무너질 듯한 엄청난 기세로 단안도를 내리친 순간, 양근이 손목에 힘을 줄 새도 없이 칼등의 금고리에서는 애처로운 비명 소리가 났고, 칼자루는 포악한 힘을 이기지 못하고 비틀어지며 양근의 손에서 벗어나고 말았다!

초식을 마친 주비는 더 이상 양근을 밀어붙이지 않고 바로 칼을 거두어 힘을 풀었다. 망춘산을 칼집에 넣으니 다시 '챙' 하는 소리가 났다.

주비는 양근으로부터 몇 걸음 떨어진 곳에서 무표정한 얼굴로 상대를 바라보았다. 실력 차이가 확연한 대결에서 주비가 정말로 이긴 것이다.

양근은 믿을 수 없다는 듯 자신의 칼을 멍하니 쳐다보다가 천천히 주비를 향해 시선을 옮겼다.

"내 칼, 봤죠?"

주비가 높지도, 낮지도 않은 목소리로 말했다. 그리고 양근을 향해 거만하게 고개를 끄덕인 후, 몸을 돌려 사윤에게로 걸어갔다.

뭐라고 형용하기 어려운 사윤의 복잡한 눈빛을 받으며, 주비는 유난히 하늘거리는 사윤의 두루마기 앞자락을 살짝 당겨서 손바닥에 난 식은땀을 닦았다.

그 모습에 사윤은 아무 말도 할 수 없었다.

한편, 양근은 여전히 정신을 못 차리고 있었다. 땅바닥에 놓인 단안도도 알아보지 못하는 것 같았다.

서 타주가 고개를 저으며 속으로 생각했다.

'경운구가 내게 도움을 구하지 않았다면……'

서 타주는 바닥에 떨어진 단안도를 주워 칼자루에 묻은 먼지를 깨끗이 닦은 후, 아무 말 없이 양근의 어깨를 툭툭 쳤다. 양근은 그제야 정신을 차린 듯 서 타주로부터 칼을 받아 칼집에 넣고 주비 앞으로 성큼성큼 걸어갔다.

이연이 한쪽 눈썹을 치켜세우며 외쳤다.

"뭐야? 지면 진 거지 또 뭘 하려고?"

그 말에 양근의 얼굴이 시뻘겋게 달아올랐다가 이내 새하얗게 질렸다. 그는 몇 번이나 입술을 깨물더니 결국에는 아무 말도 하지 않고 고개를 돌려 자리를 떠났다.

서 타주가 한숨을 쉬며 주비 일행의 앞으로 다가와 포권하며 말했다.

"주 낭자의 가르침에 감사드립니다. 이번에 늙은이가 생각이 짧아 큰 실례를 범했습니다요……."

서 타주는 잠시 말을 멈추고 품 안에서 엄지손가락 크기만 한 마노 인장印章을 꺼냈다. 감처럼 붉은빛을 띤 마노는 투명할 정도로 영롱했는데, 그 위에는 살아 움직일 것 같은 박쥐 다섯 마리가 새겨져 있었다. 서 타주는 눈치도 빠르게 주비가 아닌 이연에게 인장을 건네며 말했다.
"이걸 받아 주시지요. '오복령五蝠令'이라는 물건인데, 이것만 있으면 객잔에서 묵거나 마차를 빌릴 때 어느 누구도 감히 농간을 부리진 못할 겁니다. 최고의 대우를 받을 수 있습죠."

이연은 상대방이 어째서 '행각방'으로 불리는지 여전히 모른 채, 일단 자신에게 주는 물건을 받아 들고 물었다.

"어? 왜요, 에누리라도 해 주시는 건가요?"

주비는 발을 뻗어 이연을 걷어찼다. 서 타주는 웃는 척하더니 이내 주비를 바라보며 탄식했다.

"장강의 뒷물결이 앞물결을 밀어낸다더니……. 주 낭자, 이제 이름도 널리 알려졌으니 앞으로 시비에 휘말리는 일이 많을 겁니다. 그러니 매사에 신중하게 행동하며 부디 보중하십시오."

주비는 대수롭지 않게 고개를 끄덕이며 속으로 생각했다.

'어쨌거나 난 곧 집으로 돌아갈 텐데, 뭐. 실력 있으면 사십팔채로 날 찾아오든가.'

주비의 속내를 알 리 없는 서 타주는 더 이상의 말을 삼갔다. 광활한 중원에 얼마나 많은 젊은이가 득의양양하며 세상에 뛰어들었던가. 그리고 오 년, 십 년 후에는 또 얼마나 많은 사람이 속세의 욕망에 찌들었던가.

서 타주는 다시 한번 인사를 하고 손을 흔든 후, 올 때와 마찬가지로 그를 따르던 사람과 함께 흔적도 없이 모습을 감췄다.

제 5 장
산을 바라보며 눈을 노래하네

산을 바라보며 눈을 노래하네

 행각방 패거리가 사라지자 칼부림으로 어수선해진 분위기도 가라앉았다. 예상 부인은 걸치고 있던 붉은 조끼를 단단히 여미고는 모두를 방 안으로 불러 모았다. 그녀는 활짝 웃으며 주비에게 말했다.
 "이징 오라버니가 저승에서 너 같은 계승자가 있다는 걸 알면 안심하실 거다."
 주비는 그 말에 기쁘기는커녕 흠칫 놀랐다. 아무래도 '저승에서 알면'이라는 말에 마음이 걸렸다.
 '그 노인네가 오늘 밤 꿈에 나타나서 날 때리진 않겠지?'
 우의반은 어린 아가씨들로 이루어져 있었다. 둘째가라면 서러울 사교성을 가진 이연은 금세 다른 아가씨들과 친해지더니 어디로 갔는지 알 수 없었다. 한참을 찾아도 이연이 보이지 않자 주비는 꿀꿀해진 기분으로 방으로 돌아가 잠시 쉬었다. 주비가 이번 대결을 가볍게 생각하는 것처럼 보이긴 해도, 실제로는 갖은 궁리를 짜

낸 결과였다.

사흘 동안, 주비는 거의 잠을 이루지 못한 채 사윤이 알려 준 단안십삼도를 생각하며 이리저리 뒤척였다. 첫째 날에는 단안도에 분명 허점이 있지 않을까 생각했다.

둘째 날에는 걱정에 휩싸여 전날의 생각을 뒤집었다. 달갑진 않았지만 사윤의 말이 맞는다고 인정할 수밖에 없었다. 사실 주비가 굳이 위험을 무릅쓸 필요는 없었기에 큰맘 먹고 포기를 택했다. 포기를 결심한 후로는 자신의 칼을 가는 데 전념했다.

평소 생각이 많으면 꿈에도 나타나는 것인지, 머리에 온통 파설도 생각뿐이었던 주비는 결국 꿈에서 그 얼굴을 알 수 없는 남자를 만났다. 그는 눈이 쌓인 곳에서 한 번, 또 한 번 파설도를 보여 주었다. '딱 한 번만 가르쳐 준다'는 말은 알고 보니 바람 잡는 말이었다.

하얀 옷과 하얀 눈. 그의 일 초 일 식은 지극히 길고 지극히 느렸다. 그의 손에 들린 장도는 길고 긴 선禪의 길처럼 보였다. 어둠 속에서, 굳이 필요 없는 말이 칼끝을 타고 속삭이며 거침없이 주비의 귀와 폐부를 지나 혼까지 파고들었다.

— 우리는 아무런 구속도 받지 않고 자유롭게 행하며, 예의도 법도도 따지지 않는다. 대대로 칭송을 받든 세세에 악명을 떨치든 상관없으나, 다만 하늘과 땅과 자신에게 부끄럽지 않게 살기를 바랄 뿐이다……

그리하여 셋째 날 동이 트기도 전, 주비는 과감히 생각을 바꾸었다. 그리고 어디서 영감을 받았는지, 단안도의 약점을 찾기 위해 골몰하던 생각을 완전히 버렸다. 대신, '내가 만약 양근이라면 어떤 초식을 쓸까?'부터 다시 생각하기 시작했다.

이번 대결에서 주비의 전략은 이기기 위해서라면 편법도 쓰는 거였다. 이렇게 해도 진다면 자신의 예전 활약은 모두 웃음거리가 되어 난처해질 수도 있었지만, 다행히 주비는 그런 민망함 따윈 두렵지 않았다. 전략이 통하든 말든 그깟 체면이 뭐 대수라고. 철면피가 된 주비는 그렇게 마음 놓고 담대하게 대결에 임했다.

단안도가 바닥에 떨어지기 직전까지도 주비는 이렇게까지 전략이 잘 먹혔다는 게 믿기지가 않았다. 마음속 기쁨이 고개를 내민 것도 잠시, 이내 파도처럼 밀려오는 불안과 자괴감에 휩쓸려 갔다. 주비는 수없이 스스로 다짐하고 또 다짐했다.

'집으로 돌아가면 반드시 제대로 무공을 연마할 거야.'

"언니, 언니!"

하필이면 이럴 때 눈치 없는 사람이 등장했다. 방금 전까지 어딜 그렇게 쏘다녔는지, 이연이 갑자기 기척도 없이 방으로 뛰어 들어와 주비의 화를 돋웠다. 이연의 손에는 화려한 홍마노 인장, 오복령이 들려 있었다.

"이거 진짜 예쁘지? 대체 누구한테 주라는 건지 저 노인네가 말을 안 해 주네. 언니가 가질래? 싫으면 내가 갖고!"

주비는 그 익숙한 시끄러움에 관자놀이 혈관이 터질 것 같았다. 이제까지 억눌러 왔던 화를 쏟아 낼 구실이 생기자 주비는 차가운 얼굴로 미리 예고했던 '이연 혼내기'를 시작했다. 그녀는 기다렸다는 듯 쏘아붙였다.

"누가 너더러 맘대로 돌아다니래? 아주 죽고 싶어 환장을 했지? 누가 맘대로 산을 내려가랬냐고!"

이연은 억울한 듯 입을 비쭉거리다가 주비의 눈치를 살피고는 더듬더듬 말했다.

"두령님이 허락했는데……."

주비가 바로 받아쳤다.

"두령님이 미친 거 아니니?"

"……."

이연은 놀라 주비를 쳐다봤다. 반년 새 주비가 이렇게 담이 커지다니 충격이었다. 이연은 한참 입을 다물지 못하다가 버벅거리며 말했다.

"바…… 방금…… 언니가 두령님을……."

주비는 더는 참지 못하고 손을 내저었다.

"아니, 어느 선배님이 널 데리고 나간 거야? 넌 또 어디서 일행과 헤어진 거고?"

주비는 왕 부인 앞에서는 조용하고 착한 순종파였다. 시키는 대로 일하고 다른 사람이 일을 다 하면 거기에 맞춰 게으름을 피우기도 했다. 그야말로 시종으로서는 안성맞춤인 주비였다.

사형들 앞에서는 상대적으로 더 편하게 굴어서, 그들이 자신에게 화를 내지 않는다는 걸 알고 가끔 심한 농담을 던지기도 했다.

그러나 사윤 앞에서는 제멋대로였다. 주비에게 사윤은 매일같이 어울려 놀 수 있는 친구와도 같았다. 그의 신분이 단왕야라는 사실이 주비의 태도에 영향을 주진 못했다.

오초초는 주비에게 드문 동갑내기 친구였다. 둘은 함께 고난을 겪어서인지 서로 친근감이 남달랐다. 오초초는 대갓집 규수 출신이라 유약하긴 해도 씩씩한 면이 있어서, 주비는 오초초를 친구로 생각하면서도 정중한 태도를 잊지 않았다. 둘 사이는 군자 간의 사귐처럼 담백했고 주비는 사윤을 대하듯 수다를 떨거나 시끄럽게 굴지 않았다.

이번에 주비는 이연에게 어쩔 수 없이 '성난 부모'의 모습을 보여 줘야 했다. 한바탕 야단을 치고 나니 서툰 걱정이 밀려왔다.

이 믿을 구석 하나 없는 이연이 저지른 일을 생각하면 주비는 머리가 아팠다. 주비는 훈계를 마치고 미간을 찌푸린 채 생각에 잠겼다가 결단한 듯 입을 열었다.

"널 못 찾아서 다들 난리가 났을 거야. 더 이상 시간을 지체하면 안 되겠다. 내가 곧장 예상 부인에게 작별 인사를 하고 올 테니까 최대한 빨리 산채 사람들을 찾아서 합류하자."

이연이 조그맣게 말했다.

"언니, 그럴 필요 없어."

주비가 딱 잘라 말했다.

"닥쳐, 내 말대로 해……. 잠깐, 이건 뭐야?"

이연은 품에서 작은 향낭을 꺼내더니 설명을 늘어놓았다.

"이 안에 특수한 향료가 들어 있거든. 마 사숙이, 수산당의 그 마길리 사숙이 나보고 몸에 지니고 다니랬어. 그래야 사람들과 흩어져도 날 찾을 수 있다고 말이야. 그 사람들한테 훈련된 개가 있는데 향료 냄새를 맡고 날 찾을 수 있대. 우리 사십팔채 후배들은 밖으로 나갈 때 다 이걸 지닌다고 하던데……."

주비는 놀란 표정이 역력했다.

"응? 언니는 없어?"

이연은 살짝 이상하다고 생각하다가 나중엔 상관없다는 듯 고개를 끄덕거렸다.

"아, 선배들이 언니는 믿음직하다고 생각했나 보다. 멋대로 돌아다니지 않을 거라고."

주비는 할 말이 없었다. 이연이 원래부터 좀 모자란 구석이 있다는 사실을 몰랐다면 자신을 놀린다고 생각했을 것이다.

이때, 문 쪽에서 나지막한 웃음소리가 들려왔다. 사윤이었다. 사윤은 이연이 열어 놓은 문 앞에 서서 거드름을 피우며 손으로 문틀을 똑똑 두드렸다.

"예상 부인이 너보고 와서 얘기 좀 나누자고 하시네."

주비는 예상 부인이 어째서 자신을 찾는지 알 수 없었다. 우의반 반주가 보이는 것처럼 젊지는 않다는 걸 안 후로 괜히 외조부를 대신해 신경이 쓰였는데, 혹시라도 주비보고 '외할머니'라고 부르게 하는 선배가 또 한 명 탄생하는 건 아닌지 걱정스러웠다.

다행히 예상 부인은 아주 정정했고, 미친 것 같은 조짐도 없었다.

주비는 시중드는 꼬마 아가씨를 따라 우의반 반주의 방으로 들어갔다.

방으로 들어서자마자 짙은 매화향을 맡을 수 있었다. 향을 태워 나는 향기라기보다는 오랜 시간 쌓인 꽃향기, 분 냄새, 방향제와 각종 향을 태운 냄새가 한데 뒤섞여 구분할 수 없는 냄새에 가까웠다. 향기는 오랜 역사를 가진 듯 방 안의 벽돌과 나무 기둥마다 스며들어 있었다.

벽에는 묵직한 검 하나가 비스듬히 걸려 있었고 위쪽에는 한 칸이 비어 있었다. 망춘산이 놓여 있던 자리인 듯했다.

주비가 신기해하며 검을 살펴보고 있을 때 누군가의 목소리가 들렸다.

"그 검의 이름은 '음침설飮沈雪'이다. 은문람의 옛 검을 본떠 만든 것인데, 다 만들고 나자 봉래의 어떤 돈 많은 친구가 은문람에게 갑옷과 검을 보냈다는 소식을 들었지. 생각해 보니 그 친구가 보낸 당대 최고의 무기가 내가 만든 것보다 훌륭하겠다 싶어서 체면 구길까 봐 보내지 않았어. 그런데 작별한 지 이 년도 안 돼서 그렇게 될 줄은……."

주비는 잠시 어리둥절했지만, 별안간 예상 부인이 왜 양근의 거침없는 도발에 격노했는지, 또 어째서 그 성가신 행각방과도 사이가 틀어졌는지 이해할 것 같았다. 주비는 예상 부인을 떠보려 물었다.

"부인께서는 당시 북도가 은 대협에게 도전한 일을 아시나요?"

"북도는 일찍이 관외關外에서 늙어 죽었어."

예상 부인이 비단 휘장을 젖히며 모습을 드러냈다. 덤덤한 표정이었다.

"관 어른關老 말고 단수전사에 걸맞은 사람은 이제껏 없었지. 얘야, 이리 와 보렴. 듣자 하니 네가 주씨라던데, 설마 주존周存과 이근용의 아이인가?"

주존. 이 이름은 이연이 '이징'이란 이름을 낯설어한 것처럼 주비에게도 낯설었다. 주비는 한참 생각을 더듬고 나서야 생각이 나서 서둘러 "네."라고 대답했다.

"후배님의 여식이 이렇게 컸다니!"

예상 부인은 탄식하며 갑자기 손으로 자신의 얼굴을 만져 보았다. 잠시 딴생각에 잠긴 듯했다.

"사십팔채는 별일 없지?"

"네, 아주 좋아요."

주비는 잠깐 생각하다가 다시 물었다.

"부인께서는 제…… 외조부님의 친구이신가요?"

예상 부인은 '외조부'란 말에 웃음을 터뜨렸다가, 곧바로 얼떨떨해하는 주비에게 해명했다.

"아무것도 아니란다. 그저 눈을 감으면 이징의 한결같이 온화한 모습이 떠올라서 말이야. 낡았지만 깨끗한 흰 옷을 입고, 여자아이를 만나면 항상 몇 걸음 떨어진 곳에 서서 공손히 예를 갖추고 이야기를 나눴지……. 그런데 이렇게 다 큰 아가씨가 그를 '외조부'라 부르는 장면이 도저히 상상이 되지 않는구나."

주비는 살짝 민망해져서 고개를 숙인 채 발끝만 바라보았다. 뭐라고 말을 이어야 할지 난감했다.

다행히 예상 부인은 입담이 좋아서 주비는 그저 듣기만 하면 되었다.

하지만 이 인품과 재능이 당대 제일인 우의반 반주가 옛 시절을 회상할 때는 주비도 따분함을 피할 수 없었다. 예상 부인은 자신이 어떻게 이징과 만났고, 어떻게 해서 시끄러운 친구들과 함께 북쪽에서 남쪽으로 길을 떠나게 되었는지 세세하게 이야기했다. 그야말로 끝나지 않는 이야기였다.

산서부에서 관중의 오독五毒을 죽이고 행자림杏子林에서 활인사인산의 염왕진閻王鎭을 크게 무찌른 일, 가는 길에 비적들이 산에서 활개를 치자 그들을 약탈해 가난한 자들을 구제한 일, 몰락한 호송 조직 주인장을 만나 강제로 고아가 된 아이를 부탁한 일.

그리고 그 거친 사람들이 생후 몇 개월 되지도 않은 아기를 돌아가며 보살피면서 천 리를 달려 아기를 어미 품까지 데려다주고, 나중에 산천검을 만나 형산에서 결투를 했다가 모두가 술에 취해 돌아오지 못한 일 등등…….

"당시 두 사람의 움직임이 너무 튀어서 형산의 토박이 세력의 심기를 건드리고 말았어. 마침 몇몇 대표적인 문파가 형산에 손님으로 머물다가 폭설이 내리는 바람에 발이 묶였는데, 눈이 그쳐 산을 내려가다가 우리와 맞닥뜨리게 된 거야. 넌 모를 거다. 위풍당당한 산천검 은 대협이 그 무리를 보자마자 혼비백산해서 도망가는데, 알고 보니 그 노인네들이 '무림맹武林盟'을 다시 회복하겠다는 기상천외한 계획을 세우고 은 대협을 억지로 맹주 자리에 올리려고 했던 거야. 우리는 은 대협을 따라 형산에서 이리저리 도망쳤지. 그런데 어디에 몸을 숨기든 결국엔 잡히게 되더라. 그 이유가 뭐였을 것 같니?"

주비가 조그맣게 말했다.

"형산 아래 비밀 통로가 있으니까요."

생각지도 못한 대답에 예상 부인은 순간 움찔했다. 마치 소녀 시절의 추억 속에서 현실로 강제 소환된 듯, 눈 깜짝할 사이에 그녀는 이 상황이 난처한 연장자가 되어 있었다.

예상 부인은 잠시 말을 멈추고 긴 머리를 단정하게 묶은 후, 온화하면서도 함축적인 미소를 지어 보였다.

"네 모친이 알려 주었니?"

지금의 형산은 인적이 사라져 먼지만 가득한 지하의 비밀 통로만 남아 있고, 무심코 비밀 통로에 들어간 후배들은 그곳에서 이십 년 동안 얽힌 은원恩怨의 끝을 목도했다. 문득, 평소에는 이해할 수 없었던 '풍경은 여전해도 사람은 변한다'라는 말이 주비의 마음속에 강렬한 슬픔으로 밀려들어 왔다.

전해 주지 못한 '음침설'은 속세와 동떨어진 채 우의반의 향기로 뒤덮인 벽에 걸려 있고, 당시의 검과 갑옷도 음모와 쟁탈 속에 이미 파괴되었다.

주인은 바뀌었지만 이름은 그대로인 '삼춘객잔'은, 주인장과 유일한 주방장이 연달아 실종되었으니 더 이상 장사를 못할 것이 뻔했다. 영리하고 명줄이 긴 심부름꾼 아이는 이제 어디서 먹고살아야 할까? 객잔은 누가 이어받을까? 어찌 됐든 더 이상 '삼춘객잔'이라고 불릴 수는 없겠지?

"사람은 늙으면 말이 많아진다지."

예상 부인은 자조하듯 웃으며 고의인 듯 아닌 듯 슬쩍 물었다.

"부유진은 어디서 배운 거니?"

주비는 마음속으로 일의 앞뒤 상황을 재빠르게 돌려 보았다. 말 못 할 건 없겠다는 생각에 주비는 길을 잘못 들어 목소교의 산골짜기에 들어갔다가 동굴 감옥에서 사람을 구한 이야기를 핵심만 짧게 말하며 몰래 예상 부인의 눈치를 살폈다.

주비는 자신이 '목소교'라는 이름을 언급할 때 예상 부인이 미간을 찌푸리는 걸 똑똑히 보았다. 그 모습을 보니 그날 사윤이 후원에서 예상 부인에게 했던 질문이 떠올랐다.

— 예전에 황제를 모시고 남하할 때…… 수행단에 혹시…… 정도 正道를 걷지 않는 친구들이 포함되었는지가 궁금합니다만.

사윤은 목소교의 산골짜기에 있었을 때도 비슷한 말을 했었다. 당시 그의 표현으로는 '그다지 떳떳하지 못한 강호의 친구'였다. 주비는 그저 비꼬는 말이라고 생각했는데, 나중에 주비가 본 바로는 흑도든 백도든 사윤이 대하는 태도는 별 차이가 없었다. 누구든 장점을 가지고 있기만 하면 편견 없이 대했다.

그렇다면 사윤이 그들을 두 번이나 지칭할 때의 핵심은, 혹시 '정도를 걷지 않는'이나 '떳떳하지 못한'이 아닌, '친구'라는 두 글자에 있던 게 아닐까?

예상 부인이 또 물었다.

"그렇다면 이 두령은 네게 오 장군의 유족을 호송해 사십팔채로 돌아오라고 명한 것 같은데, 너 혼자만 보낸 거니?"

주비는 오초초와 관련된 일은 모두 숨겼다. 목소교의 골짜기에서 장 사형 일행을 풀어 준 일도 포함해서 말이다. 당시 구천기가 미친개처럼 화용성에서 그들을 찾아다니던 일은 매사에 주도면밀하지 못한 주비가 보기에도 수상했다. 주비는 얼른 기분을 전환해 부끄러운 표정을 지으며 털털하게 말했다.

"그건 제가…… 휴, 어떤 일 때문에 집안사람들과 흩어지게 되어서요……."

주비는 마치 입에 올리기도 부끄럽다는 듯 눈동자를 이리저리 굴렸다.

주비를 똑바로 쳐다보고 있던 예상 부인이 무슨 단서를 찾아냈을지는 알 수 없었다.

일부러 오해할 만한 말을 하면 그저 오해로 끝날 테지만, 거짓말을 직접 입 밖으로 내는 건 또 별개의 일이었다. 특히 주비는 아직 예상 부인에게 호감이 있었다. 예상 부인은 주비를 며칠간 머물게 해 주었고 훌륭한 칼까지 선물로 주지 않았던가.

그러나 호감은 호감이고 죄책감은 죄책감이었다. 오초초가 몸에 지닌 물건이 구천기가 호시탐탐 노리던 거라면 주비는 자기 혀를 자르는 한이 있어도 사실대로 말할 수 없었다.

뭐가 더 중요한지는 주비도 잘 알았다. 주비가 일부러 얼버무린 건 예상 부인이 속으로 상상력을 발휘해 일의 앞뒤 사정을 오해하도록 만들어 더 이상 캐묻지 않게 하기 위함이었다.

아쉽게도 예상 부인은 아주 흥미진진한 표정이었다. 자신의 추측으로만 남겨 두겠다는 생각은 전혀 없어 보였다.

"꼬마 아가씨가 제멋대로구나."

눈길을 사로잡을 만큼 수려한 외모의 여인은 의자에 우아하게 앉아 주비를 바라보았다. 축 늘어진 풍성한 속눈썹은 마치 화려한 나비 두 마리가 내려앉아 있는 듯했다. 예상 부인은 한 손으로 턱을 괸 채 인정사정없이 끝까지 캐물었다.

"무슨 일 때문이지?"

"······."

도저히 얼렁뚱땅 넘어가지 않을 것 같지 않자 주비는 마음을 가다듬고 자신이 목소교의 산골짜기까지 쫓아 들어간 이유를 각색했다.

"원래는 오라버니와 함께 길을 나선 거였어요. 그런데 가는 길에 집안 어른들의 편애가 너무 심한 거예요. 그래서 욱해서 뛰쳐나오는데 그만 오 낭자에게 들키고 말았어요. 오 낭자는 저를 뒤쫓아왔는데⋯⋯ 음, 글쎄 행인을 약탈하는 마적을 만났지 뭐예요. 저는 순간 열받아서 괜히 그들을 잡으러 쫓아갔다가 주작주의 동굴 감옥까지 가게 되었고요."

이 말을 하는 주비는 당당하지도, 그렇다고 어색해 보이지도 않았다. 총애를 받지 못했다고 가출한 일이 자랑할 만한 건 아니었으니 말이다.

예상 부인은 만약 남도의 계승자가 화용성에서 어떤 활약을 했는지 미리 듣지 못했다면, 사윤으로부터 구천기가 화용성에서 오씨 가문의 고아를 죽이려 했다는 중요한 정보를 미리 듣지 않았더라면, 자신도 아마 이 아이의 말을 사실로 믿었으리라 생각했다.

참 흥미로웠다. 주비라는 이 아가씨는 겉보기엔 그다지 똑똑하거나 영리해 보이지 않았다. 예상 부인 자신은 주비 또래였을 때 이미 말솜씨가 청산유수였는데 말이다.

낯선 사람 앞에 섰을 때의 주비에게는 그 옛날 무공밖에 모르는 사람들 특유의 과묵함이 있었다. 이런 사람은 믿음직하지만 약삭빠르지가 않아서 남들에게 쉽게 속아 넘어가곤 한다.

주비가 입을 열면 사람들은 그녀가 충동적이라고, 세상 사람 무서운 줄 모른다고 걱정하겠지만…… 그녀가 속에 뭔가를 감추고 있을 거라고 걱정하는 사람은 없을 것이다. 그래서 그녀가 정말로 뭔가를 감추려고 하면 좀처럼 티가 나지 않았다.

사람을 무는 개는 짖지 않는다.

'장강의 뒷물결이 앞물결을 밀어낸다는 말이 정말이군.'

예상 부인은 속으로 생각했다. 그녀는 고급스러운 도자기 찻잔을 들고 가볍게 한 모금 마신 후 주비의 말에 웃으며 대답했다.

"그럴 리가. 보통 어른들은 여자아이를 더 예뻐하지 않니?"

주비는 그저 어색하게 웃어 보였다.

"내가 너만 했을 땐 '억울하다'는 게 뭔지 몰랐어."

예상 부인은 주비를 대화에서 놓아주고 덤덤하게 자기 이야기를 시작했다.

"그땐 누구든 나한테 말을 걸 때면 목소리가 낮아졌지. 내가 듣기 좋은 말을 몇 마디만 해 주면 다들 서로 날 도와주려고 난리였단다. 한 번은 내가 건물 위층에서 칠현금을 연주하고 있는데 아래층에서 누가 시끄럽게 하는 거야. 난 기분이 나빠져서 칠현금의 술장식을 뜯어서 던져 버렸는데, 사람들이 그 장식을 서로 차지하려고 피 터지게 싸우기도 했어."

주비는 손가락으로 망춘산 칼집 위에 섬세하게 새겨진 무늬를 가볍게 훑으며 속으로 안도의 한숨을 쉬었다. 예상 부인의 말을 들으며 주비는 미인의 미소를 얻기 위해 폭군이 봉화를 피워 제후들을 소집하는 장면을 상상했다. 주비는 살짝 미소 지었다가 다시 정색했다.

"그렇다면 정말 북적이는 곳이었겠는데요."

주비의 관찰에 따르면 요즘 같은 세상에, 그러니까 형산 밑자락의 남북 접경 지역이라면 다 큰 처녀가 건물 위층에서 칠현금을 타는 건 말할 것도 없고, 목매달아 죽는 연기를 해도 관심을 못 받았을 것 같았다.

예상 부인이 가볍게 말했다.

"그 시절 강호는 말이야, 정말이지 휘황찬란했어. 말을 타고 길을 가다 보면 어딜 가도 화사하기 그지없었지. 객잔 열 곳을 들르면 여덟 곳에서 말썽이 있었고 가난한 떠돌이 이야기꾼들은 신이 나서 끊임없이 이야기를 늘어놓았지. 입만 열면 이야기가 쏟아져 나왔어. 소협은 천하를 주유했고 어여쁜 여인은 세상에 이름을 날리던 시절. 무공으로 유명해지면 삼사일에 한 번씩 영웅첩英雄帖을 받았지. 대결을 신청하는 사람, 대결을 구경하는 사람, 다양했어. 경험을 쌓기 위해 이제 막 세상에 나온 청년들은 어떻게든 두각을 나타내려

선배들에게 도전장을 내밀고 하나하나 이겨 나갔지……. 물론, 그렇게 경솔했던 자들은 대부분 된통 얻어맞고 고향으로 돌아갔고."

'기운침처럼 말인가?'

주비는 생각했다. 하지만 그녀는 예상 부인의 표정에 담긴 그리움을 읽고는 말을 삼켰다. 입을 열면 흥이 깨질 것 같았다.

"지금 너희 때와는 달랐지. 내가 너만 할 땐 똑똑해 보여도 단순했어. 천하가 내 손바닥 안에 있다고 생각했고 너처럼 사람을 경계하진 않았지."

뼈가 있는 말에 주비는 뜨끔했다.

"그런 느낌 아니? 하룻밤 사이에 풍경은 그대로인데 사람은 모두 사라진 거."

예상 부인은 한숨을 내쉬고 한참 동안 말이 없었다. 주비가 안절부절못하자 그녀는 비로소 입을 열었다.

"아가씨, 돌아가서 나 대신 천세우에게 전해 줘. 다음부터는 날 찾으러 소양에 오지 말라고. 우의반은 떠날 거라고."

"……네?"

예상 부인은 대답 대신 창밖을 향해 고개를 돌렸다. 한참의 침묵 후, 그녀는 가녀리게 흥얼거렸다.

"다리 밑 오래된 바위에는 서리가 겹겹이 쌓였는데, 떠나간 그 사람은 언제나 돌아오려나……."

마침 주비가 본 적 있는, 사윤이 새로 쓴 창극 대본에 나오는 가사였다.

예상 부인의 목소리는 여배우처럼 청량하지 않고 오히려 낮게 울리는 저음에 가까웠다. 발음이 또렷하진 않아도 귓속으로 파고들어와, 마치 고운 사포처럼 듣는 사람의 머리를 부드럽게 문질렀다.

주비는 참지 못하고 캐물었다.

"부인, 어디로 가시려고요?"

"어디로 갈 수 있을까? 또 어딘들 못 갈까? 난 말이지, 반평생 동안 비밀을 간직해 왔어. 거기서 벗어날 날만 하루하루 손꼽아 기다렸는데, 지금 어떤 바보 같은 사람이 쫓아와서는 구걸을 해 대니 내가 별수 있겠니? 당연히 적당한 곳에 그걸 묻어 버리고 은혜는 은혜로 갚고 원한은 복수로 갚아야겠지."

예상 부인은 짧게 웃더니 얼굴에서 웃음기를 거두고 주비를 향해 몸을 돌렸다.

"정라생을 죽인 게 정말 너니?"

주비는 사실대로 말했다.

"아뇨, 전 단지 시간을 벌어 드렸을 뿐이에요. 북…… 기 선배님이 수혼침을 써서 끊어진 경맥을 강제로 이으셨고, 결국엔 직접 정라생을 죽이셨죠."

주비의 말에 예상 부인은 생각에 잠겨 고개를 끄덕였다. 말을 너무 많이 해서 피곤했는지, 손을 흔들며 주비에게 가도 좋다고 손짓했다.

주비는 궁금한 게 굉장히 많았다. 하지만 예상 부인이 '비밀'이라는 단어를 꺼낸 상황에서 경솔하게 캐묻는 것도 눈치 없어 보일 게 뻔했다. 더군다나 주비 자신도 거짓말을 하지 않았던가.

마음속에 여러 가지 생각이 맴돌았다. 예상 부인이 묘사한 화창했던 시절의 강호 생각에 정신이 팔린 채 임시로 머물고 있는 방으로 돌아와 보니, 문을 열자마자 침상 옆에 앉아 있는 이연이 보였다. 어디서 가져왔는지 형형색색의 비단 끈을 가지고 빨간 오복령에 달 장신구를 만들고 있었다.

주비는 이연을 째려보았다.

"넌 왜 여태 여기 있어?"

이연은 주비가 들어오는 걸 보고 입에 물고 있던 비단 끈을 '퉤' 하고 뱉었다.

"내가 진짜 중요한 걸 까먹고 말을 안 했지 뭐야."

주비는 이연이 어떻게 그런 뻔뻔한 얼굴로 '중요'라는 두 글자를 자신과 연관시키는지 알 수 없었다. 그녀는 문을 닫고 서서 팔짱을 낀 채 '할 말 있으면 해 봐' 하는 표정으로 이연에게 무언의 압박을 가했다. 이연이 말했다.

"언니가 그 흑탄이랑 싸울 때, 그 남자랑 반주班主 언니가 얘기하는 걸 들었어."

'그 남자'는 사윤일 것이다. 왜냐하면 예상 부인의 뜰 안에서 사윤이 유일한 청일점이었기 때문이다. 주비는 '반주 언니'라는 놀라운 칭호를 바로잡을 생각도 못 한 채 천천히 팔짱을 풀었다.

'도청꾼', 이연의 운도 지지리 없는 오라버니가 지어 준 이연의 별명이었다. 이연은 어릴 때부터 고자질 선수였는데 말만 빠른 게 아니라 귀도 아주 밝았다. 누군가는 공력이 심오해서 눈과 귀가 밝은 것이라 오해할 수도 있겠지만, 이연의 이쪽 능력은 가히 천부적이었다. 특히 사람 말하는 소리에 민감해서 멀리 떨어진 곳에서 하는 몇 마디 귓속말도 더듬더듬 엿들을 수 있었다. 또래 중 '엿듣기'로는 이연을 이길 사람이 없었다.

주비는 잠시 망설이다 물었다.

"무슨 얘길 했는데?"

주비 앞에서 오랜만에 자신의 재능을 뽐낼 기회를 만난 이연은 빠른 속도로 토씨 하나 빠짐없이 사윤과 예상 부인의 대화 내용을 그대로 전했다.

이연은 말을 마치기도 전에 주비의 안색이 이상하다는 걸 발견하곤 중간에 멈추었다.

"언니, 괜찮아?"

"……."

망했어. 다 들켜 버렸잖아!

방금 예상 부인의 웃는 듯 마는 듯 한 표정을 다시 떠올려 보니, 주비는 벌거벗은 채로 큰길을 한 바퀴 돌고 온 것만큼 창피해 죽을 지경이었다. 얼굴이 홍당무처럼 붉어졌다가 백지장처럼 하얗게 질렸다가 난리도 아니었다.

일단 이연을 대충 돌려보낸 후 주비는 한 손으로 얼굴을 가린 채 침상에 누웠다. 예상 부인에게 이 일을 어떻게 설명해야 할지 마음이 복잡했다. 거짓말을 했다고 실토할까, 아니면 얼굴에 철판을 깔고 아무 일도 없었다는 듯 행동해야 할까?

주비는 요 며칠 몸과 마음이 너무 지쳐 있어서 문제를 풀지도 못한 채 그대로 잠이 들었다.

날이 밝자 한 줄기 햇살이 그녀의 얼굴을 비췄다. 뜰에서 가느다란 피리 소리가 은은히 들려왔다. 주비는 그제야 퍼뜩 잠에서 깨어 침상에서 벌떡 일어났다. 잔뜩 일그러진 표정으로 결린 목을 몇 번 비틀고 돌린 후, 재빨리 나갈 채비를 마치고 심호흡을 하며 문을 나섰다.

문을 나선 순간, 그녀는 그대로 얼어붙었다.

뜰 안의 탁자와 의자, 초목은 어제와 같았지만 매일 아침 날이 밝기도 전에 일어나 무공을 연마하고 목을 풀던 여자아이들이 싹 사라져 있었다. 돌로 만든 탁자 위에 놓인 칠현금과 나뭇가지에 걸려 있던 깃털 옷도 보이지 않았다. 외롭게 남은 그네에는 나른해 보이는 사윤만 남아 있었다.

 얼굴의 그 우스꽝스러운 분장을 지운 그는 옆 탁자에 다리를 올리고 투박한 피리를 불고 있었다.

 그뿐만이 아니었다. 어제까지만 해도 웃음소리로 가득했던 뜰은 적막이 흘렀다. 예상 부인과 노래하던 소녀들은 마치 형체 없는 귀신처럼, 주비에게 일장춘몽을 보여 주고 밤바람에 안개가 되어 사라져 버린 것만 같았다.

 사윤은 불던 피리를 멈추고 고개를 들어 그녀를 향해 손을 흔들었다.

 "잘 잤어?"

 인사할 기분이 아닌 주비는 곧장 예상 부인의 방으로 달려갔다. 방문과 창문은 활짝 열려 있었고 안쪽의 병풍과 향로는 그대로였다. 작은 탁자 위에 놓인 찻잔 두 개는 아직 치우지도 않은 상태였다. 마치 방주인이 잠깐 꽃에 물을 주러 나간 것 같았다. 벽에 유일하게 걸려 있던 묵직한 검, '음침설'도 보이지 않았다.

 "볼 것도 없어, 다 떠났거든."

 언제 쫓아왔는지 사윤이 옆에 기대어 서서는 크게 기지개를 켰다.

 "이렇게 사라지는 게 우의반의 특기야."

 주비는 탁자 위의 찻잔을 만지작거렸다. 그녀의 착각일지도 모르지만 아직 온기가 느껴지는 것 같았다.

 "예상 부인이 어제 나한테 자기는 여러 사람이 캐내려는 비밀을 간직하고 있다고 했는데, 혹시 산천검과 관련 있는 거예요? 혹시 그쪽이 말한 그 해천海天……."

사윤은 부드럽지만 단호하게 주비의 말을 끊었다.

"쉿……."

주비는 고개를 들어 그의 눈을 바라보았다. 사윤은 창백한 얼굴로 시선을 내리깔았다. 그의 눈빛에는 깊이를 알 수 없는 고독이 담겨 있었다.

"그 단어를 함부로 입에 올리지 마. 내가 알기로 그 단어와 관련된 사람은 거의 다 죽었으니까."

사윤이 낮은 목소리로 말했다. 주비는 무표정한 얼굴로 그의 배를 쿡 찔렀다.

"또 나한테 술수를 부리는 거죠."

사윤은 '윽' 하면서 찌푸린 얼굴로 허리를 구부렸다.

"너 지금…… 친…… 그게…… 오라비를 죽이는 거냐!"

주비가 물었다.

"그쪽이 누구의 친오라버니인데요?"

"네가 내 친오라비지."

단왕야는 아무렇게나 내뱉으며 다급히 물러섰다가, 이내 다시 거들먹거리며 말했다.

"강호에는 비밀이 정말 많아. 신기한 일도 아니지. 백팔십 년마다 한 번씩 무슨 보물이니, 비적秘籍이니 하는 이야기가 나오잖아. 들어 본 적 없어? 불가사의한 소문 같은 거 말이야."

주비도 들어는 봤지만 대부분 진부한 이야기였다. 듣고 있으면 사실처럼 느껴지지 않았다.

"'해천일색'은 대체 뭐예요?"

청룡주 정라생의 반응을 보면, 옛날 그가 은문람을 죽인 것도 그것 때문인 것 같았다.

하지만 이렇게 넓은 강호에서는 사람마다 원하는 것이 달랐다. 어떤 이는 재물을 원하고, 어떤 이는 권력을, 어떤 이는 사랑을 원했다. 그리고 소수지만 최고의 고수들은 무술로 정도正道를 지켜 역사에 이름을 남기고 싶어 했다.

대체 어떤 보물이 이렇게 다양한 사람들의 욕망을 만족시켜 주기에 다들 혈안이 되어 빼앗으려 하고, 종사宗師급 인물들이 모두 목숨을 잃은 걸까?

주비가 입을 비쭉거리다가 불쑥 말했다.

"다들 필사적으로 그 비밀을 끝까지 파헤쳐서 답을 얻어 냈다고 쳐요. 무덤을 파고 갖은 고생을 겪은 후에 비로소 겹겹이 싸인 작은 상자를 찾아냈는데, 열어 보니 안에 딱 두 글자만 적혀 있는 건 아닐까요?"

사윤이 궁금해하며 물었다.

"뭐라고?"

"꿈 깨."

그 말에 사윤은 잠시 멍하니 있더니, 한 발 물러나서는 난간을 잡고 박장대소했다. 그는 갑작스러운 개 짖는 소리에 웃음을 멈췄다.

우의반 대문 앞에서 문 두드리는 소리가 들려왔다. 한 중년 남자가 낮은 목소리로 말했다.

"주인장께 말씀 좀 묻겠습니다. 저희 집의 철없는 딸아이가 혹시 귀댁에 머물고 있는지요?"

주비의 눈동자가 눈을 반짝였다. 이 목소리는 그해 수산당에서 시험 칠 때 봤던 그 마 총관이 아닌가!

오랫동안 집을 떠나 있어 주비는 집안사람들이 어떻게 생겼는지도 잊어버릴 정도였다. 오는 길에 겪었던 두렵고도 억울했던 사건들, 종적을 감춘 이성, 비참한 죽음을 맞이한 신비 사형, 의지할 곳 없는 오씨 집안 아가씨, 아직까지 연락이 닿지 않는 왕 부인, 화용성의 미치광이 고영수, 두령님이 주이당에게 쓴 걱정스러운 서신, 그리고 뜻밖의 재앙처럼 찾아온 영문 모를 헛된 명성······.

이것들 모두 평소에는 주비가 마음속 깊이 눌러놨었다. 뜻밖에 만난 이연에게도 털어놓을 마음은 눈곱만큼도 없었다. 얘기해 봤자 아무 소용이 없을 테니까.

그런데 지금, 그동안의 모든 초조함과 마음속 억눌림이 완전히 폭발하고 말았다. 주비는 두말없이 밖으로 뛰쳐나갔다. 어깨가 스치는 순간, 사윤은 그녀의 눈시울이 붉어진 것을 보았다.

오초초와 아직 비몽사몽인 이연도 남자의 목소리에 놀라 급히 밖으로 뛰어나왔다.

주비는 심호흡을 하고 대문을 열었다. 마길리를 위시한 사십팔채 제자들은 문이 열리는 순간 살짝 경계 태세를 갖췄다. 그리고 모두 깜짝 놀랐다.

문을 두드리던 마길리의 손이 허공에 그대로 멈췄다. 그는 아주 오랫동안 놀란 표정을 거두지 못했다.

"비야?"

제4부

고독한 불빛 스스로 빛나니, 용맹은 모두 얼어붙었네

제6장 산 밖으로 범 유인하기

산 밖으로 범 유인하기

"두령님, 준비가 끝났습니다. 다시 확인해 보시겠습니까?"

"됐다."

이근용은 평소와 다름없이 여전히 바빴다. 그녀는 고개를 숙인 채 저었다가 다시금 입을 열었다.

"주 선생과 왕 부인에게서는 아직도 회신이 없는가?"

이근용을 대신해 잡일을 하는 제자가 눈치 빠르게 대답했다.

"아직 아무런 연락도 받지 못했습니다. 이번에 북조의 개들이 진짜로 행동에 나서려나 봅니다. 북쪽에 있는 우리 쪽 사람들 모두 산채와 연락이 끊겼습니다. 왕 부인께서도 잠시 연락할 방도가 없으신가 봅니다. 하지만 왕 부인이 어디 호락호락 당할 분이시던가요? 북두와 정면으로 부딪치더라도 북조의 개들에게 길을 비키라고 할 테니 걱정 마십시오."

이근용은 안심하라는 제자의 말을 무시했다. 이런 식의 위로는 쓸모없는 말이나 다름없었기에 그녀는 여전히 미간을 찌푸린 채 물었다.

"마길리 일행이 지난번에 보냈다는 서신에는 뭐라고 적혀 있더냐?"

눈치 빠른 제자가 재빨리 쓸데없는 말을 삼키고 차분히 입을 열었다.

"지난번 서신에서 이제 막 촉 땅을 벗어났다고 했습니다. 이 사매는 산을 나가는 게 처음이라 사고를 친다고도……."

"이연에게 얌전히 있으라고 회신하거라. 밖에서는 집에 있을 때처럼 무작정 봐줘서는 안 돼. 잘못을 저지르면 혼낼 건 혼내고 때릴 건 때려야지."

이근용은 미간을 눌렀다. 혹시라도 자신이 빠뜨린 게 없는지 확인하며 건성으로 말했다.

"넌 먼저 가서 할 일을 마저 하거라. 내일 아침 일찍 출발할 것이니, 저녁 식사 후 각 채의 장로들에게 나한테 오라고 전하고."

제자는 두령님을 더 이상 방해할 수 없어 알겠다며 조용히 물러갔다.

이근용이 길게 한숨을 쉬었다. 열일곱 살 시절을 회상하면, 자신은 그때 칼 한 자루와 몇몇 사람을 이끌고 북쪽으로 떠났었다. 훌쩍 떠난 터라 돌아올 때는 하마터면 노잣돈도 없을 뻔했지만.

그 후 여러 해를 정신없이 바쁘게 살아왔으나 그녀가 짊어져야 하는 짐은 점점 늘어나기만 했다. 한 번 외출할 때마다 산 하나를 옮기는 것만큼 많은 일을 처리해야 했다. 집안의 일, 외부의 일 모두 확실히 인계해야 했고, 수행할 사람을 뽑는 데만도 몇 날 며칠씩 고민해야 했다. 이근용처럼 시원시원한 사람도 원체 복잡하고 방대한 가업에 시달리다 보니 어쩔 수 없이 느긋하게 변하고 말았다.
서재로 발걸음을 옮긴 이근용은 조심스레 방문을 닫아걸었다.
서재에는 주이당이 남긴 물건으로 가득 차 있었다. 문방사우는 물론 서책까지 원래 자리에 그대로 있었다. 벽의 한쪽 구석에 서 있는 커다란 서가는 사서오경과 각 유파의 서적으로 빼곡히 채워져 있었다. 서가에 꽂힌 서책을 다 본다면 장원급제야 따 논 당상이겠지만, 주이당이 떠난 후로는 아무도 들여다보지 않아 지금은 뽀얀 먼지만 쌓여 있었다.
이근용은 손에 잡히는 대로 서책 한 권을 뽑아 들었다. 〈대학大學〉이었다. 뽀얗게 쌓인 먼지를 털고 책장을 펼치자, 익숙한 필체로 빼곡하게 적힌 주석이 눈에 들어왔다. 본문보다 더 많이 적힌 주석은 서생의 기운을 뿜어내고 있었다.
이근용은 빙그레 웃으며 서책을 살짝 옆에 내려놓고 서가 중간층에 놓인 책갑을 하나씩 빼낸 후, 목제 선반을 더듬으며 뭔가를 뜯어냈다. '투둑' 하는 소리와 함께 목판이 모습을 드러냈다.
목판 뒤쪽의 벽면에는 비밀 공간이 있었는데, 거기에는 평범해 보이는 상자가 하나 들어 있었다.
얼마나 오랫동안 꺼내지 않았는지 상자는 하마터면 벽 안에서 뿌리를 내리고 싹을 틔울 뻔했다. 이근용은 손이 더러워지는 것도 아랑곳하지 않고 소매를 걷어 올리고 팔을 쭉 뻗어 나무상자를 꺼냈다.
그녀는 상자 안팎을 살펴보고 만족스러운 표정을 지었다. 낡을 대로 낡은 나무상자 귀퉁이에는 곰팡이가 피어 있었지만 버섯이 자랄 정도는 아니었다. 이근용의 기준에는 아주 완벽하게 보관되어 있었다고 할 수 있었다.

상자의 금속 경첩은 잔뜩 녹이 슬어 있었다. 뚜껑을 열자, 쾌쾌한 곰팡이 냄새와 함께 '삐걱' 소리가 정적을 깨뜨렸다. 그런데 뜻밖에도, 이근용이 이렇게 각별하게 모셔 놓은 것은 눈부신 보물도 비급도 아닌 잡동사니였다.

맨 위에는 색 바랜 꽃무늬 저고리가 놓여 있었다. 어깨가 좁고 크기도 그리 크지 않은 걸 보니 열서너 살 소녀가 입을 만한 옷이었다. 이근용은 손을 뻗어 층층이 잡혀 있는 옷 주름을 어루만졌다. 너무 오랫동안 넣어 놓은 탓에 약간 눅눅한 느낌이 들었다. 주름은 마치 옷의 일부분이 된 듯, 바늘땀처럼 좀처럼 없어지지 않았다.

이근용은 머리를 기울인 채 잠시 저고리를 살펴보았다. 오랫동안 봉인해 둔 기억의 조각이 마음속에서 떠올랐다.

— 파설도는 제가······.

한 소녀가 허겁지겁 뛰어 들어오다가 발걸음을 멈췄다.

— 아버지, 뭐 하시는 거예요?

전설 속의 남도가 고개도 들지 않고 손가락을 구부려 튕기자 바늘 끝에 달린 실오라기가 깔끔하게 끊어졌다. 그는 자신의 '걸작'을 들어 올려 잠시 살펴본 후, 아주 만족한 표정으로 소녀를 향해 옷을 던졌다.

— 받아라.

어린 이근용은 예의가 발라서, 아버지가 던진 천 쪼가리도 조심스럽게 뒤로 두어 걸음 물러난 뒤 자세를 바르게 가다듬고 나서야 받아 들었다. 이징이 던진 것은 꽃무늬 저고리였다. 가위질도 깔끔하고, 바늘땀도 가지런했다. 손재주가 좋은 편은 아니었지만 그럭저럭 봐 줄 만했다. 색상이나 모양, 크기 모두 소녀를 위해 신경 쓴 것이 분명했다.

이근용은 잠시 어리둥절해하다가 이내 얼굴을 붉혔다. 자신도 이제 다 큰 아가씨인데 아버지가 직접 바느질을 해서 옷을 수선해 준 것이 여간 창피한 게 아니었다. 이근용이 소리쳤다.

- 아버지, 왜 또……. 전 새옷을 입고 싶어요. 제가 혼자서 못 만들 것 같으세요?

- 팔꿈치가 다 보일 정도로 소매가 짧아졌더구나. 그렇다고 네가 옷을 짓는 것 같지도 않고.

이징이 이근용을 흘겨보며 쉬지 않고 잔소리를 쏟아 냈다.

- 계집애가 이리 덜렁대서야, 대체 누굴 닮았는지……. 앞으로 누구한테 시집갈지 정말 걱정이다. 제대로 살림이나 하려는지, 쯧쯧. 휴, 어서 가서 입어 보거라. 안 맞는 곳이 있으면 바로 수선해야 하니까. 근용아, 아버지 말 좀 들어라. 그러니까 말이다…….

뒷부분은 언제나 끝도 없는 잔소리였다.

이근용은 낡은 옷을 내려놓았다. 입꼬리에 저절로 온화한 미소가 걸렸다.

밖에서는 남도에 관한 어떤 소문이 떠도는지 알 수 없었지만 적어도 이근용의 기억 속 아버지 이징은 늘 급하지도, 느긋하지도 않으면서 끝도 없는 잔소리를 쏟아 내는 '괴짜'였다.

잔소리의 대상은 주로 이근용이었는데, 그건 그녀의 남동생이 그녀보다 고분고분했기 때문이었다. 이근용은 아버지가 특별히 할 일도 없으면서 자신에게만 일부러 쉴 새 없이 잔소리하는 건 아닐까 의심스러웠다.

이근용이 잔소리를 더 이상 참지 못하고 벌컥 화를 내고 나서야 이징은 마치 큰일이라도 해낸 듯 뿌듯한 표정으로 돌아서곤 했기 때문이었다. 젊은 시절 그녀는 늘 아버지의 뜻대로 했는데도 말이다.

이 점에 있어서 주비는 자신과는 좀 다른 것 같았다. 주비는 남의 시선 따위 개의치 않는 말괄량이였지만 그 나이 때의 자신보다 생각이 훨씬 묵직했다. 주비는 무엇을 보든, 어떻게 생각하든 쉽사리 입 밖으로 꺼내지 않았다. 온화함과 선량함과 예의 바른 점을 배우지 못한 것만 빼면, 주비의 성격은 주이당의 성격을 더 많이 닮아 있었다.

이근용은 후배들 앞에서 직접 평가를 하는 경우가 거의 없었다. 하지만 속마음을 말하자면, 성격이 원만한 이성이나 예리한 주비가 당시 이징 밑에서 응석받이로 자라던 자신보다는 더 야무지다고 생각했다. 비록 두 사람 모두 무공을 습득하는 자질은 자신보다 못했지만.

하지만 무림 세계에 2등은 의미가 없다 해도, 한 사람이 얼마나 멀리 나아갈 수 있는지는 때로 무공 이외의 것들로 인해 결정되기도 했다.

이근용은 자신도 모르게 딴생각에 빠져들었다. 주비와 이성은 지금 어디에 있을까. 산채 바깥의 무법천지에서, 그 둘에게 간신히 집어넣은 무공만으로는 목숨을 부지하지 못할 터였다.

그녀는 고개를 절레절레 흔들며 오래된 물건과 복잡하게 엉킨 생각을 한쪽에 내려 두고 상자 바닥을 더듬어 금팔찌를 꺼냈다.

팔찌는 지극히 단순한 모양에 무늬도 새겨져 있지 않았다. 어린아이가 차고 다닐 만한 크기였다. 이근용은 엄숙한 표정으로 팔찌 안쪽을 조심스레 더듬었다. 벌어진 팔찌 가장자리에서 울퉁불퉁한 흔적이 느껴지자 이근용은 팔찌를 빛에 대고 자세히 관찰했다. 희미하게 새겨진 파도 무늬가 보였다.

이근용은 눈을 가늘게 떴다. 품 안에서 서신을 꺼내 낙관이 찍힌 쪽을 넘겨보니, 거기에도 도장이 찍혀 있었다. 그녀의 팔찌에 새겨진 물결무늬와 똑같았다.

서신에 적힌 어지러운 글씨로 보건대 다급하게 써 내려간 것 같았다. 지명 하나와 '선대 채주의 예상치 못한 사고에는 어쩌면 다른 속사정이 있을 것이네'라는 한마디 외에, 다른 내용은 없었다.

이번에 이근용이 촉 땅을 떠나기로 결심하게 된 이유는 최근 사십팔채가 북쪽에 심어 놓은 염탐꾼들과 일제히 연락이 끊어진 것 외에도, 방금 품에서 꺼내 든 서신 때문이었다.

어릴 때부터 나이가 들어 어른이 될 때까지, 이징이 이근용에게 준 선물은 이 팔찌 하나뿐이었다. 이근용이 팔찌를 좋아하지 않는다는 걸 알게 된 후로 두 번째 팔찌를 사 주지 않았던 것이다. 평범한 금팔찌였다. 제법 가치는 있었지만 그렇다고 눈에 띌 만큼 특별한 점도 없었다. 이징의 유언만 아니었다면 말이다.

이징의 마지막 말을 이근용은 똑똑히 들었다.

— 아비가 네게 준 팔찌를 잘 간수해야 한다.

그 뒤에 '그리고 알아보려고 하지 마라……'라는 모호한 말이 붙었지만 뭘 알아보지 말라는 건지 설명을 들을 기회는 다시 오지 않았다.

서신을 쓴 사람은 공교롭게도 이근용이 한때 무척 따랐던 선배님이었다. 그는 사십팔채에 연락할 방법을 찾지 못하자, 주이당에게 전해 달라고 부탁했었다.

사십팔채는 속세와 동떨어진 무릉도원이자 기적과 같은 곳이다. 사십팔채가 기적이 될 수 있었던 것은 내부적으로 문파 간의 고정관념을 완전히 무너뜨리고 대외적으로는 외부와의 교류를 철저히 차단한 덕분이었다.

이근용은 사십팔채를 오랜 세월 관장해 오며 그 점을 너무나도 잘 알았다. 그녀는 촉 땅의 한구석에 위치한 사십팔채의 평화와 균형을 유지하기 위해 불철주야 노력을 아끼지 않았고, 외부에는 '적도 없고 친구도 없다'는 입장을 철저히 고수했다.

하지만 그녀가 모른 척할 수 없는 일부 사람들도 있었다. 선대 채주와 서로 목숨을 걸 만큼 친한 친구라든지, 제 딸의 아버지라든지 말이다.

이근용이 정체불명의 서신을 받은 후, 곧이어 사십팔채가 북쪽에 심어 둔 염탐꾼들에게 사고가 생겼다는 소식이 전해지자 그녀는 왠지 불길한 예감이 들었다.

그녀는 자신이 직접 가서 상황을 파악하기로 결심하곤 왕 부인과 주이당에게 서신을 전했다. 왕 부인에게는 최대한 빨리 남쪽으로 길을 돌아오라고, 안전을 위해 번거로운 젊은 애들은 잠시 주이당에게 맡겨도 된다고 전했다.

그런 뒤에 다시 주이당에게는 두 사람만 알아볼 수 있는 암호로 '머지않아 촉 땅을 떠날 것이며 일을 마무리 짓는 대로 만나러 가겠다'라고 쓴 서신을 전했다.

이근용은 주비처럼 대충 갈아입을 옷 몇 벌만 가지고 바로 떠날 수 있는 처지가 아니었다. 사십팔채의 크고 작은 일 모두 그녀의 지시대로 움직이고 있었기 때문이다. 그 때문에 사십팔채를 떠나겠다고 결심한 뒤 실제 떠날 때까지 수개월이 걸렸다.

그런데 지난 두 달 동안 주이당과 왕 부인으로부터 아무런 회신이 없었다는 점이 이근용을 더욱 불안케 했다.

북쪽과 연락이 두절되었으니 왕 부인으로부터 회신이 늦어진 건 정상이라고 쳐도, 주이당 쪽은 대체 무슨 일일까? 정말로 문제가 생겼다면 아무 말 없이 숨겼을 리 만무했다. 그렇다면 남은 가능성은 오직 하나, 서신 왕래를 누군가가 방해하는 게 확실했다.

설마 북쪽에 심어 둔 염탐꾼에게 문제가 생긴 후, 남쪽에도 내부 첩자가 생긴 걸까?

건원 21년 늦가을, 남북 관계는 한동안 평온을 유지했지만 북두가 빈번하게 남하하기 시작하면서 상황은 한 치 앞도 내다볼 수 없을 만큼 위태롭게 변했다. 남쪽 땅의 절반 이상은 건원 황제를 따르는 충신들이 관할하고 있었다.

이들은 2대에 걸쳐 뼈를 깎는 노력 끝에 군사, 정무, 세금, 전답, 상업 등 여러 분야에서 선황이 목숨을 걸고 이룩하려던 변혁을 이뤄 냈다. 하지만 강호인 대부분이 그런 일에 종사하지 않아서 아무도 관심을 기울이지 않았다.

그들이 관심 있는 건 예를 들면 이런 거였다. 곽가보는 하루아침에 무너졌다. 북두는 이십 년 넘게 원한을 사면서도 날로 약해지는 중원 무림을 무시한 채 점점 기고만장하게 굴고 있다.

남쪽으로 도망친 곽연도는 사방에서 세력을 규합해 '고향'과 '대의'라는 명분을 내세우며 영웅대회를 열겠다는 뜻을 내비쳤다.

형산 아래에서는 남도의 후계자가 깜짝 등장해 사상의 우두머리를 해치웠으며, 사상을 배신한 주작주 목소교를 제외한 활인사인산의 나머지 두 무리들은 복수의 칼날을 갈고 있다.

최근 들어 명성을 떨치던 경운구의 주인은 중원을 향해 칼을 뽑겠다고 큰소리쳤지만 새로운 남도의 손에 아쉽게 패했고, '황무지의 멍청이'는 남들의 웃음거리가 되는 것도 개의치 않고 남조의 운명이 이 정체불명의 '신예'에게 달려 있다고 떠들어 댔다.

설상가상으로 사십팔채의 기둥인 이근용이 조용히 산채를 떠나 이 혼란의 소용돌이에 합세했다.

그런데 이근용은 자신이 사십팔채를 떠난 지 얼마 되지 않아 그녀가 배웅한 사람이 다시 산채로 돌아오고 있을 줄은 알지 못했다.

마길리는 골칫덩어리 이연을 금릉으로 데려다주는 중책을 맡았음에도, 주비와 오초초로부터 그간의 사정을 자세히 들은 후 어쩔 수 없이 생각을 바꾸어 촉으로 돌아가는 쪽을 택했다.

특히 문제아 양근이 체면 구겨지는 것도 아랑곳하지 않고 자신의 패배를 공개적으로 알린 이후로, 주비가 화제의 중심으로 떠올랐기 때문이다.

이연은 처음 강호로 나왔다가 도중에 돌아가게 되었는데도 산채로 돌아가는 걸 조금도 반대하지 않았다. 악양과 화용 일대에서 벌어진 사건을 듣고 선배들은 그저 심각한 표정을 지었을 뿐이었지만, 이연은 거리낌 없이 뜨거운 눈물을 쏟아 냈다. 강호에 대한 일말의 기대감은 신비 사형의 죽음과 함께 흔적도 없이 사라지고 말았다.

마길리는 사람을 시켜 이근용에게 서신을 보낸 뒤 신속하게 수레와 말을 준비했다. 그리고 주변의 시선을 끌지 않도록 소박하게 꾸민 뒤 촉 땅으로 향했다.

집안사람이 길을 안내해 주니 나머지 길은 어렵지 않게 지날 수 있었다. 어디서든 사십팔채가 각지에 심어 둔 염탐꾼과 접선할 수 있었다. 주비는 자신이 얼마나 큰 사고를 쳤는지 간접적으로 깨닫고는 보기 드물게 얌전하게 굴었다.

그들은 어느새 촉 땅에 거의 다다라 있었고, 점차 난세와는 동떨어진 소란스러움을 느낄 수 있었다. 마길리는 일단 객잔에서 하룻밤 묵고, 다음 날에 사십팔채로 진입하겠다는 전서를 보낼 생각이었다.

주비가 처음 사십팔채 주변 마을에 왔을 때는 촌스럽기 그지없는 촌뜨기에 불과했다. 그러나 시간이 지날수록 세상에 대해 조금씩 눈을 뜨면서, 오랜만에 다시 돌아오게 되자 마치 자신이 주인이라도 되는 것처럼 가는 길 내내 오초초와 사윤에게 촉 땅의 풍물을 소개했다.

물론, 그중 대부분은 지난번 집을 떠날 때 등견 사형과 왕 부인에게서 들은 거였지만 말이다. 기억이 가물가물한 것이 있으면 희미한 기억을 바탕으로 몇 마디 지어내서 그럴듯하게 둘러대곤 했다.

사윤이 사십팔채에 반년 가까이 잠복해 있지 않았다면 꼼짝없이 믿었을 것이다.

사윤은 주비가 어디까지 지어낼 수 있는지 보고 싶은 마음에 애써 웃음을 참으며 모르는 척했다. 때론 오히려 진지하게 듣는 척하며 주비가 더 많은 말을 하도록 교묘히 유도했다. 덕분에 앞으로 이 년은 두고두고 써먹을 수 있는 이야기를 수집한 것 같았다.

저녁 무렵, 객잔에 들어선 사윤은 알면서도 모르는 척 질문을 던졌다.

"보아하니 거의 다 온 것 같은데⋯⋯ 왜 바로 산채로 올라가지 않고 여기서 하룻밤 머무는 거지?"

주비는 가족이 곁에 없을 때면 거침없이 행동했지만, 일단 익숙한 사람들 곁으로 돌아오자 아직 완전히 지워지지 않은 애 같은 모습이 다시 살아났다.

마길리 일행을 만난 뒤로 주비는 '어떤 일도 마음에 담아두지 않는' 충성스러운 껌딱지의 모습으로 되돌아간 것이다. 마길리가 가자고 하면 가고, 마길리가 쉬자고 하면 아무런 토도 달지 않고 휴식을 취했다. 어디서 쉬든 어느 길로 가든, 단 한 번도 이의를 달지 않았다.

그런데 사윤이 질문을 던진 것이다. 주비는 속으로 '내가 어떻게 알아요?'라고 되받아치고 싶었다. 하지만 모두가 보는 앞에서 약한 모습을 보일 순 없었기에 고민 끝에 꽤 그럴듯한 이유를 댔다.

"그거요, 날이 어두워지면 험한 산길을 다니다가 위험해질 수 있기 때문이죠. 숲에 안개가 끼면 길을 잃기 쉽거든요……."

주비의 엉터리 핑계를 더 이상 들어 줄 수 없었는지, 마길리는 옆에 있던 제자에게 분부했다.

"인원수와 명단, 영패를 잘 대조해서 산으로 들어갈 때 통과해야 하는 첫 번째 초소에 보내거라."

그제야 주비는 초소에 대해 예전에 들었던 얘기를 떠올리곤 눈 하나 깜짝하지 않고 덧붙였다.

"맞다, 그리고 우리 산채는 출입이 무척 까다로워서 신분을 일일이 비교한 뒤에야 통과할 수 있어요."

마길리는 주비가 엉터리 거짓말을 더 늘어놓지 못하도록 얼른 끼어들었다.

"일반 제자들은 두 번의 심사에 문제가 없으면 바로 입장할 수 있습니다. 하나 외부인이 처음 입산할 때는 절차가 까다로운 편이죠. 최소한 한 명의 장로에게 입산 허가를 받아야 하는데 보통 이삼 일이 소요됩니다. 이번에는 두령님께서 산채에 계시지 않으니 아마 평소보다 더 오래 걸리지 않을까 합니다."

주비는 자신도 이미 알고 있다는 듯 고개를 끄덕였다.

오초초가 참지 못하고 웃음을 터뜨렸다. 사윤은 찻잔을 들어 얼굴을 가렸다. 주비는 그저 어리둥절할 뿐이었다.

마길리가 헛기침을 하며 말했다.

"사 공자는 예전에 홀로 세묵강을 건너 산채로 들어오셨죠. 약 이십 년 만에 처음 있는 일이었습니다. 아마 산 아래 초소와 규칙에 대해 아주 잘 알고 계실 것 같군요."

주비는 아무 말도 할 수 없었다.

사윤은 주비의 발길질을 피해 찻잔을 들고 재빨리 아래층으로 뛰어내렸다. 아래층에서 연주하고 노래하던 이야기꾼 영감이 깜짝 놀라 음정이 이상해졌다.

이내 '와하하' 하는 웃음소리가 터져 나왔다. 이야기꾼 영감은 화를 내진 않았지만, 느닷없이 뛰어내린 사윤을 째려보았다. 그는 칠현금을 한쪽으로 밀어 놓더니 품에서 경당목驚堂木, 법관이 탁상을 쳐서 죄인을 경고할 때 쓰는 막대을 꺼내 딱딱 치며 주의를 집중시킨 후 입을 열었다.

"악기의 현이 젖어서 더 이상 연주는 힘들 듯하니, 여러분께 옛이야기 하나 들려드리겠소이다."

사윤은 대들보 위에 앉아 찻잔을 들고 가볍게 한 모금 마셨다. 방금 그렇게 뛰어내렸는데도 찻물은 단 한 방울도 흘리지 않았다.

위층에 앉은 누군가의 외침이 들렸다.
"옛이야기 좋지! 새로 지은 얘기는 과장이 너무 심하더라고. 우리 선대 채주님 이야기인가?"
그러자 누군가 바로 끼어들었다.
"용왕의 입에서 한칼에 여의주를 빼냈다는 이야기는 싫증 났으니까 그만하쇼!"
그 말에 할 일 없는 사내들이 또다시 한바탕 웃음을 터뜨렸다.
촉 땅의 마을은 무척이나 평온했다. 이야기꾼은 평소에도 사람들과 한담을 주고받으며 지낸 모양이었다. 그는 돈이 궁한 것도 아닌지 손님들의 반응에도 아랑곳없이 흰 수염을 쓰다듬으며 본격적으로 이야기를 시작했다.
"영웅을 논하는 데 선대 채주 이징의 이야기가 어찌 빠질 수 있겠소이까!"
산채를 떠나올 때는 왕 부인 일행이 걸음을 재촉하느라 마을에 머물지 못했었다. 그러니 주비로서는 마을 특유의 볼거리를 처음 구경하는 셈이었다. 주비는 사윤과 티격태격하지도 않고 난간에 바짝 달라붙어 열심히 귀를 기울였다.
이야기꾼은 이징이 강호에 처음 입문해 명성을 떨치게 된 과정을 시작으로 파설도로 중원을 호령한 이야기를 흥미진진하게 들려줬다. 입맛대로 각색하거나 과장한 면이 없진 않았지만 모두들 이야기꾼의 이야기에 빠져들어 갔다.
객잔의 손님 대부분은 이미 여러 번 들은 것이 분명한데도 두 눈을 반짝였다. 그러다가 '성지를 받고 비적이 됐다'는 대목에 이르러서는 객잔 전체에 환호성이 울려 퍼졌다.

옆에 있던 마길리가 나지막이 한숨을 쉬며 말했다.

"그 이야기라면 선대 채주께서는 우리에게 큰 은혜를 베푸셨지."

주비가 고개를 돌려 보니, 수산당의 마길리 대총관이 빈 잔을 들고 아래층의 이야기꾼을 멍하니 바라보고 있었다. 그는 혼잣말하듯 조용히 입을 열었다.

"사십팔채에서 선대 채주로부터 은혜를 받은 자가 어찌 나 하나겠느냐? 내 아버지는 과거 봉기를 일으킨 사람 중 하나로 영웅처럼 전장에서 숨을 거두셨다. 당시 난 열다섯 살도 되지 않았어. 글도 무공도 변변치 않고 가짜 황제의 추살령까지 받은 상태였지. 어쩔 수 없이 나이 든 어머니와 동생들을 데리고 죽기 살기로 도망쳐야 했다. 가는 길에 가족들이 하나씩 죽어 나갔는데, 선대 채주가 아니었다면 나도 아마 길가에 나뒹구는 백골이 되었을 게다."

주비는 다른 사람처럼 외조부를 치켜세우기는 민망해서 잽싸게 화제를 돌렸다.

"총관님의 아버지께서 가짜 조정에 반기를 든 영웅이라는 이야기는 처음 듣네요."

"영웅은 얼어 죽을……."

마길리가 쓴웃음을 지으며 손사래를 치는 걸 보니 아버지에 대한 원망이 꽤 깊은 듯했다. 그는 무거운 한숨을 내쉬었다.

"사람은 자기 분수를 알아야 해. 모두가 대들보가 되겠다고 설치면 누가 장작이 되고 싶겠어?"

마길리가 고개를 들어 진지한 눈빛으로 주비를 바라보았다. 마치 주비를 속내를 털어놓을 수 있는 동년배로 여기는 듯했다.

마길리는 의미심장하게 말을 꺼냈다.

"사내가 되어 처자식도 제대로 지키지 못하면서 '대의'에 빠져 제 무덤을 파는 게 무슨 의미가 있겠어? 혼자 죽으면 그만이겠지만, 그 사람만 바라보고 있는 식솔들은 어떻게 살아가라고? 그런 사내라면 자식한테 아버지라고 불리는 것도 과분해!"

주비는 마길리를 멀뚱멀뚱 바라보다가 예의상 충분히 이해한다는 듯 고개를 끄덕였다. 하지만 속으로는 전혀 이해가 되지 않았다.

'그래서 나더러 어쩌라고? 난 사내도 아니고 딸린 처자식이 있는 것도 아닌데.'

마길리는 그제야 주비가 이해할 수 없는 이야기라는 걸 깨닫고 고개를 흔들며 자조하더니 부드럽게 말했다.

"너도 마찬가지야. 그래야 두령님도 마음을 놓을 수 있지. 네가 수산당에서 종이꽃을 두 개만 따고 물러나는 모습을 보면서 난 속으로 생각했다. 아, 이 녀석은 자신의 실력만 믿고 밑도 끝도 없이 설치겠구나, 산채를 나가면 분명 사고를 치겠구나. 그런데 봐라, 내 말이 맞지? 내 아들이 너보다 두 살 어린데, 만약 너처럼 군다면 내가 그놈 다리를 분질러 놓는 한이 있더라도 절대 산 밑으로 내보내지 않을 거다."

탁자 맞은편에 앉아 있던 이연이 주비를 향해 익살스러운 표정을 지어 보였다. 주비는 헛기침을 하며 어색하게 화제를 돌렸다.

"사숙, 저 이야기꾼이 말한 선대 채주에 관한 이야기가 사실인가요?"

마길리가 웃음을 터뜨렸다.

"선대 채주에 관한 전설적인 이야기가 어디 그뿐이겠느냐? 과거 조중곤이 왕위를 찬탈했을 때 열두 중신이 목숨을 걸고 어린 황제를 남쪽으로 호송했다. 우리 선대 채주가 그 길을 보살폈기에 망정이지. 안 그랬으면 결코 순조롭지 않았을 거야."

 마길리의 말에 오초초가 눈을 동그랗게 떴고, 사윤도 어느새 가까이 다가왔다. 아래층 사람들이 이야기꾼의 허풍을 듣고 있을 때, 주비 일행은 마길리 주변에 옹기종기 둘러앉아 그의 나지막한 목소리에 조용히 귀를 기울였다.

 수행인 중에 사십팔채 사람이 아닌 오초초와 사윤이 포함된 탓에 사십팔채로부터는 좀처럼 연락이 오지 않았다. 하지만 규정은 규정이었다. 이 두령이 직접 와서 문을 열어 주라고 하지 않는 한 누구도 예외는 없었다.

 주비 일행 역시 산 아래 마을에 머물며 연락을 기다리고 있었다. 다행히 마을에 구경거리, 이를테면 번화한 장터나 들을 만한 이야기가 넘쳐나 지루할 틈은 없었다.

 마을에 머문 지 사흘째 되던 날 밤, 마길리가 술을 들고 올라오더니 주비 일행을 향해 입을 열었다.

 "내일쯤이면 사십팔채에서 사람을 보내올 거다. 아무리 네 어머니가 부재중이라고 해도 일 처리가 이리 굼뜨다니……. 모두 일찍 쉬거라. 연아, 특히 너 말이다. 내일은 해가 중천에 뜰 때까지 늦잠 자면 안 된다."

 오초초는 일찌감치 방으로 돌아갔고, 이연 역시 툴툴거리다가 주비의 눈빛에 어쩔 수 없이 옆방으로 건너갔다. 오직 사윤만이 객잔 1층 창가의 탁자 옆에 앉아 있었다. 그는 늘 마시던 연한 술을 곁에 두고 열려 있는 창문을 통해 촉 땅의 산간을 환히 밝히는 맑은 달빛을 바라보고 있었다.

 주비는 문득 발걸음을 멈췄다. 집으로 돌아간다는 기쁨에 취한 것도 잠시, 이제야 비로소 깨달았다. '단왕'이든 사윤이든, 이번에 자신들을 데려다주었어도 여전히 손님의 신분일 테니 사십팔채에 오래 머무는 건 불가능했다.

'단왕'이라면 신분이 적합하지 않았고, 사윤이라면…… 주비는 왠지 사윤이라면 정처 없이 떠도는 생활에 더 익숙할 것 같다고 느꼈다.

오는 길 내내 자신과 생사를 같이했던 사윤과 이제 곧 작별을 할지도 모른다.

마을에서 너무 오래 머물러서 그런지, 주비는 사십팔채로 돌아간다는 사실에 뛸 듯이 기뻐하기는커녕 오히려 풀이 죽은 자신을 발견했다. 주비는 발로 긴 의자를 당겨 꺼낸 후 사윤의 곁에 앉았다. 그의 시선을 따라 먼 곳을 바라보니 마침 사십팔채의 한구석이 보였다. 이 야심한 밤에 불빛이 드문드문 깜빡이는 걸 보니 야간 초소병이 순찰 중인 듯했다.

저곳이 바로 주비의 집이다.

그렇다면 사윤의 집은 어디일까?

주비는 사윤이 얼핏 자신의 집은 옛 도읍에 있다고 했던 걸 떠올렸다. 촉산 밑에 있는 지금, 주비는 까닭 없이 끝없는 적막함을 느꼈다.

주비가 사윤에게 물었다.

"옛 도읍은 어떤 곳이에요?"

주비의 난데없는 질문에 사윤은 순간 멈칫했지만 바로 대답했다.

"옛 도읍은…… 사계절 내내 초목이 푸른 이곳과 달리 아주 추운 곳이야. 매년 겨울만 되면 거리가 텅 비어. 때로는 폭설이 내려서 평평한 돌바닥 위에 쌓이는데, 그 위를 사람이나 말이 밟고 지나가면 금방 얼어붙곤 하지……."

 연도를 따져 보면 조중곤이 반란을 일으키고 동궁을 불태웠을 때, 사윤은 기껏해야 두세 살짜리 꼬마에 불과했을 것이다. 어린 꼬마의 기억력이 그렇게 좋을 수 있을까?

 뭐 딱히 불가능한 일도 아니었다. 적어도 주비에게는……. 그녀 역시 아버지의 얼음장처럼 차가운 손과 이씨 집안 둘째 도련님의 피투성이 뒷모습을 똑똑히 기억하고 있었기 때문이다.

 "하지만 궁궐 안은 그렇게 춥지 않아. 숯불도 있고 또……."

 사윤이 말을 멈추고 술잔을 들어 한 모금 마신 뒤 씨익 웃었다.

 "다른 건 기억이 잘 안 나네. 춥지 않고 배곯지 않은 것 말고는 특별한 게 없었거든. 원체 넓은 곳이니까. 커서는 보통 겨울이 되면 남쪽으로 내려가곤 했어. 조그만 객잔은 돈을 아끼려고 불을 때 주지도 않았거든. 숙소를 잘못 잡으면 사방에서 찬 바람이 숭숭 들어오는 황량한 야외에서 잠을 자야 했는데, 그 소감은 말도 마. 차라리 남쪽으로 내려가서 햇볕을 쬐는 편이 훨씬 나았으니까."

 주비가 머뭇거리며 물었다.

 "혹시……."

 "조중곤이 동궁을 불태운 일도 기억하냐고?"

 사윤은 주비가 조심스럽게 물어보려다가 그의 말에 깜짝 놀라는 모습을 보고 웃음을 터뜨렸다. 그러고는 대수롭지 않다는 듯 대답했다.

 "기억하지. 태어나서 그렇게 큰 불은 처음 봤으니까 당연히 기억해. 어떤 느낌이었냐고 묻는다면, 사실 아무 느낌도 없어. 그때는 뭐가 무서운지 몰랐거든. 붉은 담장의 문을 어떻게 나가야 하는

지도 몰랐고, 뭘 잃어버렸는지도 몰랐어. 날 구해 준 태감은 충직한 자여서 나에게 봐서는 안 되는 것을 보여 주지 않았어. 부모님은…… 어렸을 때 자주 뵙지 못해서 오히려 유모랑 더 가깝게 지냈지. 지금은 작은 숙부님이 남조의 정통성을 유지하고 계시는데, 이제껏 한 번도 내게 복수를 해야 한다고 설득한 사람은 없었어. 만일 그들이 정말로 반란을 제압한다면 옛 도읍을 한번 가 보고 싶긴 해. 그렇다고 거기서 계속 사는 건 아니고. 네가 상상하는 것만큼 그렇게 인생이 고달프거나 증오심에 불타는 건 아냐."

그의 미소에는 고달픔과 증오심이 담겨 있지 않았고, 오히려 약간 생각 없어 보였다. 그러나 눈치가 빠른 편이 아닌 주비는 왠지 사윤에게서 말로 표현할 수 없는 위화감을 느낄 수 있었다.

주비가 뭐라고 말을 하려는 순간, 멀지 않은 산속에서 요란한 새 울음소리가 들려왔다. 새 떼가 뭔가에 놀란 듯 시끄럽게 울면서 어두운 밤하늘로 일제히 날아올랐다. 그 순간, 이상한 바람이 불어오더니 열려 있던 창문이 '쾅' 하고 닫혔다. 객잔의 희미한 등불이 심하게 흔들거렸다.

술잔을 쥔 주비의 손이 허공에서 멈췄다. 눈꺼풀이 아무 예고도 없이 두 번 움찔했다.

그 시각, 시커먼 세묵강 위로 조각난 달빛이 물결을 따라 흩어졌다. 이따금 덫줄에 떨어질 때면 지극히 가느다란 빛이 수면 위를 스치고 지나가곤 했다.

이근용이 사십팔채를 떠난 후 산채의 경계 태세는 전에 없이 삼엄해졌다. 어노인이 세묵강 한가운데를 지키고 있었고, 물속의 커다란 괴물도 휴식을 취한다며 가라앉지 않았다.

강 한가운데 서 있으면 물안개 아래의 바위가 쉬지 않고 위치를 바꾸는 광경을 볼 수 있었을 것이다. 누군가 세묵강으로 뛰어들면 견기는 곧장 거대한 물보라를 일으킬 준비가 되어 있었다.

그 위력은 주비도 본 적이 없었다. 어노인은 그저 주비에게 겁만 주려고 했을 뿐, 진짜로 이렇게 강력한 놈을 아직 출사도 하지 않은 어린애에게 가지고 놀라고 던져 줄 리 없었다.

그런데 이날 밤, 그림자 하나가 살기가 도사린 물 위를 가볍게 건너 강 가운데 세워진 정자로 향했다.

강바람이 갑자기 맹렬하게 정자를 덮쳤다. 창문턱에 놓여 있던 호리호리한 꽃병이 제자리에서 불안하게 흔들거리더니 순식간에 아래로 곤두박질쳤다. 어노인의 입술 위에서 턱까지 늘어진 긴 수염이 귓바퀴까지 휘날렸다. 순간, 그가 퍼뜩 눈을 떴다.

바로 그때, 손 하나가 바닥으로 곤두박질치는 꽃병을 재빨리 낚아챘다.

손톱을 화려한 색으로 물들인 여인의 손이, 달빛 아래서 더욱 요염하게 빛났다.

근심 걱정을 사서 하는 어노인의 성격을 잘 아는 듯, 여인은 바람 때문에 활짝 열린 창문을 닫은 후 살짝 까치발을 들어 꽃병을 원래 자리에, 그것도 심지어 둥그런 흔적에 맞춰 올려놨다. 그녀는 그제야 한숨 돌리고 고개를 돌려 인사를 했다.

"사숙님."

어노인이 눈살을 찌푸렸다.

"구단?"

주비와 같은 사십팔채 후배들은 사십팔채에 '구단'이라는 이름을 가진 여인이 있다는 것조차 알지 못했다. 설마 직접 보더라도 알아보지 못했을 것이다. 그도 그럴 것이 지난 십여 년 동안 구단은 사람들 앞에 거의 모습을 드러내지 않았기 때문이다. 사십팔채에서 유일하게 다른 문파와 어울리지 않으면서도 없어서도 안 되는 산채의 일부, 명풍이 바로 그녀의 소속이었다.

구단은 명풍의 현임 장문인이었다. 그녀가 바로 견기를 만든 사람 중 하나였기에 강 전체에 설치된 함정을 아무런 기색도 없이 피할 수 있었다.

"두령님이 떠나셨다는 이야기를 듣고 견기의 상태를 살피러 왔습니다."

어노인 앞에 앉은 구단이 품에서 비단 손수건을 꺼내 잔을 깨끗이 닦고는 물을 따랐다.

이미 중년에 가까운 나이 탓에 통통했던 양 볼은 탄력을 잃고 살짝 처져 있었고, 웃을 때 눈가에 피어나는 주름은 숨길 수 없었다. 하지만 그녀는 소녀들의 생기발랄함이나 우의반의 예상 부인과 같은 화려한 미모가 아닌 독특한 분위기를 풍기고 있었다.

이목구비가 크게 뛰어나지는 않았지만 살며시 웃음을 머금고 바라볼 때면 보는 사람은 자신도 모르게 그녀의 눈동자로 빨려 들어갔다. 구단의 눈동자는 겹겹의 비밀에 감싸인 것처럼, 말로 형용하기 어려운 신비로움을 품고 있었다.

어노인의 눈길이 그녀가 사용한 비단 손수건으로 향했다. 구단은 즉시 눈치채고 손수건을 네모반듯하게 접어 탁자 구석에 올려 두었다.

어노인은 작은 일에는 신경도 쓰지 않은 두령과 일부러 소란만 일으키는 주비에게 허구한 날 시달리다 보니, 누군가가 자신의 눈치를 본다는 사실이 어색하게 느껴졌다. 그는 살짝 난처해져서 헛기침을 하며 말했다.

"편할 대로 하거라."

"어찌 감히 그러겠습니까."

구단이 웃으며 말했다.

"저희 같은 일을 하는 사람은 칼끝에 늘 피를 묻히고 있으니 기괴한 습관쯤은 하나씩 갖고 있기 마련이지 않습니까. 어려움에 처한 백성들이 부처님께 비는 것처럼 말이죠. 없어서는 안 되는 일종의 안식처라고 할까요? 다른 사람은 모른다 쳐도, 이 조카가 어찌 모르겠습니까?"

금방이라도 선혈이 뚝뚝 떨어질 것처럼 붉게 물든 구단의 손톱을 바라보던 어노인의 얼굴에 보기 드문 희미한 미소가 걸렸다. 그는 양반다리를 풀어 오심향천五心向天의 자세를 거두고 감개무량한 듯 고개를 끄덕이며 입을 열었다.

"오랫동안 그런 시절이 오지 않았지. 명풍루가 물러나 사십팔채에 은거한 건 속세에서 손을 뗀 것과 다름없다. 나 역시 이젠 저수지나 돌보는 일을 하고 있지 않니? 하나 오랜 습관은 하룻밤에 고칠 수 있는 게 아닌가 보다. 그러니…… 휴, 이제 너도 이 늙은이에게 억지로 맞출 필요 없다."

어노인은 가시가 목에 걸린 것처럼 목소리를 잔뜩 낮추며, 일부러 손을 뻗어 탁자 위에 놓인 잔들을 이리저리 뒤섞어 놓았다.

구단이 부루퉁한 표정의 어노인을 가만히 바라보더니 고개를 저으며 슬쩍 웃음을 지었다. 그리고 어지럽게 흩어진 잔을 다시 가지런히 정리했다.

"사숙, 세 살 버릇 여든 간다고 하지 않던가요? 괜히 스스로를 힘들게 하실 필요 없습니다. 제가 바깥사람도 아니지 않습니까."

그 말에 어노인은 웃는 듯 마는 듯 한 묘한 표정으로 구단을 훑어보며 물었다.

"바깥사람이 아니라니, 언중유골의 화법도 배웠느냐?"

구단이 눈을 살짝 내리깔았다.

"사숙, 제가 버릇없다고 생각하실 수도 있으시겠지만, 제가 사숙이라고 부른 건 두령님이 선대 채주와 사숙의 친분을 생각해 사숙이라고 부르시니 저도 그리한 것입니다. 하지만 때론 이런 생각이 듭니다. 저희 같은 사람들은 이 두령 같은 사람과는 전혀 다른걸요. 그들은 밝은 대낮에 정정당당하게 활보하지만, 우리는 어둠 속에 숨어 살며 흔적도 없이 살아가지요. 한마디로 서로가 전혀 다른데, 어찌 한데 몰아넣으려 하십니까?"

"후후…… 젊은이, 바깥세상이 또다시 들썩거리니 가만히 엉덩이 붙이고 있기 어려운가 보군."

구단이 입가를 가볍게 핥으며 의미심장하게 말했다.

"사숙, 자객이 '화를 피한다'라는 말을 들어 보신 적 있으신가요? 자객에게 세상은 혼란할수록 좋은 것입니다. 과거 사숙께서 제 스승님과 선대 채주를 따라 사십팔채에 은거하겠다고 하셨을 때 이 조카는 문득 이런 생각이 들었습니다. 칼은 오랫동안 손보지 않으면 녹이 슨다고 말이죠."

구단의 말에 어노인은 고개를 끄덕였지만 확답을 하진 않았다.

"맞다, 은거하겠다는 결정은 나와 네 사부가 정한 것이지. 이제 네 사부도 죽고 네가 명풍루의 주인이 됐으니 뭘 하든 나도 간섭하지 않겠다. 명풍이 정말로 사십팔채를 떠나려 한다면 그 또한 그리 어렵지는 않을 거다. 이 두령은 거취 문제에 있어서는 언제나 원하는 대로 해 주었으니, 이 두령이 사십팔채로 돌아오면 내가 대신 이야기해 보마."

구단은 여전히 얼굴에 미소를 지은 채 아양 떠는 것처럼 꿀이 뚝뚝 떨어지는 목소리로 입을 열었다.

"그야 당연하지요. 주 선생님이 떠나실 때도 막지 않은 분이 어찌 저희를 막으시겠습니까? 사숙, 이 조카가 궁금해하는 건 이 문제가 아니라는 걸 아실 텐데요."

그 말에 어노인의 입꼬리에 걸린 미소가 사라지더니, 축 늘어졌던 양 볼이 순간 팽팽해졌다.

구단이 길고 가느다란 손을 내밀었다. 손바닥 가운데에 붉은 주사朱砂로 그려 넣은 듯한 작은 물결무늬 인장을 보여 줬다.

"사숙, 과거 명풍루가 사십팔채에 은거한 것은 이것과 깊은 관계가 있습니다. 대체 무엇을 숨기고 계시는……."

"구단!"

어노인이 상대의 말을 자른 채 차갑게 대꾸했다.

"떠나고 싶거든 떠나거라. 다만 물결무늬 인장에 관한 일을 또다시 입에 담는다면 다시는 상종하지 않을 테니 날 탓하지 말거라."

구단은 움찔했다. 자리에서 일어난 어노인이 문을 활짝 열어젖혔다.

"견기는 멀쩡해. 너도 봐서 알겠지. 이번에 북두가 직접 온다 해도 놈들을 흔적도 남지 않게 썰어 버릴 수 있을 거다. 시간이 늦었으니 이만 돌아가거라."

구단이 한숨을 쉬곤 공손히 작별 인사를 건넸다.

"알겠습니다. 이 조카의 말이 너무 많았나 봅니다. 언짢으셨다면 용서해 주십시오."

어노인이 무표정하게 문가에 섰다.

구단이 재빨리 눈치를 살피더니, 혹시라도 심기를 건드릴까 조심스러워하면서도 한 발 앞으로 나아가 비위를 맞추듯 입을 열었다.

"참, 올해 제자들이 담근 계화주가 향이 좋습니다. 나중에 두어 단지 보내 드릴 테니 맛 좀 보시죠."

어노인은 그제야 잔뜩 굳은 인상을 풀고 거의 알아차리지도 못할 만큼 구단을 향해 고개를 가볍게 끄덕였다.

구단은 한 걸음 더 앞으로 나아갔다. 고개를 숙인 구단의 얼굴에 기괴한 미소가 피어오르는 동시에, 목소리는 더할 나위 없이 부드러워졌다.

"사숙과 제 스승님께서 사십팔채에 남기로 결정하신 데는 분명 그만한 이유가 있으셨을 테고, 저희에게 해가 되는 일도 아니었겠죠. 대답하지 못하신다니 저도 더는 묻지 않겠습니다. 이 조카는 그럼······."

구단이 어노인을 부축하려는 듯 손을 뻗어 부드러운 손바닥을 어노인의 허리 뒤쪽에 가져다 댔다. 어노인은 구단의 말에 옛 추억을 떠올리며 가볍게 한숨을 내쉬었다.

바로 그 순간!

어노인은 순간 흠칫하며 반격을 날렸다.

하지만 구단은 이미 예상했다는 듯, 가볍게 몸을 몇 바퀴 돌리며 상처 하나 입지 않고 멀찍이 벗어났다. 구단의 손톱처럼 붉은 그녀의 입술이 살며시 벌어지더니 새하얀 이가 드러났다. 그녀의 손끝에서 푸른빛이 감도는 작은 바늘이 반짝였다. 구단이 우아하게 말을 이었다.

"……저승길로 모셔다드리지요."

최고의 자객답게 그 수법 또한 악랄했다. 독침은 인정사정없이 어노인의 혈관을 파고들어 한 치의 오차도 없이 경맥을 꿰뚫었다. 그가 본능적으로 날린 분노의 일격은 오히려 몸 안의 독을 더욱 빨리 퍼지게 했고, 그의 얼굴은 눈 깜짝할 사이에 시커멓게 변해 버렸다.

어노인은 방금까지 자신과 한담을 나누던 여인을 믿을 수 없다는 듯 바라봤다. 뭐라고 말하고 싶었지만 혀는 이미 마비되었고, 사지 역시 조금씩 떨리기 시작했다.

구단이 머리를 살짝 기울이며 희미한 미소를 지었다.

"사숙처럼 차가운 강을 묵묵히 이십 년간 지켜 온 사람은, 말하고 싶지 않은 건 결코 말하지 않겠죠. 사숙께 들을 수 없는 이야기라면 저도 더는 묻지 않겠습니다."

어노인의 얼굴에서 생기가 사라졌다. 온몸은 딱딱하게 굳어 갔고 허리부터 조금씩 죽어 가고 있었다. 구단은 자리를 떠나기 전에 예의 바른 후배처럼 어노인을 의자로 부축해 바른 자세로 앉힌 후, 공손히 그 옆에 섰다.

강바람이 점점 거세지자 수면 위에 복잡하게 얽혀 있던 덫줄이 '윙윙'거렸다. 정자 안 두 사람은 한 명은 앉고 한 명은 선 채, 마치 야경을 그린 그림에 고정된 듯 침묵을 지켰다.

마침내 어노인이 미세하게 온몸을 부르르 떨었다. 마지막 숨이 목구멍에 걸린 채, 혼탁한 동공은 서서히 풀어졌다.

구단이 일사불란하게 어노인의 맥박과 심박동을 확인했다. 숨이 완전히 끊어졌다고 확신하자 품에서 장침을 꺼내 어노인의 정수리에 인정사정없이 찔러 넣었다. 시체가 다시 살아날 일말의 가능성마저 철저하게 차단하겠다는 듯.

그녀는 뒤로 한 발 물러나 어노인을 향해 절을 올렸다.

"사숙, 구천에 가서 스승님을 만나게 되거든 제 대신 안부 인사 전해 주십시오. 스승님은 혼자 은거하셔도 되었을 것을, 사십팔채의 견기 도면이 다른 사람의 손에 들어가지 못하도록 십 년 전에 절 이리로 잡아 오셨었죠. 마침내 평생의 인연을 만나 남들처럼 떳떳하고 소박하게 살고 싶었는데, 그런 제 소원을 단번에 짓밟아 버리셨답니다. 자, 이렇게 되었으니 이 조카가 악귀 노릇을 하는 것도 스승님의 기대를 저버린 건 아니겠지요. 그렇지 않습니까?"

죽은 사람이 무슨 말을 하겠는가? 구단은 가볍게 웃으며 긴 소매로 옷에 묻은 먼지를 턴 뒤 몸을 돌려 정자의 벽을 밀었다. 물속에 잠겨 있는 견기의 거대하고 복잡한 심장이 그 안에 있었다.

그녀가 마치 장신구를 고르는 듯 몇 번 뒤적거리자, 세묵강에 깔려 있던 견기는 묵직한 소리를 내며 서서히 시커먼 강물 속으로 가라앉았다. 사납기 그지없던 맹견이 쥐 죽은 듯 잠들었다.

칠흑같이 어두운 밤, 오래전부터 잠복하고 있던 검은 그림자가 세묵강 양쪽 기슭에서 뛰어내렸다.

구단이 살짝 한숨을 내쉬었다. 이날이 오기까지 너무 오랫동안 기다려 왔다. 만약 이근용이 아무것도 모른 채 직접 나서서 오씨 일가를 받아들이려 하지 않았더라면, '그쪽'에서도 아마 비싼 대가를 들여 견고한 사십팔채를 움직이진 않았을 것이다.

그녀는 고개를 들어 양쪽 석벽에 늘어뜨려진 밧줄을 보며 웃음을 터뜨렸다. 천하가 위태로운 마당에, 한구석에 있는 도원향이 과연 영원할 수 있을까?

그야말로 너무 천진난만한 생각이었다.

그 시각, 산 아래 마을에서 사윤은 바람 때문에 닫힌 창문을 다시 열며 눈을 가늘게 뜨고 사십팔채 쪽을 주시했다.

"사십팔채에는 날마다 사람의 발길이 끊이지 않네. 산을 순찰하는 사람들이 곳곳에 있는데, 새 떼가 저렇게 쉽게 놀라나?"

그의 말이 떨어지기도 전에 또 한 무리의 새 떼가 하늘을 향해 날아오르더니 하늘을 하염없이 선회했다. 처량한 새 울음소리가 멀리까지 울려 퍼졌다. 주비가 허리춤에 찬 망춘산을 움켜쥐었다.

그 순간, 몇몇 초소의 등불이 연달아 꺼지더니 멀지 않은 곳에 있는 사십팔채가 갑자기 시커먼 암흑으로 변했다. 어둠 속에 남은 검은 그림자, 주비가 자신도 모르게 숨을 죽였다.

사윤이 다가와 귓가에 가만히 속삭였다.

"바람 소리야, 아니면……"

"쉿……"

멀리서 불어온 바람이 끝없이 이어진 산자락과 울창한 숲을 지나며 가뜩이나 요란한 소리가 더욱 커졌다. 자세히 귀를 기울여야 그 속에 섞인 소리를 간신히 분간해 낼 수 있었다.

이유는 알 수 없었지만 주비는 갑자기 심장이 미친 듯이 뛰면서 손바닥이 식은땀으로 축축해졌다. 그녀는 곧장 마길리의 방으로 달려갔다.

이연의 호위를 맡을 만큼 마길리는 이근용에게 큰 신임을 받고 있었고 실력도 뛰어났다. 한밤중에 주비의 문 두드리는 소리에 잠에서 깬 마길리는 취기가 채 가시지 않은 상태에서도 주비의 상황 설명을 듣자마자 후다닥 정신을 차렸다. 호송 무리는 눈 깜짝할 사이에 객잔 1층에 집결했다.

오초초마저 크게 놀라 경계하기 시작했고, 아직 상황을 파악하지 못한 이연만 눈을 비비고 있었다.

"물건은 일단 여기에 둬."

마길리가 남아서 마필과 짐을 관리할 사람을 지목한 뒤 나머지 사람들에게 자신을 따르라고 일렀다.

주비는 그제야 잠시 머뭇거리며 처음으로 마길리에게 자신의 생각을 말했다.

"사숙, 오 낭자와 연이는…….”

그녀의 말이 떨어지기도 전에 오초초가 애원하는 눈빛으로 주비를 바라봤다. 야밤에 도망치는 생활에 이제는 익숙해진 줄 알았는데, 소양에서 마길리 일행에 합류한 후로 안전하게 지낸 탓인지 갑작스러운 상황에 당황하여 본능적으로 주비와 함께 있고 싶어 했다.

주비는 오초초의 생각을 잘 알았으나 잠시 망설였다.

그런데 마길리의 판단은 과감했다.

"모두 같이 간다. 두령님께서 연이 낭자를 호송하라고 하셨으니 그 곁에서 한 치도 떨어질 수 없어. 사십팔채에 변고가 생겼다면 이 마을도 안전하지 않을 것이다. 말은 모두 준비됐나? 어서 출발하자!"

주비는 썩 내키진 않았지만 마길리의 말에도 일리가 있었다. 화용성에 있을 때 신비 사형 일행이 머물던 객잔을 가장 안전하다고 생각하지 않았던가? 하지만 나중에 어떤 일이 벌어졌지?

주비가 잠자코 있으니 이연과 오초초도 더더욱 할 말이 없었다. 외지인인 사윤은 끼어들기 난처한 처지라 미간을 찌푸린 채 있다가, 사람들이 보지 않는 틈을 타 품에서 작은 은침 상자를 꺼내 소매 안에 넣었다. 긴급 상황이라 입산자들의 명패 확인도 신경 쓸 여유가 없었다. 한 무리의 사람들이 일제히 사십팔채를 향해 쉬지 않고 빠르게 달려갔다.

시간은 이미 오밤중이었다.

주비의 마음이 철렁하고 내려앉았다. 첫 번째 초소가 텅 비어 있었기 때문이다.

마길리가 뛰쳐나가려는 주비를 붙잡았다.

"섣부르게 나서지 마. 조심해!"

그는 조심스럽게 장검을 손에 쥐고 다른 사람들에게 눈짓으로 신호를 보냈다.

제자들은 평소 훈련받은 대로 비상시에는 서로 협조할 수 있도록 각자 흩어져 잠시 수색을 벌였다. 그때 누군가 소리쳤다.

"마 총관님, 여깁니다!"

마길리가 사람들과 함께 가 보니, 제1초소의 철문은 닫힌 듯 보였지만 잠겨 있지는 않았다. 초소에 있던 제자들의 시체가 문 뒤에 가지런히 늘어져 있었는데, 모두 상대를 한 방에 깔끔하게 해치우는 일검봉후—劍封喉에 당한 듯했다. 치명상 외에 상처는 평범했다. 누구의 검법인지는 알 수 없었다.

마길리는 언짢은 표정으로 시체를 살펴보더니 나지막하게 말했다.

"반항은 없었고, 다른 상처도 없다. 몸에는 아직 온기가 남아 있군."

예전 같았으면 주비는 그의 말을 못 알아들었을 것이다. 하지만 반년간의 하산 생활을 마치고 돌아온 지금, 그녀는 마길리의 말이 뭘 암시하는지 바로 알아차릴 수 있었다. 범인은 사십팔채 내부인일 가능성이 있고, 아직 멀리 가지 못했으리라는 얘기였다.

이건…… 사십팔채의 두 번째 내란인 걸까?

이연은 밤바람의 찬 이슬에 몸을 부르르 떨다가 이 상황을 보고 등에 소름이 쫙 돋아 자기도 모르게 뒤로 한 걸음 물러섰는데, 마침 나뭇가지를 밟아 '바스락' 하는 소리가 났다.

그 소리에 놀란 마길리가 검을 쥔 손을 미세하게 떨며 고개를 돌려 이연을 쳐다봤다.

이연은 숨을 헉 들이마시며 떨리는 목소리로 말했다.

"죄…… 죄송합니다……."

마길리는 한숨을 푹 쉬는 이연을 보고 긴장했던 얼굴을 폈다. 그는 잠시 주저하더니 고개를 돌려 주비에게 말했다.

"저 아가씨들을 데려오는 게 아니었는데 내가 잘못 생각했구나. 비야, 내가 사람을 몇 명 붙여 줄 테니 넌 손님과 동생을 데리고 최대한 빨리 먼 곳에 숨어 있거라. 할 수 있…….''

그의 말이 끝나기도 전에 이연은 놀란 토끼처럼 깡총 뛰어 그의 곁으로 달려왔다.

오초초를 제외한 다른 사람들은 귀가 밝아서 먼 곳에서부터 들려오는 어수선한 발소리를 들을 수 있었다.

무리는 경계 태세를 갖췄고 마길리는 몸을 돌려 이연을 보호했다. 이때, 발자국의 주인공이 숨을 헐떡거리며 모습을 드러냈다.

"누…… 누구냐? 누가 감히 사십팔채에 난입을…… 어? 마 총관님, 금릉에 가신 게 아니었습니까? 어떻게 벌써 돌아오셨어요?"

그 말에 이연은 안도의 숨을 내쉬며 가슴을 두드렸다. 경계를 풀라는 명령이 내려지지는 않았어도 사람들의 마음은 조금 느슨해졌다. 이때, 유일하게 뒤쪽에서 긴장을 늦추지 않고 있던 마길리는 손에 쥔 검을 한 번 더 꽉 쥐었다.

주비는 눈을 가늘게 뜨고 순찰을 나온 낯선 제자를 바라보며 작은 소리로 물었다.

"저분은 어느 문파예요?"

옆 사람이 대답도 하기 전, 그는 주비 곁으로 달려와 마길리에게 예를 갖추고 직접 가문을 밝혔다.

"전 명풍의 삼대 제자……."

명풍…… 명풍루?

무슨 영문에선지 주비는 문득 형산의 비밀 통로에서 은패가 말해 준 이야기가 떠올랐다. 그녀는 이야기 속에서 어떤 연관성을 찾기도 전에 본능적으로 망춘산을 집어 들었다. 그와 동시에, 주비는 눈꼬리 쪽에 은광이 번쩍하는 걸 보고 곧장 옆 사람을 밀치며 모두가 반응하지 못한 사이 파설도의 '풍'을 시전했다.

망춘산의 칼등이 뭔가에 부딪치며 주비의 귀밑머리 한 가닥이 이유 없이 끊어졌다. 주비는 익숙한 촉감에 그것의 정체를 단번에 알아차렸다. 덫줄!

마길리가 놀라 소리쳤다.

"비야, 섣……."

'섣부르게'라는 단어를 내뱉기도 전에, 주비는 별안간 손에 든 장도를 아래로 누르며 '풍' 일 식을 거의 완벽하게 '산' 일 식으로 이어 갔다. 이곳의 덫줄은 세묵강의 거석진巨石陣에 있던 것과는 다른 종류인지, '웅' 하는 소리와 함께 그녀의 칼에 휘어졌다.

사윤은 갑자기 품에서 형산에서 쏘아 올렸던 것과 같은 불꽃을 꺼내 위로 던졌다.

불꽃이 빠르게 하늘로 솟구쳐 오르더니 사십팔채 상공의 고요했던 달빛을 깨웠다. 양쪽 나무 꼭대기에 숨어 보호색을 띤 듯 눈에 띄지 않았던 자들의 그림자도 잠시 그 모습을 숨기지 못했다.

사실 이들은 주의를 끌기 위한 방편이었고, 진짜 자객은 이미 매복한 상태였다. 때문에 보초 몇 명이 소리 없이 죽어 나간 것도 이상한 일이 아니었다.

주비는 단단한 것이라면 무엇이든 절단해 버리는 덫줄을 일부러 망춘산으로 눌러 변형시켰다. 그런 다음 그녀가 기합을 넣자, 나무 위에서 줄을 당기고 있던 두 사람이 연이어 나무 위에서 굴러떨어졌다.

주비는 한 수에 목적을 달성한 후 망춘산으로 덫줄을 힘껏 훑어 명풍의 자객들이 갖추어 놓은 견기진으로 쳐들어갔다. 그녀의 손에 들린 장도가 다시 한번 초식을 변형했다. 이번엔 '참'이었다.

아직 형태를 갖추지 못한 견기 그물은 그 예리함을 견디지 못하고 바로 무너졌다. 덫줄이 사방으로 끊어지고 튕기면서 그것을 잡고 있던 사람들까지 결박했다. 이연은 눈을 가렸지만 이미 늦었다. 잘린 머리 둘이 날아오는 걸 봐 버린 것이다. 하지만 주비의 파설도는 아직 위력이 남아 있는지 가장 먼저 달려왔던 명풍 제자의 목을 겨눴다.

마길리의 뒤에 있던 사람들 모두 주비의 민첩한 삼도三刀에 놀라

넋을 잃었다.

주비는 밖에 있을 때 왜 그리 운이 없었는지, 허구한 날 고수들 사이를 전전하며 고생이 말이 아니었다. 너무 힘들어서 그사이 빠르게 실력이 늘고 있음을 그녀 자신도 알아채지 못했다.

그때 주비는 뒷사람들의 경악한 표정을 보지 못한 채, 칼끝으로 자객의 목구멍을 겨누며 차갑게 물었다.

"누가 시킨 짓이냐?"

명풍의 자객이 주비를 흘끗 보곤 낮게 탄식했다.

"파설도라니, 끝장이군."

그는 눈빛을 돌려 주비 뒤쪽의 허공을 바라보며 괴상한 미소를 짓더니, 아무 예고 없이 몸을 앞으로 날렸다. 주비가 손을 거두려 했지만 이미 늦어 있었다. 자객은 웃는 얼굴로 그렇게 그녀의 칼에 찔려 죽고 말았다!

주비가 파르르 떨고 있을 때, 사윤이 쏘아 올린 불꽃보다 더 화려한 불꽃이 뒷산에서부터 하늘로 솟구쳤다.

누군가 소리쳤다.

"세묵강! 저기는 세묵강이야!"

❧✤❧

밤이 깊었는데도 산채를 떠나온 이근용은 여전히 쉬지 못하고 있었다. 그녀는 생각에 잠긴 채 옛 도읍에 관한 여행기를 무심히 넘겨 보았다.

열여덟 살 때쯤부터 이근용은 불면증에 시달렸다. 요 몇 년 불면

증을 고치려 몇 번 시도해 봤지만 모두 효과가 없었다.

다행히 무술하는 사람은 몸이 강건했다. 도저히 잠이 오지 않을 때면 가부좌 자세로 동이 틀 때까지 호흡을 가다듬으면 다음 날 일 처리에 큰 어려움이 없었다.

이미 촉 땅을 벗어난 이근용은 가는 길마다 무림의 신예로 떠오른 주비의 '위대한 공적'에 대해 들어야 했다. 그러나 그녀는 주비가 상상하는 것처럼 화가 나기는커녕 오히려 걱정스러웠다.

이근용은 주비에 대한 다양한 소문을 들었다. 하지만 소문에 대한 그녀의 첫 번째 반응은 주비가 어떻게 배운 지 얼마 되지도 않은 파설도로 상대를 꼼짝 못 하게 했는지에 대해 놀란 것이 아니라, 주비가 어째서 왕 부인의 곁에 있지 않은지가 더 의아스러웠다.

자기 딸은 자기가 알았다. 주비는 이연과 달리 어렸을 때부터 조용한 걸 좋아했다. 이유도 없이 혼자서 멋대로 다닐 아이가 아니었다.

도대체 무슨 일이 있었길래 어른들의 시야에서 벗어난 걸까?

특히 화용성에서 있었던 일에 관한 소문들은 내용이 가관이었다. 여기서는 주비가 어떻게 탐랑과 녹존, 이 두 살인귀의 눈앞에서 무사히 탈출했는지는 중요하지 않았다. 어쨌거나 이어지는 이야기에 따르면 그 아이는 팔다리 멀쩡하게 도망치는 데 성공했기 때문이다.

하지만 중원 무림에 대체 또 누가 있길래, 심천추와 구천기 둘이 힘을 합쳐 화용성을 포위했는지는 여전히 의문이었다.

황제를 배신한 장군의 가족을 북조가 잡아가는 것은 맞다 해도 힘없는 고아와 과부가 아닌가. 병사 몇 명이면 식은 죽 먹기일 텐데, 북두 일원 두 명과, 심지어 탐랑까지 친히 나설 필요가 있었을까?

이근용은 어렴풋이 자신이 뭔가를 빠뜨렸다는 생각이 들었다. 일의 앞뒤를 생각해 보면 전체적인 사건에 불길한 먹구름이 끼어 있었다. 하지만 그게 무엇인지 여전히 실마리를 찾을 수 없었다.

그녀는 한나절 내내 한 쪽도 넘기지 못한 여행기를 구석에 두고 미간을 있는 대로 찌푸렸다.

'대체 내가 뭘 빠트렸을까?'

그때 별안간 밖에서 누군가 외치는 소리가 들렸다.

"두령님!"

이근용은 피곤하고 막막한 표정을 순간 싹 감춘 채 고개를 살짝 기울이고 목소리를 높였다.

"들어와."

아직 잠자리에 들기 전이었기 때문에 객실 문은 빗장도 걸려 있지 않아 밖에서 밀자 바로 문이 열렸다. 이근용의 말이 떨어지기도 전에 그녀를 대신해 잡일을 담당하는 제자가 황급하게 방으로 뛰어들었다.

이근용의 성격이 고약한 건 하루 이틀이 아니었기 때문에 곁에서 시중드는 제자는 눈치가 빠르고 일 처리도 깔끔했다. 이렇게 경솔하게 행동하는 경우는 드물었다.

이근용은 눈썹을 치켜세우며 '이건 뭐지?' 하는 표정을 지었다.

제자가 외쳤다.

"누가 왔는지 어서 보셔요!"

제자의 뒤에서 누군가 모습을 드러냈다.

"고모님!"

이근용은 깜짝 놀랐다.

"……성아?"

키가 유난히 늦게 자라는 남자아이라도 열일곱, 열여덟 살이 되면 놀랄 만한 변화가 생긴다. 이성이 그녀 앞에 섰을 때, 이근용은 하마터면 그 아이를 못 알아볼 뻔했다.

이성은 전체적으로 살이 많이 빠졌고 키도 엄청나게 자라 있었다. 산채에서 지낼 때 이성은 '오만방자'까지는 아니더라도 부잣집 공자 같은 모습은 어느 정도 지니고 있었다.

옷이든 머리든 항상 단정했고, 어딜 가든 위풍당당하게 행동하며 '이씨 집안 큰 도련님'이라고 이마에 써 붙이고 싶어 안달했다.

하지만 지금 이근용의 눈앞에 있는 젊은이는 그 행색이 구걸하는 거지보다 못하면 못했지 좋지는 않았다. 얼굴은 비쩍 말라 가죽만 남아서는 광대뼈가 툭 튀어나와 있었다. 뺨에는 거무스름한 얼룩이 있었는데 때가 낀 건지 상처 흉터인지는 알 수 없었다. 입술은 쩍쩍 갈라져 있었고 드문드문 터져서 핏자국도 보였다.

유일하게 눈빛은 전보다 훨씬 굳세어져 감히 이근용과 눈을 맞추기까지 했다. 단검 두 자루 중 하나는 잃어버렸는데, 그나마 하나 남은 건 검집도 없어 새끼줄로 몸에 감아 지니고 있었다.

"이 아이에게 물 좀 주게."

이근용은 서둘러 분부를 내린 후 이성에게 물었다.

"어떻게 여기 혼자 있는 거지? 어쩌다 이 꼴이 됐어? 비야는?"

이성은 목이 몹시 말랐는지 감사 인사를 할 겨를도 없이 잔을 들고 입 안으로 물을 쏟아부었다. 입술에 있는 상처가 물에 닿아 살짝 찡그리긴 했지만 소리를 내진 않았다. 그는 물을 다 마신 후 깨끗이 비운 잔을 옆에 두며 말했다.

"비야는 저와 함께 있지 않습니다. 얘기하자면 긴데, 고모님. 요점만 말씀드릴게요. '충운자'라는 선배님께서 고모님께 말을 전해 달라고 부탁하셨습니다."

"……뭐?"

그 이름에 이근용은 놀랄 수밖에 없었다. 그 물결무늬가 찍힌 서신의 낙관 이름이 바로 '충운자'였기 때문이었다. 그는 은거하던 제문의 장문인이자, 선대 채주 이징의 오랜 벗이었다.

"이 말을 전하는 건 만일을 대비하기 위한 거라고 하셨습니다. 그러니 고모님이 못 알아듣는다면 그게 가장 좋다고 하셨고요."

이성은 늙은 도사의 말뜻이 아직도 이해가 가지 않는다는 듯 미간을 찌푸렸다.

"선배님께서 말씀하셨습니다. '세월은 거스를 수 없고 사람이 죽으면 다시 살 수 없네. 지난 일은 죽은 후에 판가름 나는 법. 다시 무덤을 파 그것을 들춰낸다면 분명 선의는 아닐 터. 이 두령, 다른 사람이 무슨 얘기를 하든 믿지 말게. 알아보지 말 것을 명심하게.' ……사저, 죄송한데 물 한 잔만 더 주세요."

이성은 단숨에 말을 쏟아 냈다. 목소리가 갈라져서 기침을 두어 번 하니 입에서 피 맛이 살짝 느껴졌다.

이근용은 덤덤하게 숨을 내쉬었다. 표정은 차분했지만 마음속은 요동치고 있었다.

제문의 충운자 도장과 사십팔채는 연락이 끊긴 지 오래였는데, 몇 개월 사이 뜻밖에도 그의 서신을 연달아 두 통이나 받았다. 하나는 종이에 써서 주이당을 통해 전해졌고, 다른 하나는 그녀가 어릴 때부터 키운 친조카의 입을 통해 전해졌다. 하지만 뜻밖에도 서신 내용은 서로 달랐다. 아니, 완전히 반대였다!

제문의 그 늙은 도사가 미친 게 아니라면 두 서신 중 하나는 문제가 있는 게 틀림없었다.

이성은 그녀가 아무 말 하지 않자 계속해서 말을 이었다.

"한 가지 더 말씀드릴 게 있습니다. 고모님, 가는 길에 등견 사형이 제게 산채 염탐꾼에 대해 자세히 말해 준 적이 있습니다. 당시 북두가 남북 접경 지역에서 창궐하고 있어서 전 어쩔 수 없이 그들을 피해 길을 돌아서 남조 관할 구역으로 들어가 형양에 자리를 잡았고요. 혹시라도 일을 그르칠까 봐 서신을 한 통 써서 형양의 염탐꾼을 통해 고모님께 전달하려고 했는데, 형양의 염탐꾼이 딴마음을 품을 줄은 전혀 몰랐습니다. 전 어느 쪽 세력이, 누구의 사람이 모반을 계획하는지 알지 못했고, 제대로 조사할 시간도 없어 하마터면 그들에게 억류당할 뻔했습니다. 다행히 가까스로 빠져나와 언제 죽을지도 모르는 채 계속 여기까지 쫓겨 왔고요. 평범한 추살꾼들이 아니었습니다. 생각해 보세요. 전 혼자라서 걸리적거릴 것도 없으니 솔직히 어디든 숨기 쉬우니까 추격자가 붙어도 이렇게까지 낭패스러운 꼴은 아닌 게 정상이죠. 그래서 저는 그들이 보낸 게 혹시 진짜 자객은 아닐까 의심스럽습니다. 고모님, 형양 염탐꾼 중에 명풍 쪽 사람이 있나요?"

사십팔채가 각지에 보낸 염탐꾼은 모두 각 문파에서 파견한 자들이었다. 게다가 산채 사람들은 서로 파벌을 구분하지 않으니 모두가 섞여 있었다.

단, 이근용은 명풍만은 단독으로 행동한다는 사실을 알고 있었다. 그건 산채의 관례였다.

이근용도 이런 관례를 바꾸기 싫었던 건 아니었다. 다만 첫째, 명풍 사람들은 괴팍하기로 유명했고, 둘째, 이상하게 들릴지 모르겠지만 그건 선대 채주 이징이 직접 정한 규칙이기 때문이었다.

그리고 사십팔채를 오가는 중요한 서신 중, 암어를 사용한 서신은 도중에 누군가에 의해 해독될 것을 대비하여 늘 다른 길로 다녔다.

예를 들어, 촉 땅에서 금릉 쪽으로 가는 길에는 두 가지가 있다. 하나는 촉을 벗어나 소양의 염탐꾼을 통한 노선, 다른 하나는 바로 형양 노선이었다.

충운자가 주이당을 통해 보내온 서신이 형양 노선을 통했다면, 이근용이 주이당에게 쓴 서신은 형양을 피해 소양을 통했다. 주이당이 그녀에게 답신을 했다고 가정하면 그녀가 아직 받지 못한 그 서신은 다시 한번 형양의 염탐꾼에게 걸리게 된다.

만약 형양 염탐꾼에게 정말 문제가 생긴 거라면, 그땐…….

이근용이 벌떡 일어났다. 그녀가 사십팔채를 떠나 있는 게 흔치 않은 일이었기에 이번에 나오면서 염탐꾼들을 재정비했었다. 각 문파에서 뛰어난 인재들을 적지 않게 추천했는데…….

그녀는 천천히 방 안을 거닐다가 고개를 들어 옆에서 멍하게 지켜보던 제자에게 명령했다.

"가서 사람들을 다 불러와라. 우린 즉시 산채로 돌아간다!"

제자는 대답을 하고 곧장 뛰어나갔다. 이근용은 옅게 숨을 고르고 있던 이성에게 말했다.

"넌 날 따라오거라. 길에서 있었던 일을 자세히 들려주렴."

"고모님."

이성은 살짝 부끄러워하며 말했다.

"혹시 먹을 게 있을까요? 그게…… 건량乾糧, 말린 식량이면 돼요. 가는 길에 먹으면서 이야기할 수 있을 테니까요."

오랜 가뭄이 단비를 만난 듯, 오랜 배고픔이 음식을 만났다. 이성은 무척이나 배고파서 한입에 소 한 마리도 삼킬 수 있을 것 같았다. 뜨거운 만두에 혀를 데였지만 그는 물러서지 않고 씩씩하게 만두를 씹어 먹었다. 만두 하나가 배 속으로 들어가면 마치 작은 돌이 깊은 심연에 떨어진 것처럼 배 속에서는 더 내놓으라고 성화였다.

이성은 손바닥만 한 만두 다섯 개를 연거푸 먹고도 배가 차지 않았다. 하지만 이제는 믿을 만한 구석이 생겼다는 느낌에 바람에 날려 갈 것 같진 않았다. 그는 더 이상 게걸스럽게 먹지 않았다. 야윈 얼굴에는 형용할 수 없는 복잡한 고민이 묻어났다.

이근용이 그의 말을 기다리고 있을 때, 이성은 무슨 말부터 시작해야 할지 몰라 잠시 망설이다가 본능적으로 가장 인상 깊었던 이야기를 꺼냈다.

"고모님, 곽 보주께서 돌아가신 일을 알고 계세요?"

이근용은 물론 들어 알고 있었다. 곽연도는 '보주님을 죽인 원수와는 같은 하늘 아래 살 수 없다'며 대의를 세워야 한다는 깃발을 휘날리며 다니고 있었다. 현재 그는 남조 곳곳을 다니며 원수를 갚자고 설득하고 있었다. 사람을 모아 반란을 일으킬 모양이었다.

이근용은 고개를 끄덕였다.

"그래, 탐랑과 무곡이 악양에서 손을 잡고 곽가보를 불태운 일은 알고 있다."

"곽가보는 탐랑과 무곡이 불태운 게 아닙니다."

이성이 낮은 목소리로 말했다. 그가 고개를 살짝 들었다. 어둠이 짙게 내린 지평선이 아득히 멀리 보였다. 그때는 그보다 더 짙고 무거운 그림자가 눈앞에 있었다. 얼마나 지났을까. 이근용이 기다리다 지치려 하자 이성은 비로소 말을 이었다.
"곽연도는 자신의 행적을 숨기기 위해 곽 어르신을 남겨 놓았습니다. 불은 그 집 사람들이 지른 거고요. 제가…… 제가 직접 봤습니다."
이근용은 깜짝 놀랐다.
"네가 그때 곽가보에 있었다고?"
곽 보주와 이징은 오랜 친구였지만 곽연도는 그리 환영받는 인물이 아니었다. 곽 보주는 진작 곽가보의 일에서 손을 뗀 상태였고, 대외적으로는 병중에 있는 것으로 알려져 옛날 친구들의 발걸음도 점점 뜸해졌다.
이성의 목소리가 살짝 떨렸다. 그는 자신이 왕 부인으로부터 벗어나려고 했던 이유와 과정을 간략하게 털어놓았다.
이근용은 잠시 말을 잃었다. 요 몇 년간, 그녀는 마음에 담고 있어야 할 사람과 사건이 너무나 많았다. 사십팔채는 그중 큰 비중을 차지했고 주이당도 일부 차지하고 있었다. 마음에 여유가 없으니 자연히 후배들에게 남겨 준 거라고는 '엄한 가르침' 같은 딱딱한 기준뿐이었다. 물론, 주비에게는 훨씬 가혹했다.
이근용은 이성이 그런 생각을 하고 있을 줄은 꿈에도 생각하지 못했다. 이성은 다른 사람에게 말하고 싶지 않을, 소년의 은밀한 속사정이었음에도 마치 다른 사람의 이야기를 하듯 덤덤했다.
"전 제가 산채 염탐꾼들의 위치와, 어디를 어떻게 가는지 다 안다고 생각했습니다. 그런데 길을 나서자마자 마적을 만나 계략에 걸려들고 말았죠."
이근용은 퍼뜩 정신이 들었다. 뭔가 의심스러웠다. 이성은 몇 년간 무공을 착실하게 배웠는데, 어떤 마적이 그렇게 쉽사리 그의 말을 빼앗을 수 있었을까?

"주작주 목소교의 사람이었어요."

그 말에 이근용이 살짝 놀라자 드디어 이성의 얼굴에도 소년 특유의 미소가 번졌다. 마치 누군가를 놀래는 데 성공해서 뿌듯한 것처럼 말이다. 그러나 미소는 금세 사라졌다. 이성은 곧 얼굴이 어두워지더니 계속 말을 이어 나갔다.

"목소교는 활인사인산에서 나온 후 곽연도의 졸개가 되었습니다. 그를 대신해 재물과 말을 약탈해 갔죠. 당시 제가 싸우다가 정신을 잃고 쓰러져 있었는데, 그들이 다시 와서 절 죽이기 전에 마침 지나가던 충운자 선배님을 만났습니다."

이근용이 말했다.

"제문은 세상사에 관여하지 않은 지가 오랜데, 충운자 장문이 왜 악양에 있었지?"

"제문의 위치가 진작에 드러났거든요."

이성이 말했다.

"충운자 선배님은 충무 장군과 계속 연락을 취하고 계셨습니다. 오 장군님 곁에는 조중곤의 첩자가 있었는데, 오 장군님을 없앤 후 하나하나 단서를 따라 제문의 위치를 찾아낸 것입니다. 다만 제문은 여러 진법으로 둘러싸여 있어 바로 뚫지 못했던 것뿐이었고요. 충운자 선배님은 기회를 틈타 제자들을 이끌고 빠져나왔고, 비밀 통로를 통해 식음산触陰山으로 몸을 피하셨습니다. 그런데 또 거기서 누군가에게 배신을 당해 잠시 도포로 갈아입고 평범한 장사꾼인 척 지내셨죠. 상황이 종료되고 나서야 곤경에서 벗어날 수 있으셨습니다."

깊은 산속에 은거하며 세상과 담을 쌓고 살던 도사들이 도관을 지켜 내지 못했다면 그러려니 하겠는데, 무공을 사용했는데도 지켜 내지 못한 꼴이었다. 이근용은 탄식이 절로 나왔으나 마음속에 또 다른 근심이 일었다. 제문이 이렇게 되었는데, 혹시 지금의 사십팔채도 제문과 똑같은 길을 밟고 있는 건 아닐까?

"충운자 선배가 왜 혼자 악양에 왔는지는 저도 모르겠습니다. 말씀해 주지 않으셔서요."

이성이 계속 말했다.

"전 산채로 돌아가지 않겠다고 결심하곤 염치 불고하고 충운자 선배님을 따라다녔습니다. 그러다가 선배님께서 절 데리고 곽가보에 가셨죠. 저희가 몰래 잠입했을 때 어디에서 소식을 들었는지 곽연도는 이미 도망간 후였고 대궐 같은 곽가보는 텅 비어 있었습니다. 저희는 쉽게 곽 보주님을 찾을 수 있었어요. 하지만 그분은 이미······."

이근용은 이성을 쳐다보며 계속 말하라는 무언의 압박을 가했다.

"바보가 되어 있었습니다."

이성은 한숨을 쉬었다.

"아무것도 기억하지 못하고 말도 어눌했어요. 하루 세끼 식사도 누군가 코앞에 차려 주고 한 숟가락씩 떠먹여야 했는데, 그래도 사방에 다 흘렸고요. 가족들이 그분 목에 뭘 둘러 놨냐면······."

이성은 고개를 절레절레하며 차마 자세히 묘사하지 못했다.

"그런데 뭣 때문인지, 충운자 선배님은 어르신이 바보가 된 척 우리를 속이고 있다고 의심했어요. 그래서 저는 선배님과 곽가보에서 며칠 동안 잠복을 하게 됐죠."

"그러다가 곽가보에 불이 난 걸 목격한 거구나?"

이성은 고개를 끄덕였다.

"이상하게 생각하시겠죠. 저와 충운자 선배님이 어째서 불이 난 걸 뻔히 보고도 곽 어르신을 구출해 내지 않았는지를요. 불이 났을 때 어르신은 뜰에서 한창 꽃에 물을 주고 계셨습니다. 물을 주다가 멍하니 있다가. 며칠 내내 그런 상태셨어요. 어떨 땐 완전히 바보였다가, 정신이 오락가락하다가, 어떤 날은 주전자가 비었는지 거꾸로 들고 멍하기 서 있기도 하고요. 당시 앞뜰에서 불이 났다며 외치는 소리가 들려왔고, 곽가보 전체가 아수라장이 되었습니다. 원래는 곽가보 어르신을 모시고 나오려고 했는데 충운자 선배님께서 절 말렸습니다. 그리고 전…… 곽 어르신이 갑자기 웃는 걸 보았습니다."

이성은 잠시 말을 멈췄다 다시 입을 열었다.

"그 웃음은 바보 같지도, 모자라 보이지도 않았어요. 그분은 웃으면서 고개를 젓고는 저희가 숨어 있는 쪽을 바라보셨어요. 충운자 선배님이 모습을 드러내셨죠. 그렇게 한 사람은 뜰 안에, 다른 사람은 뜰 밖에 있었습니다. 집은 이미 불살라진 상태였고 짙은 연기가 뭉게뭉게 솟아올랐죠. 저는 마음이 조급해졌어요. 두 사람이 거기서 서로 멀뚱멀뚱 쳐다보며 뭘 하는 걸까……. 그러다 곽 어르신이 멀리서 충운자 선배님을 향해 포권을 하시더니, 점차 얼굴에 웃음기가 사라졌고 또다시 고개를 저으셨어요. 그때 하인 하나가 뛰어왔습니다. 곽 어르신을 뜰에서 끌어낼 생각이었던 같은데, 곽 어르신은 하하하 웃더니 그 사람을 번쩍 들어 올려 내동댕이쳤습니다. 그리고 꽃을 한 송이 꺾어 들고 뒤도 돌아보지 않고 활활 타오르는 집으로 천천히 들어가셔서는, 문과 창문을 꽉 닫으셨습니다…….”

사십팔채의 정예 부대가 황급히 달려왔다. 말발굽 소리는 깔끔하고 엄숙했다. 이성의 이야기 뒷부분은 말발굽 소리에 묻혀 거의 들리지 않았다.

이근용의 안색은 점점 굳어졌다.

그녀는 일찍이 곽 보주가 바보가 됐다는 소문을 들었지만 별로 신경 쓰지 않았었다. 사람이 늙어서 좀 바보 같아지는 일은 흔했으니 말이다. 곽 보주는 이징보다 훨씬 나이가 많았으니 신기한 일도 아니었다.

하지만 이성의 이야기를 들은 그녀는 오싹한 생각을 하게 됐다. 곽 보주는 스스로 멍청해진 걸까, 아니면 누군가 그를 망가뜨린 걸까?

이성이 '정신이 오락가락하는 것 같았다'라고 하는 걸 보면 맨정신이 돌아오고 있던 건 아닐까?

그렇다면 일을 벌인 장본인이 누구인지 백일하에 드러나게 될 텐데.

"충운자 선배님은 어르신을 구출하려는 저를 막고 눈물을 글썽이며 옆에서 그 모습을 지켜보셨습니다. 큰 불길이 뜰 전체를 삼키고 저희까지 덮치려 할 때야 저희는 비로소 수색 중인 북두의 발톱을 피해 그곳을 떠났습니다. 충운자 선배님은 제가 어느 문파에서 전수받았는지 알고 계셨습니다. 악양을 떠난 후 선배님은 농가를 찾아 그곳에 머무르셨죠. 그때 제게 제문의 기문둔갑술을 배우고 싶은지 물어보셨어요. 저는 그렇게 두 달 넘게 선배님께 기문둔갑술을 배웠습니다. 나중에 도사 같은 분이 찾아왔는데 그분의 도호는 '충소자'였어요. 점잖고 예의 바르며 충운자 선배님께도 깍듯하셨죠. 두 분은 서로를 장문이라고 부르셨습니다."

이성은 여기까지 말하고 잠시 멈췄다.

이근용은 '충소자'라는 이름을 들어 본 적이 없어서 되물었다.

"그래서?"

"충운자 선배는 고모님께 전할 말을 알려 주시며, 정말 중요한 일이라며 절 촉 땅으로 돌려보냈어요. 선배님 덕택에 많은 것을 배웠지요. 하지만 그쪽 내부에 중요한 일이 있는 모양이었고, 아무래도 제가 방해가 될 것 같아 이튿날 바로 짐을 꾸렸습니다."

이성은 창백한 입술을 굳게 다물었다.

"그런데…… 자꾸 그날 절 배웅하시던 표정이 곽 보주 어르신이 불 속으로 들어갈 때의 표정이랑 비슷하게 느껴졌어요. 아무래도 생각할수록 꺼림칙해서 다시 되돌아갔는데…… 뜰 안에 사람들은 이미 없고 텅 비어 있었어요."

이근용은 말고삐를 꽉 잡고 충운자가 자신에게 전한 말을 반복해서 생각했다.

이성도 그녀를 방해하지 않고 한편에서 조용히 걸었다. 집을 떠날 때만 해도 불합리한 세상에 분노하던 풋내기 소년이 어느덧 엄연한 사내의 모습을 갖추고 있었다. 이근용은 그를 힐끗 보고는 얼굴의 얼룩으로 손을 가져갔다.

"이건 또 어쩌다 그런 거니?"

이성은 손으로 슥 닦아 내더니 아무렇지 않은 듯 말했다.

"아, 아무것도 아니에요. 넘어졌는데 살이 좀 벗겨져서요. 이제 막 딱지가 떨어졌으니 며칠 지나면 괜찮아질 겁니다."

이근용이 또 물었다.

"어쩌다 넘어졌는데?"

이성이 웃었다. 그는 충운자 도장이 가르쳐 준 거석진과 잔꾀를 동원해서 한동안 끈질기게 쫓아오던 자객을 따돌렸다. 그 후로는 촉 땅으로 가는 방향에서 벗어나, 자객의 눈앞에서 북에서 남으로 이주하는 유민들 속으로 섞여 들어갔다.

유민들 중에도 우두머리가 있었다. 자신의 위치도 이미 보잘것 없음에도 대열의 늙고 쇠약한 사람들을 착취하며 우두머리 노릇을 하고 있었다. 새로 들어온 사람이 우두머리의 비호를 받으려면 약삭빠르고 가진 식량이 넉넉해야 했다.

명풍의 자객들은 상상도 못 했을 것이다. 그들이 교활한 이씨 집안 큰 도련님을 쫓아 허둥대며 남쪽으로 가고 있을 때, 아무리 낭패를 당해도 체면만은 잃지 않던 '큰 도련님'이 사실은 길바닥에서 유민 우두머리에게 밟히고 있었다는 걸 말이다. 그 와중에 얼굴이 바닥에 긁히면서 먼지투성이 핏자국도 생겼다.

이성은 그렇게 흉악한 유민 우두머리에게 욕을 바가지로 얻어먹으면서도, 추살자들이 그를 못 알아보고 멀찌감치 달려가는 모습을 침착하게 지켜봤던 것이다.

그는 이렇게 해서 명풍의 자객을 완전히 따돌릴 수 있었다. 당시 상황을 떠올리니 이성은 으쓱한 기분이 들기도 하면서 조금 부끄럽기도 했다. 무공을 제대로 배우지 못해 이런 잔꾀를 쓸 수밖에 없었기 때문이다.

그가 '기지를 뽐내는 일'과 '체면을 덜 깎이는 일' 사이에서 저울질을 하고 있을 때, 이근용이 손을 뻗어 그의 얼굴을 어루만졌다. 이성은 깜짝 놀랐다. 이근용은 손끝으로 그의 벗겨진 피부를 살살 문지르며 불쑥 한마디 했다.

"고생이 많았구나."

고된 여정 속에 여러 자객을 만나 지혜와 용기를 겨뤘던 이 소협은 순간 코끝이 찡해졌다. 그는 이를 악물고 겨우 참아 눈시울이 붉어지는 걸 막았다. 그는 시선을 내리깐 채 고개를 위로 들어 두 손으로 얼굴을 힘껏 문질렀다. 그리고 아무렇지도 않은 듯이 말했다.

"별거 아니었습니다. 명풍도 뭐 그저 그렇더라고요……. 참, 고모님, 오는 길에 얼토당토않은 소문들을 정말 많이 들었는데, 비야 일행에게 무슨 일이 생긴 거예요? 아직 돌아오지 않은 건가요?"

※

주비는 날로 거세지는 소문의 소용돌이 속에서 빠져나오는 데 성공했다. 그런데 집에 도착도 하기 전, 눈앞에 더 큰 위기가 도사리고 있을 줄이야.

화용성에서 그녀는 오초초를 데리고 이곳저곳에 숨었었다. 형산의 비밀 통로에 있을 땐, 좁은 통로에서 손에 익지도 않은 패검을 들고 청룡주와 맞서야 했다. 매번 그녀는 상상 이상으로 강한 적을 상대해야 했지만, 그 일들을 다 합쳐도 이번만큼 망연자실하진 않았다.

덤비면 살고 후퇴하면 죽음뿐이었다. 싸우다 기꺼이 목숨을 내주는 것도 나름 장렬하겠지만…… 이곳은 사십팔채였다. 멀고 험한 노정에서 그녀를 든든하게 지탱해 준 집이었다.

유년 시절의 끊어졌던 기억의 파편이 별안간 눈앞의 불빛과 죽이라는 함성 소리 속에 이어지면서 생생하게 떠올랐다.

마길리는 어려운 결정을 내린 듯 숨을 깊이 들이마시고 주비에게 말했다.

"내가 보니 이쪽 초소는 조무래기일 뿐이고 세묵강 쪽이 우두머리인 것 같다. 마침 잘됐어. 비야, 네 무공도 이제 스스로 보호하기엔 충분하니 연이와 일행을 데리고 올라온 길을 따라 다시 산을 내려가. 발각되기 전에 어서!"

주비는 망춘산을 꽉 쥐었다.

형산의 비밀 통로에서도 사윤 역시 다급해하며 그녀에게 빨리 나갈 것을 재촉했다. 산으로 둘러싸인 사십팔채로 도망가 아무 걱정 없는 어린 제자가 되라고, 열심히 무공을 연마해서 또다시 이런 상황을 만났을 때 낭패를 면하라고……. 하지만 상황이 이렇게 된 마당에, 주비가 준비를 끝낼 때까지 세월이 어찌 기다려 주겠는가?

이때, 사윤이 한 손을 내밀어 주비의 어깨를 지그시 감쌌다. 주비는 깜짝 놀랐지만 왠지 사윤이 무슨 말을 하려는지 알 것 같았다. 그녀는 씁쓸하게 대꾸했다.

"왜요, 또 '청산이 남아 있고 강물이 계속 흐른다면 언젠가 다시 만날 수 있다'는 말 하려고요?"

사윤이 고개를 저었다.

"오늘은 그게 아니야."

주비는 고개를 돌려 그를 바라봤다.

사윤이 진지할 때는 이상할 정도로 우울한 분위기를 풍겼다. 금릉에 궁궐처럼 넓은 저택이 있는 그였지만, 마치 나라가 망하고 가족을 잃은 몰락한 귀족이라도 된 것처럼 말이다.

"비야."

사윤이 말했다.

"사람은 일평생 집을 그리워한다는 말, 난 잘 알아."

주비는 가슴이 저려 왔다.

사윤은 입꼬리를 치켜올리며 평소의 그 놀리는 듯한 미소를 지어 보였다.

"이번엔 많은 말 하지 않을게. 너와 함께할 거야. 고마워할 필요는 없어. 몸과 마음을 나에게 바치면 땡이니까 뭐."

주비가 사윤의 팔을 손으로 쳐 냈다. 그녀는 망춘산을 칼집에 넣고 진지한 표정으로 마길리에게 물었다.

"마 사숙, 선대 채주가 돌아가셨을 때, 두령님은 사십팔채를 어떻게 건사하신 거죠?"

제 7 장
무상(無常)

무상(無常)

 뒷산의 종소리가 점점 커지더니 깊이 잠든 여러 산봉우리를 지나 산 아래 마을까지 울려 퍼졌다. 한 무리의 새 떼가 긴 울음소리를 남기며 날아가자, 산허리에 자리 잡은 사십팔채에 하나둘 등불이 켜지더니 순식간에 백주대낮처럼 환하게 밝아졌다. 멀리서 보면 잠에서 깬 거대한 용처럼 보였다.
 세묵강 위쪽, 흡사 그림자처럼 보이는 수많은 흑의인이 강 양쪽 기슭을 오르고 있었다. 강기슭에 세워진 높다란 초소는 아래쪽 상황을 한눈에 파악할 수 있는 전략적 우위를 점하고 있었다.
 우두머리 격인 중앙 초소는 견기가 어째서 작동을 멈추었는지 의심스러운 와중에서도 한 치의 흐트러짐 없이 흑의인의 공격에 맞섰다. 또한, 산채에 남아 있는 장로들에게 사람을 보내 상황을 전했다.
 그 시각, 한 제자가 달려오더니 큰 소리로 외쳤다.
 "보고드립니다. 아군의 지원군이 도착했습니다. 명풍 사람인 것 같은데 견기가 작동하지 않는다는 이야기를 들은 것 같습니다."

그의 말이 떨어지기 무섭게, 자객들이 유령처럼 소리 소문 없이 강변으로 몰려들었다.

사십팔채는 남북 사이에 자리 잡은 외딴 섬 위에 세워져 있었다. 수십 년간 많은 사람이 함께 어울려 살아온 평화로운 곳이었기에, 평소에도 갑옷을 입고 있지 않았다. 자객들이 당도했을 때는 초소는 물론 수비에 나선 제자들 중 어느 누구도 적의 공격에 대비하고 있지 않았다.

세묵강 기슭의 방어막이 순식간에 무너져 내렸다.

장로당은 혼란 그 자체였다. 외부의 적이 쳐들어온 것인지, 아니면 내부의 첩자가 소란을 일으킨 것인지 누구도 정확한 이야기를 하지 못했다. 정말 첩자가 있다면 그자는 대체 누구일까? 이 깊은 밤중에 누구를 믿어야 한단 말인가?

주비 일행이 도착했을 무렵, 장로당에 모여든 사람들은 자신의 결백을 입증하기 위해 저마다 목청 높여 싸우고 있었다. 지금처럼 민감한 상황에서 누가 자신을 의심하지는 않을까 서로 눈치 보기에 바빴다.

사십팔채에 남아 있던 장로들은 평화로운 시절에도 서로를 견제하기 바빴는데, 설상가상 이근용이 부재한 상황에서 이런 불의의 사고가 터지자 체면이고 뭐고 따지지 않고 자신의 존재감을 주장하는 데 급급했다.

사십팔채라는 철옹성 한가운데에 생겨난 균열은, 막을 새도 없이 거침없이 퍼져 나갔다.

주비는 심호흡을 했다. 그리고 망춘산을 거꾸로 들고 칼자루를 휘둘러 장로당의 낡은 빗장을 부쉈다. 주비는 망춘산을 어깨에 걸치고 팔짱을 낀 채 쥐죽은 듯 고요해진 장로당을 무거운 눈빛으로 훑어보았다. 안으로 들어가지도 않고 그저 그 자리에 말없이 선 채로.

어쩔 수 없었다. 주비는 원래 세상일에 무관심해서 나이 지긋한 선배님과 사숙들을 보자 뭐라고 불러야 할지 몰라 머릿속에 새하얘졌다. 누가 어느 문파인지 성격은 어떤지 좀처럼 기억이 나지 않았다.

다행히 곁에는 '도청꾼' 이연이 있었다.

이연은 주비와 놀란 장로들이 서로를 멀뚱멀뚱 바라보는 틈에 재빨리 주비의 귓가에 속삭였다.

"왼쪽에서 가장 먼저 탁자 위로 뛰어 올라가 꽥꽥 소리를 지르는 장 아저씨는 잘 알지?"

이연이 가리킨 사람은 천종의 장문인 장박림이었다. 천종파의 무공은 거칠기로 유명해 '들개파'라는 별칭으로 불리기도 하는데, 그중에서도 장박림은 '미친개'라고 불렸다.

길에서 큰 소리로 욕설을 늘어놓거나 말보다 주먹부터 들이대는 성격으로, 단단한 돌을 한 줌 흙으로 만들 만큼 강한 무공을 지닌 덕분에 천종에서도 알아주는 인물이었다. 문파 특성상 여인의 수가 유독 적어 평소 주비나 이연에게는 다정한 편이었고, 때로는 귀신에 씐 것처럼 해괴할 정도로 친한 척하기도 했다.

"중간에 앉은 딱딱한 표정의 저 사람은 '적암'의 장문인 조추생이야. 짜증 나는 아저씨야. 언니가 고모님한테 대들었다는 이야기를 듣곤 사람들한테 그랬대. 만약 자기 딸이었으면 비 오는 날 먼지 날만큼 두들겨 패서라도 못된 버릇을 고쳤을 거라고!"

애는 지금 때가 어느 때인데 또 고자질을 하는 거야!

주비는 부연 설명은 필요 없으니 빨리 요점만 말하라는 눈빛을 보냈다.
"가장 오른쪽에 있는 사람이 '풍뢰창'의 임호……. 우리한텐 사형이겠지. 언닌 아마 잘 모를 거야. 얼마 전 두령님한테 사십팔채의 병권을 물려받았대. 우리 세대 중에서 가장 먼저 장로 자리에 오르기도 했고."
스물일고여덟 정도로 보이는 임호는 어엿한 성인이었지만 나이 지긋한 다른 장로들에 비해 확실히 존재감에서 밀리고 있었다.
세묵강의 상황만 하더라도, 병력을 관장하는 장로로서 임호에게 가장 먼저 불똥이 튈 것이 분명했다. 그 때문인지 임호는 초조하면서도 난감한 표정이었다. 장박림과 조추생 두 사람에게 추궁을 당하는 임호의 모습에서 분노가 느껴졌다.
주비는 자신의 심장이 쿵쿵 뛰는 소리가 들리는 것 같았다. 어찌나 빨리 뛰는지 입이 바짝 마를 정도였다. 주비는 문가에 서서 장로당 안에 모인 사람을 천천히 살펴보다가, 문득 이근용이 자신에게 들려준 말이 생각났다.

– 모래와 자갈이 높은 산들의 과거이듯, 너의 지금은 우리의 과거다.

그 말을 속으로 세 번 되뇌니 요란하게 뛰던 심장이 서서히 안정을 되찾았다. 손바닥의 식은땀도 마르며 복잡했던 머리가 서서히 정리되기 시작했다. 눈앞을 가로막던 안개가 사라지자 가야 할 길이 또렷이 보였다.

주비는 눈을 살짝 내리깔고 망춘산에 손을 올린 뒤 장로당 안으로 걸어 들어갔다. 그러고는 자신을 멍하니 쳐다보는 세 사람을 향해 포권을 취했다.

"장 사백, 조 사숙, 그리고 임 사형."

"주비?"

조추생은 평소 주비를 볼 때마다 미간을 찌푸렸는데 오늘도 변함없었다. 그의 시선이 주비 뒤에 있는 마길리 일행에게 향했다. 그는 주비와 이연을 꿔다 놓은 보릿자루 취급하며 마길리를 향해 입을 열었다.

"여긴 무슨 일로 왔는가? 이연을 금릉으로 데려가는 임무를 맡게 됐다고 들었는데…… 금릉에 가지도 않고 설상가상 '혹'까지 붙여서 돌아왔나? 게다가 낯선 사람까지?"

상황을 설명하려고 입을 열려던 마길리의 눈에 사윤이 손가락을 입에 대며 말하지 말라고 손짓하는 모습이 들어왔다. 만약 주비 대신 마길리가 먼저 입을 연다면, 저들은 분명 주비를 햇병아리나 철부지로 바라볼 것이 분명했다.

마길리가 머뭇거리며 입을 닫았다.

주비는 여전히 눈을 내리깐 채 장로당 안으로 들어가 입을 열었다.

"모든 일에는 원인이 있는 법, 어찌 말로 다 풀어낼 수 있겠습니까? 조 사숙님, 명풍이 반란을 일으켜 사십팔채 중에서도 가장 변두리에 있는 초소가 당했습니다. 세묵강 역시 혼란한 상태고요. 이 상황에 이연을 금릉으로 데리고 가지 못한 연유를 지금 설명해야 하는 건가요?"

무례하게 보일 수도 있는 말이었지만 주비의 말투나 태도는 지극히 담담했다. 어린 후배가 강호의 선배에게 대드는 것이 아니라 있는 사실을 그대로 전한 것뿐이기에 조추생도 더 이상 주비를 나무랄 수는 없었다.

"……아니, 잠깐. 방금 뭐라고 했지? 가장 변두리에 있는 초소도 당했다고? 명풍이 반란을 일으킨 건 어찌 알았느냐?"

사십팔채는 한마디로 사면초가에 빠져 있었다.

주비가 고개를 들어 조추생을 바라보며 손으로 망춘산의 칼자루를 가볍게 쓸어 올렸다.

모두의 눈이 주비를 향한 가운데, 커다란 물집이 잡혀 있는 엄지손가락과 핏자국이 남아 있는 손가락이 보였다. 주비가 무표정한 얼굴로 고개를 삐딱하게 기울였다.

"사람을 죽인 자는 항상 다른 사람의 손에 목숨을 잃기 마련이지요. 제가 직접 보고 제 손으로 죽였습니다. 임 사형, 지금 당장 두 번째 초소의 상황을 살피고 세묵강에 지원군을 보내셔야 하는 게 아닐까요? 누군가가 견기가 작동하지 못하도록 손을 썼다면, 세묵강 기슭을 통해서 여기까지 오는 데는 오래 걸리지 않을 테니까요."

조추생은 머리에 피도 마르지 않은 계집애가 어른 흉내를 내면서 감히 어른들 일에 이러쿵저러쿵한다고 여겼다. 그는 더 이상 참지 못하고 버럭 화를 내며 소리쳤다.

"이 계집이 감히……!"

이때, 줄곧 굳게 입을 다물고 있었던 임호가 갑자기 밖으로 나가 길게 휘파람을 불었다. 초소를 순찰하던 제자들이 눈 깜빡할 사이에 장로당으로 모여들었고, 그 바람에 조추생의 말이 도중에 끊어졌다.

사십팔채의 병력을 관장하는 장로의 자리에 오를 만큼 임호는 남다른 실력과 도량을 갖춘 인물이었다. 한마디로, 무슨 일이 생겼을 때 다른 사람에게 가르침을 받을 만큼 어리숙한 자가 아니었던 것이다.

나이 하나로 높은 자리에 오른 늙은이들은 탁자를 쳐 대며 대책을 마련하라고 재촉할 것이 아니라, 젊은이들에게 기회를 주는 것이 옳았다.

물론 임호 또한 주비의 지시를 따를 생각은 없었지만, 난처하던 참에 때마침 나타나 자신을 거든 점에 대해서는 다행이라고 여겼다. 사실 여부는 알 수 없었지만 주비가 배신자의 이름을 공개했으니 그를 향한 주변의 의심 어린 시선도 사라졌다.

임호가 곧장 수염만 쓰다듬고 있는 조추생과 장박림을 지나 세묵강에 지원군을 보내라는 명령을 내렸다. 그는 다시 원래 자리로 돌아와 주비를 향해 말했다.

"이미 늦었는지는 모르겠구나. 이곳을 습격한 사람들의 기량이 얼마나 되는지에 달렸을 것이다."

주비는 망춘산을 살짝 밀었다가 '딸깍' 하며 집어넣고 단호하게 대답했다.

"네, 만일 늦은 거라면 그들보고 이곳에 목숨까지 묻으라고 하죠."

이건 오는 길에 사운이 그녀에게 가르쳐 준 첫 번째 충고였다. 이곳의 장로들은 주비가 성장하는 모습을 옛날부터 지켜봤던 터라 양근을 상대했을 때처럼 신비감을 줘 봤자 역효과를 낼 것이 분명했다. 그래서 덜 질문하고, 덜 이야기하고, 덜 설명하는 편이 낫다며 말할 때는 힘을 실어야 한다고 충고했었다.

― 자신의 말을 나 자신부터 확신할 수 있어야 다른 사람의 믿음

도 살 수 있는 법이야.

주비는 의도한 듯 의도하지 않은 듯 사윤을 살펴보다가 그와 눈이 마주치고 말았다. 사윤이 그녀를 향해 살짝 고개를 끄덕였다.

- 처음의 태도를 버린 다음에는 몰아붙이지 않는 게 좋아. 허세를 부려서도 안 되고. 넌 문제를 해결하러 온 거지, 소란을 일으키러 온 게 아니니까. 네가 후배라는 사실을 명심해야 해.

주비는 칼자루를 잡은 손가락을 까딱거리고는 누그러진 표정으로 잘못을 사과했다.
"무례를 범해 죄송합니다. 산채에 돌아오자마자 매복에 당한 터라 제 분수도 모르고…… 부디 용서해 주세요."
그 모습에 장박림은 입을 쩍 벌렸다. 성난 눈썹이 서서히 내려오는가 싶더니, 그는 결국 아무 말 하지 않고 그저 손만 한 번 내저었다. 주비는 조추생을 바라본 후 허리를 굽힌 채 움직이지 않았다.
주비는 머리가 헝클어져 있었고 귀밑머리는 날카로운 뭔가에 잘려 있었다. 그 위치가 조금 위쪽이었다면 얼굴이, 조금 더 아래였다면 숨통이 끊겼을 것이다. 무방비한 상태에서 누군가에게 불의의 일격을 당한 것이 분명했다.
조추생은 평소 주비가 마음에 들지 않아 만날 때마다 딱딱한 소리나 내뱉는 '사숙'이 되어야 했다. 딱히 할 말도 없었다. 그런데 지금 이렇게 예의를 갖추고 자신의 잘못을 시인하는 주비를 보니 왠지 모르게 이상한 기분이 들었다. 짜증만 유발하던 어린 계집이 이제 조금은 철이 든 것 같다는…….

조추생 역시 "됐다." 하고 짤막하게 대답했다. 말을 마친 조추생은 임호를 건너뛴 채 곧장 대장로의 자세로 명령을 내렸다.

"세묵강으로 가자. 배신자들이 대체 어떤 버러지들과 손을 잡았는지 내 두 눈으로 직접 확인하겠다!"

이 상황에서 임호는 말하기가 무척 껄끄러웠다. 장박림은 조추생의 수법에 넘어가기는커녕 제멋대로 설치는 조추생의 모습에 속에서 천불이 나는 것 같았다.

상황을 지켜보던 주비는 조추생의 명령을 묵묵히 듣고 있었지만, 서둘러 그를 따라가기는커녕 오히려 질문하는 눈빛으로 장박림을 바라봤다.

사윤이 그녀에게 들려준 세 번째 충고였다.

― 장로당에 도착했을 때, 모두 각자 소임을 다하며 힘을 모은다면 네가 나설 필요는 없어. 장로들의 의견이 일치하면 네 어머니도 그저 따를 수밖에 없을 텐데 너야 오죽하겠어? 하지만 네 어머니께서 누군가를 지목하지 않고 장로들에게 뒷일을 부탁한 건 그들 사이의 신경전을 알고 계신다는 뜻일 거야. 그러니 네가 장로당 문을 열고 들어갔을 때 장로들이 싸우고 있다면 네가 끼어들 여지가 있다는 의미지. 적절한 순간에, 적절히 끼어드는 게 중요해.

주비와 눈을 마주친 장박림은 누군가가 자신의 답답한 마음을 알아주는 듯한 기분이 들었다. 그는 조추생의 뒷모습을 바라보며 속으로 이를 갈았다.

'실컷 잘난 척해 보라지. 모두 똑똑히 지켜보고 있으니까……. 사람 마음은 거울과 같아서 누가 믿을 만한 사람인지 속으론 다 알고 있을 테니.'

그리하여 미친개는 내심 자신 있는 표정으로 주비를 향해 머리를 끄덕이며 자신의 의견을 밝혔다.

"세묵강으로 가자."

장로들이 의견을 모으자 임호가 한숨을 돌렸다. 사십팔채의 예비 초소가 제자리를 지키는 가운데 각 문파에서 보낸 사람들이 세묵강을 향해 모여들었다. 한밤중의 긴 횃불 행렬은 마치 거대한 용을 연상시켰다.

주비는 눈을 반짝였다. 지난날 너 나 할 것 없이 스스럼없이 어울렸던 각 문파 사이에 미묘한 균열이 생겨난 걸 볼 수 있었다. 행렬은 문파별로 나누어져서 마치 거대한 호수가 수많은 지류로 갈라지듯 점점 분명하게 갈라지고 있었다.

결코 민감하게 굴고 싶진 않았지만 그렇다고 모른 척할 수도 없어, 주비의 안색이 어둡게 변했다.

그런 주비의 옆에서 침묵을 지키고 있던 사윤이 느닷없이 그녀의 손을 잡았다. 차가운 사윤의 손에 주비는 살짝 움찔했다.

그는 그녀를 보고 있지 않은 듯 시선은 그저 앞만 향하고 있었다. 하지만 그의 손가락은 느슨해진 주비의 손을 부드럽게 잡아, 망춘산의 칼자루에 올려 두고 꽉 눌렀다.

'아직은 아니다.'

주비는 그의 뜻을 알아차렸다.

'그래, 아직 끝나지 않았어.'

주비가 아직 미처 하지 못한 말은 파설도로 말할 것이다.

그 순간, 검과 창이 부딪치는 소리가 사방에서 울려 퍼지더니 가장 먼저 길을 연 지원군이 적을 상대하고 있는 게 보였다. 주비는 익숙한 흑의인의 모습을 확인하고 마음이 쿵 내려앉았다. 북두였다.

장박림은 기합을 지르며 옆에 있던 제자의 창을 빼앗으며 앞으로 달려 나갔다.

천종 장문인의 실력이야 두말하면 잔소리. 그는 청년 못지않은 괴력을 발휘하며 순식간에 인파 속으로 뛰어들었다. 단단한 쇠구슬이 물속으로 떨어질 때 물결을 일으키는 것처럼 인파 속으로 사라졌던 장박림이 '화악' 하며 솟구치자, 주변의 적군이 후두둑 나가떨어졌다. 긴 창이 대지를 가르자, 손가락 두 마디 두께의 석판이 기름에 갓 튀긴 과자처럼 '바삭' 하며 산산이 조각났다.

적군은 물론 같은 편 사람마저 그 모습에 경악을 금치 못했다. 이연 역시 "엄마야!" 하고 비명을 지르며 뒤로 반걸음 물러났다.

하지만 주변에서 아무런 반응도 없자 이연은 재빨리 시선을 돌렸다. 주비가 장도를 짚고 서서 아귀다툼을 벌이는 아군을 넘어, 멀리 있는 누군가를 유심히 관찰하고 있는 모습이 보였다.

너무 멀리 떨어져 있어서 나이를 가늠할 수 없었지만 키가 큰 사내인 것만은 분명했다. 사내가 걸친 외투의 목 주변에는 과도할 정도로 많은 여우 털이 달려 있었다. 저런 옷을 입고 촉 땅에 오다니 땀띠가 나지 않았을까 모를 일이었다.

그는 한 손에 부채를 쥐고 허리에는 패검을 차고 있었다. 사윤처럼 겉만 번지르르한 것이 다른 사람보다 딱히 더 대단해 보일 것도 없었다. 그가 나뭇가지를 밟고 있지 않았다면 말이다.

굵은 나뭇가지가 아니라, 그중에서도 가장 얇고 연한 가지였다. 간신히 개미 몇 마리 버틸 수 있는, 꿀벌조차 '이런 곳에는 오래 머물지 못하겠구나'라고 생각할 만큼 연약했다.

가녀린 나뭇가지는 바람에 따라 이리저리 흔들렸고 나뭇잎은 언제든지 뿌리로 떨어질 준비를 하는 듯 '쏴아아' 하며 떨고 있었다. 이와 대조적으로, 사내는 두툼한 외투를 걸치고 있었다. 멀리서 보면 마치 공중에 떠 있는 것 같았다.

그 순간, 나뭇가지를 밟고 있던 사내가 주비의 시선을 눈치채고 재빨리 몸을 움직였다.

나뭇가지 끝을 지지대 삼아 사내는 사십팔채를 가득 메운 사람들 위를 재빨리 스쳐 지나갔다. 마치 묘기를 부리듯, 사내는 땅 한 번 밟지 않고 주변의 풀 한 포기도 건드리지 않았다. 대체 어디서 힘을 빌려 움직이는 것인지 전혀 눈치챌 수 없었다.

보는 사람의 눈을 멀게 할 만큼 빠른 신법, 말로 표현할 수 없는 위압감이 그의 펄럭이는 외투를 통해 발산되자 사람들이 겁을 먹고 자신도 모르게 뒤로 물러났다. 조추생 등 일부 무림 고수를 제외하고, 임호조차 그 자리에 가만히 서 있을 엄두가 나지 않았다.

젊은 제자들 중에서 꼼짝도 하지 않은 건 주비가 유일했다. 그녀의 담담한 표정은 젊은 제자들 사이에서 존재감을 드러냈다. 그 모습에 임호는 자신도 모르게 주비를 눈여겨보았다.

사실 이번에 주비가 보여 준 반응에는 일말의 허세도 들어 있지 않았다. 상대의 경공은 정말 뛰어났다. 너무 뛰어나서 자신도 모르게 사윤이 떠오를 만큼 말이다.

사윤과 함께 지내다 보니 주비는 눈앞에서 전설 같은 경공을 보고도 그다지 대단하다고 여겨지지 않았다. 주비는 당황하지 않았을 뿐만 아니라, 한편으로는 낯선 자의 정체가 뭘까 이리저리 머리를 굴리고 있었다.

북두 일곱 명 중에서 염정은 죽었고 탐랑, 녹존, 무곡은 주비가 직접 본 적 있었다. 그렇다면…… 이제 남은 건 거문, 파군, 그리고 문곡이었다.

이때, 여태껏 침묵을 지키고 있던 사윤이 입을 열었다.

"'청풍서래淸風徐來, 솔솔 불어오는 시원한 바람', 아마 곡천선이겠군."

"거문."

주비는 이미 상대를 똑똑히 볼 수 있었다. 곡천선은 준수한 외모를 지닌 서생으로 나이가 적진 않아도 잘생긴 미남이라고 할 수 있었다. 요염한 눈꼬리에는 희미한 주름이 잡혀 있었고, 의미를 알 수 없는 묘한 웃음기가 걸려 있었다.

상황을 지켜보던 주비가 입을 열었다.

"느낌이 좋지 않습니다. 제가 알기론 북두는 단독 행동이 뭔지도 모른다던데, 아마 혼자 오지는 않았을 겁니다."

아무리 잘난 척하는 조추생이라고 해도 그 말을 듣자마자 자신도 모르게 주비를 향해 고개를 돌리며 그걸 어찌 아느냐고 물었다.

그 말에 주비가 재빨리 입꼬리를 올리며 쓴웃음을 지어 보였다.

"사숙님께 솔직히 말씀드리면, 전 이번 여정에서 많은 수확을 거뒀습니다. 북두에 대해 많이 파악할 수 있었지요."

그 말에 조추생은 놀라움을 감추지 못했다. 평소 과묵한 주비가 근거 없는 말은 결코 하지 않는다는 것을 잘 알았다. 그래서 그 말을 듣자마자 주비가 밖에서 대체 어떤 일을 겪었는지 처음으로 궁금해졌다. 조추생이 상황을 자세히 생각해 볼 틈도 없이 임호가 재빨리 물었다.
"주 사매, 네가 보기에는 어때?"
그동안 주비는 대부분 칼을 뽑는 일만 했을 뿐 '보는 일'은 거의 하지 않았기에, 임호의 질문에 주비는 일부러 슬그머니 사윤 쪽을 바라봤다.
사윤은 어느새 주비의 손을 풀고 두어 걸음 떨어져서 아무 말 없이 주비를 바라보고 있었다. 고요하면서도 맑은, 투명한 별빛을 담은 눈빛이었다. 주비 대신 말하겠다는 의도는 전혀 담겨 있지 않았다.
"그게……."
본래 겸손한 성격의 주비는 하마터면 '제 개인적인 생각일 뿐이니 확실하지 않습니다'라는 말을 뱉을 뻔하다가, 순간 사윤이 자신에게 했던 첫 번째 충고, 즉 입 다물라던 말을 떠올리고는 뒷말을 가까스로 삼킬 수 있었다.
주비는 잠시 침묵하다가 조용히 입을 열었다.
"뭔가 좀 이상합니다. 임 사형, 저쪽을 보십시오. 북두의 흑의인은 제가 생각한 것처럼 수가 많지 않고, 명풍 또한 사십팔채의 문파 중 하나일 뿐입니다. 이들이 안팎에서 손을 잡았다 한들 어찌 승리를 확신할 수 있겠습니까?"
주비는 몇 마디 말로 자신의 생각을 정리했다. 머릿속에 골짜기에서 사람들을 이끌고 나타나 목소교의 뒤를 쳤던 동개양, 화용성 바깥에서 직접 나서서 축가 공자를 납치했던 구천기가 떠올랐다.
말을 하면 할수록 주비는 점점 확신이 들었다.
"곡천선은 멀리 촉 땅까지 달려와 공교롭게도 두령님이 산채를 비우셨을 때 쳐들어왔습니다. 두령님도 안 계시고, 내부에 첩자가 활개 치고, 여기저기 민심은 불안합니다. 이렇게 좋은 기회를, 만약 저라면 몇몇 병사만 끌고 와서 승패가 확실하지도 않은 싸움을 벌이지는 않을 겁니다. 세묵강에서 일부러 큰 소란을 일으켜 사십팔채의 눈길을 이쪽에 묶어 놓은 후……."

주비는 임호의 눈을 바라보며 손으로 내리누르는 손짓을 취했다. 방금 병력을 교체한 초소는 혼란에 빠져 있었다. 다급한 마음에 전투력은 평소의 절반에도 미치지 못할 것이다. 지금의 사십팔채는 방어가 가장 취약했다.

눈치 빠른 임호는 주비의 이야기를 듣자마자 앞뒤 사정을 단박에 파악했다. 그는 등에서 식은땀이 흘렀지만 간신히 주비를 향해 고개를 끄덕인 후 순식간에 '발 빠른 자' 십여 명을 불러 바로 떠났다.

나이 어린 임호가 장로가 될 수 있었던 데는 확실히 그만한 이유가 있었다. 그는 사람들에게 횃불 몇 개만 남겨 두고 손에 들고 있던 등불은 나무에 걸어 두라고 명령했다. 나머지 사람들은 모두 그를 따라 조용히, 침착하게 철수했다.

울창한 숲으로 뒤덮인 사십팔채에서는 가까이 들여다보지 않는 한 사람들이 들고 다니는 등불로 인원수를 파악할 수 있었다. 임호의 지시대로 등불을 처리하자, 어두컴컴한 숲속에서는 아무 흔적도 찾을 수 없었다. 주비조차 임호가 얼마나 많은 사람들을 데리고 간 것인지 알 수 없었다.

하지만 바로 그 순간, 눈앞의 상황은 주비의 뜻대로 움직여 주지 않았다. 곡천선이 손에 쥐고 있던 부채를 '탁' 하며 접더니, 몇몇 장로를 위시한 사십팔채 각 문파를 훑어보고는 멀리서 공수를 취하며 입을 열었다.

"한밤중에 불쑥 찾아와 죄송합니다. 부디 너그럽게 용서해 주십시오."

조추생과 장박림은 평소 죽이 맞는 사이는 아니었지만 북두라는 공공의 적을 앞에 두고는 죽이 척척 맞았다.

조추생이 살짝 몸을 돌려 줄곧 귀찮게 굴던 후배를 자신의 뒤로 감춘 후 장박림과 눈길을 주고받았다. 두 사람은 발걸음을 옮기며 좌우에서 곡천선의 일거수일투족을 살폈다.

조추생이 냉소하며 입을 열었다.

"죄송한 줄 알면서도 찾아왔다니, 죽고 싶어 환장했느냐? 시신을 기념품으로 챙겨 주랴?"

곡천선은 조추생의 심한 말에도 화를 내긴커녕 그저 웃으며 살짝 몸을 틀어 뒤쪽에 있는 사람에게 나오시라는 손짓을 했다. 곡천선의 눈빛을 따라가니, 무리 속에 숨어 있던 구단의 모습이 보였다.

"구단!"

조추생이 이를 갈며 구단의 이름을 외쳤다. 세묵강을 지키던 어노인이 어떻게 됐는지 물어볼 필요도 없었다.

"문파를 저버린 더러운 배신자!"

구단이 풍성한 긴 머리를 쓸어내리자 새빨갛게 물든 손가락이 불빛 아래서 신비롭게 빛났다. 사십팔채 사람들의 분노한 눈빛에 구단이 웃음을 터뜨렸다.

"문파를 버린 더러운 배신자라니 이름 한번 거창하네요. 여러분은 잘 모르나 본데, 예전에는 새로운 주인이 주인 자리에 오를 때 가장 먼저 한 일이 바로 현 주인을 죽이는 거였어요. 그건 우리 명풍루의 오래된, 그리고 지금까지도 이어지는 전통이죠. 제 스승님은 그나마 천수를 누리셨어요. 선대에 비하면 이 소녀가 아직 실력이 부족해서 말이죠…….”

그 말에 장박림이 입을 열었다.

"사십팔채에서 너희를 받아 주고 지켜 줬거늘, 어찌 너희 대에 이르러 배은망덕한 짓을 한단 말이냐! 문파에 부끄럽지도 않더냐!"

"사십팔채가 받아들여 주고 지켜 준 건 정의롭기로 유명한 명문 정파의 후손이죠. 명풍루? 호호. 명풍루는 무정하고 의리도 없는, 돈을 받고 사람을 죽이는 자객 집단입니다. 옛날에 이징이 선심을 베풀었다고요? 장 장문님도 그 나이가 됐으니 생각이라는 걸 좀 하시죠. 당시 남도가 명풍루를 사십팔채에 편입시켰을 때 주변의 반대에도 왜 고집을 부리셨는지 아세요?"

구단의 질문에 장박림은 순간 말문이 막혔다. 그는 이내 욕설을 퍼부으며 길길이 날뛰었다. 선대 채주가 사십팔채를 세운 지도 수십 년이 지났다. 그동안의 기억은 서서히 미화되어 사십팔채의 구세대들에게 선대 채주 이징은 거의 신과 같은 존재였다. 그런 선대 채주에게 '또 다른 꿍꿍이'가 있었다는 구단의 말을 어찌 받아들일 수 있겠는가!

구단이 불쌍하다는 듯 장박림을 바라봤다. 비밀을 담은 미소가 다시금 그녀의 얼굴에 떠올랐지만 불빛 아래서 희미하게 보일 뿐이었다. 구단이 다시 입을 열었다.

"명풍은 성의를 보이기 위해 세묵강에 견기를 바쳤지요. 워낙 중대한 사안이라 견기 건설에 참여했던 핵심 제자들은 출사하지 못한 제자처럼 사십팔채를 떠날 수 없었어요. 영원히 세묵강을 건너지 못했다고요. 우리를 박대하지 않았다고요? 장 장문님, 이 두령에게 가서 물어보시죠. 두령님 자신은 그런 결정에 불만이 없었는지 말이에요."

주비는 구단의 이야기를 들으며 은패가 말해 준 명풍루의 마지막 제자와 주인장 화 씨의 이야기를 한데 엮어 보았다. 주비는 살짝 떠보듯 질문했다.

"구 장문님, 혹시 원한을 품으신 이유가 부용신장 화정륭과 관련 있으신지요?"

그 말에 순간 당황한 구단이 그제야 조추생 뒤에 있는 주비를 발견했다.

"넌 누구······."

주비가 한 발 나아가 자신의 이름을 밝혔다.

"아, 네가 주비구나."

주비를 쓰윽 살펴본 구단이 상냥한 말투로 입을 열었다.

"못 알아보겠구나. 지난번 봤을 때는 탁자보다도 키가 작았던 것 같은데······ 철도 좀 든 것 같고."

주비의 시선이 헐레벌떡 달려오는 제자에게로 향했다. 그 제자가 조추생에게 귓속말을 하자, 조추생이 고개를 끄덕였다. 임호 쪽 준비가 끝난 듯했다.

조금이나마 마음의 안정을 되찾은 주비가 구단을 향해 입을 열었다.

"전 화 선배님을 만나 본 적 있습니다. 구 장문님께서 화정륭의 행적이나 소재를 알고 싶으시다면 제가 몇 가지 말씀드릴 수 있습니다."

구단의 얼굴에 잔인한 미소가 떠올랐다.

"알고 싶지 않은데……. 비야, 그런 말은 대체 누구한테서 배운 거지? 그럴듯한 말로 상대를 속이는 건 삼류 중의 삼류란다. 왜, 내가 '화정륭'이라는 이름만 듣고서 당장 칼이라도 들고 달려들어 그자의 행방을 물어볼 줄 알았더냐?"

주비는 말 한마디로 명풍루의 주인을 설득할 수 있으리라 기대하진 않았지만 마음을 조금이라도 흔들어 놓고 싶었던 건 사실이었다. 하지만 아쉽게도 모든 사람이 단구낭처럼 오랜 세월이 지나도 이름만 듣고도 흔들리는 건 아닌 것 같았다.

구단이 의미심장한 표정으로 입을 열었다.

"비야, 네가 내 나이쯤 되면 사랑을 심각하게 생각하는 건 꼬마 아가씨들뿐이라는 걸 깨닫게 될 거야. 내가 아직 어리고 철이 없을 때, 난 한 사내 때문에 명풍루를 나가 살아 보고 싶었다. 아주 좋은 사내였지. 하지만 그런 사내는 세상에 널렸어. 안 그래?"

구단이 곡천선을 향해 눈웃음을 보냈지만 곡천선은 미소만 머금은 채 아무 말 없이 옆에 가만히 서 있기만 했다.

"우리 명풍루 사람들이 고수가 수두룩한 강호에서 자객의 이름을 내걸고 살아갈 수 있는 건, 네가 상상할 수도 없을 만큼 고된 시련을 어렸을 때부터 겪었기 때문이다. 스승님은 날 훈련시킬 때마다 모두가 두려워하는, 온갖 재주를 섭렵해야 한다고 말씀하셨지. 설마 내가 죽기 살기로 무공을 연마한 게 멋진 사내를 찾고, 멋진 여인이 되기 위해서였다고 생각하는 건 아니겠지?"

구단은 정색하며 눈앞의 옛 동료들을 훑어보았다.

"스승님은 그렇게 날 가르치셨고, 난 스승님의 교훈을 모두 새겨들었다. 안 그랬다면 지금처럼 명풍루가 우뚝 서지는 못했을 거야.

여인의 몸으로 온갖 시련을 견디며 지금 자리에까지 기어 올라왔는데, 이 산골에서 강이나 지키는 물귀신이 되는 건 좀 아니잖아?"

명풍의 장문인은 당시 견기를 위해 자신이 데리고 있던, 강산을 붉게 물들이겠다던 '어린 귀신'을 데려와 정성껏 가르쳤고 결국엔 뛰어난 실력을 지닌 명풍 자객으로 키웠다.

자객으로서 너무 뛰어나서 오히려 탈이었지만.

"쓸데없는 말은 그만하지요."

구단이 손을 저으며 다시 입을 열었다.

"명풍은 스스로 사십팔채에서 나갈 것입니다. 이근용은 역도들과 결탁해 조정을 멸시하고 역도를 받아들였습니다. 지금 곡 대인께서 역도를 소탕하라는 명을 받들고 오셨으니 명분도 확보되었고, 명풍루는 막지 않을 것입니다. 다만, 이 두령님께 한 가지 받아야 할 게 있었는데, 주지 않으신다면 인질을 앞세워 거래를 할 수밖에요. 비야, 네가 때마침 잘 돌아와 주었구나."

장박림이 버럭 소리쳤다.

"이 배신자, 입 한번 잘 놀리는구나!"

그와 동시에 장박림이 쥐고 있던 긴 창이 구단을 향해 날아갔다. 구단은 슬쩍 웃음을 흘리며 가볍게 피했다. 곡천선의 명령에 주변의 흑의인들이 즉시 모여들었다. 그와 동시에, 그는 번개처럼 손을 휘둘러 눈 깜짝할 사이에 부채로 묵직한 창끝을 가볍게 열어젖혔다.

그 충격에 장박림은 손이 얼얼할 지경이었지만 이내 '거문'과 맞설 태세를 취했다.

"천종."

곡천선이 소매를 걷어 올리고 고개를 좌우로 흔들며 탄식했다.

"내가 한 수 가르쳐 주지."

그의 말이 떨어지기도 전에, '청풍서래'라고 불리는 곡천선의 경공이 본모습을 드러냈다. 그의 경공은 심천추와 우열을 가릴 수 없을 만큼 높은 경지에 올랐다고 알려져 있었다. 장박림이 괴성을 지르며 달려들었지만 몇 회합도 버티지 못하고 궁지에 몰리고 말았다.

그 모습을 눈살을 찌푸린 채 보고 있던 조추생이 뒤에 있던 이연 일행을 살폈다. 임호가 자리를 떠난 후로 마길리가 보호하고 있었지만, 저들만으로 구단에게 대적하기란 역부족이었다. 섣불리 나설 수도 없다는 생각에 조추생은 순간 망설였다. 쓸데없는 놈들 때문에 이게 웬 고생인가 싶어 그는 속으로 욕설을 퍼부었다.

바로 그때, 주비의 목소리가 들렸다.

"구 장문인께서 때마침 잘 돌아왔다고 하셨으니, 제가 얼마나 잘한 건지 궁금하네요."

주비는 말을 마치자마자 무섭게 앞으로 돌진했다. 조추생이 잡아보려 했지만 이미 늦었다.

조추생은 피가 거꾸로 솟는 것 같았다. 평소 주비가 성질도 고약하고 제멋대로라며 못마땅하게 여긴 것은 사실이지만 그렇다고 해서 자신의 앞에서 죽도록 내버려 둘 수는 없었다. 안 그랬다가 이 근용에게 뭐라고 설명할 수 있단 말인가?

조추생은 속으로 철부지 어린애라며 욕을 퍼부었다. 그는 장박림의 안위를 챙길 틈도 없이 어떻게든 주비보다 먼저 구단을 막기 위해 바로 달려 나갔다.

그런데 주비와 구단 모두 조추생이 생각했던 것보다 몸놀림이 빨랐다.

구단 역시 주비가 자신을 도발할 줄은 생각지도 못했다. 구단은 의아한 눈빛으로 주비를 살펴보았지만 그렇다고 상대를 과소평가 하진 않았다.

구단은 흐르는 구름처럼 가볍게 뒤로 물러나는 동시에 손가락을 가볍게 비벼 주비에게 뭔가를 뿌렸다. 그건 구단이 명성을 날리는 데 큰 공을 세운, 사람 머리카락보다 가는 '연우농煙雨濃'이라는 작은 바늘이었다.

눈에 보이지도, 손으로 느껴지지도 않을 정도로 미세해서 소리 소문 없이 상대의 목숨을 빼앗을 수 있었다. 어노인조차 이를 감지 하지 못하고 목숨을 빼앗긴 무서운 무기였다.

조추생은 연우농을 보진 못했지만 구단의 동작은 보았다. 그가 조심하라고 외치기도 전에, 구단과 주비는 이미 한 수씩 주고받았 다. 주비의 망춘산은 칼집 밖으로 나오지도 않은 채 공중에서 우아 한 호를 그렸다. 뭔가 우수수 떨어지는 소리가 나더니, 수많은 연우농이 땅바닥으로 떨어졌.

깜짝 놀란 조추생이 허겁지겁 달려가려던 발걸음을 멈추고는 골 똘히 생각에 빠진 채 주비의 뒷모습을 바라봤다.

'대체 어디서 뭘 했길래 못 본 사이에 무공이 이리 일취월장했을 까…….'

"주비."

구단도 신중해지며 마치 처음 만난 것처럼 주비의 이름을 다시 곱씹었다. 명풍루의 주인은 두 손을 소매 안에 모으고 나지막한 목 소리로 입을 열었다.

"내가 아직 파설도의 위력을 배우지 못했구나."

그 말에 주비는 재빨리 망춘산을 꺼내 들었다. 자신이 구단을 이길 수 없다는 건 잘 알았다. 유일하게 의지할 수 있는 거라고는, 이제껏 만나 본 적 없는 명풍 장문인에게서 왠지 모르게 느껴지는 익숙함이었다.

견기는 과거 명풍파의 핵심 제자가 심혈을 기울여 만든 것이었고, 물에 잠겨 있는 이 괴물은 주비에게는 거의 스승이나 다름없었다. 칠흑 같은 세묵강에서 삼 년 동안 지낸 덕분에, 비처럼 내리는 연우농을 대부분 피할 수 있었다.

'망춘산'은 이징의 칼을 바탕으로 만든 것이라 주비에게는 다소 긴 편이었다. 칼이 무거울수록 그것을 다루는 사람의 몸놀림은 가벼워 보이니, 기이하면서도 장중한 이질감이 느껴졌다.

북두의 두 별을 상대할 때는 절대 고수인 단구낭을 등에 업고 있었고, 정라생을 상대할 때는 기운침 대신 시간을 끄느라 청룡주와 실제로 결판을 벌이지도 않았다. 양근을 상대할 때는 배수의 진을 친다는 각오로 사흘 내내 잠도 자지 않고 무공을 연마했었다. 패하면 받아들일 수밖에 없다는 생각에 주비로서도 정정당당히 맞섰다.

천하에서 악명 높은 자객을 마주한 주비는 오히려 상황을 정확히 파악하고 있었다. 자신의 뒤에는 절체절명의 위기에 빠진 사십팔채가 있었다. 단구낭의 지원이 없다면 시간을 끈다 해도 기적은 나타나지 않을 것이다. 자칫 실수라도 하면 여기서 목숨을 잃을 수도 있었다.

구단은 이제껏 만난 상대 중에서 가장 강한 편은 아니었지만, 서로의 격차를 잘 알면서도 죽기 살기로 덤벼야 하는 최초의 상대였다.

― 말할 때는 상황을 정확히 파악하면서도 확신에 찬 태도를 취해야 해.

사윤의 마지막 충고였다.

― 하지만 검을 뽑아야 하는 상황에 처하면 눈도 감고 입도 다문 채 온 정신을 칼날에만 집중해. 승패나 결과 따위는 생각하지 말고…….

주비는 숨을 깊이 들이마시며 머릿속에 떠오르는 오만가지 생각을 꾹꾹 내리누르며 구단을 향해 칼끝을 겨눴다.
 명풍루의 자객에게 장유유서와 같은 케케묵은 허례가 통할 리 만무했다. 주비의 분위기가 순식간에 바뀌자, 구단은 주비를 인정사정 봐주지 않고 쓰러뜨려야 할 적으로 간주했다.
 구단은 긴 소매에서 전갈 꼬리 모양의 짧은 갈고리를 꺼내 다짜고짜 순식간에 덤벼들었다. 그녀는 몸에 붙는 가벼운 옷차림이었으나 유일하게 소매는 넓고 길어서 마치 커다란 날개를 가진 나비 같았다. 차가운 향기가 그녀의 긴 소매를 따라 흘러나오는가 싶더니, 주비는 순식간에 연우농에 포위되었다.
 녹음이 여전히 울창한 가을, 구단이 한 줌의 살구꽃 비를 뿌렸다. 살구꽃 비의 정체는 다름 아닌 미세하게 가느다란 침이었다. 주비 주변에 뿌려진 가는 침은 안개처럼 보일 정도로 그 수가 어마어마했다.
 사실 명풍의 침에 찔려도 목숨을 잃는 건 아니었지만, 침 끝에 묻어 있는 독은 한 방울에 목숨을 잃을 수 있었다.

이때, 주비가 갑자기 움직였다.

연우농 공격에 주비는 망설이지 않고 '풍'을 시전했다. 속공에는 속공으로 맞서는 전략을 택한 것이다.

고영진기가 검광을 따라 흘렀다. 칼등이 두 사람의 내력에 전율하나 싶더니 어느새 미세한 독침을 가득 받아 냈다. 덕분에 시커멓던 장도는 새하얀 은빛으로 변했다.

그 순간 주비는 마치 삼 년 동안 몸을 담갔던 세묵강으로 돌아간 것 같은 느낌이었다.

견기가 울면 주변에 짙은 살기가 몰려들었다. 주비는 마치 이제 막 어노인에게 억지로 '폐안수행'을 익힌 것처럼 오로지 자신의 마음을 들여다보는 데만 집중했다.

칼끝이 견기, 연우농과 부딪치던 미묘한 각도가 주비의 마음속에 그대로 떠올랐다. 불현듯 눈앞에 구단이 있든 견기가 있든 아무런 상관도 없다는 생각이 들었다. 마음속에서 뭔가가 울컥하고 터져 나올 것 같았다.

그때, '챙강' 하는 소리와 함께 망춘산이 구단의 갈고리와 부딪쳤다. 주비의 손이 부르르 떨리더니 망춘산에 붙어 있던 독침이 바닥으로 우수수 떨어졌다.

구단은 눈을 가늘게 뜬 채로 망춘산의 칼등에 박힌 갈고리를 살펴보더니, 낮은 기합과 함께 갈고리에 힘을 실어 장도를 꼼짝달싹하지 못하게 깊게 박아 넣었다.

그와 동시에, 구단은 갑자기 입을 쩍 벌리며 엄지손가락만 한 크기의 화살을 주비의 얼굴을 향해 힘껏 내뱉었다.

두 사람은 칼 하나 정도 거리를 두고 대치하고 있었다. 이근용이

나 조추생이었다면 손바닥으로 쳐서 자신의 칼날을 빼 왔을 테지만, 구단과 주비 사이에는 한 세대나 되는 차이가 존재했다.

명풍의 자객 무리가 아무리 음험하고 기본기가 부실하다고는 하나, 문파의 장문인으로서 구단이 지닌 공력은 주비가 맞설 수 있는 수준이 아니었다.

이런 상황에서 주비는 화살을 그대로 맞거나, 망춘산에서 손을 떼야 했다.

하지만 '연우농'의 주인 앞에서 칼을 버리면 어떻게 되는지 철부지 이연조차 알고 있었다.

이연은 누군가에게 도움을 청하고 싶었지만 너무 놀란 나머지 정작 누구를 불러야 할지 말문이 턱 막혔다. 핏기가 사라진 이연의 손은 얼음장보다도 차가웠다. 사윤은 이미 소매 안에 손을 쑥 넣어 둔 상태였다.

그 순간, 주비가 칼자루에 힘을 줬다가 힘을 풀었다.

망춘산은 양쪽에서 힘을 받아 휘어진 상태에서 주비가 갑자기 손을 풀자, 도신이 크게 휘청이며 방금 전에 미처 털어내지 못한 독침을 사방으로 날렸다. 구단은 독침을 피하기 위해 어쩔 수 없이 소매로 얼굴을 가렸다.

주비는 그 틈을 놓치지 않고 고개를 돌려 화살 공격을 피한 뒤, 심하게 흔들리는 칼자루를 쥐고 재빨리 앞으로 밀어냈다. 망춘산의 칼끝은 갈고리 중간을 뚫고 들어가 지극히 좁은 틈 속에서 가볍게 흔들렸다. '불주풍'이었다. 갈고리 때문에 동작에 힘이 제대로 실리진 않았지만 정확하게 빈틈을 파고들었다!

날카로운 칼끝이 찰나에 구단의 긴 소매를 갈랐다. 그 순간, 구단은 자신의 품을 파고든 칼끝이 잡을 수도, 그렇다고 놔줄 수도 없는 끔찍한 독사처럼 느껴졌다.
 화가 머리끝까지 난 구단이 손에 힘을 실어 주비의 장도를 내리눌렀다.
 그런데 주비의 손에 들린 망춘산은 힘없이 아래로 내려앉으며 구단은 순식간에 허공을 밟고 말았다. 구단이 휘청거리는 순간 갈고리가 부르르 떨렸다. 그 틈을 놓칠 주비가 아니었다. 갈고리에 박혀 있던 장도는 그대로 수직으로 미끄러지며 구단의 발등을 스쳤다.
 구단은 꽃 세 송이가 가지런히 수놓인 신발을 신고 있었는데, 주비의 망춘산이 내리꽂히며 꽃을 정확히 반으로 갈랐다.
 날카로운 칼끝이 구단의 발등을 스치고 지나가자, 구단은 황급히 뒤로 반보 물러나 주비에게 한 발을 휘둘렀다. 자수 신발 끝에서 갑자기 작은 칼이 튀어나오더니 주비의 허리를 노렸다. 주비는 재빨리 손목을 비틀며 망춘산과 함께 훌쩍 위로 솟구쳤다가 장도를 갈고리 가운데에서 빙빙 돌렸다. 세 번째 식, '풍'이었다.
 구단이 다리를 움직이자 갈고리에 작은 틈이 생겨났다. 주비의 장도가 그 틈을 순식간에 뚫고 나와 물이 흐르듯 초식을 펼쳤다. 때로는 위에서 아래로, 때로는 크게 펼쳤다 접혔다 하면서. 가느다란 실바람은 순식간에 은하수를 가를 수 있을 정도로 날카로운 칼날로 변했다.
 지켜보던 사람들은 주비가 초식을 어떻게 변형했는지 제대로 보지도 못했다.
 구단은 세 걸음이나 뒤로 물러났다. 허겁지겁 몸을 피하는 바람에 단정히 묶었던 머리가 도풍刀風에 흐트러져 검은 머리칼이 어깨와 등에 길게 늘어뜨려졌다.

그 모습을 지켜보던 조추생은 가슴이 세차게 뛰었다. 화려한 초식이 펼쳐질 때마다 "훌륭하군!" 하고 진심으로 외쳤다.

그리고 지금, 주비의 마음속에는 방금까지 억지로 눌러 놓은 두려움과 머뭇거림이 흔적도 없이 사라진 채 오로지 '칼'만 남아 있었다.

최근 반년간 주비는 날마다 부지런히 무공을 연마해 왔다. 자신이 조금씩 발전하고 있다는 건 알았지만 자신과 파설도 사이에는 줄곧 몇 번을 부딪쳐도 뚫리지 않는 창호지와 같은 막이 존재했었다.

그런데 퇴로가 없는 낭떠러지로 몰린 순간, 그 '창호지'가 드디어 찢겨 나갔다.

― 도법은 죽은 체계지만 사람은 살아 있는 존재입니다.
― 아가씨는 이 선배님도 아니고, 이 두령도 아닙니다. 그럼 아가씨는 어느 식에 정수를 두겠습니까?

파설도의 마지막 세 식은 '무필無匹', 무상無常', '무봉無鋒'이다. 이징은 남도를 집대성한 인물로 공력이 매우 뛰어났다. 그는 너무나 완벽해 오히려 서투르게 보였고, 칼날이 너무나 날카로워 칼끝이 존재하지 않는 경지에 오를 정도였다. 그래서 그의 파설도는 '칼날이 없다'는 뜻의 '무봉'이었다.

날 때부터 무골武骨을 갖춘 이근용은 어릴 때는 제멋대로 굴었지만 어느 날 갑자기 다른 사람이 된 것처럼 높다란 산에 사십팔채를 짓는 등 어려운 길을 걷기 시작했다.

아무리 두렵고 힘들고 도망치고 싶어도 이근용은 이를 악물고 앞을 향해 나아갔다. 그렇게 오랜 시간 동안 자신을 무견불최로 엄격하게 단련하다 보니 세상에 필적할 사람이 없게 되었고, 그래서 그녀의 파설도는 '무필'이었다.

이에 반해 주비의 파설도는 촉박하게 구축되었다. 이근용은 '잠깐 가르쳐 주기는 하겠지만 제대로 배우지 못하면 그만두라'는 태도로 주비에게 도법을 전수했다.

그 후, 주비는 많은 강호의 선배들로부터 시련을 받고 매번 다급한 상황에서 편법을 사용하는 등 파설도를 아무 무공에나 접목할 수 있는 꽃처럼 만들어 버렸다. 고영진기, 견기, 단수전사 등……. 그러면서 점차 자신만의 도를 연마하기 시작했으니, 그것이 바로 '무상'이다.

그녀의 칼이 갑자기 빙의라도 된 듯했다. 주비는 마치 산산이 조각난 기와 조각 위를 걸으며 까치발을 하고 창밖을 내다보는 아이처럼, 위험하기 짝이 없는 '연우농' 속에서 간신히 벽면의 창문으로 기어 올라가 끝없이 펼쳐진 벽 밖의 무궁무진한 세상을 두리번거리며 내다보았다.

그러나 주비가 마음속으로 수만 개의 산을 뛰어넘었다 해도 다른 사람의 눈에 주비는 그저 손에 쥔 망춘산으로 어지러운 잔꾀를 부리고 있을 뿐이었다. 연우농을 드나들면서도 침 하나 박히지 않은 채, 무표정한 표정으로 구단의 머리를 엉망으로 만들어 놓았을 뿐이었다.

장박림은 곡천선에 의해 좌우를 포위당한 상태였지만 정신없는 와중에도 주변을 살필 여유는 있었던 것인지, 구단과 주비가 대치하는 상황을 지켜보며 "크하핫, 꼴좋다."라며 웃음을 터뜨렸다.

호사다마라고 했던가, 얼마 지나지 않아 장박림은 곡천선이 휘두른 검에 왼쪽 팔에 자상을 입었다.

조추생은 연이은 걱정과 충격, 놀라움을 겪어 기분이 무척 언짢은 상태였다. 이씨 가문의 도법이 뛰어나다고는 들었지만, 이렇게 대대로 이어질 만큼 월등한 힘을 지녔다는 생각에 왠지 속이 쓰렸다.

온갖 기분으로 뒤엉킨 상태에서 조추생은 그동안 잊고 있었던 '미친개'를 떠올리더니, 검을 들고 크게 외쳤다.

"한낱 북도의 개 주제에 웃을 줄도 아는구나! 거기 장 아무개야, 내가 도와주지!"

전세가 순식간에 역전되었다. 혼자서 곡천선을 상대하던 장박림을 조추생이 도왔다. 두 사람이 힘을 합쳐 싸우기를 몇 회합이 지나자, 곡천선의 이마에도 땀방울이 맺히기 시작했다.

사십팔채의 사람들은 모두 달려들어 산채에 쳐들어온 흑의인 무리와 반란을 일으킨 명풍을 중간에서 고립시켰다.

바로 그 순간, 동쪽에서 날아온 신호탄이 어두운 하늘을 환하게 비췄다.

곡천선이 갑자기 낮게 웃으며 전장을 빠져나갔다.

제 8 장

투골청(透骨靑)

투골청(透骨靑)

구단이 허초를 쓰더니 '거문'의 뒤를 따라가 긴 소매를 모으고 섰다. 그녀는 여전히 기품 있는 미소를 띠고 있었지만 마음은 주비를 없애고 싶다는 살기로 불타오르고 있었다.

조추생 같은 사람을 상대한다면 그녀에게는 연우농이 있었으므로 밀리지 않을 자신이 있었다. 그런데 하필 주비라는 이 아이는 파설도를 쓰면서도 은근히 명풍과 맥을 같이 한다는 야릇한 느낌이 들었다. 구단이 몇 번이나 뜨거운 맛을 보여 주려고 했지만 주비는 예감이나 한 듯 그녀의 공격을 모두 피했다.

게다가 갑자기 어디서 튀어나온 건지 모를 이 망할 계집애가 손을 움직일 때마다 구단은 분명히 느낄 수 있었다. 처음에는 순전히 운과 임기응변으로 버티는 것 같았는데 도법이 갈수록 능숙해진 것이다. 구단은 약이 올라 견딜 수 없었다. 머리에 피도 안 마른 계집애가 날 가지고 놀다니!

명풍루가 삼경에 사람을 죽인다고 하면 그 사람은 결코 오경을 넘기지 못한다는 소문이 당시 사람들의 간담을 얼마나 서늘하게 했는가! 그런데 지금, 기세등등한 명풍루의 주인이 간덩이가 배 밖으로 나온 후배 앞에서 꼼짝 못 하고 있다니!

곡천선은 그녀의 분노를 느낀 듯 손을 등 뒤로 돌려 그녀를 향해 살살 흔들었다. 숨을 깊이 들이마신 그녀의 요염한 얼굴이 약간 일그러졌다.

'그래, 어쨌든 저들도 가을 녘의 메뚜기 떼처럼 오래가지 못하겠지. 내 손에 걸리기만 해라. 진짜 무서운 맛을 보여 주겠어!

산채의 제자 하나가 사람들을 밀치며 헐레벌떡 산을 올라왔다. 제자는 숨을 헐떡거리며 조추생을 위시한 장로들 곁으로 뛰어와 급한 듯 입을 열었다.

"조 장로님, 산 밑에 갑자기 대군이 쳐들어왔습니다. 규모는 만 명이 넘고 사방에 깔렸는데 아무래도 가짜 왕조의 사람들인 것 같습니다."

"……."

그 계집애가 입방정을 떨더니 그대로 맞아떨어졌잖아!

공교롭게도 곡천선은 조 장로의 놀란 표정을 잘못 읽고 말았다. 그는 조 장로가 대경실색한 줄 알고 바로 입을 열었다.

"천종과 적암 이 두 문파 고수님의 무공은 제가 직접 봤으니 헛걸음은 아니었군요. 저는 여러분 모두가 영웅임에 경의를 표합니다."

'거문'은 우아하게 소매를 흔들어 '착' 하고 부채를 접더니 그곳에 있던 사람들에게 포권의 예를 취했다. 특히 주비 앞에서 잠시 멈추었다가 말을 이었다.

"곡 아무개도 의미 없는 희생을 만들고 싶진 않습니다. 솔직히 말하자면 제가 여기서 몇 명과 대결을 할 때 제 다른 형제가 벌써 복병을 끌고 와 산을 둘러쌌죠……. 대군이 움직이니 신경 쓸 것이 많지 뭡니까. 촉 땅은 길도 다니기 힘든데 문제라도 생기면 성왕께 면목이 없을 테니까요. 부끄럽지만 오늘 산을 공격한 것은 저희도 신중에 또 신중을 가할 수밖에 없었습니다. 사십팔채의 철통같은 방어를 시험해 볼 수도 없었고요. 그리하여 만일을 대비해 제가 직접 올라와 먼저 영웅 여러분을 뵈었습니다. 시간을 좀 끌어야 병사들이 수월하게 이곳까지 올 수 있지 않겠습니까."

조추생이 코웃음을 쳤다.

"어떻게 할 생각이야?"

곡천선이 웃었다.

"사십팔채에는 숨겨진 인재가 많습니다. 얼마 안 되는 희대의 고수들이 그 안에 숨어 있기 때문에 제 생각에는 싸우지 않을 수 있으면 싸우지 않는 것이 최선이라고 생각합니다. 평화롭게 서로 어울리는 거죠. 확실히 전쟁보다 우호적인 관계로 나가는 것이 좋지 않겠습니까?"

그사이, 사방에서 신호탄이 계속 하늘로 날아올랐다. 하나같이 시끄러웠고 또 긴박해 보였다.

이때 운 좋게 짐작이 들어맞은 주비든, 주비의 짐작을 전부 듣고 대충 어떤 상황인지 알고 있던 조추생이든, 저마다 자기도 모르게 마음이 심란해졌다. 북두에서 몇 명이 온 걸까? 사십팔채는 제때 반격할 수 있을까? 임호라는 이 어린 청년은 믿을 만한 걸까?

주비는 무의식적으로 사윤을 다시 쳐다봤다. 하지만 이번만큼은 사윤의 반응을 살피지 않고 먼저 시선을 돌렸다. 사윤은 이미 주비에게 할 말을 다 전한 상태였다. 이제 남은 일은 그녀 자신과 약간의 운에 기대는 것이다. 주비는 속으로 이제는 거의 새겨지다시피 한 사윤의 말을 생각하고 있었다.

― 군자는 대의를 알고, 소자는 적은 이익만 안다고 했어. 총명한 사람은 취함과 버림을 알고, 미련한 사람은 정에 이끌려 마음이 움직이지. 하지만 이 세상 대부분의 사람들이 군자이거나 소인인 것은 아니야. 지혜가 별로 없다고 미련한 것도 아니야. 이런 사람들이 스스로 원해서 네 곁에 있게 하려면 가장 먼저 사람들로부터 신임을 얻어야 해. 다른 사람의 명령을 듣는 자는 다른 사람의 영향을 받기 쉽고 다른 사람에게 영향을 끼칠 수 있는 사람만이 천군만마를 불러들일 수 있을 것이야.

고개를 돌린 주비는 마침 조추생이 자신에게 눈짓하는 것을 보았다. 자문을 구하는 눈치였다. 완고해 보이는 눈빛에도 근심과 허탈감이 묻어났다. 그녀에게서 뭔가 믿을 만한 구석을 찾고 싶었던 모양이다. 근심에 싸인 모습이 마치 주비 자신의 모습을 보는 것 같았다. 주비는 순식간에 침착해졌다.

주비는 조추생을 향해 차분하게 고개를 끄덕이곤 칼로 몸을 지탱해 일어섰다. 산사태가 나도 흔들리지 않을 것 같이 태연했다.

긴장했던 조추생의 눈빛도 잠시 편안해졌다. 그는 처음에는 주비가 정말 눈치 없다고 생각했다. 하필이면 이때 사십팔채로 돌아와 혼란을 더했으니 말이다.

하지만 반전은 짧은 시간 안에 일어났다. 그는 자신의 마음이 그녀 쪽으로 기울고 있음을 깨달았다. 조추생 자신도 의아했다. 그는 자신이 위풍당당한 선두의 물보라 같은 존재라고 생각했다. 제방을 미처 뚫고 올라가기도 전에 뒤에서 이는 파도에 정면으로 맞았으니, 정말이지 한숨이 나왔고 서럽기도 했다.

조추생은 손에 들고 있던 검을 등 뒤로 감춘 채 차갑게 비웃었다.

"천 리 길을 달려와 온갖 방법을 동원해 산채에 잠입해 놓고 손을 대고 싶지 않다고? 그럼 뭐 명절 음식이라도 먹으러 왔나?"

곡천선은 누가 봐도 도전적인 그의 말을 상관하지 않고 태연하게 말했다.

"사십팔채는 우리 황실의 강토에 속해 있습니다만, 여러분이 산을 점령하고 왕 노릇을 하는 마당에 이미 무법천지가 되었습니다. 하지만 황제께서는 인재를 아끼시는 분이라 저를 보내셔서 여러분의 투항을 받아 올 것을 첫 번째 임무로 주셨습니다. 여러분이 어둠을 버리고 광명으로 돌아선다면 조정도 과거의 잘못을 묻지 않고 여러분을 박대하지 않을 것입니다. 이건 제가 보장할 수 있습니다."

조추생은 소리 없이 긴 한숨을 뱉었다. 그는 다른 사람이 방 안에서 방귀 뀌는 걸 용납하듯 넓은 아량으로 화를 꾹 참은 채 물었다.

"그리고? 네 뒤에 있는 여자가 아무 이유 없이 반역자가 되진 않았을 텐데, 그 여자가 원하는 건 또 뭐지?"

구단은 가느다란 바늘로 주비 때문에 찢어진 긴 소매를 꿰매고 있었다. 그의 질문을 듣자 그녀는 고개를 숙여 바늘에 달려 있던 가는 실을 입으로 끊었다. 붉은 입술 사이 치아가 반짝여 유독 더 사랑스러워 보였다.

"전 그저 이 두령에게 뭘 하나 내 달라는 것뿐입니다."

구단이 웃었다.

"웃기지 않나요? 바깥사람들 모두 세상에 '해천일색'이라는 보물이 있고 그것이 우리 명풍과 관계가 깊다는 사실을 잘 알고 있는데, 촉 땅 산속에서는 십수 년간 알려지지도 않았다니. 그것도 곡 대인이 아니었으면 그런 게 존재한다는 것조차 몰랐을 거 아니에요. 말도 안 되지 않나요?"

조추생과 장박림은 서로 마주 보며 어떻게 된 영문인지 몰라 속으로 생각했다.

'이 여자가 대체 무슨 말을 하는 거지?'

곡천선이 고개를 끄덕이더니 맞장구를 쳤다.

"맞습니다. 그해 명풍루는 반역을 저질렀고, 선을 넘어 성왕 암살이라는 더러운 제안까지 받아들였습니다. 이 어리석은 사업을 위해 선대 명풍루의 주인이었던 두 형제가 직접 나섰지만 다행히 그때 염정 형님이 성왕을 수행하여 암살은 성공하지 못했고, 결국 두 반역자는 염정 형님의 '투골청'에 중독되었던 거지요."

그가 자신의 사부와 사숙을 '반역자'라고 부르는데도 구단은 눈도 깜박이지 않고 냉담한 얼굴로 있었다.

곡천선이 말을 이었다.

"투골청은 천하 팔 대 기독으로, 수행이 최고 경지에 이른 사람이라도 살짝 맛만 봐도 목숨을 잃는다고 하죠. 그 두 반역자는 이제껏 쭉 잘 먹고 잘 살았는데, 그중 한 명이 정말 정정해서 지금까지도 백발이 성성하지요. 죽이지 않으면 죽지 않을 기세라니까요. 백문이 불여일견이라 하지 않았습니까. 제가 봤을 때 '해천일색'은 분명 기사회생을 가능하게 하는 무공입니다."

어노인의 말로를 추측하는 것과, 눈앞에서 적이 그에 대해 언급하는 것을 듣는 건 별개의 일이었다. 칼을 쥔 주비의 손에 갑자기 힘이 들어갔다.

그녀에게 시선을 옮긴 구단이 웃으며 말했다.

"얼마 전 명풍의 비밀 기지에서 우리 사십팔채에 대단한 남도 계승자가 나타났다는 소식을 들었어. 도대체 어느 고수가 맨손으로 청룡주 정라생을 때려죽였는지 알 길이 없었는데, 이제 보니 비야 너로구나?"

조추생이 웃었다.

"뭐?"

장박림은 거의 그와 이구동성으로 말했다.

"네가 활인사인산의 개새끼를 죽였다고?"

"……."

그 일에 대해 사람들에게 설명할 수 없었다. 강물에 뛰어들어도 씻기지 않는 오명처럼, 그 헛소문에서는 어떻게 해도 벗어나기 힘들어 보였다.

구단은 기다란 손톱으로 손바닥을 후비며 웃었다.

"제 생각이 틀리지 않았다면, 해천일색의 증표는 이 두령이 하나, 충무 장군 오비가 하나, 그 당시의 산천검도 분명 하나 가지고 있었을 거예요. 그 후엔 십중팔구 정라생의 손에 들어갔을 거고요. 이 두령은 선수를 쳐 사람을 보내 오씨 집안의 고아를 맞아들였고, 또 명분을 만들어 친딸을 보내 정라생을 죽인 후 위세를 부린 걸 겁니다. 증표 세 개가 모두 이 두령의 손아귀에 들어가 있을 거예요. 더 많을 수도 있겠죠? 이 두령은 정말 수완이 좋은 것 같네요. 저도 정말 존경스럽습니다. 한 사람이 그렇게까지 욕심이 많을 수 있다니, 혼자 세상을 다 차지해야 성에 차려나 보죠?"

주비는 속에서 살기가 불타올랐다. 그녀는 구단을 차갑게 노려보며 조그맣게 말했다.

"온통 헛소리네."

구단은 그녀와 논쟁하지 않고 입가에 편안한 미소를 띤 채 고개를 돌려 곡천선에게 말했다.

"대인, 때가 거의 다 된 것 같네요."

곡천선이 입을 열기도 전에 멀리서 단정하고 엄숙한 발소리가 들려왔다. 그 발소리에 그는 득의양양한 얼굴로 여유롭게 말했다.

"첫째, 여러분 모두 무기를 내려놓고 조정에 귀순하십시오. 둘째, 주 낭자는 오씨 집안 사람과 정라생에게서 가져온 물건을 넘기십시오. 셋째, 수고롭겠지만 여러분은 이 두령에게 속히 돌아오라는 서신을 쓰십시오. 이 두령이 가지고 있는 해천일색 증표를 바치게 하고, 내 형제들과 함께 도읍으로 올라가 죄를 청하도록 합시다. 이것뿐입니다. 여러분이 보기에도 이 세 가지 조건은 가혹하지 않죠?"

장박림이 기가 차서 눈을 부라렸다. 당장이라도 입에서 욕을 쏟아 낼 것 같았다. 순간, 그의 눈길이 북두와 구단의 뒤편, 멀리서 이쪽을 향해 오는 발소리의 주인공에게로 옮겨졌다. 그는 잠시 멍하니 있다가 금세 표정이 확 변했다. 분노에 찬 얼굴에서 갑자기 자애롭게 웃는 미륵이 된 그가 하하 웃으며 말했다.

"가혹하긴, 충분히 할 수 있지, 이 후레자식아! 무릎 꿇고 날 아버지라고 불러 봐! 그리고 공손하게 절을 열 번 하면 무슨 '산해진

미'든 '천하일색'이든 우리가 다 대령할 테니까!"

곡천선이 불길한 기분에 고개를 돌렸다. 발소리의 주인공은 그와 약속되어 있던 대군이 아니라, 사십팔채의 제자들이었다.

제자들은 평소에 훈련을 잘 받은 터라 사방에서 튀어나왔는데도 질서 정연했다. 그들은 수 장 떨어진 곳에 서서 큰 소리로 외쳤다.

"동남 제1초소, 이미 다리를 끊어 적이 들어갈 수 없습니다!"

"제2초소, 독장毒瘴을 퍼뜨려 적군 수백 명을 무찔렀습니다. 짐승 같은 놈들은 버티지 못하고 이미 철수했습니다!"

"제3초소, 이미 골짜기에 대기 중입니다!"

"제4초소, 적군의 참장을 죽이고……!"

방금까지 허세를 떨었던 곡천선은 대대적으로 망신을 당하자 그 준수하고 고상했던 얼굴이 붉으락푸르락했다. 불끈 솟은 핏줄은 금방이라도 터질 것 같았다.

만약 지금 그의 머리에 못을 박으면 이 '거문 성군'의 더러운 피는 곧장 하늘로 솟구쳤을 것이다.

주비는 손목을 털더니 망춘산을 들고 아리송한 표정으로 곡천선에게 말했다.

"곡 대인, 먼 곳에서 오시는 것도 쉽지 않으셨을 텐데, 아니면 들어와서 차 한잔하시겠어요?"

장박림은 기뻐하며 말했다.

"이 계집이, 속으로는 수작 부리면서 겉으로는 군자 흉내를 내는 게 내 맘에 쏙 드네!"

곡천선은 못 들은 척하고 일갈했다.

"가자!"

그가 명령하자 방금까지 흩어져 있던 흑의인이 금세 그를 둘러싸더니 그를 보호하며 퇴각하기 시작했다. 구단이 길게 휘파람을 불자 명풍루의 자객 몇 명이 각자 경공을 시전했다. 그들은 마치 거미 요괴들처럼 덫줄로 짠 거대한 그물을 펼쳐 사람들의 발걸음을 막았다.

장박림은 장창을 들고 무턱대고 그물을 향해 덤볐다.

"배신자, 가긴 어딜 가!"

구단이 막 꿰맨 소매를 힘껏 털자 독이 있는지 없는지는 알 턱이 없었지만 소매에서 흰 연기가 뿜어져 나오더니 장박림을 향해 몰려들었다.

장박림은 급히 숨을 죽이고 뒤로 물러났다. 바로 그때 장도 한 자루가 그의 앞에 떨어졌다. 장도가 고르고, 헤치고, 막고, 부딪치기를 몇 번 하자 흰 연기 속에 숨어 있던 미세한 바늘은 공격을 하지 못하고 일제히 바닥에 박혀 짙은 푸른빛을 냈다.

주비가 말했다.

"장 사백, 조심하세요."

장박림은 그제야 자신이 자만한 나머지 틈을 보였음을 깨닫고는 살짝 멋쩍어했다.

이 짧은 순간에 곡천선과 구단 두 사람은 벌써 저 멀리 달아나 세묵강에 뛰어들 모양새였다. 쓸모없는 흑의인 몇 명과 명풍 제자를 남겨 둔 채. 그들을 따라잡기는 이미 늦어 보였다.

하지만 장박림은 개에게 물리면 무릎을 꿇고서라도 자신도 물고 봐야 직성이 풀리는 특이한 중년 남자였다. 이런 사람이 어디 속 편히 곡천선 일당이 도망가도록 두겠는가?

게다가 주비도 얼마 전까지만 해도 불같은 성격을 가진 소녀 아니었던가. 두 사람은 흥분을 잘하고 본능적으로 행동하는 것이 찰떡궁합이었다.

하나는 배은망덕하고 교만하기 짝이 없는 구단, 또 하나는 사십팔채와 원한이 깊은 곡천선. 제 발로 찾아와 도전했음에도 그들이 시비를 걸어 놓고 도망가게 둔다면 앞으로 사십팔채의 체면은 어찌 될 것인가?

반드시 잡아 와서 고기완자처럼 다져야 한다!

장박림은 두 손으로 구단이 뿌리고 간 흰 연기를 흩은 후, 장창을 어깨에 메더니 기합과 함께 멀리 던졌다.

곡천선은 고개도 돌아보지 않았다. 흑의인 두 명이 능숙하게 몸을 날려 자신의 몸으로 장창을 대신 막았다. 장창은 두 사람을 연속으로 꿰뚫고 땅에 박힌 뒤에도 꼬리 부분이 여전히 떨리고 있었다.

화가 난 장박림은 다시 한번 기합을 지르며 뒤를 쫓았고, 주비도 바로 따라갔다.

이때 사윤이 낮은 목소리로 자신을 부르는 소리를 들었다.

"비야."

세 걸음, 주비는 속으로 생각했다.

'왜 부르는 거야? 바빠 죽겠는데!'

다섯 걸음, 주비는 뭔가 이상하다는 생각이 들기 시작했다.

주비는 항상 사윤의 뒤에서 따라 달리며 저도 모르는 사이에 경공을 잘 연마하게 되었다. 얼마 지나지 않아 그녀는 수십 장 멀리까지 가 있었다.

별안간 그녀는 마음이 바뀌었는지 장박림 앞까지 따라잡고는 망춘산을 들고 그의 앞을 막아섰다.

"장 사백, 뭐가 더 중요한지 분명히 해야 합니다. 우선 저 사람들을 쫓아가지 않는 게 좋겠어요."

장박림은 두 눈을 크게 부릅뜬 채 분노에 찬 얼굴로 '변심한' 주비를 바라봤다. 주비는 눈길을 피하지 않고 고개를 저으며 진지하게 말했다.

"장 사백, 우리 쪽 사람들은 방금 임 사형이 데려갔습니다. 숲에는 속임수를 써 놔서 사람이 많지 않지요. 게다가 세묵강까지 쫓아간다고 해도 구단이 거기 있을지, 견기가 누구의 무기가 될지는 아직 단정할 수 없지 않습니까. 또 상황이 아직 정리되지도 않았는데 산속에서 무슨 일이 벌어지고 있는지 모르잖아요. 산채에도 분명 명풍의 잔여 세력이 남아 있을 거고요……."

주비는 사윤의 목소리에 소환돼 방금 전까지 잃었던 이성을 되찾았다. 이제야 그녀는 제대로 생각할 수 있었다. 그리고 한 가지 사실을 깨달았다.

임호는 사십팔채의 방어 임무를 총지휘하는, 그러니까 조 장로나 장 장로와 같은 급이었다. 긴박한 상황에서 그는 형편에 따라 일을 처리하면 되었지 굳이 사람을 보내 전투 상황을 보고할 필요가 없었다. 그런데도 동네방네 떠벌리며 소란을 피웠던 것이다.

임호가 그렇게 한 것은 아마 곡천선 무리를 겁주려던 것일 테지만, 바깥 상황은 그렇게 낙관적으로 보이지 않았다.

좀 더 냉정하게 말하자면, 곡천선과 구단이 정말로 꽁무니를 빼며 도망갔어도 그 둘을 잡아들이려면 그 자리에는 최소한 조 장로와 장 장로 둘이 나서야 했다. 거기에 덤으로 주비까지 얹혀 있어야 그나마 북두와 자객 두목에 비길 수준이었다.

조추생은 그들 두 사람과 함께 고생할 마음이 없었던 게 분명했다. 그리고 정말로 그 두 사람만 쫓아간다면 누가 고기완자가 될지는 모르는 일이었다.

그리고 쥐구멍에라도 몸을 숨길 수 있는 명풍루 자객들이 산속에 얼마나 매복해 있는지 누가 알겠는가? 사십팔채에는 진짜 고수들을 제외하고도 노약자와 아이들도 많았다. 만에 하나 불이라도 나서 정말로 무슨 일이라도 난다면 어떡한단 말인가.

조추생은 남아 있는 북두 흑의인과 명풍 자객을 포위하도록 사람들을 지휘한 후 장박림을 나무랐다.

"내가 널 반평생 봐 왔지만 짖거나 무는 것 말고는 어찌 발전이 없냐. 차라리 작은 계집아이가 너보다 더 사리 분별을 잘하겠다!"

"……."

조추생은 코로 한숨을 쉬더니 기고만장해서 큰소리를 쳤다.

"이리 오너라, 이 잡것들을 형당에 가두고 사람을 두 배로 늘려 세묵강을 감시하게 해라. 산을 수색하고 뒤처리를 하거라! 명풍의 잔당 세력을 남기면 안 된다. 비야, 넌 나와 장로당으로 돌아간다. 네 어머니가 없으니 너도 심부름이나 해야지."

주비는 이것으로 조추생이 그녀의 발언권을 인정한 것이나 다름없음을 잘 알았다.

작년 이맘때 주비는 제자 명패도 없었는데, 이번에 조 장로의 특별 허락으로 장로당에 들어갈 수 있게 되었으니 나름 벼락출세였다. 그러나 그녀는 별로 기뻐하지 않았고 걱정 어린 얼굴로 세묵강을 바라보며 조용히 물어봤다.

"사숙님, 제가 남아서 뒤처리를 돕는 편이 낫지 않을까요? 견기도 다시 열어야 하고요."

조추생이 차갑게 말했다.

"명풍루는 돈을 받고 사람을 죽였어. 이게 어디 제대로 된 것들이냐? 이십여 년 동안 줄곧 말했었다. 그놈들은 믿을 게 못 된다고. 그 봉유평封瑜平이 직접 제자 무방無方을 지도했다가 은혜를 원수로 되돌려받지 않았느냐. 죽어서 땅에 묻히지도 못했다니 쌤통이지. 뭐 볼 게 있다고!"

주비는 젖 먹던 힘을 끌어모아 말대꾸를 해 주고 싶었지만 꾹 삼켰다. 목구멍이 가볍게 떨려 주비는 자기도 모르게 망춘산의 칼자루를 꽉 쥐었다. 분노가 평온해 보이는 그녀의 미간을 타고 흘러나왔다.

조추생은 냉소했다.

"네 맘대로 하거라."

말이 끝나자 손을 흔들며 제자들을 데리고 가 버렸다.

장박림은 제자리에서 잠시 머뭇거리다가 손으로 주비의 칼등을 두드리며 말했다.

"조 장로 저 고약한 놈도 사실 그런 뜻으로 말한 것이 아니다. 다만…… 휴, 구단 그놈, 내 손에 잡히기만 하면 갈기갈기 찢어 죽여야지. 네가 우리 대신 가서 살펴보고 오거라. 난 안 볼 테니까."

파설도에 대한 깨달음이 한층 더 깊어진 것으로 주비는 반년 동안 기뻐할 수 있었다. 그러나 당장 알 수 없는 앞날과 목적을 알 수 없는 구단 등 걱정거리가 떠오르자 반년의 기쁨은 일단 속에 눌러놓을 수밖에 없었다.

조추생과 장박림이 연이어 떠나자, 주비는 조용히 한숨을 내쉬다가 참지 못하고 고개를 돌려 미간을 꼬집었다. 그녀는 남은 제자들과 함께 세묵강 근처에 임시 초소를 세웠다.

발밑의 칠흑같이 어두운 강을 위에서 내려다보고 있자니 가느다란 별빛이 강물로 휘감겨 들어갔고 강기슭에 서 있자니 강풍이 스치는 물소리가 들려왔다. 웅성웅성하는 게 누구와 속삭이고 있는지 알 수 없었다.

슬쩍 보니 위험해 보이지 않는 듯하자 이연이 오초초를 데리고 뛰어왔다.

"언니, 방금 조 사숙님이랑 무슨 얘기 한 거야?"

이연은 주비의 어깨 너머로 벌벌 떨며 절벽 아래를 내려다봤다. 고소공포증이 또 도지자 급히 주비의 옷자락을 잡은 채 바들바들 떨며 주저앉았다.

"엄마, 깜짝이야."

제자 하나가 다가와 주비에게 말했다.

"주 사매, 강으로 내려갈 테냐?"

주비는 끄덕이며 사람들에게 따라오라는 손짓을 했다. 그런 다음 직접 밧줄을 잡아당겼다. 동작을 멈추더니 뭔가 또 생각났는지 몸을 돌려 이연을 잡아당겼다.

"넌 나랑 같이 가자."

이연은 무고하다는 듯 주비를 쳐다보았다.

"응? 뭐라······."

말이 다 끝나기도 전, 이연의 두 다리는 땅에서 떨어졌다. 주비가 밧줄을 던져 이연의 허리를 감은 것이다. 그러고는 그녀의 뒷덜미를 잡고 몸을 날려 뛰어내렸다.

세묵강을 오르락내리락하기도 수차례. 누가 봐도 위험해 보이는 이 길은 이제 주비에게는 아무것도 아니었다.

이연이 정신을 차렸을 때는 이미 주비와 함께 맨몸으로 공중에 매달려 있었다. 겹겹이 솟아 있는 바위와 강물이 입을 쩍 벌리고 눈앞으로 덮쳐 오고 있었다.

허공에 떠 있는 발밑의 피가 목구멍 쪽으로 역류하는 느낌이었다. 그 자리에서 눈물이 터져 나온 이연은 '꺅' 소리와 함께 주비의 귓구멍에다 소리쳤다.

"사-람-살-려!"

이연의 비명 소리에 귀가 얼얼했다. 손이 풀렸을 땐 이미 세묵강에 다다랐을 때였다. 주비는 능숙하게 몸을 날려 손에 있던 밧줄을 휙 돌려 이연을 당겨 놓았다. 그러곤 자신은 흔들림 없이 몸을 날려 내려가더니, 한 손으로 절벽의 평평한 곳을 쳐 물가에 있는 자갈밭 위에 가볍게 착지했다.

견기는 잠이 든 것처럼 조용했다.

주비는 숨을 옅게 내쉬고 땅에서 세 척도 안 되는 높이에서 손발을 동원해 밧줄을 부여잡고 있는 이연에게 말했다.

"내려와."

이연은 물에 젖을까 봐 두려워하는 고양이처럼 죽을힘을 다해 고개를 저었다.

주비도 군말하지 않고 직접 손으로 해결했다. 이연은 목 놓아 부르짖었다.

"사람 살려! 사람 살려! 태…… 태사숙! 사람……."

이연은 비명을 멈추고 어리둥절해했다. 이제야 생각이 난 것이다. 맞다. 태사숙은? 계속 세묵강 안에 있었던 것 아닌가? 어째서 견기를 멈추고 외부인이 들어오도록 둔 거지?

이연이 손에서 힘을 빼자 그녀의 몸을 감싸고 있던 밧줄이 조여졌다. 그녀가 축축한 물가의 진흙에 털썩 주저앉자 신발 끝이 강물 속으로 잠기고 물보라가 얼굴에 튀었다. 이연은 얼굴에 튄 물을 닦지 못하고 급히 고개를 돌렸다. 주비가 달빛에 의지해서는 넘을 수 없는 산 바위에 서 있는 모습이 보였다. 과묵하고 또 수척한 모습이었다.

차디찬 강물이 이연의 신발로 새어 들어오자 움찔하며 발을 오므렸다.

주비를 따라서 강에 내려온 제자들이 연이어 물가로 떨어지자 주비는 힐끗 쳐다보더니 멈추지 않고 몸을 날렸다. 그녀는 물 위의 요괴라도 된 것처럼 발끝을 이용해서 잔물결 중심을 가볍게 디뎠다. 고개를 숙여서 보지 않아도 수면 아래 견기의 돌을 정확히 밟을 수 있었다. 몇 차례 오르락내리락하며 어쩔 줄 몰라 하고 있는 제자들을 강 가운데 있는 정자로 데려다줬다.

강 가운데 있는 정자는 적막 가운데 수증기로 뒤덮여 있었다. 정자의 얇은 문은 잠기지 않은 채 닫혀 있었는데 주비가 바람을 모아 날리자 살아 있는 것처럼 '삐익' 소리와 함께 문이 열었다. 문 앞에 세묵강 쪽으로 가부좌를 하고 있는 어노인의 모습이 나타났다.

주비는 숨이 멎을 것 같았다.

찻잔은 나무 탁자 위에 가지런히 놓여 있었고 어노인도 평상시 모습 그대로였다. 눈을 감고 정신 수양을 하는 것뿐이지, 언제라도 귀찮다는 얼굴로 그녀를 향해 소리를 지를 것 같았다.

- 넌 또 왜 온 게냐?

그 순간, 그녀는 장박림이 했던, 앞뒤가 안 맞는 것처럼 들렸던 말이 이해됐다. 이 노인들은 이징의 시대부터 서로 힘을 합치고 또 미워하기도 하면서, 세묵강의 세월 속에서 사십팔채의 성장과 번영을 지켜봐 왔던 것이다. 오랫동안 서로를 의지하며 자기의 소임을 다한 그들은 거대한 물체를 이루는 여러 가지 기관처럼 자기 자리를 지키고 있었다.

직접 여기까지 찾아왔다면 복수 말고 다른 생각이 있는 척하기는 힘들 것이다.

하지만 산들이 곁을 지키고 있으니 속 시원하게 은혜와 원한을 갚을 수 있는 기회가 또 어디 있겠는가?

주비는 이연이 무서워 숨을 헉하고 들이마시는 소리를 들었다.

그녀의 또렷한 콧소리에 정신이 들자, 주비는 약간은 경직된 자신의 다리를 옮겨 어노인 곁으로 갔다. 소매 안의 손이 떨렸다. 손을 어노인의 코로 가져가 호흡을 확인할 용기가 나지 않자, 결국 에라 모르겠다 그의 늘어진 한쪽 손을 잡아 쥐었다.

하지만 그의 손을 잡았을 때, 주비는 순간 멍해졌다. 손이 따뜻하네!

머리를 얻어맞은 기분이었다. 촉 땅 밖이라고 하지만 계절을 봤을 때도 강변이 절대 따듯할 수 없기 때문이었다. 그리고 구단이 세묵강에서 소란을 일으켜 견기를 멈췄을 때부터 지금까지 적어도 두세 시진은 지났는데 어떻게 죽은 사람 손에 아직까지 온기가 남아 있단 말인가?!

주비의 심장이 미친 듯이 쿵쾅거렸다. 순간 너무 기쁜 나머지 눈물이 날 뻔했다. 실례인 걸 알지만 신경 쓰지 않은 채 손을 뻗어 어노인의 콧김을 확인했다. 호흡은 없었다.

아, 이게 뭐라고, 손이 너무 떨렸었나 보다. 주비는 가볍게 자신의 혀끝을 물어 불안감을 억눌렀다. 다시 어노인의 목, 가슴, 맥소를 짚어 봤지만…… 아무것도 느껴지지 않았다. 주비는 당장이라도 욕을 퍼부을 기세였다.

이 망할 놈의 노인네는 귀식공龜息功을 도대체 어디에서 배운 거야! 어떻게 이렇게 진짜 같아?

"아직 호흡이 있는 것 같아! 조 장로님을 모셔 와!"

그녀는 고개도 돌리지 않은 채 분부를 내렸다.

"그리고……."

그때, 누군가 주비의 손목을 잡았다. 바람같이 왔다 구름같이 사라지는 사윤이 언제 왔는지 그녀 뒤에 서 있었다.

"투골청은 천하의 기독奇毒 중 으뜸이야. 중독된 자는 뼈 사이사이가 차갑고 단단해져 결국 몸이 나무 인형처럼 굳어져 비참하게 죽고 말지. 사람이 죽을 때 전신이 얼음에 눌린 것처럼 얼굴이 검푸르게 변한다고 해서 '투골청'이라는 이름이 붙여진 거야."

사윤은 한 손으로는 어노인의 몸을 정신없이 더듬거리는 주비를 살짝 잡아끌고 조그맣게 말했다.

"전해지는 말에 의하면 '귀양단歸陽丹'만이 이 독을 치료할 수 있다고 해. 대약곡大藥谷이 뿔뿔이 흩어지면서 귀양단의 조제법도 실전되었다고 하지만, 혹시 당시의 '해천일색'에 남아 있지 않을까 싶어. 귀양단으로는 투골청의 독을 치료할 수 있지만 복용한 사람은 쉽게 갈증을 느끼기 때문에 평생 습도가 높은 지역에서 살아야 한다고 들었어."

몇 보 멀리서 어노인의 안색을 바라보는 그의 표정이 매우 복잡했다.

주비가 급하게 되물었다.

"그래서요?"

사윤이 고개를 살짝 숙였을 때, 주비는 커다랗게 눈을 뜨고 깜빡이지도 않은 채 그를 바라보고 있었다. 그녀의 얼굴에는 얼룩이 묻어 있었고 입술에는 갈라진 흔적이 보였다.

사윤의 손가락이 미세하게 움직였다. 그녀 대신 자기가 지워 주고 싶었나 보다.

주비는 예뻤다. 처음 봤을 때부터 좋아했다. 아니었다면 그 부러진 칼을 마음에 새기고 있진 않았을 것이다.

후에 검은 감옥에서 우연히 만나 둘은 점점 가까워졌다. 종종 다투고 장난치면서 모처럼 만의 인연을 맺게 된 것이다. 사윤은 습관적으로 그녀를 괴롭히고 또 보살폈다. 어떨 때는 그녀가 말없이 짓는 인색한 미소를 볼 수만 있다면 뭐든 할 수 있겠다는 생각까지 들었다. 어쨌거나 그는 다정하고 따스하고 멋진 사내였으니 말이다.

하지만 지금, 사윤은 갑자기 이상한 느낌이 들었다. 주비의 기대에 찬 눈빛을 보고 있자니 마치 지루할 정도로 긴 시간에 의해 조각나 버린 과거를 만난 것 같았다. 한순간 그의 혀뿌리가 굳은 것처럼 짧은 위로조차 나오지 않았고, 그저 잔인하게 사실 그대로를 말해 줄 수밖에 없었다.

"……하지만 죽은 후에 그 시체는 며칠 동안 굳지도 차가워지지도 않아. 만져도 살아 있는 사람과 다를 게 없지. 며칠이 지난 후에야 썩기 시작하거든. 그래서 방금 네가 손을 만졌을 때 여전히 온기가 느껴졌던 거야."

그의 차디찬 한마디에 주비를 따라 뛰어 들어온 사람들은 물벼락을 맞은 것 같았다. 이연도 입을 틀어막았다.

기대로 빛나던 주비의 눈빛이 갑자기 어두워졌다.

사윤은 심장을 목석으로 갈아 꼈는지 주비에게 숨 돌릴 틈도 주지 않고 계속 말했다.

"그리고 네가 이쪽 일을 빨리 정리하는 게 좋겠어. 좀 전에 곡천선이 확실히 열세는 아니었는데도 공격이 안 먹히자 바로 물러났잖아. 이건 북두가 평소에 싸울 때 죽자고 매달리던 것과 달라도 너무 달라. 즉, 십중팔구 따로 노림수가 있을 거란 얘기지."

주비는 아직 정신이 돌아오지 않은 듯 멍하게 그를 바라봤다.

"이십 년 전, 북두의 사 대 고수가 계략을 꾸며 선대 채주를 죽였지만 사십팔채의 근간을 흔들어 놓지는 못했어. 이십 년이 지난 후 그들이 고작 명풍루의 반란으로 뭔가를 이룰 수 있다고 생각할까?"

사윤은 고개를 저었다.

"지금은 옛날과 비교가 안 되지. 당시 조중곤은 사십팔채를 기강이 해이한 강호 문파로밖에 보지 않았어. 남조 후소와 싸우느라 정신이 없었기 때문에 고작 자신의 졸개들을 보냈던 거야. 하지만 이번엔 달라. 수만 대군이 얼마나 되는지 넌 짐작이 가니? 고작 무리 지어 와서 패싸움이나 하는 북두의 흑의인 정도가 아니란 말이야."

말이 끝나지 않았는데 밖이 갑자기 소란스러워졌다. 제자 하나가 허둥대며 들어와 끼어들었다. 주비가 황급히 고개를 돌렸다.

"주 사매!"

그 제자가 큰 소리로 말했다.

"조 사숙님이 너보고 빨리 장로당으로 오라고 하셨다!"

망연하게 그 자리에 서서 어노인의 따뜻한 손바닥을 잡아당기던 그녀가 물었다.

"뭐 하려요?"

그녀는 자신이 이 말을 했다고 생각했지만 다른 사람들이 보기에는 입술만 움직였을 뿐 아무 소리도 들리지 않았다.

그 뒤어 들어온 제자는 강 가운데 정자로 발을 들였을 때, 마침 가부좌를 틀고 있는 어노인의 시체와 정면으로 맞닥뜨렸다. 무릎이 풀렸지만 다행히 무릎을 꿇지는 않았다. 비틀거리는 순간 급히 옆에 있던 문기둥을 붙잡느라 평소와는 다른 주비의 모습을 알아채지 못했다.

급히 눈물을 훔친 이연은 그 제자의 옷깃을 잡고 다급하게 물었다.

"사형, 무슨 일이죠?"

그는 당황한 얼굴로 어노인을 바라보며 말을 전했다.

"임 장로님이 산 밑 대군의 1차 공격을 격퇴했는데, 마을 염탐꾼이 방금 전해 온 소식에 따르면 가짜 왕조 군사들이 물러가면서 우리 산 밑의 마을 몇 개를 포위했다고······."

설명이 필요 없었다. 이연은 다 알아들었다. 북조는 숫자로 밀어붙여 그들을 사십팔채 안에 모조리 가둬 둔 것이다.

그곳에 있던 사람들 모두 깜짝 놀라 소리쳤다. 그 제자는 이제야 정신이 돌아온 듯 몸을 흠칫 떨었다. 당황한 눈빛을 어노인에게서 돌린 그는 두려움을 억누르고 주비를 바라보며 말했다.

"산 아래 염탐꾼의 말에 의하면, 선두는 북두의 '파군破軍' 육요광이지만 주도자는 육요광이 아니라 가짜 왕조의 대신이고, 육요광이 그에게 쩔쩔맨다더구나."

여기까지 들은 사윤은 가라앉은 목소리로 물었다.

"강호인은 강호인만의 수가 있고 조정 사람은 조정 사람만의 뻔뻔함이 있겠지요. 그렇다면 군대 인솔자는 진을 포위한 것 말고 또 다른 일을 한 겁니까?"

제자의 두려운 눈빛이 그에게 향하며, 깜짝 놀란 듯 더듬거리며 말했다.

"그…… 그가 마을의 '비적 소탕'을 명했습니다."

주비는 밤이 되기 전까지만 해도 마을에 있었다. 사십팔채에 이상한 움직임이 감지되어 발걸음을 재촉해 산채로 돌아간 덕에 마침 사십팔채를 포위하여 공격하려던 가짜 왕조의 대군과는 거의 스치듯 지나간 셈이었다.

마을 객잔에서 시끌벅적하게 떠들던 소리가 귓가에 어슴푸레하게 맴돌았다. 이야기꾼의 경당목 두드리는 소리가 멀리까지 전해졌고, 백성들은 저마다 신선처럼 편안한 시간을 보내고 있었는데…….

이연이 멍한 표정으로 물었다.

"마을? 마을에는 다 백성들뿐인데 저기서 무슨 비적을 소탕한다는 거야?"

"적과 내통한 자, 나라를 배신한 자."

사윤이 자기 맘대로 말을 이어 나갔다.

"산채나 산채 우두머리를 옹호한 적이 있는 자는 조정을 배반한 자로 간주됐고, 산채 비적과 장사를 하고 물자를 보낸 자는 산채 비적 조력자로 간주, 산채 비적의 비호를 받고 조정에 납세를 거부한 자는 말할 것도 없지……. 정말 놀랍지 않아? 대인이 원하기만 하면 사십팔채 주변의 수십 개 마을이 모두 비적 일당이 되는 거야. 날아드는 벌레 한 마리까지도 모두 말이야."

사윤은 여기까지 말하고 살짝 웃었다. 그는 분명 말쑥하고 멋들어진 공자 오라버니인데, 말에 날이 서 있는 걸 보면 마치 세묵강의 차가운 기운을 두르고 있는 것 같았다. 그는 주비와 이연, 그리고 강을 내려온 제자들을 훑더니 작은 목소리로 말했다.

"못 들어 봤어? '일이 크지 않으면 사람을 놀라게 할 수 없고 사건에 사람이 많이 연루되지 않으면 공로가 드러나지 않는다. 위로는 안일을 추구하고 아래로는 총애를 구하나, 그 억울함은 고유한 것이니 피할 수가 없도다.' 경전[2]에 나오는 말인데. 그 대인은 분명 꿍꿍이가 있어서 온 걸 거야. 옛날에도 북두 사람들이 총출동해서 사십팔채를 포위하고 공격하려 했지만 실패했거든. 가짜 황제는 탐탁지 않았겠지. 보니까 이번에는 그때 일을 교훈 삼아서 강호와 조당을 한꺼번에 처리하려는 것 같아."

주비는 머리에 녹이 슨 것 같은 기분이 들었다. 애써서 생각하고 또 갖은 노력을 동원해서 눈앞의 뿌연 안개를 헤쳐 내야만 사윤이 무슨 말을 하고 있는지 알 수 있었기 때문이다.

그랬다.

사십팔채에는 곳곳에 염탐꾼들과 장로당, 임호, 그리고 외부인들은 모르는 길목의 초소 기관도 있었다. 명풍이 반역을 일으켜도

2_ 〈나직경羅織經〉

쉽게 무너질 곳은 아니었다.

하여 가짜 왕조 쪽에서는 곡천선이 패하고 음모가 밝혀지자, 직접 공격하기보다는 약점을 찔러 사십팔채 스스로 무너지게 하자는 전략을 썼다.

촉 땅의 시골 마을은 이십 년 동안 사십팔채와 이웃으로 서로 도우며 살아왔다. 이근용이 잘 도와준 덕택에 궁벽한 시골이었던 이곳은 이제 천하에서 제일로 안전하고 살기 좋은 장소가 되었다.

이곳 사람들은 형산 아래의 그 작은 일에도 쉽게 놀라는 난민들과는 완전히 달랐다. 조정 대군이 국경까지 쳐들어왔다고는 하지만 안일함에 묻혀 살던 이 사람들은 아마 한동안은 반응을 보이지 않을 것이다.

무슨 일이 일어났는지도 모르고 앉아서 죽기만을 기다리고 있는 이 멍청이들에게 '비적'이라는 누명을 씌우는 일은 확실히 쉬울 것이다. 하지만 그렇게 수년간 마을을 포위한다고 해도 사십팔채의 방어선을 깨진 못할 것이다. 북두와 가짜 왕조의 군대는 '빈손'으로 돌아갈 필요도 없었다. 어쨌거나 '소탕한 비적들'이라는 자랑스러운 숫자가 있을 테니까.

물론, 사십팔채는 문을 굳게 닫고 산 아래 사람들의 상황을 외면할 수도 있다. 하지만 사십팔채는 이제껏 '의로운 비적'이라는 이름에 입각해 살아왔지 않은가. 무고한 백성들이 이런 누명을 쓰게 됐으니, 이를 두고 본다면 마음에 걸리는 것은 말할 것도 없고 앞으로 남북의 틈바구니에서 어떻게 살아간다는 말인가.

상황 보고를 위해 온 제자는 사윤을 흘끗 쳐다보고는 주비를 향해 고개를 끄덕였다.

"맞아, 주 사매. 조 장로님은 이렇게 계속 나갈 경우 우리도 산문을 굳게 닫고 소극적으로 저항할 수만은 없으니 아마 치열한 싸움이 될 거라고 했어. 장로당으로 빨리 오라고 하신 걸 보면 주 사매에게 전달할 중요한 말이 있을 거야. 사람들을 데리고 촉 땅을 떠나 두령님께 소식을 전해 줘."

주비는 참지 못하고 어노인의 예사롭지 않은, 그 죽은 손을 꽉 잡았다. 그녀는 알아들었다. 이것은 전투를 앞둔 그녀에게 도망치라는 신호였다.

방금 주비에게 '너도 심부름이나 해야지'라고 했던 조 장로가 이렇게 빨리 생각을 바꿀 줄이야. 산 아래 상황이 나빠도 굉장히 나쁜가 싶었다.

주비가 홀몸일 땐 위험을 무릅쓰기도 하고 손쉽게 이익을 볼 수도 있었다. 곁에 보살펴야 할 친구가 있을 땐 다른 사람을 위해 꾹 참고 약속한 것도 지킬 수 있었다.

하지만 그녀 뒤에는 사십팔채 전체가 있었고, 묵묵히 서 있는 산이 있었고, 산 밑의 한가로운 객잔들과 장터가 있었다. 그녀는 자신이 천 층쯤 되는 견기에 단단히 묶여 있어서 입김만 불어도 몸에서 뭔가가 떨어져 나갈 것 같은 느낌이었다.

"난……."

주비는 혼란 속에서 갈피를 잡으려고 애써 봤지만 쉽지 않았다. 그녀는 심지어 곁에 죽은 사람이 있는 것조차 잊고 무의식적으로 한 걸음 앞으로 나갔다. 그 바람에 가부좌 자세로 앉아 있던 어노인은 힘없이 옆으로 떨어져 바닥에 곤두박질쳤다.

주비는 허둥지둥 그를 붙잡았다. 코끝이 찡해지며, 마치 생선 가시가 목에 걸린 것 같은 무력감과 원통함이 몰려왔다. 뱉을 수도, 삼킬 수도 없는 상황 말이다.

옆에 서 있던 사윤만이 붉어진 그녀의 눈시울을 목격했다. 마음이 누그러진 사윤이 속으로 말했다.

'그만하자.'

사십팔채의 존망을 이 가녀린 어깨에 지우는 것은 당치 않았다. 사윤은 전에 자신이 비이성적으로 행동했던 일이 떠올라 자조했다. 비겁한 놈. 당시 너도 어쩔 수 없던 일이었잖아. 다른 사람에게서 위로받길 바라냐?

그는 고개를 절레절레 흔들었다. 눈앞에 보이는 주비의 옆모습은 살짝 어두운 등불 아래 있어선지 티 없이 맑은 백자 같았고 눈은 유리처럼 맑았다. 가히 '예쁜 아가씨'라 부를 만했다.

사윤은 그녀를 품에 안고 실컷 울게 하며 그녀의 긴 머리를 쓰다듬고 싶었다. 선배들의 의견대로 그녀를 데리고 이곳을 떠나고 싶었다.

주비는 허리를 숙여 어노인을 부축했다. 그녀가 고개를 숙였을 때 세묵강의 물결 소리가 무게감 있게 그녀의 귀로 흘러들어 왔다. 꽤 묵직한 어노인의 몸을 일으키며, 그녀는 자신이 세묵강에 갇혔을 때 어노인이 처음으로 그녀에게 강 한가운데에 앉아 폐안수행을 시킨 일이 떠올랐다.

― 무작정 움직여서는 소용없다. 밖에 늙은 곡예꾼이 데리고 온 원숭이가 너보다 재주넘기를 더 많이 한단 말이지. 걔가 경공을 할 줄 알까? 평정심을 찾고, 조급해하지도 당황해하지도 마라. 마음속의 잡념들을 하나하나 다 끄집어내서 버려야 한다. 그래야 네 칼

이 제대로 보일 게야. 그렇게 하지도 않으면서 무슨 큰 인물이 되길 기대하는 거냐? 강에 가득한 뗏줄이 널 뭘로 만들어 줄 것 같으냐? 기껏해야 이리저리 날뛰는 벼룩이야.

- 조급해하지도 당황해하지도 마라. 마음속의 잡념들을 하나하나 다 끄집어내서 버려야 한다.

주비는 심호흡을 하고 그 말을 되뇌었다. 그녀는 허리를 굽힌 채 어노인의 곁에 꽤 오래 서 있었다. 눈을 아래로 깔고 있는 모습이 마치 죽은 자의 귓속말에 귀 기울이고 있는 것 같았다.

'그래, 난 아직 죽음 앞에 가지도 않았는걸!'

주비가 예고도 없이 일어선 바람에 마침 그녀를 잡으려던 사윤의 손이 스쳐 지나갔다. 그녀는 준비가 덜 된 가는 대나무같이 그 굵기가 장작만도 못해 보였다. 바람이 한번 불기만 해도 그녀의 허리를 휘게 할 수 있을 것 같았다. 하지만 숨을 돌릴 여유가 있을 때마다 그녀는 또 스스로 몸을 곧잘 가누곤 했다.

사윤은 손가락을 오므린 채 놀란 듯이 그녀를 바라봤다.

"두 분 사형께서는."

주비가 분부를 내렸다.

"태사숙을 위로 올려 주세요. 견기를 작동하실 수 있는 분 있나요? 아니다, 할 줄 모르시죠. 제가 해 볼게요. 제가 견기를 열면 어노인을 절벽 위로 올리고 저와 같이 장로당에 가요."

옆에 있던 누군가가 자기도 모르게 물었다.

"어노인을 장로당으로 모시고 가려고?"

"네, 살인자의 머리를 벤 다음 돌아와서 함께 묻어 줘요."

젊은 제자들은 갑자기 큰일을 만나자 모두 어쩔 줄 몰라 했다. 그녀의 말을 한 글자 한 글자 놓치지 않고 듣더니 본능적으로 명령에 따랐다. 그들은 바로 몇 사람을 위로 보낸 후 조심조심 어노인의 시신을 올렸고, 내려왔을 때 사용했던 밧줄을 다시 타고 올라갔다.

주비는 또 이연에게 말했다.

"너를 내려오게 한 건 태사숙께 인사를 드리라고 한 건데 이미 늦었으니 먼저 올라가서 날 기다려 줘."

물가에 있을 때, 이연에게 주비는 대단하긴 해도 존경할 만한 친구이자 자매였다. 하지만 지금은 문득 그녀가 임호 사형, 조 장로, 심지어 이 두령 같은 사람처럼 어떤 위기에 처했을 때 기댈 수 있는 그런 존재가 된 것 같았다.

이연은 본능적으로 그녀의 말에 따랐다. 높은 곳이 아무리 무서워도 구시렁댈 수가 없자 이를 악물고 발을 동동 굴렀다. 심호흡을 했다. 밧줄 하나를 부여잡고 눈을 감은 채 위로 올라갔다.

반쯤 올라간 그녀를 보고 주비는 기억을 따라 어노인이 견기를 작동했던 기관 벽을 열어젖혔다.

사윤은 팔짱을 낀 채 그녀가 복잡한 기관 앞에 선 모습을 지켜보고 있었다.

주비는 함부로 만지지는 않았다. 어떤 기억을 자세히 더듬거리듯 몇 번을 확인한 후에야 조심스럽게 벽면에 있는 기관을 작동했다. 세묵강에서 굉음이 울려 퍼졌다. 잠잠했던 파도 소리도 갑자기 거세졌고 강 가운데 위치한 정자의 바닥도 진동하기 시작했다.

주비는 자신이 잘못 작동했음을 눈치챘다. 어노인이 말했었다. 견기가 이리저리 날뛸 때는 장난하고 있는 거라고. 소리 없이 강물 깊은 곳에 숨어서 단번에 죽일 때를 기다리고 있는 상태라야 완전히 작동하는 거라고 했다. 그녀는 급히 열어젖혔던 기관을 다시 덮었다. 소란스러웠던 덜커덩 소리는 그렇게 사라졌다.
사윤이 옆에서 보더니 끼어들었다.
"아니지, 여기 '간궁艮宮'이 '작동'인 것 같고, 내가 봤을 때 이건 견기 보고 쉬라고 할 때 누르는 것 같은데."
어노인이 이미 여러 차례 주비 앞에서 견기의 작동법을 보여 줬음에도 불구하고 작동법은 안개처럼 모호했다. 지금은 그저 흐릿한 기억과 때려 맞히기 식으로 시도해 볼 수밖에 없었다. 그럴듯한 사윤의 말을 듣고 그녀는 고개를 돌려 물었다.
"할 줄 알아요?"
"기문둔갑은 내가 좀 알지."
사윤이 말했다.
"견기? 그건 나도 몰라."
어노인의 탁자 위에 앉은 사윤은 돕지도 않고 독촉하지도 않았다. 의미심장한 눈빛으로 그녀를 바라볼 뿐이었다. 사윤의 눈빛에 신경이 쓰인 주비는 무의식적으로 옷깃을 걷어 올려 얼굴을 두어 번 훔쳤다.
"할 줄 모르면 방해하지 말고 나가서 기다려요. 봐서 견기에 무슨 이상이 있으면 나한테 알려 줘요."
사윤은 절대 말을 듣지 않았지만 다른 제자들은 들었다. 그들은 줄줄이 나가 정자 밖에서 견기의 움직임을 살폈다.
주비는 잠시 생각에 잠기더니 자신의 귀밑 부분에서 손짓을 했다. 주비의 기억에 태사숙 그 늙은이는 키가 대략 이 정도 됐었다. 사윤이 보면서 어이없어하는 사이, 주비는 무릎을 꿇어 자신의 키를 반으로 줄였다. 그 상태로 어노인이 매일 거기서 중얼거리던 모습을 상상했다.

주비는 그가 편하게 중얼거렸던 구결口訣을 떠올렸다.

"하나, 둘, 셋, 넷, 다섯……. 이런 것 같았는데."

그녀는 견기 벽 앞에서 가로로 몇 보 움직였다. 눈앞에 들어온 다섯 번째 자물쇠를 만지작거렸더니 세묵강에서 천둥 같은 소리가 울려 퍼졌다.

"이번엔 맞는 것 같아."

주비가 중얼거렸다. 사윤이 이상한 소리를 했다.

"다음 구절은 설마 '산에 가서 호랑이 잡자'는 아니겠지?"

"……입 다물어요."

사윤의 예상이 맞았다. 아마 천하의 엉뚱한 남자가 가진 특유의 '통하는' 능력이었으리라. 다음 구절은 정말로 '산에 가서 호랑이 잡자'였다. 예전에 어노인은 이 구절을 중얼거린 후 제자리에서 펄쩍 뛰기까지 했다.

주비는 이 '구결'을 되뇌며 다섯 번째 걸음에 어노인이 했던 동작을 따라 했다. 위로 살짝 뛰어오르자 돌출되어 있는 용수철 같은 것이 바로 그녀의 손끝에 닿았고, '척' 소리와 함께 튕겨 올랐다. 몸을 돌려 창밖을 쳐다본 사윤은 수면 위로 모습을 드러낸 뒷줄이 숙숙거리며 질서 정연하게 물 밑으로 가라앉는 모습을 봤다.

"……."

이렇게 되는 건가?

긴 숨을 내쉰 주비는 콧등을 만지작거렸다. 다음 동작과 어우러지는 구결은 좀 더 민망했다. 어노인은 보통 '호랑이는 밥을 안 먹지'라고 중얼거리며 작은 걸상을 옮겼다. 밟고 올라가도 손이 닿지 않자 작은 빗자루를 가져와 위쪽을 쳐야 했다. 그건 '네 녀석을 때려야겠다'였다.

그녀는 어두운 얼굴로 어노인의 걸상을 끌어와서는 옆에 걸려 있는 빗자루를 가지러 올라갔다. 막 손을 뻗었을 때 또 뭔가가 떠올랐다. 고개를 돌려 흥미진진하게 지켜보고 있는 사윤에게 말했다.

"보긴 뭘 봐요, 보지 마요!"

사윤은 한 손을 가슴에 얹고 강렬하게 주비를 응시하면서 진지하게 말했다.

"미인의 풍채가 마음을 흔드니, 그것을 본 나는 감탄을 금치 못하겠구나."

사윤의 애틋한 한마디는 사람의 마음을 끌기에 충분했다. 주비가 걸상을 딛고 빗자루를 휘젓고 있지만 않았다면 말이다.

이런 망할 자식 같으니. 도움은 안 될지언정 옆에서 농담 따먹기나 하고 있어!

주비는 갖고 있던 털 빠진 빗자루를 척 들더니 사윤에게 단호하게 말했다.

"꺼지라고요!"

사윤은 고개를 숙이고 피식 웃었다.

주비는 눈을 흘기더니 숨을 깊게 들이마셨다. 태사숙을 따라 '신비한 빗자루'를 휘둘러 기관 벽 위쪽을 '탁' 하고 쳤다. 기억과 느낌만으로는 어디를 쳤는지 알 수가 없었다.

그녀의 동작에 기관 벽 안쪽에서 굉음이 흘러나왔다. 정자의 바닥도 곧 일렁거렸다.

평소 어노인은 견기가 일부 열려 있던 상태에서 제자리로 돌아가게 했을 뿐이었다. 반쯤 열린 칼집을 가볍게 빼는 것처럼 말이다. 하지만 이번에는 구단이 손을 써서 견기가 완전히 멈췄기 때문에 움직임이 유난히 컸다.

깜짝 놀란 주비는 제대로 서 있지 못하고 걸상에서 발을 헛디뎠다.

탁자에 기대어 늘어져 있던 사윤이 바람처럼 다가와 그녀를 붙잡았다. 고개를 살짝 숙인 그의 입술이 고의인지 아닌지 주비의 귀를 스쳤다.

"조심해야지."

"……."

아무리 둔한 주비여도 이러면 안 될 것 같은 생각에 바로 선 순간 사윤을 밀쳤다. 귀의 열기가 얼굴 전체를 뒤덮는 느낌이었다. 순간 당황한 나머지 무슨 말을 해야 할지 몰랐다. 결백한 표정의 사윤은 아무 일도 없었다는 듯 옷깃을 정리했다.

정신이 든 주비는 조금 민망했는지 자신이 너무 의심이 많았나 하고 생각했다. 헛기침을 하고 분위기를 바꿀 말을 하려던 참이었는데 사윤의 말소리가 들렸다.

"흠, 아가씨라고 하기엔 넌 너무 말랐단 말이야. 어떻게 몸이 나보다 더 딱딱하냐."

"……."

그래, 유연해서 좋겠다. 썩 나가 뒈져라!

그녀의 얼굴이 붉으락푸르락했다. 삼백 리는 쫓아가 사윤을 죽여 버리고 싶었지만, 순간 또 기운이 빠져서 걱정 가득한 얼굴로 손을 흔들었다.

"그만하고 난 장로당에 가 볼게요."

"비야."

사윤이 그녀를 불러 세웠다. 얼굴에 웃음기를 거둔 그의 눈빛이 주비의 망춘산 위에 머물렀다.

"네가 어른이 되면 널 붙잡아 줬던 사람들은 모두 하나둘 떠나갈 거야. 그러니 넌 스스로 수많은 어려움들을 겪어야겠지. 넌 네 운명이 칼끝에 달려 있으니 매 순간 흐트러지면 안 된다고 생각할 거야. 하지만 이 또한 세상에서 가장 큰 행운이라는 사실을 알아야 해."

못 알아들은 주비는 이해할 수 없다는 듯 눈썹을 치켜세웠다.

"네 손에는 훌륭한 무기가 들려 있어. 칼날이 앞을 향한다면 어려움을 극복할 수 있고 어디든 갈 수 있어. 삶과 죽음, 존귀함과 비천함, 영웅이냐 겁쟁이냐, 수많은 길이 네 발아래 있지. 옳고 그름과 현명함과 우매함, 충성과 간사함 역시 네 일념하에 있으니 이게 행운 아니겠어?"

사윤이 그녀의 칼을 살짝 튕기자 '챙' 하고 가볍게 울렸다. 사윤이 웃으며 말했다.

"넌 이 세상 대부분의 사람들이 출신에 제한을 받든 자질에 제한을 받든 모두 자기의 뜻과 상관없이 시대의 흐름을 따라 살 뿐, 선택의 기회를 가져 본 적이 없다는 사실을 알고 있니?"

원래부터 눈이 둥글어서인지 사윤은 웃지 않을 때도 살짝 미소를 띤 채 눈빛 속에 수많은 말들을 담고 있는 것 같았다. 하지만 눈치가 있는 사람들은 그가 생 억지꾼에 어리바리한 척하기 대장이라는 사실을 알 수 있다. 그의 숙련된 '비겁함'은 보는 사람이 꼴사납게 생각할 정도여서 뭘 따지고 싶어도 그만두게 만들었다.

주비는 더듬더듬 말문을 열었다.

"그……."

사윤이 손을 들어 손가락을 살짝 구부렸다. 손등으로 그녀의 얼굴을 가볍게 쓰다듬으려는 것 같았다. 방금 정상으로 돌아왔던 주비의 한쪽 귀가 다시 난감해졌다. 순간 '피한다'와 '안 피한다' 사이에서 얼음이 되었다.

저녁 내내 '생각이 많았던' 터라 때에 맞지 않게 머리가 다시 돌아가지 않았다. 사윤은 잽싸게 그녀의 어깨에 늘어뜨려진 땋은 머리를 아래로 잡아당겼다.

"앗……."

목적을 달성한 사윤은 지체하지 않고 의기양양해서는 눈 깜짝할 새 정자 밖으로 나갔다. 그는 사악한 미소를 지어 보이고는 나방처럼 팔랑거리며 강바람을 따라 위로 올라갔다. 그리고 갑자기 튀어나온 덫줄 두 개를 가볍게 피하더니 몸을 날려 절벽 위에서 늘어뜨린 밧줄로 뛰어올랐다.

정자를 지키던 제자들은 일제히 고개를 들어 이 신기한 경공을 존경의 눈빛으로 바라봤다.

주비가 허둥대며 쫓아왔을 땐 사윤은 이미 종적을 감춘 후였다. 주비는 기를 모았다. 사윤이 진심을 담아 말한 '행운'에 대한 말이 작용한 건지 아니면 단순히 그 얼간이 때문에 화가 나선지 그녀는 다시 살아난 것처럼 펄펄 뛰어다니기 시작했다.

그녀의 눈빛이 세묵강을 훑었다. 견기는 대부분 이미 물 밑으로 가라앉아 있었다. 거대한 그물을 펼쳐 겁 없이 그물에 다가올 사냥감을 잡아들일 준비를 하고 있었다. 가장자리 쪽에는 몇 가닥의 은빛 실이 여전히 수면에 걸려 있었다. 물 아래 표석의 위치도 평상시와는 약간 차이가 있어 보였다.

하지만 견기를 여기까지 복구한 것만 해도 감지덕지였다. 뭐든 쓸 때가 되면 꼭 부족하다.

주비는 속으로 이렇게 된 것도 괜찮다고 생각했다. 상대는 견기를 속속들이 알고 있는 구단이었다. 견기가 평상시와 똑같으면 그 자객 두목에게 무슨 소용이 있을까? 오히려 이 얼치기가 맘대로 견기를 움직여 주고 아무것도 모르는 사람들이 진을 치고 있어야 그나마 구단을 당황시킬 수 있을 것이다.

이런 생각이 들자 주비도 제 생각이 일리가 있는 것 같아 제자 몇 명에게 말했다.

"수고스럽겠지만 사형들께서 태사숙을 대신해 잠시 정자를 지켜 주세요. 만일 적이 침입하면 정자에 있는 기관 벽이 알아서 작동할 겁니다."

항의할 기회조차 주지 않은 채 주비는 말이 끝나자마자 몸을 날려 낭떠러지 위에 있는 밧줄을 잡았다. 남겨진 사십팔채 제자들은 서로를 바라보며 어리둥절해했다.

그들에게는 사윤처럼 날개를 달아 하늘을 오를 수 있는 경공이 없었고, 주비처럼 견기진에 익숙하지도 않았다. 정자를 떠나고 싶어도 그렇게 할 수 없으니 얌전히 남아 견기를 지킬 수밖에 없었다. 완전히 강매당한 느낌이었다.

한참이 흐른 뒤 한 제자가 중얼거렸다.

"아무래도 주 사매가 예전만큼 너그럽지 않은 것 같아."

제9장
살아 돌아오겠다는 약속

살아 돌아오겠다는 약속

어스름한 새벽, 사십팔채에 붙어 있는 복숭아밭은 이십 년 만에 가장 큰 풍년을 거뒀다.

야경꾼이 등불을 들고 느릿느릿 텅 빈 골목에 나타나자, 문 앞으로 지키고 있던 개가 발소리에 놀라 잠이 깼다. 개는 야경꾼의 모습을 확인하더니 평소 자주 봐서인지 머리를 앞발 쪽으로 내리고는 길게 혀를 내밀며 기지개를 폈다.

그러나 곧이어, 개는 귀를 바짝 세우더니 골목 쪽을 향해 목을 길게 빼며 큰 소리로 짖기 시작했다. 대충 딱따기를 치던 야경꾼이 인상을 쓰며 입을 열었다.

"저놈의 개가 미쳤나? 뭘 보고 짖……."

먼 곳에서 점점 가까워지는 대지의 진동에 야경꾼은 더 이상 말을 잇지 못하고 목을 쭉 빼서 주변을 살폈다. 그 순간, 손에 들고 있던 등불이 '툭' 하고 바닥으로 떨어져 나뒹굴었다. 검은 옷을 걸친 병사와 전마가 평화로운 마을을 악몽과도 같이 집어삼켰다.

닭이 사방팔방 날아오르고 개들이 미친 듯이 짖어 댔다. 검은 매와 북두가 수놓인 깃발이 바람에 요란스레 펄럭이는 가운데, 넋을 잃은 야경꾼이 퍼뜩 정신을 차리더니 잽싸게 도망치며 외치기 시작했다.

"검은 깃발과 북두, 가짜 왕조 놈들이 쳐들어왔……!"

참마도를 쥔 병사 하나가 재빨리 쫓아가 야경꾼을 둘로 베었다.

칼을 쥔 사내는 사십 대로, 뺨 양쪽이 움푹 들어가 있었다. 매처럼 위로 치솟은 눈썹이 차가운 인상을 더하고 있는 가운데, 콧대 주변에 가로로 뻗은 상처가 가뜩이나 차가운 인상을 서늘하다 못해 음험하게 만들고 있었다.

"가짜 왕조라."

사내가 손을 들어 돌리자, 참마도에 맺혀 있던 핏방울이 '투두둑' 하며 땅바닥으로 떨어졌다. 슬쩍 웃음을 내비친 사내가 머리를 휙 하고 돌리더니 장정 여러 명에게 둘러싸인, 뚱뚱한 사내를 향해 입을 열었다.

"왕야께서 말씀하신 '비적'입니다. 국법을 지키지 않아 목숨을 끊었습니다."

'왕야'라고 불린 자는 기껏해야 이삼십 대로 보이는 청년으로, 비대한 몸집을 지니고 있었다. 보통 사람이 이삼십 년 동안 아무리 먹어도 저렇게 거대한 몸집을 지닐 수 없을 정도로 사내는 그야말로 거대했다.

오죽하면 그가 타고 있는 말은 다른 사람의 말보다 체구가 컸지만 사내의 몸무게를 이기지 못해 지금 당장 쓰러져서 죽어도 이상하지 않을 만큼 숨을 가쁘게 몰아쉬고 있었다.

　사내의 말에 왕야의 얼굴에 비릿한 웃음이 떠오르더니, 목살에 파묻혀 찾아보기도 어려울 만큼 살이 찐 턱을 달싹거리며 간신히 입을 열었다.

　"육 대인, 아니, 요광 선생! 현명한 분이 무공 실력 또한 이리 좋다니…… 이렇게 유능한 인재를 늦게 만난 것이 원통할 따름이오!"

　환한 등불을 켜 놓은 것처럼 마을 한가운데 불길이 치솟더니 사방에서 살려 달라는 절규와 울음소리가 어두컴컴한 새벽하늘을 갈랐다.

　육요광은 아무 말도 없이 슬쩍 웃으며 칭찬해 주셔서 감사하다고 짧게 답했다.

　그러고는 참마도를 휘두르며 명령했다.

　"북도의 선봉들이여, '비적의 산채'가 눈앞에 있는데 여기서 멍하니 뭐 하고 있는…… 으음? 쥐새끼가 빨리도 나왔군."

　흑의인들이 육요광이 가리킨 칼끝을 따라 시선을 돌리자, 안개 뿌연 긴 골목의 끝에 칼을 쥔 사내 네다섯 명이 언제부터인가 서 있는 게 보였다. 거친 베옷을 걸친 행상인과 심부름꾼, 객잔 주인, 그리고 방건方巾을 쓴 채 경당목을 두드리던 이야기꾼이었다.

　육요광은 말 위에 앉은 채 고개를 끄덕이며 어떤 문파에 소속됐는지 물었다.

　무리를 이끌고 있는 한 사내가 긴 창을 든 채 조용히 입을 열었다.

　"평범한 사람들이라 문파나 이름 따위는 없다."

　"흥, 그 말을 참 여러 번 들었는데 말이지, 대체 언제부터 '평범한 사람'이라는 문파가 생겨난 건지 모르겠군."

육요광이 그 말과 동시에 차가운 표정으로 가볍게 손을 흔들자, 흑의인이 검은 파도처럼 등장해 골목길에 나타난 사람들을 덮쳤다.

한편, 그 모습을 멀찍이서 지켜보던 왕야는 범 무서운지 모르고 덤빈 하룻강아지들에게 아무런 관심도 보이지 않았다. 양옆에 있던 시종들의 손을 잡고 말에서 내린 왕야는 눈앞에 널브러진 시신들을 말채찍으로 밀쳐 내며, 고개를 들어 사십팔채 쪽을 바라봤다.

※

삼엄한 경비로 무장한 산에 자리 잡은 장로당은 이십 년이라는 세월 속에 새파란 이끼를 뒤집어쓰고 있었다. 비록 드문드문 노후한 흔적이 역력했지만 과거의 영광이 느껴지는 위용과 기세는 여전히 압도적이었다.

문 앞에 서 있던 임호는 차분하고 이성적인 청년으로 보였다. 비록 등 뒤로 두른 손으로 자신의 관절을 무의식적으로 주물럭거렸지만 그의 낯빛이나 어조는 평온하기 그지없었다. 상황을 지켜보던 임호가 조추생을 향해 입을 열었다.

"사숙, 산 아래에 총 여덟 명의 염탐꾼이 있는데 벌써 일곱 명이나 연락이 두절됐습니다. 경거망동하지 말고 반드시 살아야 한다는 전령을 이미 보냈으나 아무도 지시를 따른 것 같지 않습니다. 형제들이 지시를 무시했다기보다는 실제로 일이 닥치고 나니 혼자 살겠다며 도망치는 짓을 도저히 할 수 없어 그런 것 같습니다."

장박림은 우리에 갇힌 짐승처럼 장로당을 정신없이 왔다 갔다 하고 있었다. 높은 의자에 앉아 있는 조추생은 시퍼렇게 질린 얼굴로 버럭 소리쳤다.

"장가 놈아, 여기서 당나귀처럼 물레방아라도 돌리는 게냐!"

가만히 있을 장박림이 아니었다.

"누구한테 당나귀라는 거냐? 겁에 질려 대가리를 감춘 거북이 새끼가!"

임호가 공손히 장박림에게 권했다.

"하실 말씀이 있으시면 좋게 말씀하시지요."

조추생이 의자의 손잡이를 손으로 '탁' 하고 내려치자, 손잡이 끝에 달린 동물 모양의 나무 장식이 뎅겅 부러졌다. '머리가 잘려서 피를 흘리는' 장식을 내려다본 조추생이 이를 갈며 입을 열었다.

"장박림, 이 두령이 떠나기 전에 산채의 일을 우리 세 사람에게 맡겼다. 사십팔…… 아니, 사십칠 개 문파에 몸담고 있는 수많은 제자는 겁을 먹어 머리를 감춘 게 아니라 머리가 없는 것인데 그따위 망발을 내뱉다니……. 산채가 함락되면 수십 년 동안 힘들게 닦은 우리의 기반이 순식간에 무너진다. 그때가 되면 두령에게 뭐라고 할 생각이냐?"

조추생의 지적에 장박림은 얼굴이 시뻘게져 입을 다물었다.

"촉 땅은 길이 험난한 데다 산 아래는 척박한 땅입니다. 그럼에도 이십 년 동안 두령님께서 홀로 힘내신 덕에 지금과 같은 번영을 누리고 있습니다. 정말로 뭔가 문제가 있다면 말입니다, 사숙, 우리가 바로 두령님께 말하면 되지 않습니까?"

임호의 말에 조추생이 거칠게 한숨을 내뱉었다. 임호의 말투는 아까보다 훨씬 차분하고 부드러웠지만 정작 내용은 점점 거칠어지기 시작했다.

"사십팔채는 과거 의로운 사람들을 받아들이고 폭정에 맞서기 위해 세워졌다는 이야기를 오래전부터 선배님들로부터 들어왔습니다. 조 사숙께서는 당시 원로 중 한 분이셨으니 필경 자세한 사정을 잘 아시리라 믿습니다. 지금 외적이 쳐들어왔는데, 과거 사십팔채에서 받아 준 소위 의로운 자들은 하나같이 몸을 사린 채 아무 말도 하지 않고 아무것도 듣지 않고 있습니다. 이 또한 과거의 맹약을 저버린 것이 아니겠습니까?"

조추생이 버럭 화를 냈다.

"임호, 건방지구나!"

임호는 속이 깊은 사람이었다. 그는 낯빛 하나 바꾸지 않고 포권을 한 채 죄송하다고 사과했다. 아무래도 허옇게 질린 조추생의 얼굴을 본 것 같았다. 화가 난 조추생이 의자를 홱 걷어차며 입을 열었다.

"산 곳곳에는 기관이 설치되어 있고 초소 역시 복잡하게 얽혀 있으니 적들의 동향을 감시할 수 있다. 옛말에 이르기를 '한 사람이 관문을 지키면 만 사람이 와도 뚫지 못한다'고 했다. 이를 이용해서 적들을 물리칠 방도를 찾아야 하거늘, 네놈이 지금 내가 늙어서 아무것도 모른다고 하는 것이냐? 설사 네놈이 절대 고수라고 한들, 가짜 왕조에서 보낸 대군을 혼자 어찌 상대하겠다는 것이냐? 네놈이 의로운 일을 하든, 아니면 제 손으로 무덤을 파든 아무도 말리지 않는다. 하려거든 혼자서 하거라, 애꿎은 산채의 여인네들과 아이들을 끌고 가지 말고……! 누가 네놈이 불의한 짓을 저지른다고 하더냐? 죽겠다고 설치는 네놈한테 누가 감히!"

거기까지 외친 조추생은 화가 조금은 풀린 듯 보였다.

그 순간, 장로당 밖에서 마길리의 목소리가 들려왔다. 마길리가 큰 소리로 누군가에게 소리치고 있었다.

"비야, 너…… 자, 잠깐…… 이게 뭐 하는 짓이냐!"

외마디 비명 같은 그의 목소리에 세 사람의 시선이 돌아갔다. 주비가 한 무리의 젊은 제자들과 안으로 들어오는 모습이 보였다. 장로당 안으로 성큼성큼 들어온 주비가 주변을 쓱 훑더니 재빨리 인사를 올린 채 입을 열었다.

"세묵강의 견기를 다시 작동했습니다. 그곳을 감시하라고 사람들을 남겨 두었습니다. 강가에 새로 설치한 초소를 적들이 습격한다고 해도 일시에 강을 건너지는 못할 테니 모두 걱정하지 않으셔도 됩니다."

주비의 이야기에도 세 사람은 아무 말도 하지 않았다. 왜냐하면 세 사람은 주비가 사람을 시켜 들것에 싣고 온 사람에게 꽂혀 있었기 때문이다. 들것 위에는 숨이 끊긴 어노인이 실려 있었다. 평온한 안색이었다. 입술에 아직 붉은 기가 남아 있었지만 입가가 알 수 없는 푸르스름한 빛으로 물들어 있었다.

가장 먼저 주비에게 시선을 돌린 조추생이 어노인의 시신을 가져온 이유를 물었다. 주비는 낯빛 하나 바꾸지 않고 입을 열었다.

"조 사숙, 범인이 도망치는 바람에 복수하지 못했습니다. 비록 태사숙의 눈을 감겨 드렸으나 그 억울함을 어찌 풀 수 있겠습니까? 어떻게 해야 할지 몰라 사숙님들의 의견을 듣고자 장로당으로 모셔 올 수밖에 없었습니다."

멍청한 장박림, 고분고분한 척하면서 할 말을 다 하는 임호, 거기에 주비까지……. 조추생은 산 넘어 산이라는 말이 무엇인지 뼈저리게 깨달았다. 그동안 그가 사십팔채를 관장할 수 있었던 것은 이성적으로 판단하고 원리 원칙대로 행동한 덕분이었다. 그런 자신이 주비의 어설픈 말에 말문이 막히자, 조추생으로서는 피를 토하고 싶은 심정이었다.

다행히 자신과 낯빛을 붉힌 채 싸워 대던 장박림 등이 태도를 바꿔 조추생의 편에 섰다. 지금의 상황이 내란이라면 주비의 신분으로 맞서지 못할 처지는 아니었으나, 지금처럼 조정의 대군에 포위된 상황에서 함부로 나서는 것 또한 적절하지 않았다.

장박림은 주비에게 함부로 낄 자리가 아니라고 지적했다. 임호 또한 부드러운 말로 주비를 차분히 타일렀다.

"그리 말할 필요는 없다. 다만 한 가지 주 사매에게 당부하고 싶은 게 있는데, 이번에 하산하면 힘들겠지만 두령님께 서신을 전달해 줄 수 있을까? 그러니까 이 일은……."

"산채의 생사존망과 관련됐다는 건가요?"

주비가 상대의 말을 도중에 끊었다.

"외부에 있는 염탐꾼 중 몇 명이나 쓸 수 있나요? 임 사형, 두령님은 대체 어디에 계신 거죠?"

임호는 순간 말문이 막혔다.

"가짜 왕조가 사십팔채를 공격하려고 병력을 보냈다는 소식이 이미 두령님께 전해졌을 텐데 왜 아무런 소식이 없는 거죠? 아무리 지체되었다 해도 제가 정신없이 강호를 뒤지고 다니는 것보다는 빠를 텐데요. 임 사형께서 설마 모르신다는 겁니까? 사형과 저 중에서 누가 멍청한 거죠?"

임호는 아무 말도 하지 못했다. 주비가 임호처럼 고개를 숙이며 공손히 말을 더했다.

"제 말에 불쾌하셨다면 죄송합니다."

조추생이 수염을 쓰다듬으며 주비에게 무엇을 할 생각이냐고 물었다.

"제게 백 명을 주십시오. 남은 초소에서 경계를 강화해야 합니다. 산채 안의 안전은 걱정하실 것 없습니다. 가짜 왕조에서 보낸 병사는 수만 명의 대군이 아니잖아요? 산채 주변에 수십 개의 마을이 포진하고 있는데, 그곳에 사는 사람들이라면 머릿수 싸움에서 밀리지 않을 겁니다. 게다가 산 아래에 명풍, 북두, 가짜 왕조의 관리들이 있으나 원래 한솥밥 먹던 사이가 아닙니다. 친한 사이가 아니니 제게 사람과 시간을 주시면 놈들의 머리를 따 와 선배님들의 술안주로 드리겠습니다."

주비의 마지막 한마디는 살기등등하지도 않았고 오히려 음산하면서도 당연하다는 느낌이 감돌았다. 조추생이 뭐라고 대답하기 전에 주비가 재빨리 입을 열었다.

"조 사숙께서도 제 어머니에게 말씀하실 필요 없습니다. 제가 잘 말씀드릴 테니까요. 여기에 계시지 않으니 절 단속하지 못했다고 사백님들을 다그치지 못하실 겁니다."

그 자리에 있던 사람들은 수산당에서 주비가 이근용의 손에서 '종이꽃'을 빼앗았다는 이야기를 들은 적이 있던 터라 아무도 뭐라 하지 못했다.

주비가 가볍게 웃음을 터뜨리며 자신이 밖에서 겪었던 일을 처음으로 먼저 털어놓았다.

"화용성에서 배신자에게 뒤통수를 맞은 것도 모자라, 신비 사형 일행이 녹존과 탐랑의 음모에 휘말려 객잔에서 목숨을 잃으셨습니다. 그때 저만 살아남아서 닭 잡을 힘도 없는 연약한 아가씨를 데리고 이리저리 숨어 다닐 때도 두렵지 않았는데, 지금이라고 두렵겠습니까? 사람을 내주지 않으신다 해도 상관없습니다. 혼자 가면 그만이니까요."

말을 마친 주비가 임호를 향해 손을 내밀었다.

"임 사형, 사람을 내주시겠습니까?"

임호는 할 말이 없어 그녀의 뜻에 따를 수밖에 없었다.

향 하나가 타들어 갈 정도의 시간이 지난 후, 주비가 임호가 건넨 영패를 받아 들고 장로당을 나섰다. 고개를 들자 이연과 함께 오초초가 자신을 기다리고 있는 게 보였다.

동쪽 하늘이 뿌옇게 밝아 오고 있었다. 주비는 밤새 어수선해서 오초초에게 신경 쓸 여력이 없었다. 오 장군을 무시하는 구단의 말을 오초초도 들었을 텐데, 속이 말이 아닐 거라는 생각이 들었다. 미안한 마음에 주비는 오초초를 향해 발걸음을 옮겼다.

그런데 주비가 입을 열기도 전에 오초초가 한 발 다가오더니 목에 걸려 있던 긴 목걸이를 풀어서 주비에게 건넸다. 주비는 얼떨떨했다. 오초초는 또다시 귀고리, 팔찌, 심지어 머리에 꽂은 머리 장식까지 일일이 풀어 주비에게 건넸다.

옆에 있던 이연이 펄쩍 뛰며 주비 언니는 수고비를 받지 않는다고 말했다.

"내가 지닌 것 중에 불에 타지 않는 건 이게 다야."

주비가 오초초를 가만히 바라보았다. 오초초는 구천기가 미친 듯이 화용성을 뒤졌던 것이 자신과 관련 있다는 걸 알고 속으로 내내 담아 두었던 것이다.

오초초의 눈가가 순간 촉촉이 젖어 들었지만 금세 잦아들었다.

"'해천일색'이라는 건 들어 본 적 없어……. 지금 중요한 일이 있다는 건 알지만, 나한테 아무짝에도 쓸모없는 물건들을 보관해 줬으면 좋겠어. 다른 사람은 몰라도 내가 믿을 수 있는 건 주비, 너뿐이야."

앞뒤 사정을 모르는 이연은 오초초가 무슨 말을 하는지 도무지 이해할 수 없었다. 반면 주비는 오초초의 말을 전부 알아들었다. 오초초가 건넨 물건을 비단에 감싸 품에 넣고는 오초초를 향해 고개를 끄덕였다.

"고마워. 그리고 걱정 마. 반드시 살아 돌아올 테니까."

말을 마친 주비가 출발하려던 순간, 뒤에서 누군가 그녀를 불러 세웠다.

"잠깐, 비야! 네게 할 말이 있다!"

고개를 돌리자, 마길리가 잔뜩 가라앉은 얼굴로 자신을 향해 달려오는 게 보였다. 주변의 젊은 제자들이 그에게 예를 갖춰 인사했다. 평소라면 환한 미소로 화답했을 수산당의 총관이 어찌 된 영문인지 아무런 반응도 보이지 않았다.

주비는 의아했다.

"왜요, 사숙님도 저희랑 같이 가시게요?"

하지만 마길리는 주비의 말을 무시하고는 책망하는 어조로 다짜고짜 말을 꺼냈다.

"내가 조금 더 일찍 알았다면 당초 소양에 있을 때 널 데려다주겠다고 약조하지 않았을 것을……."

주비가 영문을 몰라 눈만 깜빡였다.

"장로께서 이미 말을 꺼낸 상태라서 나로서는 끼어들 여지가 없었다. 내가 예전에 들려준 이야기를 기억하느냐?"

평소 원체 말이 많은 편이라 주비는 한참 동안 기억을 더듬었지만 좀처럼 생각나지 않아 머뭇거리며 대답했다.

"어, 그러니까…… 아, 맞다. 수산당에서 하늘에 부끄럽지 않고 또……."

마길리가 주비의 말에 눈살을 찌푸리며 말을 잘랐다.

"며칠 전에 내가 일찍 돌아가신 아버지 이야기를 해 줬는데 그새 잊은 거냐?"

그 말에 주비가 손으로 머리를 마구 헤집더니, 산발이 된 채로 입을 열었다.

"'모두가 대들보가 되겠다고 설치면 누가 장작이 되고 싶겠어?'라고 하셨죠?"

주변 사람들이 그 말을 듣고 다들 발걸음을 멈췄다.

주비는 출사한 지 얼마 되지도 않아 세묵강에서 구단을 몰아붙였다. 무슨 대단한 도법을 써서 그랬든 아니든 간에, 만약 그렇게 해서 장작이 된다면 다른 사람은 뭐가 되겠는가?

마길리는 나이도 많고 경력도 많았으나, 만약 그에게 경천동지할 대단한 능력이 있었다면 수산당에 틀어박혀 아직 덜 큰 제자들 뒤치다꺼리할 필요는 없었을 것이다. 지금 상황에서 그의 말은 약간 꼰대처럼 들릴 수 있었다.

하지만 주비는 그렇게 생각하지 않았다. 그동안 날고 긴다는 사람들, 그러니까 단구낭이나 기운침 같은 사람을 여럿 보아 왔다. 다들 어릴 때부터 천재 소리를 들으며 자란 인물들이다. 그런데 결국에는 어떤 꼴이 되었던가? 그러니 부러울 것도 없었다. 장작이라면 장작이 되면 되지.

주비가 담담하게 대답했다.

"사숙님, 장작이라고 해도 나름 쓸모가 있잖아요. 하늘을 떠받치기도 하고, 적의 군영을 불태우기도 하고……. 보세요, 그래서 저도 적의 군영을 불태우러 가잖아요."

마길리가 고개를 저었다.

"넌 불쏘시개로 쓸 한낱 장작이 아니다. 장작이라면 집구석 한편에 가만히 있겠지. 난 무공과 지혜를 겸비한 많은 사람을 보아 왔어. 그들은 대부분 홀로 용감한 덕에 결국에는 자신의 재주로 인해 오히려 목숨을 잃어야 했지. 내 아버지, 그리고 그 시절 내 아버지와 같았던 사람들도 다 그랬다. 비야, 네가 그렇게 되는 걸 도저히 가만히 보고 있을 순 없구나. 부디 장로의 말씀대로 속히 떠나는 게……."

"그리고 제 외조부도 그러셨죠."

그 말에 마길리가 얼음처럼 몸이 굳었다.

"걱정해 주셔서 감사해요. 홀로 외롭게 죽은 사람이 어찌 춘부장님뿐이겠어요? 제 외조부, 외숙부님, 그리고 이십 년 전의 산천검 모두 그랬죠. 하지만 가치 있게 죽는다면 그 또한 행운이 아닐까요?"

주비는 마길리에게 예를 갖춰 공손히 인사를 올렸다.

주비는 수많은 혼란과 방황 속에서 헤매다 과거의 자신을 버리고 앞으로 나아가야 할 길을 찾아냈다. 이제는 집에서 이근용과 냉전이나 벌이던 어린 소녀가 아니었다. 마길리는 주비의 모습에서 과거 남도 이징의 그림자가 겹치는 듯한 느낌을 받았다.

다만 주비가 살짝 눈썹을 치켜세우며 웃을 때는 젊은 사람 특유의 자신감과 오만함이 은근히 남아 있었다.

"게다가 죽는 게 제가 아닐 수도 있잖아요. 산채의 도움이 필요

할 일이 있으면 번거로우시더라도 사숙님께 연락하겠습니다. 보중하시길."

주비는 말을 마치자마자 뒤도 돌아보지 않고 앞으로 달려갔다. 그녀를 따르는 한 무리의 제자들은 가짜 왕조의 대군이 산채를 포위했다는 소식에 아까부터 울분을 토하며 하산하자고 이를 갈고 있었으나, 조추생의 명으로 차마 뜻을 같이하지 못해 답답해했다. 그러나 어느 누구도 장로당에 하산을 허락해 달라는 청을 올리지 못했다.

오직 주비만이 하산을 허락해 달라고 청했고, 허락을 받아 냈다. 그걸 지켜보던 일부 제자들이 그녀의 뒤를 따라 몰려들었다. 멀리서 보면 주비가 그들을 이끄는 것처럼 보였다.

산채를 나오자마자 누군가 피식 웃는 소리가 들렸다.

"말 잘하더라."

고개를 들자, 박쥐처럼 거꾸로 나무에 매달린 사윤이 팔짱을 낀 채 만족스러운 얼굴로 자신을 바라보고 있었다. 주비의 손이 또다시 근질거리기 시작했다.

사윤이 몸을 돌려 나무에서 가볍게 뛰어내리더니 주비 근처로 걸어왔다. 그러고는 주비가 입을 열기도 전에 재빨리 자신이 먼저 말을 꺼냈다.

"적들의 머리를 베어 오려면 말이지 '지피지기' 전략을 써야 해. 네가 말싸움을 하는 동안 이 몸이 사십팔채 여기저기를 돌아봤는데 말이지. 산채는 세 겹의 초소로 둘러싸여 있었어. 세묵강을 빼면 가장 바깥에는 서른여섯 개의 초소가 있는데 그중 여섯 곳이 어제 기습을 당했고, 한 곳은 파괴됐지. 임 장로는 그곳에 병사들을 매복시켰어. 초소 중에는 매복술을 펴기 안성맞춤인 곳도 있고, 험준한 곳에 자리 잡고 있어서 접근조차 어려울 곳도 있었어. 한마디로 저마다 장단점이 있었지. 구단이 적군에 협력하고 있으니 그들도 사십팔채의 지형을 훤히 꿰뚫고 있겠지? 산 아래를 포위 중이라고 해도 분명 화살도 쏠 테니, 그걸로 그 사람이 어디 있는지 추측할 수 있을 거야. 어때? 길치 아가씨, 괜찮다면 이 왕야가 길을 안내해 줄까?"

주비는 잠시 고민했다. 그의 말은 누가 들어도 일리가 있었다. '군자의 복수는 십 년이 지나도 늦지 않다'는 말이 생각났다. 주비는 사 아무개를 나중에 때려 줘야겠다고 일단 머릿속 장부에 기록한 후 물었다.

"세묵강에서 올라온 후론 그림자도 보이지 않던데, 내가 뭘 하려는지는 어떻게 알았어요?"

사윤은 주비의 눈동자를 바라보며 환하게 웃었다.

"그거야 우린 마음이 통하는 사이니까."

"……."

방금 장부에 기록한 거 두 배로 받을 테다.

눈치 빠른 사윤은 주비의 눈빛이 심상치 않다는 것을 깨닫고 그녀가 불타오르기 전에 진지한 표정으로 사십팔채의 초소 위치와 산 아랫마을의 관계를 설명해 주었다.

"사십팔채의 초소는 서남쪽에 주로 몰려 있고, 나머지는 서남쪽에서 세묵강을 향해 흩어져 있어. 세묵강으로 갈수록 초소의 수가 적은 편이지. 하지만 나라면 서남쪽을 돌파할 거야……."

"초소 수가 많지 않다는 건 지형적으로 험준한 곳이겠지만, 초소가 많이 몰려 있는 곳은 상대적으로 평탄한 곳일 테니 사람을 시켜 지키고 있는 거겠죠. 천혜의 요지는 소수의 고수들이 힘으로 함락할 순 있겠지만, 대군을 앞세운 놈들에게는 차라리 초소가 밀집한 곳이 승산이 있을 거예요."
"맞아, 역시 우린 마……."
주비가 칼자루를 만지작거리는 걸 본 사윤이 잽싸게 말을 바꿨다.
"역시 우린…… 영웅끼리는 통하는 법이니까. 기습을 당한 초소 여섯 곳 모두 동쪽에 몰려 있는데 그 이유를 알아? 적군의 장수가 멍청해서 그랬을까?"
그 이야기에 주비는 가슴이 세차게 뛰는 게 느껴졌다. 이유를 알 순 없지만 사윤이 질문을 던질 때마다 평소보다도 심장이 훨씬 빨리 뛰었다. 사윤의 질문에 잠시 고민하던 주비가 입을 열었다.
"세묵강은 지세가 높아서 절벽에 오르면 서남쪽 언덕이 다 보이거든요. 그러니 적군이 서남쪽을 돌파구로 삼는다 하더라도 북두와 명풍이 세묵강에서 유인술을 펴도 먹히지 않을 거예요."
사윤은 침묵했다. 주비가 독촉했다.
"왜요, 틀렸어요?"
사윤은 진지한 표정으로 한숨을 쉬었다.
"예쁜 건 그렇다 쳐도 똑똑하기까지 하다니, 이것 참!"
주비는 사윤의 짓궂은 장난을 알아차렸지만 마땅히 받아칠 말이 없어서 어쩔 수 없이 말 대신 무력을 쓰기로 했다. 그녀는 장도로 사윤의 오금을 푹 찔렀다.
"제발 헛소리 좀 그만해요!"
사윤은 장난스러운 표정을 짓더니 계속해서 이야기를 들려줬다.
"좋아! 세묵강의 곡천선이 물러나긴 했지만 음모가 탄로 났으니 자연스레 서남쪽을 피하려 할 거야. 적장의 머리가 멀쩡하다면 산을 포위한 뒤 동쪽에서 서쪽으로 이동할 거고, 산 아랫마을을 소탕하면서 병력을 재배치해서 서남쪽 언덕을 압박할 거야. 많은 병력을 투입해야 하지만 그렇게 계속 장기적으로 밀고 가면 산채 문을 무너뜨릴 수 있겠지."

"그럼 우린……."

사윤이 손을 휘저으며 주비의 말을 잘랐다.

"이건 지극히 상식적인 생각이지. 조금만 고민해도 생각해 낼 있는 전략이야, 안 그래?"

주비가 고개를 끄덕였다. 사윤은 손이라도 시렸는지 두 손을 소매 안에 넣더니 발걸음을 옮기며 입을 열었다.

"그래서 틀렸다는 거야. 천하에 사십팔채는 단 한 곳이지. 이곳을 찾은 이는 양대 북두에게 길 안내를 부탁해서 물 샐 틈 없는 사십팔채에까지 직접 왔어. 그런 자가 과연 '뻔한 이치'로 추측할 수 있는 평범한 사람일까? 정말 그렇다면 어제 곡천선 일행이 성동격서 전략을 펼쳤을 때 지원을 할 게 아니라 대군을 이끌고 공격을 퍼부었어야 하는 거 아니었을까?"

주비 역시 이러한 관점에서 생각해 본 게 처음은 아니었다. 그녀는 양근을 상대할 때 바로 그의 심리 상태를 추측하며 요행히 목숨을 건졌었다. 하지만 가짜 왕조의 적장에 비해 양근은 세상 물정 모르는 철부지 애나 다름없었다. 한마디로 쉽게 파악이 가능한 성격이었다.

사윤은 이야기를 계속했다.

"그런 자가 왜 산 아래 마을을 포위했을까? 그곳에 사는 사람들이 무기도 다루지 못하는 무고한 백성이라는 것을 모를 리 없을 텐데 말이야."

"공로를 부풀리려는 걸까요?"

"그것뿐만은 아냐."

사윤은 단호한 말투로 아무 단서도 알려 주지 않은 채 좀 더 생각해 보라고 주비를 다그쳤다.

주비는 눈살을 찌푸렸다. 껄렁한 농담을 건넸다가도 이내 진지한 표정으로 딱딱한 선생처럼 뭔가를 가르쳐 주려는 태도는 언제 봐도 적응이 되지 않았다.

사윤은 웃음기를 거둔 채 정색하며 입을 열었다.

"세상에는 온갖 종류의 사람이 있지. 다른 사람이 성의껏 들려준 이야기를 넌 대수롭지 않게 여기고 듣자마자 흘려버릴 수도 있어. 그래서 스스로 잘 생각해야 비로소 그 의미를 내 것으로 삼을 수 있는 법이야."

주비가 강호에 처음 나갔을 때, 길을 제대로 기억하지 못할 만큼 무심했다. 워낙 타고난 성격이 그런 데다 속세와 부딪칠 일이 없었으니 말이다. 하지만 이번에는 '내가 왜 못된 놈들의 생각을 알아내기 위해 머리를 쥐어짜야 하는가?'라는 태도를 취하진 않았다. 오히려 사윤의 말을 마음에 새기며 반복해서 생각했다.

"왜냐면……."

한참 뒤, 주비가 자신 없는 표정으로 말을 이었다.

"단구낭이 이렇게 말한 적 있어요. 탐랑, 거문, 파군과 염정 등이 외조부님을 음해했는데 결국엔 아무런 공도 세우지 못하고 돌아갔다고. 이번에 대군을 이끌고 온 자는 심천추가 아니에요. 거문과 파군 두 사람은 길만 안내했을 뿐이고, 사십팔채를 공격한 것도 북두가 나서서 결정한 게 아니죠. 심천추가 과거에 하지 못했던 일을 해낸다면 북두의 무능함만 두드러지겠죠. 그렇다면 곡천선과 파군, 둘 다 대인의 지시를 받는 걸 원치 않을 텐데……."

사윤이 주비를 향해 힘껏 고개를 끄덕였다. 주비는 계속해서 이야기를 이어 갔다.

"그래서 산 아래 마을들을 포위하고 마을 사람들에게 역도라는 죄를 뒤집어씌우면…… 우리는 깊은 산에 은거하는 강호인이 아니라 스스로 왕을 자처하는 반역을 일으킨 역도가 되는 거죠. 수만 명의 대군을 거느리고 있을 뿐만 아니라, 전력을 갖춘 역모…… 이렇게 되면 역모자인 우리를 공격한 건 반란을 진압한 셈이 될 거고요. 과거 북조와 남조가 대치할 때는 병력 손실이 커서 북두의 흑의인 몇몇만 보냈다고 하더군요. 그러니 실패한 것도 당연했겠죠……."

사윤은 주비에게서 시선을 거둔 채 능글맞은 미소를 지으며 전혀 진지하지 못한 태도로 입을 열었다.

"네가 갈수록 좋아지는데 어떡하지?"

엉뚱한 사윤 때문에 주비는 생각이 끊겨 심드렁하게 말했다.

"참아요."

"적군의 대장은 북두를 끌어들여 자신의 공을 세우려는 게 분명해. 직접 대군을 이끌고 압박하면 북두는 길을 안내했다는 공로만 남게 되지. 내가 대장이라면 북두를 중용해서 최대한 내 손에 피를 묻히지 않는다는 전략을 세우겠어. 그렇게 하면 북두가 내게 신세를 지게 될 테고, 난 '신들린 용병술'을 지휘했다는 명예를 떨치게 될 테니 그야말로 꿩 먹고 알 먹기잖아!"

사윤이 발걸음을 멈췄다. 인적이 드문 산길을 따라 산에서 내려가다 보니 어느새 엉망진창이 된 촉 땅의 마을이 모습을 드러냈다.
"난 날 수행하는 북두의 흑의인에게 서남쪽 기슭의 전투에 선두로 서라고 할 거야. 어쨌거나 파군과 거문 모두 인색한 자들은 아니니까. 사십팔채와 북두는 원래부터 숙적이었어. 그들이 다시금 몰려오는 걸 보면 산채 전역의 방어는 서남쪽으로 몰리게 되겠지. 그럼 난 사람들을 이끌고 예전에 써먹었던 수법을 다시 쓰는 거야……."
사윤이 사십팔채의 남동쪽에 자리 잡은 작은 마을을 가리키며 말했다.
"사십팔채와 북두가 한참 싸우고 있을 때 전력을 비축해 놓는 거야. 양측이 지쳐서 나가떨어졌을 때, 날 수행하던 흑의인들은 다시금 어제 패한 곳에서 다시 촉산으로 올라갈 거고."
주비와 사십팔채 제자들은 사윤의 이야기에 크게 놀랐다. 그도 그럴 것이 이곳은 무척 조용했다. 하지만 어제저녁 적군이 철수한 후 산을 내려갔다면 이곳이 바로 가장 먼저 화를 당했어야 맞지 않을까? 이렇게까지 평온할 리가 없었다.
북두에게 길을 안내한 자가 무척이나 신통방통해서 예상한 결과마다 맞아떨어진 것이 아니라면, 적군의 대장은 이 마을에 몸을 숨기고 있을까?
"아, 검은 매로군."
사윤은 실눈을 뜬 채 마을 상공에 모습을 드러낸 북두의 검은 매 깃발을 보며 이번 사태를 꾸민 자가 누군지 알겠다고 나지막하게 이야기했다.
"대체 그 사람이 누군데요?"

"조중곤의 차남, 북조의 '단왕야'인 조녕이야."

사윤 덕분에 소위 힘 있는 자들의 더러운 속내에 대한 이야기를 들어서 알고 있었지만 자신의 두 눈으로 직접 보고 나니 당장 칼을 뽑아 베고 싶다는 충동이 들었다. 멀리서 본 마을은 평화로워 보였지만 가까이 다가가니 집마다 문이 굳게 닫혀 있고, 텅 빈 거리에는 북조의 병사들이 활보하고 있었다. 주루는 깃발이 찢긴 채 바닥에 떨어져 있었고, 길바닥에는 핏자국과 그 잔해가 간혹 모습을 드러내고 있었다.

주비에게는 익숙한 광경이었다. '바깥세상'이 바로 이랬기 때문이었다.

어릴 적, 주이당 역시 자신에게 '백성의 삶이란 얼마나 고달픈가……' 같은 얘기를 종종 들려주곤 했다. 하지만 모두 쇠귀에 경 읽기였다. 주비와 사촌들은 그 이야기를 들을 때마다 꾸벅꾸벅 졸기 바빴을 뿐, '백성을 위해 천명을 좇는다'는 사명감 따위는 알지도 못했다.

한때 산 아래 펼쳐진 작은 세상을 주비는 무척이나 좋아했다. 호기심 가득한 채로 처음 사십팔채의 문을 박차고 나왔을 때, 산 아래 마을의 떠들썩함과 아름다움은 주비에게 놀라운 첫 만남이자 영원한 귀속歸俗감을 안겨 주었다. 북쪽으로 올라갈수록 도탄에 빠진 민초들의 삶을 직접 목격하면서 도원향 같은 사십팔채가 얼마나 소중한지 깨닫기도 했다. 그 때문에 주비에게 촉 땅은 세상에서 가장 아름다운 곳으로 미화되어 있었다.

그런 곳이 하룻밤 사이에 쑥대밭이 되자, 가슴 한쪽이 뻥 뚫리는 것 같았다.

주비의 그런 마음을 눈치챘는지 사윤이 그녀의 어깨를 가볍게 토닥였다. 간신히 마음을 수습한 주비가 주변 사람들에게 손짓했다.

사십팔채는 토박이 세력이라서 모든 젊은이가 출사한 뒤 주비처럼 멀리 나갈 수 있는 건 아니었다. 그들이 바깥세상에 나가는 건 주로 산 아래 마을에 가서 물건을 사거나 염탐꾼으로 지내며 실력을 닦는 정도인 터라 대부분이 이곳 지형에 훤했다.

주비는 데리고 나온 백여 명의 사람들과 서로 간단한 암호를 정한 후 마을 곳곳에 잠입시켰다. 곁에는 민첩하고 무공 실력이 뛰어난 자들을 몇몇 남겨 두어 적군이 역모를 진압한다는 명목으로 잡아들인 백성이 얼마나 되는지 조사하기 시작했다.

몇몇 사람이 사윤의 지휘에 따라 마을을 활보하는 가짜 왕조의 관병들을 피해 조심스럽게 마을 사당으로 이동했다.

사윤의 설명에 따르면 사당에는 대부분 큰 안뜰이 있는데, 보통 어떤 지역을 함락할 경우 사당의 안뜰을 포로를 가둬 두는 장소로 활용한다고 한다. 공간이 넓고, 정신적으로 무력감을 선사하기 때문이었다.

사윤의 경험은 이번에도 빛을 발했다. 그는 관병들이 사당 밖을 포위한 것을 보고는, 근처에 몸을 숨길 만한 곳을 찾은 뒤 높은 나무 위에 뛰어올라 사당 안의 상황을 살폈다.

주비는 사당 안뜰을 슬쩍 쳐다봤다가 차마 계속 보지 못하고 고개를 돌렸다. 뜰 한가운데는 몇몇 사람들이 매달려 있었는데 모두 사십팔채의 염탐꾼으로 일했던 사람들이었다. 그들은 마치 죽은 돼지나 양처럼 손발이 꽁꽁 묶인 채 거꾸로 매달려 피를 쏟아 내고 있었다.

"죽은 자들은 보지 마."

사운이 주비의 귓가에 나지막이 속삭였다.

"사람은 죽으면 다시 살아날 수 없어. 그러니 산 자를 봐."

일단 시선을 옮겼지만 딱히 눈을 둘 곳이 없어 무의식적으로 제자들을 살피던 주비의 눈에 분노에 찬 표정이 들어왔다. 그 모습에 주비는 찬물을 뒤집어쓴 것처럼 정신이 번쩍 나서는 옆에 있던 나뭇가지를 투둑 부러뜨렸다. 그랬다. 주비에게는 중요한 일이 있었다.

다시 심호흡을 깊게 한 후 정원으로 시선을 옮기자 젊은 사내의 모습이 보였다. 노인, 아이, 여인들을 제외한 모든 마을 사람이 오랏줄에 묶인 채 한데 모여 있었다. 평범한 농사꾼 아니면 행상꾼이 대부분이었다.

그 옆을 관병들이 순찰하고 있었는데 억울하다고 하소연하거나 슬쩍 움직이기만 해도 주먹이나 발로 후려치곤 했다. 그러다가 누가 죽기라도 하면 벽 한쪽으로 끌고 가 대충 던져뒀다.

"구할 수 있겠어요?"

주비가 나지막하게 물었다.

"물론. 하지만 자칫 경거망동했다가는 일을 망칠 수 있으니 장기적으로 생각하는 게 좋겠어."

그 순간 사운이 주비를 향해 '쉿' 하는 손짓을 했다.

모두가 숨을 죽인 지 얼마 지나지 않아, 멀리서 한 무리의 흑의인이 빠르게 스쳐 지나갔다. 그들을 이끄는 자는 자신들도 만났던 곡천선이었다.

그 곁에는 참마도를 든 중년의 사내가 있었는데, 그가 두른 검정색 외투의 뒷면에 북두칠성 별자리가 수놓아져 있었다. 이들은 시커먼 회오리바람처럼 사십팔채 쪽을 향해 빠르게 달려갔다.
"예상이 맞았네요."
주비는 사윤에게 귓속말한 뒤 옆에 있던 제자에게 산채로 돌아가 소식을 전하라고 일렀다. 제자가 알겠다며 나무에서 뛰어내리더니, 길가의 관병을 피해 순식간에 모습을 감췄다.
주비가 뭔가를 골똘히 생각하더니 나무에서 뛰어내리려 했다. 사윤이 다급히 물었다.
"또 무슨 짓을 하려고?"
"참마도를 쥔 사내가 곡천선과 나란히 걷는 걸 보니 보통 사람이 아닌 게 분명해요. '파군' 아니면 '문곡'이겠죠. 대장이 두 명의 북두를 보냈으니 곁에 누가 있겠어요? 직접 가서 확인해 봐야겠어요."
그 대장 놈의 목을 베어 푹 고아 버리겠다는 말이 목구멍까지 차올랐지만 고상한 사 공자를 위해 주비는 차마 입 밖으로 꺼내진 않았다.
하지만 사윤은 주비의 생각을 단숨에 꿰뚫어 봤다. 그는 줄곧 주비를 주도면밀하고 신중하게 행동하도록 열심히 이끌어 왔다. 주비도 전혀 가능성은 없는 사람이 아니었기에 많은 경우 하나를 알려 주면 열을 파악하곤 했다. 다만 중요한 상황에서 본능을 드러내지만 않으면 좋을 텐데.
사윤이 절망하듯 한숨을 내쉬었다.
"이 아가씨야, 너……."
"개만도 못한 대장 놈을 푹 고아 버리겠다고 말한 것도 아니거든요!"
주비가 손을 휘휘 내저은 뒤 입을 열었다.
"모두 제 신호를 기다리세요. 놈들이 완전 무장을 하면 예전에 말했던 것처럼 각자 행동하는 겁니다. 놈들의 진영에 불을 지른 다음, 백성들을 이리로 끌고 온 놈들을 모조리 죽이고 사당에 잡혀 있는 사람들을 풀어 줘야 해요. 마을에 소란이 일어나도 믿지 말고, 놈들이 성동격서 전략을 쓰지 않는지 지켜봐야 해요."

주비는 어찌나 담대한지, 그 자리에서 계획을 세우고는 말을 마친 뒤 곧장 가 버렸다.

사윤의 한숨도 그녀를 막지 못했다. 별수 없이 따라가는 수밖에.

주비는 북두가 대장이 있는 곳에서 나왔으리라 판단하곤, 방금 지나간 흑의인들이 왔던 길을 따라 찾아보기로 했다. 가짜 왕조의 관병들이 모여 있는 본진은 마을에서 가장 크고 위용 넘치는 건물에 자리 잡고 있었다. 그걸 본 주비는 자신도 모르게 미간을 찌푸렸다.

생각보다 삼엄한 경비에 주비는 식은땀이 났다. 지붕 위에 올라가 있는 시위들은 하나같이 손에 활을 들고 순찰을 돌고 있었다. 뭔가 움직이기만 해도 어디선가 날카로운 화살이 날아들었다

'어떻게 들어간다?'

바로 그 순간, '저벅저벅' 하는 발소리와 함께 근처에 순찰병들이 모습을 드러냈다!

당황한 주비가 몸을 숨길 만한 곳을 찾으려 고개를 두리번거리는데, 갑자기 어디선가 손이 쑥 뻗어 나왔다.

"올라와!"

주비는 그 손이 자신을 위로 끌어 올려 주리라고는 생각도 하지 못했다.

산채를 내려온 후로 줄곧 나무 위를 잘 뛰어다닌다고 생각은 했지만, 그렇다고 이렇게 나무에 매달린 원숭이가 될 줄은 몰랐다.

다행히 순찰병은 귀가 밝은 편은 아니었는지 별다른 낌새를 느끼지 못하고 지나갔다.
주비는 참았던 숨을 내뱉었다.
"나무에는 언제 올라간 거예요? 아무것도 못 느꼈는데."
그녀를 나무 위로 끌어 올려 준 것은 다름 아닌 사윤이었다.
"쯧, 네가 눈치챌 정도였으면 난 이미 죽어서 환생했을 거다!"
틀린 말은 아니었다. 사윤 같은 사람이 발이 빠르지 않았다면 어떻게 지금까지 살아서 뛰어다닐 수 있을까? 이런 재주를 지녔건만 나라를 잃고 치욕을 당해 도망치는 일 외에 다른 쓸모가 없다니……. 만약 이 재주를 암살에 사용하면 호랑이 등에 날개를 단 격일 텐데.
주비가 사윤에게 경공 실력을 높이려면 어떻게 해야 하냐고 겸손하게 물었다.
"넌 몸이 가벼우니까 경공술을 익히기에 천부적인 조건을 갖췄어. 시간이 지나 내공이 쌓이면 무공은 물론 경공술도 자연히 높아질 테니까 일부러 익힐 필요는 없어. 진정으로 최고의 경지에 속하는 경공은 그야말로 나의 존재를 잊는 무아지경의 단계라 형체도 흔적도 없지. 일단 자신을 맑은 바람, 흐르는 물, 한들거리는 나무의 일부로 여겨야 해. 이것이 바로 '춘풍화우春風花雨'의 길이야. 자객이라면 익힐 만하지만 남도라면 필요 없지. 남도의 도법은 날카롭고 맹렬하기로 유명하니 굳이 그 길을 가지 않아도 괜찮아."
주비는 그의 말을 새겨듣지 않았다. 그의 궤변을 적당히 걸러서 듣고는 자신이 꽃이나 봄바람이 되는 듯한 감각을 느껴 보고 싶었다.
'나이 든 사람 말을 들으면 고생은 할지라도 손해는 보지 않는다'

고 하지 않았던가? 순식간에 공력을 키울 수도 없거니와 엉뚱한 데 정신을 파는 바람에 하마터면 나무 위에서 미끄러져 떨어질 뻔했다.

놀란 사윤이 잽싸게 주비를 낚아챘다. 마침 그 옆을 무장한 병사가 노인을 앞세운 채 걸어가고 있었다. 몰골이 엉망이 된 노인이 억울하다며 하소연하는 덕분에 나뭇가지가 유난히 흔들리는 것을 병사가 미처 발견하지 못했다.

나무 위에 있는 두 사람은 안도의 한숨을 내쉬었다. 그 순간, 사윤은 주비를 품에 안고 있다는 사실을 깨달았다. 그의 두 손이 주비의 허리를 휘감고 있었고, 주비의 머리에서 풍기는 향긋한 냄새가 부드럽게 그의 코 속으로 파고들었다.

그 순간, 사윤은 주비를 품 안에서 놓고 싶지 않다는 생각이 들었다.

사윤의 눈빛이 살짝 가라앉았다. 언제나 쉴 새 없이 계속되던 생각이 그 순간 '툭' 하고 끊겼다. 머릿속으로는 주비를 놔줘야 할지 말아야 할지 쉴 새 없이 저울질을 했다. 어찌나 고민인지 자신이 지금 적진에 있다는 것도 잊을 정도였다.

주비가 팔꿈치로 사윤을 밀었다.

"……손 풀어요."

말 많은 사윤이 웬일로 두말 않고 순순히 손을 풀었다.

이상한 건, 주비도 팔꿈치로만 살짝 밀었을 뿐 평소처럼 주먹을 날리지도 않았다. 두 사람 사이에 어색한 침묵이 감돌았고 서로 눈을 마주치지도 못했다. 이때, '거물'의 등장으로 두 사람 사이의 어색한 분위기가 깨졌다.

멀지 않은 곳에서 병사들이 심각한 표정으로 갑자기 우뚝 멈춰

섰다.

깜짝 놀란 사윤이 재빨리 마음을 추스르곤 주비를 향해 '쉿' 하며 손가락을 입술 앞에 댔다.

가짜 왕조의 관병이 점거하고 있던 대저택의 문이 활짝 열리더니, 정렬한 시위들이 질서 정연하게 안에서 나와 한 줄로 늘어섰다. 그 뒤를 이어 관병들의 호위 속에 한 사람이 모습을 드러냈다.

주비 일행이 원체 멀리 떨어진 곳에 몸을 숨기고 있었던 데다, 관병들이 잔뜩 둘러싸고 있어서 '거물'의 모습은 제대로 보이지 않았다.

그런데 이 북조의 단왕 전하는 태생부터 남달랐다. 그는 조그마한 산처럼 보이는 몸을 흔들며 지축을 뒤흔들 기세로 걸어 나왔다. 그를 둘러싼 사람들을 튕겨 날릴 기세였다.

걷는 자세도 예사롭지 않았다. 의외로 둔하지 않았고 나약하지도 않았다. 태연자약한 모습이 마치 진심으로 자신을 천하제일의 영웅이라고 생각하는 듯했다.

주비는 눈을 휘둥그렇게 뜨고 수많은 병사들에게 둘러싸인 '북조 단왕'의 실물을 확인했다. 그리고 옆의 나뭇가지 위에 숨어 있는, 새알보다 가벼워 보이는 '남조 단왕'을 슬쩍 훔쳐보며 두 사람을 비교해 보았다.

주비가 조용히 물었다.

"저자가 조녕이에요? 단왕? 대체 어떤 '단' 자인 거죠?"

"차를 받들고端 따른다고 할 때의 '단'이야."

"그럼 그쪽은 어떤 '단'인데요?"

사윤이 태연하게 말했다.

"군자는 단정하다端라고 할 때의 '단'이지."

"……."

주비가 제아무리 엉뚱한 낙서나 즐겨 한다고 해도 글자도 모르는 무식쟁이는 아니었다! 평소라면 사윤에게 쓴소리를 퍼부었겠지만 방금 사윤이 자신을 껴안았을 때의 어색함이 아직 남아 있던 터라 이번에는 아무 말도 하지 못했다.

대신, 주비의 머릿속은 전혀 다른 생각으로 가득 찼다. 사윤은 조중곤이 반란을 일으킨 후, 남조가 세워진 후에 비로소 건원 황제의 부름을 받아 '단왕'으로 봉해졌다는 이야기를 오초초에게 들은 적 있었다. 조녕이라는 자는 조중곤의 아들이었는데 사윤보다 늙어 보였다.

그렇다면…… 대체 어떤 '단'이 윗사람일까?

사윤이 주비의 시선을 느꼈다.

"왜?"

주비가 가볍게 물었다.

"그쪽은 저 사람보다 나중에 '단왕'으로 봉해진 거예요?"

위험했고, 아슬아슬했다. 주비의 말에 사윤은 순간 정신을 놓고, 있는 그대로의 감정을 드러내고 말았다. 주비는 사윤이 순간적으로 변하는 것을 똑똑히 볼 수 있었다. 평소 온화하기만 하던 그의 얼굴이 돌연 칼로 벤 듯 날카롭게 변했고, 놀라움과 낭패스러움, 그리고 이루 말할 수 없는 고통이 그의 눈빛에 고스란히 떠올랐다. 마치 누군가에게 상처를 후벼 파인 것 같은 모습이었다.

주비는 태어나서 처음으로 말실수를 한 것에 후회했다.

하지만 사윤은 사윤이었다. 자신의 반응에 당황한 주비가 말실

살아 돌아오겠다는 약속 | 483

수를 덮기 위한 핑계를 찾으려 머리를 쥐어짜는 게 보였다. 그래서 그는 원래의 모습으로 돌아와, 불만스러운 표정을 지으며 뻔뻔하게 대답했다.

"당연하지. 내가 훨씬 잘생기고, 기품이 넘치고, 입담도 좋은 것 같지 않아? 저 자식이랑 완전히 비교되잖아. 나중에 남북이 다시 맞붙었을 때 양쪽 진영에서 '단왕 전하'라고 부르면 우리 두 사람이 동시에 나타나야 하는데 말이야. 쯧······."

사윤이 말하는 동안, 북조 단왕이 부하들에게 뭐라고 이야기하자 누군가가 말을 끌고 나타났다.

시위가 바닥에 옷을 깔고 무릎을 굽히더니, 두 손을 바닥에 댄 채 등을 구부렸다. 북조 단왕은 고개도 숙이지 않고 당연하다는 듯 시위의 등을 밟고 말 위에 올라탔다. 등을 내준 시위는 단왕야의 무게에 눌려 얼굴이 거의 바닥에 닿을 뻔했다. 시뻘겋게 변한 얼굴에 핏줄이 솟은 게 보였다. 그 모습에 주비는 마치 제 등을 밟힌 것처럼 숨이 턱턱 막히는 듯했다.

주비는 늘 자랑을 일삼는 사윤을 이해할 수 없었다. 산에서 자란 주비가 이해하는 예의라고는, 다른 사람이 하는 정도만큼 흉내 내는 것뿐이었다. 황제, 왕야, 그리고 뭐 하는지도 모르는 수많은 관직들은 주비가 보기에 죄다 비슷비슷했다. 부르는 이름이 다르긴 했지만 그건 아무런 의미도 없었다.

사윤의 신분을 안 후에도 그저 잠시 놀랐을 뿐, 여전히 티격태격하며 지냈고 그다지 깊게 생각하지 않았다.

그런데 북조 단왕의 풍채를 직접 보고 나자, 주비는 '왕야'라는 호칭이, 나뭇가지에 숨느라 몸을 구기고 있는 사내와 얼마나 거리가 먼 단어인지 처음으로 깨달을 수 있었다.

금릉에서도 누군가가 사윤을 이렇게 예우했을까? 그에게도 금은 보화나 시종들이 있었을까? 누군가가 그를 위해 바닥에 엎드린 채 제 등을 밟고 올라가도록 시중을 들었을까?

그렇다면…… 이 사람은 대체 왜 한 치 앞도 내다볼 수 없는 위험한 강호를 헤매고 있을까?

사윤이 갑자기 가까이 다가오더니 진지하게 말했다.

"그런 건 왜 물어보는 거야? 단왕비라도 되고 싶어?"

"……."

"때, 때리지 마! 아악, 주 소협, 제발 살려…… 어, 저 돼지 녀석이 어디로 가는 거지?"

방금 좌우를 따르던 병사들이 양쪽으로 갈라서자, 말을 탄 조녕이 한 무리의 기마병을 데리고 출발할 채비를 했다.

그 순간, 주비는 정신이 번쩍 들었다.

맞다! 방금 저 녀석이 높은 벽 안에 숨어서 몇 겹이나 되는 인간 방패 아래 숨어 있었던 터라 주비는 놈을 칠 기회가 없었다. 이번에는 말을 타고 있으니 좀처럼 몸을 피하긴 어려울 것이다.

그가 북두와 같은 고수가 아니라면 평범한 병사만으로 주비를 상대하기란 결코 쉽지 않을 터. 한마디로 주비에게 절호의 기회가 찾아온 셈이었다.

주비의 심장이 미친 듯이 뛰면서 손에 쥔 망춘산에서도 살기가 새어 나왔다.

그 순간, 사윤이 갑자기 차가운 손을 뻗더니 주비를 저지했다. 조녕의 뒷모습을 바라보다 갑자기 뭔가를 깨달은 듯 사윤의 낯빛이 어두워졌다.

"비야."

사윤이 들릴락 말락 한 소리로 물었다.

"네 곁에 있는 자들은 다 믿을 수 있어?"

그 말에 주비는 자신도 모르게 온몸에 소름이 돋았다.

"가자."

"그게 무……."

"쫓지 말고 그냥 가자. 아무래도 우리가 여기 왔다는 걸 들킨 것 같아. 방금 네가 산채에 전한 소식은 거짓일지도 몰라. 조녕은 이곳에 함정을 판 거야. 즉시 소식을 전해…… 아니, 그들을 믿을 수 없다면 전하지 마. 네가 직접 서신을 전달해. 얼른!"

주비가 미처 대답하기도 전에 사윤이 뭔가를 또 골똘히 생각하더니 자신이 방금 한 말을 뒤엎었다.

"그것도 안 되겠다. 이렇게 하자, 사람들을 데리고 일단 산채로 돌아가서 명령을 기다렸다가 서신을 보내도록 해!"

주비가 눈살을 찌푸리며 물었다.

"사당에 있던 사람들은 안 구할 거예요? 저놈들을 살려 둘 거냔 말이에요! 저 사람들은 우리한테 숨으라면서 자기들 집도 빌려줬다고요. 그런데도 내버려 두라고요? 왜요? 첩자라도 있다는 거예요?"

"한 가지 물어볼게. 여긴 어디지?"

"촉 땅의 사십팔채죠."

"맞아, 이곳은 촉 땅의 사십팔채지 그저 그런 역도의 소굴이 아니야. 강호 고수가 넘쳐 난다고. 행군이나 전투는 잘 몰라도 개개인으로 보면 다들 대장을 암살할 만한 능력은 갖추고 있다는 거거든. 그런데 네가 저 돼지 녀석이라면 북두의 흑의인을 내보낸 채 자신은 평범한 병사들의 호위를 받으며 대낮에 대로를 활보할 자신 있어?"

사윤의 지적에 살기로 끓어오르던 주비는 찬물을 뒤집어쓴 것 같았다.

미처 그 점을 깨닫지 못했다. 그간 소위 고관대작이라는 자를 만나 본 적이 없었기 때문이다. 문욱은 장군이니 다를 수밖에 없었고 사윤은 더더욱 그렇지 않았다. 그래서 높은 자리에 있는 사람들이 얼마나 목숨에 집착하는지 주비는 전혀 알지 못했다.

사윤의 말이 맞았다. 자신이 사십팔채에서 제일가는 고수가 아닌데도 이렇게 손쉽게 암살 기회를 얻었다면 다른 사람은 말할 것도 없을 터였다.

조녕의 나이라면 이 두령이 가짜 황제를 암살하러 북상했을 때는 이미 세상 물정을 알 만한 나이였으리라. 옛 도읍이 파설도를 두려워하며 벌벌 떨 때였을 텐데, 사십팔채의 근거지에 있으면서 공격에 대비하지 않다니?

주비가 의심스럽다는 듯 고개를 끄덕였다.

"맞아요. 그의 곁에 시위나 또 다른 정체불명의 고수가 있는 걸까요? 게다가 명풍의 사람들도 여태껏 모습을 드러내지 않고 있어요. 자객들은 암살 수단에 정통하니 조 왕야를 지키는 건 어렵지 않을 거예요."

주비의 이야기를 들은 사윤이 주비의 속뜻을 알아차렸다.

"네 사람들을 모두 믿을 수 있다는 거야?"

주비의 속뜻은 이러했다. 그녀를 따라 하산한 사람들은 모두 그녀가 직접 선택한 사람들이었다. 자신이 그들을 믿지 못한다면 애당초 혼자서 산채를 나왔을 것이다.
 명풍의 배신은 몸서리가 쳐질 정도였지만, 자세히 생각해 보면 산채에서 역모를 일으킨다면 다른 문파와 어울리지 않고 오랫동안 독립적으로 활동한 명풍만 한 세력이 없었다.
 다른 이들은 오랫동안 난세 속에서 서로 의지하며 살아왔다. 피를 나눈 가족만은 못하겠지만 주비에게는 그야말로 가족과 다름없었다. 그래서 주비는 산채의 누군가가 자신들을 팔려고 했다는 사실을 결코 믿을 수 없었다.
 사십팔채를 위해 여기 서 있는 자신이 뒤에 있는 사람들을 의심한다면 목숨을 걸고 싸워야 할 이유가 뭐란 말인가?
 사윤은 맑은 주비의 눈망울을 보자 입 안이 씁쓸했다. 그것도 한참 동안…….
 그는 힘겹게 고개를 흔들며 입을 열었다.
 "나도 증거는 없어. 다만 그들을 상대하지 않는 게 좋겠다는 직감이 들 뿐이야."
 "직감이 다른 사람을 믿지 말라고 하나요?"
 주비의 질문에 말문이 막힌 게 오늘만 해도 벌써 두 번째였다. 물론 잠시였지만. 사윤은 이내 정색하곤 차분히 입을 열었다.
 "믿음이라는 건 입으로 떠드는 게 아냐. 자신에게 소중한 모든 것을 걸고 싸우는 도박이지. 지면 아무것도 남지 않아. 무슨 말인지 알겠어?"
 사윤이 주비에게 냉정하게 이야기한 건 이번이 처음이었다. 주비는 눈을 휘둥그렇게 뜨고 눈도 깜빡이지 않은 채 사윤을 주시했다.

사윤은 평소와 다름없이 보였지만 그의 눈빛에는 영원히 녹지 않을 것만 같은 냉정함과 외로움이 담겨 있었다.
"넌 네 모든 걸 걸 수 있어?"
"……."
한편으로 사윤의 말이 궤변이라는 것을 주비도 잘 알았지만 그의 말을 듣고 있자니 왠지 모르게 찜찜하고 갈팡질팡한 느낌이 들었다. 도박판이라는 비유는 고상하진 않지만, 그녀의 '저울추'는 너무나 무거웠다.
주비는 의심이 많은 편이 아니었다. 조그만 단서 때문에 의심이 생겨, 마을에서 일어난 끔찍한 참상을 두 눈으로 목격하고도 사람들을 포기하는 일은 할 수 없었다.
사십팔채와 생사고락을 함께한 세월 동안 최소한의 믿음마저 없었다면 지금껏 버티지 못했을 것이다. 게다가 내 사람들을 믿지 못한다면 어찌 사윤을 믿을 수 있겠는가? 세상에 믿을 놈 하나 없다는 사윤의 논리대로라면 주비는 북조 단왕을 암살하려는 자신을 막은 사윤을 의심해야 하지 않을까?
하물며 주비가 사람들을 데리고 산채로 물러난 뒤에는 어떻게 해야 한단 말인가? 또 어떻게 사건을 조사해야 한단 말인가? 형제들에게 뭐라고 설명하고, 산채의 장로들에게는 무슨 말씀을 올려야 한단 말인가?
자신들을 도와준 사람들이 괴롭힘을 당하는 것을 두 눈으로 빤히 봤으면서 무슨 면목으로 그들의 가족에게 설명할 것인가? 만에 하나 괜한 걱정이었다는 결말이라면, 자신이 한 일은 과연 제대로 된 일일까?

사윤이 나지막이 주비를 불렀다.
"비야."
"단지 '직감'이라는 이유 때문이라면 물러설 수 없어요."
사윤의 충고는 주비에게 방향을 가르쳐 주었지만, 주비가 그의 충고에만 의존하며 자신의 생각을 갖지 않았다면, 이렇게 백여 명의 사람들을 이끌고 이곳에 올 수 없었을 것이다. 사윤이 한숨을 내쉬며 입을 열었다.
"옛말에 자라 보고 놀란 가슴 솥뚜껑 보고 놀란다고 했어. 화용성의 염탐꾼을 잊었어? 배신한 명풍을 벌써 잊은 거야? 그런 일이 눈앞에서 일어났는데도 그들을 믿을 수 있는 이유가 대체 뭔데?"
그건 달랐다.
북조의 땅에 자리 잡은 염탐꾼은 주변의 의심을 사지 않기 위해 사람을 교체하거나 돌아가면서 하지 않았다. 다시 말해, 일단 염탐꾼은 한곳에 정착하면 수십 년 동안 유지되었으므로 누군가에게 배신당하기란 불가능했다.
하지만 명풍은······.
주비가 사윤에게 자세히 설명하려고 입을 열었지만 사윤이 손을 들어 그녀의 말을 막았다.
"'부부란 한 숲에 사는 새와 같아서, 큰 고난이 닥치면 각자 날아간다'라는 말 들어 본 적 있지? 극심한 기근 때문에 자식을 먹는다는 얘기 들어 본 적 있지? 봐, 부모, 자식, 형제, 부부, 친구, 선후배 모두 친하잖아? 하지만 친하다고 해서 우리가 속마음을 모두 드러내는 건 아니잖아."
주비는 문득 얼음장 같은 사윤의 손이 떠올랐다. 눈앞에 있는 이 잘생기고도 실의에 빠진 미남자를 처음으로 진지하게 살펴보았다. 사윤의 얼굴에는 '외로움'이라는 글자가 겹쳐 보이는 것 같았다.

백 선생과 문욱은 사윤을 깍듯하게 대하며 '단왕 전하'라고 불렀지만 사윤은 두 사람을 피하고 싶어 안달했다. 우의반의 예상 부인 역시 그의 오랜 친구라고는 했지만 서로의 의도를 떠보거나 말에 살기를 숨겨 놓기도 했다.

이 사실을 떠올리자 주비는 복잡한 기분이 들었다.

사윤은 주비의 눈빛을 보며 자신이 말실수를 했다는 걸 깨달았다. 그는 문득 자신이 그들을 따라 사십팔채로 온 것 자체가 잘못이라는 생각이 들었다. 그렇지 않고서야 왜 자꾸 자신을 단속하지 못한단 말인가?

주비는 명침 같은 사람이 아니었다. 게다가 이곳은 금릉이 아니라 촉 땅이었다.

이곳에는 하늘 높이 우뚝 선 주루나 아름답게 장식된 놀잇배도, 귀를 즐겁게 해 주는 악기도 없었다.

도검이 맞부딪치는 것을 보며 자란 소년과 소녀들은 '입 밖으로 뱉은 말은 반드시 지키고, 행동하기로 결심하면 반드시 과감하게 실천하라'는 가르침을 배우지 않았을까?

평민 협객은 주고받는 원칙을 매우 중시하며 약속한 것은 꼭 지킨다. 의를 위해 목숨을 걸면서도 세간의 평가는 신경 쓰지 않는다. 이것이 그들의 장점인 것을, 자신은 어쩌자고 그 단점을 꺼내어 주비 앞에서 소인배 같은 모습을 보인 걸까!

"하지만 네 걱정에도 일리가 있으니 절충안을 고민해 보자."

사윤은 자신의 말을 후회하며 잠시 생각하는 척하다가 아무렇지도 않게 다시 입을 열었다.
"조녕을 해치우려면 장기적인 계획이 필요해. 그렇게 쉽게 죽을 사람이라면 그자가 촉 땅을 치러 병사를 이끌고 오기도 전에 제 발로 걸려들 테니까. 네 형제들한테 대군이 이동 준비할 때까지 기다리지 말라고 해. 지금은 일부를 철수시킨 뒤 사당에 갇힌 사람들을 구하자. 그런 뒤에 안팎에서 협공하며 속전속결로 빠져나가야 해. 마을 남쪽에 길을 만들어 놓고 이들을 그쪽으로 보낸 다음, 우리는 포위를 뚫고 산으로 올라가는 거지."

이론적으로는 일리 있는 말이었다. 주비와는 처음부터 생각이 전혀 다른 데다 적장을 벨 수 있는 기회를 눈앞에서 놓치긴 했지만, 사람들을 구할 수 있다면 완전히 빈손으로 돌아가는 것은 아니었다. 게다가 이쪽이 훨씬 믿음직했다.

만일, 억만 분의 일의 확률로 사윤의 말이 맞는다면 자신이 데려온 사람들 중에 정말 첩자가 있다는 걸까?

자신은 모험을 감수해도 되지만 다른 사람의 목숨을 두고 모험을 할 수는 없었다.

그동안 많은 일을 겪으며 주비는 자신의 성격을 자제하는 법을 배웠다. 주비는 머리를 흔들어 잡념을 떨쳤다.

"좋아요. 가죠."

주비는 계획이 변경됐다고 선포했다. 백여 명의 제자들에게 반응할 수 있는 시간은 물론, 자세한 전후 사정 설명도 빼고 그저 간단하게 상황만 설명했다.

"전언입니다. 40번 이전까지는 남쪽을 통해 밖으로 빠져나가고 나머지는 저를 따라오세요."

말을 마친 주비가 망춘산을 들고 백성들이 갇혀 있는 사당으로 달려갔다.

번호를 매기는 방법은 사윤이 제의한 것이다. 자신의 앞뒤에 해당하는 사람만 제대로 있는지 확인하면 됐기 때문이다.

주비가 칼을 꺼내 휙 허공을 갈랐다. 사당을 지키고 있는 병사들은 미처 상황을 파악하기도 전에 숨통이 끊어졌다.

마을에 긴 호루라기 소리가 울렸을 때, 주비의 칼은 사당 안에서 춤을 추고 있었다. 사십팔채 사람들이 사당의 문을 억지로 열었고, 파설도의 '무상'은 폭풍과 거센 눈보라처럼 사람들이 미처 입을 열기도 전에 순식간에 목을 몸에서 분리했다.

북조 단왕 조녕은 호루라기 소리를 듣고 고개를 들었다.
"무슨 일이냐?"
그를 호위하는 갑옷 차림의 시위 두 명이 복면을 밀어 올렸다. 그는 다름 아닌 명풍루의 주인 구단, 그리고 곡천선과 함께 떠났어야 할 육요광이었다.
"산에서 전해 준 소식이 정확하군요."
구단이 나지막한 목소리로 빠르게 말을 쏟아 냈다.
"놈들이 곧장 여기까지 달려왔습니다. 그리고 북두가 산채를 공격할 때 어떻게든 우리를 붙잡아 두겠다고 서신을 보냈네요……. 왕야, 보십시오. 그 서신이 제게 있습니다."
조녕은 통통하게 살이 찐 손을 내밀어 구단의 손을 밀치며 가볍게 물었다.
"오? 그럼 네가 심어 둔 첩자는 저놈들이 어째서 먼저 공격을 시작했는지는 알려 주지 않던가?"

구단은 입을 다문 채 아무 말도 하지 못했다.

"그들이 네 생각보다 똑똑하거나, 멍청하다는 뜻인데…… 구단 장문, 어느 쪽이라고 생각하나?"

구단은 우물거리며 별다른 대답을 하지 못했다.

조녕은 그녀에게 투구를 씌워 주었다.

"신경 쓸 것 없어. 어차피 피라미니까 못 잡아도 그만이야. 진짜로 똑똑한 녀석이라면 더 좋지, 그런 놈들은 의심이 많거든. 똑똑한 친구가 의심병 때문에 누구도 믿지 못하고 직접 산채로 돌아가서 서신을 전하는 건 아니겠지?"

심각한 표정의 구단과 달리 조녕은 웃음을 터뜨렸다.

관병들은 주비 일행이 거리 곳곳을 활보하는 적군 대장을 신경 쓰지도 않고 사당으로 쳐들어오리라고는 생각하지 못했다.

관병들이 꾸물거리는 동안, 주비는 갇혀 있던 사람들을 내보낸 뒤 한 치의 지체도 없이 직접 마을 남쪽으로 달아나기 시작했다.

이때까지 북조 단왕 주변에 매복하고 있던 관병들이 그제야 집결해서 달려오고 있었다. 그 뒤를 끊은 주비는 난데없는 바람 소리에 손에 쥔 칼집을 휘둘렀다. '촤악' 하는 소리에 뒤를 돌아보니 관병들의 손에 화용성에서 구천기가 썼던 독약이 들려 있었다.

그동안 쌓여 있던 분노와 원한이 터져 버렸다. 주비는 뒤로 물러서지도 않고 앞으로 나아가지도 않았다. 지금 그녀의 무공 실력은 과거와 비교도 할 수 없을 정도로 성장해 있었다.

반면 한때 그녀를 두려움에 떨게 했던 독약은 속도가 느려진 듯했다. 주비는 인간 불주풍이 되어 흩뿌려지는 독약을 가볍게 통과한 뒤 뒤쫓아 온 적군의 코앞까지 달려들었다.

적군이 겁을 집어먹고 본능적으로 뒤로 물러섰지만 날카로운 칼끝은 여전히 지척에 있었다.

바로 그 순간, 다른 곳에서도 연거푸 호루라기 소리가 들렸다. 방금 북조 단왕이 머무르던 임시 막사에 누가 불을 질렀는지 시뻘건 불길이 치솟기 시작했다. 관병들이 혼란에 빠진 틈을 타 주비가 재빨리 빠져나왔다.

그녀가 있던 곳은 이미 시뻘건 핏물이 강을 이루고 있었다. 별안간 멀지 않은 곳에서 호루라기 소리가 들렸다. 고개를 들어 보니 신출귀몰한 사윤이 손짓을 하고 있었다.

"저긴 남쪽이야!"

주비는 아무 말도 하지 않았다.

사람을 죽일 실력이 안 되는 사윤은 소란을 틈타 불을 지른 뒤, 죽은 자의 몸에서 호루라기를 꺼내 가는 곳마다 요란스레 '경보'를 불어 댔다.

신출귀몰한 사윤의 경공을 보통 병사가 어찌 쫓을 수 있겠는가? 그는 순식간에 마을 곳곳을 헤집고 다니며 소란을 피웠다.

주비의 '임시변통'으로 적군과 아군 모두 혼란에 빠졌다. 사윤이 적군의 시선을 끄는 사이, 주비는 정말로 마을 남쪽에 '구멍'을 냈다.

-3권으로 이어집니다.

유비 2

1판 1쇄 발행 2020년 6월 15일
1판 3쇄 발행 2021년 5월 7일

지은이 Priest
옮긴이 호연
펴낸이 신현호
편집부장 예숙영
편집 박상희
편집디자인 한방울
영업·관리 김민원 조인희
물류 이순우 박찬수

펴낸곳 ㈜디앤씨미디어
출판등록 2002년 5월 1일 제117-90-51792호
주소 서울시 구로구 디지털로 26길 111 JnK디지털타워 503호
대표전화 (02)333-2513 팩스 (02)333-2514
전자우편 dncbooks@dncmedia.co.kr
디앤씨북스 블로그 http://blog.naver.com/dncbooks

ISBN 979-11-264-5148-7 (04810)
ISBN 979-11-264-5146-3 (세트)

정가 12,000원

Copyright ⓒ 2017 by Priest
Published in agreement with China South Booky Culture Media Co., Ltd. c/o
The Grayhawk Agency Ltd., through Danny Hong Agency

* 이 책의 한국어판 저작권은 Danny Hong Agency를 통하여 The Grayhawk
Agency가 대리하는 China South Booky Culture Media Co., Ltd.과의 독점 계약
으로 ㈜디앤씨미디어에 있습니다.
* 저작권법에 의해 한국 내에서 보호를 받는 저작물이므로 무단 전재와 복제를 금합니다.
* 잘못 만들어진 책은 구매처에서 바꾸어 드립니다.